HEYNE<

JEFFREY ARCHER

SPIEL DER ZEIT

※— DIE CLIFTON-SAGA —※

ROMAN

Aus dem Englischen
von Martin Ruf

WILHELM HEYNE VERLAG
MÜNCHEN

Die Originalausgabe ONLY TIME WILL TELL
erschien 2011 bei Macmillan, London

Verlagsgruppe Random House FSC® N001967

13. Auflage
Vollständige deutsche Erstausgabe 08/2015
Copyright © 2011 by Jeffrey Archer
Copyright © 2015 der deutschsprachigen Ausgabe
by Wilhelm Heyne Verlag, München,
in der Verlagsgruppe Random House GmbH
Redaktion: Thomas Brill
Printed in Germany
Umschlagillustration: Johannes Wiebel/punchdesign,
München, unter Verwendung von Motiven von shutterstock,
photocase und Richard Jenkins Photography
Satz: KompetenzCenter, Mönchengladbach
Druck und Bindung: GGP Media GmbH, Pößneck
ISBN: 978-3-453-47134-4

www.heyne.de

ALAN QUILTER

1927 – 1998

MAISIE CLIFTON

1919

VORSPIEL

Ich hätte diese Geschichte niemals aufgeschrieben, wenn ich nicht schwanger geworden wäre. Verstehen Sie mich nicht falsch, ich hatte schon seit Längerem die Absicht, meine Jungfräulichkeit auf dem Ausflug nach Weston-super-Mare zu verlieren, allerdings nicht unbedingt an diesen Mann.

Arthur Clifton war, genau wie ich, in der Still House Lane geboren worden; wir waren sogar in dieselbe Schule, die Merrywood Elementary, gegangen. Doch weil ich zwei Jahre jünger war als er, hatte er damals nicht einmal gewusst, dass es mich gab. Alle Mädchen in meiner Klasse waren verrückt nach ihm, und das lag nicht nur daran, dass er der Kapitän der Fußballmannschaft der Schule war.

Obwohl Arthur während unserer Schulzeit nie irgendein Interesse an mir gezeigt hatte, sollte sich das sehr rasch ändern, als er von der Westfront zurückkam. Wahrscheinlich war ihm nicht einmal klar, wen er vor sich hatte, als er mich an jenem Samstagabend zu einer Tanzveranstaltung im Palais einlud. Aber, um ehrlich zu sein, auch ich hatte zweimal hinsehen müssen, bevor ich ihn wiedererkannte, denn er hatte sich einen bleistiftdünnen Schnurrbart wachsen lassen und trug das Haar mit Pomade zurückgekämmt wie Ronald Colman. An jenem Abend sah er kein anderes Mädchen an, und nachdem wir den letzten Walzer getanzt hatten, wusste ich, dass es nur noch eine Frage der Zeit war, bis er mich bitten würde, ihn zu heiraten.

Während wir nach Hause gingen, hielt Arthur meine Hand, und als wir die Tür zu meinem Haus erreicht hatten, versuchte er, mich zu küssen. Ich wandte mich ab. Schließlich hatte mich Reverend Watts oft genug ermahnt, dass ich mir meine Unberührtheit bis zum Tag meiner Hochzeit bewahren solle, und Miss Monday, unsere Chorleiterin, hatte mich davor gewarnt, dass Männer nur das Eine wollen und schnell das Interesse verloren, sobald sie es bekamen. Ich habe mich oft gefragt, ob Miss Monday aus Erfahrung sprach.

Am folgenden Samstag lud mich Arthur ins Kino ein, wo wir uns *Gebrochene Blüten* mit Lillian Gish ansahen, und obwohl ich ihm erlaubte, mir seinen Arm um die Schulter zu legen, ließ ich es immer noch nicht zu, dass er mich küsste. Er machte kein Theater deswegen. In Wahrheit war er nämlich eher schüchtern.

Am Samstag darauf erlaubte ich ihm, mich zu küssen, doch als er versuchte, eine Hand in meine Bluse zu schieben, drückte ich ihn weg. Genau genommen ließ ich das erst zu, nachdem er mir einen Heiratsantrag gemacht und einen Ring gekauft und Reverend Watts in der Kirche zum zweiten Mal das Aufgebot verlesen hatte.

Mein Bruder Stan sagte zu mir, ich sei die letzte bekannte Jungfrau auf unserer Seite des Avon, obwohl ich vermute, dass die meisten seiner Eroberungen nur in seinem Kopf stattfanden. Trotzdem kam ich zu dem Schluss, dass die Zeit gekommen war, und welche Gelegenheit konnte für mich und den Mann, den ich in wenigen Wochen heiraten würde, günstiger sein als der Ausflug seiner Firma nach Weston-super-Mare?

Doch kaum dass Arthur und Stan die Ausflugskutsche verlassen hatten, machten sie sich auch schon auf den Weg in den nächsten Pub. Da ich den ganzen zurückliegenden Monat damit verbracht hatte, diesen Augenblick zu planen, war ich wie eine gute Pfadfinderin auf alles vorbereitet, als ich aus der Kutsche stieg.

Ich ging auf den Pier zu und hatte von allem die Nase so ziemlich voll, als ich bemerkte, dass mir jemand folgte. Ich drehte mich um und war überrascht, als ich erkannte, um wen es sich handelte. Er holte mich ein und fragte mich, ob ich alleine unterwegs sei.

»Ja«, sagte ich und dachte daran, dass Arthur inzwischen wohl bei seinem dritten Pint sein musste.

Als mir der Mann eine Hand auf den Hintern legte, hätte ich ihn ohrfeigen müssen, doch aus mehreren Gründen tat ich das nicht. Zunächst einmal hielt ich es für einen Vorteil, mit jemandem zu schlafen, den ich wahrscheinlich nie wiedersehen würde. Und ich muss zugeben, dass ich mich von seinem Annäherungsversuch geschmeichelt fühlte.

Arthur und Stan dürften bei ihrem achten Pint gewesen sein, als der Mann in einer direkt am Meer gelegenen Pension ein Zimmer für uns buchte. Dort schien es einen besonderen Tarif für Besucher zu geben, die nicht die Absicht hatten, über Nacht zu bleiben. Der Mann begann mich zu küssen, bevor wir den ersten Treppenabsatz erreicht hatten, und sobald die Schlafzimmertür hinter uns geschlossen war, fing er unverzüglich damit an, mir die Bluse aufzuknöpfen. Offensichtlich war es nicht das erste Mal für ihn. Ich bin mir sogar ziemlich sicher, dass ich nicht das erste Mädchen war, mit dem er bei einem Betriebsausflug schlief. Wie hätte er sonst etwas über den besonderen Tarif in der Pension wissen können?

Ehrlich gesagt hatte ich nicht erwartet, dass alles so schnell vorbei sein würde. Nachdem er von mir gestiegen war, verschwand ich im Bad, während er auf der Bettkante saß und sich eine Zigarette anzündete. Vielleicht ist es beim zweiten Mal besser, dachte ich. Doch als ich wieder ins Zimmer kam, war er verschwunden. Ich muss zugeben, dass ich enttäuscht war.

Vielleicht hätte ich wegen meiner Untreue größere Schuldgefühle gehabt, wenn Arthur sich während der Rückfahrt nach Bristol nicht auf mich erbrochen hätte.

Am Tag darauf erzählte ich meiner Mutter, was geschehen war, ohne den Namen des Mannes zu verraten. Schließlich war sie ihm noch nie begegnet, und es war auch nicht damit zu rechnen, dass dies jemals geschehen würde. Mum sagte mir, ich solle mit niemandem darüber sprechen, denn sie hatte nicht vor, die Hochzeit abzusagen, und selbst wenn ich schwanger sein sollte, würde das niemand mitbekommen, denn Arthur und ich wären längst verheiratet, bevor irgendjemand mir meinen Zustand ansehen würde.

HARRY CLIFTON
1920 – 1933

1

Alle haben mir immer gesagt, dass mein Vater im Krieg gestorben ist.

Jedes Mal, wenn ich meine Mutter nach seinem Tod fragte, meinte sie nur, dass er im Royal Gloucestershire Regiment gedient hatte und wenige Tage vor der Unterzeichnung des Waffenstillstands an der Westfront gefallen war. Großmutter nannte meinen Vater einen tapferen Mann, und einmal, als wir alleine im Haus waren, zeigte sie mir seine Orden. Mein Großvater äußerte sich kaum zu irgendeinem Thema, aber weil er stocktaub war, hatte er meine Frage vielleicht nicht einmal gehört.

Der einzige andere Mann, an den ich mich aus jener Zeit erinnern kann, ist mein Onkel Stan, der beim Frühstück am Kopfende des Tisches saß. Wenn er am Morgen das Haus verließ, folgte ich ihm oft zum Hafen, wo er arbeitete. Jeder Tag, den ich bei den Docks verbrachte, war ein Abenteuer. Frachtschiffe kamen aus fernen Ländern, um hier ihre Waren zu löschen: Reis, Zucker, Bananen, Jute und viele andere Dinge, von denen ich noch nie gehört hatte. Sobald einer der Laderäume geleert war, beluden ihn die Hafenarbeiter mit Salz, Äpfeln, Eisenblechen und sogar Kohle. (Letztere mochte ich am wenigsten, denn dann sah man mir an, was ich, zum Ärger meiner Mutter, den ganzen Tag über getrieben hatte.) Danach brachen die Schiffe wieder zu ihren fremden Zielen auf. Ich wollte meinem Onkel Stan immer beim Entladen helfen, gleichgültig, welches

Schiff am Morgen anlegte, doch er lachte nur und sagte: »Alles zu seiner Zeit, mein Junge.« Für mich konnte das nicht früh genug sein, doch plötzlich kam mir ohne Vorwarnung die Schule in die Quere.

Mit sechs Jahren kam ich auf die Merrywood Elementary, was ich für reine Zeitverschwendung hielt. Welchen Sinn konnte eine Schule schon haben, wenn ich die Gelegenheit hatte, alles, was ich wissen musste, im Hafen zu lernen? Nach meinem ersten Tag wäre ich nicht noch einmal hingegangen, wenn mich meine Mutter nicht bis an den Schuleingang geschleppt hätte, von wo sie mich um vier Uhr nachmittags wieder abholte.

Mir war nicht klar, dass Mum andere Zukunftspläne für mich hatte, in denen Onkel Stan und der Hafen keine Rolle spielten.

Jedes Mal, wenn Mum mich am Morgen abgesetzt hatte, blieb ich auf dem Schulhof, bis sie außer Sichtweite war. Danach schlich ich mich wieder zum Hafen. Ich achtete darauf, immer rechtzeitig zurück zu sein, wenn mich meine Mutter am Nachmittag wieder von der Schule abholte. Auf dem Heimweg erzählte ich ihr alles, was ich tagsüber in der Klasse getan hatte. Ich war gut darin, Geschichten zu erfinden, aber es dauerte nicht lange, bis sie herausfand, dass alle Ereignisse, die ich zu berichten hatte, nichts anderes waren als eben Geschichten.

Ein oder zwei andere Jungen aus meiner Schule trieben sich ebenfalls im Hafen herum, aber ich hielt mich von ihnen fern. Sie waren älter und größer als ich, und sie verprügelten mich, wenn ich ihnen über den Weg lief. Außerdem musste ich vor Mr. Haskins, dem Vorarbeiter, auf der Hut sein, denn wenn er mich dabei ertappte, wie ich im Hafen »herumlungerte« (wie sein Lieblingswort lautete), versetzte er mir regelmäßig einen Tritt in den Hintern und drohte: »Wenn ich dich noch einmal beim

Herumlungern erwische, mein Junge, dann melde ich das deinem Rektor.«

Manchmal glaubte Haskins, mich oft genug gesehen zu haben, weshalb er mich tatsächlich bei meinem Rektor anschwärzte, der mich mit einem Lederriemen durchprügelte, bevor er mich in den Unterricht zurückschickte. Mr. Holcombe, mein Klassenlehrer, machte nie Meldung, wenn ich in seinem Unterricht fehlte, doch er hatte ohnehin ein weiches Herz. Wenn meine Mutter herausfand, dass ich geschwänzt hatte, gelang es ihr nie, ihre Verärgerung zu verbergen, und sie strich mir den Halfpenny, den ich pro Woche als Taschengeld bekam. Doch obwohl ich gelegentlich einen Schlag von einem der älteren Jungen einstecken musste, der Rektor mich mit dem Lederriemen durchprügelte und mir das Taschengeld gestrichen wurde, schaffte ich es einfach nicht, den Verlockungen des Hafens zu widerstehen.

Während der Zeit, die ich im Hafen »herumlungerte«, fand ich bei den Docks nur einen echten Freund. Sein Name war Old Jack Tar. Mr. Tar wohnte in einem ausrangierten Eisenbahnwaggon am Ende der Arbeiterwerkstätten. Onkel Stan wollte nicht, dass ich mich mit Old Jack einließ, denn dieser, so sagte er, sei ein dummer, schmutziger, alter Landstreicher. Für mich sah er jedoch nicht schmutzig aus – ganz sicher nicht so schmutzig wie Stan. Und es dauerte nicht lange, bis ich herausfand, dass er auch nicht dumm war.

Nach dem Mittagessen mit Onkel Stan, das für mich aus einem Bissen von seinem Marmite-Sandwich, dem Apfelgehäuse, das er selbst nicht wollte, und einem Schluck Bier bestand, ging ich zurück in die Schule, um rechtzeitig zum Fußballspiel zu kommen; es gab keinen anderen Grund für mich, dort zu erscheinen. Schließlich würde ich nach der Schule Kapitän von

Bristol City werden oder ein Schiff bauen, mit dem man überall auf der Welt herumkäme. Wenn Mr. Holcombe den Mund hielt und der Vorarbeiter mich nicht dem Rektor meldete, konnte ich den ganzen Tag über verschwinden, ohne dass das jemandem auffiel. Meine Mutter bekam nichts davon mit, sofern ich den Kohlefrachtern aus dem Weg ging und jeden Nachmittag um vier am Schultor stand.

Jeden zweiten Samstag nahm Onkel Stan mich mit, um Bristol City im Ashton Gate spielen zu sehen. Am Sonntagmorgen karrte Mum mich in die Holy Nativity Church, wogegen ich noch kein Mittel gefunden hatte. Jedes Mal, nachdem Reverend Watts den Segen gespendet hatte, rannte ich den ganzen Weg zurück bis zum Freigelände, wo ich mit anderen Jungen Fußball spielte, bis es Zeit wurde, zum Abendessen nach Hause zu gehen.

Als ich sieben wurde, war jedem, der etwas von Fußball verstand, klar, dass ich es niemals in die Schulmannschaft schaffen würde, ganz zu schweigen davon, dass ich Kapitän von Bristol City werden könnte. Doch in jener Zeit entdeckte ich, dass Gott mir eine kleine Gabe geschenkt hatte, und die steckte nicht in meinen Beinen.

Zunächst einmal war mir nie aufgefallen, dass alle, die neben mir am Sonntagmorgen in der Kirche saßen, zu singen aufhörten, wenn ich den Mund aufmachte. Ich hätte nie darüber nachgedacht, wenn Mum nicht vorgeschlagen hätte, dass ich in den Chor gehen solle. Ich stieß ein wütendes Gelächter aus. Schließlich wusste jeder, dass der Chor nur etwas für Mädchen und Schwächlinge war. Ich hätte die Idee rundweg abgelehnt, wenn Reverend Watts mir nicht gesagt hätte, dass Chorknaben bei Begräbnissen einen Penny und bei Hochzeiten sogar zwei Pence bekamen: meine erste Erfahrung mit Bestechung. Doch nachdem ich widerwillig einem Vorsingen zugestimmt hatte, beschloss der Teufel, mir ein Hindernis in den Weg zu legen, und zwar in Gestalt von Miss Eleanor E. Monday.

Ich wäre Miss Monday nie begegnet, wenn sie nicht die Chorleiterin der Holy Nativity gewesen wäre. Obwohl sie gerade mal einen Meter sechzig groß war und aussah, als könne ein Windstoß sie davonwehen, versuchte niemand, sich ihr gegenüber irgendwelche Freiheiten herauszunehmen. Ich hege den Verdacht, dass sogar der Teufel vor Miss Monday Angst gehabt hätte, denn auf Reverend Watts traf das zweifellos zu.

Ich war, wie gesagt, bereit, mich auf ein Vorsingen einzulassen, doch erst nachdem Mum mir das Taschengeld für einen ganzen Monat im Voraus gegeben hatte. Am folgenden Sonntag stand ich mit anderen Jungen in einer Reihe und wartete darauf, aufgerufen zu werden.

»Du wirst immer pünktlich zu den Chorproben kommen«, erklärte Miss Monday, indem sie mich mit ihren Luchsaugen fixierte. Ich starrte trotzig zurück. »Du wirst reden, wenn man dich anspricht.« Irgendwie gelang es mir, den Mund zu halten. »Und du wirst dich während des gesamten Gottesdienstes konzentrieren.« Ich nickte widerwillig. Und dann, Gott segne sie, zeigte sie mir einen Ausweg. »Aber vor allem«, verkündete sie und legte dabei die Hände auf ihre Hüften, »wirst du in zwölf Wochen eine Lese- und Schreibprüfung bestehen, damit ich sicher sein kann, dass du in der Lage bist, einen neuen Choral oder einen unvertrauten Psalm zu erarbeiten.«

Es war mir nur recht, wenn ich schon an der ersten Hürde scheiterte. Doch wie ich noch herausfinden sollte, gab Miss Eleanor E. Monday nicht so leicht auf.

»Welches Stück möchtest du singen, mein Kind?«, fragte sie, als ich an der Reihe war.

»Ich habe keins ausgesucht«, teilte ich ihr mit.

Sie öffnete ein Buch mit Kirchenliedern, reichte es mir und setzte sich ans Klavier. Ich lächelte bei dem Gedanken, dass ich es immer noch zur zweiten Hälfte unseres Fußballspiels am Sonntagmorgen schaffen könnte. Sie begann eine Melodie zu spielen, die ich kannte, und als ich sah, dass meine Mutter mich von der ersten Kirchenbank aus anstarrte, beschloss ich, die Sache am besten hinter mich zu bringen, wenn ihr so viel daran lag.

»Alle Dinge hell und schön, alle Wesen groß und klein. Alle Dinge weise und auch wunderbar...« Lange bevor ich bei *»sie alle Gott geschaffen hat«* ankam, war ein Lächeln auf Miss Mondays Gesicht erschienen.

»Wie heißt du, mein Kind?«, fragte sie.

»Harry Clifton, Miss.«

»Harry Clifton, du wirst montags, mittwochs und freitags Punkt sechs Uhr zur Chorprobe erscheinen.« Dann wandte sie sich an den Jungen, der hinter mir stand, und sagte: »Der Nächste!«

Ich versprach meiner Mum, dass ich zur ersten Chorprobe pünktlich sein würde, obwohl ich wusste, dass es meine letzte wäre, denn Miss Monday würde schon bald herausfinden, dass ich weder lesen noch schreiben konnte. Und es wäre auch tatsächlich meine letzte Probe geworden, wäre nicht jedem, der mich hörte, vollkommen klar gewesen, dass meine Singstimme in eine ganz andere Klasse gehörte als die Stimmen der übrigen Jungen im Chor. Alle verstummten, sobald ich den Mund aufmachte, und die bewundernden, ja ehrfürchtigen Blicke, die ich verzweifelt auf dem Fußballfeld gesucht hatte, fand ich in der Kirche. Miss Monday tat, als bemerke sie es nicht.

Nachdem sie uns weggeschickt hatte, ging ich nicht nach Hause, sondern rannte den ganzen Weg bis zum Hafen, um Mr.

Tar zu fragen, was ich tun sollte, da ich nicht lesen oder schreiben konnte. Ich hörte mir den Rat des alten Mannes sorgfältig an, und am nächsten Tag ging ich zurück in die Schule und nahm wieder meinen Platz in Mr. Holcombes Klasse ein. Der Lehrer konnte seine Überraschung nicht verbergen, als er mich in der ersten Reihe sitzen sah, und er war sogar noch überraschter darüber, dass ich dem Unterricht an diesem Morgen zum ersten Mal aufmerksam folgte.

Mr. Holcombe begann damit, dass er mir das Alphabet beibrachte, und innerhalb weniger Tage konnte ich alle sechsundzwanzig Buchstaben schreiben, wenn auch nicht immer in der richtigen Reihenfolge. An den Nachmittagen, wenn ich wieder zu Hause war, hätte mir meine Mum sicher geholfen, doch wie alle anderen Mitglieder unserer Familie konnte sie weder lesen noch schreiben.

Onkel Stan schaffte es gerade noch, irgendwie seinen Namen hinzukritzeln, und obwohl er den Unterschied zwischen einer Schachtel Will's Star und einer Schachtel Wild Woodbines kannte, bin ich mir ziemlich sicher, dass er nicht in der Lage war, die Etiketten zu lesen. Trotz seines wenig hilfreichen Gemurres begann ich, das Alphabet auf jeden Fetzen Papier zu schreiben, der mir in die Finger kam. Onkel Stan schien nicht aufzufallen, dass das in Streifen gerissene Zeitungspapier auf der Toilette von da an ständig von zusätzlichen Buchstaben bedeckt war.

Nachdem ich das Alphabet gemeistert hatte, brachte mir Mr. Holcombe einige einfache Wörter bei: »Hof«, »Eis«, »Mum« und »Dad«. Bei dieser Gelegenheit fragte ich ihn zum ersten Mal nach meinem Vater, weil ich hoffte, er könne mir etwas über ihn erzählen. Schließlich schien er einfach alles zu wissen. Doch er war offensichtlich verwirrt darüber, dass ich so wenig über meinen eigenen Vater wusste. Eine Woche später schrieb ich mein erstes Wort mit vier Buchstaben an die Tafel, »Buch«; kurz darauf eines mit fünf, »Katze«; und schließlich eines mit sechs, »Schule«. Am Ende des Monats konnte ich meinen ersten Satz schreiben: »Der schnelle braune Fuchs springt über den faulen Hund – *The quick brown fox jumps over the lazy dog.*« Mr. Holcombe machte mich darauf aufmerksam, dass dieser Satz alle Buchstaben des Alphabets enthielt. Ich prüfte es nach, und es stimmte.

Als das Schuljahr zu Ende ging, konnte ich »Chor«, »Psalm« und sogar »Hymne« buchstabieren, obwohl Mr. Holcombe mich oft daran erinnern musste, beim Sprechen das »h« nicht zu verschlucken. Doch wegen der Schulferien sah ich ihn in den Wochen darauf nicht mehr, und ich begann mir Sorgen zu machen, ob ich Miss Mondays schwierige Prüfung ohne Mr. Holcombes Hilfe bestehen würde – und das hätte durchaus der Fall sein können, wenn nicht Old Jack an seine Stelle getreten wäre.

Ich kam eine halbe Stunde zu früh zur Probe an jenem Freitagabend, an dem ich meine zweite Prüfung bestehen musste, um auch weiterhin dem Chor anzugehören. Stumm saß ich auf meinem Platz und hoffte, dass Miss Monday jemand anderen aufrufen würde, bevor ich an der Reihe wäre.

Die erste Prüfung hatte ich bereits bestanden, und zwar mit fliegenden Fahnen, wie Miss Monday das nannte. Wir alle hatten das Vaterunser aufsagen müssen. Das war kein Problem für mich, denn solange ich zurückdenken kann, kniete meine Mum jeden Abend neben meinem Bett und wiederholte die vertrauten Worte, bevor sie mich zudeckte. Doch Miss Mondays nächste Prüfung sollte sich als weitaus anspruchsvoller erweisen.

Diesmal – es war am Ende unseres zweiten Monats – sollten

wir vor dem Rest des Chores einen Psalm laut vorlesen. Ich entschied mich für Psalm 121, den ich ebenfalls auswendig kannte, denn ich hatte ihn schon oft gesungen: *Ich hebe meine Augen auf zu den Bergen. Woher kommt mir Hilfe? Meine Hilfe kommt vom Herrn.* Ich konnte nur hoffen, dass der Herr mir tatsächlich zu Hilfe kam. Obwohl es mir gelang, das Buch mit den Psalmen an der richtigen Stelle aufzuschlagen, denn inzwischen konnte ich auch von eins bis einhundert zählen, fürchtete ich, Miss Monday könnte herausfinden, dass ich nicht in der Lage war, den Versen Zeile für Zeile zu folgen. Falls sie mich durchschaute, verlor sie kein Wort darüber, denn ich blieb einen weiteren Monat im Chor, während zwei andere Missetäter – Miss Mondays Ausdruck, ich wusste nicht, was er bedeutete, bis ich Mr. Holcombe am folgenden Tag danach fragte – wieder zurück auf ihre Plätze in den Reihen der Gemeinde geschickt wurden.

Als es Zeit wurde, die dritte und letzte Prüfung abzulegen, war ich vorbereitet. Miss Monday forderte diejenigen von uns, die bis dahin noch übrig geblieben waren, auf, die Zehn Gebote in der richtigen Reihenfolge aufzuschreiben, ohne dabei im Buch Exodus nachzusehen.

Die Chorleiterin sah darüber hinweg, dass ich Diebstahl vor Mord aufführte, »Ehebruch« nicht buchstabieren konnte und offensichtlich keine Ahnung davon hatte, was das Wort bedeutete. Erst nachdem zwei andere Missetäter wegen kleinerer Vergehen umstandslos aus dem Chor gewiesen wurden, begann ich zu begreifen, wie außerordentlich meine Stimme wohl sein musste.

Am ersten Adventsonntag verkündete Miss Monday, dass sie drei neue Soprane – oder »kleine Engel«, wie Reverend Watts uns gerne nannte – für den Chor ausgewählt hatte. Alle Übrigen waren wegen unverzeihlicher Sünden abgelehnt worden: Sie hatten sich während der Predigt unterhalten, Bonbons gelutscht oder waren, wie dies bei zwei Jungen geschah, dabei erwischt worden, wie sie während des *Nunc dimittis* mit Kastanien gespielt hatten.

Am folgenden Sonntag bestand meine Kleidung aus einem langen blauen Talar mit weißem Kräuselkragen. Ich allein erhielt die Erlaubnis, ein Bronzemedaillon der Heiligen Jungfrau um den Hals zu tragen, als Zeichen dafür, dass ich als Solosopran ausgewählt worden war. Ich hätte das Medaillon gerne auf dem Nachhauseweg und sogar in der Schule am nächsten Morgen anbehalten, um vor den übrigen Jungen anzugeben, doch Miss Monday nahm es nach jedem Gottesdienst wieder an sich.

An den Sonntagen lebte ich in einer anderen Welt, doch ich fürchtete, dass dieser berauschende Zustand nicht bis in alle Ewigkeit andauern würde.

2

Immer wenn Onkel Stan am Morgen aufstand, gelang es ihm irgendwie, das ganze Haus zu wecken. Niemand beschwerte sich, denn er war der Ernährer der Familie und zweifellos billiger und zuverlässiger als ein Wecker.

Das erste Geräusch, das Harry hörte, war die Schlafzimmertür, die zugeschlagen wurde. Danach folgten das knirschende Holz des Treppenabsatzes und die schweren Schritte, die den Onkel die Treppe hinab und ins Freie führten. Dann fiel eine weitere Tür ins Schloss, wenn Stan in der Toilette verschwand. Falls dann noch irgendjemand schlief, erinnerte ihn das Rauschen der Spülung, wenn Onkel Stan an der Kette zog, sowie weiteres zweimaliges Türenknallen vor seiner Rückkehr ins Schlafzimmer daran, dass Stan sein Frühstück erwartete, sobald er in die Küche kommen würde. Er wusch und rasierte sich nur am Samstagabend, bevor er ins Palais oder ins Odeon ging. Er badete viermal im Jahr, jeweils am Quartalstag. Niemand konnte Stan vorwerfen, er würde sein schwer verdientes Geld für Seife verschwenden.

Maisie, Harrys Mutter, stand als Nächste auf. Nur wenige Augenblicke nach dem ersten Türenknallen sprang sie aus dem Bett. Wenn Stan von der Toilette zurückkäme, würde seine Schale Porridge bereits auf dem Herd stehen. Üblicherweise kam Harrys Großmutter kurz darauf zu ihrer Tochter in die Küche, noch bevor Stan seinen Platz am Kopfende des Tisches eingenommen hatte. Harry musste innerhalb von fünf Minuten nach dem ersten Türenknallen unten sein, wenn er noch etwas vom Frühstück abbekommen wollte. Sein Großvater war der Letzte, der in der Küche erschien. Er war so taub, dass er es manchmal schaffte, trotz Stans frühmorgendlichem Ritual weiterzuschlafen. Nie gab es Abweichungen bei den üblichen Abläufen im Haushalt der Cliftons. Wenn man nur eine einzige Außentoilette, ein einziges Waschbecken und ein einziges Handtuch hat, wird Ordnung zu einer schieren Notwendigkeit.

Zu dem Zeitpunkt, an dem Harry sich eine Handvoll kaltes Wasser ins Gesicht spritzte, bereitete seine Mutter in der Küche das Frühstück vor: zwei dicke, mit Schweineschmalz bestrichene Scheiben Brot für Stan sowie, für den Rest der Familie, vier dünne Scheiben, welche sie allesamt toastete, sofern noch genügend Kohle in dem Sack übrig war, der jeden Montag an die Haustür geliefert wurde. Sobald Stan mit seinem Porridge fertig war, durfte Harry die Schale auslecken.

Immer stand ein großer, brauner Teetopf auf dem Herd. Mithilfe eines versilberten viktorianischen Teesiebs, welches sie von ihrer Mutter geerbt hatte, goss Harrys Großmutter den Tee in eine Reihe ganz verschiedener Becher. Während die anderen Familienmitglieder ihren Becher ungesüßten Tees genossen – Zucker gab es nur bei besonderen Anlässen und an Feiertagen –, machte Stan seine erste Flasche Bier auf, die er üblicherweise in einem Zug leertrank. Dann stand er vom Tisch auf, stieß ein lautes Rülpsen aus und griff nach seiner Lunchbox, die Harrys Großmutter in der Zwischenzeit vorbereitet hatte: zwei Marmite-Sandwiches, eine Wurst, ein Apfel, zwei weitere Flaschen Bier und ein Päckchen mit fünf Sargnägeln. Kaum dass Stan in Richtung Hafen aufgebrochen war, begannen die anderen, sich zu unterhalten.

Großmutter wollte immer wissen, wer den Teesalon, in dem ihre Tochter als Kellnerin arbeitete, besucht hatte; was die Gäste aßen, was sie trugen und wo sie saßen; dazu alle Einzelheiten über die Mahlzeiten, die auf einem Herd gekocht worden waren, welcher in einem Raum mit elektrischem Licht stand, sodass nirgendwo Kerzenwachs herabtropfen konnte. Und natürlich interessierten sie besonders die Gäste, die manchmal drei Pence Trinkgeld gaben, die Maisie mit dem Koch teilen musste.

Für Maisie war es wichtiger zu erfahren, was Harry am Tag zuvor in der Schule getan hatte. Er musste ihr täglich darüber Bericht erstatten. Großmutter schien das nicht zu interessieren, was daran liegen mochte, dass sie selbst nie eine Schule besucht hatte. Und einen Teesalon genauso wenig.

Harrys Großvater gab nur selten irgendwelche Kommentare ab, denn nachdem er vier Jahre lang den ganzen Tag mit dem Be- und Entladen eines Artilleriegeschützes zugebracht hatte, war er so taub, dass er sich darauf beschränken musste, die Lippen der anderen zu lesen und gelegentlich zu nicken. Ein Außenstehender konnte deshalb den Eindruck bekommen, er sei dumm – was nicht der Fall war, wie die übrigen Familienmitglieder aus eigener, teuer bezahlter Erfahrung wussten.

Nur an den Wochenenden gab es gewisse Änderungen in den morgendlichen Gewohnheiten der Familie. An den Samstagen folgte Harry seinem Onkel aus der Küche und blieb ständig einen Schritt hinter ihm, wenn er zum Hafen ging. Am Sonntag begleitete Harrys Mum den Jungen zur Holy Nativity Church, wo sie sich von ihrer Bank in der dritten Reihe aus im Ruhm des Solosoprans des Kirchenchors sonnte.

Heute jedoch war Samstag. Auf ihrem zwanzigminütigen Weg zu den Docks machte Harry nur dann den Mund auf, wenn sein

Onkel ihn zuerst ansprach. Sofern Stan sich überhaupt auf eine Unterhaltung einließ, ging es dabei jedes Mal um genau dasselbe Thema wie am Samstag zuvor.

»Wann wirst du die Schule verlassen und eine ordentliche Arbeit aufnehmen, Kleiner?«, war immer die erste Salve, die Stan abfeuerte.

»Ich darf nicht abgehen, bevor ich vierzehn bin«, erinnerte ihn Harry. »Das ist das Gesetz.«

»Ein verdammt dämliches Gesetz, wenn du mich fragst. Als ich es gut sein ließ mit der Schule und angefangen habe, im Hafen zu arbeiten, war ich zwölf«, pflegte Stan jedes Mal zu verkünden, als hätte Harry noch nie von dieser tiefgründigen Erfahrung gehört. Harry machte sich nicht die Mühe, darauf zu antworten, denn er wusste bereits, wie der nächste Satz seines Onkels lauten würde. »Und was noch wichtiger ist: Noch vor meinem siebzehnten Geburtstag habe ich mich Kitcheners Armee angeschlossen.«

»Erzähl mir vom Krieg, Onkel Stan«, sagte Harry, denn er wusste, dass dieses Thema seinen Onkel für die nächsten paar Hundert Meter beschäftigen würde.

»Ich und dein Dad sind am selben Tag in das Royal Gloucestershire Regiment eingetreten«, antwortete Stan und führte die Hand an seine Stoffmütze, als salutiere er vor einer fernen Erinnerung. »Nach zwölf Wochen Grundausbildung in der Kaserne von Taunton wurden wir nach Wipers verschifft, um gegen die Boches zu kämpfen. Nachdem wir angekommen waren, verbrachten wir die meiste Zeit zusammengepfercht in einem rattenverseuchten Schützengraben, wo uns irgendein hochnäsiger Offizier erklärte, dass wir auf ein Hornsignal hin nach draußen klettern sollten, um feuernd und mit aufgepflanztem Bajonett auf die feindlichen Stellungen vorzurücken.« Danach entstand wie immer eine lange Pause, bevor Stan hinzufügte: »Ich war einer von denen, die Glück hatten. Ich kam unverletzt nach Blighty zurück, ohne den kleinsten Kratzer.« Harry hätte den nächsten Satz seines Onkels vorhersagen können, doch er schwieg auch weiterhin. »Du weißt einfach nicht, wie viel Glück du hast, mein Junge. Ich habe zwei Brüder verloren, deinen Onkel Ray und deinen Onkel Bert. Und dein Vater hat nicht nur einen Bruder, sondern auch seinen eigenen Vater verloren, deinen anderen Großvater, den du nie kennengelernt hast. Ein feiner Mann, der ein Pint Bier schneller leeren konnte als jeder Hafenarbeiter, dem ich je begegnet bin.«

Wenn Stan nach unten geblickt hätte, hätte er erkannt, dass der Junge seine Worte stumm mitsprach, doch heute fügte Onkel Stan zu Harrys Überraschung einen Satz hinzu, den er noch nie zuvor gesagt hatte. »Und dein Dad würde heute noch leben, wenn das Management nur auf mich gehört hätte.«

Harry war plötzlich ganz aufmerksam. Der Tod seines Vaters war ein Thema, über das nur im Flüsterton gesprochen und das dann sehr schnell wieder verworfen wurde. Auch Onkel Stan sprach jetzt plötzlich nicht mehr weiter, als fürchtete er, schon zu weit gegangen zu sein. Vielleicht nächste Woche, dachte Harry, schloss zu ihm auf und hielt mit ihm Schritt, als seien sie zwei Soldaten auf dem Exerzierplatz.

»Gegen wen spielt City heute eigentlich?«, fragte Stan, womit das Gespräch wieder seinen gewohnten Verlauf nahm.

»Charlton Athletic«, erwiderte Harry.

»Das ist ein total unfähiger Haufen.«

»In der letzten Saison haben sie uns vernichtend geschlagen«, erinnerte Harry seinen Onkel.

»Nichts als verdammtes Glück, wenn du mich fragst«, sagte Stan und machte danach seinen Mund nicht mehr auf. Als sie den Hafeneingang erreicht hatten, schob Stan seine Karte in die Stechuhr, bevor er zur Werkstatt ging, in der er zusammen mit seinen Kollegen arbeitete. Keiner von ihnen konnte es sich erlauben, auch nur eine Minute zu spät zu kommen. Die Arbeitslosigkeit hatte einen neuen Höchststand erreicht, und viele junge Männer standen vor den Toren und warteten nur darauf, an ihre Stelle zu treten.

Inzwischen folgte Harry seinem Onkel nicht mehr, denn er wusste, wenn Mr. Haskins ihn dabei erwischte, wie er sich bei den Werkstätten der Arbeiter herumtrieb, würde er von ihm eins hinter die Ohren bekommen. Und dazu einen Tritt in den Hintern von seinem Onkel, weil er den Vorarbeiter verärgert hatte. Deshalb ging er in die andere Richtung.

Harrys erste Anlaufstelle an jedem Samstagmorgen war Old Jack Tar, der in einem Eisenbahnwaggon am anderen Ende des Hafens lebte. Harry hatte Stan nie von seinen regelmäßigen Besuchen erzählt, denn sein Onkel hatte ihm eingeschärft, dass er sich unbedingt von dem alten Mann fernhalten solle.

»Wahrscheinlich hat er schon seit Jahren kein Bad mehr genommen«, sagte ausgerechnet ein Mann, der sich nicht öfter als einmal im Vierteljahr wusch – und das auch nur, wenn Harrys Mutter sich über den Geruch beklagte.

Doch schon vor langer Zeit war Harrys Neugier stärker gewesen, und eines Morgens war er auf allen vieren an den Waggon herangeschlichen, hatte sich hochgedrückt und durch das Fenster gespäht. Der alte Mann saß in einem Erste-Klasse-Abteil und las ein Buch.

Old Jack drehte sich zur Seite, sah Harry direkt ins Gesicht und sagte: »Komm rein, Junge.« Harry sprang nach unten und hörte nicht mehr auf zu rennen, bis er zu Hause war.

Am folgenden Samstag kroch Harry wieder den Waggon hinauf und sah hinein. Old Jack schien tief zu schlafen, doch dann hörte Harry, wie er sagte: »Warum kommst du nicht rein, mein Junge? Ich werde dich schon nicht beißen.«

Harry umschloss den schweren Messinggriff mit seiner Hand und zog die Waggontür versuchsweise auf, doch er trat nicht ein. Er starrte einfach nur den Mann an, der vor ihm in der Mitte des Abteils saß. Es war schwer zu sagen, wie alt er war, denn ein gepflegter, grau melierter Bart bedeckte sein Gesicht, sodass er aussah wie der Matrose auf einem Päckchen Players Please. Er schaute Harry jedoch mit einer Wärme in den Augen an, die Onkel Stan noch nie hatte erkennen lassen.

Harry nahm all seinen Mut zusammen und fragte: »Sind Sie Old Jack Tar?«

»So werde ich genannt«, erwiderte der alte Mann.

»Und hier leben Sie?«, fuhr Harry fort, indem er sich im Waggon umsah, bis sein Blick an einem Stapel alter Zeitungen hängen blieb, der auf der Bank gegenüber lag.

»Ja«, erwiderte der Mann. »Das ist seit zwanzig Jahren mein Zuhause. Warum schließt du nicht die Tür und setzt dich, mein Junge?«

Harry dachte über das Angebot nach, bevor er nach draußen sprang und wieder wegrannte.

Am Samstag darauf schloss Harry die Tür, ließ den Griff jedoch nicht los, um sofort davonschießen zu können, sollte der alte Mann auch nur die allerkleinste Bewegung machen. Sie starrten einander eine Zeit lang an, bis Old Jack schließlich fragte: »Wie heißt du?«

»Harry.«

»Und wo gehst du zur Schule?«

»Ich gehe nicht zur Schule.«

»Was hast du dann im Leben vor, junger Mann?«

»Zusammen mit meinem Onkel im Hafen arbeiten, natürlich«, antwortete Harry.

»Und warum möchtest du das?«, fragte der alte Mann.

»Warum nicht?« Jetzt wurde Harry wütend. »Meinen Sie etwa, ich bin nicht gut genug dazu?«

»Du bist viel zu gut«, erwiderte Old Jack. »Als ich in deinem Alter war«, fuhr er fort, »wollte ich unbedingt in die Armee, und nichts, was mein alter Herr sagte, konnte mich davon abbringen.« Die ganze nächste Stunde lang stand Harry an der Tür und hörte fasziniert zu, wie Old Jack Tar von den Docks, von Bristol und von Ländern jenseits des Meeres erzählte, von denen er im Erdkundeunterricht nie etwas erfahren hätte.

Am nächsten Samstag – und an so vielen Samstagen, dass er sich später gar nicht mehr an alle erinnern konnte – besuchte Harry Old Jack Tar. Doch nie erzählte er seinem Onkel oder seiner Mutter davon, denn er hatte Angst davor, dass sie ihm verbieten würden, sich mit seinem ersten wahren Freund zu treffen.

Als Harry an jenem Morgen an die Tür des Eisenbahnwaggons klopfte, hatte Old Jack Tar ihn offensichtlich schon erwartet, denn auf der Bank ihm gegenüber lag wie üblich ein Cox's Orange Pippin. Harry griff danach, nahm einen Bissen und setzte sich.

»Danke, Mr. Tar«, sagte Harry, während er sich einige Tropfen Saft vom Kinn wischte. Er fragte nie, woher die Äpfel kamen, denn das trug zu dem Geheimnis bei, das diesen großartigen Mann umgab.

Er war so ganz anders als Onkel Stan, der das wenige, was er wusste, ständig wiederholte, wohingegen Old Jack Harry jede Woche mit neuen Wörtern, neuen Erfahrungen und sogar neuen Welten bekannt machte. Er fragte sich oft, warum Mr. Tar kein

Lehrer war, denn sein Freund schien sogar mehr zu wissen als Miss Monday und fast so viel wie Mr. Holcombe. Harry war überzeugt, dass Mr. Holcombe alles wusste, denn er kannte die Antwort auf jede Frage, die Harry ihm stellte. Jetzt lächelte Old Jack ihn an, aber er sagte kein Wort, bevor Harry seinen Apfel gegessen und das Gehäuse aus dem Fenster geworfen hatte.

»Was hast du diese Woche in der Schule gelernt, das du eine Woche zuvor noch nicht wusstest?«, fragte der alte Mann.

»Mr. Holcombe hat mir erzählt, dass es andere Länder jenseits der Meere gibt, die zum Britischen Empire gehören und die von unserem König regiert werden.«

»Da hat er völlig recht«, sagte Old Jack. »Kannst du mir eines dieser Länder nennen?«

»Australien. Kanada. Indien.« Er zögerte. »Und Amerika.«

»Nein, Amerika nicht«, sagte Old Jack. »Früher war das so, doch heute nicht mehr, wofür ein schwacher Premierminister und ein kranker König verantwortlich sind.«

»Wer war damals König? Und wer war Premierminister?«, wollte Harry wütend wissen.

»König Georg III. saß 1776 auf dem Thron«, sagte Old Jack. »Doch um fair zu sein, er war ein kranker Mann. Aber sein Premierminister, Lord North, ignorierte einfach, was in den Kolonien vor sich ging, und schließlich erhoben sich Männer und Frauen von unserem eigenen Blut gegen uns und griffen zu den Waffen.«

»Aber wir haben sie doch besiegt?«, sagte Harry.

»Nein, das haben wir nicht«, sagte Old Jack. »Sie hatten nicht nur das Recht auf ihrer Seite – auch wenn das kein Prärequisit für einen Sieg ist ...«

»Was ist ein Prärequisit?«

»Eine notwendige Vorbedingung«, sagte Old Jack und fuhr

nach seiner Erklärung fort, als wäre er nie unterbrochen worden. »Sondern sie wurden auch von einem brillanten General angeführt.«

»Wie hieß er?«

»George Washington.«

»Sie haben mir letzte Woche gesagt, dass Washington die Hauptstadt von Amerika ist. Wurde er nach der Stadt benannt?«

»Nein, die Stadt wurde nach ihm benannt. Sie wurde mitten in einem Marschland errichtet, das Columbia heißt und durch das der Potomac fließt.«

»Hat man Bristol auch nach einem Mann benannt?«

»Nein.« Old Jack kicherte. Amüsiert bemerkte er, wie rasch Harrys neugieriger Geist von einem Thema zum anderen springen konnte. »Bristol hieß ursprünglich Brigstowe, was ›Ort einer Brücke‹ bedeutet.«

»Und wann wurde es zu Bristol?«

»Die Historiker sind sich uneins«, sagte Old Jack. »Bristol Castle jedenfalls wurde 1109 von Robert of Gloucester errichtet, als sich ihm die Gelegenheit bot, den Wollhandel mit den Iren aufzunehmen. Dadurch hat sich die Stadt zu einem Handelshafen entwickelt, und seither war sie seit vielen Hundert Jahren ein Zentrum des Schiffbaus. Sie wuchs sogar noch rascher, als es 1914 notwendig wurde, die Marine stark auszuweiten.«

»Mein Dad hat im Großen Krieg gekämpft«, sagte Harry voller Stolz. »Sie auch?«

Zum ersten Mal zögerte Old Jack, bevor er eine von Harrys Fragen beantwortete. Er saß einfach nur da, ohne ein Wort zu sagen. »Es tut mir leid, Mr. Tar«, sagte Harry. »Das geht mich nichts an.«

»Nein, nein«, erwiderte Old Jack. »Es ist nur so, dass mir schon seit einigen Jahren niemand mehr diese Frage gestellt hat.« Ohne noch etwas hinzuzufügen, öffnete er die Hand, in der ein Sixpencestück lag.

Harry nahm die kleine Silbermünze und biss hinein, denn das machte sein Onkel immer so. »Danke«, sagte er und steckte die Münze ein.

»Kauf dir eine Portion Fish und Chips im Hafencafé, aber sag deinem Onkel nichts davon, denn er würde dich nur fragen, woher du das Geld hast.«

Genau genommen hatte Harry seinem Onkel noch nie etwas über Old Jack erzählt. Einmal hatte er gehört, wie Stan zu seiner Mum sagte: »Dieser Irre gehört in eine Klapsmühle.« Er hatte Miss Monday gefragt, was eine Klapsmühle sei, denn er hatte den Ausdruck nicht in seinem Wörterbuch finden können. Als sie es ihm erklärte, begriff er zum ersten Mal, wie dumm sein Onkel Stan sein musste.

»Nicht unbedingt dumm«, erläuterte Miss Monday, »sondern einfach nur unwissend und deshalb voller Vorurteile.« Und sie fügte hinzu: »Ich zweifle nicht im Geringsten daran, dass du noch viele solche Menschen in deinem Leben kennenlernen wirst, Harry, und einige davon in bedeutend höheren Positionen als dein Onkel.«

3

Maisie wartete, bis die Wohnungstür geräuschvoll ins Schloss gefallen war und sie sicher sein konnte, dass Stan sich auf den Weg zur Arbeit gemacht hatte, bevor sie verkündete: »Man hat mir eine Arbeit als Kellnerin im Royal Hotel angeboten.«

Keiner der um den Tisch Sitzenden reagierte, denn es galt als ausgemacht, dass die Gespräche beim Frühstück einem genau festgelegten Muster folgten und niemand mit irgendwelchen Überraschungen konfrontiert würde. Harry hatte Dutzende Fragen, die er seiner Mutter stellen wollte, doch er wartete darauf, dass seine Großmutter zuerst das Wort ergriff. Aber diese beschränkte sich darauf, sich eine weitere Tasse Tee einzuschenken, als hätte sie ihre Tochter überhaupt nicht gehört.

»Würde irgendjemand bitte etwas dazu bemerken«, sagte Maisie.

»Mir war gar nicht klar, dass du eine neue Arbeit suchst«, brachte Harry schließlich vor.

»Das habe ich auch gar nicht«, sagte Maisie. »Doch letzte Woche kam ein gewisser Mr. Frampton, der Manager des Royal, ins Tilly's, um einen Kaffee zu trinken. Er schaute immer öfter vorbei, und schließlich bot er mir diese Arbeit an.«

»Ich hatte den Eindruck, dass du im Teesalon glücklich bist«, bequemte sich Harrys Großmutter schließlich zu einem Kommentar. »Schließlich zahlt Miss Tilly ganz gut, und deine Stunden liegen günstig.«

»Ich bin glücklich«, sagte Harrys Mum, »doch Mr. Frampton hat mir fünf Pfund pro Woche und die Hälfte der Trinkgelder angeboten. Ich könnte alles in allem jeden Freitag sechs Pfund nach Hause bringen.«

Grandma saß mit offenem Mund da.

»Musst du auch am Abend arbeiten?«, fragte Harry, nachdem er Stans Porridge-Schale ausgeleckt hatte.

»Nein«, sagte Maisie und zerzauste das Haar ihres Sohnes. »Und was noch besser ist: Alle zwei Wochen bekomme ich einen Tag frei.«

»Sind deine Kleider auch fein genug für ein so nobles Hotel wie das Royal?«, fragte Großmutter.

»Ich bekomme eine Uniform, und dazu jeden Morgen eine frische weiße Schürze. Das Hotel hat sogar eine eigene Wäscherei.«

»Daran zweifle ich nicht«, sagte Großmutter, »aber es gibt ein ganz anderes Problem, und mit dem müssen wir alle erst noch lernen umzugehen.«

»Und welches Problem wäre das, Mum?«, fragte Maisie.

»Du könntest am Ende mehr verdienen als Stan, und das wird ihm nicht gefallen. Das wird ihm überhaupt nicht gefallen.«

»Dann wird er es sein, der lernen muss, damit umzugehen, nicht wahr?«, sagte Großvater, der zum ersten Mal seit Wochen eine Meinung äußerte.

Das zusätzliche Geld erwies sich als außerordentlich hilfreich, besonders nach dem, was in der Holy Nativity geschehen war. Maisie hatte nach dem Gottesdienst gerade die Kirche verlassen wollen, als Miss Monday zielstrebig durch den Mittelgang auf sie zukam.

»Kann ich mich in einer vertraulichen Angelegenheit mit

Ihnen unterhalten, Mrs. Clifton?«, fragte sie, bevor sie sich umdrehte und zurück in Richtung Sakristei ging. Maisie eilte ihr hinterher wie ein Kind dem Rattenfänger von Hameln. Sie befürchtete das Schlimmste. Was hatte Harry jetzt nur wieder angestellt?

Maisie folgte der Chorleiterin in die Sakristei und spürte, wie ihr die Beine wegzusacken drohten, als sie Reverend Watts, Mr. Holcombe und einen anderen Herrn in dem kleinen Raum stehen sah. Als Miss Monday leise die Tür hinter ihr schloss, begann Maisie unkontrollierbar zu zittern.

Reverend Watts legte ihr einen Arm um die Schulter. »Es gibt keinen Grund, sich Sorgen zu machen, meine Liebe«, versicherte er ihr. »Im Gegenteil. Ich hoffe, Sie werden uns sogleich als Überbringer wunderbarer Nachrichten betrachten«, fügte er hinzu und bot ihr einen Stuhl an. Maisie setzte sich, aber sie konnte nicht aufhören zu zittern.

Nachdem alle Platz genommen hatten, führte Miss Monday das Gespräch fort. »Wir wollten uns mit Ihnen über Harry unterhalten, Mrs. Clifton«, begann sie. Maisie kniff die Lippen zusammen. Was konnte der Junge nur getan haben, damit drei so wichtige Menschen zusammengekommen waren?

»Ich will nicht lange um den heißen Brei herumreden«, fuhr die Chorleiterin fort. »Der Musiklehrer von St. Bede's ist auf mich zugekommen und hat mich gefragt, ob Harry es in Erwägung ziehen würde, sich um eines der Chorstipendien zu bewerben.«

»Aber er ist doch ganz glücklich in der Holy Nativity«, sagte Maisie. »Wo liegt diese Kirche eigentlich? Ich habe noch nie von einer Kirche namens St. Bede's Church gehört.«

»St. Bede's ist keine Kirche«, sagte Miss Monday. »Es ist eine Chorschule, deren Chorknaben in der St. Mary Redcliffe singen, welche von Queen Elizabeth in einer berühmten Bemerkung als die schönste und gottesfürchtigste im ganzen Land beschrieben wurde.«

»Also würde er seine Schule und seine Kirche verlassen müssen?«, fragte Maisie ungläubig.

»Versuchen Sie, es als eine Gelegenheit anzusehen, die sein ganzes Leben verändern kann, Mrs. Clifton«, sagte Mr. Holcombe, der sich zum ersten Mal zu Wort meldete.

»Aber müsste er sich dann nicht mit piekfeinen, klugen Jungen abgeben?«

»Ich bezweifle, dass es in St. Bede's viele Kinder gibt, die klüger sind als Harry«, sagte Mr. Holcombe. »Er ist der aufgeweckteste Junge, den ich je unterrichtet habe. Obwohl es ein paar unserer Kinder gelegentlich auf eine Grammar School schaffen, hat keiner unserer Schüler jemals die Chance bekommen, das St. Bede's zu besuchen.«

»Da gibt es noch etwas, das Sie wissen müssen, bevor Sie sich entscheiden«, sagte Reverend Watts. Jetzt sah Maisie sogar noch besorgter aus. »Harry würde während der Unterrichtsmonate von zu Hause fortgehen müssen, denn das St. Bede's ist ein Internat.«

»Dann kommt das nicht infrage«, sagte Maisie. »Das können wir uns nicht leisten.«

»Das sollte kein Problem sein«, erwiderte Miss Monday. »Wenn Harry ein Stipendium angeboten bekommt, verzichtet die Schule nicht nur auf sämtliche Gebühren, sie stellt ihm sogar für persönliche Aufwendungen zehn Pfund pro Schuljahr zur Verfügung.«

»Aber ist das nicht eine Schule, in der die Väter Anzug und Krawatte tragen und die Mütter nicht arbeiten?«, fragte Maisie.

»Es ist noch schlimmer«, sagte Miss Monday, indem sie versuchte, der Unterhaltung eine leichtere Wendung zu geben. »Die Lehrer tragen lange schwarze Roben und Doktorhüte.«

»Allerdings«, warf Reverend Watts ein, »würde Harry dort wenigstens nicht mehr mit dem Lederriemen geschlagen. Im St. Bede's sind sie viel kultivierter. Dort benutzen sie Rohrstöcke.«

Nur Maisie konnte nicht darüber lachen. »Warum sollte er überhaupt von zu Hause weggehen wollen?«, fragte sie. »Inzwischen hat er sich in der Merrywood Elementary gut eingelebt, und er wird seine Position als Solist im Chor der Holy Nativity wohl kaum so leicht aufgeben.«

»Ich muss gestehen, dass es für mich ein noch größerer Verlust wäre«, sagte Miss Monday. »Aber ich bin mir sicher, dass es dem Herrn nicht gefallen würde, wenn ich wegen meiner eigenen selbstsüchtigen Wünsche einem so begabten Kind im Weg stehe«, fügte sie leise hinzu.

»Auch wenn ich zustimme«, sagte Maisie und spielte ihre letzte Karte aus, »bedeutet das noch lange nicht, dass auch Harry einverstanden ist.«

»Ich habe letzte Woche mit dem Jungen gesprochen«, gestand Mr. Holcombe. »Natürlich ist er unsicher angesichts einer so großen Herausforderung, doch wenn ich mich richtig erinnere, lauteten seine genauen Worte: ›Ich würde gerne gehen, Sir, aber nur wenn Sie meinen, dass ich gut genug bin.‹ Allerdings«, fuhr er fort, bevor Maisie etwas dazu bemerken konnte, »hat er ebenso deutlich gemacht, dass er über diese Möglichkeit nicht einmal nachdenken würde, sollte seine Mutter nicht vorher zustimmen.«

Bei dem Gedanken, die Zulassungsprüfung abzulegen, war Harry zugleich eingeschüchtert und aufgeregt; er hatte ebenso große

Angst davor, zu versagen und so viele Menschen zu enttäuschen, wie davor, die Prüfung zu bestehen und von zu Hause fortgehen zu müssen.

Während der folgenden Monate versäumte er keine einzige Unterrichtsstunde, und jeden Abend, wenn er nach Hause kam, ging er sofort ins Schlafzimmer, das er mit Onkel Stan teilte, wo er bei Kerzenlicht während all jener Stunden lernte, deren Existenz nie von besonderer Bedeutung für ihn gewesen war. Einige Male fand Maisie ihren Sohn sogar von Büchern umgeben schlafend auf dem Boden.

Wie zuvor besuchte er jeden Samstagmorgen Old Jack, der eine Menge über St. Bede's zu wissen schien und Harry in so vielen anderen Dingen Unterricht gab, dass man fast glauben konnte, er wisse, an welchem Punkt Mr. Holcombe die jeweilige Schulstunde beendet hatte.

Zu Stans großem Ärger begleitete Harry seinen Onkel am Samstagnachmittag nicht mehr ins Ashton Gate, um Bristol City spielen zu sehen; stattdessen ging er noch einmal in die Merrywood Elementary, wo Mr. Holcombe ihm zusätzliche Stunden gab. Erst viele Jahre später sollte Harry herausfinden, dass auch Mr. Holcombe darauf verzichtete, seine Lieblingsmannschaft zu unterstützen: Er besuchte die Spiele der Robins nicht mehr, nur um Harry zu unterrichten.

Als die Prüfung näher kam, wurde Harrys Angst vor einem Versagen größer als diejenige vor einem möglichen Erfolg.

Am entscheidenden Tag begleitete Mr. Holcombe seinen Starschüler in die Colston Hall, wo die zweistündige Prüfung stattfinden sollte. Am Eingang des Gebäudes verabschiedete er sich mit den Worten: »Vergiss nicht, jede Frage zweimal zu lesen, bevor du den Stift auch nur in die Hand nimmst.« Diesen Rat hatte er während der letzten Woche schon mehrmals wiederholt.

Harry lächelte nervös. Dann gab er Mr. Holcombe die Hand, als seien sie alte Freunde.

Er betrat den Prüfungssaal, wo etwa sechzig andere Jungen in kleinen Gruppen herumstanden und sich unterhielten. Es war offensichtlich, dass viele von ihnen schon länger miteinander befreundet waren, während Harry überhaupt niemanden kannte. Trotzdem unterbrachen einige von ihnen ihre Gespräche und sahen ihm nach, während er durch den Saal nach vorne ging und versuchte, eine zuversichtliche Miene aufzusetzen.

»Abbott, Barrington, Cabot, Clifton, Deakins, Fry...«

Harry setzte sich auf seinen Platz in der ersten Reihe, und nur wenige Augenblicke bevor es zehn Uhr schlug, rauschten mehrere Lehrer in langen schwarzen Talaren und Doktorhüten in den Saal und platzierten die Prüfungsbögen vor jedem Kandidaten auf dem Tisch.

»Gentlemen«, sagte ein Lehrer, der ganz vorne im Saal stand und sich an der Verteilung der Prüfungsaufgaben nicht beteiligt hatte, »ich bin Mr. Frobisher. Ich führe die Aufsicht in dieser Prüfung. Sie haben zwei Stunden, um einhundert Fragen zu beantworten. Viel Glück.«

Die Uhr, die Harry nicht sehen konnte, schlug zehn. Überall um ihn herum sanken Federn in Tintenfässer und begannen, hektisch über das Papier zu kratzen. Doch Harry verschränkte nur die Arme und beugte sich über seinen Tisch, um jede Frage sorgfältig zu lesen. Er gehörte zu den Letzten, die nach ihrer Feder griffen.

Harry konnte nicht wissen, dass Mr. Holcombe draußen auf dem Bürgersteig auf und ab ging und viel nervöser war als sein Schüler. Oder dass seine Mutter alle paar Minuten einen Blick auf die Uhr im Foyer des Royal Hotel warf, während sie den Gästen den Morgenkaffee servierte. Oder dass Miss Monday in stummem Gebet vor dem Altar der Holy Nativity kniete.

Nur wenige Augenblicke nachdem es zwölf geschlagen hatte, wurden die Prüfungsbögen eingesammelt, und die Jungen erhielten die Erlaubnis, den Saal zu verlassen. Einige lachten, andere runzelten die Stirn, und wieder andere wirkten nachdenklich.

Als Mr. Holcombes Blick zum ersten Mal wieder auf Harry fiel, sank ihm das Herz. »War es so schlimm?«, fragte er.

Harry antwortete erst, als er sicher sein konnte, dass kein anderer Junge ihn hören würde. »Es war überhaupt nicht das, was ich erwartet hatte«, sagte er.

»Wie meinst du das?«, fragte Mr. Holcombe beklommen.

»Die Fragen waren viel zu leicht«, erwiderte Harry.

Mr. Holcombe wusste, dass er in seinem ganzen Leben noch nie ein größeres Kompliment bekommen hatte.

»Zwei Anzüge, Madam, grau. Ein Blazer, marineblau. Fünf Hemden, weiß. Fünf steife Krägen, weiß. Sechs Paar wadenlange Socken, grau. Sechs Garnituren Unterwäsche, weiß. Und eine St.-Bede's-Schulkrawatte.« Der Verkäufer hakte die Liste sorgfältig ab. »Ich denke, das wäre alles. Oh nein, der Junge braucht auch noch eine Schulmütze.« Er griff unter die Ladentheke, öffnete eine Schublade und zog eine schwarz-rot gemusterte Mütze heraus, die er Harry auf den Kopf setzte. »Passt perfekt«, erklärte er. Maisie lächelte ihren Sohn voller Stolz an. Harry sah von Kopf bis Fuß wie ein richtiger St.-Bede's-Junge aus. »Das macht dann drei Pfund, zehn Shilling und sechs Pence, Madam.«

Maisie versuchte, ihre Bestürzung zu verbergen. »Kann man

eines dieser Stücke auch aus zweiter Hand kaufen?«, flüsterte sie.

»Nein, Madam. Das ist kein Laden für gebrauchte Kleidung«, sagte der Verkäufer, der bereits zum Schluss gekommen war, dass er dieser Kundin nicht anbieten würde, im Geschäft ein eigenes Konto einzurichten.

Maisie öffnete ihr Portemonnaie, reichte dem Angestellten vier Ein-Pfund-Noten und wartete auf das Wechselgeld. Sie war erleichtert darüber, dass St. Bede's die Summe für persönliche Aufwendungen für das erste Schuljahr bereits ausbezahlt hatte, besonders weil sie noch zwei Paar schwarze Lederschuhe mit Schnürsenkeln, zwei Paar weiße Sportschuhe mit Schnürsenkeln und ein paar Hausschuhe, die Harry im Schlafsaal tragen würde, kaufen musste.

Der Verkäufer räusperte sich. »Der Junge wird auch noch zwei Pyjamas und einen Morgenmantel brauchen.«

»Ja, natürlich«, sagte Maisie in der Hoffnung, dass sie angesichts der zu erwartenden Kosten genügend Geld bei sich hatte.

»Und darf ich Sie so verstehen, dass der Junge ein Chorstipendiat ist?«, fragte der Verkäufer und warf erneut einen genauen Blick auf seine Liste.

»Ja, das ist er«, erwiderte Maisie stolz.

»Dann braucht er auch noch einen Talar, rot, zwei Chorhemden, weiß, und ein St.-Bede's-Medaillon.« Maisie wäre am liebsten aus dem Geschäft gerannt. »Diese Dinge werden ihm bei der ersten Chorprobe von der Schule zur Verfügung gestellt«, erklärte der Verkäufer, bevor er Maisie das Wechselgeld reichte. »Benötigen Sie sonst noch etwas, Madam?«

»Nein, danke«, sagte Harry, der nach den beiden Taschen griff, seine Mutter bei der Hand nahm und sie rasch aus der Luxusschneiderei T. C. Marsh führte.

Harry verbrachte den Samstagmorgen, bevor er sich in St. Bede's würde vorstellen müssen, gemeinsam mit Old Jack.

»Bist du nervös, weil du auf eine neue Schule gehst?«, fragte Old Jack.

»Nein, überhaupt nicht«, sagte Harry nachdrücklich. »Ich habe schreckliche Angst«, gab er zu.

Old Jack lächelte. »Das geht allen Frischlingen so. So wird man dich übrigens nennen. Du solltest versuchen, dir das Ganze wie ein Abenteuer in einer neuen Welt vorzustellen, wo jeder dem anderen gleichgestellt ist.«

»Aber sobald sie hören, wie ich etwas sage, wird ihnen klar sein, dass ich nicht so bin wie sie.«

»Mag sein. Aber sobald sie hören, wie du singst, wird ihnen klar sein, dass sie nicht so sind wie *du*.«

»Die meisten von ihnen werden aus reichen Familien kommen, wo sie ihre eigenen Diener haben.«

»Das wird nur für die Dümmsten unter ihnen ein Trost sein«, sagte Old Jack.

»Und einige werden Brüder haben, die auf dieselbe Schule gehen. Und sogar Väter und Großväter, die vor ihnen dort waren.«

»Dein Vater war ein feiner Mann«, sagte Old Jack, »und keiner von den anderen wird eine bessere Mutter haben, das kann ich dir versichern.«

»Sie kannten meinen Vater?«, sagte Harry, dem es nicht gelang, seine Überraschung zu verbergen.

»Zu behaupten, dass ich ihn kannte, wäre eine Übertreibung«, antwortete Old Jack. »Aber ich habe aus der Ferne ein Auge auf ihn geworfen, wie das bei vielen anderen der Fall war, die im Hafen gearbeitet haben. Er war ein anständiger, mutiger, gottesfürchtiger Mann.«

»Aber wissen Sie auch, wie er gestorben ist?«, fragte Harry und sah Old Jack tief in die Augen, voller Hoffnung, dass er endlich eine ehrliche Antwort auf die Frage bekommen würde, die ihm schon so lange schwer zu schaffen machte.

»Was haben sie dir erzählt?«, erkundigte sich Old Jack vorsichtig.

»Dass er im Großen Krieg gestorben ist. Aber ich wurde 1920 geboren, und sogar ich weiß, dass das nicht möglich sein kann.«

Old Jack antwortete nicht sofort. Harry saß gebannt auf der Kante seiner Bank.

»Es stimmt, er wurde im Krieg schwer verwundet, aber du hast recht, das war nicht die Ursache seines Todes.«

»Aber wie ist er dann gestorben?«, wollte Harry wissen.

»Wenn ich es wüsste, würde ich es dir sagen«, erwiderte Old Jack. »Aber damals machten so viele Gerüchte die Runde, dass ich nicht wusste, was ich glauben soll. Es gibt jedoch mehrere Männer – und ganz besonders drei –, die zweifellos die Wahrheit über die Ereignisse in jener Nacht kennen.«

»Mein Onkel Stan muss einer von ihnen sein«, sagte Harry. »Aber wer sind die anderen beiden?«

Old Jack zögerte, bevor er antwortete. »Phil Haskins und Mr. Hugo.«

»Mr. Haskins? Der Vorarbeiter?«, sagte Harry. »Der würde mir nicht mal einen guten Tag wünschen. Und wer ist Mr. Hugo?«

»Hugo Barrington, der Sohn von Sir Walter Barrington.«

»Ist das die Familie, der die Schifffahrtslinie gehört?«

»Die und keine andere«, erwiderte Old Jack, der zu fürchten schien, dass er schon zu viel gesagt hatte.

»Und sind das ebenso anständige, mutige und gottesfürchtige Männer?«

»Sir Walter ist einer der feinsten Menschen, die ich je kennengelernt habe.«

»Aber was ist mit seinem Sohn, Mr. Hugo?«

»Der ist nicht aus demselben Holz geschnitzt, fürchte ich«, sagte Old Jack, ohne das genauer zu erklären.

4

Der elegant gekleidete Junge saß neben seiner Mutter auf dem hinteren Sitz der Straßenbahn.

»Das ist unsere Haltestelle«, sagte sie, als die Bahn anhielt. Die beiden stiegen aus und gingen den Hügel hinauf, auf dem sich die Schule befand, wobei sie mit jedem Schritt ein wenig langsamer wurden.

An der einen Hand hielt Harry seine Mutter, mit der anderen umklammerte er einen zerschrammten Koffer. Keiner der beiden sagte ein Wort, während sie zusahen, wie mehrere Einspänner und einzelne, von Chauffeuren gesteuerte Limousinen vor den Toren zum Schulhof hielten.

Väter schüttelten die Hände ihrer Söhne, und in Pelze gehüllte Mütter umarmten ihre Sprösslinge, bevor sie ihnen einen flüchtigen Kuss auf die Wange gaben. Sie wirkten wie Vögel, die einsehen mussten, dass ihre Küken kurz davorstanden, das Nest zu verlassen.

Harry wollte nicht, dass seine Mutter ihn vor den anderen Jungen küsste, weshalb er ihre Hand losließ, als sie noch fünfzig Meter vom Schultor entfernt waren. Maisie, die spürte, wie unwohl sich ihr Sohn fühlte, beugte sich hinab und küsste ihn rasch auf die Stirn. »Viel Glück, Harry. Lass uns alle stolz auf dich sein.«

»Wiedersehen, Mum«, sagte er, während er gegen die Tränen ankämpfen musste.

Maisie drehte sich um und ging weinend den Hügel hinab.

Harry lief weiter, wobei er an seinen Onkel dachte. Stan hatte ihm erzählt, wie er und seine Kameraden bei Ypern aus den Schützengräben geklettert und auf die feindlichen Linien zugestürmt waren. *Wirf nie einen Blick zurück, oder du bist ein toter Mann.* Harry wollte einen Blick zurückwerfen, aber er wusste, dass er dann losrennen und nicht mehr anhalten würde, bis er wieder sicher in der Straßenbahn saß. Er biss die Zähne zusammen und ging weiter.

»Wie waren deine Ferien, alter Knabe?«, fragte ein Junge einen Freund.

»Umwerfend«, erwiderte der andere. »Mein alter Herr hat mich zum Lord's mitgenommen. Zum Uni-Match.«

War das Lord's eine Kirche, fragte sich Harry, und wenn ja, welche Sportveranstaltung mochte wohl in einer Kirche stattfinden? Entschlossen marschierte er durch die Tore des Schulhofs und blieb erst stehen, als er einen Mann erkannte, der mit einem Klemmbrett in der Hand neben dem Eingang des Gebäudes stand.

»Und wer sind Sie, junger Mann?«, fragte der Mann und schenkte Harry ein aufmunterndes Lächeln.

»Harry Clifton, Sir«, antwortete er, indem er seine Mütze abnahm, was er, wie Mr. Holcombe ihm gesagt hatte, immer so machen sollte, wenn ein Lehrer oder eine Dame ihn ansprach.

»Clifton«, sagte sein Gegenüber und fuhr mit dem Finger eine lange Namensliste entlang. »Ah ja.« Er machte einen Haken hinter Harrys Namen. »Erste Generation, Chorstipendiat. Meinen Glückwunsch. Willkommen in St. Bede's. Ich bin Mr. Frobisher, der Lehrer, der für Ihr Wohngebäude zuständig ist, und das hier ist das Frobisher House. Wenn Sie Ihren Koffer in der Halle lassen, wird einer der älteren Schüler, die die Aufsicht führen, Sie in den Speisesaal begleiten, wo ich die neuen Schüler vor dem Abendessen begrüßen werde.«

Harry hatte noch nie zuvor ein richtiges Abendessen serviert bekommen. Eine Kleinigkeit am späten Nachmittag war die letzte Mahlzeit des Tages im Haushalt der Cliftons; danach war er meistens mit dem Einbruch der Dunkelheit ins Bett geschickt worden. In der Still House Lane gab es noch keine Elektrizität, und die Familie hatte nur selten etwas Geld übrig, das sie für Kerzen hätte ausgeben können.

»Danke, Sir«, sagte Harry, bevor er durch die Tür in eine große Halle trat, deren holzverkleidete Wände auf Hochglanz poliert waren. Er stellte seinen Koffer ab und sah zu einem Gemälde auf, das einen alten Mann mit grauem Haar und einem buschigen weißen Backenbart darstellte, der eine lange schwarze Robe mit einer roten Kapuze trug, welche um seine Schultern drapiert war.

»Wie heißt du?«, fragte eine bellende Stimme hinter ihm.

»Clifton, Sir«, sagte Harry. Er drehte sich um und sah einen großen Jungen, der eine lange Hose trug.

»Nenn mich nicht Sir, Clifton. Du wirst mich Fisher nennen. Ich bin der aufsichtführende Schüler, kein Lehrer.«

»Entschuldigen Sie, Sir«, sagte Harry.

»Lass deinen Koffer hier und komm mit.«

Harry stellte seinen zerschrammten, gebraucht gekauften Koffer neben eine Reihe lederner Schrankkoffer. Sein bescheidenes Eigentum war das Einzige, das nicht mit den Initialen des Besitzers gekennzeichnet war. Er folgte dem aufsichtführenden Schüler durch einen langen Flur, an dessen Wänden Fotos früherer Sportmannschaften hingen und der von Vitrinen gesäumt war, in denen Silberpokale die gegenwärtige Schülergeneration an die glanzvollen Siege der Vergangenheit erinnerten. Als sie den Speisesaal erreichten, sagte Fisher: »Du kannst sitzen, wo du willst, Clifton. Hauptsache, du hörst auf zu reden, sobald Mr. Frobisher den Speisesaal betritt.«

Harry zögerte eine ganze Weile, bevor er sich für einen der vier langen Tische entschied, an dem er sitzen wollte. Mehrere Jungen standen bereits zusammen und unterhielten sich. Langsam ging Harry zur gegenüberliegenden Seite des Raumes und nahm am Ende des Tisches Platz. Als er aufsah, erkannte er, dass mehrere Jungen in den Saal strömten, die genauso ratlos wirkten, wie er sich fühlte. Einer von ihnen kam auf ihn zu und setzte sich neben Harry, ein weiterer setzte sich ihm gegenüber. Sie fuhren mit ihrer Unterhaltung fort, als wäre er überhaupt nicht da.

Ohne Vorwarnung erklang eine Glocke, und alle Unterhaltungen verstummten, als Mr. Frobisher den Speisesaal betrat. Er trat hinter ein Pult, das Harry zuvor gar nicht bemerkt hatte, und zog an den Schößen seiner Robe.

»Willkommen«, begann er und hob seinen Doktorhut vor den versammelten Schülern, »an diesem ersten Tag Ihres ersten Schuljahres in St. Bede's. In wenigen Augenblicken werden Sie Ihre erste Schulmahlzeit genießen, und ich kann Ihnen versprechen, dass alle folgenden auch nicht besser sein werden.« Ein oder zwei Jungen lachten nervös. »Sobald Sie Ihr Abendessen beendet haben, wird man Sie in Ihre Schlafsäle führen, wo Sie Ihre Koffer auspacken können. Um acht Uhr werden Sie eine weitere Glocke hören. Genau genommen ist es dieselbe Glocke, sie läutet nur zu einer anderen Zeit.« Harry lächelte, obwohl die meisten Jungen Mr. Frobishers kleinen Scherz nicht verstanden.

»Dreißig Minuten später wird ebendiese Glocke noch einmal erklingen, und dann werden Sie zu Bett gehen – aber nicht ohne sich vorher zu waschen und die Zähne zu putzen. Danach stehen

Ihnen dreißig Minuten zur Verfügung, in denen es Ihnen freisteht, ein wenig zu lesen, bevor die Lichter gelöscht und Sie schlafen werden. Jedes Kind, das dabei erwischt wird, wie es sich nach dem Löschen der Lichter noch unterhält, wird vom aufsichtführenden Schüler bestraft. Vor halb sieben Uhr morgens«, fuhr Mr. Frobisher fort, »werden Sie keine weitere Glocke mehr hören. Um diese Zeit werden Sie aufstehen, sich waschen und sich anziehen, um noch vor sieben Uhr im Speisesaal zu erscheinen. Jedes Kind, das zu spät kommt, erhält kein Frühstück mehr. Die morgendliche Versammlung findet um acht Uhr in der Aula statt; dabei wird sich der Rektor an uns wenden. Danach beginnt um halb neun Ihre erste Unterrichtsstunde. Am Vormittag werden Sie drei Unterrichtsstunden zu je sechzig Minuten besuchen, jeweils unterbrochen von einer zehnminütigen Pause, in der Sie die Gelegenheit haben, die Klassenräume zu wechseln. Danach folgt um zwölf Uhr das Mittagessen. Am Nachmittag finden nur noch zwei Unterrichtsstunden statt. Danach werden Sie Fußball oder Kricket spielen.« Harry lächelte erneut. »Dies ist für jeden verpflichtend, der nicht dem Chor angehört.« Harry runzelte die Stirn. Niemand hatte ihn darüber informiert, dass die Mitglieder des Chors keinen Fußball spielten. »Nach dem Spiel oder dem Chorunterricht werden Sie ins Frobisher House zurückkehren, um Ihr Abendessen einzunehmen. Daraufhin steht Ihnen in einem gemeinsamen Lernzimmer eine Stunde für Ihre Hausaufgaben zur Verfügung, bevor Sie zu Bett gehen werden, wo es Ihnen wiederum bis zum Löschen der Lichter noch eine halbe Stunde lang freisteht, etwas zu lesen – allerdings nur Bücher, die von der Hausmutter genehmigt wurden«, fügte Mr. Frobisher hinzu. »Das alles erscheint Ihnen gewiss recht konfundierend.« Harry prägte sich das letzte Wort ein; er würde es in seinem Wörterbuch nachsehen, das Mr. Holcombe ihm geschenkt hatte. Wieder zog Mr. Frobisher an den Schößen seiner Robe, bevor er fortfuhr. »Aber machen Sie sich keine Sorgen. Sie werden sich schon bald an die Traditionen von St. Bede's gewöhnen. Mehr gibt es im Augenblick nicht für mich zu sagen. Ich werde Sie jetzt Ihrem Abendessen überlassen. Gute Nacht, Jungs.«

»Gute Nacht, Sir«, erwiderten einige Jungen tapfer, als Mr. Frobisher den Saal verließ.

Harry blieb vollkommen regungslos sitzen, als mit Schürzen bekleidete Frauen die Tische entlanggingen und vor jeden Jungen eine Schale mit Suppe stellten. Aufmerksam beobachtete er, wie der Junge ihm gegenüber nach einem merkwürdig geformten Löffel griff, ihn in seine Suppe senkte und dann kurz von sich weg hielt, bevor er ihn zum Mund führte. Harry versuchte, die Bewegung nachzuahmen, doch alles, was er damit erreichte, war, dass mehrere Tropfen Suppe auf den Tisch fielen; und als es ihm gelang, das, was noch übrig war, in seinen Mund zu schieben, rann ihm das meiste über das Kinn. Er wischte sich den Mund mit dem Ärmel ab. Das erregte noch keine große Aufmerksamkeit, doch als er mit jedem Mundvoll laut zu schlürfen begann, hörten mehrere Jungen zu essen auf und starrten ihn an. Voller Verlegenheit legte Harry den Löffel zurück auf den Tisch und ließ seine Suppe kalt werden.

Der zweite Gang bestand aus einer Fischfrikadelle, und Harry griff erst wieder nach seinem Besteck, als er sah, welche Gabel der Junge gegenüber benutzte. Überrascht bemerkte er, dass der Junge nach jedem Bissen Messer und Gabel wieder zurück auf seinen Teller legte, während Harry beides umklammerte, als handelte es sich um Heugabeln.

Zwischen dem Jungen gegenüber und dessen Nachbarn entwickelte sich eine Unterhaltung über das Ausreiten mit Jagdhunden. Es gab mehrere Gründe, warum Harry sich nicht an diesem Gespräch beteiligte. Unter anderem bestand jene Erfahrung, die in seinem Leben bisher am ehesten einem Ritt auf einem Pferd nahe gekommen war, darin, dass er eines Nachmittags bei einem Ausflug nach Weston-super-Mare für einen Halfpenny auf einem Esel hatte reiten dürfen.

Kaum dass die Teller abgetragen waren, wurden sie durch neue ersetzt, auf denen sich das Dessert befand. Seine Mutter hatte das immer eine besondere Näscherei genannt, denn er bekam so etwas nicht allzu oft. Wieder ein neuer Löffel, wieder ein neuer Geschmack, wieder ein neuer Fehler. Harry wusste nicht, dass es sich mit einer Banane anders verhielt als mit einem Apfel, weshalb alle um ihn herum voller Verwunderung feststellen mussten, dass er versuchte, die Schale zu essen. Es mochte durchaus sein, dass für die übrigen Jungen die erste Schulstunde am Tag darauf um halb neun beginnen würde, doch für Harry hatte sie schon längst angefangen.

Nachdem auch das restliche Geschirr abgetragen war, kam Fisher, der Aufsichtsschüler, zurück und führte die Jungen, für die er verantwortlich war, über eine breite Holztreppe zu den Schlafsälen im ersten Stock. Harry betrat ein Zimmer mit dreißig Betten, die in drei fein säuberlichen Zehnerreihen angeordnet waren. Jedes Bett hatte ein Kissen, zwei Laken und zwei Decken. Harry hatte zuvor nie etwas dergleichen besessen.

»Das ist der Saal für die Frischlinge«, sagte Fisher verächtlich. »Hier werdet ihr bleiben, bis man euch Wilde zivilisiert hat. Am Fußende der Betten findet ihr eure Namen in alphabetischer Reihenfolge.«

Überrascht sah Harry seinen Koffer auf seinem Bett liegen, und er fragte sich, wer ihn dort hingebracht hatte. Der Junge neben ihm hatte bereits mit dem Auspacken begonnen.

»Ich bin Deakins«, sagte er und schob seine Brille ein Stück weiter die Nase hinauf, um Harry genauer zu mustern.

»Ich bin Harry. Ich habe letzten Sommer bei der Zulassungsprüfung neben dir gesessen. Ich konnte kaum glauben, dass du für alle Fragen kaum mehr als eine Stunde gebraucht hast.«

Deakins errötete.

»Genau deshalb hat er ein Stipendium bekommen«, sagte der Junge, dessen Bett sich auf der anderen Seite von Harry befand.

Harry drehte sich rasch um. »Bist du auch mit einem Stipendium hier?«, fragte er.

»Gott bewahre, nein«, antwortete der Junge und fuhr fort, seinen Koffer auszupacken. »Es gibt nur einen einzigen Grund, warum sie mich nach St. Bede's gelassen haben: Mein Vater und mein Großvater waren vor mir hier. Ich bin die dritte Generation, die auf diese Schule geht. Waren eure Väter vielleicht auch schon hier?«

»Nein«, sagten Harry und Deakins wie aus einem Mund.

»Schluss mit dem Getratsche!«, schrie Fisher. »Räumt lieber eure Sachen aus.«

Harry öffnete seinen Koffer und begann, seine Kleider herauszunehmen, die er fein säuberlich in die beiden Schubladen des Schränkchens neben seinem Bett legte. Seine Mutter hatte einen Schokoriegel der Marke Fry's Five Boys zwischen seine Hemden geschoben. Er versteckte ihn unter dem Kissen.

Eine Glocke erklang. »Zeit, sich umzuziehen«, erklärte Fisher. Harry hatte sich noch nie vor einem anderen Jungen ausgezogen, ganz zu schweigen von einem Saal voller Jungen. Er drehte sich zur Wand, streifte langsam seine Kleider ab und schlüpfte rasch in seinen Pyjama. Nachdem er den Gürtel seines Morgenmantels zugeknotet hatte, folgte er den anderen in den Waschraum. Wieder beobachtete er sorgfältig, wie sie sich die Gesichter mit einem Waschlappen wuschen, bevor sie sich die Zähne putzten. Er hatte weder einen Waschlappen noch eine Zahnbürste. Der Junge, der nicht aufgrund eines Stipendiums hierhergekommen war, kramte in seinem Waschbeutel herum und reichte ihm eine brandneue Zahnbürste samt einer Tube Zahnpasta. Harry nahm sie erst an, als der Junge erklärte: »Meine Mutter packt von allem immer zwei Exemplare ein.«

»Danke«, sagte Harry. Obwohl er sich beim Zähneputzen beeilte, gehörte er zu den Letzten, die in den Schlafsaal zurückkamen. Er kletterte in sein Bett und glitt zwischen zwei saubere Laken, unter zwei Decken und auf ein weiches Kissen. Er hatte sich gerade zu Deakins umgedreht, um zu sehen, was dieser las – es war *Kennedy's Lateinfibel* –, als der andere Junge sagte: »Dieses Kissen ist so hart wie ein Backstein.«

»Sollen wir tauschen?«, fragte Harry.

»Ich glaube, sie sind alle ziemlich gleich«, sagte der Junge grinsend. »Trotzdem danke.«

Harry zog seinen Schokoriegel unter dem Kissen hervor und brach ihn in drei gleich große Teile. Ein Stück reichte er Deakins und das andere dem Jungen, der ihm Zahnbürste und Zahnpasta gegeben hatte.

»Wie ich sehe, ist deine Mutter viel vernünftiger als meine«, sagte er, nachdem er einen Bissen genommen hatte. Wieder erklang die Glocke. »Ich bin übrigens Giles Barrington. Wie heißt du?«

»Clifton. Harry Clifton.«

In dieser Nacht schlief Harry immer nur wenige Minuten am Stück, und das lag nicht nur daran, dass sein Bett so bequem war. Konnte es sein, dass Giles mit einem der drei Männer verwandt war, die die Wahrheit über den Tod von Harrys Vaters kannten? Wenn das zutraf, war Giles dann aus demselben Holz geschnitzt wie sein eigener Vater oder wie sein Großvater?

Plötzlich fühlte sich Harry sehr einsam. Er schraubte den Verschluss der Zahnpastatube auf, die Barrington ihm gegeben hatte, und begann daran zu saugen, bis er einschlief.

Als die inzwischen vertraute Glocke am nächsten Morgen um halb sieben erklang, kletterte Harry langsam aus dem Bett. Ihm war übel. Er folgte Deakins in den Waschraum, wo Giles damit beschäftigt war, das Wasser zu prüfen. »Was meint ihr? Haben die schon jemals etwas von warmem Wasser gehört?«

Harry wollte gerade antworten, als der Aufsichtsschüler rief: »Keine Unterhaltungen im Waschraum!«

»Er ist schlimmer als ein preußischer General«, sagte Barrington und schlug die Hacken zusammen. Harry brach in Gelächter aus.

»Wer war das?«, fragte Fisher und starrte die beiden Jungen an.

»Ich«, sagte Harry sofort.

»Name?«

»Clifton.«

»Wenn du noch einmal den Mund aufmachst, Clifton, wirst du Bekanntschaft mit dem Pantoffel machen.«

Harry wusste nicht, was das bedeutete, aber er hatte das Gefühl, dass eine solche Bekanntschaft nicht angenehm wäre. Sobald er sich die Zähne geputzt hatte, ging er rasch in den Schlafsaal zurück und zog sich ohne ein weiteres Wort an. Als er seine Krawatte geknüpft hatte – wieder eines der Dinge, mit denen er nicht gut zurechtkam –, schloss er zu Barrington und Deakins auf, die die Treppe hinunter zum Speisesaal gingen.

Alle schwiegen, denn niemand wusste, ob man sich auf der

Treppe unterhalten durfte. Als sie sich im Speisesaal zum Frühstück an den Tisch setzten, nahm Harry zwischen seinen beiden neuen Freunden Platz und sah zu, wie vor jedem Jungen eine Schale Porridge aufgetragen wurde. Erleichtert stellte er fest, dass es nur einen Löffel gab, weshalb er diesmal, so schien es ihm, keinen Fehler machen konnte.

Harry verschlang sein Porridge so rasch, als fürchtete er, sein Onkel Stan würde plötzlich auftauchen, um es ihm wegzunehmen. Er war als Erster fertig, und ohne auch nur eine Sekunde zu zögern, legte er den Löffel auf den Tisch, hob die Schale und begann, sie auszulecken. Mehrere Jungen starrten ihn ungläubig an. Einige deuteten mit dem Finger auf ihn, andere kicherten. Er wurde knallrot und setzte die Schale ab. Er wäre in Tränen ausgebrochen, wenn Barrington nicht seine eigene Schale gehoben und angefangen hätte, sie seinerseits auszulecken.

5

Reverend Samuel Oakshott, Master of Arts der Universität Oxford, stand mit leicht gespreizten Beinen in der Mitte der Bühne. Wohlwollend blickte er auf seine Schäfchen hinab, denn der Rektor von St. Bede's betrachtete sich zweifellos als guter Hirte seiner Schüler.

Harry saß in der ersten Reihe und sah zu der einschüchternden Gestalt auf, die ihn weit überragte. Dr. Oakshott war über einen Meter achtzig groß, hatte einen mächtigen Kopf, teilweise ergrautes Haar und einen langen, buschigen Backenbart, der ihn noch Ehrfurcht gebietender machte. Seine dunkelblauen Augen, die niemals zu blinzeln schienen, konnten einen geradezu durchbohren, und die kreuz und quer verlaufenden Falten auf seiner Stirn deuteten auf große Weisheit hin. Er räusperte sich, bevor er sich an die Jungen wandte.

»Liebe Schüler und Lehrer von St. Bede's«, begann er. »Wieder einmal haben wir uns hier zu Beginn eines neuen Schuljahres versammelt und sind zweifellos bereit, uns sämtlichen Herausforderungen zu stellen, die uns erwarten mögen. Zu den älteren Jungs« – er wandte sich an die hinteren Reihen in der Aula – »sage ich, dass Sie keinen Augenblick zu verlieren haben, wenn Sie darauf hoffen wollen, dass man Ihnen einen Platz in der Schule Ihrer Wahl anbieten wird. Geben Sie sich niemals mit dem Zweitbesten zufrieden. Den Schülern des mittleren Jahrgangs« – sein Blick wanderte zu den mittleren Reihen –

»sage ich, dass für Sie jetzt die Zeit beginnt, in der wir feststellen werden, wer von Ihnen für größere Aufgaben bestimmt ist. Wenn Sie nächstes Jahr wiederkommen, werden Sie dann Aufsichtsschüler, Schüler mit besonderen Pflichten, Hausälteste oder Kapitäne unserer Sportmannschaften sein? Oder wird man Sie nur unter ›ferner liefen‹ erwähnen?« Mehrere Schüler senkten die Köpfe.

»Unsere nächste Pflicht besteht darin, die neuen Jungen willkommen zu heißen und alles in unserer Macht Stehende zu tun, damit sie sich hier zu Hause fühlen. Zum ersten Mal ergreifen Sie die Staffel im langen Wettrennen des Lebens. Sollte sich herausstellen, dass das Tempo zu hoch für Sie ist, wird der eine oder andere von Ihnen gewiss am Wegesrand zurückbleiben«, sagte er in warnendem Ton, während sein Blick über die ersten drei Reihen strich. »St. Bede's ist keine Schule für die Zaghaften. Also beherzigen Sie stets die Worte des großen Cecil Rhodes: *Wer das Glück hatte, als Engländer geboren zu sein, hat das große Los in der Lotterie des Lebens gezogen.*«

Die versammelten Schüler brachen in spontanen Applaus aus, als der Rektor die Bühne verließ, gefolgt von einer langen Reihe von Lehrern durch den Mittelgang der Aula schritt und hinaus in den morgendlichen Sonnenschein trat.

Harry war bester Laune und entschlossen, den Rektor nicht zu enttäuschen. Er folgte den anderen aus der Aula, doch in dem Augenblick, als er hinaus auf den Schulhof trat, erhielt seine Überschwenglichkeit einen Dämpfer. Eine Gruppe älterer Jungen drückte sich in einer Ecke herum. Sie alle hatten die Hände in den Taschen als Zeichen dafür, dass es sich bei ihnen um Aufsichtsschüler handelte.

»Da ist er«, sagte einer von ihnen und deutete auf Harry.

»So also sieht ein Straßenjunge aus«, sagte ein anderer.

Ein dritter – es war Fisher, der am Abend zuvor die Aufsicht geführt hatte, wie Harry erkannte – fügte hinzu: »Er ist ein Tier, und wir sind geradezu verpflichtet, dafür zu sorgen, dass er so rasch wie möglich in seine natürliche Umgebung zurückkehrt.«

Giles Barrington kam Harry hinterhergerannt. »Wenn du sie ignorierst, wird ihnen die Sache bald langweilig, und sie suchen sich einen anderen.« Harry war nicht überzeugt. Er eilte ins Klassenzimmer, wo er darauf wartete, dass Barrington und Deakins zu ihm stoßen würden.

Einen Augenblick später betrat Mr. Frobisher den Raum. Harrys erster Gedanke war: Hält auch er mich für einen Straßenjungen, der nicht das Recht hat, in St. Bede's zu sein?

»Guten Morgen, Jungs«, sagte Mr. Frobisher.

»Guten Morgen, Sir«, erwiderten die Jungen, als ihr Klassenlehrer seinen Platz an der Tafel einnahm. »Als Erstes werden Sie heute Morgen eine Stunde Geschichtsunterricht haben«, sagte er, »und da ich Sie besser kennenlernen möchte, werden wir mit einem einfachen Test anfangen. So werden wir herausfinden, wie viel oder vielleicht auch wie wenig Sie bereits gelernt haben. Wie viele Frauen hatte Heinrich VIII.?«

Mehrere Hände schossen in die Höhe. »Abbott«, sagte Mr. Frobisher, indem er einen Blick auf den Sitzplan warf, der auf seinem Tisch lag, und auf einen Jungen in der ersten Reihe deutete.

»Sechs, Sir«, lautete die ohne Zögern gegebene Antwort.

»Gut. Aber weiß auch jemand, wie sie hießen?« Jetzt hoben sich nicht ganz so viele Hände. »Clifton?«

»Katharina von Aragon, Anne Boleyn, Jane Seymour und noch eine Anne, glaube ich«, sagte er, bevor er nicht mehr weiterwusste.

»Anne of Cleves. Kennt jemand die Namen der beiden, die

noch fehlen?« Nur eine Hand blieb oben. »Deakins«, sagte Frobisher nach einem weiteren kurzen Blick auf seinen Sitzplan.

»Catherine Howard und Catherine Parr. Anne of Cleves und Catherine Parr haben Heinrich überlebt.«

»Sehr gut, Deakins. Doch jetzt wollen wir die Uhr um ein paar Jahrhunderte vorstellen. Wer war der Kommandant unserer Flotte in der Schlacht von Trafalgar?« Jede Hand im Klassenzimmer schoss nach oben. »Matthews«, sagte Frobisher, indem er einer besonders eifrig geschwenkten Hand zunickte.

»Nelson, Sir.«

»Korrekt. Und wer war damals Premierminister?«

»Der Herzog von Wellington, Sir«, sagte Matthews, der sich nicht mehr ganz so zuversichtlich anhörte.

»Nein«, sagte Mr. Frobisher. »Wellington war es nicht, obwohl er ein Zeitgenosse von Nelson war.«

Er sah sich um, doch nur die Hände von Clifton und Deakins waren noch oben. »Deakins.«

»Pitt der Jüngere. Von 1783 bis 1801, und dann wieder von 1804 bis 1806.«

»Korrekt, Deakins. Aber wann war der Eiserne Herzog Premierminister?«

»Von 1828 bis 1830, und dann wieder im Jahr 1834«, sagte Deakins.

»Und kann mir irgendjemand sagen, welches sein berühmtester Sieg war?«

Zum ersten Mal schoss Barringtons Hand nach oben. »Waterloo, Sir!«, rief er, bevor Mr. Frobisher Zeit hatte, sich für einen anderen Schüler zu entscheiden.

»Ja, Barrington. Und wen hat Wellington bei Waterloo besiegt?«
Barrington schwieg.
»Napoleon«, flüsterte Harry.

»Napoleon, Sir«, sagte Barrington voller Vertrauen.

»Korrekt, Clifton«, sagte Frobisher lächelnd. »War Napoleon eigentlich auch ein Herzog?«

»Nein, Sir«, sagte Deakins, nachdem niemand sonst versuchen wollte, die Frage zu beantworten. »Er hat das erste französische Kaiserreich gegründet und sich selbst zum Kaiser gekrönt.«

Deakins' Anwort konnte Mr. Frobisher nicht überraschen, da der Junge ein sogenanntes »offenes« und kein Chorstipendium erhalten hatte. Cliftons Wissen jedoch beeindruckte ihn. Schließlich war Harry ein Chorstipendiat, und über die Jahre hinweg hatte Mr. Frobisher immer wieder erlebt, dass begabte Chorknaben sich – genau wie begabte Sportler – nur selten außerhalb ihres Faches auszeichneten. Schon jetzt aber zeigte sich, dass Clifton eine Ausnahme dieser Regel war. Mr. Frobisher hätte gerne gewusst, wer den Jungen unterrichtet hatte.

Als die Glocke zum Ende der Stunde erklang, verkündete Mr. Frobisher: »Als Nächstes werden Sie zum Erdkundeunterricht bei Mr. Henderson gehen, und er ist niemand, der gerne wartet. Ich empfehle Ihnen also, dass Sie während der Pause sein Klassenzimmer suchen und Ihre Plätze einnehmen, bevor er den Raum betritt.«

Harry hielt sich an Giles, der zu wissen schien, wo sich alles befand. Als sie zusammen über den Schulhof gingen, bemerkte er, dass einige der Jungen ihre Stimmen senkten, wenn sie an ihnen vorbeiliefen. Ein paar drehten sich sogar zu ihm um und starrten ihn an.

Dank der vielen Samstagmorgen, die er bei Old Jack verbracht hatte, konnte sich Harry im Erdkundeunterricht ganz gut behaupten. Doch in Mathematik, der letzten Unterrichtsstunde an diesem Morgen, konnte niemand Deakins das Wasser reichen, und sogar der Lehrer musste sich die ganze Zeit über konzentrieren.

Als sich die drei zum Mittagessen an ihren Tisch setzten, konnte Harry spüren, wie Hunderte Augen jede seiner Bewegungen verfolgten. Er tat so, als bemerke er nichts, und ahmte einfach alles nach, was Giles machte. »Wie schön, dass es etwas gibt, das ich dir noch beibringen kann«, sagte Giles, während er einen Apfel mit seinem Messer schälte.

Später am Nachmittag genoss Harry seine erste Chemiestunde, besonders als der Lehrer ihm erlaubte, einen Bunsenbrenner anzuzünden. In Naturkunde, der letzten Unterrichtsstunde des Tages, konnte er nicht so glänzen wie zuvor, was vor allem daran lag, dass er der einzige Junge war, dessen Familie keinen Garten besaß.

Als die Glocke die letzte Stunde beendete und der Rest der Klasse zum Sport ging, meldete sich Harry in der Kapelle zu seiner ersten Chorprobe. Wieder fiel ihm auf, dass alle ihn anstarrten, aber diesmal aus dem richtigen Grund.

Kaum dass er die Kapelle verlassen hatte, hörte er jedoch wie zuvor dieselben, mit unterdrückter Stimme geäußerten spöttischen Bemerkungen der Jungen, die von den Spielfeldern zurückkamen.

»Ist das nicht unser kleiner Straßenjunge?«, fragte einer.

»Wie schade, dass er nicht einmal eine Zahnbürste hat«, sagte ein anderer.

»Ich habe gehört, dass er nachts im Hafen schlafen soll«, bemerkte ein dritter.

Deakins und Barrington waren nirgendwo zu sehen, als Harry zurück zu seinem Gebäude eilte, wobei er auf seinem Weg allen zusammenstehenden Jungen auswich.

Während des Abendessens waren die starrenden Blicke weniger offensichtlich, wenn auch nur deshalb, weil Giles jedem in Hörweite klargemacht hatte, dass Harry sein Freund war. Aber auch Giles konnte ihm nicht helfen, als alle nach den Hausaufgaben in den Schlafsaal gingen und Fisher an der Tür stand, um Harry abzupassen.

Während die Jungen begannen, sich umzuziehen, verkündete Fisher mit lauter Stimme: »Der Geruch in diesem Raum tut mir leid, Gentlemen, aber einer in eurem Jahrgang kommt aus einem Haus ohne Bad.« Ein paar Jungen kicherten in der Hoffnung, sich bei Fisher einzuschmeicheln. Harry ignorierte ihn. »Nicht nur, dass dieser Gassenbengel kein Bad hat, er hat nicht einmal einen Vater.«

»Mein Vater war ein guter Mann, der im Krieg für sein Land gekämpft hat«, sagte Harry stolz.

»Wie kommst du darauf, dass ich über dich spreche, Clifton?«, sagte Fisher. »Es sei denn, du bist auch derjenige Junge, dessen Mutter zum Arbeiten als« – er machte eine kurze Pause – »Kellnerin in einen Hotel geht.«

»In *ein* Hotel«, korrigierte ihn Harry.

Fisher griff sich einen Pantoffel. »Wage es nicht noch einmal, mir zu widersprechen, Clifton«, sagte er wütend. »Beug dich nach vorn und leg die Hände auf die Bettkante.« Harry gehorchte, und Fisher verabreichte ihm sechs Schläge mit einer solchen Wucht, dass Giles sich abwenden musste. Gegen seine Tränen ankämpfend, kroch Harry ins Bett.

Bevor Fisher das Licht löschte, sagte er: »Ich freue mich schon darauf, euch alle morgen Abend wiederzusehen, wenn ich euch ein neues Kapitel in der Geschichte der Cliftons aus der Still House Lane erzählen werde. Wartet nur, bis ihr von Onkel Stan gehört habt.«

Am folgenden Abend erfuhr Harry zum ersten Mal, dass sein

Onkel wegen Einbruch achtzehn Monate im Gefängnis gesessen hatte. Diese Enthüllung war schlimmer, als mit dem Pantoffel geschlagen zu werden. Als er ins Bett kroch, fragte er sich, ob sein Vater noch am Leben sein und im Gefängnis sitzen könnte, und ob das der wirkliche Grund dafür war, warum zu Hause niemand über ihn sprach.

Auch in dieser dritten Nacht konnte Harry kaum schlafen, und weder sein Erfolg im Unterricht noch die Bewunderung, die er in der Kapelle erfuhr, konnten verhindern, dass er ständig an den nächsten, unausweichlichen Zusammenstoß mit Fisher dachte. In den folgenden Tagen genügte Fisher der kleinste Vorwand – ein Wassertropfen auf dem Boden des Waschraums, ein nicht perfekt ausgerichtetes Kissen, eine Socke, die ihm bis zum Knöchel herabgerutscht war –, und Harry waren sechs heftige Schläge des Aufsichtsschülers sicher. Wie üblich wurde die Strafe vor allen anderen im Schlafsaal vollzogen – aber nicht bevor Fisher eine weitere Episode der Clifton-Chroniken erzählt hatte. Am fünften Abend hatte Harry genug, und sogar Giles und Deakins konnten ihn nicht mehr trösten.

Während der Zeit für die Hausarbeit am Freitagabend, als die anderen Jungen die Seiten in *Kennedy's Lateinfibel* umblätterten, ignorierte Harry Caesar und die Gallier und ging in seinem Kopf einen Plan durch, der dafür sorgen würde, dass Fisher ihn nicht länger quälte. Als er in jener Nacht zu Bett ging – Fisher hatte zuvor das Papier eines Fry's-Schokoriegels entdeckt und ihn wieder mit dem Pantoffel traktiert –, stand Harrys Plan fest. Noch lange nach dem Lichterlöschen lag er wach zwischen den Laken, und er rührte sich erst, als er sicher war, dass alle Jungen im Saal schliefen.

Harry hatte keine Ahnung, wie spät es war, als er leise aus dem Bett glitt. Lautlos zog er sich an, und dann schlich er zwischen den Betten hindurch, bis er das andere Ende des Schlafsaals erreicht hatte. Er drückte das Fenster auf, und ein Schwall kühler Nachtluft brachte den Jungen im nächstgelegenen Bett dazu, sich umzudrehen. Harry kletterte hinaus auf die Feuertreppe, schloss vorsichtig das Fenster und stieg nach unten. Er ging bis zum Ende des Rasens, wobei er jeden Schatten ausnutzte, um dem Licht des Vollmonds auszuweichen, der ihn wie ein Suchscheinwerfer anzustrahlen schien.

Entsetzt musste Harry feststellen, dass die Schultore verriegelt waren. Er schlich die Mauer entlang und hielt Ausschau nach dem kleinsten Spalt oder Vorsprung, mit dessen Hilfe es ihm möglich wäre, nach oben zu klettern und in die Freiheit zu entkommen. Schließlich entdeckte er einen fehlenden Backstein. Durch die so entstandene Lücke konnte er sich nach oben drücken und ein Bein über die Mauerkrone schieben. Dann ließ er sich auf der anderen Seite hinab, wobei er sich so lange wie möglich mit den Fingern festhielt. Schließlich sprach er ein stummes Gebet und ließ los. Durch den Schwung musste er beim Landen tief in die Hocke gehen, doch er schien sich nichts gebrochen zu haben.

Sobald er sich erholt hatte, begann er, die Straße entlangzulaufen, zuerst noch langsam, dann immer schneller, und am Ende hörte er nicht mehr auf zu rennen, bis er den Hafen erreicht hatte. Die Nachtschicht war gerade zu Ende, und Harry sah erleichtert, dass sein Onkel nicht unter den Arbeitern war.

Nachdem der letzte Hafenarbeiter verschwunden war, folgte Harry langsam der Kaimauer. Neben ihm erstreckte sich die Reihe der vertäuten Schiffe weiter, als sein Auge reichte. Er bemerkte, dass der Schornstein eines dieser Schiffe stolz den Buchstaben »B« zur Schau stellte, und dachte an seinen Freund, der im Augenblick wahrscheinlich tief und fest schlief. Würde er jemals ... seine Gedanken wurden unterbrochen, als er Old Jack Tars Eisenbahnwaggon erreicht hatte.

Er fragte sich, ob auch der alte Mann tief schlafen würde. Seine stumme Frage wurde beantwortet, als eine Stimme sagte: »Steh nicht so rum da draußen, Harry. Komm rein, bevor du dir in dieser Kälte noch den Tod holst.« Harry öffnete die Tür des Waggons und sah, wie Old Jack ein Streichholz anriss und eine Kerze anzündete. Harry ließ sich auf die Bank ihm gegenüber fallen. »Bist du weggelaufen?«, fragte Old Jack.

Harry war über die Direktheit der Frage so verblüfft, dass er nicht sofort antwortete. »Ja, das bin ich«, platzte er schließlich heraus.

»Und du bist zweifellos gekommen, um mir zu sagen, warum du diese weitreichende Entscheidung getroffen hast.«

»Ich habe keine Entscheidung getroffen«, sagte Harry. »Ein anderer hat sie für mich getroffen.«

»Wer?«

»Er heißt Fisher.«

»Ein Lehrer oder ein anderer Junge?«

»Der Schüler, der in unserem Schlafsaal die Aufsicht führt«, antwortete Harry und zuckte zusammen. Dann erzählte er Old Jack alles, was sich während der ersten Woche in St. Bede's ereignet hatte.

Wieder einmal schaffte es der alte Mann, ihn zu überraschen. Nachdem Harry das Ende seiner Geschichte erreicht hatte, sagte Jack: »Ich mache mir Vorwürfe.«

»Warum?«, fragte Harry. »Sie hätten mir nicht noch mehr helfen können, als Sie es schon getan haben.«

»Doch«, sagte Old Jack. »Ich hätte dich auf eine Spielart des Snobismus vorbereiten sollen, die keine andere Nation der Welt jemals übertreffen kann. Ich hätte mehr Zeit auf die Bedeutung der traditionellen Schulkrawatte verwenden sollen und weniger auf Erdkunde und Geschichte. Eigentlich hatte ich gehofft, dass sich diese Dinge geändert hätten nach jenem Krieg, der das Ende aller Kriege hatte sein sollen, doch in St. Bede's ist davon offensichtlich nichts zu spüren.« Er verfiel in ein nachdenkliches Schweigen, und es dauerte eine Weile, bis er fortfuhr. »Also, was hast du als Nächstes vor, mein Junge?«

»Fortgehen und auf einem Schiff anheuern. Ich würde jedes Boot nehmen, das mich haben will«, antwortete Harry und bemühte sich, begeistert zu klingen.

»Welch ausgezeichnete Idee«, sagte Old Jack. »Warum spielst du nicht gleich Fisher in die Hand, mit allem, was du machst?«

»Was meinen Sie damit?«

»Nichts könnte Fisher glücklicher machen, als wenn er vor seine Freunde treten und ihnen erzählen könnte, dass der Straßenjunge keinen Mumm hatte, auch wenn von einem Sohn eines Hafenarbeiters mit einer Mutter, die als Kellnerin arbeitet, ja nichts anderes zu erwarten war.«

»Aber Fisher hat recht. Ich spiele nicht in seiner Liga.«

»Nein, Harry. Das Problem ist, dass Fisher schon jetzt begriffen hat, dass er nicht in *deiner* Liga spielt und dass er das auch niemals tun wird.«

»Wollen Sie damit sagen, dass ich an diesen entsetzlichen Ort zurückgehen soll?«, fragte Harry.

»Am Ende kannst nur du diese Entscheidung treffen«, sagte Old Jack. »Aber wenn du jedes Mal davonläufst, wenn du mit den Fishers dieser Welt aneinandergerätst, dann endest du wie ich. Einer von denen, die im Leben nur unter ›ferner liefen‹ erwähnt werden, um deinen Rektor zu zitieren.«

»Aber Sie sind ein großer Mann«, sagte Harry.

»Ich hätte einer sein können«, sagte Old Jack, »wenn ich

nicht davongelaufen wäre, als ich meinem Fisher begegnet bin. Doch ich habe den einfachen Ausweg gewählt und nur an mich selbst gedacht.«

»An wen sollte ich denn noch denken?«

»Zuallererst an deine Mutter«, sagte Old Jack. »Vergiss die vielen Opfer nicht, die sie gebracht hat, um dir einen besseren Start ins Leben zu verschaffen, als sie sich zuvor jemals hätte erträumen können. Und da wäre auch noch Mr. Holcombe, der nur sich selbst Vorwürfe machen würde, sollte er erfahren, dass du weggelaufen bist. Und vergiss Miss Monday nicht, die an vielen Orten einen Gefallen einforderte, jeder Menge Leute auf die Nerven ging und unzählige Stunden darauf verwandte, so lange mit dir zu üben, bis du gut genug warst, um das Chorstipendium zu bekommen. Und wenn du Vor- und Nachteile abwägst, Harry, würde ich Fisher in die eine Waagschale und Barrington und Deakins in die andere legen. Dann wird Fisher sich vermutlich rasch in nichts auflösen, während Barrington und Deakins sich für den Rest deines Lebens als enge Freunde erweisen dürften. Wenn du wegläufst, werden sich die beiden immer wieder anhören müssen, wie Fisher sie daran erinnert, dass du nicht der Mensch warst, für den sie dich gehalten haben.«

Harry schwieg einige Zeit lang. Dann stand er langsam auf. »Vielen Dank, Sir.« Ohne noch ein Wort zu sagen, öffnete er die Tür des Waggons und ging nach draußen.

Langsam ging er die Kaimauer entlang, wobei er wie zuvor zu den mächtigen Frachtschiffen hinaufstarrte, die schon bald in weit entfernte Häfen aufbrechen würden. Er ging immer weiter, bis er das Tor zum Hafen erreicht hatte, von wo aus er in die Stadt zurückrannte. Als er die Schule erreichte, waren die Tore bereits offen, und die Uhr in der Aula hatte begonnen, achtmal zu schlagen.

Trotz des Anrufs, den er erhalten hatte, würde Mr. Frobisher zum Haus des Rektors gehen und diesem melden müssen, dass einer seiner Jungen abwesend war. Als er jedoch einen Blick aus dem Fenster seines Arbeitszimmers warf, sah er, wie Harry sich zwischen den Bäumen hindurchschob und vorsichtig auf das Haus zuschlich. Behutsam öffnete der Junge die Eingangstür, als der letzte Glockenschlag erklang, und stand plötzlich vor seinem für das Gebäude zuständigen Lehrer.

»Beeilen Sie sich, Clifton«, sagte Mr. Frobisher, »oder Sie verpassen Ihr Frühstück.«

»Ja, Sir«, sagte Harry und rannte den Flur hinab. Er erreichte den Speisesaal gerade noch rechtzeitig, bevor die Türen geschlossen wurden, und ließ sich auf seinen Platz zwischen Barrington und Deakins sinken.

»Einen Moment lang habe ich befürchtet, dass ich heute Morgen der Einzige bin, der seine Schale ausleckt«, sagte Barrington. Harry brach in schallendes Gelächter aus.

Fisher begegnete er an jenem Tag nicht, und am Abend stellte er zu seiner Überraschung fest, dass ein anderer Schüler die Aufsicht über den Schlafsaal führte. Harry konnte zum ersten Mal in jener Woche wieder richtig schlafen.

6

Der Rolls-Royce fuhr durch das Tor, das zum Landhaus führte, und folgte einer langen, von hohen Eichen gesäumten Auffahrt. Die Bäume sahen aus wie Wachposten. Harry zählte sechs Gärtner, bevor sein Blick auf das Gebäude fiel.

Während ihrer gemeinsamen Zeit in St. Bede's hatte Harry ein wenig von dem mitbekommen, wie Giles lebte, wenn er in den Ferien nach Hause ging, doch nichts hatte ihn auf diesen Anblick vorbereiten können. Als er das Haus zum ersten Mal sah, klappte sein Mund auf. Und blieb offen.

»Frühes achtzehntes Jahrhundert, würde ich schätzen«, sagte Deakins.

»Nicht schlecht«, erwiderte Giles. »1722, erbaut von Vanbrugh. Aber ich wette, keiner von euch kann mir sagen, wer den Garten entworfen hat. Ich gebe euch einen Tipp. Er stammt aus späterer Zeit.«

»Ich habe in meinem Leben bisher nur von einem einzigen Landschaftsarchitekten gehört«, sagte Harry, der immer noch das Haus anstarrte. »Capability Brown.«

»Genau aus diesem Grund haben wir uns für ihn entschieden«, sagte Giles. »Damit meine Freunde zweihundert Jahre später von ihm gehört haben würden.«

Harry und Deakins lachten, als der Wagen vor einem dreistöckigen Landhaus zum Stehen kam, das aus golden schimmernden Cotswold-Steinen errichtet worden war. Giles sprang nach draußen, bevor der Chauffeur die Gelegenheit hatte, die Hintertür zu öffnen. Er rannte die Stufen hinauf, während ihm seine beiden Freunde mit nicht ganz so sicheren Schritten folgten.

Die Eingangstür öffnete sich, lange bevor Giles die oberste Treppenstufe erreicht hatte. Ein großer, elegant gekleideter Mann, der eine lange schwarze Jacke, eine Nadelstreifenhose und eine schwarze Krawatte trug, deutete eine Verbeugung an, als der junge Herr an ihm vorbeistürmte. »Alles Gute zum Geburtstag, Mr. Giles«, sagte er.

»Danke, Jenkins. Kommt, Leute!«, rief Giles, als er im Haus verschwand. Der Butler hielt Harry und Deakins die Tür offen, sodass sie ihm folgen konnten.

Kaum dass Harry in die Empfangshalle getreten war, blieb sein Blick am Porträt eines alten Mannes hängen, der direkt auf ihn herabzustarren schien. Giles hatte die große Nase, die eindringlichen blauen Augen und den kantigen Kiefer des Mannes geerbt. Harry wandte sich den anderen Porträts zu, die an den Wänden hingen. Bisher hatte er Gemälde nur in Büchern gesehen: die *Mona Lisa*, den *Holländischen Kavalier* und die *Nachtwache*. Er betrachtete gerade eine Landschaft von einem Maler namens Constable, als eine Frau in die Halle eilte, die etwas trug, das Harry nur als Ballkleid hätte beschreiben können.

»Alles Gute zum Geburtstag, mein Liebling«, sagte sie.

»Danke, *Mater*«, sagte Giles, als sie sich hinabbeugte und ihn küsste. Es war das erste Mal, dass Harrys Freund verlegen aussah. »Das sind meine beiden besten Freunde, Harry und Deakins.« Als Harry der Frau, die nicht sehr viel größer war als er, die Hand gab, schenkte sie ihm ein so warmherziges Lächeln, dass er sich sofort wohlfühlte.

»Vielleicht sollten wir alle in den Salon gehen«, schlug sie vor, »und ein wenig Tee zu uns nehmen.« Sie führte die Jungen durch die Empfangshalle in einen großen Raum, von wo aus man auf den Rasen vor dem Haus blicken konnte.

Als Harry das Zimmer betrat, wollte er sich nicht setzen, sondern die Gemälde betrachten, die auch hier an allen Wänden hingen. Doch Mrs. Barrington führte ihn bereits in Richtung Sofa. Er sank zwischen die Plüschkissen und konnte einfach nicht aufhören, aus dem Panoramafenster auf den sorgfältig gestutzten Rasen zu schauen, der so groß war, dass man darauf bequem eine Partie Kricket hätte spielen können. Jenseits des Rasens erkannte Harry einen See, auf dem zufriedene Stockenten müßig hin und her schwammen, die sich offensichtlich keine Sorgen darüber machten, woher ihre nächste Mahlzeit kam. Deakins setzte sich neben Harry auf das Sofa.

Keiner von ihnen sprach, als ein weiterer Mann, der eine kurze schwarze Jacke trug, das Zimmer betrat. Eine junge Frau in einer hübschen blauen Uniform, die derjenigen ähnelte, welche Harrys Mutter im Hotel trug, folgte ihm. Das Dienstmädchen trug ein großes Silbertablett in den Händen, das sie auf einen ovalen Tisch vor Mrs. Barrington stellte.

»Indischen oder chinesischen?«, wandte sich Mrs. Barrington fragend an Harry.

Harry war sich nicht sicher, was sie damit meinte.

»Ich denke, wir alle nehmen indischen. Danke, Mutter«, sagte Giles.

Harry hatte gedacht, Giles habe ihm alles beigebracht, was er über Fragen der Etikette in der gehobenen Gesellschaft wissen musste, doch Mrs. Barrington hatte die Anforderungen plötzlich auf ein neues Niveau gehoben.

Sobald der Hilfsbutler den Tee in die drei Tassen gegossen hatte, stellte das Dienstmädchen sie zusammen mit drei kleinen Tellern und einer Servierplatte vor die Jungen. Harry starrte auf einen Berg von Sandwiches, die er nicht anzurühren wagte. Giles nahm sich ein Sandwich und legte es auf seinen Teller. Seine Mutter runzelte die Stirn. »Giles, wie oft habe ich dir schon gesagt, dass du warten sollst, bis deine Gäste sich zu einer Wahl entschlossen haben, bevor du dir selbst etwas nehmen wirst?«

Harry wollte Mrs. Barrington sagen, dass Giles bei allem die Führung übernahm, damit er selbst wusste, was zu tun und, wichtiger noch, nicht zu tun war. Deakins wählte ein Sandwich und legte es auf seinen Teller. Harry tat dasselbe. Giles wartete geduldig, bis Deakins nach seinem Sandwich gegriffen und einen Bissen genommen hatte.

»Ich hoffe, ihr mögt Räucherlachs«, sagte Mrs. Barrington.

»Famos«, sagte Giles, bevor seine Freunde gestehen konnten, dass sie noch nie zuvor Räucherlachs gegessen hatten. »In der Schule gibt es Sandwiches nur mit Fischpaste«, fügte er hinzu.

»Dann erzählt mir mal, wie ihr in der Schule zurechtkommt«, sagte Mrs. Barrington.

»Es gibt noch Luft nach oben, würde Frob vermutlich zu meinen Bemühungen sagen«, erwiderte Giles, als er sich ein weiteres Sandwich nahm. »Aber Deakins ist in allen Fächern der Beste.«

»Außer in Englisch«, sagte Deakins, der sich zum ersten Mal zu Wort meldete. »In dem Fach hat mich Harry knapp um ein paar Prozente geschlagen.«

»Und hast du auch irgendjemanden in irgendeinem Fach knapp geschlagen, Giles?«, fragte seine Mutter.

»Er ist der Zweitbeste in Mathematik, Mrs. Barrington«, kam Harry Giles zu Hilfe. »Er hat eine angeborene Begabung für Zahlen.«

»Genau wie sein Großvater«, sagte Mrs. Barrington.

»Das ist ein hübsches Bild von Ihnen über dem Kamin, Mrs. Barrington«, sagte Deakins.

Sie lächelte. »Das bin nicht ich, Deakins, das ist meine liebe Mutter.« Deakins senkte den Kopf, doch Mrs. Barrington fügte rasch hinzu: »Aber das war ein bezauberndes Kompliment. Zu ihrer Zeit galt sie als große Schönheit.«

»Wer hat es gemalt?«, fragte Harry, um von der Verlegenheit seines Freundes abzulenken.

»László«, antwortete Mrs. Barrington. »Warum fragst du?«

»Weil ich den Eindruck hatte, dass das Porträt des Gentlemans in der Empfangshalle vom selben Künstler stammen könnte.«

»Welch außerordentliche Beobachtungsgabe du hast, Harry«, sagte Mrs. Barrington. »Das Gemälde in der Empfangshalle stellt meinen Vater dar, und in der Tat wurde es ebenfalls von László gemalt.«

»Was macht Ihr Vater?«, fragte Harry.

»Harry fragt bei allem immer weiter«, sagte Giles. »Daran muss man sich einfach gewöhnen.«

Mrs. Barrington lächelte. »Er importiert Wein in dieses Land, vor allem verschiedene Sherrys aus Spanien.«

»Genau wie Harvey's«, sagte Deakins, den Mund voller Gurkensandwich. Giles grinste.

»Genau wie Harvey's«, wiederholte Mrs. Barrington. »Nimm dir ruhig noch ein Sandwich, Harry«, fuhr sie fort, als sie sah, dass er seinen Blick kaum von der Servierplatte wenden konnte.

»Danke«, sagte Harry. Es fiel ihm schwer, sich zwischen den Sandwiches mit Räucherlachs, Gurken oder Ei und Tomaten zu entscheiden. Schließlich griff er nach dem Lachs, denn er fragte sich, wie dieser wohl schmecken würde.

»Und was ist mit dir, Deakins?«

»Danke, Mrs. Barrington«, sagte Deakins und nahm sich ein weiteres Gurkensandwich.

»Ich kann dich einfach nicht noch länger Deakins nennen«, sagte Giles' Mutter. »Das hört sich an, als wärst du einer unserer Bediensteten. Sag mir deinen Vornamen.«

Wieder senkte Deakins den Kopf. »Es ist mir lieber, wenn man mich Deakins nennt.«

»Er heißt Al«, sagte Giles.

»So ein hübscher Name«, sagte Mrs. Barrington. »Aber ich nehme natürlich an, dass deine Mutter dich Alan nennt.«

»Nein, das tut sie nicht«, erwiderte Deakins, der den Kopf noch immer gesenkt hatte. Die beiden anderen Jungen schienen überrascht über dieses Geständnis, sagten jedoch nichts. »Ich heiße Algernon«, stammelte er schließlich.

Giles brach in Gelächter aus.

Mrs. Barrington ignorierte den Heiterkeitsausbruch ihres Sohnes. »Deine Mutter muss eine große Bewunderin von Oscar Wilde sein«, sagte sie.

»Ja, allerdings«, sagte Deakins. »Aber es wäre mir lieber gewesen, wenn sie mich Jack oder meinetwegen auch Ernest genannt hätte.«

»Darüber würde ich mir an deiner Stelle keine Sorgen machen«, sagte Mrs. Barrington. »Schließlich leidet Giles unter einer vergleichbaren Demütigung.«

»Mutter, du hast versprochen, dass du niemals ...«

»Du musst ihm deinen zweiten Vornamen sagen«, fuhr sie fort, indem sie seinen Protest ignorierte. Als Giles nicht antwortete, sahen Harry und Deakins Mrs. Barrington hoffnungsvoll an. »Marmaduke«, erklärte sie seufzend. »Wie sein Vater und sein Großvater vor ihm.«

»Wenn ihr das in der Schule rumerzählt«, sagte Giles und

fixierte seine beiden Freunde, »dann bringe ich euch um, das schwöre ich. Ich meine es auch so: Ich bringe euch um.« Beide Jungen lachten.

»Hast du einen zweiten Vornamen, Harry?«, fragte Mrs. Barrington.

Harry wollte gerade antworten, als die Tür zum Salon aufflog und ein Mann, den niemand mit einem Bediensteten verwechseln würde, ins Zimmer trat. Er hatte ein großes Paket in den Händen. Harry sah hoch zu einem Mann, bei dem es sich nur um Mr. Hugo handeln konnte. Giles sprang auf und rannte zu seinem Vater, der ihm das Paket reichte und sagte: »Alles Gute zum Geburtstag, mein Junge.«

»Danke, Vater«, sagte Giles, der sofort die Geschenkschleife zu lösen begann.

»Bevor du dein Geschenk öffnest, Giles«, sagte seine Mutter, »solltest du deinem Vater vielleicht erst deine Gäste vorstellen.«

»Tut mir leid, Vater. Das sind meine beiden besten Freunde, Deakins und Harry«, sagte Giles und stellte das Geschenk auf den Tisch. Harry fiel auf, dass Giles' Vater über eine ebenso sportlich-kräftige Statur und über dieselbe ruhelose Energie verfügte, die ihm bisher nur an dessen Sohn aufgefallen war.

»Schön, dich kennenzulernen, Deakins«, sagte Mr. Barrington und schüttelte dem Jungen die Hand. Dann wandte er sich an Harry. »Guten Tag, Clifton«, fuhr er fort, indem er sich in den leeren Sessel neben seiner Frau setzte. Harry war verwirrt darüber, dass Mr. Barrington ihm nicht die Hand gab. Und woher wusste Giles' Vater überhaupt, dass er Clifton hieß?

Nachdem der Hilfsbutler Mr. Barrington eine Tasse Tee serviert hatte, streifte Giles das Papier von seinem Geschenk ab und schnappte begeistert nach Luft, als er sah, dass es sich um ein Roberts-Radio handelte. Er schob den Stecker in die Buchse in der Wand und begann, nach verschiedenen Stationen zu suchen. Die Jungen applaudierten und lachten bei jedem neuen Geräusch, das aus dem großen Holzkasten drang.

»Giles hat mir gesagt, dass er in diesem Jahr in Mathematik der Zweitbeste ist«, bemerkte Mrs. Barrington, indem sie sich an ihren Mann wandte.

»Was kein Ausgleich dafür ist, dass er in jedem anderen Fach zu den Schlechtesten gehört«, erwiderte dieser. Giles versuchte, nicht verlegen auszusehen, während er nach einer weiteren Radiostation suchte.

»Aber Sie hätten das Tor sehen sollen, das er gegen Avonhurst gemacht hat«, sagte Harry. »Wir alle rechnen damit, dass er nächstes Jahr Kapitän der Schulelf werden wird.«

»Tore bringen ihn nicht nach Eton«, sagte Mr. Barrington, ohne Harry anzusehen. »Es wird Zeit, dass der Junge sich dahinterklemmt und härter arbeitet.«

Eine Zeit lang sagte niemand etwas, bis Mrs. Barrington schließlich das Schweigen brach. »Bist du der Clifton, der im Chor der St. Mary Redcliffe singt?«, fragte sie.

»Harry ist der Solosopran«, sagte Giles. »Er ist Chorstipendiat.«

Harry bemerkte, dass Giles' Vater ihn anstarrte.

»Du kamst mir doch gleich bekannt vor«, sagte Mrs. Barrington. »Giles' Großvater und ich haben eine Aufführung des *Messias* in der St. Mary's besucht, als der Chor von St. Bede's dort zusammen mit dem Chor der Bristol Grammar School aufgetreten ist. Dein *Ich weiß, dass mein Erlöser lebt* war wirklich großartig, Harry.«

»Danke, Mrs. Barrington«, sagte Harry errötend.

»Hast du vor, auf die Bristol Grammar School zu gehen, wenn du deinen Abschluss in St. Bede's gemacht hast, Clifton?«, wollte Mr. Barrington wissen.

Schon wieder *Clifton*, dachte Harry. »Nur wenn ich ein Stipendium gewinne, Sir«, erwiderte er.

»Aber warum sollte das wichtig sein?«, fragte Mrs. Barrington. »Man wird dir doch gewiss ebenso einen Platz anbieten wie jedem anderen Jungen?«

»Weil meine Mutter nicht in der Lage wäre, für die Kosten aufzukommen, Mrs. Barrington. Sie ist Kellnerin im Royal Hotel.«

»Aber könnte dein Vater nicht ...«

»Er ist tot«, sagte Harry. »Er ist im Krieg gestorben.« Aufmerksam beobachtete er, wie Mr. Barrington reagieren würde, doch wie ein guter Pokerspieler ließ Giles' Vater keinerlei Regung erkennen.

»Das tut mir leid«, sagte Mrs. Barrington, »das wusste ich nicht.«

Die Tür hinter Harry öffnete sich, und der Hilfsbutler trug auf einem Silbertablett einen zwei Schichten hohen Geburtstagskuchen in den Salon, den er vorsichtig in der Mitte des Tisches platzierte. Alle applaudierten, nachdem es Giles gelungen war, die zwölf Kerzen mit einem einzigen Atemzug auszublasen.

»Und wann hast du Geburtstag, Clifton?«, fragte Mr. Barrington.

»Das war letzten Monat, Sir«, erwiderte Harry.

Mr. Barrington wandte sich ab.

Der Hilfsbutler zog die Kerzen aus dem Kuchen und reichte dem jungen Herrn ein großes Kuchenmesser. Giles machte mehrere tiefe Schnitte und hob fünf nicht allzu gerade Stücke auf die Kuchenteller, die das Dienstmädchen auf den Tisch gestellt hatte.

Deakins schob sich mehrere Streifen Zuckerguss in den Mund, die auf seinen Teller gefallen waren, bevor er einen Bissen von seinem Stück nahm. Harry folgte Mrs. Barringtons Vorbild. Er griff nach der kleinen Silbergabel, die neben seinem Teller lag, löste mit ihrer Hilfe ein winziges Eck von seinem Kuchenstück und legte die Gabel dann wieder zurück auf seinen Teller.

Nur Mr. Barrington rührte seinen Kuchen nicht an. Plötzlich und ohne Vorwarnung stand er auf und verließ ohne ein weiteres Wort den Salon.

Giles' Mutter versuchte gar nicht erst zu verbergen, wie überrascht sie über das Verhalten ihres Mannes war, sagte jedoch nichts. Harry ließ Mr. Hugo nicht aus den Augen, als dieser den Raum verließ, während Deakins seine Aufmerksamkeit wieder den Räucherlachssandwiches widmete, nachdem er seinen Kuchen gegessen hatte und auch ansonsten nichts von dem mitbekam, was um ihn herum vor sich ging.

Sobald sich die Salontür geschlossen hatte, setzte Mrs. Barrington ihre Plauderei mit den Jungen fort, als hätte sich nichts Ungewöhnliches ereignet. »Ich bin sicher, dass du ein Stipendium für die Bristol Grammar gewinnen wirst, Harry, besonders wenn ich daran denke, was Giles mir alles über dich erzählt hat. Du bist offensichtlich nicht nur ein begabter Sänger, sondern auch ein sehr kluger Junge.«

»Giles neigt zu Übertreibungen, Mrs. Barrington«, sagte Harry. »Ich kann Ihnen versichern, dass nur Deakins ein Stipendium sicher ist.«

»Aber bietet die BGS keine speziellen Musikstipendien?«, fragte sie.

»Nicht für Soprane«, antwortete Harry. »Sie wollen das Risiko nicht eingehen.«

»Ich bin nicht sicher, ob ich dich verstehe«, sagte Mrs. Barrington. »Nichts kann dir die vielen Chorproben wegnehmen, die du so viele Jahre hindurch besucht hast.«

»Das ist richtig, aber unglücklicherweise kann niemand vorhersagen, was nach dem Stimmbruch passiert. Einige Soprane werden Bässe oder Baritone, und diejenigen, die wirklich Glück haben, werden Tenöre. Aber so etwas kann man unmöglich vorher wissen.«

»Warum nicht?«, fragte Deakins, dessen Interesse zum ersten Mal geweckt worden war.

»Es gibt viele Solosoprane, die nach dem Stimmbruch nicht einmal einen Platz im Chor ihrer eigenen Kirchengemeinde bekommen. Frag Master Ernest Lough. Jeder Haushalt in England kennt sein *O könnt' ich fliegen wie Tauben dahin*, aber nach seinem Stimmbruch hat niemand je wieder etwas von ihm gehört.«

»Du musst einfach nur härter arbeiten«, sagte Deakins, bevor er sich gleich wieder etwas in den Mund schob. »Vergiss nicht, dass jedes Jahr zwölf Stipendien ausgeschrieben werden, und ich kann nur eines gewinnen«, sagte er in vollkommen sachlichem Ton.

»Aber genau das ist das Problem«, sagte Harry. »Wenn ich noch härter arbeiten will, werde ich den Chor aufgeben müssen, und ohne mein Chorstipendium muss ich St. Bede's verlassen, also...«

»Das ist ein echtes Dilemma«, sagte Deakins.

Harry hatte das Wort noch nie gehört und beschloss, Deakins später zu fragen, was es bedeutete.

»Nun, eines ist sicher«, sagte Mrs. Barrington. »Giles wird wohl nie ein Stipendium bekommen, gleichgültig für welche Schule.«

»Möglicherweise nicht«, sagte Harry. »Aber die Bristol Grammar dürfte wohl kaum einen Linkshänder ablehnen, der so ein ausgezeichneter Schlagmann ist wie er.«

»Dann wollen wir hoffen, dass sie in Eton derselben Ansicht

sind«, sagte Mrs. Barrington, »denn dort soll er nach dem Willen seines Vaters hingehen.«

»Ich will nicht nach Eton«, sagte Giles und legte seine Gabel ab. »Ich möchte auf die BGS gehen und mit meinen Freunden zusammen sein.«

»Ich bin sicher, dass du in Eton jede Menge neue Freunde finden wirst«, sagte seine Mutter. »Und außerdem wäre es eine große Enttäuschung für deinen Vater, wenn du nicht in seine Fußstapfen treten würdest.«

Der Hilfsbutler räusperte sich. Mrs. Barrington warf einen Blick aus dem Fenster und sah, wie ein Wagen am Fuß der Stufen langsam ausrollte. »Ich glaube, es wird Zeit, dass ihr alle in die Schule zurückfahrt«, sagte sie. »Ich möchte ganz sicher nicht dafür verantwortlich sein, wenn jemand zu spät zu seinen Hausaufgaben kommt.«

Harry warf einen sehnsüchtigen Blick auf die große Platte mit den Sandwiches und auf den nur zur Hälfte gegessenen Kuchen. Schließlich stand er widerwillig auf und ging auf die Tür zu. Er drehte sich noch einmal um und hätte schwören können, dass er Deakins dabei ertappte, wie dieser sich ein Sandwich in die Tasche steckte. Dann warf er einen letzten Blick in Richtung Fenster und bemerkte voller Überraschung ein schlaksiges Mädchen mit langen Zöpfen, das zusammengekauert in einer Ecke saß und ein Buch las.

»Das ist meine schreckliche Schwester Emma«, sagte Giles. »Sie liest ständig. Beachte sie einfach nicht.« Harry lächelte Emma zu, doch sie sah nicht auf. Deakins kümmerte sich nicht um sie.

Mrs. Barrington begleitete die drei Jungen zur Eingangstür, wo sie Harry und Deakins die Hände schüttelte. »Ich hoffe, dass ihr beide uns bald wieder besucht«, sagte sie. »Ihr habt so einen guten Einfluss auf Giles.«

»Vielen Dank, dass Sie uns zum Tee eingeladen haben, Mrs. Barrington«, sagte Harry. Deakins nickte nur. Beide Jungen wandten sich ab, als sie ihren Sohn umarmte und ihm einen Kuss gab.

Während der Chauffeur die lange Auffahrt in Richtung der Tore hinabfuhr, spähte Harry aus dem Heckfenster zum Haus. Er sah nicht, dass Emma durch das Salonfenster dem verschwindenden Wagen hinterherstarrte.

7

Das Süßwarengeschäft der Schule war jeden Dienstag- und Donnerstagnachmittag zwischen vier und sechs Uhr geöffnet.

Harry besuchte den von den Schülern »Emporium« genannten Laden sehr selten, denn er hatte pro Schuljahr nur zwei Shilling Taschengeld zur Verfügung und wusste, dass es seiner Mutter nicht gefallen würde, sollten irgendwelche zusätzlichen Ausgaben auf seiner Jahresabrechnung erscheinen. An Deakins' Geburtstag machte Harry jedoch eine Ausnahme, denn er hatte vor, für seinen Freund einen Fondant-Riegel zu einem Penny zu kaufen.

Trotz Harrys seltener Besuche im Süßwarengeschäft lag jeden Dienstag- und Donnerstagabend ein Schokoriegel der Marke Fry's Five Boys auf seinem Schreibtisch. Und obwohl es in der Schule die Regel gab, dass kein Junge mehr als sechs Pence pro Woche im Laden ausgeben sollte, ließ Giles Deakins jedes Mal zusätzlich ein Päckchen Liquorice-Allsorts-Lakritze zukommen, wobei er seinen Freunden zu verstehen gab, dass er selbst deswegen nichts von ihnen geschenkt haben wollte.

Als Harry an jenem Dienstag zum Süßwarenladen ging, stellte er sich in eine lange Reihe von Jungen, die alle darauf warteten, bedient zu werden. Das Wasser lief ihm im Mund zusammen, während er all die fein säuberlich angeordneten Reihen aus Schokolade, Fondantstücken, Gummibärchen, Lakritze und dem neuesten Verkaufsschlager, Smiths Kartoffelchips, betrachtete. Er dachte darüber nach, auch sich selbst ein Päckchen zu kaufen, doch nachdem er kürzlich die Bekanntschaft von Mr. Wilkins Micawber gemacht hatte, hegte er keinerlei Zweifel mehr an dem hohen Wert eines Sixpence-Stückes.

Während Harry seine Blicke noch über die Schätze des Emporiums schweifen ließ, hörte er plötzlich Giles' Stimme und sah, dass dieser ein Stück weiter vor ihm in der Schlange stand. Er wollte sich seinem Freund gerade bemerkbar machen, als er beobachtete, wie Giles einen Schokoriegel aus einem Regal nahm und in seine Hosentasche gleiten ließ. Wenige Augenblicke später folgte ein Päckchen Kaugummi. Als Giles an die Reihe kam, legte er ein Päckchen Liquorice Allsorts zu zwei Pennys und eine Tüte Chips zu einem Penny auf die Ladentheke, die Mr. Swivals, der Lehrer, der für den Laden zuständig war, ordentlich in seinem Abrechnungsbuch unter dem Namen Barrington eintrug. Die beiden anderen Süßigkeiten blieben unbemerkt in Giles' Tasche.

Harry war entsetzt, und bevor Giles sich umdrehen konnte, verließ er den Laden, denn er wollte nicht, dass sein Freund ihn sah. Langsam umrundete Harry die Schulgebäude und versuchte, sich darüber klar zu werden, warum Giles irgendetwas stehlen sollte, wenn es doch so offensichtlich war, dass er es bezahlen konnte. Harry nahm an, dass es eine einfache Erklärung geben musste, obwohl er sich nicht vorstellen konnte, welche.

Kurz vor der offiziellen Zeit ging er in das Zimmer, in dem die Schüler die Hausaufgaben erledigen mussten, wo er den gestohlenen Schokoriegel auf seinem Tisch fand und Deakins sich bereits seinem Päckchen Liquorice Allsorts widmete. Es gelang ihm kaum, sich auf die Gründe der Industriellen Revolution zu konzentrieren, denn er versuchte noch immer zu einer Entscheidung darüber zu kommen, ob er mit seiner Entdeckung etwas anfangen sollte, und wenn ja, was.

Nachdem er seine Hausaufgaben gemacht hatte, traf er eine Entscheidung. Er legte den ungeöffneten Schokoriegel in die oberste Schublade seines Tischs. Er wollte ihn am Donnerstag in den Laden zurückbringen, ohne Giles etwas davon zu sagen.

Harry schlief nicht in jener Nacht, und nach dem Frühstück nahm er Deakins beiseite und erklärte ihm, warum er nicht in der Lage gewesen war, ihm ein Geburtstagsgeschenk zu geben. Deakins schaffte es kaum zu verbergen, dass er das alles nicht fassen konnte.

»Mein Dad hat in seinem Laden dasselbe Problem«, sagte Deakins. »Es heißt Ladendiebstahl. Die *Daily Mail* behauptet, dass die Wirtschaftskrise daran schuld ist.«

»Ich glaube nicht, dass die Wirtschaftskrise Giles' Familie besonders zu schaffen macht«, sagte Harry recht energisch.

Deakins nickte nachdenklich. »Vielleicht solltest du Frob darüber informieren ...«

»Und meinen besten Freund verraten?«, sagte Harry. »Niemals.«

»Aber wenn Giles erwischt wird, könnte er von der Schule fliegen«, sagte Deakins. »Du solltest ihm wenigstens erzählen, dass du herausgefunden hast, was er tut.«

»Ich werde darüber nachdenken«, sagte Harry. »Und bis dahin werde ich alles, was Giles mir gibt, in den Laden zurückbringen, ohne dass er davon erfährt.«

Deakins beugte sich näher zu ihm. »Könntest du meine Sachen auch zurückbringen? Ich gehe nie in den Laden und weiß gar nicht, wie ich es anstellen sollte.«

Harry erklärte sich einverstanden, die Verantwortung zu übernehmen, und von da an ging er zweimal die Woche in das Süßwarengeschäft, um Giles' unerwünschte Geschenke zurück in die Regale zu legen. Er war unterdessen zu dem Schluss gekommen, dass Deakins recht hatte und er, Harry, seinen Freund würde zur Rede stellen müssen, bevor dieser erwischt wurde. Doch er schob es bis zum Ende des Schuljahres auf.

»Ein guter Schlag, Barrington«, sagte Mr. Frobisher, als der Ball über die entscheidende Linie rollte. Um das Spielfeld herum brandete Applaus auf. »Denken Sie an meine Worte, Rektor. Barrington wird für Eton gegen Harrows beim Lord's spielen.«

»Nicht wenn Giles das verhindern kann«, flüsterte Harry Deakins zu.

»Was machst du in den Sommerferien, Harry?«, fragte Deakins, der auch bei dieser Gelegenheit nichts von dem wahrzunehmen schien, was um ihn herum vorging.

»Ich habe keine Pläne, dieses Jahr in die Toskana zu fahren, wenn es das ist, was du meinst«, erwiderte Harry grinsend.

»Ich glaube, dass Giles eigentlich auch nicht gehen will«, sagte Deakins. »Schließlich haben die Italiener Kricket nie verstanden.«

»Na ja, ich würde gerne mit ihm tauschen«, sagte Harry. »Es macht mir nichts aus, dass Michelangelo, Da Vinci und Caravaggio niemals in die anspruchsvolleren Aspekte dieses besonderen Bowlings eingeführt wurden, bei dem man sich nur die Beine bricht. Ganz zu schweigen von der ganzen Pasta, durch die er waten muss.«

»Wo gehst du dann hin?«, fragte Deakins.

»An die Riviera des Westens. Eine Woche lang«, sagte Harry schwungvoll. »Die große Strandpromenade bei Weston-super-Mare ist üblicherweise der Ort, an dem sich alle Welt trifft. Gefolgt von Fish und Chips in Coffins Café. Hättest du Lust, dich mir anzuschließen?«

»Ich habe keine Zeit«, sagte Deakins, der Harrys Worte anscheinend ernst nahm.

»Warum das denn?«, fragte Harry, der seinen kleinen Scherz noch ein wenig weiterführte.

»Zu viel Arbeit.«

»Du hast vor, während der Ferien zu arbeiten?«, fragte Harry ungläubig.

»Diese Arbeit ist eigentlich kaum Arbeit für mich«, antwortete Deakins. »Ich genieße sie ebenso sehr wie Giles sein Kricket und du deinen Gesang.«

»Wo arbeitest du?«

»In der Stadtbücherei, du Trottel. Da haben sie alles, was ich brauche.«

»Kann ich mitkommen?«, fragte Harry, der jetzt so ernst klang wie sein Freund. »Ich brauche jede Hilfe, die ich bekommen kann, wenn ich überhaupt eine Chance haben soll, ein Stipendium für die BGS zu gewinnen.«

»Nur wenn du bereit bist, die ganze Zeit über still zu sein«, sagte Deakins. Harry hätte am liebsten gelacht, doch er wusste, sein Freund fand nicht, dass Arbeit etwas zum Lachen war.

»Aber ich brauche wirklich dringend etwas Hilfe in lateinischer Grammatik«, sagte Harry. »Ich verstehe weder Konsekutivsätze noch Konjunktive, und wenn ich in Latein nicht wenigstens gerade so bestehe, ist alles vorbei, selbst wenn ich in allen anderen Fächern gute Bewertungen bekomme.«

»Ich bin bereit, dir in Latein zu helfen«, sagte Deakins, »wenn du mir auch einen Gefallen tust.«

»Nur zu«, sagte Harry, »obwohl ich mir nicht vorstellen kann, dass du bei der diesjährigen Weihnachtsmesse ein Solo singen willst.«

»Guter Schlag, Barrington«, sagte Frobisher erneut. Harry schloss sich dem Applaus an. »Das ist sein drittes Half-Century in diesem Schuljahr, Rektor«, fügte Frobisher hinzu.

»Sei nicht albern, Harry«, sagte Deakins. »Die Wahrheit ist, dass mein Vater jemanden braucht, der in den Sommerferien morgens die Zeitungen austrägt, und ich habe dich vorgeschlagen. Du bekommst einen Shilling pro Woche, und wenn du es schaffst, jeden Morgen im Laden zu erscheinen, dann betrachte dich als eingestellt.«

»Um sechs?«, fragte Harry fast ärgerlich. »Wenn du einen Onkel hättest, der um fünf das ganze Haus weckt, wäre das dein geringstes Problem.«

»Dann bist du bereit, diesen Job anzunehmen?«

»Ja, natürlich«, sagte Harry. »Aber warum willst du ihn nicht selbst? Ein Shilling pro Woche ist nicht zu verachten.«

»Erinnere mich bloß nicht daran«, sagte Deakins. »Ich kann nicht Rad fahren.«

»Oh, verdammt«, sagte Harry. »Ich habe nicht einmal ein Fahrrad.«

»Ich habe nicht gesagt, dass ich kein Rad *habe*«, seufzte Deakins. »Ich sagte, ich kann nicht fahren.«

»Clifton«, sagte Mr. Frobisher, als die Kricketspieler den Platz verließen, um zum Tee zu gehen. »Ich würde Sie nach den Hausaufgaben gerne in meinem Arbeitszimmer sehen.«

Harry hatte Mr. Frobisher immer gemocht, denn er war einer der wenigen Lehrer, die ihn als ebenbürtig behandelten. Er schien auch keine Lieblingsschüler zu haben, während andere Lehrer ihn nie daran zweifeln ließen, dass man es dem Sohn eines

Hafenarbeiters nie hätte gestatten dürfen, die heiligen Hallen von St. Bede's zu betreten, gleichgültig wie gut seine Stimme auch immer sein mochte.

Als die Glocke am Ende der für die Hausarbeiten vorgesehenen Zeit erklang, legte Harry seinen Stift weg und ging durch den Flur zu Mr. Frobishers Arbeitszimmer. Er hatte keine Ahnung, warum der für dieses Haus zuständige Lehrer ihn sehen wollte, und er hatte sich über diese Angelegenheit auch bisher nicht allzu viele Gedanken gemacht.

Harry klopfte an die Tür.

»Herein«, sagte die Stimme eines Mannes, der nie ein Wort zu viel verlor. Harry öffnete die Tür und war überrascht, nicht mit dem üblichen Frob-Lächeln begrüßt zu werden.

Mr. Frobisher starrte Harry an, als dieser vor seinen Schreibtisch trat. »Es ist mir berichtet worden, Clifton, dass Sie im Bonbonladen Diebstähle begangen haben.« Harrys Kopf war völlig leer, als er versuchte, sich eine Erwiderung einfallen zu lassen, durch die Giles nicht als Schuldiger dastehen würde. »Ein Aufsichtsschüler hat Sie dabei beobachtet, wie Sie mehrere Süßigkeiten aus den Regalen genommen haben«, fuhr Frobisher in demselben unnachgiebigen Ton fort, in dem er begonnen hatte. »Danach haben Sie den Laden verlassen, ohne abzuwarten, bis Sie den Anfang der Warteschlange erreicht hätten.«

Harry wollte sagen: »Ich habe nichts genommen, Sir, ich habe die Dinge zurückgebracht.« Doch alles, was er zustande brachte, war: »Ich habe nie etwas aus dem Bonbonladen gestohlen, Sir.« Obwohl das die Wahrheit war, spürte er, wie er errötete.

»Wie erklären Sie sich dann, dass Sie zweimal pro Woche in das Emporium gehen, wenn es unter Ihrem Namen keinen einzigen Eintrag in Mr. Swivals Abrechnungsbuch gibt?«

Mr. Frobisher wartete geduldig, doch Harry wusste, dass Giles zweifellos der Schule verwiesen würde, sollte er die Wahrheit sagen.

»Außerdem wurden dieser Schokoriegel und dieses Päckchen Liquorice Allsorts in der obersten Schublade Ihres Schreibtischs gefunden, und zwar nicht lange nachdem der Laden wieder geschlossen hatte.«

Harry blickte auf die Süßigkeiten hinab, schwieg jedoch noch immer.

»Ich erwarte eine Erklärung, Clifton«, sagte Mr. Frobisher. Nach einer langen Pause fügte er hinzu: »Ich bin mir natürlich bewusst, dass Sie bei Weitem weniger Taschengeld haben als jeder andere Junge in Ihrer Klasse, aber das ist keine Rechtfertigung für einen Diebstahl.«

»Ich habe in meinem ganzen Leben nie irgendetwas gestohlen«, sagte Harry.

Jetzt war es Mr. Frobisher, der bestürzt aussah. Er erhob sich hinter seinem Schreibtisch. »Wenn das der Fall ist, Clifton – und ich möchte Ihnen gerne glauben –, dann werden Sie nach der Chorprobe wieder hier erscheinen und mir eine vollständige Erklärung dafür geben, wie Sie in den Besitz dieser Süßigkeiten kamen, welche Sie eindeutig nicht bezahlt haben. Sollte mich diese Erklärung nicht zufriedenstellen, werden wir uns beide zum Rektor begeben, und ich zweifle nicht daran, wie seine Empfehlung aussehen wird.«

Harry verließ das Arbeitszimmer. Ihm wurde übel, kaum dass sich die Tür hinter ihm schloss. Er ging zurück in das gemeinsame Lernzimmer seiner Klasse und hoffte, dass Giles nicht da wäre. Als er den Raum betrat, fiel sein Blick als Erstes auf einen weiteren Schokoriegel, der auf seinem Tisch lag.

Giles sah auf. »Geht es dir gut?«, fragte er, als er Harrys gerötetes Gesicht sah. Harry antwortete nicht. Er legte den Schokoriegel in die Schublade und machte kehrt, um zur Chorprobe zu gehen. Zu keinem seiner beiden Freunde sagte er auch nur ein Wort. Giles' Blicke folgten ihm, und sobald sich die Tür geschlossen hatte, wandte sich der junge Barrington in lässigem Ton an Deakins. »Was hat er denn?« Deakins schrieb weiter, als hätte er die Frage nicht gehört. »Hast du Watte in den Ohren?«, fragte Giles. »Welche Laus ist Harry denn über die Leber gelaufen?«

»Soweit ich weiß, wollte Frob mit ihm sprechen.«

»Warum?«, fragte Giles, der jetzt schon interessierter klang.

»Ich habe keine Ahnung«, sagte Deakins, der noch immer nicht zu schreiben aufhörte.

Giles stand auf und trat schlendernd an Deakins heran. »Was verschweigst du mir?«, wollte er wissen und packte seinen Freund am Ohr.

Deakins ließ seinen Stift fallen, griff nervös nach seiner Brille und schob sie ein wenig höher seine Nase hinauf, bevor er schließlich mit quäkender Stimme sagte: »Er steckt in irgendwelchen Schwierigkeiten.«

»Welche Art von Schwierigkeiten?«, fragte Giles und verdrehte ihm das Ohr.

»Es könnte vielleicht sein, dass er von der Schule verwiesen wird, glaube ich«, wimmerte Deakins.

Giles ließ Deakins' Ohr los und brach in heftiges Gelächter aus. »Harry? Der Schule verwiesen?«, sagte er nach Luft schnappend. »Eher schließen sie den Papst vom Priesteramt aus.« Er wäre zu seinem Tisch zurückgekehrt, hätte er nicht die Schweißperlen gesehen, die auf Deakins' Stirn erschienen. »Aus welchem Grund?«, fragte er mit leiserer Stimme als zuvor.

»Frob glaubt, dass er Sachen aus dem Bonbonladen stiehlt«, sagte Deakins.

Wenn Deakins den Kopf gehoben hätte, hätte er gesehen, dass Giles' Gesicht aschfahl geworden war. Einen Moment später hörte er, wie sich die Tür schloss. Er griff nach seinem Stift und versuchte, sich zu konzentrieren, doch zum ersten Mal in seinem Leben beendete er seine Hausaufgaben nicht.

Als Harry eine Stunde später von der Chorprobe zurückkam, fiel sein Blick auf Fisher, der an einer Wand lehnte und dem es nicht gelang, ein Lächeln zu unterdrücken. In diesem Moment begriff er, wer ihn gemeldet hatte. Er ignorierte Fisher und ging langsam zurück zu seinem Gebäude, als hätte er auf dieser Welt nicht die geringsten Sorgen, obwohl er sich wie ein Mann auf dem Weg zum Galgen fühlte. Er wusste, dass sich die Hinrichtung nicht mehr aufschieben ließ, sofern er seinen besten Freund nicht verriet. Er zögerte, bevor er an das Zimmer des Lehrers klopfte, der für sein Haus zuständig war.

Das »Herein« klang viel freundlicher als eine gute Stunde zuvor, doch als Harry das Arbeitszimmer betrat, traf ihn derselbe unnachgiebige Blick. Er senkte den Kopf.

»Ich muss Sie aufrichtig um Verzeihung bitten, Clifton«, sagte Frobisher und erhob sich hinter seinem Schreibtisch. »Inzwischen ist mir klar, dass nicht Sie der Schuldige sind.«

Harrys Herz schlug genauso heftig wie zuvor, doch jetzt galt seine Sorge Giles. »Danke, Sir«, sagte er, wobei er den Kopf noch immer gesenkt hielt. Es gab so viele Fragen, die er Mr. Frobisher gerne gestellt hätte, doch er wusste, dass er auf keine von ihnen eine Antwort erhalten würde.

Mr. Frobisher trat hinter seinem Schreibtisch hervor und schüttelte Harry die Hand. So etwas hatte er noch nie zuvor getan. »Sie sollten sich besser beeilen, Clifton, wenn Sie versuchen wollen, noch etwas zum Abendessen zu bekommen.«

Nachdem Harry Mr. Frobishers Arbeitszimmer verlassen hatte, ging er langsam in Richtung Speisesaal. Fisher stand neben der Tür, und seine Miene verriet, wie überrascht er war. Harry ging ungerührt an ihm vorbei und setzte sich auf seinen Platz am Ende der Bank neben Deakins. Der Platz gegenüber war leer.

8

Giles erschien nicht mehr zum Abendessen, und auch sein Bett blieb in jener Nacht leer. Wenn St. Bede's nicht den jährlichen Wettkampf gegen Avonhurst mit einunddreißig Läufen verloren hätte, hätten nicht besonders viele Jungen und nicht einmal allzu viele Lehrer bemerkt, dass er nicht mehr da war.

Doch Giles hatte das Pech, dass es sich bei diesem Match um ein Heimspiel für St. Bede's handelte, weshalb jeder darüber spekulierte, warum der erste Schlagmann der Schule nicht an der vorgeschriebenen Linie Aufstellung genommen hatte. Besonders Fisher hielt sich mit seinen Kommentaren nicht zurück und erzählte jedem, der es hören wollte, dass der Falsche der Schule verwiesen worden war.

Harry freute sich nicht auf die Ferien. Er fragte sich nicht nur, ob er Giles jemals wiedersehen würde; die Ferien bedeuteten auch, dass er in die Still House Lane Nr. 27 zurückkehren und wieder ein Zimmer mit seinem Onkel Stan teilen musste, welcher fast ständig betrunken von der Arbeit nach Hause kam.

Regelmäßig verbrachte Harry die Abende damit, alte Prüfungen durchzusehen, dann ging er gegen zehn ins Bett. Er schlief rasch ein, wurde jedoch irgendwann nach Mitternacht von seinem Onkel geweckt, der oft so betrunken war, dass er sein Bett nicht finden konnte. Harry sollte sich für den Rest seines Lebens an das Geräusch erinnern, das entstand, wenn Stan in den

Nachttopf zu pinkeln versuchte und dabei nicht immer richtig traf.

Jedes Mal, nachdem Stan ins Bett gefallen war – er machte sich nur selten die Mühe, seine Kleider auszuziehen –, versuchte Harry, wieder einzuschlafen, doch oft wurde er nur wenige Minuten später erneut durch lautes, betrunkenes Schnarchen geweckt. Er sehnte sich zurück nach St. Bede's, wo er den Schlafsaal mit neunundzwanzig anderen Jungen teilte.

Harry hoffte noch immer darauf, dass Stan in einem unachtsamen Moment einige zusätzliche Einzelheiten über den Tod seines Vaters ausplaudern würde, doch meistens redete sein Onkel so wirr, dass er nicht einmal die einfachste Frage beantworten konnte. Bei einer der seltenen Gelegenheiten, bei denen er nüchtern genug war, um sich klar zu äußern, forderte er Harry auf, ihm aus den Augen zu gehen, und drohte ihm, dass er ihn verprügeln würde, sollte er das Thema noch einmal erwähnen.

Dass er ein Zimmer mit Stan teilen musste, hatte nur ein Gutes: Harry kam nie zu spät, um morgens die Zeitung auszutragen.

Harrys Tage in der Still House Lane folgten einem genau festgelegten Muster: Aufstehen um fünf, eine Scheibe Toast zum Frühstück – die Schale seines Onkels leckte er nicht mehr aus –, Erscheinen bei Mr. Deakins, dem Zeitungshändler, um sechs, Ordnen der Zeitungen in die richtige Reihenfolge, Ausliefern der Zeitungen. Das Ganze dauerte etwa zwei Stunden, sodass er noch genügend Zeit für eine Tasse Tee mit seiner Mum hatte, bevor diese zur Arbeit ging. Um halb neun machte sich Harry regelmäßig auf den Weg in die Bibliothek, wo er Deakins traf. Sein Freund saß jeden Morgen auf der obersten Treppenstufe und wartete auf jemanden, der die Tür öffnete.

Am Nachmittag erschien Harry zur Chorprobe in der St. Mary Redcliffe, was zu seinen Verpflichtungen gehörte, wenn er auch weiterhin in St. Bede's zur Schule gehen wollte. Er betrachtete das jedoch nicht als Verpflichtung, denn er genoss das Singen sehr. Er flüsterte sogar mehr als einmal: »Bitte, Gott, lass mich Tenor werden, wenn ich in den Stimmbruch komme. Dann werde ich nie wieder um etwas bitten.«

Wenn Harry am späten Nachmittag zum Tee nach Hause kam, setzte er sich regelmäßig mehrere Stunden lang zum Lernen an den Küchentisch. Er fürchtete die Rückkehr seines Onkels mindestens ebenso sehr wie das Erscheinen von Fisher während seiner ersten Woche in St. Bede's. Fisher war schließlich in die Colston's Grammar School abgegangen, weshalb Harry annahm, dass sich ihre Wege nie wieder kreuzen würden.

Harry freute sich auf sein letztes Jahr in St. Bedes, obwohl er nicht den geringsten Zweifel daran hatte, wie sehr sein Leben sich verändern würde, sobald er und seine beiden Freunde getrennte Wege gingen. Wohin Giles wechseln würde, wusste Harry nicht; Deakins würde auf die Bristol Grammar kommen; und er selbst würde möglicherweise wieder in der Merrywood Elementary landen, wenn er kein Stipendium für die BGS gewann. Danach würde er die Schule mit vierzehn Jahren verlassen und sich nach einer Arbeit umsehen müssen. Er versuchte, nicht an die Folgen eines Misserfolgs zu denken, obwohl Stan keine Gelegenheit ausließ, ihn daran zu erinnern, dass er im Hafen immer eine Arbeit finden könne.

»Man hätte dem Jungen nie erlauben dürfen, dass er überhaupt auf eine Schule geht, wo sich alle für etwas Besseres halten«, sagte er regelmäßig zu Maisie, wenn sie seine Schale Porridge vor ihn stellte. »Das hat ihm lauter verrückte Ideen über seine Stellung im Leben in den Kopf gesetzt«, fügte er hinzu, als ob Harry nicht dabei wäre. Harry zweifelte nicht daran, dass

Fisher diese Ansicht begeistert geteilt hätte, aber er war ohnehin schon lange zu dem Schluss gekommen, dass Stan und Fisher sehr viel gemeinsam hatten.

»Aber Harry sollte doch sicher die Chance bekommen, etwas Besseres aus sich zu machen«, entgegnete Maisie.

»Warum?«, fragte Stan. »Wenn die Docks für mich und seinen alten Herrn gut genug waren, warum sind sie dann nicht gut genug für ihn?«, wollte er wissen. Sein nachdrücklicher Ton schien kein Gegenargument zuzulassen.

»Vielleicht ist der Junge einfach klüger als wir beide«, sagte Maisie.

Das brachte Stan für einen Augenblick zum Schweigen, doch nach seinem nächsten Löffel Porridge erklärte er: »Es kommt darauf an, was du mit *klug* meinst. Schließlich gibt es klug und *klug*.« Er nahm einen weiteren Löffel, fügte seiner tiefgründigen Beobachtung jedoch nichts mehr hinzu.

Während Harry zuhörte, wie sein Onkel jeden Morgen dieselbe Platte auflegte, schnitt er seinen Toast in vier Stücke. Er mischte sich nie in das Gespräch ein, denn es war offensichtlich, dass Stans Ansichten über Harrys Zukunft bereits feststanden, und absolut nichts in der Lage war, sie auch nur im Geringsten zu ändern. Stan war jedoch nicht klar, dass seine ständigen Sticheleien nur dafür sorgten, dass Harry umso eifriger lernte.

»Ich kann hier nicht den ganzen Tag rumhängen«, war üblicherweise der letzte Kommentar, den Stan am Morgen von sich gab, besonders wenn er spürte, dass er die Auseinandersetzung zu verlieren drohte. »Irgendjemand von uns muss schließlich auch noch bei der Arbeit erscheinen«, fügte er hinzu, wenn er vom Tisch aufstand. Niemand widersprach ihm. »Und da ist noch etwas«, sagte er, wenn er die Küchentür öffnete. »Niemandem von euch ist aufgefallen, dass der Junge weich geworden ist. Er leckt nicht einmal mehr meine Porridgeschale aus. Weiß Gott, was sie ihm in dieser Schule beigebracht haben.« Krachend fiel die Tür hinter ihm ins Schloss.

»Beachte deinen Onkel einfach nicht«, sagte Harrys Mutter. »Er ist nichts als eifersüchtig. Ihm gefällt nicht, dass wir alle so stolz auf dich sind. Und sogar von ihm werden andere Kommentare kommen müssen, wenn du das Stipendium gewinnst, genau wie dein Freund Deakins.«

»Aber genau das ist das Problem, Mum«, sagte Harry. »Ich bin nicht wie Deakins, und so langsam frage ich mich, ob es das alles wert ist.«

Der Rest der Familie starrte Harry in ungläubigem Schweigen an, bis Harrys Großvater sich zum ersten Mal seit Tagen zu Wort meldete. »Ich wollte, ich hätte die Chance gehabt, auf die Bristol Grammar School zu gehen.«

»Warum das denn?«, rief Harry.

»Weil wir dann all die Jahre nicht mit deinem Onkel Stan hätten leben müssen.«

Harry genoss seine morgendliche Zeitungsrunde, und das lag nicht nur daran, weil er deswegen aus dem Haus kam. Im Laufe der Wochen hatte er mehrere von Mr. Deakins' Stammkunden kennengelernt, von denen ihn einige in der St. Mary's singen gehört hatten. Sie winkten ihm zu, wenn er ihnen die Zeitung brachte, und manche boten ihm sogar eine Tasse Tee oder einen Apfel an. Mr. Deakins hatte ihn vor zwei Hunden gewarnt, denen er auf seiner Runde unbedingt ausweichen sollte, doch nach vierzehn Tagen begrüßten ihn beide mit wedelnden Schwänzen, wenn er vom Fahrrad stieg.

Erfreut konnte Harry feststellen, dass Mr. Holcombe zu Mr. Deakins' regelmäßigen Kunden gehörte, und oft unterhielten sich die beiden, wenn Harry am Morgen die *Times* vorbeibrachte. Sein erster Lehrer machte Harry unmissverständlich klar, dass er ihn nicht mehr auf der Merrywood sehen wollte, und fügte hinzu, dass er an den meisten Abenden frei wäre, sollte Harry zusätzliche Stunden benötigen.

Wenn Harry nach seiner Runde zu Mr. Deakins zurückkam, schob ihm der Zeitungshändler jedes Mal einen Fry's-Schokoriegel in den Schulranzen, bevor er sich von ihm verabschiedete. Das erinnerte Harry an Giles. Oft fragte er sich, was aus seinem Freund geworden war. Weder er noch Deakins hatten von Giles gehört, seit Mr. Frobisher Harry nach den Hausaufgaben zu sich gebeten hatte. Bevor Harry jedoch den Laden verließ, um nach Hause zu gehen, blieb er jedes Mal vor dem Schaukasten stehen, um eine Uhr zu bewundern, die er sich, wie er sehr wohl wusste, nie würde leisten können. Er machte sich nicht einmal die Mühe, Mr. Deakins zu fragen, wie viel sie kostete.

Es gab nur zwei regelmäßige Unterbrechungen in Harrys wöchentlicher Routine. Er versuchte immer, den Samstagvormittag mit Old Jack zu verbringen, dem er alle Exemplare der *Times* der vergangenen Woche brachte; und wenn er am Sonntagabend seinen Pflichten in der St. Mary's nachgekommen war, eilte er quer durch die Stadt, um pünktlich zum Abendgottesdienst in der Holy Nativity zu sein.

Eine gebrechliche Miss Monday strahlte vor Stolz während des Sopransolos. Sie hoffte nur, dass sie noch lange genug leben würde, um mitzuerleben, wie Harry nach Cambridge ging. Sie hatte vor, ihm vom Chor am King's College zu erzählen, sobald er einen Platz an der Bristol Grammar gewonnen hatte.

»Wird Frobisher dich zum Aufsichtsschüler machen?«, fragte

Old Jack, noch bevor Harry auf seine übliche Sitzbank im Eisenbahnwaggon gesunken war.

»Ich habe keine Ahnung«, erwiderte Harry. »Vergessen Sie nicht, was Frob immer sagt«, fügte er hinzu und tat so, als ziehe er an den Schößen einer Robe. »*Clifton, im Leben bekommt man, was man verdient. Nicht mehr, und ganz sicher auch nicht weniger.*«

Old Jack kicherte und sagte: »Keine schlechte Imitation.« Und in schlichtem Ton erklärte er: »Dann würde ich wetten, dass du Aufsichtsschüler wirst.«

»Ich würde lieber ein Stipendium für die BGS gewinnen«, sagte Harry, der sich plötzlich älter anhörte, als er tatsächlich war.

»Und was ist mit deinen Freunden Barrington und Deakins?«, fragte er, indem er versuchte, die Stimmung ein wenig aufzulockern. »Sind sie auch für höhere Aufgaben vorgesehen?«

»Deakins wird nie Aufsichtsschüler werden«, sagte Harry. »Er kann nicht einmal auf sich selbst aufpassen, ganz zu schweigen von irgendjemand anderem. Er hofft allerdings, dass man ihm die Verantwortung für die Bibliothek übertragen wird, und da sonst niemand diesen Posten will, dürfte Mr. Frobisher nicht allzu viel Schlaf über die entsprechende Ernennung verlieren.«

»Und Barrington?«

»Ich bin nicht sicher, ob er im nächsten Schuljahr überhaupt zurückkommen wird«, sagte Harry wehmütig. »Aber selbst wenn es dazu kommen sollte, werden sie ihn wohl kaum zum Aufsichtsschüler machen.«

»Unterschätze niemals seinen Vater«, sagte Old Jack. »Dieser Mann wird zweifellos bereits eine Möglichkeit gefunden haben, damit sein Sohn pünktlich zum ersten Tag des neuen Schuljahres wieder zurückkommen kann. Und ich würde nicht darauf wetten, dass sie ihm nicht doch einen Posten als Aufsichtsschüler geben.«

»Hoffen wir, dass Sie recht haben«, sagte Harry.

»Wenn ich recht habe, dann darf ich wohl annehmen, dass er ebenso wie sein Vater nach Eton gehen wird.«

»Nicht, wenn er in dieser Frage ein Wort mitzureden hat. Giles würde lieber mit Deakins und mir auf die BGS gehen.«

»Wenn er nicht nach Eton geht, wird man ihm wohl kaum einen Platz in der BGS anbieten. Ihre Aufnahmeprüfung ist eine der schwierigsten im ganzen Land.«

»Er hat mir gesagt, dass er einen Plan hat.«

»Der Plan ist hoffentlich gut, wenn er seinen Vater und seine Prüfer an der Nase herumführen will.«

Harry kommentierte das nicht.

»Wie geht's deiner Mutter?«, fragte Old Jack, denn es war offensichtlich, dass der Junge das bisherige Thema nicht weiterverfolgen wollte.

»Sie wurde eben erst befördert. Sie ist jetzt für alle Kellnerinnen im Palm Court Room verantwortlich und direkt Mr. Fampton, dem Hotelmanager, unterstellt.«

»Du musst sehr stolz auf sie sein«, sagte Old Jack.

»Das bin ich, Sir. Und was noch wichtiger ist: Ich werde ihr das auch beweisen.«

»Was hast du vor?«

Harry verriet ihm sein Geheimnis. Der alte Mann hörte aufmerksam zu und gab ihm mehrmals mit einem Nicken seine Zustimmung zu verstehen. Er sah zwar ein kleines Problem, aber das war nicht unüberwindlich.

Als Harry in den Laden zurückkehrte, nachdem er seine letzte Zeitung ausgeliefert hatte, gab ihm Mr. Deakins einen Shilling als Bonus. »Du bist der beste Zeitungsausträger, den ich je hatte«, sagte er.

»Danke, Sir«, sagte Harry und steckte das Geld ein. »Mr. Deakins, kann ich Ihnen eine Frage stellen?«

»Ja, natürlich, Harry.«

Harry trat an den Schaukasten, auf dessen oberstem Regal nebeneinander zwei Uhren lagen. »Wie viel kostet diese hier?«, fragte er und deutete auf die Ingersoll.

Mr. Deakins lächelte. Er hatte schon seit Wochen darauf gewartet, dass Harry ihm diese Frage stellen würde, und sich sorgfältig auf die Antwort vorbereitet. »Sechs Shilling«, sagte er.

Harry konnte es nicht glauben. Er war sicher gewesen, dass ein so wunderbarer Gegenstand mehr als das Doppelte kosten würde. Doch trotz Mr. Deakins' Bonus und obwohl er jede Woche die Hälfte seines Verdienstes auf die Seite gelegt hatte, fehlte ihm immer noch ein Shilling.

»Dir ist aber schon klar, dass das eine Damenuhr ist, Harry?«, fragte Mr. Deakins.

»Ja, das weiß ich, Sir«, sagte Harry. »Ich hatte vor, sie meiner Mutter zu schenken.«

»Dann sollst du sie für fünf Shilling haben.«

Harry konnte sein Glück kaum fassen.

»Danke, Sir«, sagte er und reichte Mr. Deakins vier Shilling, ein Sixpence- und ein Dreipencestück sowie drei Pennys, woraufhin seine Taschen vollkommen leer waren.

Mr. Deakins nahm die Uhr aus dem Schaukasten, entfernte diskret das auf sechzehn Shilling lautende Preisschild und legte die Uhr in eine schöne Geschenkschachtel.

Harry verließ pfeifend das Geschäft. Mr. Deakins lächelte und schob eine Zehn-Shilling-Note in die Kasse. Er war überaus zufrieden, denn er hatte seinen Teil der Abmachung erfüllt.

9

Die Glocke erklang.

»Es wird Zeit, sich umzuziehen«, sagte der Aufsichtsschüler im Schlafsaal der neu eingetroffenen Jungen am Abend ihres ersten Schultages. Sie alle sehen so klein und hilflos aus, dachte Harry. Ein oder zwei von ihnen rangen sichtlich mit den Tränen, während andere sich unsicher umsahen und nicht wussten, was sie als Nächstes tun sollten. Ein Junge hatte sich zitternd zur Wand hin umgedreht. Mit raschen Schritten ging Harry zu ihm.

»Wie heißt du?«, fragte Harry sanft.

»Stevenson.«

»Nun, ich bin Clifton. Willkommen in St. Bede's.«

»Und ich bin Twekesbury«, sagte ein Junge, der auf der anderen Seite von Stevensons Bett stand.

»Willkommen in St. Bede's, Twekesbury.«

»Danke, Clifton. Mein Vater und mein Großvater waren schon hier, bevor sie nach Eton gegangen sind.«

»Daran zweifle ich nicht«, sagte Harry. »Und ich wette, sie waren die Mannschaftskapitäne von Eton gegen Harrow beim Lord's«, fügte er hinzu, obwohl er seine Worte sofort bedauerte.

»Nein, mein Vater hatte es eher mit dem Wasser als mit dem trockenen Land«, sagte Twekesbury ungerührt.

»Er hatte es eher mit dem Wasser?«, fragte Harry.

»Er war der Bootsführer für Oxford im Ruderwettbewerb gegen Cambridge.«

Stevenson brach in Tränen aus.

»Was hast du?«, fragte Harry und setzte sich neben ihn aufs Bett.

»Mein Dad ist Straßenbahnfahrer.«

Alle anderen Schüler hielten beim Auspacken ihrer Koffer inne und starrten Stevenson an.

»Wenn das stimmt«, sagte Harry, »dann sollte ich dir wohl besser ein Geheimnis verraten.« Er sprach so laut, dass jeder Junge im Schlafsaal seine Worte hören konnte. »Ich bin der Sohn eines Hafenarbeiters. Es sollte mich nicht überraschen, wenn du der neue Chorstipendiat bist.«

»Nein«, sagte Stevenson. »Ich habe ein offenes Stipendium bekommen.«

»Herzlichen Glückwunsch«, sagte Harry und schüttelte ihm die Hand. »Damit stehst du in einer langen und ehrwürdigen Tradition.«

»Danke. Aber ich habe ein Problem«, flüsterte der Junge.

»Und das wäre, Stevenson?«

»Ich habe keine Zahnpasta.«

»Mach dir deswegen keine Sorgen, alter Knabe«, sagte Twekesbury. »Meine Mutter packt mir immer eine zusätzliche Tube ein.«

Harry lächelte, als die Glocke erneut erklang. »Alle Mann ins Bett«, sagte er mit fester Stimme, als er durch den Schlafsaal in Richtung Tür ging.

Er hörte, wie eine Stimme flüsterte: »Danke für die Zahnpasta.«

»Kein Problem, alter Knabe.«

»Und jetzt«, sagte Harry, als er das Licht löschte, »will ich kein Wort mehr von euch hören, bis morgen um sechs die Glocke wieder läutet.« Er wartete noch einige Augenblicke. Jemand flüsterte etwas. »Das ist mein Ernst. Kein Wort mehr.« Lächelnd ging er die Treppen hinunter zu Deakins und Barrington, die im Lernzimmer der leitenden Aufsichtsschüler saßen.

Zwei Dinge hatten Harry überrascht, als er am ersten Tag des neuen Schuljahres nach St. Bede's zurückgekehrt war. Er war kaum durch die Eingangstür getreten, da nahm Mr. Frobisher ihn auch schon beiseite.

»Gratuliere, Clifton«, sagte er leise. »Offiziell wird das zwar erst nach der Versammlung morgen früh bekannt gegeben, aber Sie sind der neue Schüler, der von uns mit besonderen Aufgaben betraut wird.«

»Giles hätte das werden sollen«, sagte Harry ohne nachzudenken.

»Barrington ist dafür verantwortlich, die Schule nach außen hin, zum Beispiel gegenüber der Stadt, zu vertreten, und deshalb ...«

Harry machte einen Luftsprung, als er hörte, dass sein Freund nach St. Bede's zurückkommen würde. Old Jack hatte recht gehabt, als er gesagt hatte, Mr. Hugo würde schon eine Möglichkeit finden, um sicherzustellen, dass sein Sohn am ersten Tag des neuen Schuljahres wieder hier wäre.

Als Giles einen Augenblick später in die Eingangshalle kam, gaben sich beide Jungen die Hand, und Harry kam weder bei dieser Gelegenheit noch später auf das Thema zu sprechen, das ihnen unweigerlich im Kopf herumgehen musste.

»Wie sind die Frischlinge?«, fragte Giles jetzt, als Harry ins Lernzimmer kam.

»Einer von ihnen erinnert mich an dich«, sagte Harry.

»Wahrscheinlich Twekesbury.«

»Kennst du ihn?«

»Nein. Aber mein Vater war zur selben Zeit wie sein Vater in Eton.«

»Ich habe ihm gesagt, dass ich der Sohn eines Hafenarbeiters bin«, erklärte Harry und ließ sich in einen der bequemen Sessel des Zimmers fallen.

»Tatsächlich?«, erwiderte Giles. »Und hat er dir gesagt, dass er der Sohn eines Kabinettsministers ist?«

Darauf sagte Harry nichts mehr.

»Gibt es noch mehr, die ich im Auge behalten sollte?«, fragte Giles.

»Stevenson«, antwortete Harry. »Er ist eine Mischung zwischen Deakins und mir.«

»Dann sollten wir besser die Tür zur Feuerleiter schließen, bevor er sich daraufstürzt.«

Harry dachte oft darüber nach, wo er jetzt wohl wäre, wenn Old Jack ihn in jener entscheidenden Nacht nicht davon überzeugt hätte, wieder nach St. Bede's zurückzukehren.

»Was haben wir morgen als Erstes?«, fragte Harry und griff nach seinem Stundenplan.

»Latein«, sagte Deakins. »Was auch der Grund dafür ist, warum ich Giles hier durch den Ersten Punischen Krieg führe.«

»264 bis 241 vor Christus«, sagte Giles.

»Ich wette, du genießt das«, sagte Harry.

»Ja, durchaus«, sagte Giles. »Ich kann die Fortsetzung, den Zweiten Punischen Krieg, kaum erwarten.«

»218 bis 201 vor Christus«, sagte Harry.

»Ich finde es immer wieder verblüffend, wie die Griechen und Römer anscheinend genau wussten, wann Christus geboren werden würde«, bemerkte Giles.

»Ha, ha, ha«, sagte Harry.

Deakins lachte nicht, sondern erwiderte: »Und schließlich

werden wir uns mit dem Dritten Punischen Krieg beschäftigen müssen, 149 bis 146 vor Christus.«

»Ist es wirklich nötig, dass wir über alle drei Bescheid wissen?«

St. Mary Redcliffe war bis auf den letzten Platz von Bürgern und Studenten der Stadt besetzt, die gekommen waren, um am Adventsgottesdienst teilzunehmen; er würde aus acht Lesungen und acht Chorälen bestehen. Der Chor kam durch das Hauptschiff und schritt langsam den Mittelgang hinab, während er *Kommt, o ihr Gläubigen* sang. Dann nahmen die Jungen im Chorgestühl Platz.

Der Rektor hielt die erste Lesung, gefolgt von *O Bethlehem, du kleine Stadt*. Das ausgeteilte Programm führte auf, dass die dritte Strophe ein Solo von Master Harry Clifton sein würde.

Wie stille liegst du hier... Harrys Mutter saß stolz in der dritten Reihe, während die alte Dame neben ihr den Mitgliedern der versammelten Gemeinde zu erklären versuchte, dass sie gerade ihren Enkel hörten. Der Mann zu Maisies anderer Seite konnte kein Wort hören, doch das hätte man nie vermutet, wenn man das zufriedene Lächeln auf seinem Gesicht sah. Onkel Stan war nirgendwo zu sehen.

Der Schüler, der die Schule gegenüber der Öffentlichkeit vertrat, hielt die zweite Lesung, und als Giles auf seinen Platz zurückkehrte, bemerkte Harry, dass sein Freund neben einem vornehm aussehenden Herrn saß, dessen Kopf von feinem Silberhaar bedeckt war. Harry nahm an, dass es sich um Sir Walter Barrington handelte. Giles hatte ihm einmal erzählt, dass sein Großvater in einem noch größeren Haus wohnte als er selbst, doch Harry hielt das für unmöglich. Auf Giles' anderer Seite saßen seine Mutter und sein Vater. Mrs. Barrington lächelte ihm zu, doch Mr. Barrington sah nicht ein einziges Mal in seine Richtung.

Als eine Orgel das Vorspiel zu *Wir sind drei Könige aus dem Morgenland* anstimmte, stand die Gemeinde auf und sang aus voller Kehle mit. Mr. Frobisher hielt die nächste Lesung, und dann kam jener Teil, der in Miss Mondays Augen der Höhepunkt des gesamten Gottesdienstes werden würde. Die tausend Kirchenbesucher verharrten vollkommen regungslos, als Harry mit einer Klarheit und einer Zuversicht, die selbst dem Rektor ein Lächeln entlockte, *Stille Nacht* sang.

Der für die Bibliothek verantwortliche Schüler hielt die nächste Lesung. Harry war mit seinem Freund das Markusevangelium mehrfach durchgegangen. Deakins hatte versucht, sich vor der Aufgabe zu drücken, wie Giles das nannte, doch Mr. Frobisher hatte darauf bestanden: Die vierte Lesung wurde immer vom Schulbibliothekar gehalten. Deakins war nicht Giles, aber er war auch nicht schlecht. Harry zwinkerte ihm zu, als er wieder zu seinem Platz ging und sich neben seine Eltern setzte.

Danach erhob sich der Chor und sang *In dulci jubilo*, während die Gemeinde sitzen blieb. In Harrys Augen war dieser Choral wegen seiner ungewöhnlichen Harmonien einer der anspruchsvollsten in ihrem Repertoire.

Mr. Holcombe schloss die Augen, sodass er den ältesten Chorstipendiaten noch deutlicher hören konnte. Harry sang gerade *Nun singet und seid froh*, als Mr. Holcombe eine schwache, kaum wahrnehmbare Rauheit in Harrys Stimme erkannte. Er nahm an, dass Harry sich erkältet hatte. Miss Monday wusste es besser. Sie hatte diese frühen Anzeichen schon oft in ihrem Leben gehört. Sie betete darum, dass sie sich irrte, aber sie wusste, dass ihr Gebet keine Erhörung finden konnte. Harry würde den Rest des Gottesdienstes durchstehen, ohne dass mehr als einer Handvoll Menschen gewahr wurde, was sich gerade ereignete, und er wäre wahrscheinlich in der Lage, noch ein paar Wochen oder sogar Monate weiterzumachen, doch an Ostern würde ein anderes Kind *Freuet euch, der Herr ist auferstanden* vortragen.

Ein alter Mann, der erst wenige Augenblicke nach Beginn des Gottesdienstes erschienen war, gestattete sich nicht den geringsten Zweifel darüber, was gerade geschehen war. Old Jack verließ die Kirche, unmittelbar bevor der Bischof der Gemeinde den Segen spendete. Er wusste, dass Harry ihn am folgenden Samstag nicht besuchen konnte, was ihm genügend Zeit gab, eine Antwort auf die Frage zu finden, die sich jetzt unweigerlich stellte.

»Kann ich einige private Worte mit Ihnen wechseln, Clifton?«, fragte Mr. Frobisher, als die Glocke am Ende der für die Hausaufgaben vorgesehenen Zeit erklang. »Vielleicht sollten Sie mich in meinem Arbeitszimmer aufsuchen.« Harry würde die letzte Gelegenheit, bei der er eine vergleichbare Aufforderung gehört hatte, nie vergessen.

Als Harry die Tür des Arbeitszimmers hinter sich schloss, winkte ihn der für das Haus zuständige Lehrer zu sich und deutete auf einen Sessel neben dem Kamin, was er zuvor noch nie getan hatte. »Ich wollte Ihnen nur versichern, Harry« – noch ein erstes Mal –, »dass es keinen Einfluss auf Ihr Stipendium hat, wenn Sie nicht mehr im Chor singen können. Wir in St. Bede's sind uns durchaus bewusst, dass der Beitrag, den Sie für die Schule geleistet haben, weit über Ihre Leistungen in der Kapelle hinausreicht.«

»Danke, Sir«, sagte Harry.

»Doch jetzt müssen wir über Ihre Zukunft nachdenken. Ihr Musiklehrer hat mir berichtet, dass es noch einige Zeit dauern wird, bis Ihre Stimme vollkommen wiederhergestellt ist, was, so fürchte ich, nur bedeuten kann, dass wir Ihre Chancen, von der Bristol Grammar School ein Chorstipendium angeboten zu bekommen, realistisch betrachten müssen.«

»Darauf besteht keinerlei Aussicht«, sagte Harry ruhig.

»Da muss ich Ihnen zustimmen«, sagte Frobisher. »Ich bin erleichtert, dass Sie die Situation begriffen haben. Aber«, fuhr er fort, »ich wäre froh, wenn ich Sie zur Bewerbung um ein offenes Stipendium der BGS anmelden dürfte. Auch wenn Sie«, fügte er hinzu, bevor Harry reagieren konnte, »möglicherweise in Erwägung ziehen, dass Ihre Chancen auf ein Stipendium der Colston's School oder dem King's College Gloucester größer sein könnten, denn beide Schulen haben weitaus weniger anspruchsvolle Aufnahmeprüfungen.«

»Nein, danke, Sir«, sagte Harry. »Die Bristol Grammar bleibt meine erste Wahl.« Dasselbe hatte er genauso entschieden am Samstag zuvor zu Old Jack gesagt, als sein Mentor irgendetwas in dem Sinne gemurmelt hatte, dass man nicht alle Boote hinter sich verbrennen sollte.

»Dann soll es so sein«, sagte Mr. Frobisher, der zwar keine andere Antwort erwartet, es jedoch als seine Pflicht empfunden hatte, eine Alternative zu benennen. »Wir wollen diesen Rückschlag zu unserem Vorteil nutzen.«

»Und wie soll ich Ihrer Ansicht nach dabei vorgehen, Sir?«

»Nun, da Sie von den täglichen Chorproben freigestellt sind, haben Sie mehr Zeit, sich auf die Aufnahmeprüfung vorzubereiten.«

»Ja, Sir. Aber da wären noch meine Verpflichtungen als ...«

»Ich werde alles in meiner Macht Stehende tun, dass die besonderen Aufgaben, mit denen die Schule Sie betraut hat, Sie in Zukunft weniger beanspruchen werden.«

»Danke, Sir.«

»Übrigens, Harry«, sagte Frobisher, als er sich aus seinem Sessel erhob. »Ich habe gerade Ihren Aufsatz über Jane Austen gelesen, und ich fand Ihre Überlegung faszinierend, dass Miss Austen nie einen Roman geschrieben hätte, wenn es ihr möglich gewesen wäre, eine Universität zu besuchen. Oder dass ihr Werk nach einem Universitätsstudium zumindest nicht so einsichtsvoll gewesen wäre.«

»Manchmal ist es ein Vorteil, benachteiligt zu sein«, sagte Harry.

»Das klingt nicht wie Jane Austen«, sagte Mr. Frobisher.

»Es stammt auch nicht von ihr«, erwiderte Harry. »Sondern von jemandem, der ebenfalls nie eine Universität besucht hat«, fügte er ohne eine weitere Erklärung hinzu.

Maisie betrachtete ihre neue Uhr und lächelte. »Wenn ich nicht zu spät zur Arbeit kommen will, Harry, dann muss ich jetzt los.«

»Natürlich, Mum«, sagte Harry und stand eilig vom Tisch auf. »Ich gehe mit dir zur Haltestelle.«

»Harry, hast du schon darüber nachgedacht, was du tun wirst, wenn du kein Stipendium bekommst?«, sagte seine Mutter, womit sie jene Frage stellte, die sie schon seit Wochen vermieden hatte.

»Ständig«, antwortete Harry, während er ihr die Tür aufhielt. »Aber ich habe nicht besonders viele Möglichkeiten. Ich werde mich wieder in der Merrywood anmelden. Und wenn ich vierzehn bin, werde ich abgehen und mir eine Arbeit suchen müssen.«

10

»Bist du bereit, den Prüfern entgegenzutreten, mein Junge?«, fragte Old Jack.

»So bereit, wie ich es nur jemals sein werde«, erwiderte Harry. »Übrigens, ich habe Ihren Ratschlag befolgt und mir die Prüfungsunterlagen der letzten zehn Jahre angesehen. Sie hatten recht, es gibt ein ganz bestimmtes Muster, bei dem einige Fragen in regelmäßigen Abständen immer wieder vorkommen.«

»Gut. Und wie sieht's mit deinem Latein aus? Wir können es uns nicht leisten, dass du in diesem Fach durchfällst, auch wenn deine Arbeit in den anderen Fächern noch so gut sein mag.«

Harry lächelte, als Old Jack »wir« sagte. »Dank Deakins habe ich letzte Woche 69 Prozent bei den Probetests geschafft, obwohl ich der Ansicht war, dass Hannibal die Anden überquert hat.«

»Damit liegst du gerade mal um sechstausend Meilen daneben«, kicherte Old Jack. »Also, was stellt deiner Meinung nach die größte Hürde für dich dar?«

»Die vierzig Jungen aus St. Bede's, die ebenfalls an der Prüfung teilnehmen, ganz zu schweigen von den zweihundertfünfzig Jungen aus anderen Schulen.«

»Vergiss sie«, sagte Old Jack. »Wenn du das aus dir herausholen kannst, was wirklich in dir steckt, dann sollten sie kein Problem sein.«

Harry äußerte sich nicht dazu.

»Und was macht deine Stimme?«, fragte Old Jack, der jedes Mal das Thema wechselte, wenn Harry plötzlich verstummte.

»Da gibt es noch nichts Neues«, sagte Harry. »Es kann noch Wochen dauern, bevor ich weiß, ob ich ein Tenor, ein Bariton oder ein Bass bin, und selbst dann gibt es keine Garantie, dass meine Stimme irgendetwas taugt. Sicher ist nur, dass die BGS mir kein Chorstipendium geben wird, solange ich ein Pferd mit einem gebrochenen Bein bin.«

»Kopf hoch!«, sagte Old Jack. »So schlimm wird es schon nicht sein.«

»Es ist schlimmer«, sagte Harry. »Wenn ich ein Pferd wäre, würden sie mich erschießen und meinem Elend ein Ende machen.«

Old Jack lachte. »Also, wann sind die Prüfungen?«, fragte er, obwohl er es wusste.

»Donnerstag in einer Woche. Wir beginnen mit Allgemeinwissen um neun, und dann folgen fünf weitere Prüfungen über den Tag verteilt. Englisch um vier ist die letzte.«

»Es ist gut, dass du mit deinem Lieblingsfach aufhören kannst«, sagte Old Jack.

»Hoffen wir's«, sagte Harry. »Ich bete darum, dass Dickens drankommt. Drei Jahre lang haben sie keine Frage mehr zu ihm gestellt, was auch der Grund dafür ist, warum ich seine Bücher sogar noch nach dem Lichterlöschen gelesen habe.«

»Wellington schreibt in seinen Memoiren«, sagte Old Jack, »dass das Warten auf den Sonnenaufgang am Morgen der Schlacht die schlimmste Zeit auf jedem Feldzug ist.«

»Ich stimme dem Eisernen Herzog zu, was bedeutet, dass ich in den nächsten Wochen nicht viel Schlaf bekommen werde.«

»Was nur ein Grund mehr ist, warum du mich am nächsten Samstag nicht besuchen solltest, Harry. Du musst deine Zeit zu etwas Besserem nutzen. Wenn ich mich richtig erinnere, hast du dann ohnehin Geburtstag.«

»Woher wissen Sie das?«

»Ich gebe zu, dass ich es nicht in der *Times* auf der Seite mit den Hofnachrichten gelesen habe. Aber da er auf denselben Tag wie im letzten Jahr zu fallen scheint, dachte ich, ich riskiere es und habe ein kleines Geschenk für dich gekauft.« Er griff nach einem Päckchen, das in eine Seite Zeitungspapier der letzten Woche gewickelt war.

»Vielen Dank, Sir«, sagte Harry, als er den Faden löste. Er schob das Zeitungspapier beiseite, öffnete eine kleine, dunkelblaue Schachtel und starrte ungläubig auf die Ingersoll-Männeruhr, die er im Schaukasten von Mr. Deakins' Laden gesehen hatte.

»Vielen Dank«, wiederholte Harry und streifte sich die Uhr übers Handgelenk. Lange Zeit konnte er seinen Blick nicht davon lösen, und er fragte sich, wie es Old Jack nur möglich gewesen war, die sechs Shilling aufzubringen.

Am Prüfungsmorgen war Harry schon lange vor Sonnenaufgang hellwach. Er verzichtete auf sein Frühstück, um sich einige Fragen zum Allgemeinwissen anzusehen, die in den letzten Jahren gestellt worden waren, und ging die Hauptstädte der verschiedensten Länder von Deutschland bis Brasilien ebenso durch wie die Amtszeiten der Premierminister von Walpole bis Lloyd George und die der Monarchen von König Alfred bis George V. Eine Stunde später war er bereit, sich den Prüfern zu stellen.

Wieder saß er in der ersten Reihe zwischen Barrington und Deakins. Würde es das letzte Mal sein?, fragte er sich. Als die Turmuhr zehn schlug, marschierten mehrere Lehrer durch die Tischreihen und verteilten die Prüfungsbögen mit den Fragen zum Allgemeinwissen an vierzig nervöse Jungen. Oder besser gesagt: an neununddreißig nervöse Jungen und Deakins.

Harry las die Fragen langsam durch. Als er Nummer 100 erreicht hatte, gestattete er sich ein Lächeln, das über sein Gesicht huschte. Er griff nach seiner Feder, senkte ihre Spitze in das Tintenfass und begann zu schreiben. Vierzig Minuten später war er wieder bei Frage 100 angelangt. Er warf einen Blick auf seine Uhr. Er hatte noch immer zehn Minuten, die er dazu nutzte, um seine Antworten noch einmal durchzusehen. Bei Frage 34 hielt er einen Augenblick lang inne und dachte über seine ursprüngliche Antwort nach. War es Oliver Cromwell oder Thomas Cromwell, den man wegen Verrat in den Tower of London geworfen hatte? Er erinnerte sich an das Schicksal von Kardinal Wolsey und entschied sich für den Mann, der diesem als Lordkanzler gefolgt war.

Als die Uhr wieder schlug, hatte Harry Frage 92 erreicht. Rasch überflog er seine letzten acht Antworten, bevor einer der Lehrer den Prüfungsbogen wieder an sich nahm, auf dem die Tinte noch nicht trocken war, mit der er seine letzte Antwort niedergeschrieben hatte: Charles Lindbergh.

Während der zwanzigminütigen Pause umrundeten Harry, Giles und Deakins langsam das Kricketfeld, auf dem Giles erst eine Woche zuvor ein Century erzielt hatte.

»*Amo, amas, amat*«, sagte Deakins, der seine Freunde mit größter Sorgfalt durch die lateinischen Konjugationen lotste, ohne auch nur einen einzigen Blick in *Kennedy's Lateinfibel* zu werfen.

»*Amanus, amatis, amant*«, wiederholte Harry, als sie zurück in den Prüfungssaal gingen.

Als Harry eine Stunde später seinen Latein-Prüfungsbogen zurückgab, war er sicher, dass er mehr als die notwendigen

60 Prozent erreicht hatte, und sogar Giles wirkte ganz zufrieden mit sich. Während die drei zum Speisesaal schlenderten, legte Harry einen Arm um Deakins' Schulter und sagte: »Danke, Kumpel.«

Nachdem Harry später am Vormittag die Erdkundefragen durchgelesen hatte, bedankte er sich stumm bei seiner Geheimwaffe. Old Jack hatte ihm im Laufe der Jahre so viel Wissen vermittelt, ohne ihm jemals das Gefühl zu geben, er sitze in einem Klassenzimmer.

Während des Mittagessens rührte Harry Messer und Gabel nicht an. Giles schaffte eine halbe Schweinefleischpastete. Nur Deakins hörte gar nicht mehr auf zu essen.

Das erste Prüfungsfach am Nachmittag war Geschichte, was Harry nicht die geringste Sorge bereitete. Heinrich VIII., Elizabeth, Raleigh, Drake, Napoleon, Nelson und Wellington zogen allesamt in die Schlacht, und Harry zog mit ihnen und begleitete sie auch wieder zurück.

Die Mathematikprüfung war selbst für Harry viel leichter als erwartet, und Giles hielt es sogar für möglich, dass er auch hier die volle Punktzahl erzielt hatte.

Während der letzten Pause ging Harry in das gemeinsame Lernzimmer und sah sich noch einmal einen Aufsatz an, den er über *David Copperfield* geschrieben hatte, voller Vertrauen darauf, dass er sich in seinem Lieblingsfach auszeichnen würde. Langsam kam er in den Prüfungssaal zurück, wobei er immer wieder stumm die Aufforderung Mr. Holcombes wiederholte: konzentrier dich.

Er senkte den Blick auf den letzten Prüfungsbogen des Tages und erkannte, dass dieses Jahr Thomas Hardy und Lewis Carroll gehörte. Zwar hatte er den *Bürgermeister von Casterbridge* und *Alice im Wunderland* gelesen, doch der verrückte Hutmacher,

Michael Henchard und die Grinsekatze waren ihm nicht so vertraut wie Peggotty, Dr. Chillip und Barkis. Seine Feder kratzte langsam über die Seite, und als die Uhr die Stunde schlug, war er nicht sicher, ob seine Leistung ausreichen würde. Er trat aus dem Saal in den nachmittäglichen Sonnenschein und fühlte sich ein wenig bedrückt, obwohl die Mienen seiner Rivalen verrieten, dass keinem die letzte Prüfung leichtgefallen war. Er fragte sich, ob er immer noch im Rennen war.

Danach folgte das, was Mr. Holcombe oft als den schlimmsten Teil einer Prüfung bezeichnet hatte, nämlich jene endlosen Tage des Wartens, bevor die Ergebnisse offiziell am Schwarzen Brett angeschlagen wurden; eine Zeit, in der manche Schüler Dinge taten, die sie später bereuen sollten. Es hatte den Anschein, als wollten sie lieber der Schule verwiesen werden, als ihr Schicksal zu erfahren. Ein Junge wurde dabei erwischt, wie er hinter dem Fahrradschuppen Cider trank, und ein anderer, wie er im Waschraum eine Woodbine rauchte. Ein dritter Junge wurde dabei gesehen, wie er nach dem Lichterlöschen aus dem örtlichen Kino kam.

Giles erreichte am folgenden Samstag beim Kricket keinen einzigen Punkt, zum ersten Mal in dieser Saison. Deakins nahm seine Arbeit in der Bibliothek wieder auf, und Harry machte lange Spaziergänge, auf denen er jede seiner Antworten immer wieder im Kopf durchging. Was die Sache nicht besser machte.

Am Sonntagnachmittag spielte Giles wie üblich Kricket; am Montag übergab Deakins die Verantwortung widerwillig dem Schüler, der in Zukunft für die Bibliothek zuständig war; und am Dienstag las Harry Thomas Hardys *Fern der rasenden Menge* und brach in lautes Fluchen aus. Mittwochnacht unterhielten sich Giles und Harry bis in die frühen Morgenstunden, während Deakins friedlich schlief.

Lange bevor die Turmuhr am Donnerstagmorgen zehn schlug, streiften vierzig Jungen, die Hände in den Taschen, die Köpfe gesenkt, bereits unruhig über den Schulhof und warteten auf das Erscheinen des Rektors. Obwohl jeder von ihnen wusste, dass Dr. Oakshott keine Minute zu früh und keine Minute zu spät kommen würde, richteten sich die meisten Blicke auf die Eingangstür zu seinem Haus, die sich in Kürze öffnen würde. Die übrigen Jungen sahen hinauf zur Uhr über der Aula, als könnten sie durch bloße Willenskraft dafür sorgen, dass sich der Minutenzeiger ein wenig schneller bewegte.

Beim ersten Glockenschlag öffnete Reverend Samuel Oakshott die Tür und trat auf den Gartenweg vor dem Haus. In der einen Hand hielt er mehrere Blatt Papier, in der anderen vier Reißnägel. Er war niemand, der die Dinge dem Zufall überließ. Als er das Ende des Weges erreicht hatte, öffnete er das kleine, aus Weidengeflecht gefertigte Tor. Dann ging er in seinem üblichen Tempo und anscheinend ohne etwas von der Welt um ihn herum zu bemerken, über den Schulhof. Die Jungen traten rasch beiseite und schufen so einen Korridor, damit nichts den Rektor aufhalten konnte. Dr. Oakshott blieb vor dem Schwarzen Brett stehen, als der zehnte Glockenschlag verklang. Er heftete die Ergebnisse an und zog sich ohne ein Wort wieder zurück.

Vierzig Jungen stürmten nach vorn und drängten sich um den Aushang. Niemand war überrascht, dass Deakins die Liste mit 92 Prozent anführte und das Peloquin-Stipendium der Bristol Grammar School erhielt. Giles sprang in die Luft und versuchte gar nicht erst, seine Erleichterung zu verbergen, als er hinter seinem Namen 64 Prozent eingetragen sah.

Beide drehten sich um und sahen zu ihrem Freund hinüber. Harry stand ganz für sich allein, *fern der rasenden Menge*.

MAISIE CLIFTON

1920 – 1936

11

Als Arthur und ich heirateten, fanden die Hochzeitsfeierlichkeiten nicht gerade in großem Stil statt, aber weder die Tancocks noch die Cliftons hatten, wie man so sagt, jemals auch nur zwei armselige Farthings besessen, die sie hätten aneinanderreiben können. Am größten war die Ausgabe für den Chor – eine halbe Krone –, doch sie war jeden Penny wert. Ich hatte immer in Miss Mondays Chor singen wollen, doch obwohl sie mir gesagt hatte, dass meine Stimme gut genug sei, wurde ich nie in Erwägung gezogen, weil ich weder lesen noch schreiben konnte.

Der Empfang – wenn man ihn so nennen konnte – fand im Reihenhaus von Arthurs Eltern in der Still House Lane statt. Es gab ein Fässchen Bier, einige Sandwiches mit Erdnussbutter und ein Dutzend Schweinefleischpasteten. Mein Bruder Stan brachte sogar seine eigene Portion Fish und Chips mit. Zu allem Überfluss mussten wir auch noch recht früh aufbrechen, um den letzten Bus nach Weston-super-Mare zu bekommen, wo wir unsere Flitterwochen verbringen wollten. Arthur hatte für Freitag- und Samstagnacht ein Zimmer in einer Pension am Meer für uns reserviert, und weil es fast das gesamte Wochenende über regnete, verließen wir das Schlafzimmer nur selten.

Jetzt schlief ich zum zweiten Mal mit einem Mann, und es fühlte sich seltsam an, dass dies wiederum in Weston-super-Mare geschah. Ich war schockiert, als ich Arthur nackt sah. Eine dunkelrote Narbe, die von einer grob vernähten Wunde stammte, zog sich quer über seinen Bauch. Diese verdammten Deutschen. Arthur hatte mir nie erzählt, dass er im Krieg verwundet worden war.

Es überraschte mich nicht, dass Arthur sehr erregt war, kaum dass ich meinen Schlüpfer ausgezogen hatte. Doch ich muss zugeben, dass ich erwartet hätte, er würde wenigstens die Stiefel ausziehen, bevor wir uns liebten.

Wir verließen die Pension am Sonntagnachmittag und nahmen den letzten Bus zurück nach Bristol, denn Arthur musste am Montagmorgen um sechs Uhr wieder im Hafen sein.

Nach der Hochzeit zog Arthur zu uns – nur bis wir uns etwas Eigenes würden leisten können, sagte er zu meinem Vater, was üblicherweise bedeutete: bis seine oder meine Eltern starben. Immerhin hatten beide Familien in der Still House Lane gewohnt, so lange ich zurückdenken kann.

Arthur freute sich, als ich ihm von meiner Schwangerschaft erzählte, denn er wollte mindestens sechs Kinder. Ich war mir nicht sicher, ob dieses erste Kind von ihm war, doch da nur meine Mum und ich wussten, warum es hier überhaupt irgendwelche Zweifel gab, hatte Arthur keinen Grund, misstrauisch zu sein.

Acht Monate später brachte ich einen Jungen zur Welt, und Gott sei Dank deutete nichts an ihm darauf hin, dass Arthur nicht sein Vater war. Wir ließen ihn auf den Namen Harold taufen, was meinem Vater gefiel, denn das bedeutete, dass sein eigener Name auch in der nächsten Generation weiterleben würde.

Von da an erwartete ich, dass ich wie meine Mutter und meine Großmutter zu Hause bleiben und jedes zweite Jahr ein Baby bekommen würde. Schließlich hatte Arthur noch sieben Geschwister, und ich war das vierte von fünfen. Doch Harry sollte mein einziges Kind bleiben.

Üblicherweise kam Arthur abends direkt nach der Arbeit nach

Hause, sodass er ein wenig Zeit mit dem Baby verbringen konnte, bevor ich Harry ins Bett brachte. Da er an jenem Freitagabend nicht zu Hause erschien, nahm ich an, dass er mit meinem Bruder in den Pub gegangen war. Doch als Stan kurz nach Mitternacht völlig betrunken bei uns auftauchte und ein dickes Bündel Fünf-Pfund-Noten schwenkte, war Arthur nirgendwo zu sehen. Stan gab mir einen der Fünfer, und ich fragte mich, ob er eine Bank ausgeraubt hatte. Als ich wissen wollte, wo Arthur war, sagte er kein Wort mehr.

Ich ging in jener Nacht nicht zu Bett, sondern saß auf der untersten Treppenstufe und wartete auf meinen Mann. Seit dem Tag, an dem wir geheiratet hatten, war Arthur nie mehr eine ganze Nacht außer Haus geblieben.

Obwohl Stan wieder einigermaßen nüchtern war, als er am nächsten Morgen in der Küche erschien, sagte er während des Frühstücks kein Wort. Als ich ihn noch einmal fragte, wo Arthur sei, behauptete er, er habe ihn nicht mehr gesehen, seit sie am Abend zuvor ihre Schicht ordentlich beendet hätten. Es ist nicht schwer zu erkennen, wenn Stan lügt, denn dann sieht er einem nicht in die Augen. Ich wollte ihm gerade noch ein wenig zusetzen, als ich ein lautes Pochen an der Eingangstür hörte. Mein erster Gedanke war, dass es sich nur um Arthur handeln konnte, also rannte ich hin.

Als ich die Tür öffnete, stürmten zwei Polizisten herein, rannten in die Küche, packten Stan, legten ihm Handschellen an und erklärten ihm, er sei wegen Einbruchs verhaftet. Jetzt wusste ich, woher das Bündel Fünfer stammte.

»Ich habe überhaupt nichts gestohlen«, protestierte Stan. »Mr. Barrington hat mir das Geld gegeben.«

»Eine überaus glaubwürdige Geschichte, Tancock«, entgegnete der erste Polizist.

»Aber bei Gott, das ist die reine Wahrheit, Officer«, sagte Stan, als sie ihn aufs Revier brachten. Diesmal log Stan nicht, das wusste ich.

Ich ließ Harry bei meiner Mum und rannte den ganzen Weg bis zum Hafen in der Hoffnung, dass Arthur sich inzwischen zur Morgenschicht gemeldet hätte und mir erklären könnte, warum Stan festgenommen worden war. Ich versuchte, nicht an die Möglichkeit zu denken, dass man Arthur ebenfalls verhaftet hatte.

Der Mann am Tor sagte mir, dass er Arthur an diesem Morgen noch nicht gesehen hatte. Er warf einen Blick auf die Stechkarten und wirkte verwirrt, denn Arthur hatte am Abend zuvor nicht ausgestempelt. Er sagte nichts weiter als: »Geben Sie mir nicht die Schuld. Ich war gestern Abend nicht am Tor.«

Erst später wunderte ich mich darüber, dass er das Wort »Schuld« benutzt hatte.

Ich betrat das Hafengelände und fragte einige von Arthurs Bekannten nach ihm, doch sie alle sagten mir dasselbe: »Hab ihn nicht gesehen, seit er gestern Abend ausgestempelt hat.« Woraufhin sie ziemlich rasch verschwanden. Ich wollte gerade aufs Revier gehen, um zu sehen, ob Arthur ebenfalls festgenommen worden war, als ich sah, wie ein alter Mann mit gesenktem Kopf an mir vorbeikam.

Ich eilte ihm nach, obwohl ich damit rechnete, er würde mir sagen, ich solle verschwinden, oder behaupten, er wisse nicht, wovon ich sprach. Doch als ich ihn fast erreicht hatte, blieb er stehen, nahm seine Mütze ab und sagte: »Guten Morgen.« Seine guten Manieren überraschten mich, und ich fasste den Mut, ihn zu fragen, ob er Arthur an diesem Morgen schon gesehen hatte.

»Nein«, antwortete er. »Ich habe ihn gestern Nachmittag zuletzt gesehen, als er mit Ihrem Bruder in der Spätschicht gearbeitet hat. Vielleicht sollten Sie ihn fragen.«

»Das kann ich nicht«, erwiderte ich. »Er wurde festgenommen und aufs Revier gebracht.«

»Was soll er denn getan haben?«, fragte Old Jack. Er sah verwirrt aus.

»Das weiß ich nicht«, antwortete ich.

Old Jack schüttelte den Kopf. »Ich kann Ihnen nicht helfen, Mrs. Clifton«, sagte er. »Aber es gibt mindestens zwei Menschen, die die ganze Geschichte kennen.« Er nickte in Richtung des großen, roten Backsteingebäudes, das Arthur immer das »Management« genannt hatte.

Schaudernd erkannte ich, wie ein Polizist aus dem Haupteingang kam, und als ich mich wieder umdrehte, war Old Jack verschwunden.

Ich überlegte, ob ich ins »Management« (oder eigentlich: Barrington House, um die Dinge beim Namen zu nennen) gehen sollte, entschied mich aber dagegen. Was sollte ich denn sagen, wenn ich Arthurs Chef Auge in Auge gegenübertreten würde? Nach einer Weile begann ich, ohne ein rechtes Ziel nach Hause zu gehen, und versuchte, mir über das Geschehene klar zu werden.

Ich beobachtete, wie Hugo Barrington seine Zeugenaussage machte. Mit derselben Selbstherrlichkeit und derselben Arroganz sprudelte vor dem Richter jene Art scheinbar überzeugender Halbwahrheiten von seinen Lippen, die er auch mir im Zimmer der Pension zugeflüstert hatte. Als er aus dem Zeugenstand trat, wusste ich, dass Stan nicht die Chance eines Schneeballs in der Hölle hatte, um davonzukommen.

Als der Richter alle Aussagen zusammenfasste, beschrieb er

meinen Bruder als einen gewöhnlichen Dieb, der seine Position ausgenutzt hatte, um seinen Arbeitgeber auszurauben. Zum Schluss erklärte er, es bliebe ihm nichts anderes übrig, als meinen Bruder für drei Jahre ins Gefängnis zu schicken.

Ich war an jedem Tag des Prozesses ins Gericht gekommen, weil ich hoffte, wenigstens irgendeinen kleinen Fetzen Information darüber zu erhalten, was an jenem Tag mit Arthur passiert war. Doch als der Richter schließlich erklärte: »Die Verhandlung ist geschlossen«, war ich nicht klüger als zuvor, auch wenn ich nicht daran zweifelte, dass mein Bruder nicht die ganze Geschichte erzählte. Es sollte einige Zeit dauern, bis ich herausfand, warum.

Der einzige andere Mensch, der jeden Tag ins Gericht kam, war Old Jack Tar, doch wir sprachen nicht miteinander. Genau genommen hätte ich ihn vielleicht sogar nie wiedergesehen, wenn Harry nicht gewesen wäre.

Es dauerte eine Weile, bis ich mich damit abgefunden hatte, dass Arthur nie wieder nach Hause kommen würde.

Doch schon ein paar Tage nachdem Stan nicht mehr bei uns war, begriff ich die wahre Bedeutung des Ausdrucks »sich durchschlagen«. Weil einer der beiden Ernährer der Familie im Gefängnis saß und der andere Gott weiß wo war, hatten wir schon bald nur noch das Allernotwendigste zum Leben. Glücklicherweise gab es ein ungeschriebenes Gesetz, das in der Still House Lane noch immer funktionierte: Sobald jemand »in Ferien« war, bemühten sich die Nachbarn, seine Familie nach besten Kräften zu unterstützen.

Reverend Watts sah regelmäßig vorbei und gab uns sogar ein paar Münzen von dem zurück, was wir über die Jahre auf den Kollektenteller gelegt hatten. Miss Monday erschien nicht ganz so regelmäßig, hatte jedoch weitaus mehr zu geben als nur gute Ratschläge: Immer wenn sie wieder ging, war der Korb, den sie mitgebracht hatte, leer. Doch nichts konnte mir den Verlust meines Ehemannes ersetzen. Oder mir einen Ausgleich dafür geben, dass mein Bruder unschuldig im Gefängnis saß und mein Sohn keinen Vater mehr hatte.

Erst kürzlich hatte Harry zu laufen begonnen, und ich wartete bereits voller Sorge darauf, sein erstes Wort zu hören. Würde er sich überhaupt an den Menschen erinnern können, der immer am Kopfende des Tisches gesessen hatte? Und würde er fragen, warum dieser Mensch nicht mehr hier war? Es war Harrys Großvater, der wusste, was wir sagen sollten, sobald Harry anfangen würde, Fragen zu stellen; und wir vereinbarten, uns strikt an diese Geschichte zu halten. Schließlich war es unwahrscheinlich, dass Harry Old Jack über den Weg laufen würde.

Doch damals war das drängendste Problem der Familie Tancock, die Wölfe von unserer Tür fernzuhalten, soll heißen: den Mann, der die Miete kassierte, und den Gerichtsvollzieher. Nachdem Stans fünf Pfund ausgegeben waren und überdies das silberne Teesieb meiner Mum, mein Verlobungsring und am Ende sogar mein Ehering im Pfandhaus lagen, musste ich fürchten, dass es nicht mehr lange dauern konnte, bis wir auf die Straße gesetzt würden.

Doch dieses Schicksal wurde um ein paar Wochen aufgeschoben, als es erneut an unserer Tür klopfte. Diesmal war es nicht die Polizei, sondern ein Mann namens Sparks, der mir erklärte, er sei der für Arthur zuständige Gewerkschaftsvertreter. Er war gekommen, um zu erfahren, ob ich von der Firma irgendeine Kompensation bekommen hätte.

Ich bat Mr. Sparks, in unserer Küche Platz zu nehmen, und nachdem ich ihm eine Tasse Tee eingeschenkt hatte, beantwortete ich seine Frage: »Nicht einen armseligen Farthing. Sie behaupten, dass er sich von seinem Arbeitsplatz entfernt hat, ohne der Firma Bescheid zu geben, weswegen sie für seine Handlungen nicht verantwortlich sind. Und ich weiß immer noch nicht, was an jenem Tag wirklich geschehen ist.«

»Ich auch nicht«, sagte Mr. Sparks. »Keiner macht auch nur die kleinste Andeutung. Nicht nur das Management hüllt sich in Schweigen, sondern auch die Arbeiter. Ich bekomme kein Wort aus ihnen heraus. ›Das kann ich mir nicht erlauben‹, meinte einer von ihnen mir gegenüber. Aber Ihr Mann hat seine Beiträge immer vollständig bezahlt«, fügte er hinzu, »weshalb Sie Anspruch auf Unterstützung durch die Gewerkschaft haben.«

Ich stand einfach nur da, ohne ein Wort von dem zu verstehen, was er sagte.

Mr. Sparks zog ein Dokument aus seiner Aktentasche, legte es auf den Küchentisch und drehte es um, sodass die Rückseite nach oben zeigte.

»Unterzeichnen Sie hier«, sagte er und legte seinen Finger auf die gepunktete Linie.

Nachdem ich an der angegebenen Stelle ein »X« gemacht hatte, nahm er einen Umschlag aus seiner Tasche. »Es tut mir leid, dass es so wenig ist«, sagte er und reichte ihn mir.

Ich öffnete den Umschlag erst, nachdem er seinen Tee ausgetrunken hatte und gegangen war.

Der Wert von Arthurs Leben, so sollte sich zeigen, war auf sieben Pfund, neun Shilling und einen Sixpence veranschlagt worden. Als ich damals alleine am Küchentisch saß, begriff ich, so scheint es mir, zum ersten Mal, dass ich meinen Mann nie wiedersehen würde.

An jenem Nachmittag ging ich zur Pfandleihe und löste meinen Ehering bei Mr. Cohen aus. Es war das Mindeste, was ich in Erinnerung an Arthur tun konnte. Am Morgen darauf bezahlte ich die Mietrückstände und alles, was ich beim Metzger, beim Bäcker und – ja, auch das – beim Kerzenmacher hatte anschreiben lassen. Danach war gerade noch so viel übrig, um beim Kirchenbasar etwas gebrauchte Kleidung zu kaufen, vor allem für Harry.

Doch es dauerte nicht einmal einen Monat, bis die Kreide wieder zum Anschreiben über die Tafel kratzte – beim Metzger, beim Bäcker und beim Kerzenmacher; und kurz darauf musste ich bei Mr. Cohen erneut meinen Ehering verpfänden.

Als der Mann, der die Miete kassierte, an die Tür von Nummer 27 klopfte und keine Antwort erhielt, wäre vermutlich niemand aus der Familie überrascht gewesen, wenn es sich bei unserem nächsten Besucher um den Gerichtsvollzieher gehandelt hätte. In diesem Moment begriff ich, dass ich mich nach einer Arbeit umsehen musste.

12

Maisies Versuche, eine Arbeit zu finden, erwiesen sich als nicht gerade einfach, was vor allem daran lag, dass die Regierung kurz zuvor alle Arbeitgeber aufgefordert hatte, Männer, die in der Armee gedient hatten, allen anderen Bewerbern vorzuziehen. So sollte Lloyd Georges Versprechen eingehalten werden, dass Britanniens Soldaten bei ihrer Rückkehr ein Land vorfinden würden, das für Helden wie geschaffen war.

Obwohl Frauen über dreißig seit der letzten Wahl in Anerkennung ihrer vorbildlichen Leistungen in den Munitionsfabriken während des Krieges ihre Stimme abgeben durften, wurde von ihnen erwartet, dass sie sich in Friedenszeiten ganz hinten in die Schlange einreihten, wenn es um die Bewerbung um einen Arbeitsplatz ging. Deshalb kam Maisie zu dem Schluss, dass ihre beste Chance, Arbeit zu finden, darin bestand, sich nur um Stellen zu bewerben, die Männer nicht in Betracht zogen, weil diese entweder zu anstrengend waren oder zu schlecht bezahlt wurden. Diesem Gedanken entsprechend reihte sich Maisie in die Schlange vor dem Firmengebäude von W. D. & H. O. Wills, dem größten Arbeitgeber der Stadt, ein. Als sie an die Reihe kam, fragte sie den Aufseher: »Stimmt es, dass Sie Packerinnen für die Zigarettenfabrik suchen?«

»Ja, aber Sie sind viel zu jung, Schätzchen«, antwortete er.

»Ich bin zweiundzwanzig.«

»Sie sind zu jung«, wiederholte er. »Kommen Sie in zwei oder drei Jahren wieder.«

Maisie kam rechtzeitig in die Still House Lane zurück, um eine Schale Hühnersuppe und ein Stück Brot aus der Woche zuvor mit Harry und ihrer Mutter zu teilen.

Am folgenden Tag trat sie in die noch längere Schlange vor dem Harvey's, dem Weingeschäft. Als sie drei Stunden später an die Reihe kam, erfuhr sie von einem Mann mit gestärktem weißem Kragen und dünner schwarzer Krawatte, dass sie nur Bewerber mit Berufserfahrung nahmen.

»Und wie bekomme ich Berufserfahrung?«, fragte Maisie und versuchte, nicht zu verzweifelt zu klingen.

»Indem Sie unserem Ausbildungsprogramm beitreten.«

»Dann mache ich das«, sagte sie zu dem gestärkten Kragen.

»Wie alt sind Sie?«

»Zweiundzwanzig.«

»Sie sind zu alt.«

Jedes Wort dieses Bewerbungsgesprächs, das sechzig Sekunden gedauert hatte, wiederholte Maisie gegenüber ihrer Mutter bei einer Schale noch dünnerer Suppe und einem Stück Kruste, das vom selben Brotlaib stammte wie bei ihrer letzten Mahlzeit.

»Du könntest es immer noch im Hafen versuchen«, schlug ihre Mutter vor.

»Was schwebt dir vor, Mum? Soll ich bei den Schauerleuten anfangen?«

Maisies Mutter lachte nicht, aber Maisie konnte sich ohnehin nicht daran erinnern, wann sie das zuletzt getan hatte. »Sie haben immer Arbeit für Putzfrauen«, antwortete sie. »Und weiß Gott, sie schulden dir etwas.«

Schon lange vor Sonnenaufgang war Maisie angezogen und

auf den Beinen, und da nicht genug zum Frühstück im Haus war, machte sie sich hungrig auf den langen Weg zum Hafen.

Als Maisie am Tor ankam, sagte sie dem Mann dort, dass sie eine Arbeit als Putzfrau suche.

»Melden Sie sich bei Mrs. Nettles«, erwiderte dieser und deutete mit einem Kopfnicken in Richtung des großen Gebäudes aus rotem Backstein, das sie schon einmal zuvor fast betreten hätte. »Sie stellt immer wieder neue Putzfrauen ein.« Es war offensichtlich, dass der Mann sich nicht mehr an ihre frühere Begegnung erinnerte.

Maisie fühlte sich nicht wohl, als sie auf das Gebäude zuging, und ein paar Schritte vor dem Haupteingang blieb sie stehen. Sie sah zu, wie sich eine Reihe elegant gekleideter Herren, die Hüte und Mäntel trugen und Regenschirme in den Händen hielten, durch die Doppeltüren schoben.

Maisie rührte sich nicht von der Stelle. Sie schauderte in der kalten Morgenluft, während sie versuchte, genügend Mut aufzubringen, um den Männern zu folgen. Sie wollte gerade wieder umdrehen, als sie eine ältere Frau in einem Overall entdeckte, die das Gebäude durch eine Seitentür betrat. Maisie eilte ihr hinterher.

»Was wollen Sie?«, fragte die Frau misstrauisch, als Maisie sie eingeholt hatte.

»Ich suche Arbeit.«

»Gut«, sagte die Frau. »Wir könnten ein paar jüngere Leute gebrauchen. Melden Sie sich bei Mrs. Nettles«, fügte sie hinzu und deutete auf eine schmale Tür, die man für den Zugang zu einem Besenschrank hätte halten können. Maisie marschierte kühn weiter und klopfte an.

»Herein«, sagte eine müde Stimme.

Maisie öffnete die Tür und stand einer Frau gegenüber, die

etwa so alt wie ihre Mutter sein mochte. Umgeben von Eimern, Schrubbern und mehreren großen Stücken Seife saß die Frau auf dem einzigen Stuhl im Raum.

»Man hat mir gesagt, ich solle mich bei Ihnen melden, wenn ich Arbeit suche.«

»Da hat man Ihnen etwas Richtiges gesagt. Das heißt, wenn Sie bereit sind, jeden Tag, den Gott werden lässt, für verdammt wenig Geld zu arbeiten.«

»Wie sind die Arbeitszeiten, und wie ist die Bezahlung?«, fragte Maisie.

»Sie fangen um drei Uhr morgens an und müssen das Gebäude um sieben wieder verlassen haben, bevor die hohen Herren auftauchen, die erwarten, dass ihre Büros blitzblank sind. Oder Sie fangen abends um sieben an und arbeiten bis Mitternacht durch, was immer Ihnen lieber ist. Egal, wofür Sie sich entscheiden, die Bezahlung beträgt einen Sixpence pro Stunde.«

»Ich übernehme beide Schichten«, sagte Maisie.

»Gut«, sagte die Frau und griff nach einem Eimer und einem Schrubber. »Ich sehe Sie heute Abend um sieben wieder. Dann zeige ich Ihnen, wie alles hier läuft. Ich heiße Vera Nettles. Wie heißen Sie?«

»Maisie Clifton.«

Mrs. Nettles ließ den Eimer auf den Boden sinken und stellte den Schrubber zurück an die Wand. Dann ging sie zur Tür und öffnete sie. »Für Sie gibt es hier keine Arbeit, Mrs. Clifton«, sagte sie.

Im Laufe des nächsten Monats bemühte sich Maisie um eine Arbeit in einem Schuhgeschäft, doch der Geschäftsführer sagte ihr, er könne wohl kaum eine Frau einstellen, die selbst Löcher in den Schuhen habe; in einem Hutgeschäft, wo das Bewerbungsgespräch in dem Moment zu Ende war, in dem ihr Gegenüber herausfand, dass sie nicht rechnen konnte; in einem Blumenladen, wo sie niemanden nehmen wollten, der keinen eigenen Garten hatte. Der kleine Schrebergarten von Harrys Großvater zählte nicht. Verzweifelt bewarb sie sich um eine Arbeit als Bardame in einem Pub, doch der Besitzer sagte: »Tut mir leid, Schätzchen, aber deine Titten sind nicht groß genug.«

Am folgenden Sonntag sank Maisie in der Holy Nativity auf die Knie und bat Gott, ihr eine helfende Hand zu reichen.

Die Hand erwies sich als diejenige von Miss Monday, welche Maisie erzählte, dass eine Freundin von ihr einen Teesalon in der Broad Street besaß und nach einer Kellnerin suchte.

»Aber ich habe keinerlei Erfahrung damit«, sagte Maisie.

»Das könnte durchaus ein Vorteil sein«, erwiderte Miss Monday. »Miss Tilly ist höchst eigen, und es ist ihr lieber, wenn sie ihr Personal selbst anlernen kann.«

»Vielleicht hält sie mich für zu alt oder zu jung.«

»Sie sind weder zu alt noch zu jung«, sagte Miss Monday. »Und ich kann Ihnen versichern, ich würde Sie nicht empfehlen, wenn ich nicht davon überzeugt wäre, dass Sie der Aufgabe gewachsen sind. Aber ich muss Sie warnen, Maisie. Miss Tilly achtet sehr auf Pünktlichkeit. Sie müssen morgen vor acht beim Teegeschäft sein. Wenn Sie zu spät kommen, wird das nicht nur der erste Eindruck sein, den sie machen, sondern auch der letzte.«

Am nächsten Morgen stand Maisie um Punkt sechs Uhr vor Tilly's Tea Shop und rührte sich während der nächsten zwei Stunden nicht von der Stelle. Fünf Minuten vor acht erschien eine pummelige, gut gekleidete Frau mittleren Alters, die ihr Haar zu einem ordentlichen Knoten gebunden hatte und eine Brille mit halbmondförmigen Gläsern auf ihrer Nasenspitze trug.

Sie schloss die Tür auf, drehte das Schild, welches die Aufschrift »Geschlossen« gezeigt hatte, um, sodass die Aufschrift jetzt »Geöffnet« lautete, und ermöglichte so einer halb erfrorenen Maisie, den Salon zu betreten.

»Sie haben die Stelle, Mrs. Clifton«, lauteten die ersten Worte ihrer neuen Chefin.

Immer wenn Maisie zur Arbeit ging, kümmerte sich ihre Mutter um Harry. Sie erhielt pro Stunde zwar nur neun Pence, durfte jedoch die Hälfte ihrer Trinkgelder behalten, sodass sie am Ende einer guten Woche drei Pfund verdient hatte. Und es gab sogar einen unerwarteten Bonus. Sobald um sechs Uhr abends das »Geöffnet«-Schild wieder auf »Geschlossen« gedreht worden war, durfte Maisie alle Speisen mit nach Hause nehmen, die an diesem Tag übrig geblieben waren. Nie sollte das Wort »altbacken« über die Lippen eines Gastes kommen.

Nach sechs Monaten war Miss Tilly so zufrieden mit Maisies Fortschritten, dass sie ihr die Verantwortung für acht Tische übertrug, und nach weiteren sechs Monaten verlangten mehrere Stammgäste, dass Maisie sie bediente. Miss Tilly löste das Problem, indem sie die Zahl der Tische, für die Maisie verantwortlich war, auf zwölf erhöhte; und sie bezahlte ihr von nun an einen Shilling pro Stunde. Als die Familie schließlich jede Woche über zwei Lohntüten verfügte, konnte Maisie wieder ihren Verlobungs- und ihren Ehering tragen, und auch das silberne Teesieb lag wieder an seinem angestammten Platz.

Nach nur achtzehn Monaten wurde Stan wegen guter Führung aus dem Gefängnis entlassen. Doch wenn Maisie ehrlich war, so musste sie zugeben, dass diese Tatsache nicht nur ein Segen war.

Harry, inzwischen dreieinhalb Jahre alt, musste wieder im Zimmer seiner Mutter schlafen, und Maisie versuchte, nicht daran zu denken, wie friedlich das Haus ohne Stan gewesen war.

Es überraschte Maisie, dass Stan seine alte Arbeit im Hafen wiederbekam, als wäre nie etwas geschehen. Dadurch wurde ihre Gewissheit, dass er mehr über Arthurs Verschwinden wusste, als er zugab, nur umso größer. Doch wie sehr sie ihn auch bedrängen mochte, er sprach nie darüber. Als sie ihm bei einer Gelegenheit etwas zu hartnäckig wurde, versetzte er ihr einen Schlag mit dem Gürtel. Obwohl Miss Tilly am Morgen darauf vorgab, ihr blaues Auge nicht zu bemerken, fiel es ein oder zwei Gästen auf, weshalb Maisie das Thema ihrem Bruder gegenüber nie wieder erwähnte. Wenn Harry seinen Onkel nach seinem Vater fragte, blieb Stan bei der Version, auf die die Familie sich geeinigt hatte, und sagte: »Dein alter Herr starb im Krieg. Ich stand neben ihm, als die Kugel ihn traf.«

Maisie verbrachte so viel freie Zeit wie möglich mit Harry. Sie nahm an, dass ihr Leben viel leichter würde, sobald Harry alt genug wäre, um auf die Merrywood Elementary School zu gehen. Doch Harry jeden Morgen zur Schule zu bringen bedeutete, dass sie sich zusätzlich eine Fahrt mit der Straßenbahn leisten musste, um sicherzugehen, dass sie nicht zu spät zur Arbeit kam. Darüber hinaus musste sie am Nachmittag eine Pause machen, um ihn wieder von der Schule abzuholen. Sobald Maisie ihm seinen Tee gemacht hatte, überließ sie ihn der Obhut seiner Großmutter und ging zurück zur Arbeit.

Harry ging erst ein paar Tage lang zur Schule, als Maisie mehrere Striemen auf seinem Hintern entdeckte, die nur von einem Lederriemen stammen konnten; Maisie badete ihn gerade, wie sie es immer einmal die Woche tat.

»Wer hat das getan?«, fragte sie.

»Der Rektor.«

»Warum?«

»Kann ich dir nicht sagen, Mum.«

Als Maisie sechs neue rote Striemen fand, bevor die alten verblasst waren, stellte sie Harry wieder zur Rede, doch ihr Sohn verriet ihr auch diesmal nichts. Als die Striemen das dritte Mal auftauchten, zog sie ihren Mantel an und begab sich in die Merrywood Elementary, um Harrys Lehrer nachdrücklich die Meinung zu sagen.

Mr. Holcombe war ganz anders, als Maisie erwartet hatte. Zunächst einmal schien er nicht sehr viel älter zu sein als sie selbst, und er stand auf, als sie das Zimmer betrat, was zu ihrer Zeit an der Merrywood kein Lehrer getan hatte.

»Warum wird mein Sohn vom Rektor ständig mit Schlägen traktiert?«, wollte sie wissen, bevor Mr. Holcombe auch nur Gelegenheit hatte, ihr einen Stuhl anzubieten.

»Weil er immer wieder schwänzt, Mrs. Clifton. Er verschwindet kurz nach der Morgenandacht und erscheint erst am Nachmittag zum Fußball wieder.«

»Und wo ist er tagsüber?«

»Im Hafen, würde ich vermuten«, sagte Mr. Holcombe. »Vielleicht können Sie mir ja sagen, warum.«

»Weil sein Onkel dort arbeitet und ihm ständig erzählt, dass Schule nichts als Zeitverschwendung ist und er früher oder später ohnehin mit ihm zusammen für Barrington's arbeiten wird.«

»Ich hoffe nicht«, erwiderte Mr. Holcombe.

»Warum sagen Sie das?«, fragte Maisie. »Für seinen Vater war das gut genug.«

»Vielleicht. Aber es wäre nicht gut genug für Harry.«

»Wie meinen Sie das?«, fragte Maisie verärgert.

»Harry ist intelligent, Mrs. Clifton. Sogar sehr intelligent. Wenn ich ihn nur davon überzeugen könnte, regelmäßiger zum Unterricht zu kommen, ließe sich gar nicht absehen, was er noch alles erreichen könnte.«

Plötzlich fragte sich Maisie, ob sie jemals herausfinden würde, welcher von den beiden Männern Harrys Vater war.

»Einige Kinder entdecken erst, wie intelligent sie wirklich sind, nachdem sie die Schule verlassen haben«, fuhr Mr. Holcombe fort, »und dann verbringen sie den Rest ihres Lebens damit zu bereuen, wie sie diese Jahre verschwendet haben. Ich würde gerne dafür sorgen, dass Harry nicht zu ihnen gehört.«

»Was soll ich Ihrer Ansicht nach tun?«, fragte Maisie, die sich endlich setzte.

»Ermutigen Sie ihn, in der Schule zu bleiben und nicht jeden Tag wieder in Richtung Hafen zu verschwinden. Sagen Sie ihm, wie stolz Sie auf ihn sind, wenn er im Unterricht etwas erreicht hat und nicht nur auf dem Fußballfeld – was, nur für den Fall, dass Sie das noch nicht bemerkt haben sollten, Mrs. Clifton, nicht gerade seine starke Seite ist.«

»Seine starke Seite?«

»Entschuldigen Sie, Mrs. Clifton. Aber selbst Harry muss inzwischen erkannt haben, dass er es nie in die Schulmannschaft schaffen wird, ganz zu schweigen davon, dass er jemals für Bristol City spielen würde.«

»Ich werde tun, was ich kann, um Ihnen eine Hilfe zu sein«, versprach Maisie.

»Danke, Mrs. Clifton«, sagte Mr. Holcombe, als Maisie aufstand, um wieder zu gehen. »Wenn Sie es schaffen, ihn zu ermutigen, dann zweifle ich nicht daran, dass dies auf lange Sicht viel mehr bewirkt als der Lederriemen des Rektors.«

Von jenem Tag an zeigte Maisie ein viel größeres Interesse an den Dingen, die Harry in der Schule erlebte. Sie genoss es, sich seine Geschichten über Mr. Holcombe und das, was er bei seinem Lehrer tagsüber gelernt hatte, anzuhören, und als keine neuen Striemen mehr auftauchten, nahm sie an, dass er nicht mehr schwänzte. Doch als sie dann eines Nachts gerade ins Bett gehen wollte und noch einen letzten Blick auf ihr schlafendes Kind warf, sah sie, dass die Striemen wieder da waren. Und sie waren dunkler und tiefer als je zuvor. Sie brauchte Mr. Holcombe nicht noch einmal aufzusuchen, denn dieser erschien am Tag darauf im Teesalon.

»Er hat es geschafft, einen ganzen Monat lang meinen Unterricht zu besuchen«, sagte Mr. Holcombe, »doch dann ist er wieder verschwunden.«

»Ich weiß nicht mehr, was ich noch tun soll«, erwiderte Maisie hilflos. »Ich habe ihm bereits das Taschengeld gestrichen und ihm gesagt, dass er keinen Penny mehr von mir erwarten kann, wenn er nicht regelmäßig zur Schule geht. Die Wahrheit ist, dass sein Onkel Stan einen viel größeren Einfluss auf ihn hat als ich.«

»Das ist höchst bedauerlich«, sagte Mr. Holcombe. »Aber es könnte sein, dass ich eine Lösung für unser Problem gefunden habe, Mrs. Clifton. Ohne Ihre entschlossene Mitarbeit hat das Ganze jedoch keinerlei Aussicht auf Erfolg.«

Obwohl Maisie erst sechsundzwanzig Jahre alt war, nahm sie an, dass sie nie wieder heiraten würde. Schließlich stellten Witwen mit einem Kind als Anhang nicht gerade das große Los dar, wenn es so viele alleinstehende Frauen gab. Die Tatsache, dass sie immer ihren Verlobungs- und ihren Ehering trug, mochte ebenfalls dazu beitragen, die Häufigkeit zu verringern, mit der sie im Teesalon angesprochen wurde, obwohl ein oder zwei Männer sich auch davon nicht beirren ließen. Den guten alten Mr. Craddick zählte sie nicht dazu, denn ihm gefiel es einfach nur, ihre Hand zu halten.

Mr. Atkins war einer von Miss Tillys Stammgästen, und er saß gerne an einem der Tische, an denen Maisie bediente. Fast jeden Morgen sah er auf einen schwarzen Kaffee und ein Stück Obstkuchen vorbei. Zu Maisies Überraschung lud er sie eines Morgens, nachdem er bezahlt hatte, ins Kino ein.

»Greta Garbo in *Es war*«, sagte er, indem er versuchte, seine Einladung noch verführerischer klingen zu lassen.

Es war nicht das erste Mal, dass ein Gast Maisie einlud, doch nie zuvor hatte jemand, der so jung war und so gut aussah, Interesse an ihr gezeigt.

Zuvor hatte ihre übliche Antwort stets genügt, um auch die hartnäckigsten Bewerber abzuschrecken. »Das ist sehr freundlich von Ihnen, Mr. Atkins, aber ich verbringe meine freie Zeit am liebsten mit meinem Sohn.«

»Aber Sie könnten doch sicherlich für einen einzigen Abend eine Ausnahme machen?«, sagte er. Offensichtlich gab er nicht so leicht auf wie die anderen.

Maisie warf einen raschen Blick auf seine linke Hand. Kein Ehering und, was viel schlimmer gewesen wäre, auch kein blasser Streifen Haut an einem Finger, der verraten hätte, dass ihr Gegenüber einen üblicherweise getragenen Ring abgelegt hatte.

Sie hörte sich selbst wiederholen: »Das ist sehr freundlich von Ihnen, Mr. Atkins.« Und dann stimmte sie einer Verabredung am Donnerstagabend zu, nachdem sie Harry ins Bett gebracht hätte.

»Nennen Sie mich Eddie«, sagte er und ließ ihr ein Trinkgeld von sechs Pennys.

Maisie war beeindruckt, als Eddie in einem Flatnose Morris vorfuhr, um sie abzuholen. Und zu ihrer Überraschung wollte er wirklich nur den Film ansehen, als sie zusammen in einer der hinteren Reihen des Kinos saßen. Sie hätte nichts dagegengehabt, hätte er ihr den Arm um die Schulter gelegt. Sie dachte sogar bereits darüber nach, wie weit sie ihn bei dieser ersten Verabredung gehen lassen wollte.

Nachdem der Vorhang sich geschlossen hatte, erklang eine Orgel, und alle standen auf, um die Nationalhymne zu singen.

»Möchten Sie noch etwas trinken?«, fragte Eddie, als sie aus dem Kino kamen.

»Ich darf die letzte Straßenbahn nicht verpassen.«

»Wenn Sie mit Eddie Atkins zusammen sind, müssen Sie sich keine Sorgen wegen der letzten Straßenbahn machen, Maisie.«

»Na schön. Aber nur auf einen kurzen Schluck«, sagte sie, während er sie über die Straße ins Red Bull führte.

»Also, was machen Sie eigentlich so im Leben, Eddie?«, fragte Maisie, als er ein Glas Orangensaft vor sie auf den Tisch stellte.

»Ich bin in der Unterhaltungsbranche«, sagte er, ohne auf irgendwelche Einzelheiten einzugehen. Stattdessen brachte er das Gespräch wieder auf Maisie. »Was Sie machen, brauche ich ja nicht zu fragen.«

Nach dem zweiten Orangensaft sah er auf seine Uhr und sagte: »Ich muss morgen früh raus, also sollten wir vielleicht besser aufbrechen.«

Auf dem Weg zurück in die Still House Lane erzählte Maisie ihm von Harry und ihrer Hoffnung, dass er im Chor der Holy Nativity singen würde. Eddie schien ehrlich interessiert, und als er den Wagen vor Nummer 27 ausrollen ließ, erwartete sie, dass er sie küssen würde. Doch er sprang aus dem Auto, öffnete ihr die Tür und begleitete sie bis direkt vors Haus.

Als Maisie am Tag darauf ihrer Mutter am Küchentisch alles erzählte, was in der Nacht zuvor geschehen oder eher nicht geschehen war, fragte Harrys Großmutter nur: »Was hat er denn vor?«

13

Als Maisie sah, wie Mr. Holcombe zusammen mit einem elegant gekleideten Herrn in die Holy Nativity kam, nahm sie sofort an, dass Harry wieder in Schwierigkeiten steckte. Sie war überrascht, denn ein ganzes Jahr lang hatte es keine roten Striemen mehr gegeben.

Sie wappnete sich, als Mr. Holcombe sich ihr näherte, doch kaum dass er sie erblickt hatte, schenkte er Maisie ein schüchternes Lächeln, bevor er und sein Begleiter sich auf der anderen Seite des Mittelgangs in die dritte Reihe setzten.

Von Zeit zu Zeit warf Maisie einen kurzen Blick hinüber, doch den anderen Mann, der beträchtlich älter war als Mr. Holcombe, kannte sie nicht. Sie fragte sich, ob das der Rektor der Merrywood Elementary war.

Als die Knaben sich erhoben, um den ersten Choral anzustimmen, wandte sich Miss Monday zu den beiden Männern um, bevor sie dem Organisten zunickte, um ihm zu zeigen, dass sie bereit war.

Maisie spürte, dass Harry an diesem Morgen ganz besonders gut sang, doch sie war überrascht, als er wenige Minuten später noch einmal aufstand, um ein zweites Solo zu singen. Und noch überraschter war sie, als er ein drittes vortrug. Jeder wusste, dass Miss Monday nichts ohne einen guten Grund tat, doch deswegen begriff Maisie noch lange nicht, was dieser Grund sein könnte.

Nachdem Reverend Watts zum Ende des Gottesdienstes seiner Gemeinde den Segen erteilt hatte, blieb Maisie an ihrem Platz sitzen und wartete darauf, dass Harry zu ihr kommen würde. Sie hoffte, er könne ihr sagen, warum man ihn gebeten hatte, drei Soli zu singen. Während sie nervös mit ihrer Mutter plauderte, ließ sie Mr. Holcombe nicht aus den Augen. Harrys Lehrer stellte gerade den älteren Herren Miss Monday und Reverend Watts vor.

Kurz darauf führte Reverend Watts die beiden Männer in die Sakristei, und Miss Monday marschierte durch den Mittelgang auf Maisie zu. Ihre Miene zeigte große Entschlossenheit, was, wie jedes Gemeindemitglied wusste, nur heißen konnte, dass sie auf einer Mission war. »Kann ich mich in einer vertraulichen Angelegenheit mit Ihnen unterhalten, Mrs. Clifton?«, fragte sie.

Sie gab Maisie keine Gelegenheit zu antworten, sondern drehte sich einfach um und ging durch den Mittelgang zurück in Richtung Sakristei.

Eddie Atkins war über einen Monat lang nicht mehr ins Tilly's gekommen, doch eines Morgens war er plötzlich wieder da und setzte sich auf seinen üblichen Platz an einem von Maisies Tischen. Als sie zu ihm ging, um ihn zu bedienen, bedachte er sie mit einem breiten Lächeln, als wäre er nie weg gewesen.

»Guten Morgen, Mr. Atkins«, sagte Maisie und schlug ihren Notizblock auf. »Was darf ich Ihnen bringen?«

»Dasselbe wie immer«, sagte Eddie.

»Es ist schon so lange her, Mr. Atkins«, erwiderte Maisie. »Sie werden mir helfen müssen.«

»Es tut mir leid, dass wir nicht in Verbindung geblieben sind, Maisie«, sagte Eddie, »aber ich musste ziemlich kurzfristig nach Amerika, und ich bin erst gestern Abend wieder zurückgekommen.«

Sie wollte ihm glauben. Maisie hatte ihrer Mutter bereits gestanden, dass sie ein wenig enttäuscht darüber war, von Eddie nichts mehr gehört zu haben, nachdem er sie ins Kino eingeladen hatte. Sie hatte seine Gesellschaft genossen, und ihrem Gefühl nach war der Abend recht gut verlaufen.

Inzwischen hatte ein anderer Mann begonnen, den Teesalon regelmäßig zu besuchen, und wie Eddie wollte er ausschließlich an einem von Maisies Tischen sitzen. Obwohl ihr unweigerlich auffiel, dass er ein beträchtliches Interesse an ihr zeigte, ermutigte sie ihn in keiner Weise, denn er war nicht nur in mittlerem Alter, sondern trug auch einen Ehering. Er wirkte irgendwie distanziert, wie ein Anwalt, der einen Mandanten mustert, und wenn er sich an sie wandte, klang er immer ein wenig pompös. Maisie konnte die Frage ihrer Mutter geradezu hören: »Was hat er denn vor?« Doch vielleicht hatte sie seine Absichten missverstanden, denn er versuchte nie, eine Unterhaltung mit ihr anzuknüpfen.

Selbst Maisie konnte ein Grinsen nicht unterdrücken, als beide Bewerber eine Woche danach am selben Morgen auf einen Kaffee vorbeisahen und fragten, ob sie sie später treffen könnten.

Eddie war der Erste, und er kam direkt zur Sache. »Ich könnte Sie doch heute Abend nach der Arbeit einfach mit dem Auto abholen, Maisie. Da gibt es etwas, das ich Ihnen wirklich gerne zeigen würde.«

Maisie wollte ihm sagen, dass sie bereits eine Verabredung hatte, nur um klarzustellen, dass sie nicht einfach zur Verfügung stand, wenn es ihm gerade passte, doch als sie ihm wenige Minuten später die Rechnung brachte, ertappte sie sich dabei, wie sie antwortete: »Ich sehe Sie dann nach der Arbeit, Eddie.«

Sie hatte immer noch ein Lächeln im Gesicht, als der andere

Gast sagte: »Ich frage mich, ob wir uns auf ein Wort sprechen könnten, Mrs. Clifton.«

Maisie rätselte darüber, woher er ihren Namen kannte.

»Möchten Sie sich nicht lieber mit der Besitzerin unterhalten, Mr. ...«

»Frampton«, erwiderte er. »Nein, danke. Ich hatte gehofft, mit Ihnen sprechen zu können. Dürfte ich vorschlagen, dass wir uns während Ihrer Pause am Nachmittag im Royal Hotel treffen? Es sollte nicht mehr als fünfzehn Minuten Ihrer Zeit beanspruchen.«

»Wenn man einen Bus braucht, ist nie einer da«, sagte Maisie zu Miss Tilly. »Und dann tauchen plötzlich zwei gleichzeitig auf.« Miss Tilly sagte Maisie, dass es ihr so vorkam, als habe sie Mr. Frampton schon einmal irgendwo gesehen, aber sie wisse nicht, wo.

Als Maisie Mr. Frampton die Rechnung brachte, wies sie ihn nachdrücklich darauf hin, dass sie wirklich nur fünfzehn Minuten erübrigen könne, denn sie müsse ihren Sohn um Punkt vier Uhr von der Schule abholen. Er nickte, als sei er sich dessen durchaus bewusst.

War es tatsächlich in Harrys Interesse, sich um ein Stipendium für St. Bede's zu bewerben?

Maisie wusste nicht, mit wem sie über diese Frage sprechen sollte. Stan war so entschieden gegen diese Möglichkeit, dass er sich die Argumente, die dafür sprachen, wahrscheinlich nicht einmal anhören würde. Miss Tilly war eine zu enge Freundin von Miss Monday, als dass sie die Angelegenheit hätte unparteiisch betrachten können, und Reverend Watts hatte ihr bereits empfohlen, sich von Gott leiten zu lassen; doch dieser hatte sich in der Vergangenheit als nicht besonders zuverlässig erwiesen.

Mr. Frobisher schien so ein netter Mann zu sein, doch auch er hatte ihr unmissverständlich zu verstehen gegeben, dass nur sie die endgültige Entscheidung treffen konnte. Mr. Holcombe hingegen hatte nicht den geringsten Zweifel an seiner Überzeugung aufkommen lassen.

Maisie wandte keinen weiteren Gedanken mehr an Mr. Frampton, bis sie ihren letzten Gast bedient hatte. Dann zog sie ihre Kellnerinnenkleidung aus und streifte ihren alten Mantel über.

Miss Tilly beobachtete durch das Fenster, wie Maisie in Richtung des Royal Hotel aufbrach. Sie war ein wenig besorgt, wusste aber nicht, warum.

Obwohl Maisie nie zuvor im Royal gewesen war, wusste sie, dass es als eines der bestgeführten Hotels im West Country galt, und die Gelegenheit, es von innen zu sehen, war einer der Gründe, warum sie einverstanden gewesen war, sich mit Mr. Frampton zu treffen.

Sie stand auf dem Bürgersteig gegenüber und sah zu, wie die Gäste durch die Drehtür gingen. So etwas kannte sie nicht, und erst als sie sicher war, begriffen zu haben, wie diese Tür funktionierte, überquerte sie die Straße und betrat das Hotel. Dabei drückte sie ein wenig zu heftig, sodass sie sich schwungvoller als gedacht im Foyer wiederfand.

Maisie sah sich um und entdeckte Mr. Frampton, der alleine in einem ruhigen Alkoven an der Seite des Foyers saß. Sie ging zu ihm hinüber. Er stand sofort auf, reichte ihr die Hand und nahm erst wieder Platz, nachdem Maisie sich ihm gegenüber gesetzt hatte.

»Darf ich Ihnen einen Kaffee bestellen, Mrs. Clifton?«, fragte er. Noch bevor sie etwas erwidern konnte, fügte er hinzu: »Aber ich muss Sie warnen. Es ist nicht dieselbe Qualität wie bei Tilly's.«

»Nein, danke, Mr. Frampton«, sagte Maisie, die nichts anderes im Sinn hatte, als herauszufinden, warum er sie hatte treffen wollen.

Mr. Frampton nahm sich die Zeit, eine Zigarette anzuzünden und tief zu inhalieren. »Mrs. Clifton«, begann er schließlich, indem er die Zigarette auf den Rand des Aschenbechers legte, »es kann Ihrer Aufmerksamkeit nicht entgangen sein, dass ich in letzter Zeit regelmäßig ins Tilly's gekommen bin.« Maisie nickte. »Ich muss gestehen, dass der einzige Grund für meine Besuche dort Sie waren.« Maisie bereitete im Stillen ihren Standardsatz vor, den sie sich für ihre »verliebten Verehrer« zurechtgelegt hatte; sie würde ihn vortragen, sobald ihr Gegenüber seine Ausführungen beendet hatte. »Während all der Jahre, die ich schon im Hotelgeschäft bin«, fuhr Mr. Frampton fort, »habe ich noch nie jemanden kennengelernt, der seine Arbeit effizienter erledigt hätte als Sie. Ich würde mir wirklich wünschen, dass jede Kellnerin in diesem Hotel von Ihrem Kaliber wäre.«

»Ich hatte eine gute Lehrerin«, sagte Maisie.

»Das hatten die vier anderen Kellnerinnen in Tilly's Teesalon genauso, doch keine von ihnen hat Ihre Ausstrahlung.«

»Ich fühle mich geschmeichelt, Mr. Frampton. Aber warum sagen Sie mir...«

»Ich bin der Geschäftsführer dieses Hotels«, sagte er, »und ich würde mich freuen, wenn Sie die Verantwortung für unser hoteleigenes Café übernehmen würden, den Palm Court Room. Wie Sie sehen« – er machte eine weit ausholende Geste – »verfügen wir über etwa einhundert Tische, doch meistens sind weniger als ein Drittel der Plätze besetzt. Das ist nicht gerade das, was man in unserem Haus unter einer gewinnbringenden Investition versteht. Zweifellos würde sich dies ändern, wenn

Sie die Leitung innehätten. Ich glaube, ich kann dafür sorgen, dass es sich für Sie lohnt.«

Maisie unterbrach ihn nicht.

»Ich sehe keinen Grund dafür, warum sich Ihre Arbeitszeiten dramatisch von denen Ihrer gegenwärtigen Stelle unterscheiden sollten. Ich wäre bereit, Ihnen fünf Pfund pro Woche zu bezahlen. Darüber hinaus bekämen Sie die Hälfte aller Trinkgelder, welche die Kellnerinnen im Palm Court verdienen. Wenn es Ihnen gelingt, einen festen Gästestamm aufzubauen, dürfte sich das als außerordentlich lohnend erweisen. Dabei würde ich...«

»Aber ich würde nicht einmal daran denken, Miss Tilly zu verlassen«, unterbrach ihn Maisie jetzt doch. »Während der letzten sechs Jahre war sie so gut zu mir.«

»Ich weiß Ihre Gefühle durchaus zu schätzen, Mrs. Clifton. Es wäre sogar eine Enttäuschung für mich gewesen, hätten Sie schon bei der ersten Erwähnung meines Angebots anders reagiert. Loyalität ist eine Eigenschaft, die ich zutiefst bewundere. Doch anstatt nur an Ihre eigene Zukunft müssen Sie auch an diejenige Ihres Sohnes denken, sollte er St. Bede's mit einem Chorstipendium besuchen.«

Maisie war sprachlos.

Als Maisie an jenem Abend ihre Arbeit beendete, sah sie, wie Eddie in seinem Wagen vor dem Teesalon saß und auf sie wartete. Ihr fiel auf, dass er diesmal nicht nach draußen sprang und die Beifahrertür für sie öffnete.

»Also, wo bringen Sie mich hin?«, fragte sie, als sie sich neben ihn gesetzt hatte.

»Das ist eine Überraschung«, sagte Eddie, während er den Anlasserknopf drückte, »aber ich glaube nicht, dass Sie enttäuscht sein werden.«

Er schaltete in den ersten Gang und steuerte eine Gegend der Stadt an, die Maisie noch nie zuvor besucht hatte. Nur ein paar Minuten später fuhr er in eine Seitengasse und hielt vor einer großen Eichentür, über der ein Neonschild in grellen roten Buchstaben »EDDIE'S NACHTCLUB« verkündete.

»Gehört der Club Ihnen?«, fragte Maisie.

»Jeder einzelne Quadratzoll«, antwortete Eddie voller Stolz. »Kommen Sie herein und sehen Sie es sich an.« Er stieg aus dem Wagen, öffnete die Eingangstür und führte Maisie ins Innere. »Das war früher mal ein Kornspeicher«, erklärte er, während er mit ihr zusammen eine schmale Holztreppe nach unten ging. »Aber da die Schiffe den Fluss nicht mehr so weit hinauffahren können, musste die Firma umziehen, und ich konnte das Gebäude zu einem sehr vernünftigen Preis übernehmen.«

Maisie betrat einen großen, nur spärlich beleuchteten Raum. Es dauerte eine Weile, bis sich ihre Augen so gut an das Halbdunkel gewöhnt hatten, dass sie alles erkennen konnte. Ein halbes Dutzend Männer saß auf hohen Lederhockern trinkend an der Bar, und fast ebenso viele Kellnerinnen schwirrten um die Gäste herum. Die Wand hinter der Bar bestand aus einem gewaltigen Spiegel, der den Raum viel größer erscheinen ließ, als er tatsächlich war. In der Mitte des Clubs befand sich eine Tanzfläche, die von kleinen, mit plüschigem Samt bezogenen Bänken umgeben war, auf denen jeweils nicht mehr als zwei Personen Platz hatten. Am entgegengesetzten Ende des Raums befand sich eine kleine Bühne mit einem Klavier, einem Kontrabass, einer Reihe Trommeln und mehreren Notenständern.

Eddie setzte sich an die Bar. Er sah sich um und sagte: »Genau das ist der Grund, warum ich so viel Zeit in Amerika verbringe. Flüsterkneipen wie diese hier sprießen überall in New York und Chicago aus dem Boden, und sie machen ein Vermögen.« Er zündete sich eine Zigarre an. »Ich verspreche Ihnen, so etwas gibt es in ganz Bristol nicht noch einmal. So viel ist sicher.«

»So viel ist sicher«, wiederholte Maisie, die neben ihn an die Bar trat, aber nicht versuchte, auf einen der hohen Barhocker zu klettern.

»Was ist Ihr Gift, Puppe?«, sagte Eddie mit einem Akzent, den er für amerikanisch hielt.

»Ich trinke nicht«, erinnerte Maisie ihn.

»Das ist einer der Gründe, warum ich mich für Sie entschieden habe.«

»Sie haben sich für mich entschieden?«

»Aber klar doch. Sie sind meine erste Wahl, wenn es darum geht, wer die Arbeit der Kellnerinnen unserer Cocktailbar organisieren soll. Ich würde Ihnen sechs Pfund pro Woche bezahlen, und wenn der Laden richtig läuft, würden Sie alleine an den Trinkgeldern mehr verdienen, als Sie jemals bei Tilly's bekämen.«

»Und würde von mir erwartet werden, dass ich mich *so* anziehe?«, fragte Maisie und deutete auf eine der Kellnerinnen, die eine schulterfreie rote Bluse und einen engen schwarzen Rock trug, der ihr bis knapp über die Knie reichte. Amüsiert bemerkte Maisie, dass die Schuluniform von St. Bede's genau dieselben Farben hatte.

»Warum nicht? Sie sind ein wunderbar aussehendes Mädchen, und unsere Gäste würden gutes Geld dafür zahlen, dass sie von jemandem wie Ihnen bedient werden. Natürlich würden Sie dabei auch manch seltsames Angebot zu hören bekommen, aber ich bin mir sicher, dass Sie damit umgehen könnten.«

»Welchen Sinn hat eine Tanzfläche, wenn es sich um einen Club handelt, der nur von Männern besucht wird?«

»Das ist noch so eine Idee, die ich mir in den Staaten abgeschaut habe«, sagte Eddie. »Wenn man mit einer der Kellnerinnen unserer Cocktailbar tanzen will, muss man dafür bezahlen.«

»Und welche weiteren Leistungen sind in dieser Bezahlung inbegriffen?«

»Das entscheiden alleine unsere Mädchen«, sagte Eddie schulterzuckend. »Solange nichts davon auf dem Gelände des Clubs stattfindet, hat das nichts mehr mit mir zu tun«, fügte er hinzu, wobei er ein wenig zu laut lachte. Maisie lachte nicht. »Also, was meinen Sie?«, fragte er.

»Ich denke, ich gehe wohl besser nach Hause«, antwortete Maisie. »Ich konnte Harry nicht mehr sagen, dass ich erst so spät kommen würde.«

»Ganz wie Sie meinen, Schätzchen«, erwiderte Eddie. Er legte den Arm um ihre Schulter und führte sie die Treppe hinauf.

Während er sie zur Still House Lane fuhr, erzählte er Maisie von seinen Zukunftsplänen. »Ich habe bereits ein Auge auf ein zweites Grundstück geworfen«, sagte er begeistert. »Nur der Himmel ist die Grenze.«

»Der Himmel ist die Grenze«, wiederholte Maisie, als sie vor Nummer 27 anhielten.

Maisie stieg aus dem Wagen und ging rasch zur Haustür.

»Sie werden also ein paar Tage brauchen, um sich das Ganze durch den Kopf gehen zu lassen?«, fragte Eddie, während er ihr hinterhereilte.

»Nein. Vielen Dank, Eddie«, entgegnete Maisie, ohne zu zögern. »Ich habe mich bereits entschieden«, fügte sie hinzu, indem sie ihren Schlüssel aus der Handtasche nahm.

Eddie grinste und legte seinen Arm um sie. »Ich hatte auch nicht vermutet, dass Ihnen die Entscheidung schwerfallen würde.«

Maisie schob vorsichtig seinen Arm beiseite, schenkte ihm ihr süßestes Lächeln und sagte: »Es ist sehr freundlich von Ihnen, dass Sie an mich gedacht haben, Süßer, aber ich glaube, ich werde auch weiterhin Kaffee servieren.« Sie öffnete die Haustür, bevor sie hinzufügte: »Aber vielen Dank, dass Sie gefragt haben.«

»Ganz wie Sie meinen, Puppe, aber wenn Sie Ihre Meinung jemals ändern sollten, dann sollen Sie wissen, dass meine Tür Ihnen immer offen steht.«

Maisie zog die Tür hinter sich zu.

14

Am Ende suchte Maisie den einzigen Menschen auf, von dem sie den Eindruck hatte, dass er ihr einen Rat geben konnte. Sie beschloss, unangekündigt im Hafen zu erscheinen, in der Hoffnung, dass er zu Hause wäre, wenn sie bei ihm anklopfte.

Sie verriet weder Stan noch Harry, wen sie besuchen wollte, denn der eine hätte versucht, sie aufzuhalten, und der andere hätte unweigerlich geglaubt, sie missbrauche sein Vertrauen.

Maisie wartete, bis ihr freier Tag gekommen war, und nachdem sie Harry zur Schule gebracht hatte, nahm sie die Straßenbahn zum Hafen. Sie hatte den Zeitpunkt sorgfältig ausgewählt: Am späten Vormittag würde er wahrscheinlich noch in seinem sogenannten Büro sein, und Stan wäre vollauf mit dem Ent- oder Beladen eines der Frachtschiffe am anderen Ende des Hafens beschäftigt.

Maisie sagte dem Mann am Tor, dass sie gekommen sei, um sich für eine Arbeit als Putzfrau zu bewerben. Gleichgültig deutete er auf das Gebäude aus roten Backsteinen und erinnerte sich anscheinend immer noch nicht an sie.

Als sie in Richtung Barrington House ging, sah Maisie hinauf zu den Fenstern im fünften Stock und fragte sich, welches Büro wohl ihm gehörte. Sie erinnerte sich an ihre Begegnung mit Mrs. Nettles und an die Art, wie sie vor die Tür gesetzt worden war, kaum dass sie ihren Namen genannt hatte. Inzwischen hatte Maisie nicht nur eine Arbeit, die ihr Spaß machte und für die sie geschätzt wurde, ihr waren überdies erst wenige Tage zuvor zwei weitere Stellen angeboten worden. Sie verschwendete keinen weiteren Gedanken an Mrs. Nettles, während sie zügig am Gebäude vorbeiging und dem Kai folgte.

Maisie verlangsamte ihre Schritte nicht, bis sie sein Zuhause sehen konnte. Sie konnte sich nur schwer vorstellen, dass jemand in einem Eisenbahnwaggon lebte, und begann sich zu fragen, ob sie nicht einen schrecklichen Fehler machte. Hatte Harry mit seinen Geschichten über ein Esszimmer, ein Schlafzimmer und sogar eine Bibliothek übertrieben? »Nachdem du schon so weit gekommen bist, kannst du jetzt nicht einfach umkehren, Maisie Clifton«, sagte sie zu sich selbst und klopfte kühn an die Tür des Waggons.

»Kommen Sie herein, Mrs. Clifton«, sagte eine sanfte Stimme.

Maisie öffnete die Tür und sah sich einem alten Mann gegenüber, der, von Büchern und anderen Besitztümern umgeben, auf einer bequemen Bank saß. Sie war überrascht, wie sauber der Waggon war. Trotz allem, was Stan immer behauptet hatte, so begriff sie jetzt, war sie selbst es, die dritter Klasse lebte, und nicht etwa Old Jack. Ständig hatte Stan ein Märchen wiederholt, das sich in Luft auflöste, wenn man das Ganze mit den Augen eines Kindes betrachtete, das keine Vorurteile hatte.

Old Jack stand unverzüglich auf und deutete auf die Sitzbank gegenüber. »Sie sind zweifellos gekommen, um mit mir über Harry zu sprechen.«

»Ja, Mr. Tar«, erwiderte sie.

»Lassen Sie mich raten«, sagte er. »Sie sind sich wahrscheinlich unsicher, ob er nach St. Bede's gehen oder in der Merrywood Elementary bleiben soll.«

»Woher wissen Sie das?«, fragte Maisie.

»Weil ich schon einen Monat lang über genau dasselbe Problem nachdenke«, sagte Old Jack.

»Was sollte er Ihrer Meinung nach tun?«

»Ich denke, dass er in St. Bede's sicherlich auf große Schwierigkeiten stoßen wird. Aber es wäre gut möglich, dass er es für den Rest seines Lebens bereuen könnte, sollte er diese Gelegenheit nicht beim Schopf packen.«

»Vielleicht bekommt er kein Stipendium. Dann liegt die Entscheidung nicht mehr in unseren Händen.«

»Die Entscheidung liegt schon jetzt nicht mehr in unseren Händen«, sagte Old Jack, »und zwar genau seit dem Augenblick, in dem Mr. Frobisher Harry singen gehört hat. Doch ich habe den Eindruck, dass das nicht der einzige Grund ist, warum Sie zu mir gekommen sind.«

Maisie begann zu verstehen, warum Harry diesen Mann so sehr bewunderte. »Sie haben recht, Mr. Tar. Ich brauche Ihren Rat auch noch in einer anderen Angelegenheit.«

»Ihr Sohn nennt mich Jack, es sei denn, er hat sich über mich geärgert. Dann nennt er mich Old Jack.«

Maisie lächelte. »Ich mache mir Sorgen darüber, dass ich nicht genügend verdiene, um Harry all die Kleinigkeiten zu kaufen, welche die anderen Jungen, die eine Schule wie St. Bede's besuchen, als völlig selbstverständlich betrachten. Und zwar auch dann nicht, wenn Harry ein Stipendium erhält. Doch glücklicherweise hat man mir eine neue Stelle angeboten, bei der ich mehr verdienen würde.«

»Aber Sie fragen sich, wie Miss Tilly reagieren wird, wenn Sie ihr sagen, dass Sie an einen Wechsel denken?«

»Sie kennen Miss Tilly?«

»Nein, aber Harry hat schon oft über sie gesprochen. Sie ist zweifellos aus demselben Holz geschnitzt wie Miss Monday, und ich kann Ihnen versichern, dass das eine ganz seltene Art Holz ist. Es besteht kein Grund dafür, dass Sie sich Sorgen machen.«

»Das verstehe ich nicht«, sagte Maisie.

»Gestatten Sie, dass ich es Ihnen erkläre«, erwiderte Old Jack. »Miss Monday hat bereits einen großen Teil ihrer Zeit und ihrer Erfahrung investiert, um dafür zu sorgen, dass Harry ein Stipendium von St. Bede's erhält und – wichtiger noch – dass er sich einer solchen Auszeichnung würdig erweist. Ich würde darauf wetten, dass sie deshalb jede Eventualität schon längst mit ihrer besten Freundin besprochen hat, und die ist zufällig niemand anderes als Miss Tilly. Wenn Sie Miss Tilly also von der Stelle erzählen, die man Ihnen angeboten hat, könnte es sein, dass sie nicht allzu überrascht ist.«

»Danke, Jack«, sagte Maisie. »Harry kann sich glücklich schätzen, Sie zum Freund zu haben. Wie ein Vater, den er nie hatte«, fügte sie leise hinzu.

»Das ist das netteste Kompliment, das mir jemand seit vielen Jahren gemacht hat«, sagte Old Jack. »Es tut mir nur leid, dass er seinen Vater unter so tragischen Umständen verloren hat.«

»Wissen Sie, wie mein Mann gestorben ist?«

»Ja, das weiß ich«, erwiderte Old Jack. Doch weil er begriff, dass er dieses Thema nie hätte erwähnen dürfen, fuhr er rasch fort: »Aber nur, weil Harry es mir gesagt hat.«

»Was hat er Ihnen denn gesagt?«, fragte Maisie besorgt.

»Dass sein Vater im Krieg getötet wurde.«

»Aber Sie wissen, dass das nicht stimmt«, sagte Maisie.

»Ja«, antwortete Old Jack. »Und ich vermute, dass Harry ebenfalls weiß, dass sein Vater nicht im Krieg gestorben sein kann.«

»Warum redet er dann nicht darüber?«

»Er glaubt wahrscheinlich, dass es irgendetwas gibt, das Sie ihm nicht sagen wollen.«

»Aber ich kenne die Wahrheit doch selbst nicht«, gestand Maisie.

Old Jack äußerte sich nicht dazu.

Maisie ging langsam nach Hause. Eine Frage war beantwortet, die andere noch immer ungeklärt. Trotzdem zweifelte sie nicht im Geringsten daran, dass sie Old Jack zu denjenigen Menschen zählen konnte, die wussten, was mit ihrem Mann geschehen war.

Es sollte sich zeigen, dass Old Jack recht gehabt hatte, was Miss Tilly anging, denn als Maisie ihr von Mr. Framptons Angebot berichtete, hätte sie nicht verständnisvoller sein und ihre Angestellte nicht mehr unterstützen können.

»Wir alle werden Sie vermissen«, erklärte sie. »Und ehrlich gesagt kann sich das Royal glücklich schätzen, Sie zu bekommen.«

»Wie kann ich Ihnen nur für all das danken, was Sie so viele Jahre lang für mich getan haben?«, sagte Maisie.

»Es ist Harry, der Ihnen danken sollte«, erwiderte Miss Tilly, »und ich vermute, es ist nur eine Frage der Zeit, bevor ihm das klar wird.«

Einen Monat später begann Maisie mit ihrer neuen Arbeit, und es dauerte nicht lange, bis sie herausfand, warum die Tische im Palm Court nie zu mehr als einem Drittel besetzt waren.

Für die Kellnerinnen war ihre Arbeit nichts weiter als irgendein Job, während Miss Tilly ihre Tätigkeit als Berufung betrachtet hatte. Sie machten sich nie die Mühe, sich die Namen ihrer Gäste oder deren Lieblingstische zu merken. Schlimmer noch, der Kaffee war oft kalt, bis er serviert wurde, und die Kuchen ließ man so lange trocken werden, bis irgendjemand sie kaufte. Maisie war nicht überrascht, dass die Kellnerinnen nicht viele Trinkgelder bekamen; sie verdienten sie einfach nicht.

Als ein weiterer Monat vergangen war, begriff sie, wie viel Miss Tilly ihr wirklich beigebracht hatte.

Nach drei Monaten hatte Maisie fünf der sieben Kellnerinnen ausgetauscht, ohne jemanden aus dem Tilly's abwerben zu müssen. Sie hatte für alle ihre Mitarbeiterinnen neue, hübsche Kellnerinnenkleidung bestellt, dazu neue Teller, Tassen und Untertreller. Noch wichtiger war, dass sie ihren Kaffeelieferanten und ihren Konditor gewechselt hatte. Miss Tilly sollte nicht mehr die Einzige sein, die solche Qualität anbot.

»Sie kosten mich eine Menge Geld, Maisie«, sagte Mr. Frampton, wenn ein neuer Stapel Rechnungen auf seinem Schreibtisch landete. »Versuchen Sie, nicht zu vergessen, was ich über den Gewinn gesagt habe, den eine Investition einbringen muss.«

»Geben Sie mir weitere sechs Monate, Mr. Frampton, und Sie werden die Ergebnisse sehen.«

Obwohl Maisie Tag und Nacht arbeitete, fand sie immer Zeit, Harry am Morgen zur Schule zu bringen und ihn am Nachmittag abzuholen. Doch sie warnte Mr. Frampton davor, dass es einen Tag geben würde, an dem sie nicht pünktlich im Hotel erscheinen könne. Als sie ihm sagte, warum, gab er ihr den ganzen Tag frei.

Kurz bevor sie das Haus verließen, warf Maisie noch einen Blick in den Spiegel. Sie trug ihr bestes Sonntagskleid, obwohl sie nicht zur Kirche ging. Sie lächelte ihren Sohn an, der in seiner roten und schwarzen Schuluniform so hübsch aussah. Trotzdem war sie ein wenig unsicher, als sie beide an der Straßenbahnhaltestelle warteten.

»Zweimal bis Park Street«, sagte sie dem Schaffner, als der Wagen der Linie 11 sich wieder in Bewegung setzte. Sie konnte ihren Stolz nicht verbergen, als sie bemerkte, wie sich der Mann

Harry etwas genauer ansah. Das konnte Maisie nur in ihrer Überzeugung bestärken, dass sie die richtige Entscheidung getroffen hatte.

Als sie ihre Haltestelle erreichten, ließ Harry nicht zu, dass seine Mutter seinen Koffer trug. Maisie hielt seine Hand, während sie langsam den Hügel zur Schule hinaufgingen. Sie wusste nicht, wer von ihnen beiden nervöser war. Sie konnte ihren Blick nicht von den Einspännern und den von Chauffeuren gesteuerten Autos lösen, welche die anderen Jungen an ihrem ersten Tag vor der Schule absetzten. Sie hoffte nur, dass Harry wenigstens einen Freund unter ihnen finden würde. Schließlich waren einige Kindermädchen besser gekleidet als sie selbst.

Harry ging immer langsamer, je näher sie dem Schultor kamen. Maisie spürte, wie unbehaglich er sich fühlte – oder war das einfach nur die Angst vor dem Unbekannten?

»Ich werde jetzt gehen«, sagte sie und beugte sich hinab, um ihn zu küssen. »Viel Glück, Harry. Lass uns alle stolz auf dich sein.«

»Wiedersehen, Mum.«

Als sie ihm nachsah, bemerkte Maisie, dass auch noch jemand anderes Interesse an Harry Clifton zu haben schien.

15

Maisie würde nie den Tag vergessen, an dem sie zum ersten Mal einem Gast keinen Platz anbieten konnte.

»Ich bin jedoch sicher, dass in ein paar Minuten ein Tisch frei wird, Sir.«

Sie war stolz darauf, dass ihre Mitarbeiterinnen es schafften, innerhalb von nur fünf Minuten, nachdem ein Gast seine Rechnung beglichen hatte und gegangen war, das Tischtuch zu säubern oder gegebenenfalls zu wechseln und den Tisch neu einzudecken.

Der Palm Court wurde in kürzester Zeit so beliebt, dass Maisie immer darauf achten musste, einige Tische zu reservieren für den Fall, dass einer ihrer Stammgäste unvorhergesehen ins Royal kam.

Sie war ein wenig verlegen, als ihr ein paar ihrer alten Gäste aus dem Tilly's in den Palm Court folgten, besonders der gute alte Mr. Craddick, der Harry vom Zeitungsaustragen her kannte. Und sie empfand es sogar als ein noch größeres Kompliment, als Miss Tilly begann, regelmäßig auf einen Morgenkaffee vorbeizuschauen.

»Ich will nur wissen, was die Konkurrenz so macht«, sagte sie. »Der Kaffee ist übrigens ausgezeichnet, Maisie.«

»Das sollte er auch sein«, erwiderte Maisie. »Er stammt von Ihrem Lieferanten.«

Auch Eddie Atkins kam von Zeit zu Zeit vorbei, und wenn die

Größe seiner Zigarren und der Umfang seiner Hüften irgendetwas zu bedeuten hatten, dann konnte für ihn bis heute in der Tat nur der Himmel die Grenze sein.

Obwohl er freundlich zu ihr war, lud er Maisie nie wieder ein. Er erinnerte sie jedoch des Öfteren daran, dass seine Tür immer für sie offen stand.

Es war nicht so, dass Maisie keine Verehrer gehabt hätte, denen sie gelegentlich gestattete, sie einen Abend lang auszuführen, etwa in ein elegantes Restaurant, ins Old Vic oder ins Kino, vor allem wenn ein Film mit Greta Garbo lief. Doch danach erlaubte sie ihrem jeweiligen Begleiter nie mehr als einen flüchtigen Kuss auf die Wange, bevor sie wieder nach Hause ging. Wenigstens so lange nicht, bis sie Patrick Casey begegnete, der bewies, dass der typisch irische Charme nicht nur ein Klischee war.

Als Patrick zum ersten Mal in den Palm Court kam, drehte sich nicht nur ihr Kopf für einen genaueren Blick in seine Richtung. Er war knapp über ein Meter achtzig groß, hatte dunkles, gewelltes Haar und die Statur eines Sportlers. Das hätte den meisten Frauen bereits genügt, doch es war sein Lächeln, das sie für ihn einnahm – und, wie sie vermutete, viele andere ebenso.

Patrick erzählte ihr, dass er in der Finanzbranche arbeitete, doch schließlich war auch Eddie so vage geblieben, als er behauptet hatte, in der Unterhaltungsbranche tätig zu sein. Seine Arbeit führte ihn ein–, zweimal pro Monat nach Bristol, und als Maisie ihm erlaubte, sie zum Dinner, ins Theater oder ins Kino auszuführen, brach sie gelegentlich sogar ihre goldene Regel, spätestens die letzte Straßenbahn zur Still House Lane zu nehmen.

Sie wäre nicht überrascht gewesen, hätte sie herausgefunden, dass eine Ehefrau und ein Dutzend Kinder zu Hause in Cork auf

Patrick warteten, obwohl er ihr, Hand aufs Herz, geschworen hatte, Junggeselle zu sein.

Immer wenn Mr. Holcombe im Palm Court vorbeischaute, führte Maisie ihn an einen Tisch in der entlegensten Ecke des Raumes, der teilweise von einer breiten Säule verdeckt wurde und den ihre Stammgäste mieden. Diese Abgeschiedenheit jedoch ermöglichte es ihr, auf den neuesten Stand zu kommen, was Harrys Fortschritte betraf.

Heute jedoch schien Mr. Holcombe eher an der Zukunft als an der Vergangenheit interessiert, und er fragte: »Haben Sie schon entschieden, was Harry machen wird, wenn er von St. Bede's abgeht?«

»Darüber habe ich bisher kaum nachgedacht«, gab Maisie zu. »Immerhin dauert es ja noch eine Weile, bis es so weit ist.«

»So lange nun auch wieder nicht«, sagte Mr. Holcombe, »und ich kann mir nicht vorstellen, dass Sie die Absicht haben, ihn wieder auf die Merrywood Elementary zu schicken.«

»Nein, das will ich auch nicht«, sagte Maisie entschlossen. »Aber welche anderen Möglichkeiten gibt es?«

»Harry sagt, dass er gerne auf die Bristol Grammar School gehen würde, doch er macht sich Sorgen, dass Sie nicht in der Lage sein könnten, die Schulgebühren zu bezahlen, wenn es ihm nicht gelingt, ein Stipendium zu bekommen.«

»Das wird kein Problem sein«, versicherte Maisie. »Bei meinem augenblicklichen Lohn und dem Trinkgeld, das noch hinzukommt, braucht niemand zu wissen, dass seine Mutter eine Kellnerin ist.«

»Und was für eine Kellnerin«, sagte Mr. Holcombe und sah sich im gut besuchten Palm Court um. »Ich bin nur überrascht, dass Sie noch keinen eigenen Salon eröffnet haben.«

Maisie lachte und dachte erst wieder daran, als sie unerwarteten Besuch von Miss Tilly erhielt.

Jeden Sonntag besuchte Maisie die Morgenandacht in der St. Mary Redcliffe, um ihren Sohn singen zu hören. Miss Monday hatte sie gewarnt, dass es jetzt nicht mehr lange dauern konnte, bis Harry in den Stimmbruch kam; sie dürfe nicht erwarten, dass er ein paar Wochen später Tenorsoli singen würde.

An jenem Sonntagmorgen versuchte Maisie, sich auf die Predigt des Kanonikus zu konzentrieren, doch sie ertappte sich dabei, wie ihre Gedanken immer wieder abschweiften. Sie sah über den Mittelgang hinweg zu Mr. und Mrs. Barrington, die mit ihrem Sohn Giles und zwei jungen Mädchen auf einer der Bänke saßen; bei den Mädchen handelte es sich wohl um die Töchter des Paares, deren Namen Maisie jedoch nicht kannte. Maisie war überrascht gewesen, als Harry ihr gesagt hatte, dass Giles Barrington sein bester Freund war. Nur ein alphabetischer Zufall hatte sie überhaupt erst zusammengebracht, sagte er. Sie hoffte, sie würde ihrem Sohn niemals erklären müssen, dass Giles möglicherweise mehr als nur ein guter Freund war.

Maisie wünschte sich oft, sie könne Harry bei seinen Bemühungen um ein Stipendium der Bristol Grammar School mehr unterstützen. Doch obwohl Miss Tilly ihr beigebracht hatte, wie man eine Speisekarte las, Beträge addierte und subtrahierte und einige einfache Wörter schrieb, erfüllte sie der bloße Gedanke an all die Dinge, die Harry lernen musste, mit Beklommenheit.

Miss Monday stärkte Maisies Zuversicht, indem sie immer wieder darauf hinwies, dass Harry niemals so weit hätte kommen können, wenn Maisie nicht bereit gewesen wäre, so viele Opfer zu bringen. »Und überhaupt«, fügte sie hinzu, »sind Sie kein bisschen weniger intelligent als Harry. Sie hatten nur nicht dieselben Möglichkeiten.«

Mr. Holcombe hielt sie auch weiterhin über das auf dem Laufenden, was er die »zeitlichen Abläufe« nannte, und als das Datum der Prüfung näher rückte, war Maisie schließlich genauso nervös wie der Prüfungskandidat. Sie erfuhr am eigenen Leib die Wahrheit von Old Jacks Bemerkung, dass der Zuschauer oft mehr leidet als der direkt Beteiligte.

Der Palm Court Room war inzwischen jeden Tag gut besucht, doch das hinderte Maisie nicht daran, in einer Dekade, die die Presse als die »frivolen Dreißiger« bezeichnete, zusätzliche Veränderungen anzuregen.

Sie hatte damit begonnen, ihren Kunden am Morgen eine Reihe verschiedener Brötchen zum Kaffee anzubieten, und ihre Speisekarte, die verschiedene Kleinigkeiten zum Nachmittagstee verzeichnete, war ebenso populär – besonders seit Harry ihr berichtet hatte, dass er bei Mrs. Barrington zwischen indischem und chinesischem Tee hatte wählen können. Mr. Frampton legte allerdings sein Veto ein, als sie ihm vorschlug, Räucherlachssandwiches in die Karte aufzunehmen.

Jeden Sonntag kniete sich Maisie auf ihr kleines Kissen; ihr einziges Gebet kam gleich zur Sache: »Lieber Gott, mach, dass Harry ein Stipendium erhält. Wenn er es bekommt, werde ich dich nie wieder um etwas bitten.«

Eine Woche vor den Prüfungen konnte Maisie nicht mehr schlafen. Sie lag nachts wach und fragte sich, wie Harry zurechtkam. Viele ihrer Gäste baten sie, ihm ihre besten Wünsche auszurichten; einige hatten ihn im Kirchenchor singen gehört, anderen hatte er die Morgenzeitung geliefert, und wieder andere hatten selbst Kinder, die dieselbe Erfahrung wie Harry durchgemacht hatten, gerade durchmachten oder irgendwann in Zukunft durchmachen würden. Es kam Maisie so vor, als würde halb Bristol die Prüfung ablegen.

Am entscheidenden Morgen setzte Maisie mehrere Gäste an die falschen Tische, servierte Mr. Craddick Kaffee statt seiner üblichen heißen Schokolade und präsentierte zwei Gästen sogar die Rechnungen anderer. Doch niemand beschwerte sich.

Harry berichtete ihr, dass er seiner Ansicht nach gut durchgekommen war, aber nicht sicher sein könne, ob das genügte. Er erwähnte jemanden namens Thomas Hardy, aber Maisie war nicht sicher, ob er ein Freund oder einer der Lehrer war.

Als die Standuhr im Palm Court Room an jenem Donnerstagmorgen zehn schlug, wusste Maisie, dass der Rektor gerade die Prüfungsergebnisse am Schwarzen Brett aushängen würde. Doch es dauerte noch einmal zweiundzwanzig Minuten, bis Mr. Holcombe hereinkam und geradewegs auf seinen üblichen, hinter der Säule verborgenen Tisch zuging. Maisie konnte an der Miene des Lehrers nicht ablesen, wie Harry abgeschnitten hatte. Rasch durchquerte sie den Saal, um zu ihm zu gelangen, und zum ersten Mal in vier Jahren setzte sie sich zu einem Gast an den Tisch – obwohl man vielleicht besser sagen sollte, sie brach dort zusammen.

»Harry hat mit einem ausgezeichneten Ergebnis bestanden«, sagte Mr. Holcombe, »aber ich fürchte, ein Stipendium hat er knapp verpasst.«

»Was bedeutet das?«, fragte Maisie und versuchte, ihre zitternden Hände ruhig zu halten.

»Die zwölf besten Kandidaten hatten 80 Prozent der möglichen Punkte oder mehr. Sie alle haben ein Stipendium erhalten. Harrys Freund Deakins war der Beste mit 92 Prozent. Harry hat sehr respektable 78 Prozent erreicht. Unter dreihundert Bewerbern kam er auf Platz siebzehn. Mr. Frobisher hat mir gesagt, dass seine Arbeit in Englisch ihn Punkte gekostet hat.«

»Er hätte Hardy statt Dickens lesen sollen«, sagte die Frau, die nie ein Buch gelesen hatte.

»Man wird Harry trotzdem einen Platz in der BGS anbieten«, erklärte Mr. Holcombe. »Aber die einhundert Pfund pro Jahr, auf die sich das Stipendium der Schule beläuft, wird er nicht bekommen.«

Maisie stand auf. »Dann werde ich einfach drei statt zwei Schichten arbeiten müssen, nicht wahr? Denn er wird nicht auf die Merrywood Elementary zurückkehren, Mr. Holcombe, das kann ich Ihnen versichern.«

Maisie war überrascht, wie viele Stammgäste ihr während der nächsten Tage zu Harrys großartiger Leistung gratulierten. Sie erfuhr sogar, dass ein paar ihrer Gäste Kinder hatten, welche die Prüfung nicht bestanden hatten; in einem Fall hatte sogar nur ein einziger Prozentpunkt gefehlt. Sie würden sich für eine Schule entscheiden müssen, die für sie nur zweite Wahl gewesen war. Deshalb wollte Maisie nur umso entschlossener dafür sorgen, dass nichts auf der Welt Harry daran hindern sollte, am ersten Tag des neuen Schuljahres in der Bristol Grammar School zu erscheinen.

Seltsamerweise verdoppelten sich ihre Trinkgelder während der Woche darauf. Der gute alte Mr. Craddick schob ihr eine Fünf-Pfund-Note zu und sagte: »Für Harry. Möge er sich seiner Mutter würdig erweisen.«

Als der dünne weiße Umschlag durch den Briefschlitz im Haus in der Still House Lane fiel – was bereits für sich genommen ein besonderes Ereignis war –, öffnete Harry den Brief und las ihn seiner Mutter vor. »Clifton, H.« war zum Michaelistrimester, das am 15. September begann, ein Platz in der »A-Leistungsgruppe« angeboten worden. Als Harry zum letzten Absatz kam, der Mrs. Clifton bat, schriftlich mitzuteilen, ob der Kandidat das Angebot anzunehmen oder abzulehnen wünsche, sah ihr Sohn nervös zu ihr auf.

»Du musst denen sofort schreiben, dass wir das Angebot annehmen!«, sagte sie.

Harry warf die Arme um sie und flüsterte: »Ich wünschte mir nur, mein Vater wäre noch am Leben.«

Vielleicht ist er das ja, dachte Maisie.

Ein paar Tage später landete ein zweiter Brief auf der Fußmatte. Er enthielt eine lange Liste von Gegenständen, die bis zum ersten Schultag zu besorgen waren. Maisie fiel auf, dass Harry von allem zwei Exemplare zu benötigen schien, manchmal sogar drei oder mehr, und in einem Fall sogar sechs: Socken, grau, wadenlang, samt Sockenhaltern.

»Zu dumm, dass du nicht ein Paar von meinen Strumpfhaltern ausleihen kannst«, sagte sie. Harry errötete.

Ein dritter Brief forderte die Schüler auf, drei Aktivitäten außerhalb des verpflichtenden Lehrplans auszuwählen. Die Liste reichte vom Automobilclub bis zum Ausbildungskorps für Offiziere, wobei einige von ihnen eine zusätzliche Gebühr von fünf Pfund pro Jahr mit sich brachten. Harry wählte den Chor, für den keine weiteren Kosten anfielen, sowie den Theaterclub und die Arbeitsgemeinschaft zur Kunstbetrachtung. Für Letztere konnte man sich nur eintragen, wenn man bereit war, die zusätzlichen Beträge zu bezahlen, die beim Besuch von Galerien außerhalb Bristols fällig wurden.

Maisie wünschte sich, es gäbe mehr Mr. Craddicks auf der Welt, doch sie ließ nie zu, dass Harry sich irgendwelche Sorgen machte, auch wenn Mr. Holcombe sie daran erinnerte, dass ihr Sohn die Bristol Grammar School während der nächsten fünf Jahre besuchen würde. Harry war das erste Mitglied der Familie, das nicht schon vor dem vierzehnten Geburtstag von der Schule abging, erklärte sie ihm.

Maisie wappnete sich für einen weiteren Besuch bei der Luxusschneiderei T. C. Marsh.

Als Harry schließlich seine gesamte Ausstattung beisammen hatte und bereit für den ersten Schultag war, begann Maisie wieder damit, zu Fuß zur Arbeit und nach Hause zu gehen, wodurch sie pro Woche fünf Pence für Straßenbahnfahrscheine sparte, oder wie sie zu ihrer Mutter sagte: »Ein Pfund pro Jahr. Genug, um einen neuen Anzug für Harry zu bezahlen.«

Über die Jahre hinweg hatte Maisie gelernt, dass Eltern von ihren Kindern gelegentlich als bedauerliche Notwendigkeit betrachtet wurden, dass diese aber darüber hinaus ihren Nachwuchs auch recht häufig in Verlegenheit brachten.

An ihrem ersten Elternabend in St. Bede's war Maisie die einzige Mutter gewesen, die keinen Hut trug. Danach hatte sie einen aus zweiter Hand gekauft, der, wie sehr er auch aus der Mode kommen mochte, würde ausreichen müssen, bis Harry auf die Bristol Grammar School käme.

Harry war damit einverstanden, dass sie ihn am ersten Tag bis zur Schule begleitete, doch Maisie war bereits zu dem Schluss gekommen, dass er alt genug war und am Abend selbst eine Straßenbahn nehmen konnte. Ihre größte Sorge war nicht, wie Harry zur Schule und wieder nach Hause kam, sondern was sie an den Abenden mit ihm machen sollte, da er nun während der Unterrichtsmonate nicht mehr in der Schule schlief. Sie zweifelte nicht daran, dass alles nur in Tränen enden konnte, sollte er sein

Zimmer wieder mit Onkel Stan teilen. Sie versuchte, nicht ständig an dieses Problem zu denken, während sie sich auf seinen ersten Tag in der neuen Schule vorbereitete.

Nachdem sich alles wie vorgesehen an seiner richtigen Stelle befand – der Hut, der beste und einzige, erst kürzlich gereinigte Mantel, die vernünftigen schwarzen Schuhe und das einzige Paar Seidenstrümpfe, das sie besaß –, war Maisie bereit, den anderen Eltern gegenüberzutreten. Als sie die Treppe herabkam, saß Harry bereits neben der Tür und wartete auf sie. Er sah so hübsch aus in seiner neuen weinroten und schwarzen Schuluniform, dass sie am liebsten mit ihm die Still House Lane auf und ab paradiert wäre, um Nachbarn wissen zu lassen, dass jemand aus ihrer Straße auf die Bristol Grammar School ging.

Wie am ersten Tag in St. Bede's nahmen sie die Straßenbahn, doch Harry bat Maisie darum, dass sie eine Haltestelle vor der University Road ausstiegen. Seine Hand durfte sie nicht mehr halten, aber immerhin zog sie noch einmal seine Mütze und seine Krawatte zurecht.

Als Maisie die Versammlung lärmender junger Männer sah, die sich um die Schultore drängten, sagte sie: »Ich mache mich dann besser mal auf den Weg, sonst komme ich noch zu spät zur Arbeit«, was Harry verwirrte, denn er wusste, dass Mr. Frampton ihr den Tag freigegeben hatte.

Sie umarmte ihren Sohn nur kurz, doch sie behielt ihn wachsam im Auge, als er den Hügel hinaufging. Der erste junge Mann, der ihn grüßte, war Giles Barrington. Maisie war überrascht, ihn zu sehen, denn Harry hatte ihr berichtet, dass er möglicherweise nach Eton gehen würde. Die beiden gaben sich die Hand wie zwei Erwachsene, die gerade ein wichtiges Geschäft abgeschlossen hatten.

Maisie sah Mr. und Mrs. Barrington, die ganz hinten in der

Menge standen. Bemühte sich Mr. Barrington, ihr aus dem Weg zu gehen? Wenige Minuten später schlossen sich Mr. und Mrs. Deakins, begleitet vom Peloquin-Memorial-Stipendiaten, der Menge an. Noch mehr Händeschütteln, im Falle von Mr. Deakins mit der linken Hand.

Als sich die Eltern nach und nach von ihren Kindern zu lösen begannen, beobachtete Maisie, wie Mr. Barrington zuerst seinem Sohn und dann Deakins die Hand gab, sich jedoch von Harry abwandte, als dieser ihm seine Hand reichen wollte. Mrs. Barrington wirkte verlegen, und Maisie fragte sich, ob sie später fragen würde, warum Hugo Giles' besten Freund ignoriert hatte. Sollte sie das tun, würde er ihr nicht den wahren Grund nennen, dessen war sich Maisie sicher. Sie fürchtete, dass es nicht mehr lange dauern konnte, bis Harry fragen würde, warum Mr. Barrington ihn immer so schroff zurückstieß. Solange nur drei Menschen die Wahrheit kannten, konnte sich Maisie nicht vorstellen, wie Harry das jemals herausfinden sollte.

16

Miss Tilly wurde ein so regelmäßiger Gast im Palm Court, dass sie bald sogar einen eigenen Tisch hatte. Gewöhnlich kam sie gegen vier Uhr und bestellte einen Tee (Earl Grey) und ein Gurkensandwich. Nie ließ sie sich etwas von der großen Auswahl an Sahnetorten, Obstkuchen und Schokoladenéclairs bringen, doch gelegentlich gestattete sie sich ein Stück Buttergebäck. Als sie eines Tages erst kurz vor fünf erschien, was für ihre Verhältnisse ungewöhnlich spät war, bemerkte Maisie erleichtert, dass ihr üblicher Tisch noch frei war.

»Vielleicht wäre es möglich, heute an einem etwas diskreteren Tisch zu sitzen, Maisie. Ich würde mich gerne ungestört mit Ihnen unterhalten.«

»Aber natürlich, Miss Tilly«, antwortete Maisie und führte sie zum Tisch hinter der Säule am anderen Ende des Saals, den Mr. Holcombe bevorzugte. »Ich bin in zehn Minuten fertig«, fuhr sie fort. »Dann komme ich zu Ihnen.«

Als Susan, ihre Stellvertreterin, eintraf, um die nächste Schicht zu übernehmen, erklärte ihr Maisie, dass sie sich für ein paar Minuten zu Miss Tilly setzen würde, aber nicht bedient werden wolle.

»Ist die alte Ente mit irgendetwas unzufrieden?«, fragte Susan.

»Die alte Ente hat mir alles beigebracht, was ich weiß«, erwiderte Maisie mit einem breiten Grinsen.

Als die Uhr fünf schlug, ging Maisie durch den Saal und nahm gegenüber von Miss Tilly Platz. Sie setzte sich nur selten zu einem Gast, und bei den wenigen Gelegenheiten, bei denen sie es doch tat, fühlte sie sich immer unbehaglich.

»Möchten Sie einen Tee, Maisie?«

»Nein, danke, Miss Tilly.«

»Ich verstehe. Ich werde versuchen, Sie nicht allzu lange aufzuhalten, aber bevor ich Ihnen erklären werde, warum ich Sie eigentlich sprechen wollte, möchte ich Sie gerne fragen, wie Harry zurechtkommt.«

»Wenn er doch nur nicht immer weiter wachsen würde!«, sagte Maisie. »Alle paar Wochen scheine ich den Saum seiner Hosen wieder ein Stück länger machen zu müssen. Wenn das in diesem Tempo weitergeht, werden alle seine langen Hosen bis zum Jahresende kurze Hosen sein.«

Miss Tilly lachte. »Und wie geht es in der Schule?«

»In seinem Zeugnis stand« – Maisie hielt kurz inne und versuchte, sich an die genauen Worte zu erinnern –, »*ein höchst überzeugender Anfang, überaus vielversprechend.* In Englisch war er der Beste.«

»Was einigermaßen ironisch ist«, sagte Miss Tilly. »Wenn ich mich recht erinnere, hat ihm gerade dieses Fach bei der Aufnahmeprüfung Schwierigkeiten bereitet.«

Maisie nickte und versuchte, nicht an die finanziellen Folgen der Tatsache zu denken, dass Harry nicht genügend Thomas Hardy gelesen hatte.

»Sie müssen sehr stolz auf ihn sein«, sagte Miss Tilly. »Als ich am Sonntag in die St. Mary's kam, konnte ich erfreut feststellen, dass er wieder im Chor ist.«

»Ja, aber jetzt muss er sich mit einem Platz in der dritten Reihe zufriedengeben, genauso wie die anderen Baritone. Seine Tage als Solist sind vorbei. Aber er ist jetzt im Theaterclub, und weil es in der BGS keine Mädchen gibt, spielt er die Ursula im Schulstück.«

»*Viel Lärm um nichts*«, sagte Miss Tilly. »Aber ich darf nicht noch mehr von Ihrer Zeit verschwenden, also werde ich Ihnen jetzt erklären, warum ich Sie sprechen wollte.« Sie nahm einen Schluck Tee, als wolle sie sich sammeln, bevor sie weitersprach, und dann strömten die Worte nur so aus ihrem Mund.

»Ich werde nächsten Monat sechzig, meine Liebe, und seit einiger Zeit denke ich darüber nach, mich aus dem Geschäft zurückzuziehen.«

Maisie wäre nie auf den Gedanken gekommen, dass Miss Tilly nicht bis in alle Ewigkeit weitermachen würde.

»Miss Monday und ich haben die Absicht, nach Cornwall zu ziehen. Wir haben ein kleines Cottage am Meer im Auge.«

Sie dürfen Bristol nicht verlassen, wollte Maisie sagen. Ich habe Sie beide so gern, und an wen soll ich mich wenden, wenn ich einen Rat brauche?

»Letzten Monat haben die Dinge Fahrt aufgenommen«, sagte Miss Tilly, »als mir ein Geschäftsmann aus der Stadt ein Angebot für meinen Teesalon gemacht hat. Es scheint, dass er ihn seinem unternehmerischen Reich hinzufügen möchte. Und obwohl der Gedanke mich nicht gerade begeistert, dass das Tilly's Teil einer Kette werden soll, war sein Angebot einfach zu verführerisch, als dass ich es rundweg hätte ausschlagen können.« Maisie hatte nur eine Frage, aber sie wollte Miss Tilly, die in Schwung gekommen war, nicht unterbrechen. »Seither habe ich viel über diese Angelegenheit nachgedacht, und ich bin zu folgendem Schluss gekommen: Wenn es Ihnen möglich ist, dieselbe Summe aufzubringen, die er mir angeboten hat, würde ich meinen Salon lieber in Ihre Hände legen als in die eines Fremden.«

»Wie viel hat er geboten?«

»Fünfhundert Pfund.«

Maisie seufzte. »Ich fühle mich geschmeichelt, dass Sie überhaupt an mich gedacht haben«, sagte sie nach einer Weile, »aber die Wahrheit ist: Ich habe nicht einmal fünfhundert Pennys, ganz zu schweigen von fünfhundert Pfund.«

»Ich hatte befürchtet, dass Sie das sagen würden«, erwiderte Miss Tilly, »aber wenn es Ihnen möglich wäre, einen Geldgeber zu finden, dann zweifle ich nicht daran, dass der Betreffende dieses Geschäft als eine lohnende Investition betrachten würde. Schließlich habe ich letztes Jahr einen Gewinn von einhundert Pfund und zehn Shilling gemacht, und dabei ist mein eigenes Gehalt noch gar nicht eingerechnet. Ich hätte Ihnen meinen Salon gerne für weniger als fünfhundert Pfund überlassen, aber wir haben ein so wunderbares kleines Cottage in St. Mawes gefunden, und die Besitzer sind nicht gewillt, auch nur einen Penny weniger als dreihundert Pfund zu akzeptieren. Miss Monday und ich könnten gerade so ein oder zwei Jahre von unseren Ersparnissen leben, doch keine von uns hat eine Pension, auf die sie zurückgreifen könnte, sodass alles an diesen zweihundert Pfund hängt, die uns dann noch zur Verfügung stünden.«

Maisie wollte Miss Tilly gerade sagen, wie sehr sie es bedaure, dass das nicht für sie infrage kam, als Patrick Casey in den Saal schlenderte und sich an seinen üblichen Tisch setzte.

Erst nachdem sie sich geliebt hatten, berichtete Maisie Patrick von Miss Tillys Angebot. Er setzte sich im Bett auf, zündete sich eine Zigarette an und nahm einen tiefen Zug.

»Es sollte nicht allzu schwierig sein, einen solchen Betrag aufzubringen. Schließlich versucht hier nicht Brunel das Geld für eine Clifton-Hängebrücke zusammenzubekommen.«

»Das nicht. Aber Mrs. Clifton versucht, fünfhundert Pfund zusammenzubekommen, obwohl sie nicht einmal zwei Halfpennys hat, die sie aneinanderreiben kann, wie man so sagt.«

»Stimmt. Du könntest allerdings regelmäßige Bareinnahmen und einen sicheren Umsatz nachweisen – und nicht zu vergessen den festen Kreis an Stammgästen. Aber denk daran, dass ich mir zuerst die Bücher der letzten fünf Jahre ansehen muss, um sicher zu sein, dass man dir die ganze Geschichte erzählt hat.«

»Miss Tilly würde nie jemanden täuschen.«

»Und du musst klären, ob in naher Zukunft keine Neufestsetzung der Pacht vorgesehen ist«, sagte Patrick, ohne auf ihren Einwurf zu achten. »Und du musst überprüfen, ob sich ihr Buchhalter keine Klausel über Zusatzzahlungen vorbehalten hat, sobald der Salon echte Gewinne abwirft.«

»Miss Tilly würde so etwas nie tun«, sagte Maisie.

»Du bist viel zu vertrauensselig, Maisie. Vergiss nie, dass das dann nicht mehr in Miss Tillys Händen liegen wird, sondern in denen eines Anwalts, der den Eindruck haben könnte, er müsse sich sein Honorar verdienen, und in denen eines Buchhalters, der auf einen zusätzlichen Zahltag spekuliert für den Fall, dass du ihn nicht weiterbeschäftigst.«

»Ganz offensichtlich hast du Miss Tilly nie kennengelernt.«

»Dein Zutrauen gegenüber der alten Dame ist wirklich rührend, Maisie, aber meine Aufgabe besteht darin, Menschen wie dich zu schützen, und von einem Gewinn von einhundertzwölf Pfund und zehn Shilling könntest du nicht leben, besonders weil du regelmäßige Rückzahlungen an deinen Investor leisten musst, wie du nicht vergessen solltest.«

»Miss Tilly hat mir versichert, dass in diesem Gewinn ihr Gehalt noch gar nicht eingerechnet ist.«

»Das mag ja sein, aber du weißt nicht, wie hoch dieses Gehalt ist. Du benötigst mindestens weitere zweihundertfünfzig Pfund pro Jahr, wenn du überleben willst. Wenn du die nicht hast, verlierst du nicht nur schon bald dein Geschäft, sondern Harry auch seinen Platz an der Schule.«

»Ich kann es gar nicht erwarten, dass du Miss Tilly triffst.«

»Und was ist mit den Trinkgeldern? Im Royal bekommst du fünfzig Prozent aller Trinkgelder, was im Jahr mindestens zusätzliche zweihundert Pfund macht. Auf die bezahlst du im Augenblick zwar keine Steuern, aber ich habe nicht den geringsten Zweifel daran, dass eine zukünftige Regierung das ändern wird.«

»Vielleicht sollte ich Miss Tilly sagen, dass das Risiko zu groß ist. Schließlich habe ich – und daran erinnerst du mich ja ständig – ein garantiertes Einkommen im Royal, das für mich keines dieser Probleme mit sich bringt.«

»Stimmt. Aber wenn Miss Tilly nur halb so gut ist, wie du sagst, dann könnte das eine Gelegenheit sein, wie sie sich dir nie wieder bieten wird.«

»Entscheide dich, Patrick«, sagte Maisie und versuchte, nicht zu entnervt zu klingen.

»Das werde ich. Und zwar in dem Augenblick, in dem ich die Bücher sehe.«

»Du wirst sie sehen. Und zwar sobald du Miss Tilly triffst«, sagte Maisie. »Dann wirst du auch die wahre Bedeutung des Wortes *Wohlwollen* verstehen.«

»Ich kann es gar nicht erwarten, dieses Musterbeispiel an Tugendhaftigkeit kennenzulernen.«

»Soll das bedeuten, dass du mich vertreten wirst?«

»Ja«, sagte er und drückte seine Zigarette aus.

»Und wie viel würden Sie einer mittellosen Witwe berechnen, Mr. Casey.«

»Mach das Licht aus.«

»Sind Sie sicher, dass Sie dieses Risiko eingehen wollen«, fragte Mr. Frampton, »wenn Sie so viel verlieren können?«

»Mein Finanzberater ist davon überzeugt«, erwiderte Maisie. »Er hat mir versichert, dass nicht nur alle Zahlen in Ordnung sind, sondern dass ich, sobald der Kredit abbezahlt ist, innerhalb von fünf Jahren Gewinn machen müsste.«

»Aber das sind genau die Jahre, in denen Harry auf die Bristol Grammar geht.«

»Dessen bin ich mir durchaus bewusst, Mr. Frampton. Aber Mr. Casey hat mir als Teil des Verkaufs ein ordentliches Gehalt gesichert, und zusammen mit meinem Anteil an den Trinkgeldern dürfte ich etwa denselben Betrag verdienen, den ich im Augenblick nach Hause bringe. Und was noch wichtiger ist: In fünf Jahren besitze ich einen echten Vermögenswert und werde von da an selbst über alle Gewinne verfügen«, sagte sie, indem sie versuchte, sich an Patricks genaue Worte zu erinnern.

»Mir ist klar, dass Sie sich entschieden haben«, sagte Mr. Frampton. »Aber ich muss Sie warnen, Maisie. Es macht einen großen Unterschied, ob Sie eine Angestellte sind, die weiß, dass sie jede Woche ihre Lohntüte erhält, oder ob Sie selbst Angestellte haben und dafür verantwortlich sind, dass jeden Freitagabend das Geld in den Lohntüten liegt. Offen gesagt, Maisie, in dem, was Sie tun, sind Sie die Beste. Aber haben Sie wirklich die Absicht, keine Mitarbeiterin in einem Unternehmen mehr zu sein, sondern selbst in die Führung eines Unternehmens zu wechseln?«

»Mr. Casey wird mich beraten.«

»Mr. Casey ist ein fähiger Mann, das will ich gerne zugeben. Aber er muss sich auch noch um wichtigere Kunden kümmern, die über das ganze Land verstreut sind. Die tägliche Arbeit werden *Sie* machen müssen. Wenn irgendetwas schiefgeht, wird er nicht ständig in der Nähe sein, um Ihre Hand zu halten.«

»Aber es könnte durchaus sein, dass sich mir in meinem ganzen Leben nie wieder eine solche Gelegenheit bietet.« Auch so etwas, das Patrick gesagt hatte.

»Dann soll es so sein«, erklärte Mr. Frampton. »Und zweifeln Sie bloß nicht daran, wie sehr wir alle im Royal Sie vermissen werden. Es gibt nur einen einzigen Grund, warum Sie nicht unersetzlich sind: Sie haben Ihrer Stellvertreterin so viel beigebracht.«

»Susan wird Sie nicht im Stich lassen, Mr. Frampton.«

»Da bin ich mir sicher. Aber sie wird nie eine Maisie Clifton sein. Gestatten Sie mir, dass ich der Erste bin, der Ihnen zu Ihrer neuen Unternehmung jeden nur denkbaren Erfolg wünscht. Und sollten die Dinge nicht so laufen wie geplant, wird es im Royal immer eine Stelle für Sie geben.«

Mr. Frampton erhob sich hinter seinem Schreibtisch und schüttelte Maisie die Hand, genau wie er es sechs Jahre zuvor getan hatte.

17

Einen Monat später unterschrieb Maisie in Gegenwart von Mr. Prendergast, dem Geschäftsführer der National Provincial Bank in der Corn Street, sechs Dokumente. Doch das geschah erst, nachdem Patrick jede einzelne Seite Zeile für Zeile mit ihr durchgegangen war und erleichtert zugegeben hatte, wie unrecht er mit seinen Zweifeln an Miss Tilly gehabt hatte. Wenn jeder sich so ehrenwert verhielte wie sie, versicherte er Maisie, gäbe es für ihn bald keine Arbeit mehr.

Am 19. März 1934 übergab Maisie einen Scheck über fünfhundert Pfund an Miss Tilly, wofür sie im Gegenzug eine herzliche Umarmung und einen Teesalon erhielt. Eine Woche später brachen Miss Tilly und Miss Monday nach Cornwall auf.

Als Maisie am folgenden Tag die Türen ihres Geschäfts öffnete, hatte sie den Namen »Tilly's« beibehalten. Patrick hatte ihr erklärt, sie solle niemals den Vorzug von Tillys Namen über der Tür (»gegründet 1898«) unterschätzen, und warnte sie davor, an eine Änderung auch nur zu denken, solange die Erinnerung an Miss Tilly noch nicht verblasst war; und vielleicht nicht einmal dann. »Stammgäste mögen keine Veränderungen, besonders nicht, wenn sie plötzlich kommen. Du solltest ihnen gegenüber also nichts überstürzen.«

Maisie entdeckte jedoch ein paar Dinge, die sich ändern ließen, ohne die Gäste zu verschrecken. Sie hatte den Eindruck, dass neue Tischtücher nicht schaden konnten, und sogar die Tische und Stühle sahen inzwischen ein wenig altmodisch aus. Und hatte Miss Tilly nicht selbst gesagt, dass der Teppichboden schon ein wenig abgewetzt war?

»Immer schön langsam«, warnte Patrick sie bei einem seiner monatlichen Besuche. »Denk daran, dass es viel einfacher ist, Geld auszugeben als zu verdienen, und du solltest auch nicht überrascht sein, wenn ein paar der alten Gäste verschwinden und du in den ersten Monaten nicht ganz so viel verdienst, wie du erwartet hast.«

Es zeigte sich, dass Patrick recht hatte. Die Zahl der Gäste ging im ersten Monat zurück, und dann noch einmal im zweiten, was nur zeigte, wie beliebt Miss Tilly gewesen war. Wären sie im dritten Monat auch noch gefallen, hätte Patrick mit Maisie über verfügbare Barmittel und über die Grenzen von Kontoüberziehungen sprechen müssen, doch damit war der Tiefststand erreicht – auch das ein Ausdruck von Patrick –, und im folgenden Monat begannen die Gästezahlen wieder zu steigen, wenn auch nicht sehr.

Am Ende ihres ersten Jahres hatte der Gewinn die Verluste wieder ausgeglichen, doch Maisie hatte nicht genug verdient, um mit der Rückzahlung des Bankkredits zu beginnen.

»Machen Sie sich nicht verrückt, meine Liebe«, hatte Miss Tilly bei einem ihrer seltenen Besuche in Bristol zu Maisie gesagt. »Es hat Jahre gedauert, bis ich Gewinn gemacht habe.« Doch Maisie hatte keine Jahre.

Das zweite Jahr nahm einen guten Anfang. Einige von Maisies Stammgästen aus dem Palm Court wechselten in den Teesalon, den sie zuvor immer besucht hatten. Eddie Atkins hatte noch einmal gehörig zugenommen, und seine Zigarren waren auffällig größer geworden, weswegen Maisie davon ausgehen konnte, dass in der Unterhaltungsbranche alles zum Besten stand. Mr. Craddick erschien jeden Vormittag um Punkt elf Uhr; wie das Wetter auch sein mochte, immer trug er einen Regenmantel und hatte einen Schirm in der Hand. Auch Mr. Holcombe sah gelegentlich vorbei und erkundigte sich nach Harry. Maisie ließ nie zu, dass er seine Rechnung bezahlte. Immer wenn Patrick nach Bristol kam, erschien er als Erstes im Tilly's.

Im Laufe des zweiten Jahres musste Maisie einem Lieferanten kündigen, der den Unterschied zwischen frischer und abgestandener Ware nicht zu kennen schien, und sie trennte sich von einer Kellnerin, die nicht begreifen konnte, dass der Gast immer recht hatte. Mehrere junge Frauen bewarben sich um die Stelle; inzwischen wurde allgemein eher akzeptiert, dass Frauen arbeiteten. Maisie entschied sich für eine junge Dame namens Karen. Karen hatte eine blonde Lockenmähne, große blaue Augen und das, was die Modemagazine eine »Wespentaille« nannten. Maisie hatte den Eindruck, Karen könne einige neue Besucher anlocken, die ein wenig jünger wären als die meisten ihrer Stammgäste.

Sich für einen neuen Konditor zu entscheiden, erwies sich als schwieriger. Zwar bewarben sich mehrere Firmen um diesen Auftrag, doch Maisie war sehr anspruchsvoll. Erst als Bob Burrows von Burrows' Bakery (»gegründet 1935«) vor ihrer Tür erschien und gestand, dass das Tilly's sein erster Kunde sein würde, war sie bereit, es einen Monat lang mit ihm zu versuchen.

Es zeigte sich, dass Bob hart arbeitete und zuverlässig war; vor allem aber stellten sich seine Kuchen als so frisch und verführerisch heraus, dass Maisies Gäste häufig sagten: »Na ja, vielleicht sollte ich noch ein Stück nehmen.« Seine Sahnetorten und Obstkuchen waren sehr beliebt, doch vor allem von seinen Schokoladenbrownies – einem neuen Modegebäck – war schon im Laufe des Vormittags kein Stück mehr in der Kuchentheke zu finden. Obwohl Maisie ihn immer wieder bedrängte, erklärte er ihr, dass er einfach nicht noch mehr backen könne.

Eines Morgens, nachdem Bob seine Kuchen geliefert hatte, hatte Maisie den Eindruck, er wirke ein wenig verloren, weswegen sie ihn bat, sich zu setzen, und ihm eine Tasse Kaffee einschenkte. Er gestand ihr, dass er unter demselben Mangel an regelmäßigen Bareinnahmen litt wie sie während ihres ersten Jahres. Doch er war zuversichtlich, dass sich die Dinge schon bald zum Besseren wenden würden, denn er hatte begonnen, zwei neue Geschäfte zu beliefern. Er betonte jedoch ausdrücklich, wie sehr er Maisie zu Dank verpflichtet war, denn sie hatte ihm als Erste eine Chance gegeben.

Im Laufe der nächsten Wochen wurden diese frühen Kaffeepausen eine Art Ritual. Trotzdem hätte Maisie nicht überraschter sein können, als Bob sie zu einer Verabredung einlud, denn sie betrachtete ihr Verhältnis als rein beruflich. Er hatte Karten für *Eine glanzvolle Nacht* besorgt, ein neues Musical, das im Hippodrom aufgeführt wurde; eigentlich hatte Maisie gehofft, dass Patrick sie dazu einladen würde. Sie dankte Bob dafür, sagte ihm aber, dass sie ihr bisheriges Verhältnis nicht beeinträchtigen wolle. Sie hätte gerne hinzugefügt, dass es bereits zwei Männer in ihrem Leben gab: einen Fünfzehnjährigen, der unter seiner Akne litt, und einen Iren, der nur einmal im Monat nach Bristol kam und nicht zu bemerken schien, dass sie ihn liebte.

Bob wollte ein Nein nicht akzeptieren, und einen Monat später brachte er Maisie in noch größere Verlegenheit, als er ihr eine Markasitbrosche schenkte. Sie küsste ihn auf die Wange, wobei sie sich fragte, woher er wusste, dass sie an jenem Tag Geburtstag hatte. Am Abend legte sie die Brosche in eine Schublade, und vielleicht hätte sie sie sogar vergessen, wenn nicht in regelmäßigen Abständen andere Geschenke hinzugekommen wären.

Patrick schien sich über die Hartnäckigkeit seines Rivalen zu amüsieren, und eines Abends beim Dinner erinnerte er Maisie daran, dass sie eine gut aussehende Frau war, die diverse Aussichten hatte.

Maisie lachte nicht. »Das muss aufhören«, sagte sie.

»Warum suchst du dir nicht einen anderen Lieferanten?«

»Weil ein guter Lieferant noch schwerer zu finden ist als ein Verehrer. Bob ist zuverlässig, seine Kuchen sind die besten der Stadt, und er verlangt weniger als alle seine Konkurrenten.«

»Und er ist in dich verliebt«, sagte Patrick.

»Reiz mich nicht, Patrick. Das muss aufhören.«

»Ich sollte dich vielleicht über etwas weitaus Wichtigeres informieren, das ebenfalls aufhören muss«, sagte Patrick, beugte sich vor und öffnete seine Aktentasche.

»Dürfte ich dich daran erinnern«, entgegnete Maisie, »dass wir ein romantisches Dinner bei Kerzenlicht genießen wollten, ohne über Geschäfte zu sprechen?«

»Ich fürchte, das hier kann nicht warten«, sagte er und legte einen Stapel Papiere auf den Tisch. »Das hier sind deine Rechnungen der letzten drei Monate, und ihre Lektüre ist nicht gerade beglückend.«

»Aber du hast doch selbst gesagt, dass die Dinge so langsam in die richtigen Bahnen kommen.«

»Das tun sie auch. Du hast es sogar geschafft, deine Ausgaben in dem von der Bank empfohlenen Rahmen zu halten. Doch unerklärlicherweise ist dein Einkommen während desselben Zeitraums gesunken.«

»Wie kann das sein?«, fragte Maisie. »Letzten Monat hatten wir so viele Gäste wie nie zuvor.«

»Das ist genau der Grund, warum ich mir alle deine Rechnungen und Belege des letzten Monats angesehen habe. Da passt einfach nichts zusammen. Maisie, ich bin zu dem traurigen Schluss gekommen, dass eine deiner Kellnerinnen in die Kasse greift. Im Gastgewerbe kommt das immer wieder vor. Meistens ist der Barmann oder der Chefkellner dafür verantwortlich, aber wenn es einmal angefangen hat, kannst du es nur noch dadurch abstellen, indem du die Person findest, die dafür verantwortlich ist, und sie sofort entlässt. Wenn du nicht bald herausfindest, wer die Schuldige ist, dann wirst du auch in diesem Jahr keinen Gewinn machen und nicht in der Lage sein, auch nur einen Penny deines Bankkredits zurückzuzahlen. Du wirst es nicht einmal schaffen, deine Überziehungen ein wenig zu reduzieren.«

»Was rätst du mir?«

»Du musst deine Damen in Zukunft genauer im Auge behalten, bis sich eine von ihnen verrät.«

»Woran werde ich die Betreffende erkennen?«

»Es gibt mehrere Hinweise, nach denen du Ausschau halten solltest«, sagte Patrick. »Wenn eine deiner Angestellten über ihre Verhältnisse lebt und möglicherweise einen neuen Mantel oder ein teures Schmuckstück trägt oder im Urlaub eine Reise macht, die sie sich normalerweise nicht leisten könnte. Wahrscheinlich wird sie dir erklären, dass sie einen neuen Freund hat, aber ...«

»Oh, verflucht«, sagte Maisie. »Ich glaube, ich weiß, wer es sein könnte.«

»Wer?«

»Karen. Sie ist erst ein paar Monate bei mir, und seit Kurzem fährt sie an ihren freien Wochenenden immer nach London. Letzten Montag kam sie mit einem neuen Schal und Lederhandschuhen zur Arbeit, die mich richtig neidisch gemacht haben.«

»Du solltest vorsichtig sein, welche Schlüsse du ziehst«, sagte Patrick. »Aber lass sie nicht aus den Augen. Entweder teilt sie ihre Trinkgelder nicht, oder sie hat ihre Hand in der Kasse oder beides. Eines kann ich dir jedenfalls versichern: Es wird nicht aufhören. In den meisten Fällen wird der Dieb immer mutiger, bis er schließlich erwischt wird. Du musst dafür sorgen, dass es aufhört, und es muss schnell aufhören. Sonst sorgt sie noch dafür, dass du dein Geschäft verlierst.«

Maisie hasste es, ihren Mitarbeiterinnen hinterherzuspionieren. Schließlich war sie selbst es gewesen, die die meisten jüngeren Kellnerinnen eingestellt hatte; die älteren arbeiteten schon seit Jahren im Tilly's.

Besonderes wachsam war sie gegenüber Karen, doch es gab keine Anzeichen dafür, dass die junge Frau stahl. Andererseits, so hatte Patrick sie gewarnt, waren Diebe gerissener als ehrliche Menschen, und Maisie konnte Karen nicht pausenlos im Auge behalten.

Schließlich löste sich das Problem von selbst. Karen kündigte und berichtete, dass sie sich verlobt hatte und am Monatsende zu ihrem zukünftigen Ehemann nach London ziehen würde. Maisie fand ihren Verlobungsring ziemlich beeindruckend, obwohl sie sich immer wieder fragen musste, wer ihn wohl in Wirklichkeit bezahlt hatte. Es gelang ihr jedoch, den Gedanken beiseitezuschieben, denn sie war erleichtert, dass sie jetzt ein Problem weniger hatte, über das sie sich Sorgen machen musste.

Aber als Patrick ein paar Wochen später wieder nach Bristol kam, teilte er Maisie mit, dass die Einnahmen des vergangenen Monats schon wieder gesunken waren, also konnte Karen nicht die Schuldige gewesen sein.

»Sollten wir jetzt nicht die Polizei rufen?«, fragte Maisie.

»Noch nicht. Eine falsche Anschuldigung oder Gerüchte, die für Unruhe unter deinen Angestellten sorgen, kämen uns jetzt sehr ungelegen. Mag sein, dass die Polizei die Diebin finden würde, doch bevor ihr das gelingt, dürften einige deiner besten Leute gekündigt haben, da es ihnen kaum gefallen kann, wenn du sie verdächtigst. Außerdem kannst du dich darauf verlassen, dass auch einige deiner Gäste etwas davon mitbekommen würden, und das kannst du ebenfalls nicht gebrauchen.«

»Wie lange kann ich es mir noch leisten, so weiterzumachen?«

»Warten wir noch einen Monat ab. Wenn wir bis dahin nicht herausgefunden haben, wer es ist, wirst du die Polizei verständigen müssen.« Er schenkte ihr sein breitestes Lächeln. »Und jetzt reden wir nicht mehr über Geschäfte, sondern wollen versuchen, uns daran zu erinnern, dass wir eigentlich vorhatten, deinen Geburtstag zu feiern.«

»Der war vor zwei Monaten«, sagte sie. »Und wenn Bob nicht gewesen wäre, hättest du nicht einmal etwas davon mitbekommen.«

Erneut öffnete Patrick seine Aktentasche, doch diesmal zog er eine königsblaue Schachtel heraus, die mit dem bekannten Logo von Swan's geschmückt war. Er reichte sie Maisie, die sich Zeit ließ, die Schachtel zu öffnen. Darin lagen ein Paar schwarze Lederhandschuhe und ein Wollschal mit dem klassischen Burberry-Muster.

»Also warst du es, der die ganze Zeit über die Ladenkasse geplündert hat«, sagte Maisie und umarmte ihn.

Patrick reagierte nicht.

»Was ist los?«, fragte Maisie.

»Ich habe noch eine Nachricht.« Maisie sah ihm in die Augen und fragte sich, welche zusätzlichen Probleme es im Tilly's geben konnte. »Ich bin befördert worden. Man hat mich zum stellvertretenden Geschäftsführer unserer Zentrale in Dublin gemacht. Ich werde kaum mehr von meinem Schreibtisch wegkommen, weswegen ein anderer meine Stelle hier übernimmt. Ich werde dich zwar noch besuchen können, aber nicht mehr so oft.«

Maisie weinte die ganze Nacht in seinen Armen. Sie hatte geglaubt, nie wieder heiraten zu wollen, bis sie den Mann, den sie liebte, nicht mehr haben konnte.

Am folgenden Morgen kam sie zu spät zur Arbeit; Bob wartete bereits vor dem Salon. Nachdem sie die Tür geöffnet hatte, begann er, seine Kuchen aus dem Lieferwagen zu entladen.

»Ich bin sofort bei Ihnen«, sagte Maisie und verschwand im Personalwaschraum.

Sie hatte sich von Patrick verabschiedet, als dieser den Zug in Temple Meads genommen hatte, worauf sie wieder in Tränen ausgebrochen war. Das sah man ihr auch an, und sie wollte nicht, dass die Stammgäste den Eindruck bekämen, irgendetwas sei nicht in Ordnung. »Bringt niemals eure privaten Probleme zur Arbeit mit«, hatte Miss Tilly immer wieder zu ihren Mitarbeiterinnen gesagt. »Unsere Gäste haben genug eigene Probleme. Sie müssen sich nicht auch noch mit euren beschäftigen.«

Maisie sah in den Spiegel. Ihr Make-up war verschmiert. »Verdammt«, sagte sie laut, als sie bemerkte, dass sie ihre Handtasche auf der Kuchentheke hatte stehen lassen. Sie ging zurück in den Gastraum, um die Tasche zu holen, und plötzlich wurde ihr übel. Bob stand mit dem Rücken zu ihr, eine Hand in der Kasse. Sie sah zu, wie er eine Handvoll Geldscheine und Münzen in seine Hosentasche steckte, die Kasse leise schloss und zurück zu seinem Wagen ging, um anscheinend ein weiteres Tablett mit Kuchen zu holen.

Maisie wusste genau, was Patrick ihr geraten hätte. Sie ging zur Kasse und wartete, bis Bob wieder durch die Tür kam. Er trug kein Tablett, wie sie erwartet hatte, sondern hielt eine kleine rote Lederschachtel in den Händen. Er lächelte sie strahlend an und ließ sich auf ein Knie sinken.

»Sie werden diesen Raum sofort verlassen, Bob Burrows«, sagte Maisie in einem Ton, der sogar sie selbst überraschte. »Sollte ich Sie jemals wieder in der Nähe meines Teesalons sehen, werde ich die Polizei rufen.«

Sie hatte einen Strom von Erklärungen oder Flüchen erwartet, doch Bob stand einfach nur auf, legte das Geld, das er gestohlen hatte, zurück auf die Theke und ging ohne ein Wort.

Gerade als die erste Mitarbeiterin eintraf, sank Maisie auf dem Stuhl zusammen, der der Theke am nächsten war.

»Guten Morgen, Mrs. Clifton. Hübsches Wetter für diese Jahreszeit.«

18

Als ein dünner brauner Umschlag durch den Briefschlitz von Nummer 27 fiel, nahm Maisie an, dass er von der Bristol Grammar School stammte und wahrscheinlich eine weitere Rechnung über Harrys Schulgebühren und alle möglichen »zusätzlichen Ausgaben« enthielt, wie das die Bristol Municipal Charities – jene Stiftung, welche die Schule verwaltete – so gerne nannte.

Sie ging jeden Nachmittag zur Bank, um die Tageseinnahmen auf dem Geschäftskonto gutschreiben zu lassen; gleichzeitig deponierte sie ihren Anteil an den Trinkgeldern auf einem Extrakonto, das sie für Harry eingerichtet hatte und von dem sie hoffte, die jeweils neueste Quartalsabrechnung der BGS bezahlen zu können.

Maisie riss den Umschlag auf, und obwohl sie nicht jedes Wort des Briefes lesen konnte, erkannte sie die Unterschrift und darüber die Summe von siebenunddreißig Pfund und zehn Shilling. Es würde knapp werden, doch nachdem Mr. Holcombe ihr den letzten Bericht über Harrys Leistungen in der Schule vorgelesen hatte, war sie einer Meinung mit ihm: Es würde sich als eine gute Investition erweisen.

»Aber ich muss Sie warnen«, hatte Mr. Holcombe gesagt. »Die Ausgaben werden keineswegs sinken, wenn er die Schule abgeschlossen hat.«

»Warum nicht?«, hatte Maisie gefragt. »Mit so einem Abschluss dürfte er keine Probleme haben, eine Arbeit zu finden.

Dann kann er damit anfangen, seine Rechnungen selbst zu bezahlen.«

Mr. Holcombe hatte traurig den Kopf geschüttelt, als hätte einer seiner weniger aufmerksamen Schüler verpasst, worum es wirklich ging. »Ich hatte eigentlich gehofft, dass er Bristol verlassen, nach Oxford gehen und Englisch studieren würde.«

»Und wie lange würde das dauern?«, fragte Maisie.

»Drei, möglicherweise auch vier Jahre.«

»Bis dahin müsste er dann aber schrecklich viel Englisch studiert haben.«

»Auf jeden Fall so viel, dass er Arbeit findet.«

Maisie lachte. »Vielleicht wird er ja mal Lehrer, wie Sie.«

»Er ist nicht wie ich«, sagte Mr. Holcombe. »Wenn ich einen Tipp abgeben müsste, so würde ich sagen, dass er Schriftsteller werden wird.«

»Kann man als Schriftsteller seinen Lebensunterhalt verdienen?«

»Sicher. Wenn man Erfolg hat. Aber wenn das nicht funktioniert, dann haben Sie möglicherweise recht – dann könnte er als Lehrer enden, wie ich.«

»Das würde mir gefallen«, sagte Maisie, der die Ironie entging.

Sie schob den Umschlag in ihre Handtasche. Wenn sie an jenem Nachmittag nach der Arbeit zur Bank gehen würde, würde sie darauf achten müssen, dass wenigstens siebenunddreißig Pfund und zehn Shilling auf Harrys Konto waren, bevor sie auch nur daran denken konnte, einen Scheck über die gesamte Summe auszuschreiben. »Nur die Bank verdient daran, wenn du dein Konto überziehst«, hatte Patrick ihr gesagt. Gelegentlich hatte ihr die Schule einen Zahlungsaufschub von zwei oder drei Wochen gewährt, doch Patrick hatte ihr erklärt, dass, genau wie bei ihrem Teesalon, die Differenz bis zum Jahresende ausgeglichen sein musste.

Maisie musste nicht lange auf die Straßenbahn warten, und kaum dass sie sich gesetzt hatte, kehrten ihre Gedanken zu Patrick zurück. Nie würde sie gegenüber irgendjemandem zugeben, wie sehr sie ihn vermisste, nicht einmal gegenüber ihrer Mutter.

Ein Wagen der Feuerwehr, der die Straßenbahn überholte, riss sie aus ihren Gedanken. Einige Passagiere starrten aus dem Fenster und folgten dem Fahrzeug mit ihren Blicken. Sobald der Wagen außer Sichtweite war, konzentrierte sich Maisie wieder auf das Tilly's. Seit sie Bob Burrows als ihren Lieferanten gefeuert hatte, hatte der Teesalon begonnen, jeden Monat regelmäßig Gewinne zu machen, wie der zuständige Bankmanager versichert hatte. Es war sogar möglich, dass sie am Jahresende Miss Tillys Rekord von einhundertzwölf Pfund und zehn Shilling brechen würde, wodurch Maisie beginnen könnte, einen Teil ihres Kredites von fünfhundert Pfund zurückzuzahlen. Vielleicht wäre sogar noch etwas übrig, um Harry ein Paar neue Schuhe zu kaufen.

Am Ende der Victoria Street stieg Maisie aus der Straßenbahn. Als sie über die Bedminster Bridge ging, sah sie auf die Uhr – Harrys erstes Geschenk – und dachte wieder an ihren Sohn. Es war sieben Uhr zweiunddreißig, und sie hatte mehr als genügend Zeit, um den Teesalon zu öffnen und um Punkt acht ihren ersten Gast zu bedienen. Es gefiel ihr, dass sich oft schon eine kleine Schlange auf dem Bürgersteig gebildet hatte, wenn sie das Schild von »Geschlossen« auf »Geöffnet« drehte.

Sie hatte die High Street fast schon erreicht, als ein weiterer Wagen der Feuerwehr an ihr vorbeischoss, und jetzt konnte sie eine schwarze Rauchfahne sehen, die sich hoch in den Himmel erhob. Doch erst als sie in die Broad Street einbog, begann ihr

Herz schneller zu schlagen. Drei Fahrzeuge der Feuerwehr und eines der Polizei standen im Halbkreis um das Tilly's.

Maisie begann zu laufen.

»Nein, es kann nicht das Tilly's sein«, rief sie, und dann sah sie, dass mehrere ihrer Mitarbeiterinnen auf der anderen Straßenseite zusammenstanden. Eine der Kellnerinnen weinte. Maisie war nur noch wenige Meter von der Stelle entfernt, an der sich die Eingangstür befunden hatte, als sich ihr ein Polizist in den Weg stellte und sie daran hinderte weiterzugehen.

»Aber ich bin die Eigentümerin!«, protestierte sie, während sie ungläubig auf die rauchenden Trümmer dessen starrte, was kurz zuvor noch der beliebteste Teesalon der Stadt gewesen war. Tränen traten ihr in die Augen, und sie begann zu husten, als dichter Rauch sie umhüllte. Sie starrte auf die verkohlten Überreste der einst funkelnden Theke. Eine dichte Ascheschicht bedeckte den Boden, wo die Stühle und die Tische mit ihren makellosen Tischtüchern noch am Abend zuvor gestanden hatten, als Maisie den Salon abgeschlossen hatte.

»Es tut mir sehr leid, Madam«, sagte der Polizist, »aber zu Ihrer eigenen Sicherheit muss ich Sie auffordern, sich zu Ihren Mitarbeiterinnen auf der anderen Straßenseite zu begeben.«

Maisie drehte dem Tilly's den Rücken zu und überquerte widerwillig die Straße. Noch bevor sie die andere Seite erreicht hatte, sah sie *ihn*. Er stand am Rand der Menge. Sobald ihre Blicke sich trafen, drehte er sich um und ging davon.

Detective Inspector Blakemore öffnete sein Notizbuch und sah auf zu der Verdächtigen, die ihm auf der anderen Seite des Tisches gegenübersaß.

»Können Sie mir sagen, wo Sie heute Morgen gegen drei Uhr waren, Mrs. Clifton?«

»Ich war zu Hause in meinem Bett«, erwiderte Maisie.

»Gibt es irgendjemanden, der das bestätigen kann?«

»Wenn Sie, Detective Inspector, damit meinen, ob jemand zu jener Zeit mit mir zusammen im Bett war, dann lautet die Antwort *nein*. Warum fragen Sie?«

Der Polizist machte eine Notiz, was ihm ein wenig Zeit zum Nachdenken verschaffte. Nach einer Weile sagte er: »Ich versuche herauszufinden, ob sonst noch jemand darin verwickelt ist.«

»Worin verwickelt?«, fragte Maisie.

»Brandstiftung«, antwortete er, wobei er sie sorgfältig beobachtete.

»Aber wer könnte ein Interesse daran haben, das Tilly's niederzubrennen?«, wollte Maisie wissen.

»Ich hatte eigentlich gehofft, dass Sie mir in diesem Punkt weiterhelfen könnten«, sagte Blakemore. Er schwieg in der Hoffnung, Maisie könnte irgendeine Bemerkung machen, die sie später bereuen würde. Doch sie sagte überhaupt nichts.

Detective Inspector Blakemore war sich nicht sicher, ob Mrs. Clifton außerordentlich gerissen oder einfach nur naiv war. Er kannte allerdings einen Menschen, der eine Antwort auf diese Frage hatte.

Mr. Frampton erhob sich hinter seinem Schreibtisch, gab Maisie die Hand und deutete auf einen Stuhl.

»Es tut mir so leid, das mit dem Feuer im Tilly's zu hören«, sagte er. »Gott sei Dank wurde niemand verletzt.« Maisie hatte Gott in letzter Zeit nicht besonders häufig gedankt. »Ich hoffe, dass das Gebäude und die Einrichtung umfassend versichert waren«, fügte er hinzu.

»Oh ja«, sagte Maisie. »Mr. Casey hat dafür gesorgt, dass in einem solchen Fall alle möglichen Schäden abgedeckt sind, doch unglücklicherweise weigert sich die Versicherungsgesellschaft, auch nur einen Penny zu bezahlen, bevor die Polizei nicht offiziell bestätigt hat, dass ich mit dieser Sache nichts zu tun habe.«

»Ich kann nicht glauben, dass die Polizei Sie verdächtigt«, sagte Mr. Frampton.

»Angesichts meiner finanziellen Probleme?«, erwiderte Maisie. »Wer kann es ihnen verübeln?«

»Es ist nur eine Frage der Zeit, bis die Polizei herausgefunden hat, wie lächerlich eine solche Vorstellung ist.«

»Aber Zeit ist genau das, was ich nicht habe«, sagte Maisie. »Weshalb ich zu Ihnen gekommen bin. Ich brauche eine Stelle, und soweit ich mich erinnere, sagten Sie, als wir das letzte Mal hier zusammensaßen, falls ich jemals wieder ins Royal zurückkommen wolle ...«

»Und das habe ich auch so gemeint«, unterbrach Mr. Frampton sie. »Aber ich kann Ihnen Ihre alte Stelle nicht wiedergeben. Susan leistet ausgezeichnete Arbeit, und erst kürzlich habe ich drei ehemalige Mitarbeiterinnen aus dem Tilly's übernommen, weshalb im Palm Court nichts mehr frei ist. Die einzige Möglichkeit, die ich im Moment zur Verfügung habe, ist es kaum wert, dass ...«

»Ich würde alles in Erwägung ziehen, Mr. Frampton«, warf Maisie ein. »Und ich meine wirklich alles.«

»Einige unserer Gäste haben uns mitgeteilt, dass sie manchmal noch gerne eine Kleinigkeit essen würden, nachdem unser Hotelrestaurant bereits für den Abend geschlossen hat«, sage Mr. Frampton. »Ich denke daran, nach zehn Uhr Kaffee und Sandwiches anzubieten, die unseren Gästen vor der Öffnung des Frühstückssaals um sechs zur Verfügung stünden. Ich könnte Ihnen am Anfang nur drei Pfund pro Woche bezahlen, obwohl

alle Trinkgelder selbstverständlich Ihnen gehören würden. Ich würde es allerdings verstehen, wenn Sie den Eindruck hätten ...«
»Ich nehme die Stelle.«
»Wann könnten Sie anfangen?«
»Heute Nacht.«

Als der nächste braune Umschlag auf der Fußmatte von Nummer 27 landete, schob Maisie ihn ungeöffnet in ihre Handtasche, wobei sie sich fragte, wie lange es wohl dauern mochte, bis sie einen zweiten und vielleicht sogar noch einen dritten erhalten würde, bevor schließlich ein dicker weißer Umschlag einträfe. Jener weiße Umschlag käme dann nicht mehr vom Finanzverwalter der Schule, sondern enthielte einen Brief des Rektors, der Mrs. Clifton auffordern würde, ihren Sohn zum Jahresende von der Schule zu nehmen. Sie fürchtete sich vor dem Augenblick, in dem Harry ihr diesen Brief würde vorlesen müssen.
Im September wartete Harry ungeduldig darauf, in die Abschlussklasse zu kommen, und er konnte die Aufregung in seinen Augen nicht verbergen, wenn er darüber sprach, »nach Oxford« zu gehen und bei Alan Quilter, einem der angesehensten Gelehrten seiner Zeit, Englisch zu studieren. Maisie fand den Gedanken unerträglich, ihm sagen zu müssen, dass das jetzt nicht mehr möglich war.
Ihre ersten Nächte im Royal waren sehr ruhig, und auch im Monat darauf hatte sie nicht sehr viel zu tun. Sie hasste es, müßig herumzusitzen, und die Putzfrauen, die um fünf Uhr morgens eintrafen, mussten oft feststellen, dass es im Palm Court Room nichts mehr für sie zu tun gab. Sogar in jenen Nächten, in denen Maisies Dienste am häufigsten verlangt wurden, musste sie nicht mehr als ein Dutzend Gäste bedienen, und mehrere Besucher, die aus der Hotelbar kamen, welche um

Mitternacht schloss, schienen eher daran interessiert, ihr eindeutige Angebote zu machen, als einen Kaffee oder ein Schinkensandwich zu bestellen.

Die meisten Gäste des Hotels waren Handlungsreisende, die nur eine Nacht blieben, sodass Maisies Chancen, sich einen regelmäßigen Gästestamm aufzubauen, nicht gerade aussichtsreich waren. Und die Trinkgelder genügten nicht, um für die Summe aufzukommen, die vermutlich in dem braunen Umschlag genannt wurde, der immer noch ungeöffnet in ihrer Handtasche steckte.

Maisie wusste, dass es nur einen Menschen gab, an den sie sich wenden konnte, wenn Harry weiterhin die Bristol Grammar School besuchen und sich auch nur die kleinste Chance bewahren wollte, nach Oxford zu gehen. Notfalls würde sie betteln.

19

»Wie kommen Sie auf den Gedanken, Mr. Hugo könnte bereit sein, Ihnen zu helfen?«, fragte Old Jack und lehnte sich auf seiner Sitzbank zurück. »Bisher hat er Harry gegenüber nie das geringste Wohlwollen an den Tag gelegt. Im Gegenteil...«

»Wenn es einen Menschen auf dieser Welt gibt, der eine gewisse Verantwortung für Harrys Zukunft empfinden sollte, dann ist es dieser Mann.« Maisie bedauerte ihre Worte sofort.

Old Jack schwieg einen Augenblick, bevor er fragte: »Gibt es etwas, das Sie mir verschweigen, Maisie?«

»Nein«, erwiderte sie ein wenig zu schnell. Sie hasste es zu lügen, besonders Old Jack gegenüber, doch sie war entschlossen, das eine Geheimnis, das sie beide gerade gestreift hatten, mit in ihr Grab zu nehmen.

»Haben Sie schon darüber nachgedacht, wann und wo Sie Mr. Hugo gegenübertreten wollen?«

»Ich weiß genau, was ich tun werde. Er verlässt sein Büro nur selten vor sechs am Abend, und um diese Zeit sind die meisten anderen Mitarbeiter der Firma schon nicht mehr im Gebäude. Ich weiß, dass sich sein Büro im fünften Stock befindet. Ich weiß, dass es die dritte Tür links ist. Ich weiß ...«

»Aber wissen Sie auch über Miss Potts Bescheid?«, warf Old Jack ein. »Selbst wenn es Ihnen gelingt, am Empfang vorbeizukommen, und Sie es irgendwie in den fünften Stock schaffen, haben Sie keine Möglichkeit, ihr aus dem Weg zu gehen.«

»Miss Potts? Ich habe noch nie von ihr gehört.«

»Sie ist seit fünfzehn Jahren Mr. Hugos Privatsekretärin. Ich kann Ihnen aus persönlicher Erfahrung versichern, dass niemand einen Wachhund braucht, der Miss Potts als Privatsekretärin hat.«

»Dann werde ich eben warten müssen, bis sie nach Hause geht.«

»Miss Potts geht nie vor ihrem Chef nach Hause, und am Morgen sitzt sie schon dreißig Minuten vor seinem Erscheinen hinter ihrem Schreibtisch.«

»Aber meine Chancen, in den Landsitz der Familie zu kommen, sind noch geringer«, sagte Maisie. »Dort gibt es nämlich auch einen Wachhund. Er heißt Jenkins.«

»Sie müssen einen Zeitpunkt finden, an dem Mr. Hugo alleine ist. Und den passenden Ort dazu, damit er sich nicht davonstehlen oder darauf vertrauen kann, dass Miss Potts oder Jenkins ihm zu Hilfe kommen.«

»Gibt es so einen Zeitpunkt und so einen Ort?«, fragte Maisie.

»Oh ja«, sagte Old Jack. »Aber Sie müssen auf die Minute genau vorbereitet sein.«

Maisie wartete, bis es dunkel war, bevor sie aus Old Jacks Eisenbahnwaggon schlich. Auf Zehenspitzen ging sie über den Kiesweg, öffnete eine der Hintertüren des Autos, kletterte hinein und zog die Tür hinter sich zu. Sie stellte sich auf eine lange Wartezeit ein und setzte sich auf der ledernen Sitzbank zurecht. Durch ein Seitenfenster konnte sie das Gebäude deutlich sehen. Maisie wartete geduldig, bis jedes Licht erloschen war. Old Jack hatte sie gewarnt, dass das Licht von Mr. Hugo unter den letzten sein würde.

Sie nutzte die Zeit, um noch einmal die Fragen durchzugehen, die sie ihm stellen wollte, obwohl sie sie schon seit mehreren Tagen eingeübt und an diesem Nachmittag zusätzlich an Old Jack gerichtet hatte. Er hatte ihr einige Verbesserungen vorgeschlagen, die sie dankbar übernahm.

Kurz nach sechs fuhr ein Rolls-Royce am Gebäude vor. Ein Chauffeur stieg aus und trat neben den Wagen. Wenige Augenblicke später kam Sir Walter Barrington, der Vorstandsvorsitzende der Firma, durch die Eingangstür des Gebäudes und setzte sich in den Fond des Wagens, welcher unverzüglich davonfuhr.

Immer mehr Lichter erloschen, und schließlich war nur noch ein Fenster beleuchtet. Es sah aus wie ein einzelner Stern auf der Spitze eines Weihnachtsbaums. Plötzlich hörte Maisie, wie Schritte im Kies knirschten. Sie rutschte von der Sitzbank und kauerte sich auf dem Boden des Wagens zusammen. Sie konnte zwei Männer hören, die sich eindringlich unterhielten, während sie näher kamen. In ihrem Plan war nie mehr als ein Mann vorgekommen, und sie wollte schon auf der gegenüberliegenden Seite aus dem Wagen springen und versuchen, in der Dunkelheit zu verschwinden, als die beiden stehen blieben.

»Trotzdem«, sagte eine Stimme, die sie erkannte, »wäre ich Ihnen sehr verbunden, wenn niemand außer uns beiden von meiner Beteiligung in dieser Sache erfahren würde.«

»Natürlich, Sir, Sie können sich auf mich verlassen«, sagte die zweite Stimme, die Maisie schon irgendwo gehört hatte, obwohl sie sich nicht erinnern konnte, wo.

»Wir bleiben in Kontakt, alter Junge«, sagte die erste Stimme. »Zweifellos werde ich die Dienste der Bank auch in Zukunft wieder in Anspruch nehmen.«

Maisie hörte, wie die Schritte des einen Mannes sich entfernten. Sie erstarrte, als sich die Wagentür öffnete.

Er stieg ein, nahm hinter dem Steuer Platz und zog die Tür zu.

»Er hat keinen Chauffeur und fährt den Bugatti lieber selbst, denn er fühlt sich wohl am Steuer« – wertvolle Informationen, die Old Jack ihr geliefert hatte.

Er schaltete die Zündung ein, und das Fahrzeug erwachte mit einem leichten Vibrieren zum Leben. Er ließ den Motor mehrmals aufheulen, bevor er knirschend den ersten Gang einlegte. Der Mann am Tor legte grüßend die Hand an die Mütze, als Mr. Barrington vom Firmengelände auf die Hauptstraße rollte und, wie jeden Abend, auf dem Weg zum Landsitz der Familie in Richtung Stadt fuhr.

»Sie dürfen ihm erst zeigen, dass Sie im Wagen sind, wenn er das Stadtzentrum erreicht hat«, hatte Old Jack ihr eingeschärft. »Er wird es nicht riskieren, dort anzuhalten, denn er wird befürchten, dass jemand Sie beide sieht und ihn erkennt. Doch wenn Sie erst einmal in den Außenbezirken der Stadt sind, wird er nicht zögern, Sie aus dem Wagen zu werfen. Sie haben also höchstens zehn bis fünfzehn Minuten.«

»Mehr brauche ich nicht«, hatte Maisie ihm gesagt.

Maisie wartete, bis die Kathedrale hinter ihnen lag und Mr. Barrington durch College Green fuhr, denn dieser Teil der Stadt war am Abend immer belebt. Doch gerade, als sie sich aufsetzen und ihm auf die Schulter tippen wollte, wurde der Wagen langsamer und blieb schließlich ganz stehen. Die Tür öffnete sich, er stieg aus, die Tür schloss sich wieder. Maisie spähte zwischen den Vordersitzen hindurch und erkannte entsetzt, dass er vor dem Royal Hotel gehalten hatte.

Ein Dutzend Gedanken schossen ihr durch den Kopf. Sollte sie den Wagen verlassen, bevor es zu spät war? Warum besuchte er das Royal? War es ein Zufall, dass er das ausgerechnet an ihrem freien Tag tat? Wie lange hatte er vor, im Hotel zu bleiben? Sie beschloss, sich nicht von der Stelle zu rühren, denn sie fürchtete, gesehen zu werden, wenn sie an einem Ort, an dem so viele Menschen unterwegs waren, aus dem Wagen stieg. Ganz abgesehen davon konnte das ihre letzte Chance sein, ihm direkt gegenüberzutreten, bevor die Rechnung bezahlt werden musste.

Die Antwort auf eine ihrer Fragen lautete: zwanzig Minuten. Doch schon lange bevor er wieder auf dem Fahrersitz Platz nahm und den Wagen startete, war Maisie schweißüberströmt. Sie hatte nie gedacht, dass ihr Herz so schnell schlagen könnte. Sie wartete, bis er eine halbe Meile gefahren war, bevor sie sich auf die Rückbank setzte und ihm auf die Schulter tippte.

Erschrocken drehte er sich um. Gleich darauf verriet sein Blick, dass er sie erkannte und sich denken konnte, warum sie hier in seinem Wagen saß. »Was willst du?«, fragte er und entspannte sich ein wenig.

»Ich habe den Eindruck, Sie wissen genau, was ich will«, antwortete Maisie. »Mein einziges Interesse gilt Harry, und ich möchte dafür sorgen, dass seine Schulgebühren für die nächsten beiden Jahre bezahlt werden.«

»Gib mir einen guten Grund, warum ich die Schulgebühren deines Sohnes bezahlen sollte.«

»Weil er auch dein Sohn ist«, erwiderte Maisie mit ruhiger Stimme.

»Und was macht dich da so sicher?«

»Ich habe Sie beobachtet, als Sie ihn zum ersten Mal in St. Bede's gesehen haben«, sagte Maisie. »Und an jedem Sonntag in der St. Mary's, wenn er im Chor gesungen hat. Ich habe den Blick in Ihren Augen gesehen, und genau diesen Blick sah ich wieder, als Sie sich weigerten, ihm am ersten Schultag die Hand zu geben.«

»Das ist kein Beweis«, sagte Barrington, der bereits ein wenig zuversichtlicher klang. »Das ist nichts weiter als weibliche Intuition.«

»Dann wird es vielleicht Zeit, dass eine andere Frau erfährt, was Sie bei den Ausflügen Ihrer Firma so treiben.«

»Wie kommst du auf die Idee, dass sie dir glauben könnte?«

»Nichts weiter als weibliche Intuition«, sagte Maisie. Das brachte ihn zum Schweigen und gab ihr den Mut fortzufahren. »Mrs. Barrington könnte überdies daran interessiert sein, warum Sie alles darangesetzt haben, meinen Bruder am Tag nach Arthurs Verschwinden hinter Gitter zu bringen.«

»Reiner Zufall, nichts sonst.«

»Ist es genauso reiner Zufall, dass mein Mann seither nie wieder gesehen wurde?«

»Ich hatte nichts mit Cliftons Tod zu tun!«, schrie Barrington und riss das Steuer herum, um im letzten Augenblick einem entgegenkommenden Fahrzeug auszuweichen.

Maisie saß kerzengerade da. Sie war völlig verblüfft über das, was sie gerade gehört hatte. »Also waren Sie für den Tod meines Mannes verantwortlich.«

»Dafür haben Sie keinerlei Beweis«, sagte er trotzig.

»Ich brauche keinen Beweis mehr. Doch trotz all des Schadens, den Sie meiner Familie über viele Jahre hinweg zugefügt haben, biete ich Ihnen immer noch einen leichten Ausweg an. Kümmern Sie sich um Harrys Ausbildung, solange er die Bristol Grammar School besucht, und ich werde Sie nicht mehr belästigen.«

Es dauerte eine Weile, bis Barrington reagierte. Schließlich sagte er: »Ich brauche ein paar Tage, bis ich den besten Weg gefunden habe, die Zahlungen zu organisieren.«

»Die Firma hat eine Stiftung für wohltätige Angelegenheiten. Aus diesen Rücklagen könnte ein so kleiner Betrag ohne Schwierigkeiten bezahlt werden«, erwiderte Maisie. »Schließlich ist Ihr Vater der Vorsitzende des Schulbeirats.«

Diesmal hatte er keine spontane Antwort parat. Fragte er sich, woher Maisie diese sehr spezifische Information bekommen hatte? Er war nicht der erste Mensch auf der Welt, der Old Jack unterschätzte. Maisie öffnete ihre Handtasche, holte einen dünnen braunen Umschlag heraus und legte ihn auf den Sitz neben Barrington.

Der Wagen bog in eine dunkle Gasse. Barrington hielt an, sprang nach draußen und öffnete die Hintertür. Maisie stieg aus. Sie hatte das Gefühl, die Konfrontation hätte nicht sehr viel besser laufen können. Ihre Füße hatten kaum den Boden berührt, als Barrington Maisie auch schon bei den Schultern packte und heftig schüttelte.

»Jetzt hör mir mal zu, Maisie Clifton, hör mir genau zu«, sagte er, und seine Augen waren voller Wut. »Wenn du mir jemals wieder drohst, werde ich nicht nur dafür sorgen, dass dein Bruder gefeuert wird, ich werde auch sicherstellen, dass dein Bruder in dieser Stadt nie wieder Arbeit bekommt. Und solltest du so verrückt sein, meiner Frau gegenüber auch nur anzudeuten, dass ich der Vater dieses Jungen bin, werde ich dich festnehmen lassen. Aber es wird nicht das Gefängnis sein, in dem du verschwindest, sondern die Irrenanstalt.«

Er ließ sie los, ballte die Faust und schlug ihr mitten ins Gesicht. Sie fiel zu Boden und krümmte sich zusammen, denn sie erwartete, dass er gleich mehrmals nach ihr treten würde. Als das nicht geschah, blickte sie auf und sah ihn über sich stehen. Er riss den dünnen braunen Umschlag in kleine Fetzen, die er auf sie herabregnen ließ wie Konfetti auf eine Braut.

Ohne ein weiteres Wort sprang er zurück in den Wagen und raste davon.

Als der weiße Umschlag durch den Briefschlitz fiel, wusste Maisie, dass sie besiegt war. Sie würde Harry die Wahrheit sagen müssen, wenn er an diesem Nachmittag von der Schule nach Hause käme. Doch zunächst würde sie zur Bank gehen müssen, um die mageren Trinkgelder vom Abend zuvor gutschreiben zu lassen und Mr. Prendergast darüber zu informieren, dass es von der BGS keine weiteren Rechnungen gäbe, da Harry zum Jahresende von der Schule abgehen würde.

Sie beschloss, zu Fuß zur Bank zu gehen, um den Penny für die Straßenbahn zu sparen. Unterwegs dachte sie an all die Menschen, die sie, so kam es ihr vor, im Stich gelassen hatte. Würden Miss Tilly und Miss Monday ihr je verzeihen? Mehrere ihrer Mitarbeiterinnen, besonders einige der älteren unter ihnen, hatten keine neue Arbeit mehr finden können. Und da waren ja auch noch ihre Eltern, die immer wieder auf Harry aufgepasst hatten, damit sie zur Arbeit gehen konnte; es gab Old Jack, der alles getan hatte, um ihrem Sohn zu helfen; und da war vor allem Harry, der – mit den Worten von Mr. Holcombe – kurz davorstand, mit den Lorbeeren des Sieges ausgezeichnet zu werden.

Als sie die Bank erreicht hatte, stellte sie sich in der längsten Schlange an, denn sie hatte keine Eile damit, bedient zu werden.

»Guten Morgen, Mrs. Clifton«, sagte der Kassierer munter, als sie an der Reihe war.

»Guten Morgen«, sagte Maisie und legte vier Shilling und einen Sixpence auf die Theke.

Der Kassierer zählte die Summe sorgfältig nach und platzierte die Münzen in verschiedene Fächer, die sich in der Theke befanden.

Dann stellte er einen Beleg über den Betrag aus, den Maisie eingezahlt hatte, und reichte ihn ihr. Sie trat beiseite, damit der nächste Kunde zum Schalter vorrücken konnte, und schob den Beleg in ihre Handtasche.

»Mrs. Clifton«, sagte der Kassierer.

»Ja?«, sagte sie und sah auf.

»Der Geschäftsführer würde sich gerne mit Ihnen unterhalten.«

»Ich verstehe«, sagte sie. Er würde Maisie nicht erst darüber informieren müssen, dass sich nicht genügend Geld auf ihrem Konto befand, um die letzte Rechnung der Schule zu bezahlen; das wusste sie ohnehin. Eigentlich wäre es sogar eine Erleichterung, Mr. Prendergast mitzuteilen, dass es keine neuen Forderungen an sie aufgrund weiterer Zusatzaufwendungen geben würde.

Der junge Mann führte sie schweigend durch die Schalterhalle und danach durch einen langen Flur. Als er das Büro des Geschäftsführers erreicht hatte, klopfte er leise an die Tür, öffnete und sagte: »Mrs. Clifton, Sir.«

»Ah ja«, sagte Mr. Prendergast. »Ich muss mit Ihnen sprechen, Mrs. Clifton. Bitte, kommen Sie herein.« Wo hatte sie diese Stimme erst kürzlich gehört?

»Mrs. Clifton«, fuhr er fort, nachdem sie Platz genommen hatte, »es tut mir leid, Ihnen mitteilen zu müssen, dass wir uns nicht in der Lage sahen, Ihre jüngste Zahlungsanweisung über siebenunddreißig Pfund und zehn Shilling zugunsten der Bristol Municipal Charities auszuführen. Sollten Sie diese Zahlung erneut vornehmen wollen, so fürchte ich, dass Ihr Konto noch immer kein ausreichendes Guthaben aufweist, um den vollen Betrag begleichen zu können. Es sei denn natürlich, Sie beabsichtigen eine Aufstockung Ihrer Aktiva in allernächster Zukunft.«

»Nein«, sagte Maisie, zog den weißen Umschlag aus ihrer Tasche und legte ihn auf den Schreibtisch vor Mr. Prendergast.

»Vielleicht könnten Sie so gut sein, die BMC darüber zu informieren, dass ich zu gegebener Zeit alle zusätzlichen Kosten begleichen werde, die während Harrys letztem Schuljahr angefallen sind.«

»Es tut mir sehr leid, Mrs. Clifton«, sagte Mr. Prendergast. »Ich wünschte nur, wir könnten Ihnen in irgendeiner Weise behilflich sein.« Er griff nach dem Umschlag. »Dürfte ich dies öffnen?«

»Ja, natürlich«, sagte Maisie, die bis zu diesem Augenblick zu vermeiden versucht hatte, die genaue Summe zu hören, die sie der Schule schuldete.

Mr. Prendergast nahm einen dünnen silbernen Brieföffner von seinem Schreibtisch und schlitzte den Umschlag auf. Er zog einen Scheck der Bristol and West of England Insurance Company, bei der das Tilly's versichert gewesen war, heraus. Der Scheck war auf sechshundert Pfund ausgestellt, zahlbar an Mrs. Maisie Clifton.

HUGO BARRINGTON
1921–1936

20

Ich hätte mich nicht einmal mehr an ihren Namen erinnert, hätte sie mir später nicht vorgeworfen, ich hätte ihren Mann umgebracht.

Alles begann damit, dass mein Vater darauf bestand, dass ich die Arbeiter bei ihrem jährlichen Ausflug nach Weston-super-Mare begleitete. »Das ist gut für ihre Moral, wenn sie sehen, dass der Sohn des Vorstandsvorsitzenden Interesse für sie zeigt«, sagte er.

Ich war nicht überzeugt, und offen gestanden hielt ich das ganze Unternehmen für reine Zeitverschwendung, doch wenn mein Vater einmal eine Entscheidung getroffen hatte, ist es sinnlos, mit ihm darüber diskutieren zu wollen. Und es wäre auch nichts weiter als Zeitverschwendung gewesen, wenn Maisie – welch gewöhnlicher Name – nicht mitgekommen wäre. Sogar ich war überrascht darüber, wie bereitwillig sie darauf aus war, mit dem Sohn des Chefs ins Bett zu gehen. Ich nahm an, dass ich nie wieder von ihr hören würde, sobald wir wieder in Bristol zurück wären, und möglicherweise wäre auch genau das geschehen, wenn sie nicht Arthur Clifton geheiratet hätte.

Ich saß gerade an meinem Schreibtisch und sah mir noch einmal das Angebot für die *Maple Leaf* an, wobei ich die Zahlen immer wieder durchging in der Hoffnung, einen Weg zu finden, wie unsere Gesellschaft Geld sparen könnte. Doch so sehr ich mich auch bemühte, die Bilanz sah einfach nicht gut aus. Es half nicht gerade, dass es meine Entscheidung gewesen war, sich um den Auftrag zu bewerben.

Mein Pendant bei Myson hatte hart verhandelt, und nach mehreren Verzögerungen, deren Kosten ich nicht eingeplant hatte, lagen wir fünf Monate hinter dem Zeitplan und hatten mit Strafzahlungen zu rechnen, die automatisch fällig würden, sollten wir die Arbeit nicht bis zum 15. Dezember abgeschlossen haben. Was ursprünglich wie eine wunderbare Gelegenheit gewirkt hatte, die uns einen beträchtlichen Profit einbringen würde, hatte sich nach und nach in einen Albtraum verwandelt, aus dem wir am 15. Dezember mit schweren Verlusten erwachen würden.

Mein Vater war von Anfang an dagegen gewesen, dass Barrington's den Auftrag überhaupt annahm, und hatte seine Einstellung unmissverständlich klargemacht. »Wir sollten bei dem bleiben, worin wir gut sind«, hatte er bei jeder Vorstandssitzung wiederholt. »Seit einhundert Jahren hat unsere Schifffahrtslinie Waren aus der ganzen Welt eingeführt und ebenso in die ganze Welt exportiert. Wir haben es unseren Konkurrenten in Belfast, Liverpool und Newcastle überlassen, Schiffe zu bauen.«

Ich hatte gewusst, dass ich ihn nicht umstimmen konnte, also konzentrierte ich mich darauf, die jüngeren Vorstandsmitglieder davon zu überzeugen, dass wir in den vergangenen Jahren bereits mehrere gute Gelegenheiten verpasst hatten, weil andere Firmen uns die lukrativen Aufträge vor der Nase wegschnappten, die genauso gut an uns hätten gehen können. Ich zog eine knappe Mehrheit auf meine Seite, die bereit war, versuchsweise einen Fuß ins Wasser zu tauchen und den Bau eines Frachtschiffes für Myson zu beschließen, das unser Auftraggeber seiner schnell wachsenden Flotte hinzufügen wollte.

»Wenn wir gute Arbeit leisten und die *Maple Leaf* pünktlich ausliefern«, erklärte ich gegenüber dem Vorstand, »werden zweifellos weitere Aufträge folgen.«

»Dann wollen wir hoffen, dass wir es nicht bereuen werden«, war der einzige Kommentar meines Vaters, nachdem er die Abstimmung des Vorstands verloren hatte.

Ich bereute es bereits. Obwohl Barrington Line für das Jahr 1921 mit einem Rekordgewinn rechnen konnte, sah es so aus, als würde die neue Tochtergesellschaft, Barrington Shipbuilding, als Einzige bei der Jahresbilanz rote Zahlen einfahren. Einige Vorstandsmitglieder distanzierten sich bereits von der Entscheidung, wobei sie jeden daran erinnerten, dass sie mit meinem Vater gestimmt hatten.

Erst kürzlich war ich zum geschäftsführenden Direktor der Firma ernannt worden, und ich konnte mir gut vorstellen, was hinter meinem Rücken geredet wurde. Eine Bemerkung wie »Der Apfel fällt nicht weit vom Stamm« kam garantiert niemandem über die Lippen. Einer der Direktoren hatte kurz zuvor seinen Rücktritt erklärt, und er hätte seine Meinung nicht noch klarer zum Ausdruck bringen können, als er beim Ausscheiden aus der Firma meinen Vater warnte: »Der Junge hat kein Urteilsvermögen. Pass auf, dass er die Firma nicht in den Bankrott führt.«

Doch ich gab nicht auf. Ich war überzeugt davon, dass wir zumindest ohne Verluste aus dieser Sache wieder herauskämen, sofern wir das Schiff pünktlich fertigstellen würden; vielleicht konnten wir sogar einen kleinen Gewinn machen. Fast alles hing davon ab, wie wir in den nächsten Wochen vorankämen. Ich hatte bereits die Anweisung gegeben, dass in drei Acht-Stunden-Schichten rund um die Uhr gearbeitet würde, und den Arbeitern beträchtliche Zusatzzahlungen versprochen, wenn es ihnen gelang, den Vertrag pünktlich zu erfüllen. Schließlich trieben sich genügend junge Männer vor den Firmentoren herum, die verzweifelt Arbeit suchten.

Ich wollte meiner Sekretärin gerade sagen, dass ich nach Hause gehen würde, als er unangekündigt in mein Büro platzte. Er war ein kleiner, stämmiger Kerl mit schweren Schultern und deutlich vortretenden Muskeln, der typische Schauermann. Meine erste Reaktion war, mich zu fragen, wie er es geschafft hatte, an Miss Potts vorbeizugelangen, die ihm auf dem Fuße folgte und ungewöhnlich verwirrt aussah. »Ich konnte ihn nicht aufhalten«, sagte sie, was nur allzu offensichtlich war. »Soll ich den Wachmann rufen?«

Ich sah in die Augen des Mannes und sagte: »Nein.«

Miss Potts blieb in der Tür stehen, während wir einander fixierten wie ein Mungo und eine Kobra und jeder sich fragte, wer zuerst zuschlagen würde. Dann nahm der Mann widerwillig die Mütze vom Kopf und begann, draufloszufaseln. Es dauerte eine Weile, bevor ich verstand, was er sagte.

»Mein bester Kumpel wird sterben! Arthur Clifton wird sterben, wenn Sie nichts dagegen tun.«

Ich sagte ihm, er solle sich beruhigen und mir erklären, was das Problem war, als mein Vorarbeiter plötzlich hereinstürmte.

»Es tut mir leid, dass Tancock Ihnen Schwierigkeiten macht, Sir«, sagte er, als er wieder zu Atem gekommen war. »Aber ich kann Ihnen versichern, dass alles unter Kontrolle ist. Es gibt nichts, worüber Sie sich Sorgen machen müssten.«

»Wobei ist alles unter Kontrolle?«, fragte ich.

»Tancock behauptet, dass sein Kumpel Clifton beim Schichtwechsel im Schiffsrumpf gearbeitet und die neue Schicht ihn dort beim Schweißen irgendwie eingeschlossen hat.«

»Sehen Sie es sich doch selbst an«, rief Tancock. »Sie können hören, wie er klopft!«

»Wäre so etwas möglich, Haskins?«, fragte ich.

»Alles ist möglich, Sir, aber es ist viel wahrscheinlicher, dass Clifton für heute Schluss gemacht hat und bereits im Pub sitzt.«

»Warum hat er dann am Tor nicht ausgestempelt?«, wollte Tancock wissen.

»Das ist nicht ungewöhnlich, Sir«, sagte Haskins, ohne Tancock anzusehen. »Dass man stempelt, wenn man kommt, ist wichtig, nicht dass man stempelt, wenn man geht.«

»Wenn Sie nicht kommen und sich die Sache selbst ansehen«, sagte Tancock, »werden Sie mit Blut an den Händen in Ihr Grab sinken.« Dieser heftige Ausbruch ließ sogar Haskins verstummen.

»Miss Potts, ich gehe runter zu Dock Nummer eins«, sagte ich. »Es sollte nicht allzu lange dauern.«

Ohne ein weiteres Wort zu verlieren, rannte der kräftige kleine Mann aus meinem Büro.

»Haskins, Sie fahren mit mir«, sagte ich. »Wir können unterwegs besprechen, was zu unternehmen ist.«

»Da muss nichts unternommen werden«, bekräftigte er. »Das sind alles Faseleien und Unsinn.«

Erst als wir im Wagen saßen, fragte ich meinen Vorarbeiter ohne Umschweife: »Besteht wirklich eine Möglichkeit, dass Clifton im Schiffsrumpf beim Schweißen eingeschlossen wurde?«

»Keine Möglichkeit, Sir«, sagte Haskins mit fester Stimme. »Es tut mir nur leid, dass wir Ihre Zeit verschwenden.«

»Aber der Mann scheint ziemlich sicher zu sein«, sagte ich.

»Genauso sicher, wie er immer ist, wer das Pferderennen in Chepstow gewinnen wird.«

Ich lachte nicht.

»Cliftons Schicht war um sechs Uhr zu Ende«, fuhr Haskins fort, indem er einen ernsthafteren Ton anschlug. »Er muss gewusst haben, dass die Schweißer kommen würden, um ihre aktuelle Arbeit fertigzustellen, bevor die nächste Schicht um zwei Uhr morgens antritt.«

»Was hat Clifton eigentlich im Schiffsrumpf gemacht?«

»Er hat alles noch ein letztes Mal kontrolliert, bevor die Schweißer ihre Arbeit aufnehmen.«

»Könnte es sein, dass er das Ende seiner eigenen Schicht verpasst hat?«

»Man hört die Sirene zum Schichtende sogar mitten in Bristol«, antwortete Haskins, während wir an Tancock vorbeifuhren, der rannte wie ein Besessener.

»Selbst wenn man irgendwo tief unten im Schiffsrumpf ist?«

»Möglicherweise könnte er das Signal überhört haben, wenn er sich zwischen den Doppelwänden des Kiels aufgehalten hat, aber ich bin noch nie einem Hafenarbeiter begegnet, der nicht gewusst hätte, wann seine Schicht endet.«

»Sofern er eine Uhr hat«, sagte ich, um zu sehen, ob Haskins eine trug. Was nicht der Fall war. »Wenn Clifton wirklich noch dort unten ist, können wir ihn dann rausholen? Haben wir die Ausrüstung dazu?«

»Wir haben genügend Schneidbrenner, um uns durch den Rumpf zu schweißen und einen Teil der äußeren Hülle vollständig herauszutrennen. Das Problem ist nur, es würde Stunden dauern, und wenn Clifton wirklich dort unten ist, dürfte er nach so langer Zeit kaum mehr am Leben sein, wenn wir bei ihm ankommen. Darüber hinaus würden die Arbeiter mindestens zwei Wochen brauchen, um den herausgeschweißten Abschnitt wieder an Ort und Stelle einzupassen. Und wie Sie immer sagen,

Chef: Jeder soll einen Zusatz zu seinem Lohn bekommen, wenn er Zeit spart, nicht wenn er sie verschwendet.«

Die zweite Stunde der Nachtschicht war längst angebrochen, als ich meinen Wagen neben dem Schiff zum Stehen brachte. Es müssen über einhundert Mann an Bord gewesen sein, die unter Hochdruck arbeiteten: Sie hämmerten, schweißten oder versiegelten die Nieten. Während ich die Gangway hinaufstieg, konnte ich sehen, wie Tancock auf das Schiff zurannte. Ein paar Augenblicke später hatte er mich eingeholt. Er musste sich, die Hände auf die Oberschenkel gestützt, nach vorn beugen, um Luft zu holen.

»Also, Tancock, was soll ich Ihrer Meinung nach tun?«, fragte ich, als er wieder zu Atem gekommen war.

»Sorgen Sie dafür, dass alle die Arbeit unterbrechen, Chef, nur für ein paar Minuten. Dann werden Sie hören, wie er klopft.«

Ich war einverstanden und nickte.

Haskins zuckte mit den Schultern. Offensichtlich konnte er es kaum fassen, dass ich eine solche Anweisung auch nur in Erwägung ziehen würde. Es dauerte mehrere Minuten, bis er dafür gesorgt hatte, dass jeder Arbeiter sein Werkzeug weglegte und schwieg. Niemand auf dem Schiff und auf dem Kai rührte sich; alle lauschten aufmerksam. Doch außer dem gelegentlichen Kreischen einer Möwe und dem Husten eines Rauchers hörte ich nichts.

»Wie ich schon sagte, Sir, das ist für alle nichts weiter als reine Zeitverschwendung«, erklärte Haskins. »Inzwischen sitzt Clifton bei seinem dritten Pint im Pig and Whistle.«

Jemand ließ einen Hammer fallen, und das dröhnende Echo schien sich über den ganzen Hafen auszubreiten. Dann war mir, als hörte ich für einen Augenblick – nur einen kurzen Augenblick – ein anderes Geräusch, regelmäßig und leise.

»Das ist er!«, schrie Tancock.

Und dann brach das Geräusch ab, so abrupt wie es angefangen hatte.

»Hat sonst noch irgendjemand etwas gehört?«, rief ich.

»Ich habe überhaupt nichts gehört«, sagte Haskins und musterte die Männer provozierend, als wolle er jeden herausfordern, der es wagte, ihm zu widersprechen.

Einige starrten ihn ihrerseits grimmig an, und ein paar griffen mit drohender Miene nach ihren Hämmern, als warteten sie nur noch auf ein letztes Signal zum Angriff gegen Haskins.

Ich fühlte mich wie ein Kapitän, der eine letzte Chance erhält, eine Meuterei zu verhindern. Was ich auch tun würde, ich konnte nicht gewinnen. Wenn ich die Männer aufforderte, wieder an die Arbeit zu gehen, würden so lange Gerüchte die Runde machen, bis jeder im Hafen davon überzeugt war, dass ich persönlich für Cliftons Tod verantwortlich sei. Es würde Wochen, Monate oder vielleicht sogar Jahre dauern, bis meine Autorität wiederhergestellt wäre. Wenn ich jedoch die Anweisung gab, den Rumpf zu öffnen, wäre jede Hoffnung auf einen Gewinn dahin – und damit auch meine Aussicht, Vorstandsvorsitzender zu werden. Ich stand einfach nur da und hoffte, die ununterbrochene Stille würde die Männer davon überzeugen, dass Tancock unrecht hatte. Mit jeder Sekunde, die verging, wuchs meine Zuversicht.

»Anscheinend hat niemand etwas gehört, Sir«, sagte Haskins ein wenig später. »Würden Sie mir die Erlaubnis geben, die Männer weiterarbeiten zu lassen?«

Sie krümmten keinen Finger, sondern starrten mich herausfordernd an. Haskins starrte zurück, und schließlich senkten ein oder zwei von ihnen den Blick.

Ich drehte mich zu meinem Vorarbeiter um und gab die Anweisung, dass die Männer sich wieder an die Arbeit machen sollten. Ich könnte schwören, dass ich in jenem kurzen Moment der Stille, die auf meine Worte folgte, ein Klopfen hörte. Ich sah zu Tancock, doch sofort versank das Geräusch in einem vielstimmigen Lärm, als sich die Männer wieder unwillig an die Arbeit machten.

»Tancock, warum verschwindest du nicht in den Pub, um nachzusehen, ob dein Kumpel dort ist?«, fragte Haskins. »Und wenn du ihn siehst, solltest du ihn ordentlich zusammenschnauzen, nachdem er uns alle so viel Zeit gekostet hat.«

»Und wenn er nicht dort ist, sollten Sie bei ihm zu Hause vorbeigehen und seine Frau fragen, ob sie ihn gesehen hat.« Ich hatte noch nicht zu Ende gesprochen, als ich meinen Fehler schon bemerkte, weswegen ich rasch hinzufügte: »Wenn er denn eine Frau hat.«

»Ja, Chef, er hat eine Frau«, sagte Tancock. »Sie ist meine Schwester.«

»Melden Sie sich bei mir, wenn Sie ihn dann noch immer nicht gefunden haben.«

»Dann ist es zu spät«, sagte Tancock, drehte sich um und ging mit hängenden Schultern davon.

»Ich bin in meinem Büro, wenn Sie mich brauchen, Haskins«, sagte ich, bevor ich die Gangway hinabging. Danach fuhr ich wieder nach Barrington House in der Hoffnung, Tancock nie wiederzusehen.

Ich kehrte an meinen Schreibtisch zurück, war jedoch nicht in der Lage, mich auf die Briefe zu konzentrieren, die Miss Potts mir zur Unterschrift vorgelegt hatte. In meinem Kopf hörte ich noch immer das Klopfen, das sich ständig wiederholte, wie eine populäre Melodie, die man andauernd in den Ohren hat und die einen am Einschlafen hindert. Ich wusste, wenn Clifton am nächsten Morgen nicht zur Arbeit erschien, würde ich sie nie wieder loswerden.

Während der folgenden Stunde kam ich nach und nach zur Überzeugung, dass Tancock seinen Freund gefunden hatte und es inzwischen bedauerte, dass er einen Narren aus sich gemacht hatte.

Es war einer jener seltenen Tage, an denen Miss Potts das Büro vor mir verließ, und ich wollte gerade die oberste Schublade meines Schreibtischs abschließen und nach Hause gehen, als ich Schritte hörte, die eilig die Treppe heraufkamen. Das konnte nur eine Person sein.

Ich sah auf, und der Mann, den ich nie wiederzusehen gehofft hatte, stand in der Tür. Seine Augen funkelten vor mühsam unterdrückter Wut.

»Sie haben meinen besten Kumpel umgebracht, Sie Bastard«, sagte er und fuchtelte mit der Faust herum. »Es ist nicht anders, als hätten Sie ihn mit Ihren eigenen Händen ermordet.«

»Langsam, langsam, Tancock, alter Junge«, sagte ich. »Nach allem, was wir wissen, kann Clifton genauso gut noch am Leben sein.«

»Er ist in sein Grab gesunken, nur damit Sie Ihren Auftrag pünktlich zu Ende bringen können. Niemand wird jemals auf diesem Schiff fahren, wenn die Wahrheit herauskommt.«

»Jeden Tag sterben Männer bei Unfällen im Schiffbau«, sagte ich lahm.

Tancock machte einen Schritt auf mich zu. Er war so wütend, dass ich für einen Augenblick dachte, er würde nach mir schlagen, doch er stand einfach nur mit leicht gespreizten Beinen da, hatte die Fäuste zusammengeballt und starrte mich an. »Wenn ich der Polizei gesagt habe, was ich weiß, werden Sie zugeben müssen, das ein einziges Wort von Ihnen genügt hätte, um sein

Leben zu retten. Doch weil Sie nur daran interessiert waren, wie viel Geld Sie machen würden, werde ich dafür sorgen, dass niemand im Hafen jemals wieder für Sie arbeiten wird.«

Ich wusste, sollte die Polizei die Sache untersuchen, würde halb Bristol glauben, dass Clifton noch im Schiff war, und die Gewerkschaft würde verlangen, dass der Rumpf aufgeschweißt wurde. Ich hegte nicht den geringsten Zweifel daran, was man finden würde, sollte dies geschehen.

Langsam erhob ich mich aus meinem Sessel und ging zum Safe, der sich auf der gegenüberliegenden Seite des Raumes befand. Ich gab die Kombination ein, drehte den Schlüssel um, zog die Safetür auf und holte einen dicken weißen Umschlag heraus, bevor ich wieder zu meinem Schreibtisch zurückkehrte. Ich nahm einen silbernen Brieföffner, schlitzte den Umschlag auf und zog eine Fünf-Pfund-Note heraus, wobei ich mich fragte, ob Tancock jemals zuvor einen solchen Geldschein gesehen hatte. Ich legte den Schein vor Tancock auf die Schreibunterlage und sah zu, wie seine Schweinsäuglein von Sekunde zu Sekunde größer wurden.

»Nichts wird Ihren Freund zurückbringen«, sagte ich, während ich einen zweiten Schein auf den ersten legte. Tancock wandte sich keine einzige Sekunde von dem Geld ab. »Und wer weiß, vielleicht hatte er ja wirklich nur Lust, für ein paar Tage zu verschwinden. Für jemanden, der so harte Arbeit leistet wie er, wäre das wirklich nichts Außergewöhnliches.« Ich legte einen dritten Schein auf den zweiten. »Und wenn er wieder da ist, werden Ihre Arbeitskollegen dafür sorgen, dass über Sie und diese Angelegenheit bis in alle Ewigkeit getratscht wird.« Auf den vierten Schein folgte ein fünfter. »Und Sie wollen doch ganz gewiss nicht die kostbare Zeit der Polizei verschwenden, oder? Das wäre ein ernsthaftes Vergehen, für das Sie ins Gefängnis kommen könnten.« Noch zwei Scheine. »Und natürlich würden Sie auch Ihre Arbeit verlieren.« Er sah zu mir auf. Ich konnte erkennen, wie aus seiner Wut Angst wurde. Drei weitere Scheine. »Man könnte wohl kaum von mir verlangen, einen Mann zu beschäftigen, der mich des Mordes anklagt.« Ich legte die letzten beiden Scheine auf den kleinen Stapel. Der Umschlag war leer.

Tancock wandte sich ab. Ich zog mein Portemonnaie aus der Tasche und fügte eine weitere Fünf-Pfund-Note sowie drei Pfund und zehn Shilling hinzu: Alles in allem achtundsechzig Pfund und zehn Shilling. Sein Blick kehrte zu den Geldscheinen zurück. »Wo das herkommt, ist noch mehr«, sagte ich und versuchte, überzeugend zu klingen.

Tancock kam langsam auf meinen Schreibtisch zu, griff, ohne mich anzusehen, nach dem Geld, schob es sich in die Tasche und verschwand wortlos.

Ich trat ans Fenster und sah zu, wie er aus dem Gebäude kam und langsam auf das Hafentor zuging.

Ich ließ den Safe weit offen, verteilte einige Papiere, die sich darin befunden hatten, kreuz und quer auf dem Boden, warf den leeren Umschlag auf meinen Schreibtisch und ging aus dem Büro, ohne abzuschließen. Ich war der letzte Mensch, der das Gebäude verließ.

21

»Detective Inspector Blakemore, Sir«, sagte Miss Potts und trat beiseite, damit der Polizeibeamte das Büro des geschäftsführenden Direktors betreten konnte.

Hugo Barrington musterte den Inspector aufmerksam, während dieser in den Raum kam. Er besaß die bei der Polizei erforderliche Mindestgröße von einem Meter dreiundsiebzig, war jedoch nicht viel größer; außerdem wog er ein paar Pfund zu viel, obwohl er immer noch fit aussah. Er trug einen Regenmantel, den er wahrscheinlich schon gekauft hatte, als er noch Constable gewesen war, und dazu einen braunen Filzhut jüngeren Datums, der darauf schließen ließ, dass er noch nicht besonders lange Inspector war.

Die beiden Männer gaben sich die Hand, und nachdem Blakemore sich gesetzt hatte, nahm er ein Notizbuch und einen Stift aus einer der Innentaschen seines Jacketts. »Wie Sie wissen, Sir, ermittle ich in einem angeblichen Diebstahl, der sich letzte Nacht auf diesem Gelände ereignet haben soll.« Es war offensichtlich, dass Barrington das Wort »angeblich« nicht gefiel. »Dürfte ich Sie zunächst fragen, wann Sie erstmals bemerkt haben, dass das Geld fehlt?«

»Ja, natürlich, Inspector«, erwiderte Barrington, wobei er versuchte, so hilfsbereit wie möglich zu klingen. »Ich kam gegen sieben Uhr heute Morgen in den Hafen und fuhr direkt zu den Werkstätten der Arbeiter, um zu sehen, wie weit die Nachtschicht gekommen war.«

»Machen Sie das jeden Morgen?«

»Nein, nur gelegentlich«, antwortete Hugo, den die Frage verwirrte.

»Und wie lange sind Sie dort geblieben?«

»Zwanzig, vielleicht dreißig Minuten. Dann bin ich in mein Büro hochgegangen.«

»Also waren Sie gegen sieben Uhr zwanzig bis spätestens sieben Uhr dreißig in Ihrem Büro?«

»Ja, das hört sich zutreffend an.«

»Und war Ihre Sekretärin zu diesem Zeitpunkt bereits hier?«

»Ja, das war sie. Es gelingt mir nur selten, noch früher als sie zu erscheinen.« Lächelnd fügte er hinzu: »Sie ist eine erstaunliche Dame.«

»Durchaus«, sagte der Inspector. »Es war also Miss Potts, die Sie darüber informiert hat, dass der Safe geöffnet worden war?«

»Ja. Sie sagte, bei ihrer Ankunft heute Morgen sei die Safetür offen gestanden, und einige der Papiere, die sich darin befunden hatten, waren kreuz und quer über den Boden verstreut worden. Also hat sie unverzüglich die Polizei verständigt.«

»Sie hat nicht zuerst Sie angerufen, Sir?«

»Nein, Inspector. Um diese Zeit war ich ohnehin bereits in meinem Wagen und auf dem Weg zur Arbeit.«

»Sie sagen also, dass Ihre Sekretärin heute Morgen vor Ihnen hier ankam. Und haben Sie letzte Nacht vor ihr das Büro verlassen, Sir?«

»Ich erinnere mich nicht genau«, sagte Barrington. »Aber es wäre höchst ungewöhnlich, sollte ich nach ihr gegangen sein.«

»Ja, Miss Potts hat das bestätigt«, sagte der Detective Inspector. »Aber sie hat ebenfalls ausgesagt« – er warf einen Blick in sein Notizbuch –, »dass sie letzte Nacht vor Ihnen gegangen ist, da sich ein Problem ergeben hatte, das Ihrer Aufmerksamkeit bedurfte.« Blakemore sah auf. »Können Sie mir sagen, um welches Problem es sich dabei handelte, Sir?«

»Wenn man eine Firma leitet, die so groß ist wie die unsrige«, erwiderte Hugo, »tauchen ständig irgendwelche Probleme auf.«

»Also erinnern Sie sich nicht mehr an jenes besondere Problem, das sich gestern Abend ergeben hat?«

»Nein, Inspector, ich erinnere mich nicht.«

»Als Sie heute Morgen in Ihr Büro kamen und sahen, dass die Safetür offen stand, was haben Sie da als Erstes getan?«

»Ich habe nachgesehen, was fehlt.«

»Und was haben Sie festgestellt?«

»Jemand hatte mein ganzes Bargeld gestohlen.«

»Wie können Sie sicher sein, dass es das *ganze* Bargeld war?«

»Weil ich diesen offenen Umschlag auf meinem Schreibtisch gefunden habe«, sagte Hugo und reichte ihn dem Inspector.

»Und wie viel hätte in diesem Umschlag sein müssen, Sir?«

»Achtundsechzig Pfund und zehn Shilling.«

»Sie scheinen sich dessen sehr sicher.«

»Ja, das bin ich auch«, erwiderte Hugo. »Warum überrascht Sie das?«

»Weil Miss Potts mir gesagt hat, es hätten sich nur sechzig Pfund im Safe befunden, und zwar ausschließlich in Fünf-Pfund-Noten. Vielleicht könnten Sie mir sagen, Sir, woher die anderen acht Pfund und zehn Shilling kamen?«

Es dauerte einen Moment, bis Hugo antwortete. »Manchmal bewahre ich ein wenig Kleingeld in meiner Schreibtischschublade auf«, sagte er schließlich.

»Das ist eine ziemlich große Summe für ›ein wenig Kleingeld‹. Aber lassen Sie mich noch einmal zum Safe zurückkehren. Als Sie heute Morgen Ihr Büro betraten, fiel Ihnen als Erstes auf, dass die Safetür offen stand.«

»Das ist korrekt, Inspector.«

»Haben Sie einen Schlüssel für den Safe?«

»Ja, natürlich.«

»Und Sie sind der Einzige, der die Kombination kennt und der einen Schlüssel besitzt, Sir?«

»Nein. Auch Miss Potts hat Zugang zum Safe.«

»Können Sie bestätigen, dass der Safe geschlossen war, als Sie gestern Abend nach Hause gingen?«

»Ja, das ist er immer.«

»Dann müssen wir annehmen, dass der Einbruch von einem Profi begangen wurde.«

»Warum sagen Sie das, Inspector?«, fragte Barrington.

»Aber wenn er ein Profi war«, fuhr Blakemore fort, indem er die Frage ignorierte, »dann verwirrt mich, warum er die Safetür offen stehen ließ.«

»Ich bin nicht sicher, ob ich Ihnen folgen kann, Inspector.«

»Ich werde es Ihnen erklären, Sir. Professionelle Einbrecher lassen üblicherweise alles so zurück, wie sie es vorgefunden haben, damit man nicht sofort weiß, dass ein Verbrechen stattgefunden hat. Es verschafft ihnen mehr Zeit, um das Gestohlene weiterzuverhökern.«

»Mehr Zeit«, wiederholte Hugo.

»Ein Profi hätte die Safetür geschlossen und den Umschlag mitgenommen, wodurch wahrscheinlich mehr Zeit vergangen wäre, bis Sie herausgefunden hätten, dass etwas fehlt. Meiner Erfahrung nach vergehen oft Tage, bis der Besitzer seinen Safe öffnet, manchmal sogar Wochen. Nur ein Amateur hätte in Ihrem Büro eine solche Unordnung hinterlassen.«

»Dann war er ja vielleicht ein Amateur?«

»Wie ist es ihm dann gelungen, den Safe zu öffnen, Sir?«

»Vielleicht hat er sich den Schlüssel von Miss Potts verschafft?«

»Und die Kombination gleich noch dazu? Miss Potts hat mir versichert, dass sie ihren Safeschlüssel jeden Abend mit nach Hause nimmt, was Sie selbst, Sir, ebenfalls tun, könnte ich mir denken.« Hugo schwieg. »Würden Sie mir gestatten, einen Blick in den Safe zu werfen?«

»Ja, natürlich.«

»Was ist das?«, fragte der Inspector und deutete auf eine kleine Metallkiste auf dem unteren Regal des Safes.

»Das ist meine Münzsammlung, Inspector. Ein Hobby von mir.«

»Wären Sie so freundlich, sie zu öffnen, Sir?«

»Ist das wirklich nötig?«, fragte Hugo ungeduldig.

»Ja, ich fürchte schon, Sir.«

Widerwillig öffnete Hugo die Metallkiste, woraufhin mehrere Stapel Goldmünzen sichtbar wurden, die er über viele Jahre hinweg gesammelt hatte.

»Und damit haben wir ein weiteres Rätsel vor uns«, sagte der Inspector. »Unser Dieb stiehlt sechzig Pfund aus dem Safe sowie acht Pfund und zehn Shilling aus Ihrer Schreibtischschublade, lässt aber eine Metallkiste mit Goldmünzen zurück, die einen beträchtlich höheren Wert haben. Und dann gibt es auch noch das Problem mit dem Umschlag.«

»Dem Umschlag?«, fragte Hugo.

»Ja, Sir, dem Umschlag, der, wie Sie sagen, das Geld enthalten hat.«

»Aber den habe ich doch heute Morgen auf meinem Schreibtisch gefunden.«

»Das bezweifle ich ja gar nicht, Sir. Aber es wird Ihnen aufgefallen sein, dass er fein säuberlich aufgeschlitzt wurde.«

»Wahrscheinlich mit meinem Brieföffner«, sagte Hugo und hielt ihn triumphierend hoch.

»Durchaus möglich, Sir. Aber meiner Erfahrung nach neigen Einbrecher dazu, Umschläge aufzureißen und sie nicht fein säuberlich mit einem Brieföffner aufzuschlitzen, als wüssten sie bereits, was sich darin befindet.«

»Aber Miss Potts hat mir doch gesagt, dass Sie den Dieb bereits gefunden haben«, erwiderte Hugo, der versuchte, nicht zu entnervt zu klingen.

»Nein, Sir. Wir haben das Geld gefunden, aber ich bin nicht davon überzeugt, dass wir auch schon den Schuldigen gefunden haben.«

»Aber das Geld hatte er bei sich?«

»Ja, das hatte er bei sich, Sir.«

»Aber was wollen Sie denn noch?«

»Sicher sein, dass wir den Richtigen haben.«

»Und wer ist der Mann, den Sie beschuldigen?«

»Ich habe nicht gesagt, dass wir ihn beschuldigen, Sir«, erwiderte der Inspector und schlug eine Seite in seinem Notizbuch um. »Ein gewisser Mr. Stanley Tancock, der einer Ihrer Schauerleute ist. Klingelt da etwas bei seinem Namen, Sir?«

»Könnte ich nicht behaupten«, sagte Hugo. »Aber wenn er im Hafen arbeitet, dürfte er gewusst haben, wo sich mein Büro befindet.«

»Ich zweifle nicht daran, dass Tancock wusste, wo sich Ihr Büro befindet, denn er behauptet, er hätte Sie gestern Abend gegen sieben hier aufgesucht, um Ihnen mitzuteilen, dass sein Schwager, ein gewisser Mr. Arthur Clifton, im Rumpf des Schiffes eingeschlossen wurde, das gerade in einem der Docks gebaut wird, und dass dieser Mann sterben würde, sollten Sie nicht Anweisung geben, ihn wieder herauszuholen.«

»Ah, ja, jetzt erinnere ich mich. Ich bin gestern am späten Nachmittag zum Dock gefahren, wie Ihnen mein Vorarbeiter bestätigen kann. Aber das Ganze hat sich als falscher Alarm herausgestellt, bei dem nur jedermanns Zeit verschwendet wurde. Offensichtlich wollte Tancock bloß herausfinden, wo sich der Safe befand, sodass er später zurückkommen und mich ausrauben könnte.«

»Er gibt zu, dass er noch einmal in Ihr Büro gekommen ist«, sagte Blakemore und schlug eine weitere Seite mit seinen Notizen auf. »Er behauptet jedoch, Sie hätten ihm achtundsechzig Pfund und zehn Shilling angeboten, wenn er über die Sache mit Clifton Stillschweigen bewahren würde.«

»Ich habe noch nie eine so ungeheuerliche Behauptung gehört.«

»Lassen Sie uns für einen Augenblick die Alternative in Erwägung ziehen, Sir. Nehmen wir einmal an, dass Tancock in Ihr Büro zurückgekommen ist in der Absicht, Sie irgendwann zwischen sieben Uhr und sieben Uhr dreißig gestern Abend zu berauben. Nachdem er es irgendwie geschafft hat, unbeobachtet in das Gebäude zu gelangen, erreicht er den fünften Stock, dringt in Ihr Büro ein, gibt die Safekombination ein, öffnet den Safe entweder mit Ihrem Schlüssel oder mit dem von Miss Potts, nimmt den Umschlag heraus, schlitzt ihn fein säuberlich auf und entwendet das Geld, ohne einen Gedanken an eine Metallkiste voller Goldmünzen zu verschwenden. Er lässt die Safetür offen stehen, verstreut einige Unterlagen, die sich darin befanden, kreuz und quer über den Boden, platziert den fein säuberlich geöffneten Umschlag auf Ihrem Schreibtisch und löst sich dann wie Scarlet Pimpernel in Luft auf.«

»Es muss nicht zwischen sieben und sieben Uhr dreißig am Abend gewesen sein«, sagte Hugo grimmig. »Es könnte sich zu jeder Zeit vor acht am Morgen ereignet haben.«

»Das glaube ich nicht, Sir«, sagte Blakemore. »Sehen Sie,

Tancock hat ein Alibi für die Zeit zwischen acht und elf Uhr letzte Nacht.«

»Zweifellos ist sein sogenanntes Alibi irgendeiner seiner Kumpels«, sagte Barrington.

»Einunddreißig von ihnen, nach der letzten Zählung«, erwiderte der Detective Inspector. »Anscheinend ist er in einem Pub, dem Pig and Whistle, aufgetaucht, nachdem er Ihr Geld gestohlen hatte. Dort gingen dann nicht nur alle Drinks auf ihn, er hat sogar seine Schulden beglichen. Er hat den Wirt mit einer neuen Fünf-Pfund-Note bezahlt, welche sich im Augenblick in meinem Besitz befindet.«

Der Detective zog sein Portemonnaie aus der Tasche, nahm den Geldschein heraus und legte ihn auf Barringtons Schreibtisch.

»Der Wirt hat auch noch hinzugefügt, dass Tancock den Pub gegen elf verlassen hat, wobei er so betrunken war, dass zwei seiner Freunde ihn nach Hause in die Still House Lane bringen mussten, wo wir ihn heute Morgen antrafen. Ich muss sagen, Sir, wenn es tatsächlich Tancock war, der Sie beraubt hat, dann ist uns ein Meisterdieb in die Hände gefallen, den hinter Gitter zu bringen ich stolz wäre. Was, wie ich vermute, genau die Absicht war, die Ihnen vorschwebte, Sir«, fügte er hinzu und sah Barrington direkt in die Augen, »als Sie ihm das Geld *gegeben* haben.«

»Und warum um alles in der Welt sollte ich so etwas tun?«, fragte Hugo, wobei er versuchte, so ruhig wie möglich zu sprechen.

»Wenn Stanley Tancock verhaftet würde und ins Gefängnis käme, würde niemand seine Geschichte über Arthur Clifton ernst nehmen. Zufällig hat seit gestern Nachmittag niemand mehr Clifton gesehen. Deshalb werde ich meinen Vorgesetzten empfehlen, den Schiffsrumpf ohne weitere Verzögerung öffnen zu lassen, damit wir herausfinden, ob es tatsächlich nur falscher Alarm war und Tancock jedermanns Zeit verschwendet hat.«

Hugo Barrington strich seine Fliege glatt. Er hatte seinem Vater nichts über den Zwischenfall mit Arthur Clifton oder den Besuch von Detective Inspector Blakemore erzählt. Je weniger der alte Mann wusste, umso besser. Er hatte ihm nur berichtet, dass Geld aus seinem Büro gestohlen worden war und man inzwischen einen der Schauerleute verhaftet hatte.

Nachdem er seinen Smoking angezogen hatte, setzte sich Hugo auf die Bettkante und wartete, bis seine Frau sich angekleidet hatte. Er hasste es, zu spät zu kommen, aber er wusste, dass es ihm trotz allen Drängens nicht gelingen würde, Elisabeth zur Eile anzutreiben. Er hatte bereits einen Blick auf Giles und dessen kleine Schwester Emma geworfen, die beide tief schliefen.

Hugo hatte zwei Söhne gewollt, einen Erben und einen auf Vorrat. Emma war eine Unannehmlichkeit, die es mit sich brachte, dass er einen weiteren Versuch unternehmen musste.

Sein Vater war ein zweiter Sohn gewesen, der seinen älteren Bruder im Kampf gegen die Buren in Südafrika verloren hatte. Hugos älterer Bruder war zusammen mit seinem halben Regiment in Ypern gefallen, weshalb Hugo darauf vertrauen konnte, dass er zu gegebener Zeit seinem Vater als Vorstandsvorsitzender der Firma folgen und nach dem Tod seines Vaters den Titel und das Familienvermögen erben würde.

Also würden er und Elizabeth es ein weiteres Mal versuchen müssen. Nicht dass es ihm noch Vergnügen bereitet hätte, mit seiner Frau zu schlafen. Eigentlich konnte er sich nicht daran erinnern, dass es überhaupt je ein Vergnügen gewesen war.

Seit Kurzem hatte er begonnen, anderswo nach Ablenkung zu suchen.

»Deine Ehe wurde im Himmel geschlossen«, pflegte seine Mutter zu sagen. Sein Vater war praktischer eingestellt. Für ihn war die Verbindung zwischen seinem ältesten Sohn und der einzigen Tochter von Lord Harvey eine Fusion und weniger eine Ehe. Als Hugos Bruder an der Westfront fiel, wurde dessen Verlobte an Hugo weitergereicht, wodurch die Fusion zu einer Übernahme wurde. Hugo war nicht überrascht, in der Hochzeitsnacht festzustellen, dass Elizabeth noch Jungfrau war; seine zweite Jungfrau, um genau zu sein.

Endlich kam Elizabeth aus dem Umkleidezimmer und entschuldigte sich wie immer dafür, dass sie ihn hatte warten lassen. Vom Landsitz bis nach Barrington Hall waren es nur wenige Meilen, und das ganze Land zwischen den beiden Häusern gehörte der Familie. Als Hugo und Elizabeth ein paar Minuten nach acht den Salon seiner Eltern betraten, trank Lord Harvey bereits seinen zweiten Sherry. Hugo sah sich nach den anderen Gästen um. Es war nur ein Paar anwesend, das er nicht kannte.

Sein Vater kam sofort auf ihn zu und stellte ihn Colonel Danvers vor, der kürzlich zum Chief Constable der Grafschaft ernannt worden war. Hugo beschloss, dem Colonel gegenüber seine morgendliche Begegnung mit Detective Inspector Blakemore nicht zu erwähnen, doch bevor sie sich zum Dinner begaben, nahm Hugo seinen Vater beiseite, um ihn über die neueste Entwicklung hinsichtlich des Diebstahls zu informieren, wobei er es geflissentlich vermied, Arthur Clifton zu erwähnen.

Beim Dinner, zu dem Wildsuppe, ein saftiger Lammbraten mit grünen Bohnen und Crème brûlée serviert wurden, reichte die Konversation vom Besuch des Prince of Wales in Cardiff und den wenig hilfreichen Bemerkungen, mit denen er sein Verständnis für die Kohlebergleute zum Ausdruck gebracht hatte, bis zu den Auswirkungen von Lloyd Georges jüngsten Importzöllen und George Bernard Shaws *Haus Herzenstod*, das kürzlich im Old Vic Theatre bei den Zuschauern auf eine zwiespältige Resonanz gestoßen war, nur um schließlich wieder zum Prince of Wales und der vertrackten Frage zurückzukehren, wie sich wohl eine passende Ehefrau für ihn finden ließe.

Als die Diener nach dem Dessert den Tisch abgedeckt hatten, zogen sich die Damen in den Salon zurück, um einen Kaffee zu genießen, während der Butler den Gentlemen Brandy oder Port anbot.

»Von mir verschifft und von dir importiert«, sagte Sir Walter und prostete Lord Harvey zu, während der Butler den Gästen Zigarren reichte. Sobald Lord Harveys Romeo y Julieta zu seiner Zufriedenheit brannte, wandte er sich an seinen Schwiegersohn und sagte: »Dein Vater hat mir berichtet, dass irgendein Kerl in dein Büro eingebrochen ist und eine große Menge Bargeld gestohlen hat.«

»Ja, das ist korrekt«, erwiderte Hugo. »Doch zum Glück wurde der Dieb inzwischen gefasst. Bedauerlicherweise hat sich herausgestellt, dass es sich um einen unserer Schauerleute handelt.«

»Stimmt das, Danvers?«, fragte Sir Walter. »Der Mann wurde inzwischen festgenommen?«

»Ich habe davon gehört«, entgegnete der Chief Constable, »aber bisher hat mich noch niemand darüber informiert, dass es zu einer offiziellen Beschuldigung gekommen wäre.«

»Warum nicht?«, wollte Lord Harvey wissen.

»Weil der Mann behauptet, dass ich ihm das Geld *gegeben* hätte«, warf Hugo ein. »Als sich der Detective Inspector heute Morgen mit mir unterhalten hat, begann ich mich ehrlich gesagt zu fragen, wer von uns der Kriminelle und wer der Geschädigte ist.«

»Es tut mir leid zu hören, dass bei Ihnen ein solcher Eindruck entstehen konnte«, sagte Colonel Danvers. »Dürfte ich erfahren, welcher Beamte für die Untersuchung verantwortlich ist?«

»Detective Inspector Blakemore«, erwiderte Hugo, bevor er hinzufügte: »Ich hatte den Eindruck, dass er einen geheimen Groll gegen unsere Familie hegt.«

»Wenn man so viele Menschen einstellt wie wir«, sagte Sir Walter, indem er sein Glas zurück auf den Tisch stellte, »gibt es immer irgendjemanden, der einem etwas übel nimmt.«

»Ich muss gestehen«, sagte Danvers, »dass Blakemore nicht gerade für sein Taktgefühl berühmt ist. Aber ich werde mir die Sache ansehen, und wenn ich den Eindruck habe, dass er zu weit gegangen ist, werde ich einen anderen Beamten mit dem Fall betrauen.«

22

»Die Schulzeit ist die glücklichste Zeit unseres Lebens«, behauptet R. C. Sherriff, doch Hugo Barringtons Erfahrung entsprach das keineswegs. Auch wenn er das Gefühl hatte, dass Giles, wie sein Vater das nannte, »die Dinge besser anpacken würde«.

Hugo versuchte zu vergessen, was an seinem ersten Schultag vor etwa vierundzwanzig Jahren geschehen war. Begleitet von seinem Vater, seiner Mutter und seinem älteren Bruder Nicholas, der gerade zum Schüler gewählt worden war, der die Schule nach außen hin vertreten sollte, war er in einem Einspänner nach St. Bede's gefahren worden. Hugo war in Tränen ausgebrochen, als ein anderer Frischling ihn in aller Unschuld gefragt hatte: »Stimmt es, dass dein Großvater Hafenarbeiter war?« Sir Walter war stolz darauf, dass sein Vater sich »an seinem eigenen Zopf aus dem Sumpf gezogen« hatte, doch bei einem Achtjährigen bleibt ein erster Eindruck üblicherweise lange hängen. »Opa war ein Hafenarbeiter! Opa war ein Hafenarbeiter! Heulsuse! Heulsuse!«, hatte der ganze Schlafsaal gegrölt.

Heute würde sein Sohn Giles in Sir Walter Barringtons Rolls-Royce nach St. Bede's gefahren werden. Hugo hatte vorgehabt, seinen Sohn in seinem eigenen Wagen zur Schule zu bringen, doch sein Vater wollte nichts davon hören. »Drei Generationen von Barringtons sind in St. Bede's und Eton zur Schule gegangen. Mein Erbe muss stilecht vorfahren.«

Hugo wies seinen Vater nicht darauf hin, dass Giles bisher noch kein Platz in Eton angeboten worden war und dass der Junge möglicherweise sogar eigene Vorstellungen darüber hatte, wo er zur Schule gehen wollte. Er konnte seinen Vater schon sagen hören: »Gott behüte! Eigene Vorstellungen riechen nach Rebellion, und eine Rebellion muss im Keim erstickt werden.«

Giles hatte noch kein Wort gesagt, seit sie das Haus verlassen hatten, obwohl seine Mutter seit einer Stunde gar nicht mehr damit aufhören konnte, ein Riesentheater um ihren einzigen Sohn zu machen. Emma hatte zu schluchzen begonnen, als ihr mitgeteilt wurde, dass sie die Familie nicht begleiten könne, während Grace – ein weiteres Mädchen, doch Hugo würde sich nicht mehr die Mühe machen, *noch* einen Versuch zu unternehmen – sich mit der einen Hand an ihrem Kindermädchen festhielt und ihnen mit der anderen von der obersten Treppenstufe aus zuwinkte, während sie davonfuhren.

Hugo hatte andere Dinge als die weibliche Linie der Familie im Kopf, während der Wagen gemächlich die Landstraße entlang auf die Stadt zurollte. Würde er zum ersten Mal Harry Clifton sehen? Würde er in ihm den zweiten Sohn erkennen, den er hatte haben wollen, aber niemals würde haben können? Oder würde er in dem Moment, in dem er den Jungen zu Gesicht bekam, ohne den geringsten Zweifel feststellen, dass Harry niemals mit ihm verwandt sein konnte?

Hugo würde genau darauf achten müssen, Cliftons Mutter aus dem Weg zu gehen. Würde er sie überhaupt noch erkennen? Erst kürzlich hatte er herausgefunden, dass sie als Kellnerin im Palm Court Room des Royal Hotel arbeitete, in dem er jedes Mal abstieg, wenn er zu geschäftlichen Terminen in der Stadt war. Jetzt musste er sich auf gelegentliche Besuche am Abend beschränken, und auch diese waren nur möglich, wenn er sicher sein konnte, dass Cliftons Mutter ihren Dienst für jenen Tag beendet hatte.

Maisies Bruder, Stan Tancock, war aus dem Gefängnis entlassen worden, nachdem er achtzehn Monate seiner dreijährigen Strafe abgesessen hatte. Hugo hatte nie herausgefunden, was mit Detective Inspector Blakemore geschehen war, doch nach der Dinnerparty seines Vaters hatte er diesen Mann nie wieder gesehen. Während Tancocks Prozess hatte ein junger Detective Sergeant ausgesagt, der nicht den geringsten Zweifel daran aufkommen ließ, wen er für den Schuldigen hielt.

Nachdem Tancock sicher hinter Gittern saß, waren die Spekulationen über das, was sich wirklich mit Arthur Clifton ereignet hatte, ziemlich rasch verstummt. In einem Gewerbe, in dem der Tod eine alltägliche Erfahrung ist, wurde aus Arthur Clifton nicht mehr als eine weitere Zahl in einer Statistik. Doch als Lady Harvey die *Maple Leaf* sechs Monate später taufte, musste Hugo einfach denken, dass *Tiefster Meeresgrund* ein angemessenerer Name für das Schiff gewesen wäre.

Bei der Präsentation der Schlussbilanz gegenüber dem Vorstand hatte Barrington Shipbuilding einen Verlust von 13.712 Pfund zu verzeichnen. Hugo beschloss, sich nicht mehr um Aufträge zum Bau neuer Schiffe zu bewerben, und Sir Walter kam nie wieder auf das Thema zurück. In den folgenden Jahren widmete sich Barrington's wieder dem angestammten Geschäft als Schifffahrtslinie und errang dabei einen Erfolg nach dem anderen.

Hugo nahm an, dass er nie wieder etwas von Stan hören würde, nachdem dieser ins städtische Gefängnis gebracht worden war, doch kurz vor Tancocks Entlassung rief der stellvertretende Direktor des Bristoler Gefängnisses Miss Potts an und bat um einen Termin. Er beschwor Barrington, Tancock dessen ursprüngliche Stelle wiederzugeben, da dieser sonst kaum Aussichten darauf hatte, jemals wieder Arbeit zu finden. Zunächst war Hugo erfreut zu hören, wie schlecht es um Tancock stand, doch nachdem er ein wenig darüber nachgedacht hatte, schickte er seinen Vorarbeiter Phil Haskins zu Stan ins Gefängnis, um ihm ausrichten zu lassen, er könne seine Arbeit unter einer einzigen Bedingung wiederbekommen: Er durfte Arthur Clifton nie wieder erwähnen. Sollte er es doch tun, könnte er sich seine Papiere abholen und sich anderswo nach einer Stelle umsehen. Tancock hatte das Angebot dankbar angenommen, und mit den Jahren wurde klar, dass er seinen Teil der Abmachung einhielt.

Der Rolls-Royce fuhr am Tor von St. Bede's vor, und der Chauffeur stieg aus, um die Hintertür zu öffnen. Zahlreiche Blicke wandten sich in ihre Richtung, einige voller Bewunderung, andere voller Neid.

Es war offensichtlich, dass Giles die Aufmerksamkeit unangenehm war. Schnell lief er davon, wobei er so tat, als gingen ihn weder der Chauffeur noch seine Eltern etwas an. Seine Mutter eilte ihm nach, beugte sich zu ihm herab und zog ihm die Socken hoch, bevor sie ein letztes Mal seine Fingernägel inspizierte. Hugo musterte unterdessen die Gesichter zahlloser Kinder und fragte sich, ob er wohl eines von ihnen erkennen könne, auch wenn er es noch nie zuvor gesehen hatte.

Und dann erblickte er einen Jungen, der, ohne von Vater oder Mutter begleitet zu werden, den Hügel heraufkam. Hugo sah, dass eine Frau ein Stück weit hinter dem Jungen stand und ihn beobachtete – eine Frau, die er nicht vergessen konnte. Beide fragten sich zweifellos, ob einer oder zwei Söhne Hugos an diesem Morgen in St. Bede's erschienen.

Als Giles die Windpocken bekam und ein paar Tage in der Krankenstation verbringen musste, erkannte sein Vater, dass dies eine Möglichkeit war, um zu beweisen, dass Harry Clifton nicht sein Sohn war. Er erzählte Elizabeth nichts davon, dass er Giles besuchen würde, denn er wollte sie nicht dabeihaben, wenn er der Hausmutter eine scheinbar harmlose Frage stellen würde.

Nachdem er am Morgen die Post erledigt hatte, sagte Hugo zu Miss Potts, dass er in St. Bede's vorbeischauen und seinen Sohn besuchen würde, weswegen sie in den nächsten Stunden nicht mit ihm rechnen solle. Er fuhr in die Stadt und parkte vor Frobisher House. Er erinnerte sich nur allzu gut daran, wo sich die Krankenstation befand, denn als er in St. Bede's gewesen war, hatte er sie oft genug aufsuchen müssen.

Giles saß in seinem Bett. Gerade wurde seine Temperatur gemessen, als sein Vater ins Krankenzimmer kam. Der Junge strahlte sofort, als er seinen Vater sah.

Die Hausmutter stand neben dem Bett und las die Temperatur ihres Patienten. »Runter auf siebenunddreißig zwei. In der ersten Stunde am Montagmorgen sind Sie wieder dabei, junger Mann«, erklärte sie, während sie das Thermometer schüttelte. »Ich lasse Sie jetzt alleine, Mr. Barrington, damit Sie ein wenig Zeit mit Ihrem Sohn verbringen können.«

»Vielen Dank«, sagte Hugo. »Wäre es vielleicht möglich, dass ich mich kurz mit Ihnen unterhalte, bevor ich wieder gehe?«

»Natürlich, Mr. Barrington. Sie finden mich in meinem Büro.«

»Ich denke, du siehst gar nicht so schlecht aus, Giles«, sagte Hugo, nachdem die Hausmutter das Krankenzimmer verlassen hatte.

»Mir geht's gut, Vater. Ich hatte gehofft, dass die Hausmutter mich schon am Samstagmorgen hier wieder rauslässt, damit ich Fußball spielen kann.«

»Ich werde mit ihr reden, bevor ich gehe.«

»Vielen Dank, Vater.«

»Und, wie läuft es im Unterricht?«

»Nicht schlecht«, sagte Giles. »Aber nur, weil ich mit den beiden klügsten Köpfen in meiner Klasse zusammen lernen kann.«

»Und wer sind die beiden?«, fragte Hugo, der die Antwort fürchtete.

»Der eine ist Deakins. Er ist der klügste Junge der ganzen Schule. Die anderen reden nicht mit ihm, weil sie ihn für einen Streber halten. Aber mein bester Freund ist Harry Clifton. Auch er ist sehr klug, aber nicht so klug wie Deakins. Du hast ihn wahrscheinlich schon im Chor singen gehört. Ich bin mir sicher, dass du ihn mögen wirst.«

»Aber ist Clifton nicht der Sohn eines Schauermanns?«, fragte Hugo.

»Ja, und genau wie Großvater versucht er nicht, es zu verheimlichen. Aber woher weißt du das, Vater?«

»Ich glaube, ein Clifton hat einmal für die Firma gearbeitet«, sagte Hugo und bereute seine Worte sofort.

»Das muss vor deiner Zeit gewesen sein«, sagte Giles, »denn sein Vater starb im Krieg.«

»Wer hat dir das gesagt?«, fragte Hugo.

»Harrys Mutter. Sie ist Kellnerin im Royal Hotel. An seinem Geburtstag waren wir dort zum Tee.«

Hugo hätte gerne gefragt, wann Clifton Geburtstag hatte, doch er fürchtete, dass dies eine Frage zu viel sein könnte. Stattdessen sagte er: »Deine Mutter lässt dich grüßen. Ich glaube, sie und Emma haben vor, dich diese Woche noch zu besuchen.«

»Igitt. Das hat mir gerade noch gefehlt«, sagte Giles. »Windpocken und ein Besuch von meiner schrecklichen Schwester.«

»So schlimm ist sie nicht«, erwiderte sein Vater lachend.

»Sie ist schlimmer«, sagte Giles. »Und Grace wirkt auch nicht so, als wäre sie eines Tages besser. Müssen sie wirklich mit uns kommen, wenn wir in Ferien gehen, Vater?«

»Ja, natürlich.«

»Ich habe mich gefragt, ob Harry Clifton diesen Sommer mit uns in die Toskana kommen könnte. Er war noch nie im Ausland.«

»Nein«, sagte Hugo ein wenig zu energisch. »Ferien sind ausschließlich für die Familie da. Das ist nichts für Fremde.«

»Aber er ist kein Fremder«, sagte Giles. »Er ist mein bester Freund.«

»Nein«, wiederholte Hugo, »und damit ist die Diskussion beendet.« Giles sah enttäuscht aus. »Übrigens, was möchtest du zum Geburtstag, mein Junge?«, fragte Hugo, indem er rasch das Thema wechselte.

»Das neueste Radio«, sagte Giles, ohne zu zögern. »Ein Roberts Reliable.«

»Dürft ihr in der Schule Radios haben?«

»Ja. Aber man darf nur an den Wochenenden Radio hören. Wenn man erwischt wird, wie man nach dem Lichterlöschen oder unter der Woche das Radio einschaltet, wird es konfisziert.«

»Ich werde sehen, was ich tun kann. Wirst du zu deinem Geburtstag nach Hause kommen?«

»Ja, aber nur zum Tee. Ich muss zu den Hausaufgaben wieder in der Schule sein.«

»Dann werde ich versuchen, kurz vorbeizuschauen«, sagte Hugo. »Aber jetzt muss ich wieder los. Ich möchte noch kurz mit der Hausmutter sprechen, bevor ich gehe.«

»Vergiss nicht, sie zu fragen, ob sie mich nicht doch schon am Samstagmorgen gehen lässt«, erinnerte Giles seinen Vater, als dieser das Krankenzimmer verließ, um sich dem wahren Grund seines Besuches zu widmen.

»Ich bin so froh, dass Sie vorbeischauen konnten, Mr. Barrington. Das ist eine große Aufmunterung für Giles«, sagte die Hausmutter, als er in ihr Büro kam. »Wie Sie sehen können, ist er fast schon wieder wohlauf.«

»Ja, und er hofft, dass er schon am Samstagmorgen hier rauskommt, damit er beim Fußball mitspielen kann.«

»Ich bin sicher, das wird sich einrichten lassen«, erwiderte die Hausmutter. »Aber Sie sagten, es gebe da noch etwas, worüber Sie sich mit mir unterhalten wollten.«

»Wie Sie wissen, ist Giles farbenblind. Ich wollte Sie nur fragen, ob er deswegen irgendwelche Schwierigkeiten hat.«

»Nicht dass ich wüsste«, sagte die Hausmutter. »Sollte es trotzdem der Fall sein, so hindert es ihn ganz gewiss nicht daran, einen roten Ball über ein grünes Feld zu befördern, bis dieser die weiße Linie erreicht.«

Barrington lachte, bevor den nächsten Satz hinzufügte, den er lange eingeübt hatte: »Als ich in St. Bede's war, haben sich die anderen Schüler ständig über mich lustig gemacht, weil ich der einzige farbenblinde Junge war.«

»Ich kann Ihnen versichern«, erwiderte die Hausmutter, »dass niemand sich über Giles lustig macht. Und ganz abgesehen davon ist sein bester Freund ebenfalls farbenblind.«

Während Hugo zurück ins Büro fuhr, dachte er darüber nach, dass etwas getan werden musste, bevor die Lage außer Kontrolle geriet. Deshalb beschloss er, sich noch einmal mit Colonel Danvers zu unterhalten.

Sobald er wieder hinter seinem Schreibtisch saß, erklärte er Miss Potts, dass er nicht gestört werden wolle. Er wartete, bis sie die Tür geschlossen hatte, und griff dann nach dem Telefon. Wenige Augenblicke später war der Chief Constable am Apparat.

»Hier ist Hugo Barrington, Colonel.«

»Wie geht es Ihnen, mein Junge?«, fragte der Chief Constable.

»Mir geht es gut, Sir. Ich habe mich gefragt, ob Sie mir vielleicht in einer persönlichen Angelegenheit einen Rat geben könnten?«

»Schießen Sie los.«

»Ich suche nach einem neuen Leiter meiner Sicherheitsabteilung, und ich dachte mir, dass Sie mir vielleicht einen Tipp geben könnten, wo ich mich erkundigen sollte.«

»Ehrlich gesagt kenne ich sogar einen Mann, der Ihren Anforderungen entsprechen dürfte, doch ich bin nicht sicher, ob er noch verfügbar ist. Ich werde das klären und Sie zurückrufen.«

Der Chief Constable hielt Wort und meldete sich am nächsten Morgen. »Der Mann, an den ich dachte, hat im Augenblick zwar einen Auftrag, der die Hälfte seiner Zeit beansprucht, aber er sucht etwas Dauerhaftes.«

»Was können Sie mir über ihn sagen?«, fragte Hugo.

»Er war für höhere Aufgaben bei uns wie geschaffen, doch er musste den Dienst quittieren, denn er wurde beim Versuch, einen Mann beim Überfall auf die Midland Bank festzunehmen, schwer verletzt. Wahrscheinlich erinnern Sie sich an die Geschichte. Sie hat es sogar bis in die überregionalen Blätter geschafft. Meiner Meinung nach wäre er der ideale Kandidat als Leiter Ihrer Sicherheitsabteilung, und offen gestanden dürfen Sie sich glücklich schätzen, wenn Sie ihn bekommen. Falls Sie noch interessiert sind, kann ich Ihnen kurz ein paar Zeilen mit den Einzelheiten zukommen lassen.«

Barrington rief Derek Mitchell von zu Hause aus an, denn er

wollte nicht, dass Miss Potts herausfand, was er vorhatte. Er war einverstanden, den ehemaligen Polizisten um sechs Uhr am Montagabend im Royal Hotel zu treffen, nachdem Mrs. Clifton für den Tag Schluss gemacht hätte und der Palm Court leer wäre.

Hugo kam fünf Minuten zu früh und ging direkt zu einem Tisch am entlegenen Ende des Saales, den er ansonsten nie in Betracht gezogen hätte. Er setzte sich hinter eine Säule, die sich dort befand, um sicherzustellen, dass man sein Treffen mit Mitchell weder beobachten noch belauschen konnte. Während er wartete, ging er im Kopf eine Liste mit Fragen durch, die eine Antwort finden mussten, wenn er einem völlig Fremden vertrauen sollte.

Drei Minuten vor sechs kam ein großer, gut gebauter Mann von militärischer Haltung durch die Drehtür. Alles an ihm – sein marineblauer Blazer, seine graue Flanellhose, sein kurzes Haar und seine glänzenden Schuhe – ließ auf ein überaus diszipliniert geführtes Leben schließen. Hugo hob die Hand, als riefe er nach einem Kellner. Mitchell kam langsam durch den Saal, ohne zu versuchen, sein leichtes Hinken zu verbergen, das er sich, wie Danvers berichtet hatte, durch jene Verletzung zugezogen hatte, welche der Grund dafür war, warum Mitchell den Polizeidienst hatte quittieren müssen.

Unwillkürlich dachte Hugo an die letzte Gelegenheit, bei der er einem Polizeibeamten gegenübergesessen hatte, doch diesmal würde er es sein, der die Fragen stellte.

»Guten Abend, Sir.«

»Guten Abend, Mitchell«, sagte Hugo, als sie sich die Hand gaben. Nachdem sein Gegenüber sich gesetzt hatte, warf Hugo einen genaueren Blick auf seine gebrochene Nase und seine Blumenkohlohren und erinnerte sich daran, wie Colonel Danvers in seinen Unterlagen notiert hatte, dass Mitchell früher in der zweiten Mannschaft für Bristol geboxt hatte.

»Lassen Sie mich von Anfang an klarstellen, Mitchell«, sagte Hugo ohne Umschweife, »dass das, was ich mit Ihnen besprechen möchte, absolut vertraulich ist und ausschließlich zwischen uns beiden bleiben muss.« Mitchell nickte. »Es ist sogar so vertraulich, dass nicht einmal Colonel Danvers den wahren Grund kennt, warum ich Sie sprechen wollte, denn ich bin ganz gewiss nicht auf der Suche nach einem Leiter meiner Sicherheitsabteilung.«

Mitchells Miene blieb undurchdringlich, während er darauf wartete, was Hugo ihm zu sagen hatte.

»Ich suche jemanden, der für mich als Privatdetektiv arbeitet. Seine einzige Aufgabe würde darin bestehen, mir jeden Monat über die Aktivitäten einer Frau zu berichten, die in dieser Stadt lebt und die genau genommen sogar in diesem Hotel arbeitet.«

»Ich verstehe, Sir.«

»Ich will über alles Bescheid wissen, was sie so tut, beruflich wie privat, so unscheinbar es auch scheinen mag. Sie darf nie – ich wiederhole: nie – herausfinden, dass sie beobachtet wird. Deshalb muss ich Sie fragen, ob Sie sich in der Lage sehen, einen solchen Auftrag zu übernehmen, bevor ich Ihnen den Namen dieser Frau nennen werde.«

»So etwas ist nie einfach«, erwiderte Mitchell, »aber es ist auch nicht unmöglich. Als junger Detective Sergeant war ich an einer verdeckten Ermittlung beteiligt, die dazu führte, dass ein besonders abstoßendes Individuum für sechzehn Jahre hinter Gitter kam. Würde diese Person heute das Hotel betreten, würde sie mich nicht erkennen, dessen bin ich mir sicher.«

Hugo lächelte zum ersten Mal. »Bevor ich auf irgendwelche

Einzelheiten eingehe«, fuhr er fort, »muss ich wissen, ob Sie bereit wären, den Auftrag anzunehmen.«

»Das käme auf mehrere Dinge an, Sir.«

»Als da wären?«

»Handelt es sich um eine Verpflichtung, die meine ganze Zeit beanspruchen würde? Im Augenblick bin ich nämlich nachts beim Sicherheitsdienst einer Bank beschäftigt.«

»Kündigen Sie morgen«, sagte Hugo. »Ich will nicht, dass Sie für irgendjemanden außer mir arbeiten.«

»Und wie würde meine Arbeitszeit aussehen?«

»Sie würden sich Ihre Zeit selbst einteilen.«

»Und mein Honorar?«

»Ich bezahle Ihnen acht Pfund pro Woche, einen Monat im Voraus. Und ich würde für alle Kosten aufkommen, mit denen im Rahmen Ihrer Tätigkeit vernünftigerweise zu rechnen ist.«

Mitchell nickte. »Dürfte ich vorschlagen, dass Sie alle anfallenden Zahlungen in bar leisten, Sir, wodurch nichts zu Ihnen zurückverfolgt werden kann?«

»Das klingt vernünftig«, sagte Hugo, der sich ohnehin schon dafür entschieden hatte.

»Und wünschen Sie diesen monatlichen Report schriftlich, oder soll Ihnen persönlich Bericht erstattet werden?«

»Ich erwarte eine persönliche Berichterstattung. Ich ziehe es vor, mit so wenig Schriftlichem wie möglich auszukommen.«

»Dann sollten wir uns jedes Mal an einem anderen Ort und einem anderen Wochentag treffen. Dadurch wird es besonders unwahrscheinlich, dass uns ein zufälliger Zeuge mehr als einmal zusammen sieht.«

»Das sollte kein Problem für mich sein«, sagte Hugo.

»Wann wünschen Sie, dass ich anfange, Sir?«

»Sie haben bereits vor einer halben Stunde angefangen«, sagte

Barrington. Er nahm ein Stück Papier und einen Umschlag mit zweiunddreißig Pfund aus der Innentasche seines Jacketts und reichte beides seinem Gegenüber.

Mitchell las den Namen und die Adresse, bevor er das Papier seinem neuen Auftraggeber zurückgab. »Ich bräuchte dann noch Ihre Privatnummer, Sir, und ich muss wissen, wo und wann ich Sie erreichen kann.«

»Jeden Abend unter der Woche zwischen fünf und sechs in meinem Büro«, sagte Hugo. »Und versuchen Sie nie, mit mir Kontakt aufzunehmen, wenn ich zu Hause bin, es sei denn, es handelt sich um einen Notfall«, fügte er hinzu und holte einen Stift aus seiner Tasche.

»Sagen Sie mir die Zahlen einfach, Sir. Schreiben Sie sie nicht auf.«

23

»Haben Sie die Absicht, die Geburtstagsfeier von Master Giles zu besuchen?«, fragte Miss Potts.

Hugo sah von seinem Terminkalender auf. *Giles, zwölfter Geburtstag, Landsitz, drei Uhr nachmittags* stand in großen Buchstaben oben auf der Seite.

»Habe ich noch genügend Zeit, um unterwegs ein Geschenk zu besorgen?«

Miss Potts verließ kurz den Raum und kam einen Augenblick später mit einem großen Paket zurück, das in leuchtend rotes Geschenkpapier gehüllt und mit einer Schleife verziert war.

»Was ist da drin?«, fragte Hugo.

»Das neueste Roberts-Radio. Er hatte Sie darum gebeten, als Sie ihn letzten Monat auf der Krankenstation besucht haben.«

»Danke, Miss Potts«, sagte Hugo. Er warf einen Blick auf die Uhr. »Dann mache ich mich wohl besser auf den Weg, wenn ich dabei sein will, wie er den Kuchen anschneidet.«

Miss Potts schob einen dicken Ordner in seine Aktentasche, und bevor er sie danach fragen konnte, sagte sie: »Ihre Unterlagen für die morgige Vorstandssitzung. Sie können sie durchgehen, sobald Master Giles wieder nach St. Bede's zurückgekehrt ist. Dann müssen Sie heute Abend nicht mehr ins Büro kommen.«

»Danke, Miss Potts«, sagte Hugo. »Sie denken auch an alles.«

Während Hugo durch die Stadt nach Hause fuhr, fiel ihm unweigerlich auf, dass es viel mehr Autos auf den Straßen zu geben schien als noch vor einem Jahr. Seit die Regierung die Geschwindigkeitsbegrenzung auf dreißig Meilen pro Stunde erhöht hatte, achteten die Fußgänger viel sorgfältiger als bisher darauf, wann sie die Straße überqueren wollten. Ein Pferd bäumte sich auf, als Hugo an einem Einspänner vorüberrauschte. Er fragte sich, wie lange sich solche Kutschen noch halten würden, nachdem die Stadt kürzlich das erste motorisierte Taxi genehmigt hatte.

Hugo beschleunigte, sobald die Stadt hinter ihm lag, denn er wollte die Geburtstagsfeier seines Sohnes nicht verpassen. Wie schnell der Junge gewachsen war. Er war schon jetzt größer als seine Mutter. Würde er irgendwann auch größer sein als sein Vater?

Wenn Giles St. Bede's in einem Jahr verlassen und nach Eton kommen würde, wäre seine Freundschaft mit dem jungen Clifton bald vergessen, dessen war sich Hugo sicher. Er wusste jedoch, dass es auch noch andere Schwierigkeiten gab, um die er sich kümmern musste, bevor es so weit war.

Der Wagen wurde langsamer, als Hugo durch das Tor zu seinem Grundstück fuhr. Er genoss die lange Auffahrt durch die Eichenallee zum Landsitz. Jenkins stand auf der obersten Treppenstufe, als Hugo aus dem Wagen stieg. Er hielt die Eingangstür des Hauses auf und sagte: »Mrs. Barrington ist im Salon, Sir, zusammen mit Master Giles und zwei seiner Schulfreunde.«

Emma stürmte die Treppe herab auf ihn zu und schlang ihre Arme um ihn, als er die Empfangshalle betrat.

»Was ist in dem Paket?«, fragte sie.

»Ein Geburtstagsgeschenk für deinen Bruder.«

»Ja, schon. Aber was?«

»Da wirst du noch ein wenig warten müssen, junge Dame«, erwiderte ihr Vater lächelnd, bevor er dem Butler seine Aktentasche reichte. »Bringen Sie das bitte in mein Arbeitszimmer, Jenkins«, sagte er, während Emma nach seiner Hand griff und ihn in Richtung Salon zu ziehen begann.

Hugos Lächeln verschwand in dem Moment, in dem er die Tür öffnete und sah, wer auf dem Sofa saß. Giles sprang auf und rannte zu seinem Vater, der ihm das Paket reichte und sagte: »Alles Gute zum Geburtstag, mein Junge.«

»Danke, Vater«, sagte Giles, bevor er ihm seine Freunde vorstellte.

Hugo gab Deakins die Hand, doch als Harry ihm seine Hand reichen wollte, sagte er nur: »Guten Tag, Clifton«, und setzte sich in seinen Lieblingssessel.

Hugo beobachtete interessiert, wie Giles das Band von seinem Geschenk löste, und dann sahen sie beide den Inhalt des Pakets zum ersten Mal. Nicht einmal die unverstellte Freude seines Sohnes über das neue Radio brachte es fertig, das Lächeln auf Hugos Lippen zurückzubringen. Es gab eine Frage, die er Clifton unbedingt stellen wollte, doch er durfte nicht den Eindruck erwecken, dass der Junge auch nur die geringste Bedeutung für ihn hatte.

Er schwieg, während die drei Jungen abwechselnd die beiden Radiostationen einstellten und aufmerksam auf die merkwürdigen Stimmen und die Musik lauschten, die aus dem Lautsprecher kamen. Auf jede ihrer Aktionen folgten regelmäßig Gelächter und Applaus.

Mrs. Barrington plauderte mit Harry über eine Aufführung des *Messias*, die sie kürzlich besucht hatte, und fügte hinzu, wie sehr ihr Harrys *Ich weiß, dass mein Erlöser lebt* gefallen hatte.

»Danke, Mrs. Barrington«, sagte Harry.

»Hast du vor, auf die Bristol Grammar School zu gehen, wenn du deinen Abschluss in St. Bede's gemacht hast, Clifton?«, wollte Hugo wissen, der eine Gelegenheit für seine eigentliche Frage witttterte.

»Nur wenn ich ein Stipendium gewinne, Sir«, erwiderte Harry.

»Aber warum sollte das wichtig sein?«, fragte Mrs. Barrington. »Man wird dir doch gewiss ebenso einen Platz anbieten wie jedem anderen Jungen?«

»Weil meine Mutter nicht in der Lage wäre, für die Kosten aufzukommen, Mrs. Barrington. Sie ist Kellnerin im Royal Hotel.«

»Aber könnte dein Vater nicht ...«

»Er ist tot«, sagte Harry. »Er ist im Krieg gestorben.«

»Das tut mir leid«, sagte Mrs. Barrington, »das wusste ich nicht.«

In diesem Moment öffnete sich die Tür, und der Hilfsbutler trug einen großen Kuchen auf einem Silbertablett in den Salon. Alle applaudierten, nachdem es Giles gelungen war, alle zwölf Kerzen mit einem einzigen Atemzug auszublasen.

»Und wann hast du Geburtstag, Clifton?«, fragte Hugo.

»Das war letzten Monat, Sir«, erwiderte Harry.

Mr. Barrington wandte sich ab.

Nachdem Giles den Kuchen angeschnitten hatte, stand Hugo auf und verließ ohne ein weiteres Wort den Salon.

Er ging direkt in sein Arbeitszimmer, musste jedoch bald einsehen, dass er sich auf die Unterlagen zur Vorstandssitzung am nächsten Morgen nicht konzentrieren konnte. Cliftons Antwort bedeutete, dass er sich von einem Anwalt, der Fachmann für Erbrecht war, beraten lassen musste.

Etwa eine Stunde später erklangen Stimmen in der Empfangshalle. Er hörte, wie sich die Tür schloss und ein Wagen davonfuhr. Ein paar Minuten später klopfte es an die Tür seines Arbeitszimmers, und Elizabeth kam herein.

»Warum hast du uns so abrupt verlassen?«, fragte sie. »Und warum hast du dich nicht von unseren Besuchern verabschiedet? Du musst doch mitbekommen haben, wie Giles und seine Gäste gegangen sind.«

»Ich habe morgen früh eine sehr schwierige Vorstandssitzung«, antwortete er, ohne aufzusehen.

»Das ist kein Grund, dich nicht von deinem Sohn zu verabschieden, besonders nicht an seinem Geburtstag.«

»Ich habe wirklich schon genug im Kopf«, erwiderte er, wobei er noch immer seine Unterlagen durchsah.

»Nichts davon kann so wichtig sein, dass du unhöflich zu unseren Gästen bist. Gegenüber Harry Clifton warst du unaufmerksamer, als du es gegenüber einem unserer Bediensteten sein würdest.«

Hugo sah zum ersten Mal auf. »Das liegt wahrscheinlich daran, dass ich Clifton geringer achte als unsere Bediensteten. Hast du gewusst, dass sein Vater ein Hafenarbeiter war und seine Mutter eine Kellnerin ist? Ich bin nicht sicher, ob Giles mit so einem Jungen näheren Umgang haben sollte.«

Elizabeth wirkte schockiert. »Giles ist offensichtlich anderer Ansicht. Und woher Harry auch immer stammen mag, er ist ein bezaubernder Junge. Ich kann nicht verstehen, warum du so sehr gegen ihn bist. Deakins hast du nicht so behandelt. Und *sein* Vater hat einen Zeitungsstand.«

»Deakins hat ein offenes Stipendium bekommen.«

»Und Harry ist der von der Schule überaus geschätzte Chorstipendiat, wie jeder weiß, der in Bristol in die Kirche geht. Ich hoffe, du wirst ein kleines bisschen höflicher sein, wenn du ihm das nächste Mal begegnest.« Ohne noch ein Wort hinzuzufügen, verließ Elizabeth das Zimmer, wobei sie die Tür energisch hinter sich zuzog.

Sir Walter Barrington blieb am Kopfende des Tisches im Vorstandszimmer sitzen, als sein Sohn den Raum betrat.

»Ich mache mir immer größere Sorgen über die von der Regierung angestrebten neuen Gesetze bezüglich der Importzölle«, sagte Hugo, nachdem er sich neben seinen Vater gesetzt hatte. »Und über die Wirkung, die diese auf unsere Bilanz haben könnten.«

»Genau deshalb sitzt bei uns ein Anwalt im Vorstand«, erwiderte Sir Walter. »Damit er uns in solchen Fällen beraten kann.«

»Aber ich habe berechnet, dass uns das zwanzigtausend Pfund pro Jahr kosten würde, wenn das Gesetz durchgeht. Findest du nicht, wir sollten eine zweite Meinung einholen?«

»Vermutlich könnte ich mich mit Sir James Amhurst unterhalten, wenn ich wieder in London bin.«

»Ich reise am Dienstag nach London zum jährlichen Dinner der Vereinigung britischer Reeder«, sagte Hugo. »Da er die Association of British Ship Owners juristisch berät, sollte ich vielleicht ein paar Worte mit ihm wechseln.«

»Nur wenn das deiner Ansicht nach wirklich notwendig ist«, sagte Sir Walter. »Und vergiss nicht, dass Amhurst stundenweise abrechnet, sogar bei einem Dinner.«

Das Dinner der Vereinigung britischer Reeder fand im Grosvenor House statt und wurde von mehr als tausend Mitgliedern und ihren Gästen besucht.

Hugo hatte zuvor bereits mit dem Sekretär der Vereinigung telefoniert und ihn gefragt, ob er einen Sitzplatz neben Sir James

Amhurst bekommen könne. Der Sekretär hatte – so musste es Hugo scheinen – eine Braue gehoben und die Sitzordnung der Gäste am wichtigsten Tisch geändert. Schließlich war Joshua Barrington eines der Gründungsmitglieder der Vereinigung gewesen.

Nachdem der Bischof von Newcastle den Segen gesprochen hatte, unternahm Hugo keinen Versuch, den bedeutenden Kronanwalt zu unterbrechen, während sich dieser angeregt mit dem Gast zu seiner Rechten unterhielt. Als sich der Jurist jedoch dem Fremden zuwandte, den man zu seiner Linken platziert hatte, verschwendete Hugo keine Zeit und kam sofort zum Thema.

»Mein Vater, Sir Walter Barrington«, begann er, indem er sich die Aufmerksamkeit seines Tischnachbarn sicherte, »macht sich große Sorgen darüber, dass das Gesetz über die Importzölle im Unterhaus durchgeht. Er fragt sich, welche Auswirkungen das wohl auf unsere Industrie haben wird, und hat es in Erwägung gezogen, Sie zu konsultieren, wenn er das nächste Mal in London ist.«

»Das sollte er unbedingt tun, mein guter Junge«, sagte Sir James. »Seine Sekretärin braucht nur einen meiner Mitarbeiter anzurufen, dann werde ich einen Termin freihalten, wenn er wieder in der Stadt ist.«

»Danke, Sir«, sagte Hugo. »Aber um von angenehmeren Dingen zu sprechen. Ich habe mich gefragt, ob Sie jemals etwas von Agatha Christie gelesen haben.«

»Kann ich nicht behaupten«, erwiderte Sir James. »Taugt sie denn etwas?«

»Ihr letztes Buch, *Wo ein Wille ist*, hat mir gut gefallen«, antwortete Hugo, »aber ich bin nicht sicher, ob die Handlung vor einem Gericht Bestand haben würde.«

»Was behauptet die Dame denn?«, fragte Amhurst, während ihm eine Scheibe zu lange gekochtes Rindfleisch auf einem kalten Teller serviert wurde.

»Es geht um einen dem Ritterstand angehörenden Mann mit erblichem Titel. Laut Miss Christie erbt der älteste Sohn dieses Mannes den Titel seines Vaters auch dann, wenn das Kind unehelich ist.«

»Ah, das ist in der Tat ein interessanter juristischer Streitfall«, erwiderte Sir James. »Die Lordrichter hatten erst kürzlich über einen solchen Fall zu entscheiden. Benson gegen Carstairs, wenn ich mich recht erinnere. Die Presse sprach mehrfach vom ›Bastard-Amendement‹.«

»Und zu welchem Schluss sind Ihre Lordschaften gekommen?«, fragte Hugo, der sich bemühte, nicht allzu interessiert zu klingen.

»Sie haben entschieden, dass – sollte im ursprünglichen Testament kein Schlupfloch zu finden sein – der Erstgeborene der Begünstigte ist, obwohl der junge Mann in diesem Fall ein uneheliches Kind war.« Noch eine Antwort, die Hugo nicht hatte hören wollen. »Jedoch«, fuhr Sir James fort, »hielten sich Ihre Lordschaften eine Rückzugsmöglichkeit offen und fügten hinzu, dass jeder Fall einzeln zu verhandeln sei und überdies zuvor dem Leiter des Wappenkönigamtes, dem Garter King of Arms, vorzulegen sei. Was typisch für die Lordrichter ist«, fügte er hinzu, bevor er nach Messer und Gabel griff und sich seinem Rindfleisch widmete. »Zu ängstlich, um einen Präzedenzfall zu schaffen, und nur allzu glücklich, die Verantwortung auf jemand anderen abzuschieben.«

Als Sir James seine Aufmerksamkeit wieder dem Mann zu seiner Rechten zuwandte, dachte Hugo darüber nach, welche Folgen es haben würde, sollte Harry herausfinden, dass er nicht nur die Barrington-Schifffahrtslinie, sondern auch das Familienvermögen erben würde. Es wäre schlimm genug, zugeben zu müssen, dass er einen unehelichen Sohn gezeugt hatte, aber die Vorstellung, dass nach seinem Tod der Titel auf Harry Clifton überginge und aus dem Jungen somit Sir Harry würde, war unerträglich. Er war entschlossen, alles in seiner Macht Stehende zu tun, damit es nie so weit kommen würde.

24

Hugo Barrington saß beim Frühstück und las einen Brief des Rektors von St. Bede's. Darin wurden die Einzelheiten eines Spendenaufrufs erläutert, mit dem die Schule eintausend Pfund aufzubringen versuchte, um eine neue Kricketanlage zu errichten, die für professionelle Meisterschaften geeignet wäre. Er hatte gerade sein Scheckbuch geöffnet und die Zahl »100« geschrieben, als er durch das Geräusch eines Wagens, der auf dem Kiesweg vor dem Gebäude zum Stehen kam, abgelenkt wurde.

Hugo trat ans Fenster, um zu sehen, wer ihn so früh an einem Samstagmorgen besuchen wollte. Verblüfft erkannte er seinen Sohn, der aus dem Fond eines Taxis stieg. Er trug einen Koffer in der Hand, als freue er sich darauf, zu einem Auswärtsspiel zu fahren, bei dem sein Vater ihm zusehen würde – wie damals an jenem Nachmittag, als Giles als Schlagmann für die Schule beim letzten Spiel der Saison gegen Avonhurst angetreten war.

Jenkins erschien gerade noch rechtzeitig, um die Eingangstür zu öffnen, als Giles die oberste Stufe erreicht hatte. »Guten Morgen, Master Giles«, sagte er, als hätte er den Jungen erwartet.

Hugo ging aus dem Frühstückszimmer in die Eingangshalle, wo er seinen Sohn mit gebeugtem Kopf, den Koffer an die Hüfte gedrückt, vorfand. »Warum bist du nach Hause gekommen?«, fragte er. »Es dauert doch noch eine Woche bis zum Ende des Schuljahres, oder nicht?«

»Man hat mich vorübergehend von der Schule verwiesen«, sagte Giles einfach.

»Vorübergehend von der Schule verwiesen?«, wiederholte sein Vater. »Und was hast du getan, dass es dazu gekommen ist, wenn ich fragen darf?«

Giles sah auf zu Jenkins, der schweigend neben der Tür stand. »Ich werde Master Giles' Sachen in sein Zimmer bringen«, sagte der Butler, bevor er nach dem Koffer griff und langsam die Treppe hinaufging.

»Komm mit«, sagte Hugo, sobald der Butler außer Sichtweite war.

Keiner der beiden sagte ein Wort, bis Hugo die Tür zu seinem Arbeitszimmer hinter sich geschlossen hatte. »Was hast du getan? Weshalb hat die Schule zu einer so drastischen Maßnahme gegriffen?«, wollte Giles' Vater wissen, als er in seinen Sessel sank.

»Man hat mich dabei erwischt, wie ich im Bonbonladen gestohlen habe«, sagte Giles, den sein Vater mitten im Zimmer hatte stehen lassen.

»Gibt es dafür eine einfache Erklärung? Ein Missverständnis möglicherweise?«

»Nein, es gibt keine, Sir«, sagte Giles, der mit den Tränen kämpfte.

»Hast du irgendetwas zu deiner Verteidigung zu sagen?«

»Nein, Sir.« Giles zögerte. »Außer ...«

»Außer was?«

»Ich habe die Süßigkeiten immer verschenkt, Vater. Ich habe sie nie für mich behalten.«

»Verschenkt an Clifton, vermutlich.«

»Und an Deakins genauso«, sagte Giles.

»Hat Clifton dich dazu angestiftet?«

»Nein, das hat er nicht«, erwiderte Giles mit fester Stimme.

»Ehrlich gesagt hat Harry sogar damit angefangen, die Süßigkeiten, die ich ihm und Deakins gegeben hatte, wieder in den Laden zurückzubringen, nachdem er herausgefunden hatte, dass sie gestohlen waren. Er hat sogar die Schuld auf sich genommen, als Frobisher ihm vorwarf, der Dieb zu sein.«

Ein langes Schweigen folgte, bevor Hugo schließlich sagte: »Du bist also vorübergehend von der Schule verwiesen worden. Aber man hat dich nicht grundsätzlich vom Besuch der Schule ausgeschlossen?«

Giles nickte.

»Glaubst du, sie werden dir erlauben, im nächsten Schuljahr wiederzukommen?«

»Das bezweifle ich«, sagte Giles.

»Was macht dich da so sicher?«

»Weil ich den Rektor noch nie so wütend erlebt habe.«

»Was nicht halb so wütend ist, wie deine Mutter sein wird, wenn sie es herausfindet.«

»Bitte, sag ihr nichts davon, Vater«, flehte Giles und brach in Tränen aus.

»Und wie soll ich ihr deiner Meinung nach erklären, warum du eine Woche vor Ende des Unterrichts zu Hause bist und im neuen Schuljahr vielleicht nicht mehr nach St. Bede's zurückkehren wirst?«

Giles versuchte gar nicht erst, darauf eine Antwort zu finden, sondern schluchzte nur leise vor sich hin.

»Nur der Himmel weiß, was deine Großeltern sagen werden«, fügte Hugo hinzu, »wenn ich sie über den Grund informieren muss, warum du nicht nach Eton gehen wirst.«

Wieder folgte ein langes Schweigen.

»Geh auf dein Zimmer und denk erst gar nicht daran, wieder herunterzukommen, bevor ich dir die Erlaubnis dazu erteile.«

»Ja, Sir«, sagte Giles und drehte sich um.

»Und was auch immer du tust, rede mit niemandem darüber, besonders nicht vor dem Personal.«

»Ja, Vater«, sagte Giles und stürmte aus dem Zimmer, wobei er fast mit Jenkins zusammenstieß, als er an dem Butler vorbei die Treppe hinaufrannte.

Hugo beugte sich in seinem Sessel nach vorn und dachte über eine Möglichkeit nach, die Dinge wieder ins Lot zu bringen, bevor er sich dem unvermeidlichen Anruf des Rektors würde stellen müssen. Er stützte die Ellbogen auf den Schreibtisch und legte den Kopf in die Hände, aber es dauerte einige Zeit, bis es ihm gelang, sich wieder auf den Scheck zu konzentrieren, den er vor sich hatte.

Ein Lächeln huschte über seine Lippen, als er eine zusätzliche Null eintrug, bevor er ihn unterzeichnete.

25

Mitchell saß in der entlegensten Ecke des Wartesaals und las die *Bristol Evening Post*, als Hugo auf ihn zutrat und sich neben ihn setzte. Es war so zugig, dass Hugo die Hände nicht aus den Taschen nahm.

»Die fragliche Person«, sagte Michtell, ohne den Blick von seiner Zeitung zu lösen, »versucht, einen Kredit über fünfhundert Pfund für ein geschäftliches Unternehmen zu bekommen.«

»An welcher Art von Unternehmen könnte gerade sie interessiert sein?«

»An Tilly's Teesalon«, antwortete Mitchell. »Anscheinend hat die fragliche Person dort gearbeitet, bevor sie in den Palm Court Room des Royal kam. Miss Tilly hat kürzlich ein Angebot über fünfhundert Pfund von einem gewissen Edward Atkins für ihren Salon erhalten. Miss Tilly ist von Atkins nicht besonders beeindruckt und hat der fraglichen Person erklärt, dass sie es vorzöge, wenn diese den Salon übernehmen würde, sofern sie denselben Betrag aufbringen könne.«

»Von wem könnte sie denn überhaupt so viel Geld bekommen?«

»Vielleicht von jemandem, dem es gelegen käme, in finanzieller Hinsicht die Kontrolle über sie zu haben, weil sich das zu einem späteren Zeitpunkt möglicherweise als Vorteil erweisen könnte.«

Hugo schwieg. Noch immer wandte Mitchell seinen Blick nicht von der Zeitung.

»Hat sie schon versucht, von irgendjemandem dieses Geld zu bekommen?«, fragte Hugo schließlich.

»Gegenwärtig wird sie von einem gewissen Mr. Patrick Casey beraten, der für Dillon and Co. arbeitet, ein Finanzunternehmen mit Hauptsitz in Dublin. Die Firma hat sich auf die Vermittlung von Krediten an Privatkunden spezialisiert.«

»Wie kann ich Kontakt zu Casey aufnehmen?«

»Das würde ich nicht empfehlen«, sagte Mitchell.

»Warum nicht?«

»Er kommt etwa einmal im Monat nach Bristol, und er steigt immer im Royal ab.«

»Wir müssten uns nicht im Royal treffen.«

»Er hat eine enge persönliche Beziehung zur fraglichen Person aufgebaut. Wenn er in der Stadt ist, führt er sie zum Essen aus oder ins Theater, und kürzlich hat man die Person gesehen, wie sie mit ihm ins Hotel zurückgekehrt ist, wo die beiden in Zimmer 371 gemeinsam die Nacht verbracht haben.«

»Faszinierend«, sagte Hugo. »Sonst noch etwas?«

»Es könnte Sie vielleicht noch interessieren, dass die fragliche Person ihre Bankgeschäfte bei der National Provincial, Corn Street Nummer 29, erledigt. Der Direktor ist ein gewisser Mr. Prendergast. Ihr gegenwärtiges Guthaben beträgt zwölf Pfund und neun Shilling.«

Hugo hätte gerne gefragt, wie Mitchell an diese besondere Information gelangt war, doch er sagte nur: »Ausgezeichnet. Wenn Sie noch etwas herausfinden, gleichgültig wie unbedeutend es scheinen mag, rufen Sie mich an.« Er zog einen dicken Umschlag aus seinem Mantel und schob ihn Mitchell zu.

»Der Zug, der gerade auf Bahnsteig neun einfährt, ist der Sieben-zweiundzwanziger aus Taunton.«

Mitchell steckte den Umschlag ein, faltete die Zeitung zusammen und verließ den Wartesaal. Die ganze Zeit über hatte er seinen Auftraggeber nicht ein einziges Mal angesehen.

Hugo hatte seinen Ärger nicht mehr im Zaum halten können, als er den wahren Grund dafür herausfand, warum man Giles keinen Platz in Eton anbot. Er hatte versucht, den Rektor anzurufen, doch dieser weigerte sich, das Gespräch entgegenzunehmen. Der voraussichtlich für Giles' Haus verantwortliche Lehrer war voller Verständnis, konnte Hugo jedoch keine Hoffnung auf Nachsicht machen. Und der Dekan versprach zwar zurückzurufen, meldete sich jedoch nie. Obwohl Elizabeth und die Mädchen keine Ahnung hatten, warum Hugo in letzter Zeit immer wieder die Nerven verlor – und das anscheinend völlig grundlos –, trugen sie die Hauptlast der Folgen von Giles' Fehlverhalten ebenso gleichmütig wie zuvor.

Widerwillig begleitete Hugo Giles an dessen erstem Schultag zur Bristol Grammar School. Er erlaubte allerdings nicht, dass Emma und Grace mitkamen, auch wenn Emma in Tränen ausbrach und schmollte.

Also Hugo den Wagen in der College Street ausrollen ließ, war der erste Mensch, den er vor den Schultoren stehen sah, Harry Clifton. Er hatte noch nicht einmal die Handbremse gezogen, als Giles auch schon aus dem Wagen sprang und auf seinen Freund zurannte, um ihn zu begrüßen.

Hugo vermied es, sich unter die anderen Eltern zu mischen, mit denen Elizabeth angeregt zu plaudern schien, und als er zufällig vor Clifton stand, achtete er dezidiert darauf, ihm nicht die Hand zu geben.

Auf der Fahrt zurück zum Landsitz fragte Elizabeth ihren Mann, warum er Giles' besten Freund mit einer solchen Abneigung behandle. Hugo erinnerte seine Frau daran, dass ihr Sohn eigentlich nach Eton hätte gehen sollen, wo er anderen Gentlemen begegnet wäre und nicht den Söhnen von Zeitungsverkäufern oder – in Cliftons Fall – Jungen von noch geringerer Herkunft. Elizabeth zog sich in die relative Sicherheit zurück, die ihr das Schweigen bot, wie sie es in der letzten Zeit schon oft getan hatte.

26

»Lokaler Teesalon niedergebrannt! Brandstiftung vermutet!«, rief der Zeitungsjunge, der an der Ecke der Broad Street stand.

Hugo trat auf die Bremse, eilte aus dem Wagen und drückte dem Jungen einen Halfpenny in die Hand. Noch während er zum Wagen zurückging, begann er bereits, die erste Seite zu lesen.

> Tilly's Teesalon, ein von der lokalen Bevölkerung gut
> besuchtes Wahrzeichen Bristols, ist in den frühen
> Morgenstunden bis auf die Grundmauern niedergebrannt.
> Die Polizei hat einen Einwohner der Stadt festgenommen.
> Sie wirft dem Mann Anfang dreißig Brandstiftung vor.
> Miss Tilly, die inzwischen in Cornwall lebt ...

Hugo lächelte, als er das Foto von Maisie Clifton sah, die zusammen mit ihren Mitarbeiterinnen auf dem Bürgersteig stand und mit düsterem Blick auf die ausgebrannten Überreste des Tilly's starrte. Die Götter waren ganz eindeutig auf seiner Seite.

Er stieg wieder in seinen Wagen, legte die Zeitung auf den Beifahrersitz und setzte seine Fahrt in Richtung Bristol Zoo fort. Er würde einen frühen Termin mit Mr. Prendergast ausmachen müssen.

Wenn er die Tatsache vertraulich behandeln wollte, dass er der eigentliche Geldgeber der fraglichen Person war, so hatte Mitchell ihm geraten, dann sollten alle Termine mit Prendergast in den Büros von Barrington's stattfinden, und zwar vorzugsweise erst dann, wenn Miss Potts das Gebäude am Abend verlassen hätte. Hugo unternahm keinen Versuch, Mitchell zu erklären, dass er nicht einmal sicher war, ob Miss Potts überhaupt je nach Hause ging. Er freute sich auf den Termin mit Prendergast, bei dem er an seinem Opfer gleichsam die letzte Ölung vornehmen würde, doch bevor er das tun konnte, musste er noch jemand anderen treffen.

Mitchell war gerade dabei, Rosie zu füttern, als er ankam.

Hugo ging langsam zum Gehege, beugte sich über das Geländer und tat so, als interessiere er sich für den Indischen Elefanten, den der Bristol Zoo erst kürzlich aus den Vereinten Provinzen erworben hatte und der bereits eine große Anzahl von Besuchern anlockte. Mitchell warf ein großes Stück Brot in die Luft, das Rosie mit ihrem Rüssel auffing und sich in einer einzigen flüssigen Bewegung ins Maul schob.

»Die fragliche Person arbeitet inzwischen wieder im Royal Hotel«, sagte Mitchell, als spreche er mit dem Elefanten. »Sie hat die Spätschicht im Palm Court, von zehn Uhr abends bis morgens um sechs. Sie verdient drei Pfund pro Woche plus sämtliche Trinkgelder, was jedoch nicht sehr viel sein kann, da es um jene Zeit kaum Gäste gibt.« Er warf dem Elefanten ein weiteres Stück Brot zu und fuhr fort. »Ein gewisser Bob Burrows wurde festgenommen. Ihm wird Brandstiftung vorgeworfen. Burrows war zunächst der Konditor der fraglichen Person, doch dann hat sie plötzlich auf seine Lieferungen verzichtet. Er hat ein vollständiges Geständnis abgelegt und sogar zugegeben, dass er in der Absicht, die fragliche Person zu heiraten, bereits einen Verlobungsring gekauft hatte. Sie jedoch habe ihn verschmäht. Wenigstens ist das die Geschichte, die er erzählt.«

Ein Lächeln huschte über Hugos Lippen. »Und wer untersucht den Fall?«, fragte er.

»Ein gewisser Detective Inspector Blakemore«, sagte Mitchell. Hugos Lächeln wich einem Stirnrunzeln. »Obwohl Blakemore ursprünglich vermutete, dass die fragliche Person eine Komplizin von Burrows sein könnte«, fuhr Mitchell fort, »hat er inzwischen die Versicherung der fraglichen Person – die Bristol and West of England Insurance Company – darüber informiert, dass sie nicht mehr unter Verdacht steht.«

»Wie schade«, sagte Hugo, der noch immer die Stirn runzelte.

»Nicht unbedingt«, erwiderte Mitchell. »Die Versicherung wird Mrs. Cliftons Ansprüche in voller Höhe anerkennen und ihr einen Scheck über sechshundert Pfund zustellen.«

Hugo lächelte. »Ich frage mich, ob sie ihren Sohn darüber informiert hat«, sagte er halb zu sich selbst.

Falls Mitchell den Kommentar gehört hatte, so ignorierte er ihn. »Die einzige andere Information, welche für Sie möglicherweise von einigem Interesse sein könnte«, fuhr er fort, »besteht darin, dass Mr. Patrick Casey am Freitagabend ein Zimmer im Royal Hotel gebucht und die fragliche Person zum Dinner in das Plimsoll Line ausgeführt hat. Danach kamen die beiden ins Hotel zurück, wobei die fragliche Person Mr. Casey bis in sein Zimmer Nummer 371 begleitet hat, aus welchem sie bis kurz nach sieben Uhr am nächsten Morgen nicht wieder erschienen ist.«

Ein langes Schweigen folgte, was wie üblich das Zeichen dafür war, dass Mitchell das Ende seines monatlichen Berichts erreicht hatte. Hugo nahm einen Umschlag aus der Innentasche seines Mantels und schob ihn zu Mitchell hinüber, welcher auf diese Transaktion in keiner sichtbaren Weise reagierte, sondern stattdessen einer zufriedenen Rosie sein letztes Stück Brot zuwarf.

»Mr. Prendergast für Sie«, sagte Miss Potts und trat beiseite, damit der Bankmanager das Büro des geschäftsführenden Direktors betreten konnte.

»Wie aufmerksam von Ihnen, dass Sie diesen weiten Weg auf sich genommen haben«, sagte Hugo. »Ich bin sicher, Sie werden verstehen, warum ich eine so überaus vertrauliche Angelegenheit nicht in der Bank besprechen wollte.«

»Das verstehe ich durchaus«, sagte Prendergast. Er hatte noch nicht einmal Platz genommen, als er auch schon seine Gladstone-Tasche öffnete und eine dicke Akte herauszog. Er setzte sich und reichte Mr. Barrington ein einzelnes Blatt Papier über den Schreibtisch hinweg.

Hugo warf einen Blick auf die letzte Zeile, bevor er sich in seinem Sessel zurücklehnte.

»Wenn ich kurz rekapitulieren dürfte«, sagte Prendergast. »Sie haben Kapital im Wert von fünfhundert Pfund zur Verfügung gestellt, damit Mrs. Clifton ein eigenes Unternehmen, nämlich Tilly's Teesalon in der Broad Street, erwerben kann. Der Vertrag lautete über die Gesamtsumme plus Zinseszinsen in Höhe von fünf Prozent per annum, zahlbar auf die Kreditsumme mit einer Laufzeit von fünf Jahren. Obwohl das Tilly's in Mrs. Cliftons erstem und dann auch im zweiten Jahr einen kleinen Geschäftsgewinn vorweisen konnte, waren die Überschüsse nie so groß, dass sie die Zinsen oder irgendeinen Teil der Kreditsumme hätte zurückzahlen können, weswegen Mrs. Clifton Ihnen zum Zeitpunkt des Brandes einen Betrag von 572 Pfund und 16 Shilling schuldete. Zu dieser Summe sind noch Bankkosten von zwanzig Pfund hinzuzufügen, was eine Kreditsumme von insgesamt 592 Pfund und 16 Shilling ergibt. Dieser Betrag wird natürlich vollständig durch die Zahlung der Versicherung gedeckt, was bedeutet, dass Ihre Investition zwar gesichert ist, Mrs. Clifton aber mit praktisch nichts dasteht.«

»Was für ein Pech«, sagte Hugo. »Dürfte ich fragen, warum in der Gesamtsumme anscheinend keine Kosten für die von Mr. Casey geleisteten Dienste aufgeführt sind?«, fügte er hinzu, nachdem er sich die Zahlen noch einmal genauer angesehen hatte.

»Weil Mr. Casey die Bank davon unterrichtet hat, dass er seine Dienste in keiner Weise in Rechnung stellen wird.«

Hugo runzelte die Stirn. »Wenigstens ist das eine gute Nachricht für die arme Frau.«

»In der Tat. Trotzdem fürchte ich, dass sie nicht mehr in der Lage sein wird, im nächsten Jahr die Schulgebühren für ihren Sohn zu bezahlen, der die Bristol Grammar School besucht.«

»Wie traurig«, sagte Hugo. »Dann wird der Junge die Schule also verlassen müssen?«

»Ich bedauere, bestätigen zu müssen, dass dies die unvermeidliche Schlussfolgerung ist«, sagte Mr. Prendergast. »Es ist wirklich eine Schande, denn sie liebt ihren Sohn geradezu abgöttisch, und ich glaube, sie würde fast alles opfern, damit er die Schule auch weiterhin besuchen kann.«

»Wirklich eine große Schande«, bestätigte Hugo, indem er die Akte schloss und sich aus seinem Sessel erhob. »Aber ich will Sie nicht länger aufhalten, Mr. Prendergast«, fügte er hinzu. »Ich habe in einer halben Stunde eine Verabredung in der Stadt. Vielleicht könnte ich Sie ja mitnehmen?«

»Das ist überaus freundlich von Ihnen, Mr. Barrington, aber das wird nicht nötig sein. Ich bin mit meinem eigenen Wagen hier.«

»Was fahren Sie?«, fragte Hugo, während er nach seiner Aktentasche griff und zur Tür ging.

»Einen Morris Oxford«, sagte Prendergast, der hastig einige Papiere zurück in seine Gladstone-Tasche schob und Hugo aus dem Büro folgte.

»Der Wagen des Volkes«, sagte Hugo. »Man hat mir gesagt, er sei sehr zuverlässig. So zuverlässig wie Sie, Mr. Prendergast.« Beide Männer lachten, während sie zusammen die Treppe hinuntergingen. »Wirklich traurig, die Sache mit Mrs. Clifton«, fuhr Hugo fort, als sie aus dem Gebäude traten. »Aber andererseits bin ich mir nicht sicher, ob Frauen überhaupt ein Platz in der Geschäftswelt zukommt. Das ist nicht natürlich.«

»Da bin ich vollkommen Ihrer Ansicht«, sagte Prendergast, als die beiden neben Barringtons Wagen stehen blieben. »Doch sie dürfen nie vergessen«, fügte er hinzu, »dass Sie nicht noch mehr für die arme Frau hätten tun können.«

»Wie freundlich von Ihnen, das zu sagen, Prendergast«, erwiderte Hugo. »Trotzdem wäre ich Ihnen sehr verbunden, wenn meine Beteiligung in dieser Sache strikt unter uns bliebe.«

»Natürlich, Sir«, sagte Prendergast, als sie sich die Hand gaben. »Sie können sich auf mich verlassen.«

»Wir bleiben in Kontakt, alter Knabe«, sagte Hugo und stieg in seinen Wagen. »Ich bin mir sicher, dass ich die Dienste der Bank auch in Zukunft in Anspruch nehmen werde.« Prendergast lächelte.

Während Hugo in Richtung Stadt fuhr, kehrten seine Gedanken zu Maisie Clifton zurück. Er hatte ihr einen Schlag versetzt, von dem sie sich wohl kaum mehr erholen konnte, doch mit dem, was er jetzt vorhatte, würde er sie ganz sicher vernichten.

Er fragte sich, wo sie im Augenblick sein mochte, als er Bristol erreichte. Wahrscheinlich saß sie mit ihrem Sohn zusammen und erklärte ihm, warum er die BGS mit dem Ende des Unterrichtsjahres im Sommer würde verlassen müssen. Hatte sie tatsächlich auch nur einen Moment lang geglaubt, dass Harry weiter zur Schule gehen würde, als sei nichts passiert? Hugo beschloss, dieses Thema erst dann mit Giles zu besprechen, wenn der Junge ihm die traurige Nachricht mitteilen würde, dass Harry nach den Ferien nicht mehr in die Abschlussklasse der BGS käme.

Doch selbst unter diesen Umständen machte ihn die Vorstellung, dass sein Sohn die Bristol Grammar School besuchen musste, immer noch wütend. Den wahren Grund jedoch, warum Giles kein Platz in Eton angeboten wurde, hatte er weder Elizabeth noch seinem Vater mitgeteilt.

Sobald die Kathedrale hinter ihm lag, durchquerte er College Green, bevor er am Eingang des Royal Hotel vorfuhr. Er war ein paar Minuten zu früh, doch er zweifelte nicht daran, dass der Hotelmanager ihn unverzüglich empfangen würde. Er ging durch die Drehtür und die Lobby, ohne dass man ihm hätte sagen müssen, wo sich Mr. Framptons Büro befand.

Die Sekretärin des Managers sprang auf, kaum dass Hugo das Vorzimmer betreten hatte. »Ich werde Mr. Frampton mitteilen, dass Sie hier sind«, sagte sie und rannte geradezu in Richtung Büro. Der Manager erschien einen Augenblick später.

»Welch ein Vergnügen, Sie zu sehen«, sagte er und führte Hugo in sein Büro. »Ich hoffe, Sie und Mrs. Barrington sind wohlauf.« Hugo nickte und nahm dem Hotelmanager gegenüber Platz, reichte ihm aber nicht die Hand.

»Als Sie mich um dieses Treffen baten, habe ich mir die Freiheit genommen, selbst einen Blick auf die Vorbereitungen für das jährliche Dinner Ihrer Firma zu werfen«, sagte Frampton. »Wenn ich richtig informiert bin, werden über dreihundert Gäste teilnehmen?«

»Ich bin nicht daran interessiert, wie viele Gäste teilnehmen«, erwiderte Hugo. »Das ist nicht der Grund, warum ich Sie sprechen wollte, Frampton. Ich möchte mich über eine sehr persönliche Angelegenheit unterhalten, die ich überaus unangebracht finde.«

»Ich bedauere sehr, das zu hören«, sagte Frampton, der kerzengerade auf seinem Stuhl saß.

»Ein Mitglied unseres Vorstands hat am Donnerstag in diesem Hotel übernachtet und am Tag darauf eine überaus ernsthafte Behauptung vorgebracht. Ich halte es für meine Pflicht, Sie darauf aufmerksam zu machen.«

»Ja, natürlich«, sagte Frampton, der seine schweißnassen Handflächen an seiner Hose abwischte. »Das Letzte, was wir wollen, wäre, einen unserer am meisten geschätzten Gäste zu verärgern.«

»Ich bin froh, das zu hören«, sagte Hugo. »Der bewusste Gentleman kam ins Hotel, nachdem das Restaurant bereits geschlossen hatte. Er ging in den Palm Court, weil er hoffte, dort eine leichte Erfrischung zu bekommen.«

»Ein Service, den ich selbst initiiert habe«, sagte Frampton und gestattete sich ein angestrengtes Lächeln.

»Er gab seine Bestellung bei einer jungen Dame auf, die dort offensichtlich die Verantwortung trug«, fuhr Hugo fort, indem er den Kommentar ignorierte.

»Ja, das müsste unsere Mrs. Clifton gewesen sein.«

»Ich habe keine Ahnung, wer sie war«, erwiderte Hugo. »Als sie ihm eine Tasse Kaffee und einige Sandwiches servierte, betrat ein anderer Gentleman den Palm Court, gab seine Bestellung auf und fragte, ob das Gewünschte auf sein Zimmer gebracht werden könne. Was diesen Mann betrifft, so erinnert sich mein Freund nur noch daran, dass er einen leichten irischen Akzent hatte. Danach unterzeichnete mein Freund seine Rechnung und zog sich für die Nacht zurück. Am nächsten Morgen stand er recht früh auf, denn er hatte die Absicht, beim Frühstück einige Unterlagen für die nächste Vorstandssitzung durchzugehen. Als er aus dem Zimmer kam, sah er, wie die Frau vom Abend zuvor, die noch immer ihre Hoteluniform trug, Zimmer 371 verließ. Sie ging bis zum Ende des Korridors, wo sie durch ein Fenster nach draußen auf die Feuertreppe kletterte.«

»Ich bin absolut entsetzt, Sir. Ich ...«

»Unser Vorstandsmitglied hat darum gebeten, dass man ihm bei zukünftigen Besuchen in Bristol ein anderes Hotel zur Verfügung stellt. Nun, ich möchte nicht prüde erscheinen, Frampton, aber das Royal war immer ein Ort, an den ich gerne mit meiner Frau und meinen Kindern gekommen bin.«

»Seien Sie versichert, Mr. Barrington, dass die betreffende Person sofort entlassen und dass man ihr keine Referenzen mitgeben wird. Ich möchte hinzufügen, wie dankbar ich Ihnen bin, dass Sie mich auf diese Angelegenheit aufmerksam gemacht haben.«

Hugo stand auf. »Natürlich. Ich ziehe es übrigens vor, wenn ich oder unsere Firma keine Erwähnung finden, sofern Sie, wie Sie es offensichtlich für geboten erachten, die fragliche Dame aus dem Hotel entfernen.«

»Sie können sich auf meine Diskretion verlassen«, sagte Frampton.

Hugo lächelte zum ersten Mal. »Um zu etwas Angenehmerem zu kommen. Ich darf Ihnen sagen, wie sehr wir uns alle auf das jährliche Dinner freuen, das zweifellos wie jedes Jahr Ihrem hohen Standard gerecht werden wird. Im nächsten Jahr werden wir das einhundertjährige Bestehen unserer Firma feiern, weswegen mein Vater sicher ordentlich auf den Putz hauen will.« Beide Männer lachten ein wenig zu laut.

»Sie können sich auf uns verlassen, Mr. Barrington«, sagte Frampton und folgte seinem Kunden aus dem Büro.

»Und noch etwas, Frampton«, fügte Hugo hinzu, während sie durch das Foyer gingen. »Ich würde es zu schätzen wissen, wenn Sie diese Angelegenheit Sir Walter gegenüber nicht erwähnen würden. Mein Vater kann ein wenig altmodisch sein, wenn es um solche Dinge geht, weshalb die Sache besser unter uns bleiben sollte.«

»Ich könnte Ihnen gar nicht mehr zustimmen, Mr. Barrington«, sagte Frampton. »Seien Sie versichert, dass ich mich persönlich darum kümmern werde.«

Als Hugo durch die Drehtür nach draußen ging, musste er sich einfach fragen, wie viele Stunden Mitchell wohl im Royal zugebracht hatte, bevor er in der Lage war, ihm so unschätzbar wertvolle Informationen zu liefern.

Er stieg in seinen Wagen, startete den Motor und setzte seinen Weg nach Hause fort. Er dachte immer noch über Maisie Clifton nach, als er spürte, wie ihm jemand auf die Schulter klopfte. Für einen kurzen Augenblick war er von blinder Panik erfüllt, als er sich umdrehte und erkannte, wer hinter ihm auf der Rückbank saß. Er fragte sich sogar, ob sie irgendwie von seinem Treffen mit Frampton erfahren hatte.

»Was willst du?«, fragte er, ohne langsamer zu fahren, aus Angst, jemand könne sie zusammen sehen.

Während er sich ihre Forderungen anhörte, fragte er sich, wieso sie so gut informiert war. Nachdem sie geendet hatte, ließ er sich auf alle ihre Bedingungen ein, denn er wusste, dass er sie so am leichtesten dazu bringen konnte, den Wagen zu verlassen.

Maisie Clifton legte einen dünnen braunen Umschlag neben ihn auf den Beifahrersitz. »Ich erwarte, von Ihnen zu hören«, sagte sie.

Hugo steckte den Umschlag in die Innentasche seines Jacketts. Er fuhr erst langsamer, als er eine unbeleuchtete Gasse erreicht hatte, und hielt erst an, als er sicher war, dass niemand sie sehen konnte. Dann stieg er aus dem Wagen und öffnete die Hintertür. An ihrer Miene konnte er erkennen, dass sie glaubte, ihr Ziel erreicht zu haben.

Er gestattete ihr einen kurzen Augenblick des Triumphs, bevor er sie bei den Schultern packte und so heftig schüttelte, als versuche er, einen widerspenstigen Apfel von einem Baum zu lösen. Nachdem er ihr deutlich gemacht hatte, was geschehen würde, sollte sie ihn jemals wieder belästigen, schlug er ihr mit aller Kraft mitten ins Gesicht. Sie fiel zu Boden, krümmte sich zusammen und hörte gar nicht mehr zu zittern auf. Hugo dachte daran, sie in den Bauch zu treten, wollte aber nicht riskieren, von einem zufällig vorbeilaufenden Passanten beobachtet zu werden. Er fuhr davon, ohne noch einen Gedanken an sie zu verschwenden.

OLD JACK TAR

1925 – 1936

27

An einem milden Donnerstagnachmittag tötete ich im Norden Transvaals elf Männer, und eine dankbare Nation verlieh mir für diesen weit über meine Pflichten hinausgehenden Dienst das Victoriakreuz. Seither habe ich keine einzige Nacht mehr ruhig geschlafen.

Wenn ich einen Engländer in meinem Heimatland umgebracht hätte, wäre ich von einem Richter dazu verurteilt worden, »am Halse aufgehängt zu werden, bis dass mein Tod eintritt«. Doch stattdessen wurde ich zu lebenslanger Gefangenschaft verdammt, denn noch immer sehe ich die Gesichter jener elf armen jungen Männer jeden Tag vor mir wie das geprägte Bild auf einer Münze, das sich nie verwischen lässt. Ich habe oft an Selbstmord gedacht, aber das wäre ein Ausweg, den nur ein Feigling wählen würde.

Im Bericht, den die *Times* über dieses Ereignis brachte, hieß es, meine Tat hätte zwei Offizieren, zwei Unteroffizieren und siebzehn einfachen Soldaten der Royal Gloucesters das Leben gerettet. Einer der Offiziere, Lieutenant Walter Barrington, hat es mir ermöglicht, meine Strafe einigermaßen würdevoll zu ertragen.

Wenige Wochen nach meiner Tat kam ich nach England zurück, und ein paar Monate später wurde ich ehrenhaft entlassen aufgrund eines Leidens, das man heute als geistigen Zusammenbruch beschreiben würde. Nach sechs Monaten in einem Militärhospital wurde ich in die Welt zurückgeschickt. Im Gegensatz zum verlorenen Sohn weigerte ich mich, wenige Meilen weiter in die nächste Grafschaft zu fahren, wo ich ein ruhiges Leben im Haus meines Vaters hätte genießen können. Ich änderte meinen Namen, mied mein Zuhause in Wells in Somerset und zog nach Bristol.

Während des Tages streifte ich durch die Straßen von Bristol, um in den Mülltonnen nach Essensresten zu suchen, und nachts war ein Park mein Schlafzimmer, eine Bank mein Bett, eine Zeitung meine Decke und der erste Vogel, der die neue Morgendämmerung begrüßte, mein Wecker.

Wenn es zu kalt oder zu feucht war, zog ich mich in den Wartesaal eines der städtischen Bahnhöfe zurück, wo ich unter einer Bank schlief und vor Ankunft des ersten Zuges am nächsten Morgen aufstand. Als die Nächte länger wurden, wurde ich zum Gast der Heilsarmee in der Little George Street, wo ich nichts zu bezahlen hatte und freundliche Damen mich mit dicken Brotscheiben und dünner Suppe versorgten, bevor ich, in eine einzelne Decke gehüllt, auf einer mit Pferdehaar gefüllten Matratze in den Schlaf fiel. Luxus.

Mit den Jahren glaubte ich darauf hoffen zu können, dass mich meine ehemaligen Kampfgefährten und Offizierskollegen für tot hielten. Ich hatte nicht den Wunsch, dass sie herausfanden, wie das Gefängnis aussah, in dem ich meine lebenslängliche Strafe abzusitzen gedachte. Und so hätte es auch bleiben können, hätte eines Tages nicht ein Rolls-Royce mit quietschenden Reifen mitten auf der Straße angehalten. Die Hintertür schwang auf, und ein Mann, den ich seit Jahren nicht gesehen hatte, stieg aus.

»Captain Tarrant!«, rief er, als er auf mich zukam. Ich sah weg, damit er glauben sollte, er habe sich geirrt, doch ich wusste nur zu gut, dass Walter Barrington niemand war, der unter Selbstzweifeln litt. Er packte mich bei der Schulter und starrte mich einen Moment lang an, bevor er sagte: »Wie kann so etwas nur möglich sein, alter Junge?«

Je mehr ich ihn davon zu überzeugen versuchte, dass ich seine Hilfe nicht benötigte, umso entschlossener wurde er, mein Retter zu sein. Schließlich gab ich nach – doch erst, als er sich auf alle meine Bedingungen eingelassen hatte.

Zunächst bat er mich, zu ihm und seiner Frau auf seinen Landsitz zu ziehen, doch ich hatte so lange ohne ein Dach über dem Kopf überlebt, dass ich einen solchen Komfort nur als eine Last betrachten konnte. Er bot mir sogar einen Sitz im Vorstand der Schifffahrtslinie an, die seinen Namen trug.

»Welchen Nutzen könnte ich denn für dich haben?«, fragte ich ihn.

»Jack, deine bloße Gegenwart wäre eine Inspiration für uns alle.«

Ich bedankte mich, erklärte ihm aber, dass ich meine Strafe für den Mord an elf Männern noch nicht abgesessen hatte. Er gab immer noch nicht nach.

Schließlich war ich bereit, als Nachtwächter im Hafen für ihn zu arbeiten. Ich erhielt drei Pfund pro Woche, und eine Unterkunft wurde mir gestellt: Jetzt wurde ein ausrangierter Pullman-Waggon meine Gefängniszelle. Vermutlich hätte ich mich bis zu meinem Tod in meine lebenslängliche Strafe ergeben, wäre ich nicht eines Tages Master Harry Clifton begegnet.

Jahre später sollte Harry behaupten, dass ich sein ganzes Leben geformt hatte, doch in Wahrheit war er es, der mein Leben gerettet hat.

Als ich Harry das erste Mal sah, konnte er nicht älter als vier oder fünf Jahre gewesen sein.

»Komm rein, Junge«, rief ich, als ich sah, wie er auf allen vieren auf den Eisenbahnwaggon zukroch. Doch er sprang sofort auf und rannte davon.

Am folgenden Samstag schaffte er es, durch eines der Fenster zu sehen, und ich versuchte es noch einmal. »Warum kommst du nicht rein, mein Junge? Ich werde dich schon nicht beißen«, sagte ich, indem ich mich bemühte, ihm Mut zu machen. Diesmal nahm er mein Angebot an und öffnete die Tür, doch nachdem wir nur wenige Worte gewechselt hatten, rannte er wieder davon. War ich so eine beängstigende Gestalt?

Am Samstag darauf öffnete er die Tür nicht nur, sondern blieb mit leicht gespreizten Beinen im Türrahmen stehen und starrte mich herausfordernd an. Wir unterhielten uns über eine Stunde lang. Wir sprachen über alles und nichts – vom Bristol City FC bis zur Frage, warum Schlangen ihre Haut abwerfen und wer die Clifton-Hängebrücke gebaut hatte –, bis er schließlich sagte: »Ich muss jetzt los, Mr. Tar, meine Mutter erwartet mich zu Hause zum Tee.« Diesmal *ging* er davon, und er drehte sich noch mehrere Male um.

Danach besuchte mich Harry jeden Samstag, bis er auf die Merrywood Elementary kam, woraufhin er fast jeden Morgen bei mir erschien. Ich nahm mir Zeit, um den Jungen davon zu überzeugen, dass er in der Schule bleiben und lesen und schreiben lernen sollte. Offen gesagt wäre mir nicht einmal das gelungen, hätte ich nicht die Hilfe von Miss Monday, Mr. Holcombe und Harrys mutiger Mutter gehabt. Es brauchte eine hervorragende Mannschaft, damit Harry begriff, was alles in ihm steckte, und ich wusste, dass wir Erfolg gehabt hatten, als er mich wieder nur noch am Samstagmorgen besuchen konnte, weil er sich um ein Chorstipendium für St. Bede's bewarb.

Als Harry auf seine neue Schule ging, erwartete ich, bis zu

den Weihnachtsferien nichts mehr von ihm zu hören. Doch zu meiner Überraschung stand er am Freitag der ersten Unterrichtswoche kurz vor elf Uhr nachts vor meiner Tür.

Er sagte mir, dass er St. Bede's verlassen habe, weil ein Aufsichtsschüler ihn quälte – ich will verdammt sein, wenn ich mich an den Namen dieses Kerls erinnere –, und dass er zur See fahren werde. Ich vermute, wenn er es getan hätte, wäre er irgendwann Admiral geworden. Doch zum Glück hörte er auf meinen Rat und war vor dem Frühstück am nächsten Morgen wieder in der Schule.

Weil er immer mit Stan Tancock zum Hafen gekommen war, dauerte es eine Weile, bis ich begriffen hatte, dass Harry Arthur Cliftons Sohn war. Einmal hatte er mich gefragt, ob ich seinen Vater gekannt habe, und ich hatte ja gesagt und ihm erzählt, dass Arthur ein guter, anständiger Mensch gewesen war, der sich im Krieg vorbildlich verhalten hatte. Als er mich dann fragte, ob ich wüsste, wie er gestorben war, sagte ich nein. Das war das einzige Mal, dass ich den Jungen jemals anlog. Es stand mir nicht zu, mich über den Wunsch seiner Mutter hinwegzusetzen.

Ich stand während des Schichtwechsels an der Kaimauer. Wie üblich beachtete mich niemand. Es war fast, als sei ich überhaupt nicht da; einige Hafenarbeiter waren ohnehin davon überzeugt, dass ich zumindest nicht *ganz* da war. Ich tat nichts, um diese Gerüchte zu zerstreuen, denn dadurch konnte ich meine Strafe anonym absitzen.

Arthur Clifton war ein guter Vorarbeiter gewesen – sogar einer der besten –, und er nahm seine Arbeit ernst. Im Gegensatz zu seinem besten Kumpel Stan Tancock, dessen erste Anlaufstelle auf dem Heimweg immer das Pig and Whistle war. Jedenfalls in den Nächten, in denen er es überhaupt bis nach Hause schaffte.

Ich sah, wie Clifton im Rumpf der *Maple Leaf* verschwand, um die bisherigen Arbeiten zu überprüfen, bevor die Schweißer kämen, um die doppelte Schiffswand zu versiegeln. Dann musste wohl der laute Ton der Sirene, der zum Schichtwechsel erklang, alle abgelenkt haben. Eine Schicht kam, die andere ging, und die Schweißer mussten sofort anfangen, wenn sie die Arbeit bis zum Ende ihrer eigenen Schicht abschließen und sich die zusätzliche Vergütung verdienen wollten. Niemand verschwendete einen Gedanken daran, ob Clifton mittlerweile wieder aus dem Raum zwischen den beiden Wänden des Kiels geklettert war, auch ich nicht.

Wir alle nahmen an, dass er die Sirene gehört hatte und unter den Hunderten Arbeitern war, die durch die Hafentore nach Hause strömten. Im Gegensatz zu seinem Schwager sah Clifton nur selten auf ein Pint im Pig and Whistle vorbei und zog es vor, direkt in die Still House Lane zu gehen, um bei seiner Frau und seinem Kind zu sein. In jenen Tagen wusste ich noch nichts von einer Frau und einem Kind, und vielleicht hätte ich nie von ihnen erfahren, wenn Arthur Clifton in jener Nacht nach Hause gekommen wäre.

Die zweite Schicht war gerade bei der Arbeit, als ich Tancock aus vollem Hals herumschreien hörte. Ich sah, wie er auf den Schiffsrumpf deutete, doch Haskins, der leitende Vorarbeiter, wischte ihn einfach beiseite, als sei er eine lästige Wespe.

Sobald Tancock begriff, dass er bei Haskins nicht weiterkam, stürmte er die Gangway hinab und begann, die Kaimauer entlang in Richtung Barrington House zu rennen. Als Haskins klar wurde, was Tancock vorhatte, eilte er ihm hinterher, und es gelang ihm fast, ihn einzuholen, als Tancock durch die Schwingtüren des Hauptquartiers der Schifffahrtslinie rannte.

Zu meiner Überraschung stürmte Tancock ein paar Minuten

später aus dem Gebäude, und meine Überraschung wurde noch größer, als Haskins und der geschäftsführende Direktor ihm dicht auf den Fersen folgten. Ich hatte keine Ahnung davon, was Mr. Hugo überzeugt haben konnte, dass er nach einer so kurzen Unterhaltung mit Stan Tancock besser aus seinem Büro kommen sollte.

Schon bald jedoch erfuhr ich den Grund dafür, denn im selben Augenblick, in dem Mr. Hugo das Dock erreichte, gab er auch schon die Anweisung, dass die gesamte Schicht die Werkzeuge weglegen, die Arbeit unterbrechen und sich vollkommen still verhalten sollte, als würden wir feierlich am Remembrance Sunday dem Ende des Großen Krieges gedenken. Und tatsächlich wies Haskins eine Minute später alle an, die Arbeit wieder aufzunehmen.

Damals dachte ich zum ersten Mal an die Möglichkeit, dass Arthur Clifton sich noch immer zwischen den Doppelwänden des Rumpfs befinden konnte. Doch niemand, so war ich überzeugt, konnte so gefühllos sein, einfach davonzugehen, wenn er auch nur einen flüchtigen Augenblick lang vermuten musste, dass jemand bei lebendigem Leib in einem stählernen Grab gefangen sein könnte, das er selbst errichtet hatte.

Als sich die Schweißer wieder an die Arbeit machten, sprach Mr. Hugo noch einmal mit Tancock, bevor dieser durch das Hafentor verschwand und ich ihn nicht mehr erkennen konnte. Ich drehte mich um, weil ich sehen wollte, ob Haskins ihm wieder hinterherrennen würde, doch der Vorarbeiter war mehr daran interessiert, dafür zu sorgen, dass sich seine Männer mit aller Kraft ins Zeug legten, um die verlorene Zeit wieder wettzumachen; er wirkte wie der Sklaventreiber auf einer Galeere. Kurz darauf ging Mr. Hugo die Gangway hinab, stieg in seinen Wagen und fuhr zurück in Richtung Barrington House.

Als ich das nächste Mal einen Blick aus dem Fenster meines Waggons warf, sah ich, wie Tancock erneut durch die Hafentore rannte und wiederum auf Barrington House zustürmte. Diesmal dauerte es mindestens eine halbe Stunde, bis er wieder auftauchte, und als er erschien, waren seine Wangen nicht mehr rot, und er raste nicht mehr vor Wut, sondern wirkte ruhiger. Ich dachte, er hätte Clifton gefunden und wollte, dass Mr. Hugo es erfuhr.

Ich sah nach oben zu Mr. Hugos Büro. Er stand am Fenster und beobachtete, wie Tancock das Firmengelände verließ. Er blieb am Fenster stehen, bis Tancock außer Sichtweite war. Einige Minuten später kam Mr. Hugo aus dem Gebäude, ging zu seinem Wagen und fuhr davon.

Sicher hätte ich die ganze Angelegenheit vergessen, wenn Arthur Clifton am nächsten Morgen mit der ersten Schicht des Tages seine Karte in die Stechuhr geschoben hätte, doch das tat er nicht. Er tat es überhaupt nie mehr.

Am Morgen danach suchte mich ein gewisser Detective Inspector Blakemore in meinem Waggon auf. Man kann den Charakter eines Menschen oft daran erkennen, wie er seine Mitmenschen behandelt. Blakemore war eine jener seltenen Persönlichkeiten, die in der Lage sind, über ihre Nasenspitze hinauszusehen.

»Sie sagen, dass Sie gesehen haben, wie Stanley Tancock Barrington House zwischen sieben und halb acht gestern Abend verlassen hat?«

»Ja, genau«, erwiderte ich.

»Schien er in Eile zu sein? Oder unruhig? Oder schien er zu versuchen, das Gelände unerkannt zu verlassen?«

»Ganz im Gegenteil«, antwortete ich. »Ich weiß noch, wie ich in jenem Augenblick dachte, dass er angesichts der Umstände bemerkenswert ruhig wirkte.«

»Angesichts der Umstände?«, wiederholte Blakemore.

»Erst eine Stunde zuvor hatte er lautstark behauptet, dass sein Freund Arthur Clifton zwischen den Doppelwänden im Schiffsrumpf der *Maple Leaf* gefangen sei und niemand etwas unternehmen würde, um ihm zu helfen.«

Blakemore schrieb meine Worte in sein Notizbuch.

»Haben Sie irgendeine Ahnung, wohin Tancock danach gegangen ist?«

»Nein«, erwiderte ich. »Als ich ihn das letzte Mal sah, ging er durchs Tor, wobei er einem seiner Arbeitskollegen einen Arm um die Schulter gelegt hatte.«

»Danke, Sir«, sagte der Detective Inspector. »Das war überaus hilfreich.« Schon seit langer Zeit hatte mich niemand mehr »Sir« genannt. »Wären Sie bereit, zu einem für Sie günstigen Zeitpunkt aufs Revier zu kommen und eine schriftliche Aussage zu machen?«

»Ich würde das lieber nicht tun, Inspector«, sagte ich ihm. »Aus persönlichen Gründen. Aber ich bin gerne bereit, meine Aussage niederzuschreiben, welche Sie dann zu Ihren Unterlagen nehmen könnten, wann immer es Ihnen angemessen erscheint.«

»Das ist sehr freundlich von Ihnen, Sir.«

Der Detective Inspector öffnete seine Aktentasche, nahm ein Polizeiformular heraus und reichte es mir. Dann zog er seinen Hut und sagte: »Danke, Sir, wir bleiben in Verbindung.« Aber ich sollte ihn nie wiedersehen.

Sechs Wochen später wurde Stan Tancock zu drei Jahren Haft wegen Diebstahls verurteilt, wobei Mr. Hugo der wichtigste Zeuge der Anklage war. Ich kam jeden Tag ins Gericht und zweifelte nicht im Geringsten daran, wer von beiden der Schuldige war.

28

»Du solltest nie vergessen, dass du mir das Leben gerettet hast.«

»In den letzten sechsundzwanzig Jahren habe ich genau das versucht«, gestand Old Jack seinem Gegenüber.

»Außerdem hast du vierundzwanzig weitere deiner Kameraden aus dem West Country gerettet. Du bist noch immer ein Held in dieser Stadt, auch wenn du dir dessen nicht bewusst zu sein scheinst. Deshalb bleibt mir keine andere Wahl, Jack, als dir diese Frage zu stellen: Wie lange willst du dich selbst noch quälen?«

»Bis ich die elf Männer, die ich getötet habe, nicht mehr so deutlich vor mir sehe wie dich in diesem Augenblick.«

»Aber du hast doch nur deine Pflicht erfüllt«, protestierte Sir Walter.

»Damals habe ich das genauso gesehen«, gab Jack zu.

»Was hat sich geändert?«

»Wenn ich darauf eine Antwort wüsste«, erwiderte Jack, »würden wir diese Unterhaltung nicht führen.«

»Aber du kannst immer noch so viel für deine Mitmenschen tun. Nimm zum Beispiel deinen jungen Freund. Du sagst, dass er die Schule schwänzt. Denkst du nicht, dass er dir mit noch mehr Respekt zuhören würde, sollte er herausfinden, dass du Captain Jack Tarrant vom Royal Gloucestershire Regiment und Träger des Victoriakreuzes bist?«

»Er könnte genauso gut wieder weglaufen«, erwiderte Jack.

»Aber wie auch immer, ich habe andere Pläne, was den jungen Harry Clifton betrifft.«

»Clifton ... Clifton«, sagte Sir Walter. »Warum klingt dieser Name nur so vertraut?«

»Harrys Vater geriet zwischen die Doppelwände des Rumpfs der *Maple Leaf*, und niemand kam ihm zu ...«

»Da habe ich aber etwas anderes gehört«, sagte Sir Walter in verändertem Ton. »Mir hat man gesagt, dass Clifton seine Frau verlassen hat, weil, um ganz offen zu sein, ihre Moral ziemlich zweifelhaft gewesen sein soll.«

»Dann hat man dir etwas Falsches erzählt«, erwiderte Jack, »denn ich kann dir versichern, dass Mrs. Clifton eine reizende und kluge Frau ist, und kein Mann, der das Glück hat, mit ihr verheiratet zu sein, würde sie je verlassen wollen.«

Sir Walter wirkte aufrichtig schockiert, und es dauerte eine Weile, bis er fortfuhr. »Aber du glaubst doch sicher diese Schauergeschichte nicht, nach der er angeblich zwischen den Doppelwänden eingeschlossen wurde?«, fragte er leise.

»Ich fürchte, doch, Walter. Ich habe die ganze Sache mitbekommen, weißt du?«

»Warum hast du dann damals nichts gesagt?«

»Das habe ich. Als ich am Tag darauf von Detective Inspector Blakemore befragt wurde, habe ich ihm alles berichtet, was ich gesehen hatte. Auf seine Bitte hin habe ich meine Aussage sogar niedergeschrieben.«

»Warum wurde deine Aussage in Tancocks Verhandlung dann nicht herangezogen?«, fragte Sir Walter.

»Weil ich Blakemore nie wiedergesehen habe. Als ich auf dem Revier erschien, wurde mir gesagt, er sei nicht mehr für den Fall verantwortlich. Und sein Nachfolger weigerte sich, mit mir zu sprechen.«

»Ich habe dafür gesorgt, das Blakemore der Fall entzogen wurde«, sagte Sir Walter. »Dieser verdammte Kerl hat Hugo praktisch vorgeworfen, er hätte Tancock das Geld gegeben, damit in dieser Clifton-Sache nicht ermittelt würde.« Old Jack schwieg. »Reden wir nicht mehr darüber«, fuhr Sir Walter fort. »Ich weiß, dass mein Sohn bei Weitem nicht perfekt ist, aber ich weigere mich zu glauben ...«

»Oder vielleicht willst du es ja auch einfach nicht glauben«, warf Old Jack ein.

»Jack, auf wessen Seite bist du?«

»Auf der Seite der Gerechtigkeit. Wie du es warst, als wir uns zum ersten Mal begegnet sind.«

»Ich bin es immer noch«, sagte Sir Walter. Er schwieg lange, bevor er weitersprach. »Ich will, dass du mir etwas versprichst, Jack. Wenn du jemals etwas über Hugo herauszufinden glaubst, was dem Ruf der Familie schaden könnte, dann zögere nicht, mich darüber zu informieren.«

»Du hast mein Wort darauf.«

»Und du hast mein Wort, alter Freund, dass ich nicht zögern werde, Hugo an die Polizei auszuliefern, wenn ich auch nur einen Moment lang glauben muss, dass er das Gesetz gebrochen hat.«

»Hoffen wir, dass sich nichts ergibt, wodurch so etwas nötig wäre«, erwiderte Old Jack.

»Da bin ich ganz deiner Ansicht, mein alter Freund. Reden wir über angenehmere Dinge. Gibt es irgendetwas, das du im Augenblick brauchst? Ich könnte immer noch ...«

»Hast du ein paar alte Kleider übrig, die man bei einem einigermaßen offiziellen Anlass tragen könnte?«

Sir Walter hob eine Augenbraue. »Darf ich fragen, wozu?«

»Nein, darfst du nicht«, sagte Old Jack. »Aber ich muss einen gewissen Herrn besuchen, und dazu muss ich ordentlich angezogen sein.«

Old Jack war mit den Jahren so dünn geworden, dass Sir Walters Kleider an ihm herabhingen wie Flachs an einem Spinnrocken, und wie Junker Andreas von Bleichwang war er mehrere Zentimeter größer als sein alter Freund, sodass selbst nach dem Herunterklappen der Aufschläge der Hosensaum kaum bis zu seinen Knöcheln reichte. Doch er hatte den Eindruck, dass sein Tweed-Anzug, sein kariertes Hemd und seine gestreifte Krawatte bei diesem besonderen Gespräch ihren Zweck erfüllen würden.

Als Jack zum ersten Mal seit Jahren den Hafen verließ, drehten sich einige Gesichter nach dem elegant gekleideten Fremden um.

Pünktlich mit dem Glockenschlag um vier Uhr zog sich Jack in eine schattige Ecke in der Nähe der Schule zurück, während die lärmenden, ausgelassenen Kinder durch die Tore der Merrywood Elementary stürmten, als würden sie aus dem Gefängnis fliehen.

Gleich neben dem Tor hatte Mrs. Clifton schon seit zehn Minuten gewartet, und als Harry seine Mum sah, erlaubte er ihr widerwillig, ihn bei der Hand zu nehmen. Eine verdammt gut aussehende Frau, dachte Old Jack, während er den beiden nachsah. Harry sprang ständig auf und ab und plapperte unermüdlich drauflos. In ihm steckte so viel Energie wie in Stephensons *Rocket*.

Old Jack wartete, bis sie außer Sichtweite waren, bevor er die Straße überquerte und den Schulhof betrat. Wenn er seine alten Kleider getragen hätte, wäre er lange vor dem Eingang des Gebäudes von irgendeinem Beamten aufgehalten worden. Er warf rechts und links einen Blick in den Flur und sah einen Lehrer, der auf ihn zukam.

»Verzeihen Sie, dass ich Sie störe«, sagte Old Jack, »aber ich suche Mr. Holcombe.«

»Dritte Tür links, alter Knabe«, sagte der Mann und deutete den Gang hinab.

Als Old Jack das Zimmer von Mr. Holcombes Klasse erreicht hatte, klopfte er vorsichtig an die Tür.

»Herein.«

Old Jack öffnete die Tür und sah sich einem jungen Mann gegenüber, dessen langer schwarzer Talar mit Kreidestaub bedeckt war. Er saß an einem Tisch vor den Reihen leerer Schulbänke und korrigierte die Hefte mit den Hausarbeiten. »Verzeihen Sie, dass ich Sie störe«, wiederholte Old Jack, »aber ich suche Mr. Holcombe.«

»Dann brauchen Sie nicht länger zu suchen«, sagte der Lehrer und legte seinen Stift beiseite.

»Ich heiße Tar«, sagte er. »Aber meine Freunde nennen mich Jack.«

Holcombe strahlte geradezu. »Dann sind Sie der Mann, den Harry Clifton jeden Morgen besucht.«

»Ich fürchte, der bin ich«, gab Old Jack zu. »Ich muss mich entschuldigen.«

»Nein, keineswegs«, sagte Holcombe. »Ich würde mir nur wünschen, ich hätte so viel Einfluss auf ihn wie Sie.«

»Genau deswegen bin ich gekommen, um mit Ihnen zu sprechen, Mr. Holcombe. Ich bin überzeugt davon, dass Harry ein außergewöhnliches Kind ist und jede Chance bekommen sollte, das Beste aus seinen Talenten zu machen.«

»Ich könnte Ihnen nicht noch mehr zustimmen«, sagte Holcombe. »Und ich vermute, dass er sogar noch ein Talent hat, von dem Sie gar nichts wissen.«

»Und das wäre?«

»Er hat die Stimme eines Engels.«

»Harry ist kein Engel«, sagte Old Jack grinsend.

»Da bin ich ganz Ihrer Meinung, aber genau das könnte sich als die vielversprechendste Möglichkeit erweisen, zu ihm durchzudringen.«

»Woran denken Sie?«, fragte Old Jack.

»Es besteht die Möglichkeit, dass man ihn dazu bringen könnte, in den Chor der Holy Nativity einzutreten. Wenn es Ihnen also gelingen würde, ihn davon zu überzeugen, dass er öfter in die Schule kommen sollte, dann bin ich mir sicher, dass er bei mir lesen und schreiben lernen könnte.«

»Warum ist es für den Kirchenchor so wichtig, dass er lesen und schreiben kann?«

»Das ist Vorschrift in der Holy Nativity, und Miss Monday, die Chorleiterin, weigert sich, irgendwelche Ausnahmen zu machen.«

»Dann werde ich wohl dafür sorgen müssen, dass der Junge Ihren Unterricht besucht, nicht wahr?«, sagte Old Jack.

»Sie könnten noch sehr viel mehr tun. An den Tagen, an denen er nicht zur Schule geht, könnten Sie ihn selbst unterrichten.«

»Aber ich bin nicht qualifiziert, irgendjemanden zu unterrichten.«

»Harry Clifton lässt sich nicht von irgendwelchen offiziellen Qualifikationen beeindrucken, und wir beide wissen, dass er auf Sie hört. Vielleicht könnten wir ja zusammenarbeiten.«

»Wenn Harry herausfindet, was wir vorhaben, wird keiner von uns ihn je wiedersehen.«

»Wie gut Sie ihn kennen«, sagte der Lehrer seufzend. »Also müssen wir eben dafür sorgen, dass er es nicht herausfindet.«

»Das dürfte eine echte Herausforderung darstellen«, sagte Old Jack, »aber ich bin bereit, es zu versuchen.«

»Danke, Sir«, sagte Mr. Holcombe. Er hielt einen Augenblick inne, bevor er weitersprach. »Ich frage mich, ob Sie mir gestatten würden, Ihnen die Hand zu geben.« Old Jack sah überrascht aus, als der Lehrer ihm seine Hand hinhielt. Dann schüttelte er sie herzlich. »Und ich darf sagen«, fuhr Mr. Holcombe fort, »dass es mir eine Ehre war, Ihnen zu begegnen, Captain Tarrant.«

Old Jack wirkte entsetzt. »Woher wissen Sie nur ...«

»Mein Vater besitzt ein Bild von Ihnen, das immer noch in unserem Salon hängt.«

»Warum das denn?«, fragte Old Jack.

»Sie haben ihm das Leben gerettet, Sir.«

Harrys Besuche bei Old Jack wurden während der nächsten Wochen immer seltener, bis sie sich schließlich nur noch am Samstagmorgen trafen. Old Jack wusste, dass Mr. Holcombes Plan Erfolg gehabt hatte, als Harry ihn eines Morgens fragte, ob er am folgenden Sonntag in die Holy Nativity kommen würde, um ihn singen zu hören.

Am Sonntagmorgen stand Old Jack schon früh auf, benutzte Sir Walters privaten Waschraum im fünften Stock von Barrington House, um zu duschen – eine Erfindung, die erst kürzlich in Gebrauch gekommen war –, und stutzte sogar seinen Bart, bevor er sich mit dem zweiten Anzug kleidete, den Sir Walter ihm gegeben hatte.

Er erreichte die Holy Nativity kurz vor Beginn des Gottesdienstes, trat in die letzte Reihe und setzte sich ganz ans Ende der Bank. Er sah Mrs. Clifton, die in der dritten Reihe offensichtlich zwischen ihrem Vater und ihrer Mutter saß. Wer Miss Monday war, hätte er unter Tausenden von Menschen herausfinden können.

Mr. Holcombe hatte nicht übertrieben, was die Qualität von

Harrys Stimme betraf. Sie war so gut wie alles, woran er sich noch aus seinen Tagen in der Kathedrale von Wells erinnerte. Sobald der Junge den Mund öffnete, um *Führe mich, mein Herr* zu singen, konnte Jack nicht mehr im Geringsten daran zweifeln, dass sein Schützling eine ganz außerordentliche Begabung besaß.

Nachdem Reverend Watts der Gemeinde den Segen gespendet hatte, verließ Old Jack die Kirche und machte sich rasch auf den Weg zurück in den Hafen. Er würde bis zum folgenden Samstag warten müssen, um dem Jungen sagen zu können, wie sehr ihm dessen Gesang gefallen habe.

Auf dem Rückweg dachte er daran, wie Sir Walter ihm vorgeworfen hatte: »Du könntest so viel mehr für Harry tun, wenn du deine Selbstverleugnung aufgeben würdest.« Er erwog Sir Walters Worte sorgfältig, doch er war noch nicht bereit, die Fesseln der Schuld abzustreifen. Allerdings kannte er einen Mann, der Harrys Leben verändern konnte – ein Mann, der an jenem grauenhaften Tag bei ihm gewesen war und mit dem er seit mehr als sechsundzwanzig Jahren nicht mehr gesprochen hatte. Ein Mann, der an einer Schule unterrichtete, welche die Chorknaben für die St. Mary Redcliffe stellte. Unglücklicherweise war die Merrywood Elementary nicht gerade der Ort, an dem dieser Mann nach einem Bewerber für das jährliche Chorstipendium seiner Schule Ausschau halten würde, weshalb dieser Mann in die richtige Richtung geführt werden musste.

Old Jack fürchtete nur, dass Lieutenant Frobisher sich nicht mehr an ihn erinnern würde.

29

Old Jack wartete, bis Hugo Barrington das Haus verlassen hatte, doch es dauerte noch eine weitere Stunde, bis endlich die Lichter in Miss Potts Büro ausgingen.

Jack verließ den Eisenbahnwaggon und ging langsam auf Barrington House zu. Er wusste, dass er nur eine halbe Stunde hatte, bevor die Putzfrauen kamen. Er betrat das Gebäude und folgte der Treppe in den fünften Stock. Nachdem Sir Walter Old Jack sechsundzwanzig Jahre lang auf seinen nächtlichen Streifzügen hatte gewähren lassen, fand der alte Mann wie eine Katze inzwischen sogar im Dunkeln seinen Weg zum Büro des geschäftsführenden Direktors.

Er setzte sich an Hugos Schreibtisch und schaltete die Lampe an. Sollte irgendjemand das Licht bemerken, würde er annehmen, dass Miss Potts noch arbeitete. Er blätterte im Telefonbuch, bis er zu den »St.'s« kam: Andrew's, Bartholomew's, Bede's.

Zum ersten Mal in seinem Leben nahm er einen Telefonhörer in die Hand, wobei er nicht ganz sicher war, was er als Nächstes tun sollte. Eine Stimme meldete sich. »Die Nummer, bitte.«

»TEM 8612«, sagte Jack, der seinen Zeigefinger unter die entsprechende Zeile gelegt hatte.

»Danke, Sir.« Während er wartete, wurde Jack von Minute zu Minute nervöser. Was würde er sagen, wenn jemand anderes an den Apparat kam? Er nahm ein Blatt Papier aus seiner Tasche, faltete es auf und legte es vor sich auf den Schreibtisch. Schließlich hörte er ein Klingeln, auf das ein Klicken folgte, und dann erklang die Stimme eines Mannes. »Frobisher House.«

»Ist dort Noel Frobisher?«, fragte er, indem er sich an die Tradition erinnerte, dass jedes Gebäude in St. Bede's für den entsprechenden Zeitraum nach dem Lehrer benannt wurde, der für das Haus verantwortlich war. Er warf einen Blick auf das Papier. Jede Zeile hatte er sorgfältig vorbereitet und endlos eingeübt.

»Am Apparat«, sagte Frobisher, der ganz offensichtlich überrascht war, dass eine Stimme, die er nicht kannte, seinen Vornamen nannte. Ein langes Schweigen folgte. »Sind Sie noch dran?«, fragte Frobisher, der ein wenig verärgert klang.

»Ja. Hier spricht Captain Jack Tarrant.«

Jetzt hielt das Schweigen noch länger an, bis Frobisher schließlich sagte: »Guten Abend, Sir.«

»Entschuldigen Sie, dass ich Sie so spät noch anrufe, aber ich brauche Ihren Rat.«

»Kein Problem, Sir. Es ist ein großes Privileg, nach all den Jahren wieder mit Ihnen zu sprechen.«

»Sehr freundlich von Ihnen, so etwas zu sagen«, erwiderte Old Jack. »Ich will versuchen, nicht allzu viel von Ihrer Zeit zu verschwenden, aber ich muss wissen, ob St. Bede's noch immer die Soprane für den Chor der St. Mary Redcliffe stellt.«

»Das machen wir tatsächlich, Sir. Trotz so vieler Veränderungen in unserer modernen Welt ist das eine Tradition, die immer noch besteht.«

»Zu meiner Zeit«, sagte Old Jack, »wurde jedes Jahr ein Stipendium für einen Sopran von besonderem Talent ausgeschrieben.«

»Auch das tun wir immer noch, Sir. Genau genommen werden wir uns sogar in den nächsten Wochen die Bewerber ansehen.«

»Aus jeder Schule der Grafschaft?«

»Ja. Aus jeder Schule, die einen Sopran von überragender Qualität vorweisen kann. Aber der Bewerber muss ebenso über eine seinem Alter angemessene gründliche Schulbildung verfügen.«

»Nun, wenn das der Fall ist«, sagte Old Jack, »dann würde ich Ihrer Aufmerksamkeit gerne einen Kandidaten empfehlen.«

»Natürlich, Sir. Welche Schule besucht der Junge im Augenblick?«

»Die Merrywood Elementary.«

Wieder folgte ein langes Schweigen. »Ich muss zugeben, dass es das erste Mal wäre, wenn wir einen Bewerber von dieser Schule hätten. Kennen Sie zufällig den Namen seines Musiklehrers?«

»Er hat keinen Musiklehrer«, sagte Old Jack. »Aber Sie sollten sich mit seinem Klassenlehrer Mr. Holcombe in Verbindung setzen. Er würde Sie dann der Chorleiterin des Jungen vorstellen.«

»Dürfte ich den Namen des Jungen erfahren?«, fragte Frobisher.

»Harry Clifton. Wenn Sie ihn singen hören möchten, würde ich Ihnen empfehlen, diesen Sonntag die Morgenandacht in der Holy Nativity Church zu besuchen.«

»Werden Sie auch dort sein, Sir?«

»Nein«, erwiderte Old Jack.

»Wie kann ich mich bei Ihnen melden, wenn ich den Jungen singen gehört habe?«, fragte Frobisher.

»Überhaupt nicht«, sagte Old Jack mit fester Stimme und legte auf. Er hätte schwören können, dass er draußen auf dem Kies Schritte knirschen hörte, als er das Papier zusammenfaltete und wieder in seine Tasche steckte.

Rasch löschte er das Licht und zog sich aus Mr. Hugos Büro in den Flur zurück.

Er hörte, wie eine Tür geöffnet wurde, und dann erklangen Stimmen auf der Treppe. Es wäre höchst unpassend gewesen, wenn man ihn im fünften Stock gesehen hätte, der für jeden außer den leitenden Managern und Miss Potts tabu war. Er wollte Sir Walter nicht in Verlegenheit bringen.

Langsam ging er die Treppe hinab. Er hatte gerade den dritten Stock erreicht, als er sah, wie Mrs. Nettles auf ihn zukam, einen Schrubber in der einen und einen Eimer in der anderen Hand. Die Frau neben ihr kannte er nicht.

»Guten Abend, Mrs. Nettles«, sagte Old Jack. »Was für ein wunderbarer Abend, um meine Runde zu machen.«

»N' Abend, Old Jack«, erwiderte sie, als sie an ihm vorbeischlenderte. Sobald sie um die Ecke gebogen war, blieb er stehen und lauschte aufmerksam. »Das ist Old Jack«, hörte er Mrs. Nettles sagen, »der sogenannte Nachtwächter. Er ist völlig verrückt, aber absolut harmlos. Wenn du ihm begegnest, beachte ihn einfach nicht.« Old Jack kicherte, als ihre Stimme mit jedem Schritt, den sie sich von ihm entfernte, leiser wurde.

Als er zurück zum Eisenbahnwaggon ging, fragte er sich, wie lange es wohl dauerte, bis Harry ihn um Rat fragen würde, ob er sich um das Chorstipendium von St. Bede's bewerben solle.

30

Harry klopfte an die Waggontür, trat ein und setzte sich Old Jack gegenüber auf die Bank in der ersten Klasse.

Während der Unterrichtsmonate in St. Bede's hatte Harry Old Jack nur am Samstagmorgen besuchen können. Jack hatte diese Aufmerksamkeit erwidert, indem er die Morgenandachten in der St. Mary Redcliffe besuchte, wo er von der hintersten Kirchenbank aus zusah, wie Mr. Frobisher und Mr. Holcombe strahlend vor Stolz seinen Schützling beobachteten.

In den Schulferien konnte Old Jack nie sicher sein, wann Harry auftauchen würde, denn inzwischen betrachtete der Junge den Eisenbahnwaggon als sein zweites Zuhause. Jedes Mal, wenn er danach wieder nach St. Bede's ging, vermisste Old Jack die Gegenwart des Jungen. Er war gerührt, als Mrs. Clifton ihn den Vater nannte, den Harry nie gehabt hatte. In Wahrheit war Harry genauso sehr der Sohn, den Old Jack sich immer wünschte.

»Bist du schon so früh mit dem Zeitungsaustragen fertig?«, fragte Old Jack und rieb sich blinzelnd die Augen, als Harry an jenem Samstagmorgen in den Waggon kam.

»So früh ist es gar nicht. Sie sind einfach nur weggedöst, alter Mann«, sagte Harry und reichte ihm ein Exemplar der *Times* vom Vortag.

»Und du wirst jeden Tag frecher, junger Mann«, erwiderte Old Jack grinsend. »Wie läuft's mit dem Zeitungsaustragen?«

»Gut. Ich glaube, ich kann so viel Geld sparen, dass ich Mum eine Uhr kaufen kann.«

»Ein sinnvolles Geschenk, besonders wenn man die neue Stelle bedenkt, die deine Mutter bekommen hat. Aber kannst du dir das auch leisten?«

»Ich habe bereits vier Shilling gespart«, sagte Harry. »Vermutlich werde ich bis zum Ende der Ferien sechs haben.«

»Hast du schon eine Uhr ausgesucht?«

»Ja. Sie liegt in Mr. Deakins' Schaukasten, aber dort wird sie nicht mehr lange sein«, sagte Harry grinsend.

Deakins. Ein Name, den Old Jack nie vergessen würde. »Wie viel kostet sie?«, fragte er.

»Keine Ahnung«, sagte Harry. »Ich werde Mr. Deakins erst fragen, wenn ich wieder zurück in die Schule gehe.«

Old Jack war nicht sicher, wie er dem Jungen sagen sollte, dass sechs Shilling nicht genug wären, um eine Uhr zu kaufen, weshalb er das Thema wechselte. »Ich hoffe, das Zeitungsaustragen hindert dich nicht am Lernen. Ich muss dich sicher nicht daran erinnern, dass die Prüfungen mit jedem Tag näher kommen.«

»Sie sind schlimmer als Frob«, sagte Harry. »Aber es wird Sie freuen zu hören, dass ich jeden Morgen zwei Stunden mit Deakins in der Bibliothek verbringe, und an den meisten Nachmittagen noch einmal zwei Stunden.«

»An den *meisten* Nachmittagen?«

»Na ja, manchmal gehen Giles und ich ins Kino, und wenn Gloucestershire nächste Woche bei den Grafschaftsmeisterschaften gegen Yorkshire spielt, habe ich die Chance, Herbert Sutcliffe als Schlagmann zu sehen.«

»Du wirst Giles vermissen, wenn er nach Eton geht«, sagte Old Jack.

»Er versucht noch immer, seinen Vater zu bearbeiten, damit er mit mir und Deakins auf die BGS gehen kann.«

»Mit Deakins und mir«, korrigierte Old Jack. »Aber ich muss dich warnen. Wenn Mr. Hugo sich zu etwas entschlossen hat, dann braucht es mehr als einen Giles, um ihn umzustimmen.«

»Mr. Barrington mag mich nicht«, sagte Harry, womit er Old Jack überraschte.

»Wie kommst du darauf?«

»Er behandelt mich nicht so wie die anderen Jungen in St. Bede's. Es ist, als sei ich nicht gut genug, um mit seinem Sohn befreundet zu sein.«

»Dieses Problem wirst du in deinem Leben immer wieder haben, Harry«, sagte Old Jack. »Die Engländer sind die größten Snobs der Welt, und meistens haben sie dazu keinerlei Grund. Meiner Erfahrung nach gilt: Je kleiner das Talent, umso größer der Snob. Nur dadurch kann die sogenannte Oberklasse darauf hoffen zu überleben. Ich muss dich warnen, mein Junge. Aufsteiger wie du, die ohne Einladung in ihren Club platzen, mögen sie gar nicht.«

»Aber Sie behandeln mich doch auch nicht so«, sagte Harry.

»Das liegt daran, dass ich nicht zur Oberklasse gehöre«, sagte Old Jack lachend.

»Vielleicht nicht. Aber meine Mum sagt, dass Sie erstklassig sind«, erwiderte Harry, »und das will ich auch sein.«

Es war nicht gerade hilfreich, dass Old Jack Harry nicht den wahren Grund dafür sagen konnte, warum Mr. Hugo ihn so herablassend behandelte. Manchmal wünschte er sich, er wäre nicht zur falschen Zeit am falschen Ort gewesen und hätte nicht mitbekommen, was an dem Tag, an dem der Vater des Jungen starb, wirklich geschehen war.

»Sind Sie wieder eingeschlafen, alter Mann?«, fragte Harry.

»Ich kann nämlich nicht den ganzen Tag hier herumhängen und mit Ihnen plaudern. Ich habe meiner Mum versprochen, dass ich sie bei Clarks in der Broad Street treffe, denn sie möchte mir ein neues Paar Schuhe kaufen. Obwohl mir nicht einleuchtet, was mit dem, das ich habe, nicht in Ordnung sein sollte.«

»Deine Mum ist eine ganz besondere Frau«, bemerkte Old Jack.

»Deshalb kaufe ich ihr eine Uhr«, sagte Harry.

Die Türklingel erklang, als er den Zeitungsladen betrat. Old Jack hoffte, dass der Gefreite Deakins sich nach so langer Zeit nicht mehr an ihn erinnern würde.

»Guten Morgen, Sir. Wie kann ich Ihnen helfen?«

Old Jack erkannte Mr. Deakins sofort. Er lächelte, ging zum Schaukasten und musterte die beiden Uhren auf dem obersten Regal. »Ich würde gerne wissen, wie viel diese Ingersoll kostet.«

»Das Modell für die Dame oder das für den Herrn, Sir?«, fragte Mr. Deakins und kam hinter der Ladentheke hervor.

»Das Modell für die Dame«, sagte Old Jack.

Mit seiner verbliebenen Hand schloss Deakins den Schaukasten auf und zog die Uhr von ihrer Halterung. Er warf einen Blick auf das Preisschild und sagte: »Sechzehn Shilling, Sir.«

»Gut«, sagte Old Jack und legte eine Zehn-Shilling-Note auf die Ladentheke. Mr. Deakins wirkte verwirrt. »Wenn Harry Clifton Sie nach dem Preis dieser Uhr fragt, Mr. Deakins, dann sagen Sie ihm bitte, dass sie sechs Shilling kostet, denn genauso viel wird er gespart haben, wenn er für Sie zu arbeiten aufhört, und ich weiß, dass er sie als Geschenk für seine Mutter kaufen will.«

»Sie müssen Old Jack sein«, sagte Deakins. »Er wird gerührt sein, wenn Sie ...«

»Aber Sie werden ihm kein Wort sagen«, erwiderte Old Jack und sah Mr. Deakins in die Augen. »Er soll glauben, dass der Preis der Uhr sechs Shilling beträgt.«

»Ich verstehe«, sagte Mr. Deakins und streifte die Uhr wieder über ihre Halterung.

»Und wie viel kostet die Herrenuhr?«

»Ein Pfund.«

»Würden Sie mir gestatten, weitere zehn Shilling als Anzahlung zu leisten und Ihnen im Laufe des nächsten Monats pro Woche eine halbe Krone zu geben, bis ich den vollen Betrag abbezahlt habe?«

»Das klingt absolut akzeptabel, Sir. Aber möchten Sie sie nicht zuerst anprobieren?«

»Nein, danke«, sagte Old Jack. »Sie ist nicht für mich. Ich werde sie Harry geben, wenn er das Stipendium der Bristol Grammar School gewinnt.«

»Denselben Gedanken hatte ich auch schon«, erwiderte Mr. Deakins, »wenn mein Sohn Algy das Glück hat, ein Stipendium zu gewinnen.«

»Dann sollten Sie keine Zeit verlieren und noch eine bestellen«, sagte Old Jack. »Harry hat mir erzählt, dass Ihr Sohn das Stipendium so gut wie in der Tasche hat.«

Mr. Deakins lachte und sah sich Old Jack genauer an. »Sind wir uns schon einmal begegnet, Sir?«

»Ich glaube nicht«, sagte Old Jack und verließ den Laden ohne ein weiteres Wort.

31

»Wenn der Berg nicht zum Propheten kommt...« Old Jack lächelte stumm vor sich hin, als er aufstand, um Mr. Holcombe zu begrüßen und ihm einen Platz anzubieten.

»Würden Sie sich mir im Speisewagen auf eine Tasse Tee anschließen?«, fragte Old Jack. »Mrs. Clifton war so freundlich, mir ein Päckchen ausgezeichneten Earl Grey zu besorgen.«

»Nein, danke, Sir«, sagte Holcombe. »Ich habe gerade gefrühstückt.«

»Der Junge wird also kein Stipendium bekommen«, sagte Old Jack, denn er nahm an, dass der Lehrer aus diesem Grund zu ihm gekommen war.

»In seinen eigenen Augen hat Harry versagt«, erwiderte Holcombe, »obwohl er unter dreihundert Bewerbern Platz siebzehn erreicht und die Schule ihm im September einen Platz in ihrer A-Leistungsgruppe angeboten hat.«

»Aber kann er dieses Angebot auch annehmen? Seine Mutter wird dadurch zusätzlich finanziell belastet werden.«

»Solange es keine unerwarteten Tretminen gibt, sollte sie in der Lage sein, Harry durch die nächsten fünf Jahre zu bringen.«

»Selbst dann wird Harry sich nicht die kleinen Extras leisten können, die die meisten anderen Jungen als selbstverständlich ansehen.«

»Mag sein. Aber ich konnte einen Teil der Zusatzkosten organisieren, welche die Schule auf ihrer Liste hat, sodass es ihm möglich sein wird, sich für zwei der drei wahlweise angebotenen Aktivitäten einzutragen, die er so gerne absolvieren möchte.«

»Lassen Sie mich raten«, sagte Old Jack. »Den Chor, den Theaterclub und ...?«

»Kunstbetrachtung«, sagte Holcombe. »Miss Monday und Miss Tilly übernehmen die Kosten für alle Fahrten, die der Chor möglicherweise unternimmt, ich kümmere mich um den Theaterclub ...«

»Sodass für mich die Kunstbetrachtung bleibt«, sagte Old Jack. »Seine neue Leidenschaft. Ich kann mich Harry gegenüber noch immer behaupten, wenn es um Rembrandt und Vermeer geht, und sogar bei diesem Neuen, Matisse. Aber jetzt versucht er, mich für einen Spanier namens Picasso zu interessieren, aber mit dem kann ich nichts anfangen.«

»Ich habe noch nie von ihm gehört«, gestand Holcombe.

»Und ich bezweifle, dass es jemals dazu kommen wird«, sagte Old Jack. »Aber verraten Sie Harry nicht, dass ich das gesagt habe.« Er griff nach einer kleinen Blechbüchse und nahm drei Geldscheine und fast alle Münzen heraus, die er besaß.

»Nein, nein!«, protestierte Holcombe. »Das ist nicht der Grund, weshalb ich heute zu Ihnen gekommen bin. Ehrlich gesagt habe ich vor, heute Nachmittag noch Mr. Craddick zu besuchen, und ich bin zuversichtlich, dass er ...«

»Ich denke, Sie werden verstehen, dass ich gegenüber Mr. Craddick den Vorrang habe«, sagte Old Jack und reichte ihm das Geld.

»Das ist sehr großzügig von Ihnen.«

»Es ist sinnvoll ausgegebenes Geld«, erwiderte Old Jack, »selbst wenn es sich nur um das Witwenscherflein handelt. Wenigstens wäre mein Vater einverstanden«, fügte er wie einen nachträglichen Gedanken hinzu.

»Ihr Vater?«, sagte Holcombe.

»Er ist der Kanonikus der Kathedrale von Wells.«

»Ich hatte keine Ahnung«, sagte Holcombe. »Dann können Sie ihn ja wenigstens von Zeit zu Zeit besuchen.«

»Unglücklicherweise nein. Ich fürchte, ich bin eine moderne Version des verlorenen Sohnes«, erwiderte Old Jack. Weil er dieses Thema nicht weiterverfolgen wollte, sagte er: »Also, junger Mann, dann sagen Sie mir mal, weshalb Sie mich sprechen wollten.«

»Ich kann mich nicht daran erinnern, wann mich jemand das letzte Mal einen jungen Mann genannt hat.«

»Seien Sie einfach dankbar dafür, dass es überhaupt noch jemand tut«, sagte Old Jack.

Holcombe lachte. »Ich habe Eintrittskarten für ein Stück, das die Schule aufführt, *Julius Caesar*. Harry spielt darin mit. Ich dachte, Sie möchten mit mir zur Premiere kommen.«

»Ich weiß, dass er vorgesprochen hat«, sagte Old Jack. »Welche Rolle hat er bekommen?«

»Er spielt Cinna«, erwiderte Holcombe.

»Dann werden wir ihn an seinem Gang erkennen.«

Holcombe beugte sich vor zu Old Jack. »Heißt das, Sie werden mit mir kommen?«

»Ich fürchte, nein«, erwiderte Old Jack und hob die Hand. »Es ist außerordentlich freundlich von Ihnen, an mich zu denken, Holcombe, aber für eine Theateraufführung bin ich noch nicht bereit, nicht einmal als einfacher Zuschauer im Publikum.«

Old Jack bedauerte sehr, dass er auf Harrys Auftritt in der Schulaufführung verzichten und sich mit dem Bericht über den Abend zufriedengeben musste. Im Jahr darauf, als Holcombe vorschlug, dass Old Jack mitkommen solle, weil Harrys Rollen inzwischen größer waren, wäre er beinahe dazu bereit gewesen; doch erst als Harry – wiederum ein Jahr später – den Puck spielte, gestattete er es sich schließlich, dass ein Traum Wirklichkeit wurde.

Obwohl er sich noch immer vor Menschenansammlungen fürchtete, hatte Old Jack beschlossen, in die letzte Reihe der Aula zu schlüpfen, wo niemand ihn sehen oder, schlimmer noch, erkennen würde.

Gerade als er im Waschraum im fünften Stock von Barrington House seinen Bart stutzte, bemerkte er die riesige Schlagzeile eines örtlichen Sensationsblattes, das jemand dort hatte liegen lassen. *Tilly's Teesalaon bis auf die Grundmauern niedergebrannt. Brandstiftung vermutet.* Als er das Foto darunter sah, wurde ihm übel. Umgeben von ihren Mitarbeiterinnen stand Mrs. Clifton auf dem Bürgersteig und starrte auf die verkohlten Überreste ihres Salons. *Lesen Sie die ganze Geschichte auf Seite 11.* Jack wollte der Aufforderung folgen, doch es gab keine Seite 11.

Unverzüglich verließ er den Waschraum in der Hoffnung, die fehlende Seite auf Miss Potts' Schreibtisch zu finden. Es überraschte ihn nicht, als er sah, dass ihr Schreibtisch aufgeräumt war und man sogar ihren Papierkorb geleert hatte. Vorsichtig öffnete er die Tür des geschäftsführenden Direktors, warf einen Blick in das Büro und sah die fehlende Seite auf Mr. Hugos Schreibtisch ausgebreitet. Er setzte sich in den hochlehnigen Ledersessel und begann zu lesen.

Nachdem er den Artikel beendet hatte, bestand Jacks erste Reaktion darin, sich zu fragen, ob Harry die Schule würde verlassen müssen.

Der Bericht erwähnte, dass Mrs. Clifton vor dem Ruin stünde, sollte die Versicherung nicht die volle Summe ausbezahlen. Der Reporter schrieb, dass ein Sprecher der Bristol and West of England erklärt habe, seine Gesellschaft werde nicht einmal den allerbescheidensten Farthing bezahlen, bevor die Polizei nicht jeden Verdacht gegenüber der Eigentümerin ausgeräumt habe. Old Jack fragte sich, wie viele Schwierigkeiten noch auf die arme Frau hereinbrechen würden.

Der Reporter hatte sorgfältig darauf geachtet, Maisie nicht namentlich zu nennen, doch Old Jack machte sich keine Illusionen darüber, warum ihr Foto an einer so auffälligen Stelle auf der Titelseite zu sehen war. Er las weiter. Als er sah, dass Detective Inspector Blakemore mit dem Fall betraut war, wurde er ein wenig zuversichtlicher. Ein Mann wie Blakemore würde schon sehr bald erkennen, dass Mrs. Clifton Dinge eher aufbaute, als sie niederzubrennen.

Als Old Jack die Zeitungsseite wieder zurück auf Mr. Hugos Schreibtisch legte, fiel ihm zum ersten Mal ein Brief auf. Er hätte ihn ignoriert, da ihn das nichts anging, hätte er im ersten Absatz nicht den Namen »Mrs. Clifton« gesehen.

Er begann, den Brief zu lesen, und konnte kaum glauben, dass Hugo Barrington die fünfhundert Pfund aufgebracht hatte, mit deren Hilfe es Mrs. Clifton möglich gewesen war, das Tilly's zu erwerben. Warum sollte Mr. Hugo Maisie helfen?, fragte sich Old Jack. War es möglich, dass er bereute, wie ihr Mann gestorben war? Oder schämte er sich dafür, einen Unschuldigen für ein Verbrechen hinter Gitter gebracht zu haben, das jener Mann nicht begangen hatte? Er hatte Tancock immerhin seine alte Stelle wiedergegeben, nachdem dieser aus dem Gefängnis entlassen worden war. Old Jack begann sich zu fragen, ob er sich gegenüber Hugo nach dem Prinzip »Im Zweifel für den Angeklagten« verhalten sollte. Sir Walters Worte fielen ihm wieder ein: »Er ist nicht nur schlecht, weißt du?«

Old Jack las den Brief noch einmal. Er stammte von Mr. Prendergast, dem örtlichen Manager der National Provincial Bank.

Mr. Prendergast schrieb, dass er die Versicherung gedrängt habe, ihre vertraglichen Vereinbarungen zu erfüllen und Mrs. Clifton die im Schadensfall fällige Summe vollständig auszubezahlen, welche sich auf sechshundert Pfund belief. Mrs. Clifton, so betonte er, sei unschuldig, und Detective Inspector Blakemore habe die Bank kürzlich darüber informiert, dass sie nicht mehr verdächtigt werde.

Im letzten Absatz seines Briefes deutete Prendergast an, dass er und Barrington sich in absehbarer Zukunft treffen sollten, um die Angelegenheit abzuschließen, damit Mrs. Clifton den vollen Betrag, der ihr zustand, entgegennehmen könne. Old Jack sah auf, als die kleine Uhr auf dem Tisch siebenmal läutete.

Er schaltete das Licht aus, eilte in den Korridor und die Treppe hinab. Er wollte nicht zu spät zu Harrys Aufführung kommen.

32

Als Old Jack später in jener Nacht nach Hause kam, griff er nach einem Exemplar der *Times*, das Harry ihm einige Tage zuvor vorbeigebracht hatte. Er machte sich nicht die Mühe, die Kleinanzeigen auf der Titelseite durchzugehen, denn er brauchte weder eine neue Melone noch Hosenträger noch eine Erstausgabe von *Sturmhöhe*.

Er schlug die Zeitung auf und sah ein Foto von König Edward VIII., der einen Jachtausflug im Mittelmeer genoss. Neben ihm stand eine Amerikanerin namens Mrs. Simpson. Der Bericht war vorsichtig formuliert, doch selbst die *Times* fand es offensichtlich schwierig, Verständnis für den Wunsch des jungen Königs aufzubringen, eine Geschiedene zu heiraten. Old Jack machte das traurig, denn er bewunderte Edward, besonders seit seinem Besuch bei den walisischen Bergarbeitern, deren von Not geprägtes Leben ihn ganz offensichtlich berührt hatte. Aber wie sein altes Kindermädchen einst gesagt hatte: Bevor es am Abend ins Bett geht, gibt es sicher noch Tränen.

Danach verbrachte Old Jack längere Zeit damit, einen Bericht über die Änderung der Zollvorschriften zu lesen, welche gerade in zweiter Lesung das Unterhaus passiert hatte, trotz hitziger Kommentare von Winston Churchill, der das Ganze »nicht Fisch, nicht Fleisch« nannte und meinte, niemand würde von dem neuen Gesetz profitieren, nicht einmal die Regierung bei der nächsten Wahl. Er konnte es nicht erwarten, Sir Walters ungeschminkte Ansichten zu diesem besonderen Thema zu hören.

Er blätterte weiter und erfuhr, dass die British Broadcasting Corporation ihre erste Fernsehübertragung aus dem Alexandra Palace gesendet hatte. Was das bedeutete, konnte er nicht einmal ansatzweise verstehen. Wie war es möglich, dass man ein Bild in verschiedene Haushalte ausstrahlte? Er besaß nicht einmal ein Radio und hegte absolut kein Verlangen nach einem Fernsehgerät.

Er kam zu den Sportseiten und sah das Foto eines elegant gekleideten Fred Perry unter der Überschrift: *Dreimaliger Wimbledon-Gewinner Favorit bei den American Open.* Der Tenniskorrespondent deutete sogar an, dass einige der ausländischen Gegner in Forest Hills Shorts tragen könnten, was Jack sich ebenfalls nicht vorstellen konnte.

Wie immer, wenn Old Jack die *Times* las, hob er sich die Nachrufe bis zum Schluss auf. Er hatte inzwischen ein Alter erreicht, in dem Männer starben, die jünger waren als er – und das nicht nur im Krieg.

Als er die entsprechende Seite aufschlug, wich alle Farbe aus seinem Gesicht, und überwältigende Trauer erfüllte ihn. Er nahm sich Zeit, den Nachruf auf Reverend Thomas Alexander Tarrant zu lesen, Kanonikus der Kathedrale von Wells, der in der Überschrift als ein gottesfürchtiger Mann bezeichnet wurde. Als Old Jack den Nachruf auf seinen Vater zu Ende gelesen hatte, fühlte er sich beschämt.

»Sieben Pfund und vier Shilling?«, wiederholte Old Jack. »Aber ich dachte, Sie hätten von der Bristol and West of England Insurance Company einen Scheck über sechshundert Pfund erhalten als ›vollständige und abschließende Auszahlung‹, wenn ich mich an die genauen Worte erinnere.«

»Das stimmt«, sagte Maisie Clifton. »Aber als ich das ursprüngliche Darlehen samt Zinsen, Zinseszinsen und Bankgebühren zurückgezahlt habe, blieben sieben Pfund und vier Shilling übrig, die ich noch begleichen muss.«

»Ich bin so naiv«, sagte Old Jack. »Wie konnte ich auch nur einen Moment – einen einzigen Moment – lang glauben, dass Barrington Ihnen helfen wollte?«

»Sie sind nicht halb so naiv wie ich«, erwiderte Maisie. »Denn wenn ich geglaubt hätte, dass dieser Mann irgendwie an diesem Geschäft beteiligt ist, hätte ich nie auch nur einen Penny von seinem Geld genommen. Doch weil ich das getan habe, habe ich alles verloren, sogar meine Arbeit im Hotel.«

»Aber warum nur?«, fragte Old Jack. »Mr. Frampton hat doch immer behauptet, dass Sie unersetzlich seien.«

»Nun, es sieht so aus, als ob ich das nicht mehr bin. Als ich ihn gefragt habe, warum er mich entlässt, weigerte er sich, mir einen konkreten Grund zu nennen. Er meinte nur, ihm gegenüber sei ›aus einer über jeden Verdacht erhabenen Quelle‹ eine Beschwerde über mich vorgebracht worden. Es kann kein Zufall sein, dass ich entlassen wurde, einen Tag nachdem diese ›über jeden Verdacht erhabene Quelle‹ im Royal Hotel erschienen ist, um sich mit dem Manager zu unterhalten.«

»Haben Sie gesehen, wie Barrington ins Hotel kam?«, fragte Old Jack.

»Nein. Aber ich habe gesehen, wie er wieder herauskam. Vergessen Sie nicht, dass ich mich im Fond seines Wagens versteckt und auf ihn gewartet habe.«

»Natürlich«, sagte Old Jack. »Was ist passiert, als Sie ihn wegen Harry zur Rede gestellt haben?«

»Im Auto hat er praktisch zugegeben«, sagte Maisie, »dass er für Arthurs Tod verantwortlich ist.«

»Nach so vielen Jahren hat er endlich reinen Tisch gemacht?«, fragte Old Jack ungläubig.

»Eigentlich nicht«, sagte Maisie. »Es ist ihm eher so rausgerutscht. Aber als ich den Umschlag mit der Rechnung über die Gebühren im nächsten Schuljahr auf den Beifahrersitz gelegt habe, hat er ihn eingesteckt und gesagt, er wolle sehen, wie er mir helfen kann.«

»Und Sie haben das geglaubt?«

»Voll und ganz«, gab Maisie zu. »Denn als er kurz darauf anhielt und aus dem Wagen stieg, öffnete er mir sogar die Tür. Doch in dem Augenblick, in dem ich selbst ausgestiegen bin, schlug er mich zu Boden, zerriss die Rechnung und fuhr davon.«

»Haben Sie deshalb ein blaues Auge?«

Maisie nickte. »Er hat mich gewarnt, dass er dafür sorgen würde, dass ich in eine Anstalt käme, sollte ich versuchen, Kontakt zu seiner Frau aufzunehmen.«

»Das ist nichts als ein Bluff«, sagte Old Jack, »denn mit so etwas käme nicht einmal er durch.«

»Vielleicht haben Sie recht«, erwiderte Maisie. »Aber ich bin nicht bereit, dieses Risiko einzugehen.«

»Und wenn Sie Mrs. Barrington berichten würden, dass ihr Mann für Arthurs Tod verantwortlich ist«, sagte Old Jack, »bräuchte er sie nur darauf hinzuweisen, dass Sie Stan Tancocks Schwester sind, und schon würde sie einen solchen Gedanken schlicht zurückweisen.«

»Gut möglich«, sagte Maisie. »Aber sie würde diesen Gedanken nicht so einfach zurückweisen, wenn ich ihr sagen würde, dass ihr Mann vielleicht Harrys Vater ist.«

Old Jack verschlug es die Sprache vor Überraschung, und er

versuchte, sich über die Konsequenzen von Maisies Worten klar zu werden. »Ich bin nicht nur naiv«, brachte er schließlich heraus, »ich bin auch furchtbar dumm. Hugo Barrington ist es völlig gleichgültig, ob seine Frau glaubt, dass er etwas mit dem Tod Ihres Mannes zu tun hat. Seine größte Angst ist es, dass Harry jemals herausfinden könnte, dass er möglicherweise sein Vater ist.«

»Aber das würde ich Harry niemals sagen«, erwiderte Maisie. »Ich will auf gar keinen Fall, dass er sich für den Rest seines Lebens fragt, wer sein Vater ist.«

»Genau darauf setzt Barrington. Und jetzt, nachdem er Ihren Widerstand gebrochen hat, dürfte er wild entschlossen sein, Harry zu vernichten.«

»Aber warum denn nur?«, fragte Maisie. »Harry hat ihm nie etwas getan.«

»Natürlich nicht. Aber wenn Harry beweisen könnte, dass er Hugo Barringtons ältester Sohn ist, würde er vermutlich nicht nur den Titel erben, sondern auch alles, was damit verbunden ist, und für Giles bliebe überhaupt nichts mehr.«

Jetzt war es Maisie, der es die Sprache verschlug.

»Na schön. Nachdem wir jetzt den wahren Grund dafür herausgefunden haben, warum Hugo Barrington alles daransetzt, dass Harry die BGS nicht mehr besuchen kann, sollte ich Sir Walter vielleicht einen Besuch abstatten und ihm einige unangenehme Wahrheiten über seinen Sohn erzählen.«

»Nein, bitte tun Sie das nicht«, beschwor Maisie ihn.

»Warum nicht? Es könnte unsere einzige Chance sein, damit Harry auf der BGS bleiben kann.«

»Vielleicht. Aber es würde auch dazu führen, dass mein Bruder Stan entlassen wird – und zu Gott weiß welchen Dingen noch, zu denen Barrington in der Lage ist.«

Es dauerte eine Weile, bis Old Jack darauf antwortete. »Wenn Sie mir nicht erlauben, Sir Walter die Wahrheit zu sagen, werde ich anfangen müssen, in dem Dreck herumzukriechen, in dem Hugo Barrington gegenwärtig haust.«

33

»Sie wünschen *was*?«, fragte Miss Potts, denn sie war nicht sicher, ob sie ihn richtig verstanden hatte.

»Einen privaten Termin mit Hugo Barrington«, antwortete Old Jack.

»Und dürfte ich erfahren, was in einer solchen Unterredung zur Sprache kommen soll?«, fragte sie, ohne zu versuchen, den Sarkasmus in ihrer Stimme zu unterdrücken.

»Die Zukunft seines Sohnes.«

»Warten Sie einen Augenblick. Ich werde sehen, ob Mr. Barrington gewillt ist, mit Ihnen zu sprechen.«

Leise klopfte Miss Potts an die Tür des geschäftsführenden Direktors und verschwand in seinem Büro. Gleich darauf kam sie mit überraschter Miene zurück.

»Mr. Barrington wird Sie jetzt empfangen«, sagte sie und hielt ihm die Tür auf.

Old Jack musste lächeln, als er an ihr vorbeiging. Hugo Barrington sah hinter seinem Schreibtisch auf. Er bot dem alten Mann keinen Stuhl an und reichte ihm auch nicht die Hand.

»Welches Interesse könnten Sie an Giles' Zukunft haben?«, fragte Barrington.

»Keines«, gab Old Jack zu. »Es ist Ihr anderer Sohn, an dessen Zukunft ich interessiert bin.«

»Zum Teufel, wovon sprechen Sie überhaupt?«, fragte Barrington ein wenig zu laut.

»Wenn Sie nicht wüssten, wovon ich spreche, wären Sie wahrscheinlich gar nicht erst bereit gewesen, mich zu empfangen«, erwiderte Old Jack verächtlich.

Alle Farbe wich aus Barringtons Gesicht. Old Jack fragte sich sogar, ob er ohnmächtig werden würde. »Was wollen Sie von mir?«, fragte Barrington schließlich.

»Ihr ganzes Leben lang waren Sie ein Händler«, sagte Old Jack, »und ich besitze etwas, worüber Sie mit Sicherheit einen Handel abschließen wollen.«

»Was könnte das wohl sein?«

»Am Tag nachdem Arthur Clifton auf so geheimnisvolle Weise verschwunden ist und Stan Tancock wegen eines Verbrechens festgenommen wurde, das er nicht begangen hat, bat mich Detective Inspector Blakemore um eine schriftliche Aussage bezüglich all dessen, was ich an jenem Abend gesehen hatte. Weil Sie dafür gesorgt haben, dass Blakemore der Fall entzogen wurde, ist die Aussage noch immer in meinem Besitz. Mir scheint, für manchen wäre das eine sehr interessante Lektüre, sollte diese Aussage in die falschen Hände geraten.«

»Und mir scheint, dass es sich bei dem, was Sie vorbringen, um Erpressung handelt«, sagte Barrington, der die Worte geradezu ausspuckte. »Und dafür können Sie sehr lange ins Gefängnis kommen.«

»Aber einige Menschen könnten den Eindruck haben, es sei nichts als meine staatsbürgerliche Pflicht, ein solches Dokument der Öffentlichkeit zugänglich zu machen.«

»Und wer würde Ihrer Meinung nach wohl den Faseleien eines alten Mannes glauben? Die Presse ganz sicher nicht, nachdem meine Anwälte die Reporter auf die Gesetze gegen Verleumdung hingewiesen haben. Und da die Polizei die Akte schon vor einigen Jahren geschlossen hat, kann ich mir nicht vorstellen, warum der Chief Constable all die Mühen und Kosten auf sich nehmen sollte, sie wieder zu öffnen – und zwar nur auf das Wort eines alten Mannes hin, der im besten Fall als exzentrisch und im schlimmsten Fall als wahnsinnig gelten kann. Deshalb muss ich Sie fragen, wer sich denn Ihrer Meinung nach Ihre lächerlichen Anschuldigungen anhören sollte.«

»Ihr Vater«, sagte Old Jack. Es war nur ein Bluff, aber Barrington wusste schließlich nicht, was er Maisie versprochen hatte.

Barrington sackte in seinen Sessel zurück. Er wusste nur zu gut, welchen Einfluss Old Jack auf seinen Vater hatte, auch wenn er sich nicht erklären konnte, was der Grund dafür sein mochte. »Wie viel erwarten Sie für dieses Dokument?«

»Dreihundert Pfund.«

»Das ist nichts anderes als Diebstahl!«

»Das ist mehr oder weniger die Summe, um die Schulgebühren und ein paar Sonderausgaben zu bezahlen, die Harry Clifton benötigt, um für die nächsten zwei Jahre auf der Bristol Grammar School zu bleiben.«

»Warum kann ich nicht einfach zum Anfang jedes Schuljahres die Gebühren bezahlen, wie ich das bei meinem eigenen Sohn mache?«

»Weil Sie die Zahlungen für einen Ihrer Söhne sofort einstellen würden, sobald sich meine Aussage in Ihren Händen befindet.«

»Dann werden Sie Bargeld nehmen müssen«, sagte Barrington und zog einen Schlüssel aus seiner Tasche.

»Nein, danke«, sagte Old Jack. »Ich erinnere mich nur zu gut an das, was mit Stan Tancock passiert ist, nachdem Sie ihm dreißig Silberlinge gegeben haben. Ich habe nicht vor, die nächsten drei Jahre im Gefängnis zu verbringen für ein Verbrechen, das ich nicht begangen habe.«

»Dann werde ich die Bank anrufen müssen, wenn ich einen Scheck über einen so hohen Betrag ausstellen soll.«

»Nur zu«, sagte Old Jack und deutete auf das Telefon auf Barringtons Schreibtisch.

Barrington zögerte einen Augenblick, bevor er nach dem Hörer griff. Er wartete, bis sich die Vermittlung meldete, worauf er schließlich sagte: »TEM 3731.«

Wieder wartete er kurz, bevor eine Stimme sagte: »Ja?«

»Sind Sie das, Prendergast?«

»Nein, Sir«, sagte die Stimme.

»Gut. Sie sind genau der Mann, den ich gesucht habe«, erwiderte Barrington. »Im Laufe der nächsten Stunde wird ein Mr. Tar mit einem Scheck über dreihundert Pfund, auszuzahlen an die Bristol Municipal Charities, zu Ihnen kommen. Würden Sie bitte dafür sorgen, dass diese Angelegenheit umgehend bearbeitet wird, und mich dann unverzüglich zurückrufen?«

»Wenn Sie wollen, dass ich Sie in ein paar Minuten zurückrufe, dann antworten Sie einfach mit: ›Ja, das ist richtig‹«, sagte die Stimme.

»Ja, das ist richtig«, sagte Barrington und legte den Hörer auf. Er öffnete die mittlere Schublade seines Schreibtischs, nahm sein Scheckbuch heraus und schrieb die Worte *Zahlbar an die Bristol Municipal Charities* in die entsprechende Zeile; in eine weitere Zeile trug er die Worte *Dreihundert Pfund* ein. Dann unterzeichnete er den Scheck, reichte ihn Old Jack, welcher ihn sorgfältig studierte und nickte.

»Ich stecke ihn nur schnell in einen Umschlag«, sagte Barrington und drückte einen Knopf an der Unterseite seines Schreibtischs. Old Jack sah, wie Miss Potts in das Büro kam.

»Ja, Sir?«

»Mr. Tar wird zur Bank gehen«, sagte Barrington, während er den Scheck in den Umschlag schob. Er versiegelte den Umschlag, adressierte ihn an Mr. Prendergast, fügte in Großbuchstaben das Wort PERSÖNLICH hinzu und händigte ihn Old Jack aus.

»Danke«, sagte Old Jack. »Ich werde Ihnen das Dokument persönlich übergeben, sobald ich zurück bin.«

Barrington nickte, gerade als das Telefon auf seinem Schreibtisch zu klingeln begann. Er wartete, bis Old Jack das Büro verlassen hatte, bevor er den Hörer abnahm.

Old Jack beschloss, mit der Straßenbahn in die Innenstadt zu fahren, denn ihm schien, bei einer so besonderen Gelegenheit sei diese Ausgabe gerechtfertigt. Als er zwanzig Minuten später die Bank betrat, sagte er dem jungen Mann am Empfang, dass er einen Brief für Mr. Prendergast habe. Der Mann schien nicht besonders beeindruckt. Das änderte sich allerdings, als Old Jack hinzufügte: »Er ist von Hugo Barrington.«

Sofort verließ der junge Mann seinen Posten und führte Old Jack durch die Schalterhalle und einen langen Flur zum Büro des Managers. Er klopfte an die Tür, öffnete sie und erklärte: »Dieser Gentleman hat einen Brief von Mr. Barrington, Sir.«

Mr. Prendergast sprang hinter seinem Schreibtisch auf, schüttelte dem alten Mann die Hand und führte ihn zu einem Stuhl dem Schreibtisch gegenüber. Old Jack reichte Prendergast den Umschlag mit den Worten: »Mr. Barrington hat mich gebeten, Ihnen das persönlich zu übergeben.«

»Ja, natürlich«, sagte Prendergast, der sofort die vertraute Handschrift eines seiner am meisten geschätzten Kunden erkannte. Er schlitzte den Umschlag auf und zog einen Scheck heraus. Er sah ihn eine Weile an, bevor er schließlich sagte: »Da muss irgendein Irrtum vorliegen.«

»Das ist kein Irrtum«, sagte Old Jack. »Mr. Barrington möchte, dass der Betrag in voller Höhe zum frühestmöglichen Zeitpunkt an die Bristol Municipal Charities ausbezahlt wird – genau so, wie er Ihnen das vor einer halben Stunde telefonisch mitgeteilt hat.«

»Aber ich habe Mr. Barrington heute Morgen überhaupt noch nicht gesprochen«, sagte Prendergast und reichte den Scheck an Old Jack zurück.

Ungläubig starrte Old Jack einen nicht ausgefüllten Scheck an. Es dauerte nur wenige Augenblicke, bis er begriff, dass Barrington die Schecks ausgetauscht haben musste, als Miss Potts das Büro betreten hatte. Der entscheidende Kniff des Ganzen hatte darin bestanden, den Umschlag an Mr. Prendergast persönlich zu adressieren, um sicherzustellen, dass er erst geöffnet würde, wenn er dem Bankmanager ausgehändigt worden wäre. Ein Rätsel konnte Jack allerdings nicht lösen: Wer war am anderen Ende der Leitung gewesen?

Old Jack eilte aus dem Büro, ohne noch etwas zu Mr. Prendergast zu sagen. Er durchquerte die Schalterhalle und rannte auf die Straße. Ein paar Minuten später brachte ihn eine Straßenbahn zurück zum Hafen. Als er wieder durch die Hafentore trat, konnte er nicht länger als eine Stunde weggewesen sein.

Ein Mann, den er nicht kannte, kam ihm entgegen. Der Fremde hatte etwas Militärisches an sich, und Old Jack fragte sich, ob sein Hinken von einer Verwundung stammte, die er sich im Großen Krieg zugezogen hatte.

Old Jack eilte an ihm vorbei die Kaimauer entlang. Erleichtert erkannte er, dass die Tür zu seinem Eisenbahnwaggon geschlossen war, und als er sie öffnete, wurde seine Erleichterung noch größer, denn er sah, dass alles noch so war, wie er es zurückgelassen hatte.

Er sank auf die Knie und hob eine Ecke des Teppichs an, doch seine Zeugenaussage war nicht mehr da. Detective Inspector Blakemore hätte den Diebstahl als das Werk eines Profis bezeichnet.

34

Old Jack setzte sich in die fünfte Reihe der versammelten Gemeinde und hoffte, dass niemand ihn erkennen würde. So viele Menschen waren in die Kathedrale gekommen, dass diejenigen, die in den Seitenkapellen keinen Platz mehr gefunden hatten, in den Gängen standen oder sich hinter der letzten Bankreihe zusammendrängten.

Der Bischof von Bath und Wells trieb Old Jack Tränen in die Augen, als er darüber sprach, wie Jacks Vater nie in seinem Glauben an Gott schwankend geworden war und der Kanonikus sich nach dem viel zu frühen Tod seiner Frau ganz dem Dienst an der Gemeinschaft gewidmet hatte. »Und der beste Beweis dafür«, erklärte der Bischof, indem er die Arme in Richtung Gemeinde hob, »ist die große Zahl der heute hier Versammelten, die, trotz ihrer ganz unterschiedlichen Herkunft, allesamt gekommen sind, um ihn zu ehren und ihm ihren Respekt zu erweisen. Und obwohl dieser Mann keine Eitelkeit kannte, gelang es ihm nicht, einen gewissen Stolz auf seinen einzigen Sohn Jack zu verbergen, welcher mit selbstlosem Mut, tapferer Entschlossenheit und einer Opferbereitschaft, die das eigene Leben hintanstellt, in Südafrika während des Burenkrieges so viele seiner Kameraden gerettet hatte, wofür ihm das Victoriakreuz verliehen wurde.« Er hielt inne, sah in die fünfte Reihe und sagte: »Und wie glücklich bin ich, ihn heute im Kreis der Gemeinde zu erblicken.«

Mehrere Menschen drehten sich nach einem Mann um, den

sie noch nie zuvor gesehen hatten. Jack senkte voller Scham den Kopf.

Am Ende des Gottesdienstes kamen zahlreiche Gemeindemitglieder auf Captain Tarrant zu, um ihm zu sagen, wie sehr sie seinen Vater bewundert hatten. Die Worte »Hingabe«, »Selbstlosigkeit«, »Großzügigkeit« und sogar »Liebe« fielen immer wieder.

Jack war stolz darauf, der Sohn seines Vaters zu sein, während er sich gleichzeitig dafür schämte, dass er ihn – nicht anders als seine übrigen Mitmenschen – aus seinem eigenen Leben ausgeschlossen hatte.

Als er die Kirche verließ, glaubte er einen älteren Herrn zu erkennen, der in der Nähe der großen Tore stand und ganz offensichtlich darauf wartete, mit ihm sprechen zu können. Der Mann trat vor und hob seinen Hut. »Captain Tarrant?«, fragte er mit einer Stimme, die Autorität ausstrahlte.

Mit seiner höflichen Antwort erwiderte Jack die Achtung, die in dieser Anrede steckte: »Ja, Sir?«

»Ich bin Edwin Trent. Ich hatte die Ehre, Ihrem Vater als Anwalt und ebenso, wie ich gerne glauben mag, als einer seiner ältesten und besten Freunde dienen zu dürfen.«

Jack schüttelte ihm herzlich die Hand. »Ich kann mich gut an Sie erinnern, Sir. Sie lehrten mich, Trollope und die Feinheiten gewisser Wurftechniken beim Kricket zu schätzen.«

»Wie freundlich von Ihnen, dass Sie das nicht vergessen haben«, sagte Trent mit einem leisen Kichern. »Dürfte ich Sie vielleicht auf Ihrem Weg zum Bahnhof begleiten?«

»Natürlich, Sir.«

»Wie Sie wissen«, sagte Trent, als die beiden begannen, in Richtung Stadt zu gehen, »war Ihr Vater während der vergangenen neun Jahre Kanonikus dieser Kathedrale. Sie dürften ebenfalls wissen, dass er sich nichts aus irdischen Gütern gemacht hat und sogar das wenige, was er besaß, mit denen zu teilen wusste, die in einer unglücklicheren Lage waren als er. Sollte man ihn jemals heiligsprechen, würde er gewiss zum Schutzpatron aller Vagabunden werden.«

Old Jack lächelte. Er erinnerte sich daran, wie er eines Morgens ohne Frühstück zur Schule gegangen war, weil drei Landstreicher im Flur schliefen, die – um seine Mutter zu zitieren – die Familie noch um Heim und Hof bringen würden mit ihrem Hunger.

»Bei der Verlesung seines Testaments wird sich deshalb zeigen«, fuhr Trent fort, »dass er beim Verlassen dieser Welt genauso viel besessen hat wie an jenem Tag, als er sie betrat, nämlich nichts – abgesehen von Tausenden von Freunden, was in seinen Augen zweifellos ein beachtliches Vermögen dargestellt hätte. Bevor er starb, betraute er mich mit einem kleinen Auftrag für den Fall, dass Sie zur Beerdigung kommen würden. Ich soll Ihnen den letzten Brief aushändigen, den er in seinem Leben schrieb.« Trent zog einen Brief aus der Innentasche seines Mantels und reichte ihn Old Jack. Dann hob er wieder seinen Hut und sagte: »Damit habe ich seine Bitte erfüllt, und ich bin stolz, seinen Sohn noch einmal getroffen zu haben.«

»Ich bin Ihnen sehr verbunden, Sir. Ich wünschte mir nur, es wäre nicht nötig für ihn gewesen, mir überhaupt zu schreiben.« Auch Jack hob seinen Hut, und die beiden Männer trennten sich.

Old Jack entschied, dass er den Brief seines Vaters erst im Zug auf der Rückfahrt nach Bristol lesen würde. Als die Lokomotive, große, graue Rauchwolken ausstoßend, aus dem Bahnhof rollte, nahm Jack wieder in einem Abteil dritter Klasse Platz. Er erinnerte sich daran, wie er als Kind seinen Vater gefragt hatte, warum sie immer dritter Klasse fuhren, worauf sein Vater erwidert hatte: »Weil es keine vierte Klasse gibt.« Es lag eine gewisse Ironie darin, dass Jack während der letzten dreißig Jahre erster Klasse gelebt hatte.

Er ließ sich Zeit, den Umschlag zu öffnen, und selbst nachdem er den Brief herausgenommen hatte, faltete er ihn zunächst noch nicht auf, während er weiter an seinen Vater dachte. Kein Sohn hätte sich einen besseren Mentor und Freund wünschen können. Als er auf sein Leben zurückblickte, schien es ihm, als seien alle seine Handlungen, Urteile und Entscheidungen nichts weiter als eine blasse Nachahmung dessen, was sein Vater gedacht und getan hatte.

Schließlich entfaltete er den Brief. Beim Anblick der vertrauten und ebenso schönen wie festen Handschrift in pechschwarzer Tinte strömte eine neue Flut von Erinnerungen auf ihn ein. Er begann zu lesen.

The Close
Wells Cathedral
Wells, Somerset
26. August 1936

Mein geliebter Sohn,

wenn Du so freundlich warst, meine Beerdigung zu besuchen, dann dürftest Du jetzt wohl diesen Brief lesen. Zunächst möchte ich Dir dafür danken, dass Du unter der Trauergemeinde warst.

Jack hob den Kopf und warf einen Blick auf die vorbeihuschende Landschaft. Wieder fühlte er sich schuldig, weil er seinen Vater auf eine so unüberlegte und gedankenlose Art behandelt hatte, und jetzt war es zu spät, um ihn um Vergebung zu bitten. Sein Blick wandte sich wieder dem Brief zu.

Als Du das Victoriakreuz bekommen hast, war ich der stolzeste Vater in ganz England, und Deine offizielle Belobigung hängt bis zum heutigen Tag über meinem Schreibtisch. Doch mit den Jahren verwandelte sich mein Glück in Trauer, und ich fragte unseren Gott, was ich getan hatte, um nicht nur mit dem Verlust Deiner lieben Mutter bestraft zu werden, sondern auch dadurch, dass ich Dich, mein einziges Kind, verlor.
Ich will gerne akzeptieren, dass Du einen edlen Grund dafür haben musst, warum Du Deinen Kopf und Dein Herz von dieser Welt abgewandt hast, aber ich wünschte mir, dass Du ihn mit mir geteilt hättest. Aber vielleicht könntest Du mir ja einen letzten Wunsch gewähren, wenn Du diesen Brief liest.

Old Jack zog ein Taschentuch aus seiner obersten Manteltasche und wischte sich die Augen, bevor er weiterlesen konnte.

Gott hat Dir die bemerkenswerte Gabe geschenkt, Deine Mitmenschen zu führen und zu inspirieren, und so bitte ich Dich um dies: Wenn Du in Dein Grab sinkst und weißt, dass Du Deinem Schöpfer gegenübertreten wirst, sollst Du nicht wie in der Parabel in Matthäus 25, 14 – 30 bekennen müssen, dass Du das eine Talent, welches Er Dir gegeben hat, vergraben hast. Nutze stattdessen diese Gabe zum Wohle Deiner Mitmenschen, damit, wenn Deine Zeit kommen wird, wie sie unweigerlich eines Tages kommen muss, ebenjene Menschen sich nicht nur an das Victoriakreuz erinnern, wenn sie den Namen Jack Tarrant hören.
Dein Dich liebender Vater

»Alles in Ordnung mit Ihnen?«, fragte eine Frau, die vom anderen Ende des Abteils herübergekommen war und sich neben Old Jack gesetzt hatte.

»Ja, danke«, sagte er, während ihm die Tränen über das Gesicht rannen. »Es ist nur so, dass ich heute aus dem Gefängnis entlassen wurde.«

GILES BARRINGTON
1936 – 1938

35

Ich war überglücklich, als ich Harry am ersten Tag des neuen Schuljahres durch die Schultore kommen sah. Ich hatte die Sommerferien in unserer Villa in der Toskana verbracht, weshalb ich nicht in Bristol war, als das Tilly's abbrannte, und erst am Wochenende vor dem Beginn des Unterrichts davon gehört, als ich nach England zurückkehrte. Ich hatte mir gewünscht, dass Harry mit uns nach Italien kommen würde, doch mein Vater wollte nichts davon wissen.

Ich habe niemals jemanden getroffen, der Harry nicht mochte – mit Ausnahme meines Vaters, der nicht einmal erlaubte, dass sein Name in unserem Haus genannt wurde. Einmal habe ich Mutter gefragt, ob sie sich erklären könne, warum seine Abneigung so heftig war, doch sie schien nicht mehr zu wissen als ich.

Ich wollte meinem alten Herrn in dieser Sache nicht weiter zusetzen, besonders da meine Leistungen in seinen Augen nicht gerade berühmt waren. Fast wäre ich wegen Diebstahls von der privaten Grundschule geflogen – nur der Himmel weiß, wie er das wieder hingebogen hat –, und danach habe ich ihn dadurch enttäuscht, dass ich es nicht nach Eton geschafft habe. Als die Prüfungen zu Ende waren, habe ich Vater gesagt, dass ich mir nicht noch mehr Mühe hätte geben können, und das war die reine Wahrheit. Na gut, die halbe Wahrheit. Ich wäre damit durchgekommen, wenn mein Mitverschwörer den Mund gehalten hätte. Wenigstens habe ich dabei eine einfache Lektion gelernt: Wenn man eine Abmachung mit einem Narren trifft, sollte man sich nicht darüber wundern, wenn er sich wie ein Narr verhält.

Mein Mitverschwörer war Percy, der Sohn des Earl of Bridport. Er hatte noch größere Probleme als ich, denn sieben Generationen von Bridports waren in Eton erzogen worden, und es sah so aus, als ob der junge Percy diese schöne Trefferquote ruinieren würde.

Eton ist dafür bekannt, die Regeln sehr großzügig auszulegen, wenn es um Mitglieder der Aristokratie geht, und gestattet sogar gelegentlich einem Dummkopf, die heiligen Hallen zu verdüstern, was auch der Grund dafür ist, warum ich Percy überhaupt für meine kleine List ausgewählt hatte. Alles begann damit, dass ich Frob eines Tages zu einem anderen Lehrer sagen hörte: »Wenn Bridport nur ein klein wenig heller wäre, wäre er ein halber Idiot.« Da wusste ich, dass ich nicht länger nach einem Komplizen suchen musste.

Percy wollte genauso dringend einen Platz in Eton angeboten bekommen, wie ich darauf hoffte, abgewiesen zu werden, weswegen ich das Ganze einfach als eine Gelegenheit betrachtete, bei der wir beide unser Ziel erreichen könnten.

Ich besprach meinen Plan nicht mit Harry oder Deakins. Harry hätte mich zweifellos umzustimmen versucht, denn er ist ein moralisch aufrechter Kerl, und Deakins hätte nicht verstehen können, warum jemand durch eine Prüfung fallen wollte.

Am Tag bevor die Prüfung abgehalten werden sollte, fuhr mich mein Vater in seinem rasanten neuen Bugatti nach Eton. Der Wagen sollte angeblich einhundert Meilen pro Stunde schaffen, und auf der A4 bewies mein Vater, dass es tatsächlich so war. Wir übernachteten im Swann Arms, demselben Hotel, in dem er vor über zwanzig Jahren abgestiegen war, als er die Aufnahmeprüfung gemacht hatte. Beim Abendessen ließ Vater nicht den geringsten Zweifel daran aufkommen, wie viel ihm daran lag, dass ich nach Eton gehen würde, und fast hätte ich meine Einstellung noch im letzten Augenblick geändert, doch ich hatte Percy Bridport mein Wort gegeben, und mir schien, dass ich ihn nicht im Stich lassen durfte.

Per Handschlag hatten Percy und ich in St. Bede's ausgemacht, dass wir beim Betreten des Prüfungssaals dem Aufseher den Namen des jeweils anderen nennen würden. Ich genoss es, mit »Mylord« angesprochen und besonders umsorgt zu werden, selbst wenn es nur für ein paar Stunden war.

Die Prüfungsaufgaben waren nicht so anspruchsvoll wie diejenigen der Bristol Grammar, die ich zwei Wochen zuvor beantwortet hatte, und mich beschlich das Gefühl, mehr als genug dafür getan zu haben, dass Percy im September nach Eton gehen konnte. Gleichzeitig waren sie so schwierig, dass ich darauf vertrauen durfte, dass auch Seine Lordschaft mich nicht im Stich lassen würde.

Nachdem wir die Prüfungsbögen abgegeben und wieder unsere wahren Persönlichkeiten angenommen hatten, ging ich mit meinem Vater zum Tee nach Windsor. Als er mich fragte, wie es gelaufen war, sagte ich ihm, ich hätte mein Bestes getan. Er wirkte zufrieden und begann sogar, sich zu entspannen, was meine Schuldgefühle umso größer machte. Die Rückfahrt nach Bristol konnte ich nicht genießen, und ich fühlte mich sogar noch schlechter, als ich nach Hause kam und mir meine Mutter dieselbe Frage stellte.

Zehn Tage später erhielt ich eine Absage aus Eton. Ich hatte nur 32 Prozent geschafft. Percy hatte 56 Prozent erreicht, woraufhin ihm ein Platz für das Michaelistrimester angeboten wurde, was seinen Vater außerordentlich freudig stimmte und Frob ungläubig den Kopf schütteln ließ.

Alles hätte perfekt funktioniert, wenn Percy nicht einem Freund erzählt hätte, wie er es nach Eton geschafft hatte. Dieser Freund erzählte es einem anderen Freund, der es einem anderen Freund erzählte, der es Percys Vater erzählte. Der Earl of Bridport, ein ehrenwerter Mann, informierte unverzüglich den Rektor von Eton. Dies hatte zur Folge, dass Percy von der Schule ausgeschlossen wurde, bevor er auch nur einen Fuß in eines ihrer Gebäude gesetzt hatte. Nur die persönliche Intervention von Frob verhinderte, dass ich dasselbe bezüglich der Bristol Grammar erlebte.

Mein Vater versuchte, den Rektor von Eton davon zu überzeugen, dass es sich nur um einen Irrtum der Schulverwaltung handelte und ich, da ich bei der Aufnahmeprüfung 56 Prozent geschafft hatte, Bridports Platz erhalten sollte. Diese Logik wurde postwendend zurückgewiesen, weil Eton keinen Bedarf an einem neuen Kricketgelände hatte. Dementsprechend erschien ich am ersten Tag des neuen Schuljahres in der Bristol Grammar School.

Im Laufe meines ersten Jahres konnte ich mein Ansehen zu einem großen Teil wiederherstellen, indem ich dreimal ein Century für die Colts schaffte und am Saisonende das entsprechende Abzeichen erhielt. Harry spielte die Ursula in *Viel Lärm um nichts*, und Deakins war Deakins, weshalb es niemanden überraschte, dass er den Preis als bester Schüler erhielt.

In meinem zweiten Jahr begann ich ein wenig mehr von den finanziellen Problemen zu verstehen, mit denen sich Harrys Mutter konfrontiert sah, als mir auffiel, dass Harry Schuhe mit offenen Schnürsenkeln trug, und er gestand, dass sie ihn drückten, weil sie so eng waren.

Und als dann das Tilly's wenige Wochen vor unserem Eintritt in die Abschlussklasse bis auf die Grundmauern niederbrannte und Harry darüber nachdachte, ob er die Schule würde weiter besuchen können, war ich nicht besonders überrascht. Ich dachte daran, meinen Vater zu fragen, ob er ihm helfen könne, doch Mutter sagte mir, das wäre nichts als Zeitverschwendung. Deshalb freute ich mich so sehr, als ich sah, wie er am ersten Tag des neuen Schuljahres durch die Schultore kam.

Er sagte mir, dass seine Mutter eine neue Stelle angenommen habe und nachts im Royal Hotel arbeite, was sich als viel einträglicher erwies, als sie zunächst für möglich gehalten hatte.

Auch während der nächsten Sommerferien hätte ich Harry gerne eingeladen, die Familie in die Toskana zu begleiten, aber ich wusste, mein Vater würde diese Möglichkeit nicht einmal in Erwägung ziehen. Als jedoch die Arbeitsgemeinschaft zur Kunstbetrachtung, die Arts Appreciation Society, deren Sekretär Harry inzwischen geworden war, eine Reise nach Rom plante, beschlossen wir, uns dort zu treffen, auch wenn das bedeutete, dass ich mir die Villa Borghese ansehen musste.

Obwohl wir im West Country in einer kleinen Blase lebten, die uns vom Rest der Welt abschirmte, wäre es unmöglich gewesen, nicht mitzubekommen, was auf dem Kontinent vorging.

Der Aufstieg der Nazis in Deutschland und der Faschisten in Italien schien keinen Einfluss auf das Leben des Durchschnittsengländers zu haben, der samstags in seiner Stammkneipe noch immer ein Glas Apfelwein und ein Käsesandwich genießen konnte, bevor es ihm möglich war, sich auf dem Sportplatz seines Dorfes ein Krickspiel anzusehen – oder, in meinem Fall, selbst zu einem solchen Spiel anzutreten. Viele Jahre lang hatte dieser paradiesische Zustand angedauert, denn die Leute wollten sich keinen neuen Krieg mit Deutschland vorstellen. Unsere Väter hatten in einem Krieg gekämpft, der das Ende aller Kriege hatte sein sollen, doch jetzt schien das, was keiner auszusprechen wagte, jedem auf der Zunge zu liegen.

Harry machte mir unmissverständlich klar, dass er nicht auf die Universität gehen, sondern sich – genau wie sein Vater und sein Onkel gut zwanzig Jahre zuvor – sofort freiwillig melden würde, sollte es zur Kriegserklärung kommen. Mein Vater hatte den Krieg »verpasst«, wie er es nannte, denn unglücklicherweise war er farbenblind, und die Verantwortlichen waren der Ansicht gewesen, er könne die Kriegsanstrengungen besser unterstützen, indem er auf seinem Posten blieb und im Hafen eine wichtige Rolle übernahm. Ich war allerdings nie ganz sicher, worin genau diese wichtige Rolle bestand.

Während unseres Abschlussjahres in der BGS beschlossen Harry und ich, uns um Plätze in Oxford zu bewerben; Deakins war bereits ein offenes Stipendium für das Balliol College angeboten worden. Ich wollte ins Christ Church, wurde jedoch vom verantwortlichen Tutor außerordentlich höflich darüber informiert, dass dieses College nur selten Jungen aus einer Grammar School aufnahm, weshalb ich mich für das Brasenose entschied, das Bertie Wooster einst als ein College beschrieben hatte, »wo kluge Köpfe weder hier noch da sind«.

Weil das Brasenose auch dasjenige College war, das die meisten Krickespieler bei den Universitätswettkämpfen stellte, und ich in meinem letzten Jahr an der BGS drei Centurys erzielt hatte – eines davon beim Lord's in einem Wettbewerb mehrerer Privatschulen –, durfte ich mir Hoffnungen machen. Ehrlich gesagt war es mein Klassenlehrer Dr. Paget, der mir erzählt hatte, dass man mir bei meinem ersten Gespräch wahrscheinlich einen

Kricketball zuwerfen würde, sobald ich den Raum betreten hätte. Finge ich ihn, würde man mir einen Platz anbieten. Finge ich ihn mit einer Hand, ein Stipendium. Das erwies sich als nicht ganz zutreffend. Ich bin jedoch gerne bereit zuzugeben, dass mir der Rektor des Colleges beim Tee mehr Fragen über Hutton als über Horaz stellte.

Es gab auch noch andere Höhen und Tiefen während meiner beiden letzten Schuljahre: Dass Jesse Owens direkt unter den Augen Hitlers vier Goldmedaillen bei den Olympischen Spielen in Berlin gewann, stellte definitiv einen Höhepunkt dar, während die Abdankung von Edward VIII. wegen seines Wunsches, eine Geschiedene zu heiraten, zweifellos ein Tiefpunkt war.

Die Nation schien – genauso wie Harry und ich – gespalten angesichts der Frage, ob der König hätte abdanken sollen. Es war mir unmöglich zu verstehen, wie ein Mann, der zum König geboren war, seinen Thron opfern konnte, um eine Geschiedene zu heiraten. Harry hingegen brachte viel mehr Verständnis für die Zwangslage des Königs auf; er sagte, wir würden erst dann begreifen, was der arme Mann durchmachen musste, wenn wir selbst verliebt wären. Ich wischte diese Vorstellung als sentimentalen Schwachsinn beiseite – bis zu jener Reise nach Rom, die unser beider Leben verändern sollte.

36

Zwar hatte Giles sich immer vorgestellt, er habe in den letzten Tagen in St. Bede's hart gearbeitet, doch es waren erst die beiden letzten Jahre in der Bristol Grammar School, in denen ihm und Harry jene Stunden des Tages vertraut wurden, die zuvor nur Deakins genutzt hatte.

Dr. Paget, ihr Klassenlehrer im Abschlussjahr, machte ihnen unmissverständlich klar, dass sie jeden wachen Augenblick zur Vorbereitung auf die Zulassungsprüfung verwenden mussten, wenn sie sich Hoffnungen machen wollten, einen Platz in Oxford oder Cambridge angeboten zu bekommen. Giles hatte zwar die Absicht, auch im Abschlussjahr bei den Schulmeisterschaften im Kricket als Kapitän anzutreten, und Harry wollte unbedingt die Hauptrolle bei der Theateraufführung der Schule übernehmen, doch Dr. Paget hob eine Augenbraue, als er das hörte, obwohl *Romeo und Julia* in jenem Jahr in Oxford einer der Prüfungstexte war. »Achten Sie einfach darauf, dass Sie nicht noch mehr Verpflichtungen eingehen«, sagte er entschieden.

Widerwillig verließ Harry den Chor, was ihm zwei zusätzliche Abende pro Woche verschaffte, an denen er lernen konnte. Eine Aktivität gab es allerdings, bei der kein Schüler ausgenommen war: Jeden Dienstag- und Donnerstagnachmittag mussten alle Jungen als Mitglieder des Ausbildungskorps für Offiziere um Punkt vier Uhr in voller Ausrüstung und bereit zur Inspektion auf dem Exerzierplatz antreten.

»Wir können nicht zulassen, dass die Hitlerjugend meint, wir seien unvorbereitet, falls Deutschland verrückt genug ist, uns ein zweites Mal den Krieg zu erklären«, schrie ein ehemaliger Regimental Sergeant Major mit bellender Stimme.

Immer wenn Ex-RSM Roberts diese Worte von sich gab, ging ein Schaudern durch die Reihen der Schuljungen, die begriffen, dass es mit jedem Tag wahrscheinlicher wurde, dass sie auf irgendeinem fremden Schlachtfeld als frischgebackene Offiziere an der Front Dienst tun würden, anstatt als Studienanfänger an eine Universität zu gehen.

Harry nahm sich die Worte des RSM zu Herzen und wurde rasch zum Offizierskadett befördert. Giles nahm diese Worte nicht ganz so ernst, denn er wusste, dass ihm, sollte er einberufen werden, wie seinem Vater ein leichter Ausweg offenstand: Er musste nur seine Farbenblindheit erwähnen, und schon bliebe ihm eine direkte Konfrontation mit dem Feind erspart.

Deakins zeigte wenig Interesse an der ganzen Veranstaltung und erklärte mit einer Sicherheit, die sich durch kein Argument erschüttern ließ: »Man muss nicht wissen, wie man ein Maschinengewehr auseinandernimmt, wenn man beim Nachrichtendienst ist.«

Als sich nach und nach die langen Sommernächte anzukündigen begannen, freuten sich alle Jungen auf die Ferien, bevor sie zu ihrem letzten Jahr in die Schule zurückkommen würden, an dessen Ende sie ihre Prüfungen zur Zulassung an einer Universität ablegen mussten. Eine Woche nach Unterrichtsende waren alle drei in die Sommerferien aufgebrochen: Giles reiste mit Eltern und Geschwistern in die Villa in der Toskana; Harry fuhr zusammen mit der Arts Appreciation Society der Schule nach Rom; und Deakins schloss sich in der Bristol Central Library ein, wo er jeden Kontakt mit anderen Menschen vermied, obwohl man ihm bereits einen Platz in Oxford angeboten hatte.

Mit den Jahren hatte Giles begriffen, dass er Harry nur dann während der Ferien treffen konnte, wenn er es so einrichtete, dass sein Vater nicht herausfand, was er vorhatte. Ansonsten würden die besten Pläne von Mäusen und Menschen zuschanden gehen. Um dieses Ziel zu erreichen, musste er jedoch häufig seine Schwester Emma in seine Pläne mit einbeziehen, und sie verzichtete nie darauf, sich ihr Pfund Fleisch zu sichern, bevor sie sich bereit erklärte, seine Komplizin zu werden.

»Wenn du heute beim Abendessen die Dinge ins Rollen bringst, werde ich entsprechend darauf eingehen«, sagte Giles, nachdem er ihr seine neuesten Absichten dargelegt hatte.

»Genau so, wie es eigentlich immer sein sollte«, sagte Emma grimmig.

Nachdem der erste Gang serviert worden war, fragte Emma ihre Mutter in unschuldigem Ton, ob sie sie am folgenden Tag möglicherweise in die Villa Borghese begleiten könne, denn ihre Kunstlehrerin habe einen solchen Besuch für unbedingt empfehlenswert erklärt. Emma wusste, dass ihre Mutter bereits andere Pläne gemacht hatte.

»Es tut mir so leid, Liebling«, sagte Mrs. Barrington, »aber dein Vater und ich werden morgen bei den Hendersons in Arezzo speisen. Du kannst dich uns gerne anschließen.«

»Es spricht nichts dagegen, dass Giles dich nach Rom begleitet«, warf ihr Vater vom anderen Ende des Tisches aus ein.

»*Muss* ich?«, fragte Giles, der gerade denselben Vorschlag hatte machen wollen.

»Ja, du musst«, erwiderte sein Vater entschlossen.

»Aber wo liegt da der Sinn, Vater? Kaum dass wir dort sind,

müssen wir schon wieder umkehren. Da hat niemand etwas davon.«

»Es sei denn, ihr übernachtet im Plaza Hotel. Ich werde morgen früh als Allererstes dort anrufen und zwei Zimmer für euch reservieren.«

»Bist du sicher, dass sie dafür schon alt genug sind?«, fragte Mrs. Barrington, die ein wenig besorgt klang.

»Giles wird in ein paar Wochen achtzehn. Es wird Zeit, dass er erwachsen wird und ein wenig Verantwortung übernimmt.« Giles senkte den Kopf, als sei er bereit, ohne Widerspruch nachzugeben.

Am folgenden Morgen brachte ein Taxi ihn und Emma zum örtlichen Bahnhof, damit sie den Frühzug nach Rom nehmen konnten.

»Pass gut auf deine Schwester auf«, waren die letzten Worte seines Vaters gewesen, als sie die Villa verlassen hatten.

»Das werde ich«, hatte Giles versprochen, als das Taxi losgefahren war.

Mehrere Männer standen auf, um Emma einen Sitzplatz anzubieten, als sie das Abteil betraten, doch Giles musste während der ganzen Fahrt stehen. Bei der Ankunft in Rom nahmen sie ein Taxi zur Via del Corso, und sobald sie im Hotel eingecheckt hatten, fuhren sie weiter zur Villa Borghese. Giles fiel auf, wie viele junge Männer, die nicht viel älter waren als er, Uniform trugen. An fast allen Säulen und Laternenpfählen, an denen sie vorbeikamen, hing ein Plakat, das Mussolini zeigte.

Nachdem ihr Taxi sie abgesetzt hatte, gingen sie durch die Gärten, wobei sie noch mehr Männer in Uniform und noch mehr Plakate mit dem Duce sahen, bevor sie schließlich die palastartige Villa Borghese erreichten.

Harry hatte Giles geschrieben, dass er und die anderen Schüler um zehn mit dem offiziellen Rundgang beginnen würden. Giles warf einen Blick auf seine Uhr. Es war kurz nach elf, und mit etwas Glück wäre die Tour fast schon zu Ende. Er kaufte zwei Karten, reichte Emma eine davon, stürmte die Stufen zu den Galerien hinauf und machte sich auf die Suche nach den englischen Schülern. Emma nahm sich Zeit, um die Bernini-Statuen zu bewundern, die die ersten vier Räume beherrschten, schließlich war *sie* nicht in Eile. Giles ging von Galerie zu Galerie, bis er eine Gruppe von jungen Männern in weinroten Jacken und schwarzen Flanellhosen fand, die sich um ein kleines Porträt eines älteren Mannes versammelt hatten, der mit einer cremefarbenen Seidenrobe bekleidet war und eine Mitra auf dem Kopf trug.

»Da sind sie«, sagte er, aber Emma war nirgendwo zu sehen. Ohne weiter an seine Schwester zu denken, ging er auf die lauschende Gruppe zu. In dem Augenblick, in dem er die junge Frau sah, hatte er den Grund, warum er nach Rom gekommen war, vollkommen vergessen.

»Caravaggio hatte 1605 den Auftrag erhalten, dieses Porträt von Papst Paul V. zu malen«, sagte sie mit einem leichten Akzent. »Sie werden bemerken, dass es nicht zu Ende geführt wurde, was daran liegt, dass der Künstler aus Rom fliehen musste.«

»Warum, Miss?«, fragte ein kleiner Junge in der ersten Reihe, der ganz offensichtlich entschlossen war, irgendwann einmal Deakins' Platz einzunehmen.

»Weil er betrunken in eine Schlägerei verwickelt wurde, die damit endete, dass er einen Mann umgebracht hat.«

»Wurde er nicht festgenommen?«, fragte der Junge.

»Nein«, antwortete die Fremdenführerin. »Caravaggio gelang es immer wieder, in die nächste Stadt zu entkommen, bevor die

Vertreter der Justiz ihn eingeholt hatten, aber am Ende beschloss der Heilige Vater, ihn zu begnadigen.«

»Warum?«, fragte der Junge.

»Weil er wollte, dass Caravaggio eine Reihe weiterer Aufträge für ihn ausführte. Einige davon gehören zu den siebzehn Werken, die man heute noch von ihm in Rom sehen kann.«

In diesem Moment bemerkte Harry, dass Giles geradezu ehrfürchtig in Richtung des Gemäldes sah. Er verließ die Gruppe und ging zu ihm. »Wie lange stehst du schon hier?«, fragte er.

»Lange genug, um mich zu verlieben«, sagte Giles, dessen Blick noch immer unverwandt auf die Fremdenführerin gerichtet war.

Harry lachte, als er begriff, dass es nicht das Gemälde war, das Giles anstarrte, sondern die elegante, selbstsichere junge Frau, die mit den Jungen sprach. »Ich glaube, sie liegt ein wenig außerhalb deiner Altersgruppe«, sagte Harry, »und vermutlich sogar jenseits deiner finanziellen Möglichkeiten.«

»Ich bin bereit, dieses Risiko einzugehen«, erwiderte Giles, als die Fremdenführerin ihre kleine Gruppe in den nächsten Saal führte. Giles folgte gehorsam und stellte sich so hin, dass er sie deutlich sehen konnte, während der Rest der Gruppe eine Statue von Paolina Borghese betrachtete, erschaffen von Antonio Canova, »dem vielleicht größten Bildhauer aller Zeiten«, wie die junge Frau sagte. Giles wollte ihr da nicht widersprechen.

»Und damit haben wir das Ende unseres Rundgangs erreicht«, erklärte sie. »Aber ich bin noch ein paar Minuten lang hier. Wenn Sie also noch Fragen haben, dann zögern Sie nicht, mir sie zu stellen.«

Giles zögerte wirklich nicht.

Harry beobachtete amüsiert, wie sein Freund auf die junge Italienerin zuging und mit ihr zu plaudern begann, als seien sie alte Freunde. Sogar der kleine Junge aus der ersten Reihe wagte es nicht, ihn zu unterbrechen. Mit einem breiten Grinsen im Gesicht kam Giles ein paar Minuten später wieder zu Harry zurück.

»Sie hat meine Einladung zum Dinner heute Abend angenommen.«

»Das glaube ich dir nicht«, sagte Harry.

»Aber dadurch habe ich ein Problem ...«, fuhr Giles fort, wobei er die Bemerkung seines Freundes ignorierte, der ihn immer noch ungläubig anstarrte.

»Mehr als eins, würde ich vermuten.«

» ... das ich mit deiner Hilfe lösen werde.«

»Du brauchst eine Anstandsdame, die dich begleitet«, sagte Harry, als wolle er ernsthaft einen Vorschlag vorbringen. »Nur für den Fall, dass die Dinge außer Kontrolle geraten.«

»Nein, du Esel. Ich will, dass du dich um meine Schwester kümmerst, während Caterina mich mit dem römischen Nachtleben bekannt macht.«

»Das kannst du vergessen«, sagte Harry. »Ich habe nicht den ganzen weiten Weg nach Rom auf mich genommen, nur um für dich den Babysitter zu spielen.«

»Aber du bist mein bester Freund«, beschwor ihn Giles. »Wenn du mir nicht hilfst, wen soll ich denn dann fragen?«

»Warum versuchst du es nicht mal bei Paolina Borghese? Ich kann mir nicht vorstellen, dass sie heute Abend schon etwas vorhat.«

»Du musst nichts weiter tun, als mit ihr essen zu gehen und dafür zu sorgen, dass sie um zehn im Bett ist.«

»Entschuldige, dass ich das erwähne, Giles, aber ich dachte, dass du nach Rom gekommen bist, um heute Abend mit mir essen zu gehen.«

»Ich gebe dir eintausend Lire, wenn du mir Emma vom Hals schaffst. Außerdem können wir immer noch am Morgen in meinem Hotel frühstücken.«

»So leicht lasse ich mich nicht bestechen.«

»Und außerdem«, sagte Giles, indem er seinen Trumpf ausspielte, »gebe ich dir meine Platte von Caruso, auf der er *La Bohème* singt.«

Harry wandte sich um und sah, dass ein junges Mädchen neben ihm stand.

»Das«, sagte Giles, »ist übrigens meine Schwester Emma.«

»Hallo«, sagte Harry. Er drehte sich wieder zu Giles um und fügte hinzu: »Abgemacht.«

Am folgenden Morgen kam Harry ins Palace Hotel, um mit Giles zu frühstücken. Sein Freund begrüßte ihn mit demselben unschuldigen Lächeln, das er stets zeigte, wenn er wieder einmal ein Century erzielt hatte.

»Also, wie war es mit Caterina?«, fragte Harry, den die Antwort eigentlich gar nicht besonders interessierte.

»Besser als in meinen wildesten Träumen.«

Harry wollte ihm gerade eine etwas konkretere Frage stellen, als ein Kellner an ihren Tisch kam. »*Cappuccino, per favore.*« Dann fuhr er fort: »Wie weit hat sie dich gehen lassen?«

»Bis zum Ende«, antwortete Giles.

Harrys Unterkiefer sackte herab, doch er brachte kaum ein Wort heraus. »Hast du ...«

»Habe ich was?«

»Hast du ...«, versuchte Harry es noch einmal.

»Ja?«

»Sie nackt gesehen?«

»Ja, natürlich.«

»Von Kopf bis Fuß?«

»Selbstverständlich«, sagte Giles, während Harrys Kaffee serviert wurde.

»Die untere Hälfte genauso wie die obere?«

»Alles«, sagte Giles. »Und ich meine, *alles*.«

»Hast du ihre Brüste berührt?«

»Ich habe ihr sogar die Nippel geleckt«, erwiderte Giles und nahm einen Schluck Kaffee.

»Du hast *was*?«

»Du hast mich schon verstanden.«

»Aber hast du, ich meine, hast du ...«

»Ja, das habe ich.«

»Wie oft?«

»Irgendwann habe ich zu zählen aufgehört«, sagte Giles. »Sie war unersättlich. Sieben-, vielleicht achtmal. Sie hat einfach nicht zugelassen, dass ich schlafen ging. Ich wäre immer noch mit ihr zusammen, wenn sie nicht heute Morgen um zehn im Vatikanischen Museum sein müsste, um vor der nächsten Bande von Kleinkindern einen Vortrag zu halten.«

»Aber was ist, wenn sie schwanger wird?«, fragte Harry.

»Sei nicht so naiv, Harry. Vergiss nicht, dass sie Italienerin ist«, antwortete Giles. Nach einem weiteren Schluck Kaffee fragte er: »Wie hat sich eigentlich meine Schwester benommen?«

»Das Essen war ausgezeichnet, und du schuldest mir deine Aufnahme von Caruso.«

»So schlimm? Na ja, es kann nicht nur Sieger geben.«

Keiner von ihnen hatte bemerkt, wie Emma in den Frühstückssaal gekommen war, bevor sie direkt neben ihnen stand.

Harry sprang auf und bot ihr seinen Stuhl an. »Entschuldigt, dass ich euch alleine lasse«, sagte er, »aber ich muss um zehn im Vatikanischen Museum sein.«

»Grüß Caterina von mir«, rief Giles ihm nach. Harry rannte fast aus dem Frühstückssaal.

Giles wartete, bis Harry außer Sichtweite war, bevor er seine Schwester fragte: »Wie war's gestern Abend?«

»Hätte schlimmer sein können«, antwortete sie und griff nach einem Croissant. »Er ist ein wenig ernst, oder?«

»Da solltest du erst mal Deakins kennenlernen.«

Emma lachte. »Na schön. Wenigstens war das Essen gut. Aber vergiss nicht, dass mir jetzt dein Grammophon gehört.«

37

Später nannte Giles jene Nacht die bemerkenswerteste seines ganzen bisherigen Lebens – auch wenn sie aus völlig falschen Gründen so bemerkenswert war.

Die jährliche Aufführung des Schulstücks ist ein bedeutender Termin für die Bristol Grammar School, was nicht zuletzt daran liegt, dass die Stadt auf eine große Theatertradition zurückblicken kann und 1937 sich in dieser Hinsicht als ein besonders gutes Jahr erweisen sollte.

Wie so viele andere Schulen im Land führte die BGS eines jener Stücke Shakespeares auf, deren Kenntnis in jenem Jahr für die Schüler verpflichtend war. *Romeo und Julia* und *Ein Sommernachtstraum* hatten zur Wahl gestanden. Dr. Paget zog die Tragödie der Komödie vor, da er keinen Weber Zettel hatte.

Zum ersten Mal in der Geschichte der Schule durften die jungen Damen aus der Red Maids', die auf der anderen Seite der Stadt lag, für die weiblichen Rollen vorsprechen, allerdings erst nach mehreren Diskussionen mit der Rektorin Miss Webb, die auf einer ganzen Reihe von grundsätzlichen Regeln bestand, welche sogar eine Äbtissin beeindruckt hätten.

Das Stück sollte in der letzten Unterrichtswoche an drei aufeinanderfolgenden Abenden aufgeführt werden. Wie immer war der Samstagabend zuerst ausverkauft, denn ehemalige Schüler und die Eltern der jetzigen Besetzung zogen es vor, die letzte Aufführung zu besuchen.

Giles stand besorgt im Foyer und sah alle paar Minuten auf die Uhr, während er ungeduldig auf seine Eltern und seine jüngere Schwester wartete. Er hoffte, dass Harry eine weitere gute Vorstellung abliefern und sein Vater ihn schließlich akzeptieren würde.

Der Kritiker der *Bristol Evening World* hatte Harrys Leistung als »viel reifer als für sein Alter zu erwarten« beschrieben, doch sein höchstes Lob galt der Schülerin, welche die Julia spielte, als er bekannte, er habe nicht einmal in Stratford eine bewegendere Sterbeszene gesehen.

Giles schüttelte Mr. Frobisher die Hand, als sein alter Lehrer ins Foyer kam. Mr. Frobisher hatte einen Gast mitgebracht, den er ihm als Mr. Holcombe vorstellte, bevor die beiden zur Aula durchgingen und ihre Plätze einnahmen.

Ein Raunen ging durch das Publikum, als Captain Tarrant den Mittelgang hinabschritt und sich auf seinen Platz in der ersten Reihe setzte. Seine kürzliche Ernennung zum Mitglied des Schulbeirats war allgemein sehr begrüßt worden. Als er sich hinüberbeugte, um ein paar Worte mit dem Vorsitzenden des Beirats zu wechseln, sah er Maisie Clifton, die nur wenige Reihen hinter ihm saß. Er lächelte ihr herzlich zu; den Mann, der neben ihr saß, kannte er nicht. Die nächste Überraschung erlebte er, als er sich die Besetzungsliste ansah.

Der Rektor und Mrs. Barton gehörten zu den letzten Mitgliedern des Publikums, die in die Aula kamen. Sie setzten sich neben Sir Walter Barrington und Captain Tarrant in die erste Reihe.

Mit jeder Minute, die verging, wurde Giles nervöser. Inzwischen fragte er sich, ob seine Eltern überhaupt noch kämen, bevor sich der Vorhang heben würde.

»Es tut mir so leid, Giles«, sagte seine Mutter, als sie schließlich erschienen. »Das ist meine Schuld. Ich habe einfach nicht darauf geachtet, wie spät es schon ist«, fügte sie hinzu, als sie und Grace in die Aula eilten. Sein Vater folgte einen Meter hinter ihnen und hob eine Augenbraue, als er seinen Sohn sah. Giles hatte ihm kein Programm gegeben, denn er wollte, dass der Abend eine Überraschung für ihn brächte, obwohl er seiner Mutter die große Neuigkeit bereits mitgeteilt hatte. Mrs. Barrington hoffte genauso wie Giles, dass ihr Mann Harry in Zukunft wie ein Familienmitglied und nicht wie einen Außenseiter behandeln würde.

Der Vorhang hob sich nur wenige Augenblicke, nachdem die Barringtons ihre Plätze eingenommen hatten, und das Schweigen freudig-gespannter Erwartung senkte sich über das Publikum.

Als Harry seinen ersten Auftritt hatte, warf Giles einen Blick in Richtung seines Vaters. Da dieser keine unmittelbare Reaktion zeigte, begann sich Giles zum ersten Mal an diesem Abend zu entspannen. Doch dieser glückliche Zustand dauerte nur bis zur Ballszene, als Romeo – und Hugo – zum ersten Mal Julia sahen.

Einige Zuschauer auf den Plätzen neben den Barringtons fingen an, sich über einen unruhigen Mann zu ärgern, der ihnen den Genuss des Stücks verdarb, indem er laut flüsterte und das Programm zu sehen verlangte. Sie ärgerten sich sogar noch mehr, als Hugo Barrington nach Romeos Worten »Ist sie Capulets Tochter nicht?« aufstand und durch die Sitzreihe stürmte, ohne darauf zu achten, auf wessen Füße er dabei trat. Dann marschierte er durch den Mittelgang, schob sich durch die Schwingtüren und verschwand in der Nacht. Es dauerte eine Weile, bis Romeo seine Haltung wiedergefunden hatte.

Sir Walter bemühte sich, den Eindruck zu erwecken, als habe

er nicht bemerkt, was sich hinter ihm abgespielt hatte, und obwohl Captain Tarrant die Stirn runzelte, wandte er seinen Blick kein einziges Mal von der Bühne ab. Hätte er sich umgedreht, hätte er bemerkt, wie Mrs. Clifton Barringtons unvorhergesehenen Abgang ignorierte und sich auf jedes Wort konzentrierte, das die beiden jungen Liebenden zu sagen hatten.

In der Pause machte sich Giles auf die Suche nach seinem Vater, doch er konnte ihn nicht finden. Er sah sogar auf dem Parkplatz nach, doch der Bugatti stand nicht mehr dort. Als er ins Foyer zurückkam, sah er, dass sein Großvater sich zu seiner Mutter hinabbeugte und ihr etwas ins Ohr flüsterte.

»Ist Hugo plötzlich verrückt geworden?«, fragte Sir Walter.

»Nein, er ist geistig vollkommen gesund«, antwortete Elizabeth, die keinen Versuch unternahm, ihre Verärgerung zu unterdrücken.

»Was, in Himmels Namen, sollte das dann?«

»Ich habe nicht die leiseste Ahnung.«

»Könnte es möglicherweise etwas mit dem Clifton-Jungen zu tun haben?«

Sie hätte geantwortet, wenn Jack Tarrant nicht in diesem Augenblick zu ihnen getreten wäre.

»Ihre Tochter hat ein bemerkenswertes Talent, Elizabeth«, sagte er, nachdem er ihre Hand geküsst hatte, »neben dem glücklichen Umstand, versteht sich, dass sie Ihre Schönheit geerbt hat.«

»Und Sie sind ein alter Schmeichler, Jack«, sagte sie und fügte hinzu: »Ich glaube, Sie und mein Sohn Giles kennen sich noch nicht.«

»Guten Abend, Sir«, sagte Giles. »Es ist mir eine große Ehre, Sie kennenzulernen. Darf ich Ihnen zu Ihrer jüngsten Ernennung gratulieren?«

»Ich danke dir, junger Mann«, erwiderte Tarrant. »Wie findest du die Vorführung deines Freundes?«

»Bemerkenswert. Aber wussten Sie ...«

»Guten Abend, Mrs. Barrington.«

»Guten Abend, Rektor.«

»Ich muss mich in die lange Schlange derer einreihen, die gekommen sind, um ihre ...«

Giles sah, wie Captain Tarrant sich unauffällig zurückzog und zu Harrys Mutter ging, und er fragte sich, ob die beiden einander kannten.

»Wie schön, Sie zu sehen, Captain Tarrant.«

»Wie schön, *Sie* zu sehen, Mrs. Clifton. Sie sind geradezu glamourös heute Abend. Wenn Cary Grant gewusst hätte, dass es solche Schönheiten in Bristol gibt, hätte er uns nie verlassen, um nach Hollywood zu gehen.« Dann senkte er seine Stimme. »Hatten Sie eine Ahnung, dass Emma Barrington die Julia spielt?«

»Nein. Harry hat es mir gegenüber nie erwähnt«, sagte Maisie. »Aber warum hätte er das auch tun sollen?«

»Hoffen wir, dass die Zuneigung, die sie füreinander auf der Bühne zeigen, nichts als große Schauspielkunst ist, denn sollten sie diese Gefühle wirklich hegen, dann dürften wir größere Probleme bekommen als je zuvor.« Er sah sich um, weil er sicher sein wollte, dass niemand sie belauschte. »Ich nehme an, Sie haben Harry immer noch nichts gesagt?«

»Kein Wort«, erwiderte Maisie. »Und nach Barringtons ungehobeltem Verhalten zu schließen, war das heute Abend auch für ihn eine Überraschung.«

»Guten Abend, Captain Tarrant«, sagte Miss Monday und berührte Jacks Arm. Miss Tilly stand neben ihr. »Wie schön von Ihnen, dass Sie den ganzen weiten Weg aus London gekommen sind, um Ihren Schützling zu sehen.«

»Meine liebe Miss Monday«, sagte Tarrant. »Harry ist genauso sehr mein Schützling wie der Ihre, und er wird sich sehr freuen, dass Sie aus Cornwall gekommen sind, um sich seinen Auftritt anzusehen.« Miss Monday strahlte, und dann erklang eine Glocke, die die Zuschauer zurück in die Aula rief.

Nachdem alle wieder ihre Plätze eingenommen hatten, hob sich der Vorhang für die zweite Hälfte. Nur ein Platz in der sechsten Reihe blieb auffällig leer. Die Sterbeszene sorgte bei einigen Menschen, die in der Öffentlichkeit noch nie eine Träne vergossen hatten, für feuchte Augen, während Miss Monday so heftig weinte wie seit der Zeit nicht mehr, als Harry in den Stimmbruch gekommen war.

Sobald der letzte Vorhang fiel, erhoben sich die Zuschauer wie ein Mann. Harry und Emma wurden mit stürmischem Applaus empfangen, als sie, sich bei den Händen haltend, an den Bühnenrand traten, und erwachsene Männer, die nur selten ihre Gefühle zeigten, jubelten lauthals.

Als Harry und Emma sich voreinander verbeugten, lächelte Mrs. Barrington und errötete. »Mein Gott, das war nicht nur Schauspielerei«, sagte sie so laut, dass Giles es hören konnte. Lange bevor die Schauspieler zum letzten Mal ihren Applaus entgegennahmen, hatten auch Maisie Clifton und Jack Tarrant diesen Gedanken gehabt.

Mrs. Barrington, Giles und Grace kamen hinter die Bühne, wo Romeo und Julia sich noch immer bei der Hand hielten, während eine ganze Reihe von Zuschauern die beiden beglückwünschte.

»Du warst hervorragend«, sagte Giles und schlug seinem Freund auf den Rücken.

»Ich war ganz in Ordnung«, erwiderte Harry, »aber Emma war großartig.«

»Wann ist das alles passiert?«, flüsterte Giles.

»Es begann in Rom«, gestand Harry mit einem koboldhaften Grinsen.

»Ich darf gar nicht daran denken, dass ich meine Caruso-Platte geopfert habe, um euch beide zusammenzubringen, ganz zu schweigen von meinem Grammophon.«

»Und der Tatsache, dass du die Rechnung für unser erstes Abendessen übernommen hast.«

»Wo ist Vater?«, fragte Emma und sah sich um.

Grace wollte ihrer Schwester gerade berichten, was geschehen war, als Captain Tarrant erschien.

»Herzlichen Glückwunsch, mein Junge«, sagte er. »Du warst wirklich wunderbar.«

»Danke, Sir«, erwiderte Harry. »Aber ich glaube nicht, dass Sie den wahren Star der Aufführung schon getroffen haben.«

»Nein, aber ich darf Ihnen versichern, junge Dame, dass ich allen meinen Nebenbuhlern ganz schnell Beine machen würde, wenn ich vierzig Jahre jünger wäre.«

»Meine Zuneigung zu Ihnen lässt keine Nebenbuhler zu«, sagte Emma. »Harry erzählt mir ständig, wie viel Sie für ihn getan haben.«

»Er hat genauso viel für mich getan«, erwiderte Jack, als Harry seine Mutter sah und seine Arme um sie schlang.

»Ich bin so stolz auf dich«, sagte Maisie.

»Danke, Mum. Mum, ich möchte dir Emma Barrington vorstellen«, sagte er und legte Emma einen Arm um die Taille.

»Jetzt weiß ich, warum Ihr Sohn so gut aussieht«, sagte Emma, als sie Harrys Mutter die Hand schüttelte. »Darf ich Sie meiner Mutter vorstellen?«, fügte sie hinzu.

Es war eine Begegnung, die Maisie sich viele Jahre lang vorgestellt hatte, doch nie wären ihr dabei die heutigen Umstände in den Sinn gekommen. Sie war unsicher, als sie Elizabeth Barrington die Hand gab, doch ihr Gegenüber lächelte sie freundlich an. Maisie war sofort klar, dass Elizabeth nichts von einer möglichen Beziehung zwischen ihnen ahnte.

»Und das ist Mr. Atkins«, sagte Maisie und stellte den anderen den Mann vor, der während der Aufführung neben ihr gesessen hatte.

Harry war Mr. Atkins nie zuvor begegnet. Als er den Pelzmantel seiner Mutter sah, fragte er sich, ob Mr. Atkins der Grund dafür war, dass er selbst inzwischen drei Paar Schuhe besaß.

Er wollte Mr. Atkins gerade ansprechen, als Dr. Paget ihn unterbrach, denn er wollte Harry unbedingt Professor Henry Wyld vorstellen. Harry wusste, wer dieser Mann war.

»Wie ich höre, haben Sie die Absicht, nach Oxford zu gehen und Englisch zu studieren«, sagte Wyld.

»Nur wenn Sie mein Dozent sein werden, Sir.«

»Ich sehe, dass Romeos Charme auch hinter der Bühne nicht verblasst ist.«

»Und das ist Emma Barrington, Sir.«

Der Professor für Englische Sprache und Literatur deutete eine Verbeugung an. »Sie waren wirklich ganz ausgezeichnet, junge Dame.«

»Danke, Sir«, sagte Emma. »Auch ich hoffe, eines Tages von Ihnen unterrichtet zu werden«, fuhr sie fort. »Ich habe mich für das nächste Jahr für Somerville beworben.«

Jack Tarrant warf Mrs. Clifton einen Blick zu. Das unverstellte Entsetzen in ihren Augen konnte ihm nicht entgehen.

»Großvater«, sagte Giles, als der Vorsitzende des Schulbeirats zu ihnen trat, »ich glaube nicht, dass du schon meinen Freund Harry Clifton kennst.«

Sir Walter schüttelte Harry herzlich die Hand, bevor er seine

Enkelin umarmte. »Ihr beide habt einen alten Mann stolz gemacht.«

Jack und Maisie wurde schmerzlich bewusst, dass die beiden »unter einem Unstern stehenden Liebenden« keine Ahnung von den Problemen hatten, die ihre Zuneigung mit sich brachte.

Sir Walter gab seinem Chauffeur die Anweisung, Mrs. Barrington und die Kinder zurück zum Landsitz zu fahren. Trotz Emmas Triumph unternahm ihre Mutter keinen Versuch, ihre Gefühle zu verbergen, während der Wagen in Richtung Chew Valley rollte. Als sie durch die Tore auf das Haus zufuhren, bemerkte Giles, dass im Salon noch Licht brannte.

Nachdem der Chauffeur sie abgesetzt hatte, sagte Elizabeth zu Giles, Emma und Grace in einem Ton, den die Kinder seit vielen Jahren nicht mehr gehört hatten, dass sie zu Bett gehen sollten. Sie selbst begab sich in den Salon. Widerwillig stiegen Giles und Emma die breite Treppe hinauf, wo sie sich jedoch, kaum dass ihre Mutter außer Sichtweite war, auf die oberste Stufe setzten; nur Grace zog sich gehorsam in ihr Zimmer zurück. Giles fragte sich sogar, ob ihre Mutter die Salontür bewusst offen stehen ließ.

Als Elizabeth den Raum betrat, machte ihr Mann sich nicht die Mühe aufzustehen. Sie bemerkte, dass eine halbe Flasche Whisky und ein Glas neben ihm auf dem Tisch standen.

»Zweifellos hast du eine Erklärung für dein unverzeihliches Verhalten.«

»Dir muss ich überhaupt nichts erklären.«

»Irgendwie hat Emma es geschafft, sich von deinem abstoßenden Verhalten heute Abend nicht beeinflussen zu lassen.«

Barrington goss sich ein weiteres Glas Whisky ein und nahm einen Schluck. »Ich habe dafür gesorgt, dass Emma die Red

Maids' sofort verlassen wird. Mit dem neuen Schuljahr wird sie in einer Einrichtung anfangen, die so weit entfernt ist, dass sie diesen Jungen definitiv nie wiedersehen wird.«

Auf der Treppe brach Emma in Tränen aus. Giles legte seinen Arm um sie.

»Was hat Harry Clifton nur getan, dass du dich auf eine so beschämende Weise verhältst?«

»Das geht dich nichts an.«

»Natürlich geht es mich etwas an«, sagte Elizabeth und versuchte, ruhig zu bleiben. »Wir reden hier über deine Tochter und den besten Freund deines Sohnes. Wenn Emma sich, wie ich vermute, in Harry verliebt hat, dann kann ich mir keinen netteren oder anständigeren jungen Mann vorstellen, an den sie ihr Herz verlieren könnte.«

»Harry Clifton ist der Sohn einer Hure. Deshalb hat ihr Mann sie verlassen. Und ich wiederhole, Emma wird nie wieder Kontakt zu diesem kleinen Bastard haben.«

»Ich werde zu Bett gehen, bevor ich die Beherrschung verliere«, sagte Elizabeth. »Denk gar nicht erst daran, dich mir in deinem gegenwärtigen Zustand anzuschließen.«

»Ich habe nicht daran gedacht, mich dir in überhaupt irgendeinem Zustand anzuschließen«, erwiderte Barrington und schenkte sich noch einen Whisky ein. »Solange ich mich erinnern kann, war es mit dir im Schlafzimmer nie ein Vergnügen für mich.«

Emma sprang auf, rannte in ihr Zimmer und verschloss die Tür hinter sich. Giles blieb wie erstarrt sitzen.

»Du bist offensichtlich betrunken«, sagte Elizabeth. »Wir werden die Angelegenheit morgen früh besprechen, wenn du wieder nüchtern bist.«

»Es wird morgen nichts zu besprechen geben«, sagte Barrington mit verwaschener Stimme, als seine Frau den Salon verließ. Gleich darauf sackte sein Kopf auf eines der Kissen, und er begann zu schnarchen.

Als Jenkins kurz vor acht am folgenden Morgen im Salon die Fensterläden öffnete, zeigte er beim Anblick des Hausherrn, der noch immer seinen Smoking trug und in einem Sessel zusammengesunken schlief, keinerlei Überraschung.

Das morgendliche Sonnenlicht weckte Barrington. Blinzelnd sah er zu dem Butler, bevor er einen Blick auf seine Uhr warf.

»In etwa einer Stunde wird ein Wagen kommen, um Miss Emma abzuholen, Jenkins. Bitte sorgen Sie dafür, dass alles gepackt und sie abfahrbereit ist.«

»Miss Emma ist nicht hier, Sir.«

»Was? Wo ist sie dann?«, fragte Barrington und versuchte aufzustehen. Unsicher schwankte er einen Moment hin und her, bevor er wieder zurück in den Sessel sank.

»Ich habe keine Ahnung, Sir. Sie und Mrs. Barrington haben das Haus kurz nach Mitternacht verlassen.«

38

»Wo sind sie deiner Meinung nach hingegangen?«, fragte Harry, nachdem Giles ihm berichtet hatte, was nach ihrer Rückkehr auf den Landsitz geschehen war.

»Ich weiß es nicht«, antwortete Giles. »Ich habe geschlafen, als sie das Haus verlassen haben. Ich habe aus Jenkins nur herausbekommen, dass ein Taxi sie kurz nach Mitternacht zum Bahnhof gebracht hat.«

»Und du sagst, dein Vater war betrunken, als ihr letzte Nacht nach Hause gekommen seid?«

»Sternhagelvoll. Und als ich heute Morgen zum Frühstück heruntergekommen bin, war er immer noch nicht nüchtern. Er brüllte herum und schrie jeden an, der ihm über den Weg lief. Er versuchte sogar, mir die Schuld an allem zu geben. Das war der Moment, in dem ich beschlossen habe, zu meinen Großeltern zu gehen.«

»Glaubst du, dein Großvater weiß, wo sie sind?«

»Ich glaube nicht, obwohl er nicht sehr überrascht schien, als ich ihm erzählt habe, was geschehen ist. Meine Großmutter hat gesagt, dass ich so lange bei ihnen bleiben kann, wie ich will.«

»Wenn das Taxi sie zum Bahnhof gebracht hat«, sagte Harry, »dann können sie nicht in Bristol sein.«

»Inzwischen könnten sie überall sein«, erwiderte Giles.

Beide schwiegen lange, bis Harry schließlich sagte: »Könnten sie in eurer Villa in der Toskana sein?«

»Unwahrscheinlich«, antwortete Giles. »Das ist der Ort, der auch Vater zuerst in den Sinn kommen dürfte, weshalb sie dort nicht lange sicher wären.«

»Also muss es ein Ort sein, an den er ihnen nicht so leicht folgen würde.« Wieder schwiegen die beiden. Nach einer Weile sagte Harry: »Ich glaube, es gibt jemanden, der vielleicht weiß, wo sie sind.«

»Und wer sollte das sein?«

»Old Jack«, erwiderte Harry, dem es meistens nicht gelang, ihn »Captain Tarrant« zu nennen. »Ich weiß, dass er sich mit deiner Mutter angefreundet hat, und sie würde ihm zweifellos vertrauen.«

»Weißt du, wo er im Augenblick steckt?«

»Jeder, der die *Times* liest, weiß das«, sagte Harry fast ein wenig ärgerlich.

Giles knuffte seinen Freund in den Arm. »Also, wo ist er, Schlaumeier?«

»Er wird in London in seinem Büro sein. Soho Square, wenn ich mich recht erinnere.«

»Ich wollte schon immer einen Vorwand, um einen Tag in London zu verbringen«, sagte Giles. »Es ist nur schade, dass ich mein ganzes Geld im Haus zurückgelassen habe.«

»Kein Problem«, sagte Harry. »Ich habe genug. Dieser Atkins hat mir einen Fünfer gegeben. Aber er hat gesagt, dass ich mir davon Bücher kaufen soll.«

»Mach dir keine Sorgen«, sagte Giles. »Schließlich gibt es auch noch einen Alternativplan.«

»Und der wäre?«, fragte Harry hoffnungsvoll.

»Wir können einfach rumsitzen und darauf warten, dass Emma dir schreibt.«

Jetzt war es Harry, der seinem Freund einen Knuff versetzte.

»Okay«, sagte er. »Aber wir sollten uns besser auf den Weg machen, bevor irgendjemand herausbekommt, was wir vorhaben.«

»Ich bin es nicht gewohnt, dritter Klasse zu fahren«, sagte Giles, als der Zug aus Temple Meads rollte.

»Dann wäre es besser, wenn du dich daran gewöhnst, solange ich zahle«, erwiderte Harry.

»Also, Harry, dann sag mir mal, was dein Freund Captain Tarrant so macht. Ich weiß, dass die Regierung ihn zum Leiter des Flüchtlingsamts ernannt hat: Citizens Displacement Unit – das klingt ziemlich beeindruckend. Aber ich bin nicht sicher, was er da tatsächlich macht.«

»Genau das, was der Name sagt«, sagte Harry. »Er versucht, Unterkünfte für Flüchtlinge zu finden, besonders für diejenigen Familien, die aus Nazideutschland geflohen sind. Er sagt, dass er damit das Werk seines Vaters fortführt.«

»Dein Freund Captain Tarrant ist eine Klasse für sich.«

»Du hast keine Ahnung, wie recht du hast.«

»Die Fahrscheine bitte.«

Während des größten Teils der Fahrt grübelten die beiden Jungen darüber nach, wo Emma und Mrs. Barrington sein könnten, doch als der Zug in die Paddington Station einfuhr, waren sie sich immer noch nicht sicher.

Sie nahmen die U-Bahn zum Leicester Square, wo sie hinaus ins Sonnenlicht traten und sich auf die Suche nach dem Soho Square machten. Als sie durch das West End gingen, ließ sich Giles von den funkelnden Neonlichtern und den Geschäften, in deren Auslagen so viele Dinge zu entdecken waren, die er nie zuvor gesehen hatte, so sehr ablenken, dass Harry ihn gelegentlich daran erinnern musste, warum sie eigentlich nach London gekommen waren.

Als sie den Soho Square erreichten, konnte keiner von ihnen den ununterbrochenen Strom armselig aussehender Männer, Frauen und Kinder übersehen, die mit gesenkten Köpfen auf ein gewaltiges Gebäude an der gegenüberliegenden Seite des Platzes zugingen oder wieder aus ihm herauskamen.

Mit ihren Blazern, dunkelgrauen Flanellhosen und Krawatten schienen die beiden jungen Männer nicht hierher zu passen, als sie das Gebäude betraten und den Pfeilen folgten, die sie in den dritten Stock führten. Mehrere Flüchtlinge traten beiseite, um sie passieren zu lassen, weil sie annehmen mussten, die beiden seien in einer offiziellen Angelegenheit unterwegs.

Giles und Harry traten in die lange Schlange vor dem Büro des Direktors, und wahrscheinlich hätten sie dort den Rest des Tages verbracht, wenn nicht eine Sekretärin herausgekommen wäre und sie gesehen hätte. Sie ging direkt zu Harry und fragte ihn, ob er gekommen war, um mit Captain Tarrant zu sprechen.

»Ja«, sagte Harry. »Er ist ein alter Freund.«

»Ich weiß«, sagte die Frau. »Ich habe Sie sofort erkannt.«

»Wie?«, fragte Harry.

»Er hat ein Foto von Ihnen auf seinem Schreibtisch«, antwortete sie. »Folgen Sie mir. Captain Tarrant wird sich freuen, Sie zu sehen.«

Old Jacks Gesicht strahlte, als die beiden Jungen – an die er nicht mehr als Jungen denken sollte; sie waren jetzt junge Männer – in sein Büro traten. »Es tut gut, euch beide zu sehen«, sagte er und kam hinter seinem Schreibtisch hervor, um sie zu begrüßen. »Wovor lauft ihr diesmal weg?«, fügte er hinzu.

»Vor meinem Vater«, sagte Giles leise.

Old Jack ging durch das Büro, schloss die Tür und bat die beiden jungen Männer, sich auf das unbequeme Sofa zu setzen.

Er zog einen Stuhl heran und hörte aufmerksam zu, während sie ihm alles berichteten, was sich seit der Theateraufführung am Abend zuvor ereignet hatte.

»Ich habe natürlich gesehen, wie dein Vater die Aula verlassen hat«, sagte Old Jack, »aber es wäre mir nie in den Sinn gekommen, dass er deine Mutter und deine Schwester auf so abstoßende Weise behandeln würde.«

»Haben Sie eine Ahnung, wo die beiden sein könnten, Sir?«, fragte Giles.

»Nein. Aber wenn ich raten müsste, würde ich sagen, dass sie bei deinem Großvater sind.«

»Nein, Sir. Ich bin heute Morgen zu meinem Grandpa gegangen, und nicht einmal er weiß, wo sie sind.«

»Ich habe nicht gesagt, welcher Großvater.«

»Lord Harvey?«, fragte Harry.

»Das würde ich vermuten«, antwortete Jack. »Bei ihm würden sie sich sicher fühlen, und sie könnten darauf vertrauen, dass Barrington es sich gewiss zweimal überlegen würde, ob er ihnen dorthin folgen will.«

»Aber soweit ich weiß, hat Grandpa mindestens drei verschiedene Wohnsitze. Ich habe keine Ahnung, wo ich mit der Suche beginnen soll.«

»Wie dumm von mir«, sagte Harry. »Ich weiß genau, wo er sich im Augenblick aufhält.«

»Tatsächlich?«, fragte Giles. »Wo?«

»Auf seinem Gut in Schottland.«

»Das hört sich so an, als ob du dir ziemlich sicher bist«, sagte Jack.

»Nur weil mir Emma letzte Woche einen Brief geschickt hat. Darin hat sie mir erklärt, warum er nicht zur Aufführung kommen konnte. Anscheinend verbringt er Dezember und Januar immer in Schottland, aber ich will verdammt sein, wenn ich mich noch an die Adresse erinnern kann.«

»Mulgelrie Castle, nahe Mulgelrie in den Highlands«, sagte Giles.

»Höchst beeindruckend«, sagte Jack.

»Eigentlich nicht, Sir. Es ist nur so, dass mich Mutter jedes Jahr an all meine Verwandten an Weihnachten Dankesbriefe schreiben lässt. Doch weil ich noch nie in Schottland war, habe ich keine Ahnung, wo Mulgelrie Castle ist.«

Old Jack stand auf und zog einen großen Atlas aus einem Bücherregal hinter seinem Schreibtisch. Er suchte im Register nach Mulgelrie, schlug mehrere Seiten um und legte den Atlas auf den Tisch vor sich. Indem er mit dem Finger von London nach Schottland fuhr, sagte er: »Ihr werdet den Nachtzug nach Edinburgh und dann einen Nahverkehrszug nach Mulgelrie nehmen müssen.«

»Ich glaube nicht, dass wir dafür noch genügend Geld haben«, sagte Harry nach einem Blick in sein Portemonnaie.

»Dann werde ich euch beiden wohl Berechtigungsscheine für die Eisenbahn ausstellen müssen«, sagte Jack. Er öffnete eine Schreibtischschublade und zog einen großen, gelbbraunen Block heraus, aus dem er zwei Formulare abtrennte. Er füllte sie aus, unterschrieb und stempelte sie. »Schließlich«, fügte er hinzu, »seid ihr ganz offensichtlich staatenlose Flüchtlinge auf der Suche nach einem neuen Zuhause.«

»Danke, Sir«, sagte Giles.

»Noch ein letzter Rat«, sagte Old Jack, als er sich hinter seinem Schreibtisch erhob. »Hugo Barrington schätzt es überhaupt nicht, wenn ihm jemand in die Quere kommt, und obwohl ich ziemlich überzeugt davon bin, dass er nichts unternehmen würde, was Lord Harvey verärgern könnte, gilt das nicht unbedingt dir gegenüber, Harry. Also sei vorsichtig, bis du in den Mauern von Mulgelrie Castle in Sicherheit bist. Sollte dir irgendwann ein Hinkender über den Weg laufen«, fügte er hinzu, »dann sei auf der Hut vor ihm. Er arbeitet für Giles' Vater. Er ist gerissen und einfallsreich, und wichtiger noch: Er fühlt sich gegenüber niemandem verantwortlich außer gegenüber dem Mann, der ihn bezahlt.«

39

Giles und Harry wurden zu einem weiteren Waggon dritter Klasse geführt, doch obwohl die ganze Nacht hindurch die Tür zu ihrem Abteil immer wieder geöffnet und geschlossen wurde, waren sie so müde, dass sie tief und fest schliefen; auch das Rattern der Räder über den Eisenbahnschwellen und die regelmäßig erklingende Pfeife des Zuges störte sie nicht.

Giles erwachte mit einem Ruck, als der Zug ein paar Minuten vor sechs in den Bahnhof von Newcastle einfuhr. Er warf einen Blick aus dem Fenster und sah, wie mehrere Reihen von Soldaten an diesem matten, grauen Morgen darauf warteten, zusteigen zu können. Ein Sergeant salutierte vor einem Second Lieutenant, der nicht viel älter als Giles aussah, und fragte: »Erlaubnis zum Besteigen des Zuges, Sir?« Der junge Mann salutierte ebenfalls und erwiderte mit leiserer Stimme: »Weitermachen, Sergeant.« Woraufhin sich die Soldaten in den Zug begaben.

Die überall zu spürende Drohung eines neuen Krieges und die Frage, ob er und Harry Uniform tragen würden, bevor sie eine Chance bekämen, in Oxford zu studieren, ging Giles kaum mehr aus dem Kopf. Sein Onkel Nicholas, den er nie getroffen hatte – ein Offizier wie der junge Mann auf dem Bahnsteig –, war als Führer seiner Einheit zusammen mit seinen Männern in Ypern gefallen. Giles fragte sich, wie die Namen der Schlachtfelder wohl einst lauten mochten, deren Gefallenen man mit Mohnblumen gedenken würde – nach einem neuen Großen Krieg, der wiederum allen Kriegen ein Ende bereiten sollte.

Eine flüchtige Spiegelung im Abteilfenster riss ihn aus seinen Gedanken. Er wirbelte herum, doch die Gestalt, die sich kurz im Glas gezeigt hatte, war nicht mehr da. Ließ Captain Tarrants Warnung ihn so heftig reagieren, oder war es nur ein Zufall?

Giles sah zu Harry, der immer noch tief und fest schlief, aber wahrscheinlich hatte sein Freund dafür in den letzten beiden Nächten keinen Schlaf bekommen. Als der Zug in Berwick-on-Tweed eingefahren war, bemerkte Giles, wie derselbe Mann an ihrem Abteil vorbeiging. Nur ein kurzer Blick, dann war er schon wieder verschwunden. Doch jetzt war klar, dass das Ganze kein Zufall mehr sein konnte. Versuchte der Fremde herauszufinden, wo sie aussteigen würden?

Schließlich wachte Harry auf und reckte blinzelnd die Arme. »Ich bin am Verhungern«, sagte er.

Giles beugte sich zu ihm und flüsterte: »Ich glaube, es ist jemand im Zug, der uns folgt.«

»Wie kommst du darauf?«, fragte Harry, der schlagartig hellwach war.

»Ich habe gesehen, wie derselbe Mann einmal zu oft an unserem Abteil vorbeigekommen ist.«

»Die Fahrscheine, bitte!«

Giles und Harry reichten dem Schaffner ihre Berechtigungsscheine. »Wie lange hält der Zug in jedem Bahnhof?«, fragte Giles, nachdem der Mann die Scheine abgeknipst hatte.

»Das kommt darauf an, ob wir pünktlich sind oder nicht«, erwiderte der Schaffner ein wenig müde. »Aber nie weniger als vier Minuten. So lautet die Regel unserer Gesellschaft.«

»Was ist der nächste Bahnhof?«, fragte Giles.

»Dunbar. Wir sollen in etwa dreißig Minuten ankommen.

Aber Ihre Berechtigungsscheine gelten bis Mulgelrie«, fügte er hinzu, bevor er in das nächste Abteil ging.

»Was sollte das alles?«, wollte Harry wissen.

»Ich versuche herauszufinden, ob wir wirklich verfolgt werden«, sagte Giles, »und für den nächsten Teil meines Plans brauche ich dich.«

»Was für eine Rolle soll ich diesmal spielen?«, fragte Harry und rutschte auf der Sitzbank nach vorn.

»Sicher nicht die des Romeo«, antwortete Giles. »Ich möchte, dass du aussteigst, wenn der Zug in Dunbar hält, denn ich will sehen, ob dir jemand folgt. Geh bis zur Absperrung, durch die man nur mit einem Ticket kommt, sobald du auf dem Bahnsteig bist. Dann kehr um, geh in den Wartesaal und kauf dir eine Tasse Tee. Vergiss nicht, dass du nur vier Minuten hast, um wieder an Bord zu sein, bevor der Zug losfährt. Sieh dich auf keinen Fall um, sonst weiß er, dass wir ihn im Visier haben.«

»Aber wenn uns wirklich jemand verfolgt, dann müsste er doch mehr Interesse an dir haben als an mir.«

»Das glaube ich nicht«, sagte Giles. »Und ich glaube es ganz besonders nicht, wenn Captain Tarrant recht hat, denn ich habe so ein Gefühl, dass dein Freund mehr weiß, als er zugibt.«

»Das hört sich nicht gerade vertrauenerweckend an«, sagte Harry.

Eine halbe Stunde später kam der Zug schaukelnd in Dunbar zum Stehen. Harry öffnete die Wagentür, trat auf den Bahnsteig und ging in Richtung Ausgang.

Giles gelang es nur, einen ganz kurzen Blick auf den Mann zu werfen, der Harry hinterhereilte.

»Hab ich dich«, sagte Giles. Dann lehnte er sich zurück und schloss die Augen, denn er war sicher, dass der Mann in seine Richtung blicken würde, um sich zu vergewissern, dass er den

Zug nicht ebenfalls verlassen hatte, sobald er erkannt haben würde, dass Harry nur ausgestiegen war, um sich eine Tasse Tee zu kaufen.

Giles öffnete die Augen erst wieder, als Harry mit einem Schokoladenriegel in der Hand in das Abteil zurückkam.

»Und?«, fragte Harry. »Hast du jemanden gesehen?«

»Aber sicher«, antwortete Giles. »Genau genommen kommt er gerade eben zurück in den Zug.«

»Wie sieht er aus?«, fragte Harry, der versuchte, nicht allzu besorgt zu klingen.

»Ich habe ihn nur ganz kurz gesehen«, sagte Giles, »aber ich würde sagen, er ist um die vierzig, knapp über ein Meter achtzig groß, elegant gekleidet, und er hat sehr kurzes Haar. Das Einzige, was man nicht übersehen kann, ist sein Hinken.«

»Jetzt wissen wir also, mit wem wir es zu tun haben, Sherlock. Wie geht es weiter?«

»Zunächst einmal, Watson, dürfen wir nicht vergessen, dass es mehrere Tatsachen gibt, die günstig für uns sind.«

»Mir fällt keine einzige ein«, sagte Harry.

»Nun, fangen wir doch mal damit an: Wir wissen, dass wir verfolgt werden, aber er weiß nicht, dass wir es wissen. Wir wissen auch, wo wir hinwollen, aber er offensichtlich nicht. Außerdem sind wir fit und nicht einmal halb so alt wie er. Und besonders mit diesem Hinken wird er sich nicht so furchtbar schnell bewegen können.«

»Du bist wirklich gut in so etwas«, sagte Harry.

»Ich habe einen angeborenen Vorteil«, erwiderte Giles. »Ich bin der Sohn meines Vaters.«

Als der Zug in Edinburgh Waverley einfuhr, war Giles seinen Plan schon ein Dutzend Mal mit Harry durchgegangen. Sie verließen den Waggon und gingen langsam in Richtung Absperrung.

»Du solltest nicht einmal daran denken, dich umzudrehen«, sagte Giles, als er seinen Berechtigungsschein vorzeigte und dann auf die Reihe der wartenden Taxis zuging.

»Zum Royal Hotel«, sagte Giles zu dem Taxifahrer. »Und würden Sie mir bitte sagen, wenn uns ein anderes Taxi folgt?«, fügte er hinzu, bevor er sich zu Harry in den Fond setzte.

»Aber sicher doch«, erwiderte der Taxifahrer, indem er vom Bordstein losfuhr und sich in den Verkehr fädelte.

»Woher hast du gewusst, dass es in Edinburgh ein Royal Hotel gibt?«, fragte Harry.

»Es gibt in jeder Stadt ein Royal Hotel«, antwortete Giles.

Ein paar Minuten später sagte der Taxifahrer: »Ich bin nicht ganz sicher, aber ein Taxi, das am Bahnhof gestanden hat, scheint nicht weit hinter uns zu sein.«

»Gut«, sagte Giles. »Wie viel kostet die Fahrt bis zum Royal?«
»Zwei Shilling, Sir.«
»Ich gebe Ihnen vier, wenn Sie ihn abhängen können.«

Sofort trat der Fahrer aufs Gaspedal, wodurch seine beiden Fahrgäste heftig gegen die Lehne der Rückbank gedrückt wurden. Giles stemmte sich hoch und sah durch das Heckfenster. Er erkannte, dass auch das Taxi hinter ihnen schneller fuhr. Die Distanz zwischen beiden Wagen betrug sechzig oder siebzig Meter, doch Giles war klar, dass der Vorsprung nicht lange bestehen würde.

»Fahrer, nehmen Sie die nächste Abzweigung nach links und halten Sie ganz kurz an. Wir springen raus, und ich möchte, dass Sie danach zum Royal weiterfahren und erst wieder anhalten, wenn Sie das Hotel erreicht haben.« Ein ausgestreckter Arm erschien, und Harry drückte zwei Zweishillingstücke in die offene Hand.

»Folge mir einfach, wenn wir aussteigen«, sagte Giles. »Und mach genau das, was ich mache.« Harry nickte.

Das Taxi bog um die Ecke und wurde kurz langsamer, als Giles die Tür öffnete. Rasch sprang er auf den Bürgersteig, rollte sich ab, stand schnell wieder auf und stürmte in den nächsten Laden, wo er sich auf den Boden warf. Harry folgte ihm nur Sekunden später. Er schlug die Ladentür hinter sich zu und lag neben seinem Freund, als das zweite Taxi um die Ecke schoss.

»Kann ich Ihnen helfen, Sir?«, fragte eine Verkäuferin, welche, die Hände auf die Hüften gelegt, auf die beiden jungen Männer hinunterstarrte, die vor ihr ausgestreckt auf dem Boden lagen.

»Das haben Sie bereits«, antwortete Giles. Er stand auf und lächelte sie strahlend an. Dann wischte er sich den Staub von den Kleidern, sagte »Danke« und verließ den Laden ohne ein weiteres Wort.

Als Harry wieder auf den Beinen war, stand er direkt vor einer Schaufensterpuppe mit schmaler Taille, die nichts als ein Korsett trug. Er wurde rot, stürmte aus dem Laden und trat neben Giles auf den Bürgersteig.

»Ich glaube nicht, dass der Hinkende sich heute im Royal einquartieren wird«, sagte Giles, »und deshalb sollten wir zusehen, dass wir hier wegkommen.«

»Da bin ich ganz deiner Meinung«, sagte Harry, als Giles ein neues Taxi heranwinkte. »Waverley Station«, sagte er, bevor die beiden einstiegen.

»Wo hast du das alles nur gelernt?«, fragte Harry voller Bewunderung, während sie wieder zurück zum Bahnhof fuhren.

»Weißt du, Harry, du solltest ein bisschen weniger Joseph Conrad und ein bisschen mehr John Buchan lesen, wenn du herausfinden willst, wie man durch Schottland reist, während man von einem Gegner mit finsteren Absichten verfolgt wird.«

Die Fahrt nach Mulgelrie verlief viel langsamer und deutlich weniger aufregend als die nach Edinburgh, und es gab nirgendwo einen Hinweis auf irgendeinen Hinkenden. Als der Zug mit seinen vier Waggons und den beiden Reisenden in den kleinen Bahnhof einlief, war die Sonne bereits hinter den höchsten Bergen untergegangen. Der Stationsvorsteher stand neben dem Ausgang und wartete darauf, sich ihre Tickets anzusehen, nachdem sie aus dem letzten Zug des Tages gestiegen waren.

»Gibt es irgendeine Möglichkeit, ein Taxi zu bekommen?«, fragte Giles, als sie ihre Berechtigungsscheine vorzeigten.

»Nein, Sir«, erwiderte der Stationsvorsteher. »Jock geht Punkt sechs zum Tee nach Hause, und vor einer Stunde kommt er nicht wieder zurück.«

Giles verzichtete darauf, mit dem Stationsvorsteher über die fragwürdige Logik von Jocks Verhalten zu diskutieren, und sagte stattdessen: »Würden Sie dann bitte vielleicht so freundlich sein und uns sagen, wie wir nach Mulgelrie Castle kommen?«

»Da werden Sie zu Fuß gehen müssen«, sagte der Stationsvorsteher hilfsbereit.

»Und in welche Richtung?«, fragte Giles und versuchte, nicht zu entnervt zu klingen.

»Da entlang. Es sind etwa drei Meilen«, sagte der Mann und deutete einen Hügel hinauf. »Sie können es gar nicht verfehlen.«

Die Richtung erwies sich als die einzige zutreffende Information, die der Stationsvorsteher ihnen gegeben hatte, denn nachdem die beiden Freunde bereits eine Stunde unterwegs waren, war es vollkommen dunkel, und noch immer ließ sich nirgendwo ein Schloss entdecken.

Giles begann sich bereits zu fragen, ob sie ihre erste Nacht in den Highlands in Gesellschaft einer Schafsherde auf irgendeinem Feld verbringen würden, als Harry plötzlich rief: »Da ist es!«

Giles starrte durch die neblige Dunkelheit, und obwohl er die Umrisse des Schlosses noch immer nicht genau ausmachen konnte, fand er von einem Augenblick auf den anderen neuen Mut, als er die flackernden Lichter sah, die aus mehreren Fenstern kamen. Die beiden marschierten weiter, bis sie ein zweiflügliges, gusseisernes Tor erreichten, das unverschlossen war. Während sie einer langen Auffahrt folgten, konnte Giles zwar Gebell hören, doch er sah nirgendwo irgendwelche Hunde. Nach einer weiteren Meile kamen sie an eine Brücke, die sich über einen Schlossgraben spannte; auf der gegenüberliegenden Seite befand sich ein schweres Eichentor, das nicht so aussah, als würde es Fremde willkommen heißen.

»Überlass das Reden mir«, sagte Giles, als sie sich über die Brücke schleppten und vor das Tor traten.

Giles schlug dreimal mit der Faust dagegen, und wenige Augenblicke später öffnete sich das Tor. Ein Riese von einem Mann, der einen Kilt, eine dunkle Lovat-Jacke, ein weißes Hemd und eine weiße Fliege trug, stand vor ihnen.

Der Schlossverwalter sah auf die erschöpften, armselig wirkenden Gestalten hinab. »Guten Abend, Mr. Giles«, sagte er, obwohl Giles diesem Mann noch nie zuvor begegnet war. »Seine Lordschaft erwartet Sie schon seit einiger Zeit und lässt fragen, ob Sie sich ihr zum Abendessen anschließen möchten.«

40

··· GILES UND HARRY CLIFTON UNTERWEGS NACH
MULGELRIE ··· (STOP) ··· SOLLTEN GEGEN SECHS
ANKOMMEN ··· (STOP) ···

Lord Harvey reichte Giles das Telegramm, wobei er leise lachte. »Es stammt von unserem gemeinsamen Freund Captain Tarrant. Nur bei der Ankunftszeit hat er sich geirrt.«

»Wir mussten den ganzen Weg vom Bahnhof aus zu Fuß laufen«, protestierte Giles, dem es schwerfiel, wenigstens für diesen kurzen Satz nicht weiterzuessen.

»Ja, ich habe mir überlegt, ob ich einen Wagen schicken soll, um Sie, Mr. Clifton, und dich, Giles, vom letzten Zug abzuholen«, sagte Lord Harvey, »doch dann dachte ich mir, es gibt nichts Besseres als einen erfrischenden Marsch durch die Highlands, um ordentlich Appetit zu bekommen.«

Harry lächelte. Er hatte kaum ein Wort gesagt, seit sie zum Abendessen in den Speisesaal heruntergekommen waren, und da Emma am anderen Ende des Tisches saß, musste er sich auf einige wehmütige Blicke beschränken; er fragte sich, wann sie endlich alleine wären.

Der erste Gang bestand aus einer reichhaltigen Highland-Suppe, die Harry ein wenig zu schnell gegessen hatte, doch als Giles sich einen Nachschlag servieren ließ, war auch er damit einverstanden, dass man seine Schale noch einmal füllte. Harry hätte auch noch um eine dritte Portion gebeten, wenn die anderen unterdessen nicht wieder begonnen hätten, höflich Konversation zu betreiben, während sie darauf warteten, dass er und Giles den ersten Gang beendeten, damit der Hauptgang aufgetragen werden konnte.

»Es besteht übrigens kein Grund zur Sorge, dass irgendjemand sich fragen müsste, wo Mr. Clifton und Giles sich aufhalten«, sagte Lord Harvey, »denn ich habe bereits Telegramme an Sir Walter und Mrs. Clifton geschickt, um ihnen mitzuteilen, dass die beiden jungen Herren gesund und munter sind. Ich habe allerdings darauf verzichtet, zu deinem Vater Kontakt aufzunehmen, Giles«, fügte er hinzu, ohne diese Bemerkung weiter zu kommentieren. Giles warf einen Blick über den Tisch hinweg und sah, wie seine Mutter die Lippen zusammenkniff.

Wenig später schwangen die Türen des Speisesaals auf, und mehrere Diener in Livree traten ein, die mit gewandtem Griff die Suppenschalen abtrugen. Drei weitere Diener folgten ihnen; sie trugen mehrere Silbertabletts, auf denen sich etwas befand, das in Harrys Augen nach sechs kleinen Hühnern aussah.

»Ich hoffe, Sie mögen Schottisches Moorhuhn, Mr. Clifton«, sagte Lord Harvey, der der erste Mensch war, der ihn je »Mister« nannte, als einer der Vögel vor ihm aufgetragen wurde. »Diese hier habe ich selbst geschossen.«

Harry fiel keine angemessene Antwort ein. Er sah zu, wie Giles nach Messer und Gabel griff und winzige Streifen Fleisch abschnitt, was ihn unwillkürlich an ihre erste gemeinsame Mahlzeit in St. Bede's erinnerte. Als die Teller abgetragen wurden, war es Harry nur gelungen, drei kleine Bissen abzuschneiden, und er fragte sich, wie alt er wohl werden musste, bevor er sagen durfte: »Nein, danke, ich ziehe eine weitere Schale Suppe vor.«

Die Lage besserte sich ein wenig, als eine große Platte mit verschiedenen Früchten, von denen Harry einige noch nie zuvor gesehen hatte, in der Mitte des Tisches platziert wurde. Er hätte ihren Gastgeber gerne nach den Namen und den Ländern gefragt, aus denen sie kamen, doch dann dachte er an sein Missgeschick mit seiner ersten Banane. Deshalb beschränkte er sich darauf, Giles' Beispiel zu folgen, indem er sorgfältig beobachtete, welches Obst geschält und welches geschnitten werden musste und von welchem er einfach abbeißen konnte.

Als er fertig war, erschien ein Diener und stellte eine Schale Wasser neben seinen Teller. Er wollte gerade danach greifen, um daraus zu trinken, als er sah, wie Lady Harvey ihre Finger hineintauchte und ein Diener ihr gleich darauf eine Leinenserviette reichte, damit sie sich die Hände abtrocknen konnte. Auch Harry tauchte seine Finger in das Wasser, und wie durch Magie erschien nur Augenblicke später die Serviette.

Nach dem Dinner zogen sich die Damen in den Salon zurück, und Harry hätte sich ihnen am liebsten angeschlossen, um Emma alles zu berichten, was geschehen war, seit sie – als Julia, versteht sich – Gift genommen hatte. Doch kaum hatte sie den Speisesaal verlassen, als Lord Harvey sich zurücklehnte, was ein Zeichen für den Hilfsbutler war, Seiner Lordschaft eine Zigarre zu reichen, während ein weiterer Diener ihm ein großes Glas Cognac einschenkte.

Er nahm einen winzigen Schluck und nickte, und sofort erschienen zwei Gläser vor Giles und Harry. Der Hilfsbutler verschloss den Humidor, bevor er auch ihnen Cognac einschenkte.

»Nun«, sagte Lord Harvey, nachdem er mehrmals genüsslich an seiner Zigarre gezogen hatte, »stimmt es, dass Sie, Mr. Clifton, und du, Giles, nach Oxford gehen wollt?«

»Harry geht ganz sicher«, sagte Giles. »Aber ich brauche diesen Sommer noch ein paar Mal ein Century, und zwar am besten beim Lord's, wenn die Prüfer meine offensichtlichsten Schwächen übersehen sollen.«

»Giles ist zu bescheiden, Sir«, sagte Harry. »Seine Chancen, einen Platz angeboten zu bekommen, sind genauso groß wie meine. Schließlich ist er nicht nur der Kapitän der Kricketmannschaft, er vertritt auch unsere Schule gegenüber der Stadt.«

»Nun, ich kann jedem, der einen solchen Platz bekommt, versichern, dass er die drei schönsten Jahre seines Lebens vor sich hat. Das heißt, wenn Hitler nicht so verrückt ist, es auf eine neue Konfrontation ankommen zu lassen in der eitlen Hoffnung, ein besseres Ergebnis zu erzielen als beim letzten Mal.«

Die drei hoben ihre Gläser, und Harry trank den ersten Schluck Cognac seines Lebens. Er mochte den Geschmack nicht und fragte sich, ob es unhöflich wäre, wenn er nicht austrinken würde, doch da kam ihm bereits Lord Harvey zu Hilfe.

»Vielleicht sollten wir uns jetzt den Damen anschließen«, sagte er und leerte sein Glas. Er legte seine Zigarre in einen Aschenbecher, stand auf und marschierte aus dem Speisesaal, ohne bei seinen Gästen eine zweite Meinung zu diesem Thema einzuholen.

Die beiden jungen Männer folgten ihm durch den Saal in den Salon.

Lord Harvey setzte sich neben Elizabeth, während Giles Harry zublinzelte und zu seiner Großmutter ging. Harry setzte sich neben Emma aufs Sofa.

»Wie galant von dir, den ganzen weiten Weg bis hierher zu kommen, Harry«, sagte sie und berührte seine Hand.

»Es tut mir so leid, was nach dem Stück geschehen ist. Ich kann nur hoffen, dass ich für die entstandenen Probleme nicht verantwortlich bin.«

»Wie könntest du dafür verantwortlich sein, Harry? Du hast nie etwas getan, das meinen Vater hätte veranlassen können, so mit Mutter zu sprechen.«

»Aber es ist kein Geheimnis, dass dein Vater meint, wir sollten nicht zusammen sein, nicht einmal auf einer Bühne.«

»Reden wir morgen früh darüber«, flüsterte Emma. »Dann können wir einen langen Spaziergang in den Hügeln machen und für uns sein. Dann können uns nur die Highland-Rinder hören.«

»Ich freue mich darauf«, sagte Harry. Er hätte gerne ihre Hand gehalten, doch es gab zu viele Augen, die ständig in ihre Richtung blickten.

»Unsere beiden jungen Männer müssen nach dieser anstrengenden Reise sehr müde sein«, sagte Lady Harvey. »Vielleicht sollten sie sich zurückziehen, und morgen würden wir uns alle beim Frühstück wiedersehen.«

Harry wollte nicht zu Bett gehen; viel lieber wäre er bei Emma geblieben und hätte versucht herauszufinden, ob sie inzwischen wusste, warum ihr Vater so sehr dagegen war, dass sie zusammen waren. Doch Giles stand sofort auf, gab seiner Großmutter und seiner Mutter einen Kuss auf die Wange und sagte »Gute Nacht«, was Harry keine andere Wahl ließ, als sich ihm anzuschließen. Er beugte sich zu Emma und küsste sie auf die Wange. Dann bedankte er sich bei seinem Gastgeber für einen wunderbaren Abend und folgte Giles aus dem Salon.

Als sie durch die Empfangshalle gingen, blieb Harry stehen, um ein Gemälde zu bewundern, das eine Obstschale zeigte und von einem Künstler namens Peploe stammte, als Emma aus dem Salon gestürmt kam, die Arme um seinen Hals schlang und ihn sanft auf den Mund küsste.

Giles ging weiter die Treppe hinauf, als hätte er nichts bemerkt, während Harry die Tür zum Salon im Auge behielt. Emma löste sich von ihm, als sie hörte, wie die Tür hinter ihr geöffnet wurde. »Nun gute Nacht! So süß ist Trennungswehe«, flüsterte sie.

»Ich rief wohl gute Nacht, bis ich den Morgen sähe«, erwiderte Harry.

»Wohin wollt ihr beide gehen«, fragte Elizabeth Barrington, als sie aus dem Frühstückssaal kam.

»Wir werden auf den Crag Cowen steigen«, sagte Emma. »Warte nicht auf uns, denn vielleicht siehst du uns nie wieder.«

Ihre Mutter lachte. »Dann seht zu, dass ihr gut eingepackt seid, denn in den Highlands erkälten sich sogar die Schafe.« Sie wartete, bis Harry die Tür hinter sich und Emma geschlossen hatte, bevor sie hinzufügte: »Giles, dein Großvater möchte uns um zehn in seinem Arbeitszimmer sehen.« Für Giles hörte sich das eher wie eine Anweisung und weniger wie eine Bitte an.

»Ja, Mutter«, sagte er, bevor er einen Blick durch das Fenster warf und sah, wie Harry und Emma dem Weg in Richtung Crag Cowen folgten. Schon nach wenigen Schritten nahm Emma Harrys Hand. Giles lächelte, als sie um die Ecke bogen und hinter einer Reihe Kiefern verschwanden.

Als die Uhr in der Empfangshalle zu schlagen begann, musste Giles sich beeilen, um noch rechtzeitig vor dem zehnten Schlag im Arbeitszimmer seines Großvaters zu sein. Seine Großeltern und seine Mutter verstummten, als er den Raum betrat. Sie hatten ganz offensichtlich schon auf ihn gewartet.

»Nimm Platz, mein Junge«, sagte sein Großvater.

»Danke, Sir«, erwiderte Giles und setzte sich zwischen seine Mutter und seine Großmutter auf einen Stuhl.

»Vermutlich könnte man diese Zusammenkunft am besten als

Kriegsrat bezeichnen«, begann Lord Harvey und sah von seinem hochlehnigen, lederbezogenen Stuhl auf, als spreche er in einer Vorstandssitzung. »Ich werde versuchen, alle auf den neuesten Stand zu bringen, bevor wir entscheiden, was die beste Vorgehensweise ist.« Giles fühlte sich geschmeichelt, dass sein Großvater ihn als vollwertiges Mitglied des Familienrats betrachtete.

»Ich habe gestern Abend mit Walter telefoniert. Er war genauso empört über Hugos Verhalten bei der Aufführung des Stücks, wie ich es war, als Elizabeth mir davon berichtet hat. Ich musste ihn allerdings darüber informieren, was geschah, nachdem sie wieder zum Landsitz zurückgekehrt war.« Giles' Mutter senkte den Kopf, unterbrach ihn aber nicht. »Ich sagte ihm, dass ich ein langes Gespräch mit meiner Tochter geführt hätte, und wir waren uns einig, dass es nur zwei Möglichkeiten für uns gibt, auf all das zu reagieren.«

Giles lehnte sich auf seinem Stuhl zurück, doch er entspannte sich nicht.

»Ich ließ Walter gegenüber nicht den geringsten Zweifel aufkommen, dass Hugo mehrere Zugeständnisse würde machen müssen, sollte Elizabeth auch nur in Erwägung ziehen, auf den Landsitz zurückzukehren. Zunächst muss er sich unmissverständlich für sein empörendes Verhalten entschuldigen.«

Giles' Großmutter nickte zustimmend.

»Zweitens wird er nie wieder – ich wiederhole: nie wieder – andeuten, dass Emma von ihrer Schule genommen werden soll, und in Zukunft wird er ihre Bemühungen, einen Platz in Oxford angeboten zu bekommen, rückhaltlos unterstützen. Es ist weiß Gott schwer genug für einen jungen Mann, heutzutage den entsprechenden Abschluss zu schaffen, aber für eine junge Frau ist es fast unmöglich. Meine dritte und wichtigste Forderung, von der ich, wie ich deutlich gemacht habe, nicht im Geringsten abweichen werde, lautet, dass er uns allen erklären muss, warum er Harry Clifton schon die ganze Zeit über auf eine so abstoßende Art behandelt. Möglicherweise hat das etwas damit zu tun, so vermute ich, dass Harrys Onkel Hugo bestohlen hat. Die Sünden des Vaters sind eine Sache, aber ein Onkel... Ich weigere mich zu akzeptieren, dass er, wie er es Elizabeth gegenüber ständig betont, Clifton nur deshalb für unwürdig hält, mit seinen Kindern eine Verbindung einzugehen, weil Cliftons Vater Hafenarbeiter war und seine Mutter Kellnerin ist. Vielleicht hat Hugo vergessen, dass mein Großvater als Gehilfe in einer Weinhandelsfirma gearbeitet hat und sein Großvater mit zwölf von der Schule abgegangen ist, um wie Cliftons Vater im Hafen zu arbeiten. Und nur für den Fall, dass irgendjemand das vergessen hat: Ich bin der erste Lord Harvey in dieser Familie, und ein besseres Beispiel für jemanden, der nicht aus einer alteingesessenen Linie stammt, wird sich kaum finden lassen.«

Giles wäre am liebsten in lauten Jubel ausgebrochen.

»Nun, niemandem von uns kann entgangen sein«, fuhr Lord Harvey fort, »was Emma und Harry füreinander empfinden, was kaum überraschend ist, da sie beide zwei außergewöhnliche junge Menschen sind. Wenn sich ihre Beziehung im Laufe der Zeit vertieft, könnte niemand glücklicher sein als Victoria und ich. Und was dieses Thema betrifft, war Walter absolut einer Meinung mit mir.«

Giles lächelte. Ihm gefiel die Vorstellung, dass Harry ein Mitglied der Familie werden sollte, obwohl er nicht daran glauben konnte, dass sein Vater das jemals akzeptieren würde.

»Ich habe Walter gesagt«, fuhr sein Großvater fort, »dass, sollte Hugo sich nicht in der Lage sehen, auf diese Bedingungen einzugehen, Elizabeth keine andere Möglichkeit hätte, als unverzüglich die Scheidung einzureichen. Darüber hinaus würde ich mich gezwungen sehen, den Vorstand von Barrington's zu verlassen und meine Gründe dafür öffentlich zu machen.«

Giles stimmten diese Worte traurig, denn in keiner der beiden Familien hatte es bisher jemals eine Scheidung gegeben.

»Walter hat sich freundlicherweise bereit erklärt, in den nächsten Tagen wieder Kontakt zu mir aufzunehmen, sobald er Gelegenheit gehabt hätte, mit seinem Sohn über diese Dinge zu sprechen. Er hat mir jedoch bereits mitgeteilt, dass Hugo versprochen habe, nicht mehr zu trinken, und aufrichtig zerknirscht zu sein scheint. Ich möchte damit schließen, euch alle daran zu erinnern, dass dies eine Familienangelegenheit ist und unter keinen Umständen mit Außenstehenden besprochen werden sollte. Wir müssen darauf hoffen, dass sich alles nur als unglücklicher Zwischenfall erweisen mag, der schon bald vergessen sein wird.«

Am nächsten Morgen rief Giles' Vater an und bat darum, mit ihm sprechen zu dürfen. Er entschuldigte sich immer wieder und sagte, wie leid es ihm tue, Giles für etwas die Schuld gegeben zu haben, das ausschließlich sein eigener Fehler gewesen sei. Er bat Giles, alles in seiner Macht Stehende zu tun, um seine Mutter und Emma davon zu überzeugen, wieder nach Gloucestershire zurückzukehren, sodass sie alle zusammen Weihnachten auf dem Landsitz verbringen könnten. Auch er habe, genau wie sein Schwiegervater, die Hoffnung, dass dieser Zwischenfall schon bald vergessen wäre. Harry Clifton erwähnte er mit keinem Wort.

41

Nachdem sie in Temple Meads den Zug verlassen hatten, warteten Giles und seine Mutter im Wagen, während sich Emma von Harry verabschiedete.

»Sie haben gerade die letzten neun Tage zusammen verbracht«, sagte Giles. »Haben sie vergessen, dass sie einander schon morgen wiedersehen werden?«

»Und mit ziemlicher Sicherheit auch übermorgen«, sagte Giles' Mutter. »Aber du solltest nicht vergessen, dass, wie unwahrscheinlich es auch immer sein mag, dir eines Tages vielleicht dasselbe passiert.«

Schließlich stieg Emma zu ihnen ins Auto, doch als sie losfuhren, sah sie unverwandt aus dem Heckfenster und hörte nicht auf zu winken, bis Harry außer Sichtweite war.

Giles konnte es kaum erwarten, nach Hause zu kommen und endlich zu erfahren, was der Grund dafür war, warum sein Vater all die Jahre über Harry so grausam behandelt hatte. Zweifellos konnte es nichts Schlimmeres sein, als im Bonbonladen der Schule zu stehlen oder bewusst dafür zu sorgen, dass man durch eine Aufnahmeprüfung fiel. Er dachte über ein Dutzend Möglichkeiten nach, doch keine davon ergab irgendeinen Sinn. Jetzt, so hoffte er, würde er nach so langer Zeit die Wahrheit erfahren. Er sah zu seiner Mutter. Obwohl sie nur selten ihre Gefühle zeigte, erkannte er, dass sie immer nervöser wurde, je mehr sie sich Chew Valley näherten.

Giles' Vater stand auf der obersten Treppenstufe, als der Wagen am Haus vorfuhr; Jenkins war nirgendwo zu sehen. Hugo entschuldigte sich sofort bei Elizabeth und den Kindern und beteuerte, wie sehr er sie vermisst hatte.

»Ich werde im Salon Tee servieren lassen«, sagte er. »Bitte setzt euch dort mit mir zusammen, sobald ihr fertig seid.«

Giles kam als Erster wieder nach unten. Er fühlte sich nicht wohl, als er in einem Sessel gegenüber seinem Vater Platz nahm. Während sie auf Giles' Mutter und Emma warteten, beschränkte sich sein Vater darauf, Giles zu fragen, wie ihm Schottland gefallen habe, und ihm zu berichten, dass das Kindermädchen mit Grace nach Bristol gefahren war, um eine Schuluniform zu besorgen. Wiederum erwähnte er Harry mit keinem Wort. Als Giles' Mutter und seine Schwester ein paar Minuten später in den Salon kamen, stand sein Vater sofort auf. Sobald alle wieder saßen, schenkte er jedem eine Tasse Tee ein. Offensichtlich wollte er nicht, dass einer der Bediensteten mithörte, was er seiner Familie berichten wollte.

Nachdem alle ihren Tee entgegengenommen hatten, rutschte sein Vater in seinem Sessel ganz nach vorn und begann leise zu sprechen.

»Zunächst einmal möchte ich jedem von euch sagen, wie inakzeptabel mein Verhalten an jenem Abend war, der von allen als ein großer Triumph für Emma beschrieben worden ist. Dass dein Vater nicht da war, als man dich vor den Vorhang rief, um dir zu applaudieren, war schon schlimm genug, Emma«, sagte er und wandte sich dabei direkt an seine Tochter. »Aber die Art, wie ich deine Mutter behandelt habe, als ihr in jener Nacht nach Hause gekommen seid, ist schier unverzeihlich, und mir ist klar, dass es einige Zeit braucht, bis eine so tiefe Wunde heilen kann.«

Hugo Barrington legte den Kopf in die Hände, und Giles bemerkte, dass sein Vater zitterte. Schließlich gelang es ihm, sich wieder zu fassen.

»Jeder von euch möchte, aus ganz verschiedenen Gründen, wissen, warum ich Harry Clifton all die Jahre so schlecht behandelt habe. Es stimmt, dass ich seine Gegenwart nicht ertrage, doch die Schuld dafür liegt einzig und allein bei mir. Wenn ihr den Grund dafür erfahren habt, könnt ihr mich vielleicht verstehen und euch möglicherweise sogar bis zu einem gewissen Grad in meine Lage versetzen.«

Giles sah zu seiner Mutter, die steif in ihrem Sessel saß. Man konnte unmöglich sagen, was sie empfand.

»Vor vielen Jahren«, fuhr Barrington fort, »als ich eben erst zum geschäftsführenden Direktor unserer Firma ernannt worden war, gelang es mir, den Vorstand davon zu überzeugen, in den Schiffbau einzusteigen, obwohl ich die Vorbehalte meines Vaters nie ganz ausräumen konnte. Ich unterzeichnete mit einer kanadischen Gesellschaft einen Vertrag über den Bau eines Handelsschiffes namens *Maple Leaf*. Dieses Projekt erwies sich nicht nur als ein schwerer finanzieller Rückschlag für unsere Firma, sondern auch als eine persönliche Katastrophe für mich selbst, von der ich mich bis heute nicht ganz erholt habe und wohl auch nie erholen werde. In welcher Hinsicht, das möchte ich euch gerne erklären. Eines Nachmittags kam ein Hafenarbeiter in mein Büro gestürmt und beharrte darauf, dass einer seiner Arbeitskollegen zwischen den Wänden des Rumpfs der *Maple Leaf* gefangen sei und sein Leben verlieren würde, sofern ich nicht die Anweisung gäbe, den Rumpf aufzuschweißen. Natürlich bin ich sofort zum Hafen geeilt, doch der Vorarbeiter versicherte mir, dass an dieser Geschichte absolut nichts Wahres dran sei. Trotzdem forderte ich die Männer auf, ihre Werkzeuge niederzulegen, damit wir jedes Geräusch hören könnten, das möglicherweise aus dem Rumpf dringen würde. Ich wartete eine beträchtliche Zeit lang, doch weil einfach kein Geräusch zu hören war, wies ich die Männer an, ihre Arbeit wieder aufzunehmen, denn wir lagen schon mehrere Wochen hinter dem Zeitplan. Ich nahm an, dass der Arbeiter am Tag darauf mit Beginn seiner Schicht wieder im Hafen erscheinen würde. Doch er erschien nicht nur nicht, er tauchte überhaupt nie wieder auf. Seither liegt mir die Vorstellung, dass er möglicherweise gestorben sein könnte, ständig auf dem Gewissen.« Er hielt inne, hob den Kopf und sagte: »Dieser Mann war Arthur Clifton, und Harry ist sein einziger Sohn.«

Emma begann zu schluchzen.

»Ich möchte, dass ihr, sofern euch das möglich ist, euch vorzustellen versucht, was ich jedes Mal durchmache, wenn ich diesen jungen Mann sehe, und wie er sich wohl fühlen würde, sollte er jemals herausfinden, dass ich für den Tod seines Vaters verantwortlich sein könnte. Dass Harry Clifton Giles' bester Freund geworden ist und sich in meine Tochter verliebt hat, ist wahrhaft Stoff für eine griechische Tragödie.«

Wieder senkte er den Kopf in die Hände und schwieg lange. Als er schließlich wieder aufsah, sagte er: »Wenn ihr mir Fragen stellen wollt, werde ich sie beantworten, so gut ich kann.«

Giles wartete, bis seine Mutter sich zu Wort meldete. »Warst du verantwortlich dafür, dass ein Unschuldiger ins Gefängnis geworfen wurde für ein Verbrechen, das er nicht begangen hat?«, fragte Elizabeth leise.

»Nein, Liebling«, sagte Barrington. »Ich hoffe, du kennst mich gut genug, um einzusehen, dass ich zu so etwas gar nicht in der Lage wäre. Stan Tancock war ein gewöhnlicher Dieb, der in mein Büro eingebrochen ist und mich ausgeraubt hat. Einzig und allein weil er Arthur Cliftons Schwager war, habe ich ihm am Tag, als er aus dem Gefängnis entlassen wurde, seine Arbeit wiedergegeben.« Elizabeth lächelte zum ersten Mal.

»Vater, würdest du mir erlauben, auch eine Frage zu stellen?«, sagte Giles.

»Ja, natürlich.«

»Hast du Harry und mich verfolgen lassen, als wir nach Schottland gefahren sind?«

»Ja, das habe ich, Giles. Ich wollte unbedingt herausfinden, wo deine Mutter und Emma sich aufhielten, damit ich mich für mein unwürdiges Verhalten entschuldigen könnte. Bitte versuch mir zu verzeihen.«

Alle wandten ihre Aufmerksamkeit Emma zu, die bisher noch nichts gesagt hatte. Als sie ihr Schweigen brach, überraschte sie jeden. »Du wirst Harry alles berichten müssen, was du uns erzählt hast«, flüsterte sie, »und wenn er bereit ist, dir zu vergeben, musst du ihn in unserer Familie willkommen heißen.«

»Ich würde ihn sehr gerne in unserer Familie willkommen heißen, mein Liebling, auch wenn ich es verstehen könnte, wenn er nie wieder ein Wort mit mir reden wollte. Doch ich kann ihm die Wahrheit über das, was mit seinem Vater geschehen ist, nicht sagen.«

»Warum nicht?«, wollte Emma wissen.

»Weil Harrys Mutter darauf bestanden hat, dass er niemals erfahren darf, wie sein Vater gestorben ist, denn er ist im Glauben aufgewachsen, sein Vater sei als tapferer Mann im Krieg gefallen. Bis heute habe ich mein Versprechen gehalten, niemandem davon zu erzählen, was an jenem schrecklichen Tag geschehen ist.«

Elizabeth Barrington stand auf, trat neben ihren Mann und

küsste ihn sanft. Barrington brach schluchzend zusammen. Einen Augenblick später ging Giles zu seinen Eltern und legte seinem Vater einen Arm um die Schulter.

Emma blieb regungslos sitzen.

42

»Hat deine Mutter schon immer so gut ausgesehen?«, fragte Giles, »oder werde ich einfach nur älter?«

»Ich habe keine Ahnung«, sagte Harry. »Das Einzige, was ich sagen kann, ist, dass *deine* Mutter immer sehr elegant aussieht.«

»So sehr ich die gute Dame auch mag, verglichen mit deiner Mutter sieht sie ganz entschieden prähistorisch aus«, erwiderte Giles, als Elizabeth Barrington, den Sonnenschirm in der einen Hand, die Handtasche in der anderen, auf sie zukam.

Giles war wie jeder andere Junge besorgt darüber gewesen, was seine Mutter heute wohl tragen würde. Was die Auswahl an Hüten anging, war es hier schlimmer als in Ascot, wo alle Mütter und Töchter versuchten, sich gegenseitig auszustechen.

Harry musterte seine Mutter, die sich mit Dr. Paget unterhielt, ein wenig genauer. Er musste zugeben, dass sie mehr Aufmerksamkeit erregte als die meisten anderen Mütter, was ihn etwas verlegen machte. Doch er war froh darüber, dass sie sich weniger Sorgen um ihre finanzielle Situation zu machen schien, und er nahm an, dass der Mann, der zu ihrer Rechten stand, damit zu tun hatte.

Aber so dankbar er Mr. Atkins auch war, er konnte sich kaum mit der Vorstellung anfreunden, dass dieser Mann sein Stiefvater werden würde. Mr. Barrington hatte seine Tochter zweifellos zu sehr behütet, doch Harry musste sich eingestehen, dass er denselben Beschützerinstinkt empfand, was seine Mutter betraf.

Kürzlich hatte sie ihm gesagt, dass Mr. Frampton so zufrieden mit ihrer Arbeit im Hotel gewesen sei, dass er sie zur Aufseherin über die anderen nachts arbeitenden Kellnerinnen befördert und ihr eine Lohnerhöhung gegeben hatte. Und tatsächlich musste Harry nun nicht mehr darauf warten, dass seine Hosen zu kurz wurden, bevor er neue bekam. Aber selbst er war überrascht gewesen, als sie die Kosten seiner Reise nach Rom mit der Arts Appreciation Society ohne jeden Kommentar einfach beglichen hatte.

»Wie schön, dich am Tag deines großen Erfolges zu sehen, Harry«, sagte Mrs. Barrington. »Zwei Preise, wenn ich mich recht erinnere. Es tut mir nur leid, dass Emma nicht bei uns sein kann, um deinen Ruhm mit dir zu genießen, aber Miss Webb meinte, man könne von ihren Mädchen nicht erwarten, den Vormittag wegen des Abschlusstages eines anderen freizumachen, selbst wenn ihr Bruder der offizielle Vertreter der Schule gegenüber der Stadt ist.«

Mr. Barrington kam zu ihnen, und Giles beobachtete seinen Vater sorgfältig, als er Harry die Hand schüttelte. Es war zwar immer noch zu spüren, dass sein Vater dem jungen Mann gegenüber nicht gerade warmherzig auftrat, aber er gab sich große Mühe, dies zu verbergen.

»Also, wann erwarten Sie von Oxford zu hören, Harry?«, fragte Barrington.

»Irgendwann nächste Woche, Sir.«

»Ich bin sicher, dass man Ihnen einen Platz anbieten wird, obwohl die Sache für Giles sehr knapp aussieht.«

»Vergessen Sie nicht, dass auch er einen ruhmvollen Augenblick genießen durfte«, sagte Harrry.

»Daran erinnere ich mich gar nicht«, bemerkte Mrs. Barrington.

»Ich glaube, Harry denkt an das Century, das ich beim Lord's erreicht habe, Mutter.«

»Das mag bewundernswert sein, aber ich sehe absolut nicht, wie dir das helfen wird, nach Oxford zu kommen«, sagte Mr. Barrington.

»Normalerweise würde ich dir zustimmen, Vater«, erwiderte Giles. »Wäre da nicht die Tatsache, dass der Geschichtsprofessor damals neben dem Präsidenten des Marylebon Cricket Club saß.«

Das Lachen, das auf Giles' Bemerkung folgte, wurde vom Läuten der Glocken übertönt. Die Jungen machten sich rasch auf den Weg in die Aula, während die Eltern ihnen pflichtbewusst in ein paar Schritten Entfernung folgten.

Giles und Harry nahmen ihre Plätze unter den Aufsichtsschülern und Preisträgern in den ersten drei Reihen ein.

»Erinnerst du dich noch an unseren ersten Tag in St. Bede's«, fragte Harry, »als wir alle in der ersten Reihe saßen und ziemlich eingeschüchtert zu Dr. Oakshott aufsahen?«

»Shot hat mich nie eingeschüchtert«, antwortete Giles.

»Nein, natürlich nicht«, sagte Harry.

»Aber ich erinnere mich noch an etwas anderes. Als wir am ersten Morgen zum Frühstück heruntergekommen sind, hast du deine Porridgeschale ausgeleckt.«

»Und ich erinnere mich daran, dass du geschworen hast, es nie wieder zu erwähnen«, flüsterte Harry.

»Ich verspreche, dass ich es nicht mehr tun werde«, erwiderte Giles, der nicht flüsterte. »Wie hieß dieser widerliche Kerl, der dich in der ersten Nacht mit einem Pantoffel geschlagen hat?«

»Fisher«, antwortete Harry. »Und es war in der zweiten Nacht.«

»Ich frage mich, was er jetzt wohl so macht.«

»Wahrscheinlich leitet er ein Jugendlager der Nazis.«

»Dann ist das ein guter Grund, in den Krieg zu ziehen«, sagte Giles, als alle in der Aula aufstanden, um den Vorsitzenden und die anderen Mitglieder des Schulbeirats zu begrüßen.

Die Reihe elegant gekleideter Männer zog langsam durch den Mittelgang auf die Bühne. Der Letzte, der Platz nahm, war Mr. Barton, der Rektor – aber erst nachdem er den Ehrengast zum mittleren Stuhl in der vordersten Reihe auf der Bühne geleitet hatte.

Nachdem sich alle gesetzt hatten, stand der Rektor auf, um Eltern und Gäste zu begrüßen, bevor er seine Rede über das abgelaufene Schuljahr hielt. Er beschrieb 1938 als ein besonders erfolgreiches Jahr, und während der nächsten zwanzig Minuten erläuterte er diese Darstellung, indem er genauer auf die akademischen und sportlichen Leistungen der Schule einging. Er schloss mit einer Bitte an den Höchst Ehrenwerten Winston Churchill, MP, Kanzler der Bristol University und Mitglied des Parliament for Epping, zur Schule zu sprechen und die Preise zu übergeben.

Mr. Churchill erhob sich langsam aus seinem Stuhl und starrte mehrere Augenblicke auf die Besucher herab, bevor er begann.

»Einige Ehrengäste fangen ihre Reden damit an, dass sie dem Publikum versichern, während ihrer Schulzeit nie einen Preis bekommen zu haben und in jeder Klasse der Schlechteste gewesen zu sein. So etwas kann ich für mich nicht beanspruchen. Zwar habe ich gewiss nie einen Preis bekommen, aber ich war auch nie der Schlechteste meiner Klasse – ich war der Zweitschlechteste.« Die Jungen lachten und jubelten, die Lehrer lächelten. Nur Deakins blieb völlig ungerührt.

Nachdem das Gelächter verklungen war, fuhr Churchill in

knurrendem Ton fort. »Heute sieht sich unsere Nation mit einer jener großen Bedrohungen der Geschichte konfrontiert, bei der dem britischen Volk möglicherweise ein weiteres Mal die Aufgabe zukommt, das Schicksal der freien Welt zu entscheiden. Viele von Ihnen, die heute in dieser Aula sitzen...« Er senkte die Stimme und richtete seine Aufmerksamkeit auf die Reihen der Schüler, die er direkt vor sich hatte, ohne dabei in die Richtung ihrer Eltern zu sehen. »Niemand von uns, der den Großen Krieg erlebt hat, wird jemals den tragischen Verlust so vieler Leben vergessen, den unsere Nation erleiden musste, oder die Auswirkungen, die dieser Verlust auf eine ganze Generation hatte. Von den zwanzig Jungen in meiner Klasse in Harrow, die an die Front kamen, haben nur drei lange genug überlebt, um jemals in einer Wahl ihre Stimme abzugeben. Ich kann nur hoffen, dass derjenige, der in zwanzig Jahren diese Rede halten wird, jene barbarische und unnötige Verschwendung so vieler Leben nicht den *Ersten* Weltkrieg nennen muss. In dieser einzigen Hoffnung wünsche ich Ihnen allen ein langes, glückliches und erfolgreiches Leben.«

Giles war einer der Ersten, die aufstanden und dem Ehrengast stehend applaudierten, als dieser wieder zu seinem Platz zurückkehrte. Sollte Britannien, so schien es ihm, keine andere Wahl bleiben, als in den Krieg zu ziehen, dann war das genau der richtige Mann, der das Amt von Neville Chamberlain übernehmen und Premierminister werden sollte. Als einige Minuten später alle wieder saßen, bat der Rektor Mr. Churchill, die Preise zu überreichen.

Giles und Harry jubelten, als Mr. Barton nicht nur verkündete, dass Deakins der beste Schüler des Jahrgangs war, sondern auch noch hinzufügte: »Heute Morgen habe ich ein Telegramm vom Rektor des Balliol College in Oxford erhalten, in welchem mitgeteilt wird, dass Deakins ein Vollstipendium für klassische Sprachen erhalten hat. Ich darf darauf hinweisen«, fuhr Mr. Barton fort, »dass er der erste Junge in der vierhundertjährigen Geschichte der Schule ist, der diese Auszeichnung erhält.«

Giles und Harry standen schon, als ein schlaksiger, über ein Meter fünfundachtzig großer Junge, der eine Brille mit sehr dicken Gläsern sowie einen Anzug trug, der so wirkte, als habe er nie seinen Kleiderbügel verlassen, langsam die Bühne hinaufstieg. Mr. Deakins wäre am liebsten aufgesprungen, um ein Foto seines Sohnes zu machen, als dieser von Mr. Churchill seinen Preis überreicht bekam. Doch er tat es nicht, aus Angst, die Anwesenden könnten darüber die Stirn runzeln.

Harry erhielt warmen Applaus, als er den Preis für Englisch und den Lesepreis der Schule entgegennahm. Der Rektor fügte hinzu: »Niemand von uns wird je seine Vorstellung als Romeo vergessen. Hoffen wir, dass Harry zu denen gehört, die nächste Woche ein Telegramm erhalten, in dem man ihnen einen Platz in Oxford anbietet.«

Als Mr. Churchill Harry seinen Preis übergab, flüsterte er: »Ich habe nie eine Universität besucht, aber ich wünschte mir wahrhaftig, ich hätte es getan. Hoffen wir, dass Sie dieses Telegramm bekommen, Clifton. Viel Glück.«

»Ich danke Ihnen, Sir«, sagte Harry.

Der größte Jubel galt an diesem Tag jedoch Giles Barrington, der als Vertreter der Schule nach außen den Preis des Rektors sowie den Preis als Kapitän der Kricketmannschaft bekam. Zur Überraschung des Ehrengastes sprang der Vorsitzende des Schulbeirats auf und schüttelte Giles die Hand, bevor der Junge Mr. Churchill erreicht hatte.

»Mein Enkel, Sir«, erklärte Sir Walter mit beträchtlichem Stolz.

Churchill lächelte, reichte Giles die Hand, sah ihm direkt ins

Gesicht und sagte: »Lassen Sie keine Zweifel daran aufkommen, dass Sie sich im Dienst für Ihr Land ebenso auszeichnen werden, wie Sie das bereits durch Ihre Leistungen in der Schule getan haben.«

Das war der Augenblick, in dem Giles ganz genau wusste, was er tun würde, sollte Britannien vom Krieg bedroht werden.

Sobald die Zeremonie zu Ende war, sangen die Jungen zusammen mit ihren Eltern und ihren Lehrern das *Carmen Bristoliense*.

Sit clarior, sit dignior, quotquot labuntur menses:
Sit primus nobis hic decor, Sumus Bristolienses.

Als die letzte Strophe verklungen war, führte der Rektor den Ehrengast und seine Begleiter von der Bühne und schritt mit ihm aus der Aula in den nachmittäglichen Sonnenschein. Wenige Augenblicke später strömten auch alle anderen Besucher nach draußen, um gemeinsam mit den hohen Herren ihren Tee einzunehmen. Besonders drei Jungen wurden von Erwachsenen umringt, die ihnen Glück wünschten – sowie von zahlreichen Schwestern ihrer Mitschüler, die Giles »einfach süß« fanden.

»Ich war noch nie in meinem Leben so stolz«, sagte Harrys Mutter, als sie ihren Sohn umarmte.

»Ich weiß, wie Sie sich fühlen«, sagte Old Jack, der Harry die Hand schüttelte. »Ich wünschte nur, Miss Monday hätte lange genug gelebt, um dich heute zu sehen, denn ich zweifle nicht daran, dass es auch für sie der glücklichste Tag ihres Lebens gewesen wäre.«

Mr. Holcombe stand ein wenig abseits und wartete geduldig, bis die Reihe an ihm war, seine Glückwünsche vorzubringen. Harry, der nicht wusste, dass die beiden alte Freunde waren, stellte ihn Captain Tarrant vor.

Als die Band zu spielen aufgehört hatte und die anderen mit Preisen ausgezeichneten Schüler bereits gegangen waren, saßen Giles, Harry und Deakins alleine zusammen im Gras und gaben sich ihren Erinnerungen hin. Jetzt waren sie keine Schuljungen mehr.

43

Das Telegramm wurde am Donnerstagnachmittag von einem jüngeren Schüler zu Harry ins Lernzimmer gebracht. Giles und Deakins warteten geduldig darauf, dass er es öffnen würde, was er jedoch nicht tat. Stattdessen reichte er den kleinen braunen Umschlag an Giles weiter.

»Jetzt landet die ganze Verantwortung bei mir«, sagte Giles und riss den Umschlag auf. Er konnte seine Überraschung nicht verbergen, als er las, was dort stand.

»Du hast es nicht geschafft, ein Stipendium zu bekommen«, sagte Giles und klang schockiert. Harry sackte auf seinem Stuhl zusammen. »Aber«, fuhr Giles fort, indem er das Telegramm laut vorlas, »*wir sind erfreut, Ihnen als Exhibitioner einen Platz am Brasenose College, Oxford, anzubieten. Herzlichen Glückwunsch. Die Einzelheiten folgen in den nächsten Tagen. W. T. S. Stallybrass, Rektor.* Nicht schlecht. Aber du spielst eindeutig nicht in Deakins' Klasse.«

»Und in welcher Klasse spielst du?«, fragte Harry, der seine Worte jedoch sofort bedauerte.

»Ein Student mit einem Vollstipendium, ein *Scholar*. Ein Student, der für besondere Leistungen Zuwendungen und Prämien erhält, ein sogenannter Exhibitionist …«

»*Exhibitioner*«, korrigierte Deakins.

»Und ein gewöhnlicher Studienanwärter, der zwar hoffentlich einen Studienplatz, aber darüber hinaus gewiss keine Stipendien oder Zuwendungen bekommt, ein sogenannter *Commoner*«, sagte Giles, der seinen Freund ignorierte. »Das klingt hübsch.«

Elf weitere Telegramme gingen an jenem Tag an erfolgreiche Bewerber aus der Bristol Grammar School, doch keines trug den Namen von Giles Barrington.

»Du solltest deine Mutter darüber informieren«, sagte Giles, als sie in den Speisesaal zum Abendessen gingen. »Wahrscheinlich hat sie vor lauter Sorge die ganze letzte Woche nicht mehr geschlafen.«

Harry sah auf die Uhr. »Es ist zu spät. Sie ist schon zur Arbeit gegangen. Ich kann es ihr erst morgen früh sagen.«

»Warum überraschen wir sie nicht im Hotel?«, fragte Giles.

»Das kann ich nicht machen. Sie würde es für unprofessionell halten, wenn sie sich bei der Arbeit stören ließe, und ich glaube nicht, dass ich eine Ausnahme machen kann, nicht einmal dafür«, sagte er und wedelte triumphierend mit dem Telegramm.

»Aber findest du nicht, dass sie ein Recht darauf hat, es zu erfahren?«, fragte Giles. »Schließlich hat sie alles geopfert, um dir das zu ermöglichen. Wenn man mir einen Platz in Oxford anbieten würde, würde ich meine Mutter sogar dann stören, wenn sie eine Rede vor der Mother's Union hält, findest du nicht auch, Deakins?«

Deakins zog seine Brille aus und begann, die Gläser mit einem Taschentuch zu polieren, was wie immer darauf schließen ließ, dass er tief in Gedanken versunken war. »Ich würde Paget fragen, und wenn er nichts dagegen hat ...«

»Gute Idee«, sagte Giles. »Gehen wir los und suchen Page.«

»Kommst du mit, Deakins?«, fragte Harry, der jedoch sogleich bemerkte, dass die Brille wieder auf Deakins' Nasenspitze saß, was ein Zeichen dafür war, dass ihr Freund bereits wieder in einer anderen Welt weilte.

»Herzlichen Glückwunsch«, sagte Dr. Paget, nachdem er das Telegramm gelesen hatte. »Das haben Sie sich durchaus verdient, wenn ich so sagen darf.«

»Danke, Sir«, erwiderte Harry. »Ich frage mich, ob es möglich wäre, ins Royal Hotel zu gehen, damit ich meiner Mutter die Nachricht mitteilen kann.«

»Ich sehe keinen Grund, warum nicht, Clifton.«

»Kann ich mit ihm kommen?«, fragte Giles mit unschuldiger Miene.

Paget zögerte. »Meinetwegen, Barrington. Aber kommen Sie bloß nicht auf die Idee, etwas zu trinken oder zu rauchen, wenn Sie im Hotel sind.«

»Nicht einmal ein Glas Champagner, Sir?«

»Nein, Barrington. Nicht einmal ein Glas Apfelwein«, sagte Paget nachdrücklich.

Als die beiden jungen Männer durch die Schultore schlenderten, kamen sie an einem Laternenanzünder vorbei, der sich auf seinem Fahrrad in die Höhe reckte. Sie plauderten über die Sommerferien, in denen Harry zum ersten Mal mit Giles' Familie in die Toskana fahren würde, und waren sich einig, dass sie unbedingt wieder zurück sein wollten, wenn die Australier bei den Meisterschaften gegen Gloucestershire spielen würden. Dann diskutierten sie über die Möglichkeit, oder, wie Harry meinte, die große Wahrscheinlichkeit, dass ein neuer Krieg ausbrechen würde, nachdem an alle Bürger Gasmasken ausgegeben worden waren. Doch keiner von beiden erwähnte das andere Thema, das sie ebenso sehr beschäftigte: Würde Giles, ebenso wie Harry und Deakins, im September nach Oxford gehen?

Als sie sich dem Hotel näherten, zweifelte Harry erneut daran, ob es richtig wäre, seine Mutter bei der Arbeit zu stören, doch Giles war bereits durch die Drehtür geeilt, stand im Foyer und wartete auf ihn.

»Es wird nur ein paar Minuten dauern«, sagte Giles, als Harry zu ihm trat. »Teil ihr einfach die gute Neuigkeit mit, und dann können wir sofort wieder zurück in die Schule.« Harry nickte.

Giles fragte den Portier, wo sich der Palm Court befand, und der Mann deutete auf einen erhöhten Bereich am anderen Ende des Foyers. Nachdem sie ein halbes Dutzend Stufen hinaufgestiegen waren, ging Giles zum Empfang und fragte die Empfangsdame mit leiser Stimme: »Können wir kurz mit Mrs. Clifton sprechen?«

»Mrs. Clifton?«, fragte die junge Frau. »Hat sie reserviert?« Sie fuhr mit dem Finger über eine Buchungsliste.

»Nein, sie arbeitet hier«, sagte Giles.

»Oh, ich bin neu hier«, antwortete die junge Frau. »Aber ich werde eine der Kellnerinnen fragen. Die müssten es eigentlich wissen.«

»Danke.«

Harry blieb auf der untersten Stufe stehen und sah sich im Saal nach seiner Mutter um.

»Hattie, arbeitet eine Mrs. Clifton hier?«, fragte die Empfangsdame eine vorbeikommende Kellnerin.

»Nein, nicht mehr«, kam die unverzügliche Antwort. »Sie ist vor ein paar Jahren hier weggegangen. Seither habe ich nichts mehr von ihr gehört.«

»Da kann irgendetwas nicht stimmen«, sagte Harry und eilte die Stufen hinauf zu seinem Freund.

»Haben Sie eine Ahnung, wo wir sie finden können?«, fragte Giles mit leiser Stimme.

»Nein«, antwortete Hattie. »Aber vielleicht reden Sie mal mit Doug, dem Nachtportier. Er ist schon seit Ewigkeiten hier.«

»Danke«, sagte Giles und fügte an Harry gewandt hinzu: »Dafür muss es eine einfache Erklärung geben, aber wenn du die Sache dabei bewenden lassen willst ...«

»Nein. Wir sollten herausfinden, ob Doug weiß, wo sie ist.«

Giles ging so langsam zum Tisch des Portiers, dass sein Freund genügend Zeit hatte, seine Meinung zu ändern, doch Harry blieb stumm. »Sind Sie Doug?«, fragte er den Mann, der einen verblassten blauen Gehrock trug, dessen Knöpfe schon lange nicht mehr glänzten.

»Ja, der bin ich, Sir«, antwortete der Mann. »Wie kann ich Ihnen helfen?«

»Wir suchen Mrs. Clifton.«

»Maisie arbeitet hier nicht mehr, Sir. Es sind nun wohl schon ein paar Jahre, seit sie uns verlassen hat.«

»Wissen Sie, wo Mrs. Clifton arbeitet?«

»Ich habe keine Ahnung, Sir.«

Giles griff nach seinem Portemonnaie, nahm eine halbe Krone heraus und legte sie auf den Tisch. Der Portier betrachtete das Geld einige Augenblicke lang, bevor er weitersprach. »Es wäre möglich, dass Sie sie in Eddie's Nachtclub finden.«

»Eddie Atkins?«, fragte Harry.

»Ich glaube, das ist korrekt, Sir.«

»Nun, das wäre eine Erklärung«, sagte Harry. »Und wo befindet sich Eddie's Nachtclub?«

»Welsh Back, Sir«, erwiderte der Portier und steckte die halbe Krone ein.

Harry verließ das Hotel ohne ein weiteres Wort und stieg in den Fond eines wartenden Taxis. Giles setzte sich neben ihn. »Findest du nicht, wir sollten wieder zur Schule fahren?«, fragte

Giles und warf einen Blick auf die Uhr. »Du kannst es deiner Mutter ja auch noch morgen erzählen.«

Harry schüttelte den Kopf. »Du hast selbst gesagt, du würdest deine Mutter sogar dann stören, wenn sie eine Rede vor der Mother's Union hält. Fahrer, Eddie's Nachtclub, Welsh Back, bitte«, sagte er mit fester Stimme.

Harry schwieg während der kurzen Fahrt. Als das Taxi in eine dunkle Gasse rollte und vor dem Eddie's anhielt, stieg er aus, ging auf den Eingang zu und hämmerte energisch gegen die Tür. Eine kleine Sichtluke öffnete sich, und ein Augenpaar starrte die beiden jungen Männer an. »Der Eintritt beträgt fünf Shilling pro Person«, sagte die Stimme ihres Gegenübers. Giles schob eine Zehn-Shilling-Note durch die Sichtluke. Die Tür schwang sofort auf.

Die beiden stiegen eine schwach beleuchtete Treppe hinab, die ins Untergeschoss führte. Giles sah sie zuerst. Er drehte sich rasch um und wollte wieder gehen, doch es war zu spät. Harry stand wie gelähmt da und starrte auf eine Reihe junger Frauen, die auf Hockern an der Bar saßen und mit mehreren Männern plauderten. Ein paar waren auch noch alleine für sich.

Eine von ihnen, die eine weiße durchsichtige Bluse, einen kurzen schwarzen Lederrock und schwarze Strümpfe trug, kam auf sie zu und sagte: »Kann ich euch helfen, Gents?«

Harry ignorierte sie. Sein Blick ruhte auf einer Frau am anderen Ende der Bar, die aufmerksam einem älteren Mann zuhörte, der eine Hand auf ihre Hüfte gelegt hatte. Die junge Frau vor ihnen schien zu bemerken, wen er anstarrte. »Ich muss schon sagen, du weißt, was Klasse ist, wenn du sie vor dir hast«, sagte sie. »Aber weißt du, Maisie kann sehr wählerisch sein. Und ich muss dich warnen. Sie ist nicht billig.«

Harry drehte sich um und stürmte die Treppe hinauf. Oben

angekommen, riss er die Tür auf und rannte ins Freie, während Giles ihm hinterhereilte. Sobald er den Bürgersteig erreicht hatte, sank er auf die Knie. Ihm war entsetzlich übel. Giles kniete sich neben ihn, legte den Arm um seine Schulter und versuchte, ihn zu trösten.

Ein Mann, der auf der gegenüberliegenden Straßenseite in der Dunkelheit gestanden hatte, ging hinkend davon.

EMMA BARRINGTON

1932 – 1939

44

Ich werde nie vergessen, als ich ihn das erste Mal sah.

Er kam zum Tee auf den Landsitz, um den zwölften Geburtstag meines Bruders zu feiern. Er war so still und zurückhaltend, dass ich mich fragte, wie es wohl sein konnte, dass er der beste Freund von Giles war. Der andere, Deakins, war wirklich merkwürdig. Er hörte einfach nicht mehr zu essen auf und sagte den ganzen Nachmittag über kaum ein Wort.

Und dann sprach Harry. Er besaß eine leise, sanfte Stimme, der man gerne zuhörte. Die Geburtstagsfeier lief anscheinend ganz gut, bis mein Vater ins Zimmer platzte und danach kaum ein Wort mit Harry wechselte. Ich hatte noch nie zuvor erlebt, dass mein Vater gegenüber irgendjemandem so abweisend war, und ich verstand nicht, warum er sich gegenüber einem völlig Fremden so verhielt. Doch noch unerklärlicher war seine Reaktion, als er Harry nach dessen Geburtstag fragte. Wie konnte eine so harmlose Frage eine so heftige Reaktion auslösen? Einen Augenblick später stand mein Vater auf und verließ den Salon, ohne sich von Giles und seinen Gästen zu verabschieden. Ich konnte sehen, dass sein Verhalten Mutter in Verlegenheit brachte, obwohl sie allen noch eine Tasse Tee einschenkte und vorgab, nichts bemerkt zu haben.

Ein paar Minuten später brachen mein Bruder und seine beiden Freunde auf, um wieder in die Schule zu gehen. Harry drehte sich um und lächelte mir zu, bevor er ging, doch wie meine Mutter tat ich, als bemerkte ich nichts. Aber als sich die Eingangstür geschlossen hatte, ging ich zum Fenster des Salons und sah dem Wagen nach, der die Auffahrt zurückfuhr, bis er schließlich verschwand. Mir schien, Harry würde aus dem Heckfenster schauen, aber ich war mir nicht sicher.

Nachdem sie gegangen waren, ging Mutter in das Arbeitszimmer meines Vaters, und ich konnte hören, wie sie beide ihre Stimme erhoben, was seit einiger Zeit immer häufiger vorgekommen war. Als sie wieder herauskam, lächelte sie mich an, als sei nichts Ungewöhnliches geschehen.

»Wie heißt Giles' bester Freund?«, fragte ich.

»Harry Clifton«, erwiderte sie.

Das nächste Mal sah ich Harry beim Adventsgottesdienst in der St. Mary Redcliffe. Er sang O *Bethlehem, du kleine Stadt*, und meine beste Freundin Jessica Braithwaite warf mir vor, dabei fast ohnmächtig zu werden, als sei er der neue Bing Crosby. Ich machte mir nicht die Mühe zu widersprechen. Nach dem Gottesdienst sah ich, wie er sich mit Giles unterhielt. Ich hätte ihn gerne beglückwünscht, doch Vater schien es eilig zu haben, nach Hause zu kommen. Als wir gingen, sah ich, wie jemand, den ich für sein Kindermädchen hielt, ihn fest umarmte.

Ich war auch an jenem Abend in der St. Mary Redcliffe, als der Stimmbruch bei ihm einsetzte, doch damals wusste ich nicht, warum sich so viele Köpfe umdrehten und einige Gemeindemitglieder zu tuscheln begannen. Ich weiß nur, dass ich ihn nie wieder singen hörte.

Als Giles an seinem ersten Schultag in die Grammar School gefahren wurde, bat ich Mutter, mitkommen zu dürfen, denn ich hätte Harry so gerne getroffen, doch Vater wollte nichts davon hören, und obwohl ich – ganz bewusst – in Tränen ausbrach, ließen sie mich zusammen mit meiner jüngeren Schwester Grace auf der obersten Treppenstufe stehen. Ich wusste, dass Vater verärgert war, weil man Giles keinen Platz in Eton angeboten hatte – was ich bis heute nicht verstehe, denn viel dümmere Jungen als mein Bruder haben damals die Aufnahmeprüfung bestanden. Mutter schien es gleichgültig zu sein, welche Schule Giles besuchte, doch ich war froh, als ich hörte, dass er auf die Bristol Grammar kommen würde, weil das bedeutete, dass ich eine größere Chance hätte, Harry wiederzusehen.

Genau genommen muss ich ihn während der nächsten drei Jahre mindestens ein Dutzend Mal gesehen haben, doch später erinnerte er sich nicht daran, sondern erst wieder an unsere Begegnung in Rom.

Die ganze Familie war in jenem Sommer noch in unserer Villa in der Toskana, als Giles mich beiseitenahm und sagte, er brauche meinen Rat. So etwas tat er immer nur dann, wenn er etwas wollte. Doch es stellte sich heraus, dass ich dasselbe wollte, und zwar mindestens genauso sehr wie er.

»Was soll ich jetzt schon wieder für dich tun?«, fragte ich.

»Ich brauche einen Vorwand, um morgen nach Rom zu fahren«, sagte er, »denn ich habe eine Verabredung mit Harry.«

»Mit welchem Harry?« Ich gab mich desinteressiert.

»Harry Clifton, Dummkopf. Er kommt mit der Schule nach Rom, und ich habe ihm versprochen, von hier zu verschwinden und den Tag mit ihm zu verbringen.« Er brauchte nicht auszusprechen, dass Vater damit nicht einverstanden gewesen wäre. »Du musst nichts weiter tun«, fuhr er fort, »als Mutter zu fragen, ob sie dich morgen nach Rom mitnimmt.«

»Aber sie wird wissen wollen, warum ich nach Rom will.«

»Sag ihr, dass du dir schon immer die Villa Borghese ansehen wolltest.«

»Warum die Villa Borghese?«

»Weil Harry morgen um zehn dort sein wird.«

»Aber was soll ich tun, wenn sie einverstanden ist? Dann bist du aufgeschmissen.«

»Das wird sie nicht tun. Sie gehen morgen zu den Hendersons zum Lunch nach Arezzo. Ich werde anbieten, dich zu begleiten.«

»Und was bekomme ich dafür?«, fragte ich, denn ich wollte nicht, dass Giles wusste, wie viel mir an einer Begegnung mit Harry lag.

»Mein Grammophon«, sagte er.

»Für immer oder nur ausgeliehen?«

Giles schwieg lange. »Für immer«, sagte er widerwillig.

»Gib's mir jetzt«, sagte ich. »Sonst könnte es noch sein, dass du es vergisst.« Zu meiner Überraschung tat er es.

Ich war sogar noch überraschter, als meine Mutter sich noch am selben Abend von dieser kleinen Intrige täuschen ließ. Giles musste nicht einmal anbieten, mich zu begleiten; Vater bestand von sich aus darauf, dass er mitkam. Mein listiger Bruder protestierte theatralisch und tat schließlich so, als würde er nachgeben.

Am folgenden Morgen stand ich früh auf und dachte lange darüber nach, was ich anziehen sollte. Es musste einigermaßen dezent sein, wenn Mutter nicht misstrauisch werden sollte, doch andererseits wollte ich dafür sorgen, dass Harry mich wahrnahm.

Im Zug nach Rom verschwand ich im Waschraum, zog ein Paar Seidenstrümpfe meiner Mutter an und trug einen Hauch Lippenstift auf – so wenig, dass Giles es nicht einmal bemerkte.

Giles wollte sofort aufbrechen, um zur Villa Borghese zu gehen, nachdem wir uns im Hotel angemeldet hatten. Ich wollte genau dasselbe.

Als wir durch die Gärten zur Villa hinaufgingen, drehte sich ein Soldat nach mir um. Es war das erste Mal, dass so etwas passierte, und ich konnte spüren, wie ich errötete.

Kaum dass wir die Galerie betreten hatten, machte Giles sich auf die Suche nach Harry. Ich blieb zurück und gab vor, mich ganz besonders für die Gemälde und Statuen zu interessieren. Ich musste dafür sorgen, dass ich einen besonderen Auftritt hatte.

Harry plauderte bereits mit meinem Bruder, als ich die beiden schließlich einholte, obwohl Giles nicht einmal so tat, als würde er seinem Freund zuhören, denn er war offensichtlich vollkommen hingerissen von der Fremdenführerin. Wenn er mich gefragt hätte, hätte ich ihm sagen können, dass er keine Chance hatte. Doch ältere Brüder hören nur selten auf ihre Schwestern, wenn es um Frauen geht; ich hätte ihm geraten, eine Bemerkung über ihre Schuhe zu machen, die ich voller Neid betrachtete. Männer glauben, dass Italiener nur dafür berühmt sind, Autos zu entwerfen. Eine Ausnahme dieser Regel ist Captain Tarrant, der genau weiß, wie man eine Dame behandelt. Mein Bruder könnte viel von ihm lernen. Giles betrachtete mich einfach als seine *gauche* Schwester – nicht dass er gewusst hätte, was das Wort *gauche* bedeutet.

Ich passte den günstigsten Augenblick ab, dann schlenderte ich zu den beiden und wartete darauf, dass Giles mich vorstellte. Man kann sich meine Überraschung wahrscheinlich vorstellen, als Harry mich zum Abendessen einlud. Mein einziger Gedanke war, dass ich kein passendes Abendkleid eingepackt hatte. Beim Dinner fand ich heraus, dass mein Bruder Harry eintausend Lire bezahlt hatte, um ihn von meiner Gegenwart zu befreien, doch Harry hatte erst zugestimmt, nachdem Giles sich bereit erklärt hatte, ihm auch noch seine Caruso-Platte zu geben. Ich sagte

Harry, dass ich das Grammophon zu seiner Platte hätte, doch er ging nicht darauf ein.

Als wir auf dem Weg zurück zum Hotel die Straße überquerten, nahm er zum ersten Mal meine Hand, und als wir die andere Straßenseite erreicht hatten, ließ ich nicht mehr los. Mir wurde klar, dass Harry noch nie zuvor die Hand eines Mädchens gehalten hatte, denn er war so nervös, dass er schwitzte.

Ich versuchte, es ihm leicht zu machen, mich zu küssen, als wir mein Hotel erreicht hatten, doch er schüttelte mir nur die Hand und sagte »Gute Nacht«, als seien wir alte Freunde. Ich deutete an, dass wir uns in Bristol vielleicht einmal wieder über den Weg laufen würden. Diesmal fiel seine Reaktion euphorischer aus. Er schlug für unser nächstes Treffen sogar einen überaus romantischen Ort vor: die Bibliothek in der Innenstadt. Er erklärte, dass es sich dabei um einen Ort handelte, wo Giles nie auftauchen würde. Überglücklich stimmte ich ihm zu.

Es war kurz nach zehn, als Harry ging und ich mich in mein Zimmer zurückzog. Nur wenige Minuten später hörte ich, wie Giles die Tür zu seinem Zimmer aufschloss. Ich musste lächeln. Sein Abend mit Caterina konnte keine Caruso-Platte samt Grammophon wert gewesen sein.

Als die Familie ein paar Wochen später wieder nach Chew Valley zurückgekehrt war, warteten auf dem Tisch in der Empfangshalle drei Briefe auf mich, deren Umschläge alle dieselbe Handschrift trugen. Falls mein Vater etwas davon mitbekommen hatte, so sagte er nichts.

Während des nächsten Monats verbrachten Harry und ich viele glückliche Stunden zusammen in der Stadtbücherei, ohne dass irgendjemand Verdacht schöpfte, nicht zuletzt deshalb, weil er ein Zimmer entdeckt hatte, in dem uns wohl kaum jemand finden würde, nicht einmal Deakins.

Als das neue Schuljahr begann und wir uns nicht mehr so häufig sehen konnten, wurde mir schnell klar, wie sehr ich Harry vermisste. Wir schrieben uns jeden zweiten Tag und versuchten, wenigstens an den Wochenenden ein paar Stunden zusammen zu sein. Vielleicht wäre es immer so weitergegangen, hätte Dr. Paget nicht unbeabsichtigt eingegriffen.

Beim Kaffee im Carwardine's am Samstagmorgen erzählte mir Harry, der ziemlich kühn geworden war, dass sein Englischlehrer Miss Webb überredet hatte, ihre Mädchen einige Rollen in der diesjährigen Theateraufführung der Bristol Grammar School übernehmen zu lassen. Als drei Wochen später das Vorsprechen stattfand, konnte ich den Part der Julia auswendig. Der arme, unschuldige Dr. Paget vermochte sein Glück kaum zu fassen.

Die Proben bedeuteten nicht nur, dass wir an drei Nachmittagen in der Woche zusammen sein konnten; wir durften auch die Rollen junger Liebender spielen. Als sich schließlich bei der Premiere der Vorhang zum ersten Mal hob, war es für uns mehr als nur ein Spiel.

Die ersten beiden Aufführungen verliefen so gut, dass ich es gar nicht erwarten konnte, bis meine Eltern sich das Stück am dritten und letzten Abend ansehen würden, obwohl ich meinem Vater nicht erzählte, dass ich die Julia spielte, denn es sollte eine Überraschung werden. Kurz nach meinem ersten Auftritt an jenem Abend wurde ich von jemandem abgelenkt, der lärmend die Besucherreihen verließ. Dr. Paget hatte uns jedoch immer wieder eingeschärft, nicht ins Publikum zu sehen, weil das den Zauber brechen würde, weswegen ich keine Ahung hatte, wer – für jeden außer mir sichtbar – gegangen war. Ich betete darum, dass es nicht mein Vater wäre, doch als er nach der Aufführung nicht hinter die Bühne kam, begriff ich, dass mein Gebet nicht erhört worden war. Meine Gewissheit, dass Harry der Grund für diesen Ausbruch war, machte das Ganze nur noch schlimmer, auch wenn ich immer noch nicht wusste, warum das so sein sollte.

Als wir in jener Nacht nach Hause zurückkehrten, saßen Giles und ich auf der Treppe und hörten, wie meine Eltern sich wieder einmal stritten. Doch diesmal war es anders, denn nie zuvor hatte ich erlebt, dass mein Vater so grob zu meiner Mutter war. Als ich es nicht mehr ertragen konnte, ging ich in mein Zimmer und schloss mich ein.

Ich lag im Bett und dachte an Harry, als ich ein leises Klopfen an der Tür hörte. Ich öffnete und sah, dass meine Mutter die Tatsache, dass sie geweint hatte, nicht zu verbergen versuchte. Sie sagte mir, ich solle einen kleinen Koffer packen, denn wir würden unverzüglich aufbrechen. Ein Taxi fuhr uns zum Bahnhof, und wir schafften es gerade noch, den Milchzug nach London zu erreichen. Unterwegs schrieb ich an Harry, um ihn wissen zu lassen, was geschehen war und wo er mit mir Verbindung aufnehmen konnte. Ich warf den Brief an der King's Cross Station in einen Briefkasten, bevor wir in den Zug nach Edinburgh stiegen.

Man stelle sich meine Überraschung vor, als Harry und mein Bruder am nächsten Abend gerade noch rechtzeitig zum Dinner in Mulgelrie Castle auftauchten. Wir verbrachten neun wunderbare Tage in Schottland zusammen, womit zuvor keiner von uns hatte rechnen können. Ich wollte nie wieder nach Chew Valley zurückkehren, obwohl mein Vater anrief und sich rückhaltlos für die Art, wie er sich bei der Theateraufführung benommen hatte, entschuldigte.

Doch ich wusste natürlich, dass wir irgendwann wieder nach Hause gehen mussten. Bei einem unserer langen Spaziergänge am Morgen versprach ich Harry, dass ich versuchen würde, den

Grund dafür herauszufinden, warum mein Vater auf seiner feindseligen Haltung ihm gegenüber beharrte.

Als wir auf den Landsitz zurückkehrten, hätte Vater sich nicht zuvorkommender verhalten können. Er versuchte, uns zu erklären, warum er Harry über all die Jahre hinweg so schäbig behandelt hatte, und meine Mutter und Giles schienen seine Ausführungen zu akzeptieren. Doch ich war nicht davon überzeugt, dass er uns die ganze Geschichte erzählt hatte.

Alles wurde noch schwieriger dadurch, dass er mir verbat, Harry die Wahrheit über den Tod seines Vaters zu erzählen, denn Harrys Mutter, so behauptete er, sei fest entschlossen, die Ereignisse als ein striktes Familiengeheimnis zu behandeln. Ich hatte den Eindruck, Mrs. Clifton kenne den wahren Grund dafür, warum mein Vater es nicht mochte, dass Harry und ich zusammen waren, und ich hätte den beiden gerne gesagt, dass nichts und niemand uns auseinanderbringen könne. Doch alles sollte sich auf eine Weise klären, die ich nie hätte voraussehen können.

Ich wartete genauso ungeduldig wie Harry auf die Nachricht, ob man ihm einen Platz in Oxford anbieten würde, und wir vereinbarten, uns am Morgen, nachdem das Telegramm mit dem Ergebnis eingetroffen wäre, vor der Bibliothek zu treffen.

An jenem Freitagmorgen kam ich ein paar Minuten zu spät, und als ich ihn sah, wie er, den Kopf in die Hände gestützt, auf der obersten Treppenstufe saß, war ich mir sicher, dass er abgelehnt worden war.

45

Kaum dass Harry Emma sah, sprang er auf und zog sie in seine Arme. Er hielt sie lange fest, was er in der Öffentlichkeit noch nie zuvor getan hatte und was Emma in ihrer Überzeugung bestätigte, dass er schlechte Nachrichten erhalten hatte.

Wortlos nahm er sie bei der Hand und führte sie in das Gebäude. Sie stiegen eine hölzerne Wendeltreppe hinab und folgten einem schmalen, von Backsteinwänden gesäumten Korridor, bis sie zu einer Tür mit der Aufschrift »Klassische Antike« kamen. Er warf einen kurzen Blick hinein, um sicher zu sein, dass niemand ihr Versteck entdeckt hatte. Sie setzten sich einander gegenüber an einen kleinen Tisch, an dem sie während des vergangenen Jahres so viele Stunden lang gemeinsam gelernt hatten. Harry zitterte, und das lag nicht nur an der Kälte in dem fensterlosen Raum, an dessen Seiten sich die Regale mit staubigen, in Leder gebundenen Büchern entlangzogen, von denen einige seit Ewigkeiten nicht mehr geöffnet worden waren. Mit der Zeit würden sie selbst zu einer Art »klassischen Antike« gehören.

Es dauerte eine Weile, bis Harry sprach.

»Glaubst du, dass es irgendetwas gibt, das ich sagen oder tun könnte, damit du mich nicht mehr liebst?«

»Nein, Liebster«, sagte Emma, »absolut nichts.«

»Ich habe herausgefunden, warum dein Vater so entschlossen ist, eine Verbindung zwischen uns zu verhindern.«

»Ich weiß es bereits«, sagte Emma und senkte leicht den Kopf. »Ich versichere dir, dass das überhaupt nichts ändert.«

»Wie kannst du das denn wissen?«, fragte Harry.

»Mein Vater hat es uns an dem Tag berichtet, als wir aus Schottland zurückgekommen sind. Aber er hat uns beschworen, Stillschweigen darüber zu bewahren.«

»Er hat euch gesagt, dass meine Mutter eine Prostituierte ist?«

Emma war sprachlos. Es dauerte eine Weile, bis sie darauf reagieren konnte. »Nein, das hat er nicht«, antwortete sie nachdrücklich. »Wie könnte er so etwas Grausames sagen?«

»Weil es die Wahrheit ist«, erwiderte Harry. »Meine Mutter arbeitet schon seit zwei Jahren nicht mehr im Royal Hotel, obwohl ich das immer gedacht habe, sondern in einem Nachtclub, dem Eddie's.«

»Das macht sie noch nicht zu einer Prostituierten«, sagte Emma.

»Der Mann, der mit ihr an der Bar saß und eine Hand um ein Glas Whisky und die andere um ihre Hüfte gelegt hatte, war nicht auf anregende Konversation aus.«

Emma beugte sich über den Tisch und strich Harry sanft über die Wange. »Es tut mir so leid, mein Liebling«, sagte sie. »Aber das ändert meine Gefühle für dich überhaupt nicht. Und das wird sie auch niemals ändern.«

Harry rang sich ein schwaches Lächeln ab, doch Emma schwieg, denn sie wusste, dass es nur noch wenige Augenblicke dauern konnte, bevor er ihr die unvermeidliche Frage stellen würde.

»Wenn das nicht das Geheimnis war, über das ihr nach Ansicht eures Vaters niemals sprechen sollt«, sagte er und war plötzlich wieder ernst, »was hat er euch dann erzählt?«

Jetzt war es Emma, die den Kopf in die Hände legte, denn ihr war bewusst, dass sie keine andere Wahl hatte, als ihm die Wahrheit zu sagen. Wie ihre Mutter war sie nicht gut darin, andere zu täuschen.

»Was hat er euch erzählt?«, wiederholte Harry in drängenderem Ton.

Emma hielt sich am Rand des Tisches fest und versuchte, ruhig dazusitzen. Schließlich nahm sie all ihre Kraft zusammen und sah Harry direkt ins Gesicht. Obwohl er kaum einen Meter von ihr entfernt war, hätte er nicht weiter weg sein können. »Ich muss dir dieselbe Frage stellen, die du mir gestellt hast«, sagte Emma. »Gibt es irgendetwas, das ich sagen oder tun könnte, damit du mich nicht mehr liebst?«

Harry beugte sich zu ihr und nahm ihre Hand. »Natürlich nicht«, antwortete er.

»Dein Vater ist nicht im Krieg gestorben«, sagte sie leise. »Und mein Vater ist wahrscheinlich verantwortlich für seinen Tod.« Sie umfasste seine Hand mit festem Griff, bevor sie ihm alles berichtete, was ihr Vater der Familie nach der Rückkehr aus Schottland mitgeteilt hatte.

Als sie fertig war, schien Harry benommen und nicht in der Lage, irgendetwas zu sagen. Er versuchte aufzustehen, doch die Beine sackten ihm weg wie einem Boxer, der einen Schlag zu viel abbekommen hatte, und er sank zurück auf seinen Stuhl.

»Ich weiß schon seit einiger Zeit, dass mein Vater nicht im Krieg gestorben sein kann«, sagte Harry nach einer Weile leise. »Aber ich begreife immer noch nicht, warum mir meine Mutter nicht einfach die Wahrheit gesagt hat.«

»Jetzt, da du die Wahrheit kennst«, erwiderte Emma gegen ihre Tränen ankämpfend, »würde ich verstehen, wenn du unsere

Verbindung beenden wolltest, nach allem, was mein Vater deiner Familie angetan hat.«

»Es ist nicht deine Schuld«, sagte Harry, »aber ihm werde ich das nie verzeihen.« Er hielt einen Augenblick inne, bevor er hinzufügte: »Und ich kann ihm nicht gegenübertreten, wenn er das mit meiner Mutter herausfindet.«

»Aber es muss nicht sein, dass er das jemals herausfindet«, sagte Emma und nahm wieder seine Hand. »Es wird immer ein Geheimnis zwischen uns bleiben.«

»Das ist nicht mehr möglich«, sagte Harry.

»Warum nicht?«

»Weil Giles den Mann, der uns nach Edinburgh gefolgt ist, in einem Hauseingang gegenüber Eddie's Nachtclub gesehen hat.«

»Dann ist es einzig und allein mein Vater, der sich prostituiert hat«, sagte Emma, »denn damit hat er uns nicht nur wieder angelogen, sondern auch sein Wort gebrochen.«

»Inwiefern?«

»Er hat Giles versprochen, dass der Mann ihm nie wieder folgen würde.«

»Der Mann war nicht an Giles interessiert«, sagte Harry. »Ich glaube, er ist meiner Mutter gefolgt.«

»Aber warum nur?«

»Wahrscheinlich denkt dein Vater, wenn er beweisen könnte, wie meine Mutter ihren Lebensunterhalt verdient, könnte er dich davon überzeugen, mich aufzugeben.«

»Wie wenig er doch seine eigene Tochter kennt«, sagte Emma, »denn jetzt bin ich nur noch entschlossener, nichts zwischen uns kommen zu lassen. Und er wird es ganz sicher nicht schaffen, dass ich deine Mutter nicht noch mehr bewundere, als ich das ohnehin schon immer getan habe.«

»Wie kannst du so etwas sagen?«, fragte Harry.

»Sie arbeitet als Kellnerin, um das Geld für ihre Familie zu verdienen, und es gelingt ihr damit sogar, das Tilly's zu kaufen. Und als das Tilly's bis auf die Grundmauern niederbrennt und man sie der Brandstiftung verdächtigt, lässt sie sich nicht unterkriegen, denn sie weiß, dass sie unschuldig ist. Sie besorgt sich eine neue Arbeit im Royal Hotel, und als sie entlassen wird, weigert sie sich aufzugeben. Sie erhält einen Scheck über sechshundert Pfund, und einen Augenblick lang sieht es so aus, als seien alle ihre Probleme gelöst, doch dann muss sie herausfinden, dass sie in Wahrheit keinen Penny hat, zu einem Zeitpunkt, an dem sie das Geld bräuchte, damit du weiterhin zur Schule gehen kannst. In ihrer Verzweiflung beschließt sie ...«

»Aber ich hätte nie gewollt, dass sie ...«

»Das war ihr sicher klar, Harry, und trotzdem fand sie offensichtlich, dass es das Opfer wert war.«

Wieder folgte ein langes Schweigen. »Oh mein Gott«, sagte Harry schließlich. »Wie konnte ich nur jemals schlecht von ihr denken.« Er sah auf zu Emma. »Du musst etwas für mich tun.«

»Alles, was du willst.«

»Könntest du meine Mutter besuchen? Lass dir irgendeinen Vorwand einfallen und versuch herauszufinden, ob sie mich letzte Nacht an diesem schrecklichen Ort gesehen hat.«

»Und wie soll ich das herausfinden, wenn sie nicht bereit sein sollte, es zuzugeben?«

»Du wirst es einfach wissen«, sagte Harry leise.

»Aber *wenn* deine Mutter dich gesehen hat, wird sie mich fragen, was du dort wolltest.«

»Ich habe sie gesucht.«

»Warum?«

»Um ihr zu sagen, dass man mir einen Platz in Oxford angeboten hat.«

Emma glitt in eine der hinteren Kirchenbänke in der Holy Nativity und wartete darauf, dass der Gottesdienst zu Ende ging. Sie konnte sehen, dass Mrs. Clifton in der dritten Reihe neben einer alten Dame saß. Harry hatte ein wenig angespannt gewirkt, als sie sich an diesem Morgen wiedergetroffen hatten. Er hatte keinen Zweifel daran gelassen, was er herausfinden wollte, und sie hatte ihm versprochen, nichts zu tun, was über ihren Auftrag hinausging. Beide hatten jeden möglichen Ablauf mehrere Male eingeübt, bis Emma ihren Text perfekt beherrschte.

Nachdem der alte Priester der Gemeinde den Segen gespendet hatte, trat Emma in den Mittelgang und blieb dort stehen, sodass Mrs. Clifton sie unmöglich verpassen konnte. Als Maisie Emma sah, gelang es ihr nicht ganz, einen überraschten Blick zu verbergen, doch gleich darauf trat ein herzliches Lächeln an dessen Stelle. Rasch ging sie auf Emma zu und stellte sie der alten Dame vor, welche sie begleitete. »Mum, das ist Emma Barrington. Sie ist eine Freundin von Harry.«

Die alte Dame lächelte Emma strahlend an. »Es gibt einen Riesenunterschied zwischen *einer* Freundin und *der* Freundin. Was von beidem sind Sie?«, wollte sie wissen.

Mrs. Clifton lachte, doch Emma war überzeugt, dass sie genauso neugierig auf die Antwort war.

»Ich bin seine Freundin«, sagte Emma stolz.

Wieder bedachte die alte Dame sie mit ihrem strahlendsten Lächeln, doch Maisies Miene blieb vollkommen ausdruckslos.

»Nun, das ist schön, nicht wahr?«, sagte Harrys Großmutter und fügte hinzu: »Ich kann hier nicht den ganzen Tag rumstehen und plaudern. Ich muss das Essen vorbereiten.« Sie ging langsam weiter, drehte sich jedoch noch einmal um und fragte: »Möchten Sie sich uns anschließen, junge Dame?«

Diese Frage hatte Harry vorausgesehen, und er hatte sogar

eine Antwort darauf formuliert. »Das ist sehr freundlich von Ihnen«, sagte Emma, »doch meine Eltern erwarten mich bereits.«

»Na schön«, sagte die alte Dame. »Den Wunsch seiner Eltern sollte man immer respektieren. Wir sehen uns später, Maisie.«

»Darf ich Sie begleiten, Mrs. Clifton?«, fragte Emma, als die beiden aus der Kirche traten.

»Ja, natürlich, meine Liebe.«

»Harry hat mich gebeten, Sie aufzusuchen, denn er wollte Ihnen unbedingt etwas mitteilen: Man hat ihm einen Platz in Oxford angeboten.«

»Oh, das sind wunderbare Neuigkeiten«, sagte Maisie und schlang ihre Arme um Emma. Genauso schnell ließ sie die junge Frau jedoch wieder los und fragte: »Aber warum ist er nicht gekommen, um es mir selbst zu sagen?«

Eine weitere vorformulierte Antwort. »Er muss nachsitzen«, sagte Emma und hoffte, dass ihre Worte sich nicht zu sehr nach einem auswendig gelernten Text anhörten. »Er muss einige Seiten Shelley abschreiben. Ich fürchte, mein Bruder ist daran schuld. Er hat nämlich eine Flasche Champagner in die Schule geschmuggelt, nachdem er die gute Nachricht hörte, und die beiden wurden dabei erwischt, wie sie letzte Nacht in ihrem Lernzimmer gefeiert haben.«

»Ist das so schlimm?«, fragte Maisie grinsend.

»Dr. Paget scheint das so zu sehen. Das Ganze tut Harry schrecklich leid.«

Maisie brach in ein so aufrichtiges Gelächter aus, dass Emma nicht mehr daran zweifeln konnte: Mrs. Clifton ahnte nicht im Geringsten, dass ihr Sohn letzte Nacht in den Club gekommen war. Emma hätte ihr gerne eine weitere Frage gestellt, die sie noch immer verwirrte, doch Harry hätte nicht noch nachdrücklicher betonen können: »Wenn meine Mutter nicht will, dass ich erfahre, wie mein Vater gestorben ist, dann soll es so sein.«

»Schade, dass Sie nicht zum Essen bleiben können«, sagte Maisie, »denn es gibt etwas, das ich Ihnen erzählen möchte. Vielleicht ein andermal.«

46

Während der folgenden Woche wartete Harry vor allem darauf, dass eine weitere Bombe platzen würde, und als es so weit war, brach er in lauten Jubel aus.

Am letzten Schultag erhielt Giles ein Telegramm, in welchem ihm mitgeteilt wurde, dass man ihm einen Platz im Brasenose College, Oxford, anbot, um Geschichte zu studieren.

»Mit knapper Not« lautete der Ausdruck, den Dr. Paget benutzte, als er den Rektor informierte.

Zwei Monate später kamen ein *Scholar*, ein *Exhibitioner* und ein *Commoner* in der alten Universitätsstadt an, um ein dreijähriges Grundstudium zu beginnen.

Harry trug sich für die Theatergesellschaft und das Ausbildungskorps für Offiziere ein, Giles für den Kricketclub und die Studentenorganisation, die sich um die sozialen Belange der Studierenden kümmerte, während sich Deakins in den Tiefen der Bodleian Library eingrub, um von da an wie ein Maulwurf nur noch selten über der Erdoberfläche gesehen zu werden. Doch er hatte ohnehin bereits beschlossen, dass er den Rest seines Lebens in Oxford verbringen würde.

Harry konnte nicht sicher sein, wo er den Rest seines Lebens verbringen würde, während der Premierminister immer wieder nach Deutschland flog, bis er eines Tages mit lächelndem Gesicht zum Flughafen Heston zurückkehrte, mit einem Blatt Papier wedelte und den Menschen sagte, was sie hören wollten.

Harry zweifelte nicht daran, dass Britannien kurz vor einem Krieg stand. Als Emma ihn fragte, warum er so überzeugt davon war, erwiderte er: »Ist dir nicht aufgefallen, dass Hitler uns noch nie besucht hat? Wir sind nichts weiter als ein aufdringlicher Freier, der am Ende verschmäht werden wird.« Emma ignorierte seine Meinung, doch möglicherweise wollte sie, wie Mr. Chamberlain, einfach nur, dass er unrecht hatte.

Emma schrieb Harry zweimal und manchmal sogar dreimal pro Woche, obwohl sie vollauf damit beschäftigt war, sich auf ihre eigene Aufnahmeprüfung für Oxford vorzubereiten.

Als Harry über die Weihnachtsferien nach Bristol zurückkehrte, verbrachten die beiden so viel Zeit wie möglich zusammen, auch wenn Harry darauf achtete, Mr. Barrington aus dem Weg zu gehen. Emma verzichtete darauf, die Ferien mit dem Rest der Familie in der Toskana zu verbringen, wobei sie sich nicht die Mühe machte, ihrem Vater gegenüber zu verschweigen, dass sie lieber mit Harry zusammen war.

Je näher die Prüfung kam, umso mehr Stunden verbrachte Emma im Raum mit den Werken zur klassischen Antike, bis sie damit sogar Deakins beeindruckt hätte. Harry kam zu dem Schluss, dass sie auf die Prüfer einen ebenso großen Eindruck machen würde wie sein zurückgezogen lebender Freund im Jahr zuvor. Immer wenn er das gegenüber Emma andeutete, erinnerte sie ihn daran, dass auf zwanzig männliche Studenten in Oxford nur eine Studentin kam.

»Du könntest ja immer noch nach Cambridge gehen«, schlug Giles vor, der keine Ahnung hatte.

»Dort sind sie sogar noch vorsintflutlicher«, entgegnete Emma. »*Dort* können Frauen noch nicht einmal einen Abschluss machen.«

Emma hatte nicht so sehr Angst davor, dass man ihr keinen Platz in Oxford anbieten könnte, als davor, dass der Krieg bereits begonnen hätte, wenn sie dieses Angebot würde annehmen wollen. Sie war davon überzeugt, dass Harry sich dann bereits freiwillig gemeldet hätte und zu irgendeinem heftig umkämpften Ort in der Ferne verschifft worden wäre, der nicht bis in alle Ewigkeit zu England gehören würde. Ihr ganzes Leben lang war sie bei vielen Gelegenheiten an den Großen Krieg erinnert worden, denn immer wieder sah sie Frauen, die bis heute Schwarz trugen im Gedenken an ihre Ehemänner, Geliebten, Brüder und Söhne, die nicht mehr von der Front zurückgekehrt waren, aus einem Krieg, von dem niemand mehr glaubte, er habe allen Kriegen ein Ende bereitet.

Sie hatte Harry beschworen, sich bei Kriegsausbruch nicht freiwillig zu melden und wenigstens zu warten, bis man ihn einberufen würde. Doch nachdem Hitler in die Tschechoslowakei einmarschiert war und das Sudetenland annektiert hatte, war Harry davon überzeugt, dass ein Krieg mit Deutschland unvermeidlich wäre und er einen Tag nach der Kriegserklärung Uniform tragen würde.

Als Harry Emma einlud, ihn zum Ball am Ende seines ersten Jahres zu begleiten, beschloss sie, nicht mehr über die Möglichkeit eines Krieges zu diskutieren. Und sie traf eine weitere Entscheidung.

Am Morgen des Balles fuhr Emma nach Oxford und reservierte ein Zimmer im Randolph Hotel. Den Rest des Tages verbrachte sie damit, sich von Harry Somerville, das Ashmolean und die Bodleian Library zeigen zu lassen. Harry war überzeugt, dass sie in wenigen Monaten ebenfalls hier studieren würde.

Emma ging zurück zum Hotel, wo sie sich viel Zeit ließ, sich auf den Ball vorzubereiten. Harry hatte mit ihr ausgemacht, sie um acht abzuholen.

Wenige Minuten vor der vereinbarten Zeit kam Harry ins Hotel. Er trug einen modischen mitternachtsblauen Smoking, den ihm seine Mutter zum neunzehnten Geburtstag geschenkt hatte. An der Rezeption rief er Emma an und sagte ihr, dass er in der Lobby auf sie warten würde.

»Ich bin sofort unten«, versprach sie.

Als immer mehr Minuten vergingen, begann Harry, durch die Lobby zu schlendern; er fragte sich, welche Bedeutung das Wort »sofort« für Emma hatte. Giles hatte ihm jedoch schon oft gesagt, dass Emma von ihrer Mutter die Uhr zu lesen gelernt hatte.

Und dann sah er sie am oberen Ende der Treppe stehen. Er bewegte sich nicht von der Stelle, während sie langsam die Stufen herunterkam. Sie trug ein trägerloses türkisfarbenes Seidenkleid, das ihre anmutige Figur betonte. Jeder andere Mann in der Lobby sah aus, als würde er nur allzu gerne mit Harry tauschen.

»Du siehst umwerfend aus«, sagte er, als sie die unterste Stufe erreicht hatte. »Wer braucht schon Vivien Leigh? Übrigens, das sind hübsche Schuhe.« Emma hatte den Eindruck, dass der erste Teil ihres Vorhabens genau nach Plan verlief.

Sie verließen das Hotel und schlenderten Arm in Arm in Richtung Radcliffe Square. Als sie durch die Tore von Harrys College traten, versank die Sonne hinter der Bodleian Library. Niemand, der an jenem Abend ins Brasenose kam, hätte gedacht, dass Britannien nur wenige Wochen von einem Krieg entfernt war, wegen dem mehr als die Hälfte der jungen Männer, die auf diesem Ball tanzten, niemals einen Abschluss machen würde.

Doch nichts hätte den fröhlichen jungen Paaren, die zur

Musik von Cole Porter und Jerome Kern tanzten, ferner liegen können als dieser Gedanke. Während mehrere Hundert Studenten und ihre Gäste kistenweise Champagner tranken und sich durch Berge von Räucherlachs aßen, ließ Harry Emma nur selten aus den Augen, denn er fürchtete, eine ungalante Seele könnte versuchen, sie ihm wegzunehmen.

Giles trank etwas zu viel Champagner, aß viel zu viele Austern und tanzte den ganzen Abend über nie mehr als einmal mit demselben Mädchen.

Um zwei Uhr nachts stimmte die Billy Cotton Dance Band den letzten Walzer an. Harry und Emma hielten einander in den Armen, während sie sich im Rhythmus des Orchesters wiegten.

Als der Dirigent schließlich den Taktstock hob, um die Nationalhymne spielen zu lassen, bemerkte Emma, dass alle jungen Männer um sie herum, wie viel sie auch getrunken haben mochten, Haltung annahmen und *God Save the King* sangen.

Langsam gingen Harry und Emma zum Randolph zurück, während sie über belanglose Dinge plauderten, denn sie wollten nicht, dass der Abend zu Ende ging.

»Na ja, wenigstens kommst du in zwei Wochen wieder, um deine Aufnahmeprüfung zu machen«, sagte Harry, als sie die Stufen zum Hotel hinaufgingen, »also wird es nicht besonders lange dauern, bis wir uns wiedersehen.«

»Stimmt«, sagte Emma. »Aber bis ich die letzte Arbeit abgegeben habe, wird es keine Zeit für Ablenkungen mehr geben. Erst wenn das erledigt ist, können wir den Rest des Wochenendes zusammen verbringen.«

Harry wollte ihr gerade einen Gutenachtkuss geben, als sie flüsterte: »Würdest du gerne mit in mein Zimmer kommen? Ich habe ein Geschenk für dich. Ich will nicht, dass du glaubst, ich hätte deinen Geburtstag vergessen.«

Harry sah so überrascht aus wie der Nachtportier, als das junge Paar händchenhaltend die Treppe hinaufging. Als sie Emmas Zimmer erreicht hatten, fummelte sie nervös mit dem Schlüssel herum, bevor sie schließlich die Tür öffnete.

»Es dauert nur einen Augenblick«, sagte sie und verschwand ins Bad. Harry setzte sich auf den einzigen Stuhl im Zimmer und dachte darüber nach, was er am liebsten zum Geburtstag bekommen würde. Als sich die Badezimmertür öffnete, erschien Emma von gedämpftem Licht umhüllt. Statt ihres eleganten, trägerlosen Kleides trug sie ein Hotelhandtuch.

Harry konnte sein eigenes Herz schlagen hören, als sie langsam auf ihn zukam.

»Ich glaube, du bist ein wenig zu förmlich gekleidet, mein Liebling«, sagte Emma, als sie ihm die Smokingjacke abstreifte und zu Boden fallen ließ. Dann löste sie seine Fliege und knöpfte sein Hemd auf, die sich beide zu der Jacke gesellten. Ein Paar Schuhe und ein Paar Socken folgten, bevor sie ihm langsam die Hose auszog. Gerade als sie das einzige noch verbliebene Hindernis auf ihrem Weg beseitigen wollte, zog er sie hoch in seine Arme und trug sie quer durch das Zimmer.

Dann legte er sie kurzerhand aufs Bett, wobei ihr Handtuch auf den Boden glitt. Seit ihrer Rückkehr aus Rom hatte sich Emma diesen Augenblick schon oft vorgestellt, und sie hatte angenommen, dass ihre ersten Versuche, miteinander zu schlafen, unsicher und voller Verlegenheit ablaufen würden. Doch Harry war sanft und behutsam, obwohl er eindeutig von nicht weniger Nervosität geplagt wurde als sie. Nachdem sie sich geliebt hatten, lag sie in seinen Armen und wollte noch nicht schlafen.

»Hat dir dein Geburtstagsgeschenk gefallen?«, fragte sie.

»Ja, unbedingt«, sagte Harry. »Aber ich hoffe, dass ich kein weiteres Jahr warten muss, bis ich das nächste auspacke. Wobei mir gerade einfällt, dass auch ich ein Geschenk für dich habe.«

»Aber ich habe doch gar nicht Geburtstag.«

»Es ist ja auch kein Geburtstagsgeschenk.«

Er sprang aus dem Bett, hob seine Hose vom Boden auf und kramte in den Taschen, bis er eine kleine Lederschachtel gefunden hatte. Er kam zum Bett zurück, ließ sich auf ein Knie sinken und sagte: »Emma, mein Liebling, willst du mich heiraten?«

»Du siehst ziemlich lächerlich aus da unten«, erwiderte Emma stirnrunzelnd. »Komm wieder ins Bett, bevor du dich zu Tode frierst.«

»Nicht bevor du meine Frage beantwortet hast.«

»Sei nicht dumm, Harry. Ich hatte schon beschlossen, dass wir eines Tages heiraten würden, als du zu Giles' zwölftem Geburtstag auf den Landsitz gekommen bist.«

Harry lachte schallend, als er ihr den Ring über den dritten Finger ihrer linken Hand schob.

»Es tut mir leid, dass der Diamant so klein ist«, sagte er.

»Er ist so groß wie das Ritz«, sagte sie, als er zurück ins Bett kam. »Und da du anscheinend alles schon perfekt organisiert hast«, fuhr sie in neckendem Ton fort, »würde ich gerne wissen, welches Datum du für unsere Hochzeit festgelegt hast.«

»Samstag, der 29. Juli, um drei Uhr.«

»Warum gerade dann?«

»Es ist der letzte Tag des Trimesters, und wenn ich nicht mehr in Oxford bin, kann ich die Universitätskirche nicht mehr mieten.«

Emma setzte sich auf, nahm einen Bleistift und einen Block vom Nachttisch und begann zu schreiben.

»Was machst du?«, fragte Harry.

»Ich stelle die Gästeliste zusammen. Wir haben nur sieben Wochen und ...«

»Das kann warten«, sagte Harry und zog sie in seine Arme. »Ich glaube, ich habe schon wieder Geburtstag.«

»Sie ist noch zu jung, um an eine Ehe zu denken«, sagte Emmas Vater, als ob sie nicht im Zimmer sei.

»Sie ist so alt, wie ich es war, als du mir einen Antrag gemacht hast«, rief ihm Elizabeth in Erinnerung.

»Aber du musstest nicht wenige Wochen vor der Hochzeit die wichtigste Prüfung deines Lebens bestehen.«

»Das ist genau der Grund, warum *ich* alle Vorbereitungen übernommen habe«, erwiderte Elizabeth. »Dadurch wird es nichts geben, das Emma ablenken könnte, bevor ihre Prüfung vorbei ist.«

»Aber es wäre doch gewiss besser, die Hochzeit noch ein paar Monate aufzuschieben. Warum überhaupt diese Eile?«

»Eine gute Idee«, sagte Emma, die sich zum ersten Mal zu Wort meldete. »Vielleicht könnten wir Hitler bitten, ob er so freundlich wäre, auch den Krieg noch ein paar Monate aufzuschieben, weil deine Tochter heiraten will.«

»Und was hält Mrs. Clifton von dieser ganzen Sache?«, fragte ihr Vater, ohne auf den Kommentar seiner Tochter einzugehen.

»Warum sollte sie bei dieser Nachricht irgendetwas anderes als Freude empfinden?«, fragte ihn Elizabeth. Er antwortete nicht.

Die Ankündigung der bevorstehenden Heirat zwischen Emma Grace Barrington und Harold Arthur Clifton wurde zehn Tage später in der *Times* veröffentlicht. Am folgenden Sonntag wurde das erste Aufgebot durch Reverend Styler von der Kanzel von

St. Mary's aus verlesen, und im Laufe der anschließenden Woche wurden über dreihundert Einladungen versandt. Niemand war überrascht, als Harry Giles bat, sein Trauzeuge zu sein, wobei Captain Tarrant und Deakins als Platzanweiser fungieren sollten.

Doch es war ein Schock für Harry, als er einen Brief von Old Jack erhielt, in welchem sein Mentor die freundliche Einladung ablehnte, da er unter den gegenwärtigen Umständen seinen Posten nicht verlassen könne. Harry schrieb zurück und bat ihn, sich die Sache noch einmal zu überlegen und wenigstens als einfacher Gast an der Hochzeit teilzunehmen, auch wenn er sich nicht in der Lage sähe, die Aufgabe eines Platzanweisers zu übernehmen. Old Jacks Antwort verwirrte Harry nur noch mehr: »Ich habe den Eindruck, dass meine Anwesenheit nur für Verlegenheit sorgen würde.«

»Wovon redet er nur?«, fragte Harry. »Er muss doch wissen, dass es für uns alle eine Ehre wäre, wenn er kommen würde.«

»Er ist fast so schlimm wie mein Vater«, antwortete Emma. »Mein Vater weigert sich nämlich, mich in deine Hände zu geben, und er sagt, dass er nicht einmal sicher ist, ob er kommen wird.«

»Aber du hast mir doch gesagt, dass er versprochen hat, uns in Zukunft mehr zu unterstützen.«

»Ja, aber das alles hat sich in dem Augenblick wieder geändert, als er erfahren hat, dass wir verlobt sind.«

»Ich kann auch nicht behaupten, dass meine Mutter besonders begeistert klang, als ich ihr die Neuigkeit mitgeteilt habe«, gab Harry zu.

Emma sah Harry erst wieder, als sie nach Oxford zurückkehrte, um ihre Prüfung abzulegen, und selbst dann wartete sie noch, bis sie ihre letzte Arbeit abgegeben hatte. Als sie aus dem Prüfungssaal kam, wartete ihr Verlobter auf der obersten Treppenstufe auf sie, mit einer Flasche Champagner in der einen und zwei Gläsern in der anderen Hand.

»Wie ist es gelaufen? Was meinst du?«, fragte Harry, als er ihr einschenkte.

»Ich weiß nicht«, seufzte Emma, während Dutzende junge Frauen aus dem Prüfungssaal kamen. »Mir war nicht klar, gegen wen ich würde antreten müssen, bis ich die anderen Schülerinnen gesehen habe.«

»Na ja, du hast wenigstens etwas, mit dem du dich ablenken kannst, während du auf die Ergebnisse wartest.«

»Jetzt sind es zwar nur noch drei Wochen«, erinnerte sie ihn. »Aber das ist genügend Zeit, um deine Meinung zu ändern.«

»Wenn du kein Stipendium bekommst, muss ich meine Lage noch einmal überdenken. Schließlich kann ich es mir nicht erlauben, mich mit einem *Commoner* zusammenzutun.«

»Und wenn ich ein Stipendium bekomme, dann werde *ich* meine Lage noch einmal überdenken müssen und nach einem *Scholar* Ausschau halten.«

»Deakins ist immer noch verfügbar«, erwiderte Harry, indem er ihr noch ein wenig nachschenkte.

»Dann wird es zu spät sein«, sagte Emma.

»Warum?«

»Weil die Ergebnisse am Morgen unserer Hochzeit bekannt gegeben werden sollen.«

Emma und Harry verbrachten den größten Teil des Wochenendes zurückgezogen in ihrem Hotelzimmer, wo sie, wenn sie nicht miteinander schliefen, immer wieder ihre Hochzeitsvorbereitungen durchgingen. Als es Sonntagabend wurde, hatte Emma einen Entschluss gefasst.

»Meine Mutter war wirklich großartig«, sagte sie, »was mehr ist, als ich von meinem Vater behaupten kann.«

»Glaubst du, dass er überhaupt auftauchen wird?«

»Oh ja. Mutter hat ihn überredet zu kommen, obwohl er sich immer noch weigert, mich dir zu übergeben. Und was gibt es Neues von Old Jack?«

»Er hat mir auf meinen letzten Brief nicht einmal geantwortet«, sagte Harry.

47

»Hast du ein wenig zugenommen?«, fragte Emmas Mutter, als sie versuchte, das letzte Häkchen auf der Rückseite des Hochzeitskleides ihrer Tochter in die entspechende Schlaufe zu schieben.

»Ich glaube nicht«, erwiderte Emma und betrachtete sich kritisch im Standspiegel.

»Hinreißend«, lautete Elizabeths Urteil, als sie einen Schritt zurücktrat, um die Braut zu bewundern.

Die beiden waren mehrmals nach London gereist, um das Kleid von Madame Renée anpassen zu lassen, die eine kleine, modische Boutique in Mayfair besaß, zu deren Kunden angeblich bereits Queen Mary und Queen Elizabeth gehört hatten. Madame Renée hatte jede Anprobe persönlich überwacht, und die viktorianische Spitzenstickerei am Kragen und am Saum passten vorzüglich zu dem Seidenmieder und dem Empire-Glockenrock, der dieses Jahr als besonders modisch galt, wodurch das Alte und das Neue eine ganz natürliche Verbindung eingingen. Der kleine, cremefarbene Hut in Tropfenform, so hatte Madame Renée ihnen versichert, würde von modebewussten Frauen nächstes Jahr besonders gerne getragen werden. Der einzige Kommentar, den Emmas Vater dazu abgab, betraf die Rechnung.

Elizabeth Barrington warf einen Blick auf die Uhr. Es war neunzehn Minuten vor drei. »Kein Grund zur Eile«, sagte sie zu

Emma, als es an der Tür klopfte. Sie war sicher, dass sie das »Bitte nicht stören«-Zeichen an den Türknauf gehängt und dem Chauffeur mitgeteilt hatte, dass er nicht vor drei mit ihnen rechnen könne. Bei der Probe am Tag zuvor hatte die Fahrt vom Hotel zur Kirche sieben Minuten gedauert, und Elizabeth hatte die Absicht, Emma angemessen spät eintreffen zu lassen. »Lass sie ein paar Minuten warten, aber gib ihnen keinen Grund, sich Sorgen zu machen.« Wieder klopfte es.

»Ich kümmere mich darum«, sagte Elizabeth und öffnete die Tür. Ein junger Page in einer hübschen roten Uniform reichte ihr ein Telegramm, das elfte an diesem Tag. Sie wollte die Tür schon wieder schließen, als er sagte: »Ich soll Ihnen mitteilen, Madam, dass dies hier wichtig ist.«

Elizabeths erste Reaktion bestand darin, sich zu fragen, wer im letzten Moment abgesagt haben könnte. Sie hoffte inständig, dass sie deswegen die Tischordnung beim Empfang nicht würde ändern müssen. Sie riss das Telegramm auf und las die Mitteilung.

»Von wem ist es?«, fragte Emma, die ihren Hut noch ein winziges bisschen schräger aufsetzte und sich fragte, ob das nicht zu gewagt war.

Elizabeth reicht ihr das Telegramm. Sobald Emma es gelesen hatte, brach sie in Tränen aus.

»Herzlichen Glückwunsch, mein Liebling«, sagte ihre Mutter, nahm ein Taschentuch aus ihrer Handtasche und begann, ihrer Tochter die Tränen abzutupfen. »Ich würde dich ja umarmen, aber ich möchte nicht, dass dein Kleid zerknittert wird.«

Als Elizabeth sich davon überzeugt hatte, dass Emma bereit war, nahm sie sich einen Augenblick lang Zeit, um ihr eigenes Kleid im Spiegel zu betrachten. Madame Renée hatte betont: »Sie dürfen nicht versuchen, Ihre Tochter an ihrem großen Tag auszustechen, aber gleichzeitig können Sie es sich nicht erlauben, dass man Sie nicht bemerkt.« Elizabeth gefiel besonders der Norman-Hartnell-Hut, auch wenn er nicht das war, was die jungen Leute in jenen Tagen »schick« nannten.

»Es wird Zeit aufzubrechen«, erklärte sie nach einem letzten Blick auf die Uhr. Emma lächelte, als sie einen Blick auf das Kleid warf, das sie anziehen würde, wenn der Hochzeitsempfang vorüber wäre und sie und Harry in die Flitterwochen nach Schottland fahren würden. Lord Harvey hatte ihnen Mulgelrie Castle für zwei Wochen angeboten und ihnen versprochen, dass sich während dieser Zeit kein anderes Familienmitglied dem Schloss auf weniger als zehn Meilen nähern durfte und, was vielleicht noch wichtiger war, dass Harry sich jeden Abend drei Portionen Highland-Suppe servieren lassen durfte, ohne dass er danach Moorhuhn essen musste.

Emma folgte ihrer Mutter aus der Suite auf den Gang. Als sie das obere Ende der Treppe erreichte, kam es ihr so vor, als würden ihre Beine nachgeben. Vorsichtig ging sie die Stufen hinab, während andere Gäste beiseite traten, sodass nichts ihr Vorankommen behinderte.

Ein Portier hielt die Eingangstür des Hotels für sie auf, während Sir Walters Chauffeur die Hecktür des Rolls-Royce geöffnet hatte, damit die Braut sich neben ihren Großvater setzen konnte. Als Emma Platz genommen hatte und sorgfältig ihr Kleid um sich drapierte, klemmte sich Sir Walter sein Monokel vor das rechte Auge und erklärte: »Du siehst wundervoll aus, junge Dame. Harry hat in der Tat außerordentliches Glück.«

»Danke, Grandpa«, sagte sie und küsste ihn auf die Wange. Sie warf einen Blick aus dem Heckfenster und sah, wie ihre Mutter in einen zweiten Rolls-Royce stieg. Einen Moment später setzten sich die beiden Wagen in Bewegung, fädelten sich in den Nachmittagsverkehr ein und begannen ihre gemächliche Fahrt zur Universitätskirche St. Mary's.

»Ist mein Vater in der Kirche?«, fragte Emma, wobei sie sich bemühte, nicht zu besorgt zu klingen.

»Er ist sogar als einer der Ersten gekommen«, antwortete ihr Großvater. »Ich glaube, er bereut es bereits, dass er mir das Privileg überlassen hat, dich an deinen zukünftigen Gatten zu übergeben.«

»Und Harry?«

»Ich habe ihn noch nie so nervös erlebt. Aber Giles scheint alles unter Kontrolle zu haben, was für ihn eine ganz ungewohnte Erfahrung sein muss. Ich weiß, dass er den ganzen letzten Monat damit verbracht hat, die Rede vorzubereiten, die er als Trauzeuge halten will.«

»Wir haben beide das Glück, denselben Mann zum besten Freund zu haben«, sagte Emma. »Weißt du, Grandpa, irgendwo habe ich einmal gelesen, dass jede Braut am Morgen ihrer Hochzeit zu zweifeln beginnt.«

»Das ist nur natürlich, meine Liebe.«

»Aber nein! Ich habe nie an Harry gezweifelt«, erwiderte Emma, als sie vor der Universitätskirche anhielten. »Ich weiß, dass wir den Rest unseres Lebens zusammen verbringen werden.«

Sie wartete, bis ihr Großvater aus dem Wagen gestiegen war, bevor sie ihr Kleid raffte und zu ihm auf den Bürgersteig trat.

Ihre Mutter eilte zu ihr, um einen letzten Blick auf Emmas Kleid zu werfen, bevor sie ihr erlauben würde, die Kirche zu betreten. Dann reichte Elizabeth ihrer Tochter ein kleines Bouquet aus pinkfarbenen Rosen, während die beiden Brautjungfern – Emmas jüngere Schwester Grace und ihre beste Schulfreundin Jessica – ans Ende der kleinen Gruppe traten.

»Du bist die Nächste, Grace«, sagte ihre Mutter, als sie sich hinabbeugte und das Kleid der Brautjungfer glatt strich.

»Ich hoffe nicht«, sagte Grace so laut, dass ihre Mutter es hören konnte.

Elizabeth trat einen Schritt zurück und nickte. Zwei Bedienstete zogen die schweren Türen auf, was für den Organisten das Zeichen war, Mendelssohns *Hochzeitsmarsch* anzustimmen, und die Gäste erhoben sich, um die Braut zu begrüßen.

Als Emma in die Kirche trat, sah sie voller Überraschung, wie viele Menschen nach Oxford gekommen waren, um mit ihr diesen glücklichen Tag zu teilen. Langsam ging sie am Arm ihres Großvaters den Mittelgang hinab, und viele Gäste wandten sich lächelnd nach ihr um, während sie sich dem Altar näherte.

Sie sah Mr. Frobisher, der auf der rechten Seite des Gangs neben Mr. Holcombe saß. Miss Tilly, die einen recht gewagten Hut trug, musste den ganzen Weg von Cornwall gekommen sein, und Dr. Paget lächelte ihr besonders herzlich zu. Doch nichts ließ sich mit dem Lächeln vergleichen, das auf ihrem eigenen Gesicht erschien, als sie Captain Tarrant sah, der mit gesenktem Kopf dasaß und einen Cutaway trug, der ihm nicht ganz zu passen schien. Harry musste so glücklich darüber sein, dass sich Captain Tarrant entschieden hatte, doch noch zu kommen. In der ersten Reihe saß Mrs. Clifton, die ganz offensichtlich einige Zeit darauf verwendet hatte, ihr Kleid auszuwählen, denn es sah so modisch aus. Ein Lächeln huschte über Emmas Lippen, doch sie war überrascht und enttäuscht, als sie bemerkte, dass ihre zukünftige Schwiegermutter sie nicht ansah, als sie an ihr vorbeiging.

Und dann sah sie Harry, der neben ihrem Bruder auf den zum Altar führenden Stufen stand, wo die beiden auf die Braut warteten. Während Emma am Arm des einen Großvaters dem letzten kurzen Stück des Mittelgangs folgte, stand ihr anderer Großvater hoch aufgerichtet in der ersten Reihe neben ihrem Vater, der, so hatte sie den Eindruck, ein wenig melancholisch wirkte. Vielleicht bedauerte er es ja wirklich, die Braut nicht selbst zu übergeben.

Sir Walter trat beiseite, als Emma die vier Stufen zu ihrem zukünftigen Ehemann hinaufstieg. Sie beugte sich zu Harry und flüsterte: »Ich hätte mich beinahe noch anders entschieden.« Harry versuchte, nicht zu grinsen, während er auf die Pointe wartete. »Schließlich können *Scholars* dieser Universität nicht unter ihrem Stand heiraten.«

»Ich bin so stolz auf dich, mein Liebling«, sagte er. »Herzlichen Glückwunsch.«

Giles verbeugte sich, von aufrichtigem Respekt erfüllt, und die flüsternden Gäste trugen die Nachricht von Reihe zu Reihe weiter.

Die Musik endete. Der Kaplan des College hob die Hände und sagte: »*Liebe Brüder und Schwestern im Herrn, wir haben uns hier im Angesicht Gottes und dieser Gemeinde versammelt, um diesen Mann und diese Frau im heiligen Bund der Ehe zu vereinen...*«

Plötzlich wurde Emma nervös. Sie hatte alle Antworten auswendig gelernt, doch jetzt fiel ihr keine einzige mehr ein.

»Ihre erste Bestimmung besteht darin, Kinder zu zeugen...«

Emma versuchte, sich auf die Worte des Kaplans zu konzentrieren, doch sie konnte es kaum erwarten, von hier zu verschwinden und mit Harry allein zu sein. Vielleicht hätten sie in der Nacht zuvor nach Schottland fahren und nach Gretna Green durchbrennen sollen, was, von Mulgelrie Castle aus gesehen, besonders günstig lag, worauf sie Harry bereits hingewiesen hatte.

»*In jenen heiligen Stand, in den die beiden hier Anwesenden nun geführt werden sollen. Weshalb jeder, der einen berechtigten Grund dafür vorbringen kann, warum diese beiden nicht nach Recht und Gesetz vereint werden sollten, jetzt sprechen oder für immer schweigen möge* ...«

Der Kaplan hielt diplomatisch inne, um einen kurzen Augenblick verstreichen zu lassen, bevor er die Worte »*Und hiermit frage ich nacheinander jeden von euch*« aussprechen würde. Doch bevor er dazu kam, erklärte eine klare Stimme: »Ich erhebe Einspruch!«

Emma und Harry wirbelten herum, um zu sehen, wer diese drei vernichtenden Worte gesagt hatte.

Der Kaplan sah ungläubig auf, wobei er sich kurz fragte, ob er sich verhört hatte, doch überall in der Kirche wandten sich die Besucher hin und her und versuchten herauszufinden, wer diesen unerwarteten Einspruch vorgebracht hatte. Eine solche Wendung der Ereignisse hatte der Kaplan noch nie zuvor erlebt, und er versuchte verzweifelt, sich in Erinnerung zu rufen, was von ihm unter derartigen Umständen erwartet wurde.

Emma barg ihren Kopf an Harrys Schulter, während der junge Mann unter den durcheinanderredenden Gästen nach demjenigen suchte, der die Ursache für diese außerordentliche Verwirrung war. Er nahm an, dass es sich um Emmas Vater handelte, doch als sein Blick über die erste Reihe schweifte, sah er, dass Hugo Barrington mit kreidebleichem Gesicht ebenfalls nach demjenigen Ausschau hielt, der die Zeremonie vorzeitig unterbrochen hatte.

Reverend Styler musste seine Stimme erheben, um sich gegenüber dem wachsenden Lärm Gehör zu verschaffen. »Würde der Gentleman, der dieser Ehe widersprochen hat, sich bitte zu erkennen geben?«

Ein großer Mann, der sich sehr gerade hielt, trat in den Mittelgang. Alle Blicke richteten sich auf Captain Jack Tarrant, der zum Altar ging, wo er vor dem Kaplan stehen blieb. Emma klammerte sich an Harry, als fürchtete sie, man würde ihn von ihr wegreißen.

»Muss ich Sie so verstehen, Sir«, fragte der Kaplan, »dass Sie den Eindruck haben, diese Hochzeitszeremonie dürfe nicht fortgeführt werden?«

»Das ist korrekt, Sir«, sagte Old Jack leise.

»Dann muss ich Sie, die Braut, den Bräutigam und die engsten Familienmitglieder bitten, mir in die Sakristei zu folgen.« Wieder hob er die Stimme und fügte hinzu: »Die Gäste mögen auf ihren Plätzen bleiben, bis ich den Einspruch erwogen und meine Entscheidung bekannt gegeben habe.«

Gefolgt von Old Jack führte der Kaplan Harry, Emma und ihre Angehörigen in die Sakristei. Keiner von ihnen sprach; nur die Gäste unterhielten sich weiter in einer Art lautem Flüsterton.

Nachdem sich die beiden Familien in die winzige Sakristei gedrängt hatten, schloss Reverend Styler die Tür.

»Captain Tarrant«, begann er, »ich muss Sie darüber informieren, dass nach dem Gesetz alleine mir die Autorität zukommt, darüber zu entscheiden, ob die Hochzeit fortgeführt werden soll. Wobei ich natürlich erst dann zu einer Entscheidung kommen kann, nachdem ich mir Ihren Einspruch angehört habe.«

Der einzige Mensch, der in diesem überfüllten Raum ruhig wirkte, war Old Jack. »Ich danke Ihnen, Kaplan«, begann er. »Zunächst muss ich mich bei Ihnen allen, und besonders bei Emma und Harry, für meinen Einspruch entschuldigen. Ich habe in den letzten Wochen lange mit meinem Gewissen gerungen, bevor ich zu dieser unglücklichen Entscheidung gelangt bin. Ich hätte einen einfachen Ausweg wählen und irgendeinen

Vorwand finden können, um an der heutigen Zeremonie nicht teilzunehmen. Ich habe bis jetzt geschwiegen, weil ich immer darauf gehofft habe, es würde sich mit der Zeit erweisen, dass ein solcher Einspruch nicht nötig wäre. Doch unglücklicherweise war das nicht der Fall, denn die Liebe von Harry und Emma ist mit den Jahren gewachsen und nicht etwa geringer geworden. Dadurch wurde es mir unmöglich, noch länger zu schweigen.«

Alle lauschten so gebannt Old Jacks Worten, dass nur Elizabeth Barrington bemerkte, wie ihr Mann die Sakristei leise durch die Hintertür verließ.

»Ich danke Ihnen, Captain Tarrant«, sagte Reverend Styler. »Doch obgleich ich gerne bereit bin zuzugestehen, dass Ihr Einspruch in bester Absicht geschehen ist, muss ich erfahren, welchen Vorwurf genau Sie gegen diese beiden jungen Leute erheben.«

»Gegen Harry oder Emma habe ich überhaupt keinen Vorwurf zu erheben. Ich liebe und bewundere die beiden und bin davon überzeugt, dass sie, ebenso wie fast alle anderen hier Versammelten, über ihre wahre Situation im Dunkeln gelassen wurden. Nein, mein Vorwurf richtet sich gegen Hugo Barrington, der seit vielen Jahren weiß, dass er möglicherweise der Vater dieser *beiden* unglücklichen Kinder ist.«

Mehrere Anwesende schnappten nach Luft, und alle versuchten, sich über die Tragweite dieser Aussage klar zu werden. Der Kaplan schwieg lange, bis er sicher sein konnte, dass man ihm wieder aufmerksam zuhören würde, wenn er weitersprach. »Gibt es jemanden hier, der Captain Tarrants Aussage bestätigen oder widerlegen kann?«

»Das kann nicht wahr sein«, sagte Emma, die sich immer noch an Harry klammerte. »Da muss ein Irrtum vorliegen. Es kann doch nicht sein, dass mein Vater ...«

Das war der Moment, in dem alle sahen, dass der Vater der Braut nicht mehr anwesend war. Der Kaplan wandte sich Mrs. Clifton zu, die leise schluchzte.

»Ich kann Captain Tarrants Befürchtung nicht widersprechen«, sagte sie stockend. Es dauerte eine ganze Weile, bis sie fortfuhr. »Ich muss bekennen, dass Mr. Barrington und ich bei einer einzigen Gelegenheit ein Verhältnis hatten.« Wieder hielt sie inne. »Es geschah nur ein einziges Mal, aber unglücklicherweise war das wenige Wochen, bevor ich meinen Mann geheiratet habe.« Langsam hob sie den Kopf. »Deshalb weiß ich nicht, wer Harrys Vater ist.«

»Ich muss Sie alle darüber informieren«, sagte Old Jack, »dass Hugo Barrington Mrs. Clifton bei mehr als einer Gelegenheit bedroht hat, sollte sie dieses schreckliche Geheimnis jemals lüften.«

»Mrs. Clifton, darf ich Ihnen eine Frage stellen?«, sagte Sir Walter in behutsamem Ton.

Maisie nickte, hielt den Kopf jedoch auch weiterhin gesenkt.

»Litt Ihr verstorbener Mann unter Farbenblindheit?«

»Nicht dass ich wüsste«, sagte sie so leise, dass man sie kaum hören konnte.

Sir Walter wandte sich an Harry. »Du aber schon, mein Junge, oder etwa nicht?«

»Ja, Sir«, sagte Harry, ohne zu zögern. »Warum ist das so wichtig?«

»Weil ich ebenfalls farbenblind bin«, sagte Sir Walter. »Genauso wie mein Sohn und mein Enkel. Es ist eine Erbkrankheit, unter der meine Familie schon seit mehreren Generationen leidet.«

Harry nahm Emma in seine Arme. »Ich schwöre dir, mein Liebling, davon wusste ich nichts.«

»Natürlich nicht«, sagte Elizabeth Barrington, die sich zum ersten Mal zu Wort meldete. »Der einzige Mensch, der darüber Bescheid wusste, war mein Ehemann, und er hatte nicht den Mut, vorzutreten und es zuzugeben. Wenn er es getan hätte, hätte nichts von all dem je geschehen müssen. Vater«, sagte sie und wandte sich an Lord Harvey, »ich möchte dich bitten, dass du unseren Gästen erklärst, warum die Zeremonie nicht fortgeführt werden kann.«

Lord Harvey nickte. »Überlass das mir, mein Mädchen«, sagte er und strich ihr sanft über den Arm. »Aber was wirst du tun?«

»Ich werde meine Tochter so weit wie möglich von hier wegbringen.«

»Ich möchte aber nicht so weit wie möglich von hier weg«, sagte Emma, »es sei denn, Harry kommt mit.«

»Ich denke, dein Vater hat uns keine andere Wahl gelassen«, erwiderte Elizabeth und nahm sie sanft beim Arm. Doch Emma umklammerte Harry auch weiterhin, bis er flüsterte: »Ich fürchte, deine Mutter hat recht, Liebling. Aber es gibt etwas, das deinem Vater niemals gelingen wird: Er wird es niemals schaffen, dass ich dich nicht mehr liebe. Ich werde beweisen, dass er nicht mein Vater ist, und wenn ich den Rest meines Lebens dazu brauche.«

»Vielleicht möchten Sie die Kirche lieber durch den Hintereingang verlassen, Mrs. Barrington«, schlug der Kaplan vor. Emma löste sich widerwillig von Harry und ließ sich von ihrer Mutter wegführen.

Der Kaplan geleitete sie aus der Sakristei durch einen schmalen Korridor zu einer Tür, die er zu seiner Überraschung unverriegelt vorfand. »Möge Gott mit euch sein, meine Kinder«, sagte er, bevor die beiden ins Freie traten.

Elizabeth begleitete ihre Tochter zu den wartenden Rolls-

Royces. Sie ignorierte die Gäste, die nach draußen gekommen waren, um frische Luft zu schnappen oder zu rauchen, und jetzt keinen Versuch unternahmen, ihre Verwunderung zu verbergen, als sie sahen, wie die beiden Frauen ohne Umschweife in den Fond einer der Limousinen stiegen.

Elizabeth hatte die Tür des ersten Rolls-Royce geöffnet und ihre Tochter auf der Rückbank Platz nehmen lassen, bevor der Chauffeur sie bemerkte. Er stand neben der Kirchentür, denn er hatte erwartet, dass Braut und Bräutigam frühestens in einer halben Stunde erscheinen würden, begleitet vom Glockengeläut, das der Welt die Heirat von Mr. und Mrs. Harry Clifton verkündete. Sobald er hörte, wie die Wagentür zufiel, drückte er seine Zigarette aus, rannte zum Auto und glitt hinter das Lenkrad.

»Fahren Sie uns zurück zum Hotel«, sagte Elizabeth.

Keiner von ihnen sprach auch nur ein einziges Wort, bevor sie die Sicherheit ihres Hotelzimmers erreicht hatten. Dort warf sich Emma schluchzend aufs Bett, und Elizabeth streichelte ihr Haar, wie sie es getan hatte, als ihre Tochter noch ein kleines Kind gewesen war.

»Was soll ich nur tun?«, rief Emma weinend. »Ich kann doch nicht einfach aufhören, Harry zu lieben.«

»Ich bin sicher, dass du nie aufhören wirst, ihn zu lieben«, erwiderte ihre Mutter, »doch das Schicksal hat entschieden, dass ihr mindestens so lange nicht zusammen sein könnt, bis wir einen Beweis dafür haben, wer Harrys Vater ist.« Sie hörte nicht auf, Emmas Haar zu streicheln, und dachte schon, ihre Tochter sei möglicherweise eingeschlafen, als Emma sagte: »Was soll ich meinem Kind antworten, wenn es fragt, wer sein Vater ist?«

HARRY CLIFTON

1939 – 1940

48

Am deutlichsten ist mir im Gedächtnis geblieben, wie ruhig jeder zu sein schien, nachdem Emma und ihre Mutter die Kirche verlassen hatten. Keine hysterischen Anfälle, niemand fiel in Ohnmacht, niemand erhob auch nur seine Stimme. Es wäre verzeihlich gewesen, wenn jemand, der zufällig vorbeigekommen wäre, nicht hätte begreifen können, dass das Leben zahlloser Menschen auf nicht wiedergutzumachende Weise Schaden genommen hatte und in einigen Fällen sogar völlig zerstört worden war. Wie überaus britisch – steife Oberlippe und so weiter. Keiner wollte zugeben, dass seine persönliche Lebensplanung im Laufe einer einzigen Stunde schwer erschüttert worden war. Na ja, wenigstens ich bin bereit, mir das einzugestehen.

Schweigend und benommen war ich danebengestanden, als die verschiedenen Akteure ihre Rollen spielten. Old Jack hatte mehr oder weniger das getan, was er für seine Pflicht hielt, auch wenn die tiefen Falten in seinem bleichen Gesicht etwas anderes anzudeuten schienen. Er hätte es sich leicht machen und die Einladung zu unserer Hochzeit einfach ablehnen können, doch ein Träger des Victoriakreuzes läuft nicht so einfach davon.

Elizabeth Barrington war eine Frau, die, wenn es wirklich darauf ankam, jedem Mann mühelos das Wasser reichen konnte: eine wahre Portia, die unglücklicherweise keinen Brutus geheiratet hatte.

Als ich mich in der Sakristei umsah, während wir auf die Rückkehr des Kaplans warteten, tat mir Sir Walter am meisten leid. Er hatte seine Enkelin bis zum Altar begleitet, wo er keinen Enkel gewinnen, sondern einen Sohn verlieren sollte, welcher, wie Old Jack mich Jahre zuvor gewarnt hatte, »nicht aus demselben Holz geschnitzt war« wie sein Vater.

Meine gute Mutter wagte es kaum zu reagieren, als ich versuchte, sie in die Arme zu nehmen und sie meiner Liebe zu versichern. Offensichtlich glaubte sie, dass alleine sie die Schuld an allem trug, was an jenem Tag geschehen war.

Giles allerdings wurde zum Mann, als sich sein Vater aus der Sakristei schlich, um sich irgendwo im Dreck unter einem Stein zu verkriechen, und es anderen überließ, die Verantwortung für seine Taten zu übernehmen. Mit der Zeit sollten viele der Anwesenden begreifen, dass das, was sich an jenem Tag abgespielt hatte, für Giles ganz genauso verheerend war wie für Emma.

Und dann war da noch Lord Harvey. Er gab uns allen ein Beispiel dafür, wie man sich in einer Krise verhält. Sobald der Kaplan zurückgekehrt war und uns die juristischen Aspekte einer Ehe unter engen Blutsverwandten erklärt hatte, verständigten wir uns darauf, dass Lord Harvey sich im Namen beider Familien an die wartenden Gäste wenden sollte.

»Ich möchte, dass Harry zu meiner Rechten steht«, betonte er, »denn es ist meine Absicht, bei keinem der Anwesenden irgendwelche Zweifel daran aufkommen zu lassen, dass – worauf meine Tochter Elizabeth bereits nachdrücklich hingewiesen hat – auf seinen Schultern keinerlei Schuld lastet.«

Dann wandte er sich an meine Mutter und sagte: »Mrs. Clifton, ich hoffe, dass Sie so freundlich sein werden, zu meiner Linken zu stehen. Ihr Mut in schwierigen Zeiten ist uns allen ein Beispiel, und einem von uns ganz besonders. Ich hoffe, dass

Captain Tarrant an Harrys Seite stehen wird; nur ein Narr könnte dem Boten Vorwürfe machen. Giles sollte neben Captain Tarrant stehen. Sir Walter könnte vielleicht neben Mrs. Clifton treten, während der Rest der Familie hinter uns Aufstellung nehmen mag. Ich möchte allen, die wir hier beisammen sind, deutlich machen«, fuhr er fort, »dass ich in dieser tragischen Angelegenheit nur ein einziges Ziel verfolge. Ich möchte jedem, der heute in diese Kirche gekommen ist, unmissverständlich zeigen, wie entschlossen wir zusammenstehen, damit niemand jemals behaupten kann, wir seien ein geteiltes Haus.«

Ohne noch ein weiteres Wort zu verlieren, führte er seine kleine Herde aus der Sakristei.

Als die Gäste, die sich noch immer unterhielten, sahen, wie wir in einer Reihe in die Kirche zurückkehrten, musste Lord Harvey nicht um Ruhe bitten. Jeder von uns nahm den ihm zugewiesenen Platz auf den Altarstufen ein, als stellten wir uns für ein Familienfoto auf, das später seinen Platz im Hochzeitsalbum finden sollte.

»Liebe Gäste«, begann Lord Harvey, »man hat mich gebeten, Ihnen im Namen unserer beiden Familien mitzuteilen, dass die Hochzeit zwischen meiner Enkeltochter Emma Barrington und Mr. Harry Clifton heute nicht mehr stattfinden wird – und genau genommen auch an keinem anderen Tag.« Diese letzten fünf Worte waren von einer schauderhaften Endgültigkeit für jemanden, der sich noch immer an einen letzten Rest von Hoffnung klammerte, dass das alles irgendwann einmal anders sein könnte. »Ich muss mich bei Ihnen allen entschuldigen«, fuhr er fort. »Wenn dieser Tag für Sie irgendwelche Unannehmlichkeiten mit sich gebracht hat, so darf ich Ihnen versichern, dass das gewiss nicht in unserer Absicht lag. Ich möchte damit schließen,

Ihnen allen für Ihre heutige Anwesenheit zu danken und Ihnen eine sichere Heimfahrt zu wünschen.«

Ich wusste nicht, was als Nächstes geschehen würde, doch dann standen ein oder zwei Gäste auf und verließen langsam die Kirche. Innerhalb weniger Minuten wurde aus den wenigen ein immer breiterer Menschenstrom, bis wir, die wir auf den Altarstufen standen, als Einzige zurückblieben.

Lord Harvey dankte dem Kaplan und schüttelte mir herzlich die Hand. Dann ging er an der Seite seiner Frau den Mittelgang hinab und verließ die Kirche.

Meine Mutter drehte sich zu mir um und versuchte, etwas zu sagen, doch ihre Gefühle überwältigten sie. Old Jack kam uns zu Hilfe, indem er sie behutsam beim Arm fasste und wegführte, während Sir Walter Grace und Jessica unter seine Fittiche nahm. Kein Tag, an den Mütter oder Brautjungfern ihr Leben lang gerne zurückdenken würden.

Giles und ich waren die Letzten, die gingen. Er war als mein Trauzeuge in die Kirche gekommen, und als er sie jetzt verließ, musste er sich fragen, ob er mein Halbbruder war. Manche Menschen harren in der dunkelsten Stunde bei einem aus, während andere sich zurückziehen; nur sehr wenige kommen auf einen zu und werden sogar noch engere Freunde.

Nachdem wir uns von Reverend Styler verabschiedet hatten, der keine Worte dafür zu finden schien, wie leid ihm das alles tat, gingen Giles und ich über das Kopfsteinpflaster des Kirchvorhofs in unser College zurück. Kein Wort fiel zwischen uns, als wir die Holztreppe zu meinen Räumen hinaufgingen und in den alten Ledersesseln in junges, wehmütiges Schweigen versanken.

Wir blieben dort sitzen, während der Tag langsam zur Nacht wurde. Unsere karge Unterhaltung hatte keine Folgen, keine

Bedeutung, keine Logik. Als die ersten Schatten erschienen, jene Boten der Dunkelheit, die so häufig die Zunge lösen, stellte mir Giles eine Frage, über die ich seit Jahren nicht mehr nachgedacht hatte.

»Erinnerst du dich an das erste Mal, als du zusammen mit Deakins auf den Landsitz gekommen bist?«

»Wie könnte ich das vergessen? Es war dein zwölfter Geburtstag, und dein Vater hat sich geweigert, mir die Hand zu geben.«

»Hast du dich jemals gefragt, warum?«

»Ich glaube, den Grund dafür haben wir heute erfahren«, sagte ich, wobei ich versuchte, nicht allzu unsensibel zu klingen.

»Nein, das haben wir nicht«, sagte Giles leise. »Wir haben heute nur herausgefunden, dass Emma möglicherweise deine Halbschwester ist. Aber mir ist jetzt auch klar, warum mein Vater seine Affäre mit deiner Mutter so viele Jahre lang geheim gehalten hat. Er hat sich nämlich weitaus größere Sorgen darüber gemacht, dass du herausfinden könntest, dass du sein Sohn bist.«

»Ich verstehe den Unterschied nicht«, erwiderte ich und starrte ihn an.

»Dann ist es wichtig, dass du dich an die einzige Frage erinnerst, die dir mein Vater damals gestellt hat.«

»Er hat mich gefragt, wann ich Geburtstag habe.«

»Stimmt. Und als er gehört hat, dass du ein paar Wochen älter bist als ich, hat er wortlos das Zimmer verlassen. Als wir danach aufgebrochen sind, um in die Schule zu fahren, ist er nicht mehr aus seinem Arbeitszimmer gekommen, um sich zu verabschieden, obwohl es mein Geburtstag war. Erst heute habe ich begriffen, was sein damaliges Verhalten zu bedeuten hatte.«

»Wie kann ein so nebensächliches Ereignis nach so vielen Jahren immer noch irgendeine Bedeutung haben?«, fragte ich ihn.

»Weil mein Vater in diesem Augenblick begriffen hat, dass du sein ältester Sohn sein könntest, weshalb nicht ich, sondern du bei seinem Tod den Titel, die Firma und all seine weltlichen Güter erben würdest.«

»Aber dein Vater könnte doch sicher selbst entscheiden, wem er seinen Besitz überlassen will – und ich käme für ihn dabei ganz sicher nicht in Betracht.«

»Ich wollte, es wäre so einfach«, sagte Giles. »Doch mein Großvater erinnert mich ständig daran, dass *sein* Vater, Sir Joshua Barrington, 1877 von Königin Victoria für Verdienste im Schifffahrtswesen zum Ritter geschlagen wurde. In seinem Testament hat er verfügt, dass alle seine Titel und Besitztümer an den ältesten überlebenden Sohn gehen sollen, und zwar bis in alle Ewigkeit.«

»Aber ich habe doch gar kein Interesse daran, etwas zu beanspruchen, das mir offensichtlich nicht gehört«, versuchte ich ihn zu beruhigen.

»Davon bin ich überzeugt«, sagte Giles, »aber es könnte sein, dass du in dieser Angelegenheit keine Wahl hast, denn zu gegebener Zeit könntest du gesetzlich verpflichtet sein, deinen Platz als Oberhaupt der Familie Barrington einzunehmen.«

Giles verließ mich kurz nach Mitternacht, um nach Gloucestershire zu fahren. Er versprach mir, dass er herausfinden wolle, ob Emma bereit wäre, mich zu sehen, denn wir beide hatten uns getrennt, ohne uns voneinander zu verabschieden. Giles versprach, er würde nach Oxford zurückkehren, sobald er irgendwelche neuen Nachrichten hatte.

In jener Nacht schlief ich nicht. Viel zu viele Gedanken rasten durch meinen Kopf, und für einen Augenblick – einen kurzen Augenblick – dachte ich sogar an Selbstmord. Doch ich brauchte keinen Old Jack, um mich daran zu erinnern, dass das ein Ausweg wäre, den nur ein Feigling wählen würde.

Während der nächsten drei Tage verließ ich mein Zimmer nicht. Ich antwortete nicht auf das leise Klopfen an meiner Tür. Ich nahm das Telefon nicht ab, wenn mich jemand anzurufen versuchte. Ich öffnete die Briefe nicht, die unter meiner Tür hindurchgeschoben wurden. Vielleicht war es ungerecht, nicht auf jene zu reagieren, denen mein Schicksal aufrichtig am Herzen lag, doch manchmal kann ein Übermaß an Verständnis einem noch schwerer zu schaffen machen als Einsamkeit.

Giles kam am vierten Tag nach Oxford zurück. Ohne dass er ein Wort sagen musste, begriff ich, dass seine Neuigkeiten keine große Ermutigung für mich wären. Es zeigte sich, dass die Dinge sogar noch viel schlimmer standen, als ich mir vorgestellt hatte. Emma und ihre Mutter waren nach Mulgelrie Castle aufgebrochen, wo wir unsere Flitterwochen hatten verbringen wollen und kein Verwandter sich uns auf weniger als zehn Meilen hätte nähern dürfen. Mrs. Barrington hatte ihre Anwälte angewiesen, das Scheidungsverfahren einzuleiten, doch diese waren nicht in der Lage, ihrem Ehemann irgendwelche Papiere zukommen zu lassen, da er von niemandem mehr gesehen worden war, seit er sich fast unbemerkt aus der Sakristei geschlichen hatte. Lord Harvey und Old Jack hatten sich aus dem Vorstand von Barrington's zurückgezogen, auch wenn sie aus Respekt vor Sir Walter ihre Gründe nicht öffentlich machen wollten – was natürlich nicht verhinderte, dass die wildesten Gerüchte kursierten. Meine Mutter hatte Eddie's Nachtclub verlassen und arbeitete als Kellnerin im Speisesaal des Grand Hotel.

»Und was ist mit Emma?«, wollte ich wissen. »Hast du sie gefragt ...«

»Ich hatte keine Möglichkeit, mit ihr zu sprechen«, antwortete Giles. »Sie sind schon vor meiner Ankunft nach Schottland gefahren. Aber sie hat auf dem Tisch in der Eingangshalle einen Brief für dich hinterlassen.« Ich konnte spüren, wie mein Herz schneller schlug, als er mir den Umschlag reichte, auf dem ich ihre vertraute Schrift erkannte. »Wenn du Lust hast, später etwas zu Abend zu essen... ich bin in meinen Räumen.«

»Vielen Dank«, sagte ich unangemessenerweise.

Ich saß in meinem Sessel am Fenster, sah hinaus über den Collegevorhof und wollte den Brief nicht öffnen, der, wie ich wusste, mir nicht einmal den kleinsten Hoffnungsschimmer lassen würde. Schließlich riss ich den Umschlag auf und entnahm ihm drei Seiten, die Emma in ihrer fein säuberlichen Handschrift für mich niedergeschrieben hatte. Auch dann dauerte es noch eine ganze Weile, bis ich ihre Worte lesen konnte.

The Manor House
Chew Valley
Gloucestershire
29. Juli 1939

Liebster Harry,
es ist mitten in der Nacht, und ich sitze in meinem Zimmer und schreibe dem einzigen Mann, den ich je lieben werde. Der Hass gegenüber meinem Vater, dem ich nie werde verzeihen können, ist einer plötzlichen Ruhe gewichen, weshalb ich diese Worte niederschreiben muss, bevor die bitteren Vorwürfe zurückkehren und mich daran erinnern, wie viel dieser heimtückische Mann uns beiden verbaut hat.

Ich wünschte nur, wir hätten uns als Liebende trennen können und nicht als Fremde in einem überfüllten Raum, nachdem das Schicksal beschlossen hatte, dass wir die Worte »bis dass der Tod uns scheidet« nicht aussprechen durften, obwohl ich sicher bin, dass ich, wenn einst mein Ende kommt, nur einen Mann geliebt haben werde.
Ich werde mich nie mit der bloßen Erinnerung an Deine Liebe zufriedengeben, denn solange auch nur die kleinste Möglichkeit besteht, dass Arthur Clifton Dein Vater ist, kann ich dir versichern, Liebster, dass ich standhaft bleiben werde.
Mutter ist überzeugt, dass nur genügend Zeit vergehen muss, damit die Erinnerung an Dich schwächer werden und schließlich schwinden wird wie die Abendsonne, sodass ein neuer Tag anbrechen kann. Erinnert sie sich wirklich nicht mehr daran, wie sie mir am Tag meiner Hochzeit gesagt hat, dass unsere Liebe zueinander so rein, so einfach und so selten ist, dass sie ohne den geringsten Zweifel die Prüfung der Zeit bestehen wird – was Mutter, wie sie gestand, nur beneiden konnte, da sie selbst nie so ein Glück erfahren hat?
Ich bin jedoch überzeugt, Liebster, dass wir bis zu dem Tag, an dem ich Deine Frau werden kann, getrennte Wege gehen müssen; erst wenn sich zeigen lässt, dass wir eine legitime Verbindung einzugehen in der Lage sind, kann dies anders werden. Kein anderer Mann darf hoffen, Deinen Platz einzunehmen, und wenn es nötig sein sollte, werde ich eher alleine bleiben, als mich für irgendeine Täuschung herzugeben.
Ich frage mich, ob der Tag irgendwann kommen wird, an dem ich meine Arme nicht mehr nach Dir ausstrecke, weil ich Dich an meiner Seite zu finden glaube, und ob ich jemals werde einschlafen können, ohne Deinen Namen zu flüstern.
Ich würde ohne zu zögern den Rest meines Lebens opfern,

könnte ich noch ein Jahr mit Dir verbringen wie dasjenige, welches wir eben erst miteinander geteilt haben, und kein Gesetz von Gott oder den Menschen kann daran etwas ändern. Ich bete immer noch darum, dass der Tag kommen wird, an dem wir im Angesicht ebenjenes Gottes und jener Menschen vereint werden können, und bis dahin, Liebster, werde ich in jedem Sinne des Wortes, nur nicht dem offiziellen Namen nach, deine Ehefrau sein.
Emma

49

Als Harry schließlich die Kraft aufbrachte, die zahllosen Briefe zu öffnen, die überall auf dem Boden verstreut waren, fand er auch einen von Old Jacks Sekretärin in London.

Soho Square
London
Mittwoch, 2. August 1939

Sehr geehrter Mr. Clifton,
wahrscheinlich werden Sie diesen Brief erst erhalten, wenn
Sie aus Ihren Flitterwochen in Schottland zurückgekehrt sind,
doch ich möchte Sie fragen, ob Captain Tarrant nach der
Hochzeit in Oxford geblieben ist. Er ist am Montagmorgen
nicht in sein Büro zurückgekehrt, und seither hat ihn niemand
mehr gesehen, weshalb ich mich gefragt habe, ob Sie vielleicht
wissen, wo ich Kontakt zu ihm aufnehmen könnte.
Ich würde mich freuen, von Ihnen zu hören.
Hochachtungsvoll,
Phyllis Watson

Old Jack hatte offensichtlich vergessen, Miss Watson mitzuteilen, dass er nach Bristol fahren wollte, um ein paar Tage mit Sir Walter zu verbringen, denn er hatte die Absicht, dem Vorsitzenden von Barrington's zu versichern, dass er auch weiterhin eng mit ihm befreundet bleiben wollte, obwohl auf sein Einschreiten hin die Hochzeit abgebrochen worden war und er sich aus dem Vorstand zurückgezogen hatte. Da sich unter den Stapeln ungeöffneter Post kein zweiter Brief von Miss Watson befand, nahm Harry an, dass Old Jack inzwischen zum Soho Square zurückgekehrt war und längst wieder hinter seinem Schreibtisch saß.

Harry verbrachte den ganzen Vormittag damit, jeden einzelnen der Briefe zu beantworten, die so lange liegen geblieben waren. Viele Menschen versicherten ihm ihr Mitgefühl, und es war nicht ihre Schuld, dass sie ihn genau dadurch wieder an sein Unglück erinnerten. Plötzlich hatte Harry den Eindruck, dass er Oxford vorerst so weit wie möglich hinter sich lassen sollte. Er griff zum Telefonhörer und sagte der Dame von der Vermittlung, dass er ein Ferngespräch nach London anmelden wolle. Eine halbe Stunde später rief sie ihn zurück und teilte ihm mit, dass die Nummer ständig besetzt sei. Dann versuchte er, Sir Walter in Barrington Hall zu erreichen, doch auch hier klingelte das Telefon nur endlos weiter. Frustriert über seine Unfähigkeit, auch nur einen der beiden Männer zu erreichen, beschloss Harry, eine der Maximen von Old Jack zu befolgen: *Heb deinen Hintern und tu etwas Positives.*

Er griff nach seinem Koffer, den er für die Flitterwochen in Schottland gepackt hatte, ging zur Pförtnerloge und teilte dem Pförtner mit, dass er nach London fahren und erst wieder zum Vorlesungsbeginn zurückkommen würde. »Sollte Giles Barrington fragen, wo ich bin«, fügte er hinzu, »dann sagen Sie ihm bitte, dass ich angefangen habe, für Old Jack zu arbeiten.«

»Old Jack«, wiederholte der Pförtner und schrieb den Namen auf einen Zettel.

Im Zug nach Paddington las Harry in der *Times* einen Artikel über die neuesten Kommuniqués, die zwischen den Außenministerien in London und Berlin hin und her gingen. Nach und nach gewann er den Eindruck, dass Chamberlain der einzige Mensch war, der in jenen Tagen noch immer an die Möglichkeit eines dauerhaften Friedens glaubte. Die *Times* sagte voraus, dass sich Britannien innerhalb weniger Tage im Krieg befinden würde und dass der Premierminister nicht darauf hoffen konnte, im Amt zu bleiben, wenn die Deutschen sein Ultimatum ignorierten und in Polen einmarschierten.

Darüber hinaus deutete die Zeitung an, dass in diesem Fall eine Koalitionsregierung unter der Führung des Außenministers Lord Halifax gebildet werden sollte, welcher ein zuverlässiger Mann war; Winston Churchill sollte hingegen nicht mit dieser Aufgabe betraut werden, denn er sei unberechenbar und jähzornig. Obwohl Churchill ganz offensichtlich nicht nach dem Geschmack der *Times* war, hatte Harry nicht den Eindruck, dass Britannien in diesem besonderen geschichtlichen Moment einen »zuverlässigen« Mann brauchte, sondern jemanden, dem es nichts ausmachte, auf Grobheiten entsprechend grob zu reagieren.

Als Harry in Paddington aus dem Zug stieg, sah er sich zahlreichen jungen Männern in den verschiedensten Uniformen gegenüber, die aus allen Richtungen auf ihn zukamen. Er hatte sich bereits dafür entschieden, welcher Waffengattung er beitreten wollte, sobald es zu einer Kriegserklärung käme. Ein morbider Gedanke schoss ihm durch den Kopf, als er in den Bus in Richtung Piccadilly Circus stieg: Wenn er im Dienst für sein Land fiel, würde das alle Probleme der Familie Barrington lösen – bis auf eines.

Sobald der Bus Piccadilly erreicht hatte, stieg Harry aus und begann, sich durch die dicht bevölkerten Straßen des West End zu schieben. Er folgte dem Weg durch das Theaterviertel, vorbei an exklusiven Restaurants und überteuerten Nachtclubs, deren Besucher entschlossen schienen, jede Möglichkeit eines Krieges konsequent zu ignorieren. Die Schlange der staatenlosen Einwanderer vor und im Gebäude am Soho Square wirkte sogar noch länger und noch elender als bei Harrys erstem Besuch. Wieder traten mehrere Flüchtlinge beiseite, als er die Treppe in den dritten Stock hinaufstieg, denn sie nahmen an, dass er einer der Mitarbeiter war. Er hoffte, dass dies eine Stunde später auch tatsächlich zutreffen würde.

Im dritten Stock ging er direkt durch zum Büro von Miss Watson. Sie war damit beschäftigt, Formulare auszufüllen, Berechtigungsscheine für Bahnfahrten auszustellen, Unterkünfte zu organisieren und kleine Beträge an verzweifelte Menschen auszubezahlen. Sie strahlte, als sie Harry sah. »Sagen Sie mir, dass Captain Tarrant bei Ihnen ist«, waren ihre ersten Worte.

»Nein, das ist er nicht«, erwiderte Harry. »Ich hatte angenommen, dass er inzwischen wieder in London ist. Was der Grund dafür ist, warum ich hierhergekommen bin. Ich habe mich gefragt, ob Sie vielleicht noch jemanden brauchen könnten, der mit anpackt.«

»Das ist sehr freundlich von Ihnen, Harry«, sagte sie. »Aber das Sinnvollste, was Sie im Augenblick für mich tun könnten, wäre, Captain Tarrant zu finden. Ohne ihn platzt hier alles aus den Nähten.«

»Das Letzte, was ich von ihm gehört habe, ist, dass er Sir Walter Barrington in Gloucester besuchen wollte«, sagte Harry. »Aber das war vor gut zwei Wochen.«

»Wir haben ihn hier nicht mehr gesehen, seit er zu Ihrer Hochzeit nach Oxford gefahren ist«, antwortete Miss Watson, während sie gleichzeitig Immigranten zu beruhigen versuchte, die kein Wort Englisch sprachen.

»Hat schon jemand in seiner Wohnung angerufen, um herauszufinden, ob er dort ist?«, fragte Harry.

»Er hat kein Telefon«, erwiderte Miss Watson. »Und ich bin in den letzten zwei Wochen kaum in meine eigene Wohnung gekommen«, fügte sie mit einem Blick auf die Schlange der Wartenden hinzu, die sich über die ganze Länge des Flurs und noch weiter erstreckte.

»Wie wäre es, wenn ich genau damit anfangen und Ihnen dann Bescheid geben würde?«

»Würden Sie das tun?«, sagte Miss Watson, während zwei kleine Mädchen zu schluchzen begannen. »Nicht weinen, es wird alles wieder gut«, tröstete sie die Kinder, ging in die Knie und legte ihre Arme um sie.

»Wo wohnt er?«, fragte Harry.

»Prince Edward Mansions Nummer dreiundzwanzig, Lambeth Walk. Nehmen Sie den Bus Nummer elf nach Lambeth und fragen Sie sich von dort aus durch. Und vielen Dank, Harry.«

Harry drehte sich um und ging auf die Treppe zu. Irgendetwas stimmt nicht, dachte er. Old Jack hätte seinen Posten nie verlassen, ohne Miss Watson einen Grund zu nennen.

»Ich habe ganz vergessen«, rief Miss Watson ihm nach, »Sie zu fragen, wie Ihre Flitterwochen waren.«

Harry hatte den Eindruck, er sei schon weit genug weg, um so zu tun, als habe er sie nicht gehört.

Am Piccadilly Circus nahm er einen Doppeldeckerbus, der voller Soldaten war. Er fuhr durch Whitehall, wo man überall Offiziere sah, und weiter zum Parliament Square, wo eine riesige Menschenmenge auf die kleinsten Neuigkeiten wartete, die möglicherweise aus dem Unterhaus dringen würden. Der Bus folgte weiter seiner Route über die Lambeth Bridge, und Harry stieg aus, als er das Albert Embankment erreicht hatte.

Ein Zeitungsjunge, der »*Britannien erwartet Hitlers Reaktion*« schrie, sagte zu Harry, er solle die zweite Straße links und dann die dritte rechts nehmen, und fügte hinzu: »Ich hätte gedacht, jeder weiß, wo der Lambeth Walk ist.«

Harry begann zu rennen, wie jemand, der verfolgt wird, und er blieb nicht eher stehen, bis er ein Mietshaus erreicht hatte, das sich über einen ganzen Block zog. Es wirkte so verfallen, dass er sich fragte, nach welchem Prinz Edward es wohl benannt worden war. Er drückte die Tür auf, die wohl nicht mehr lange in ihren Angeln hängen würde, und ging rasch die Treppe hinauf, indem er geschickt dem Müll auswich, der schon seit Tagen nicht mehr weggeräumt worden war.

Im zweiten Stock blieb er vor Nummer dreiundzwanzig stehen und klopfte laut an die Tür, doch niemand reagierte. Er klopfte noch lauter, doch wieder gab es keine Reaktion. Er rannte die Treppe hinab, um nach jemandem zu suchen, der im Gebäude arbeitete, und als er den Keller erreicht hatte, stieß er auf einen alten Mann, der in einem noch älteren Stuhl saß, eine Selbstgedrehte rauchte und den *Daily Mirror* durchblätterte.

»Haben Sie in letzter Zeit Captain Tarrant gesehen?«, fragte Harry in scharfem Ton.

»In den letzten Wochen nicht, Sir«, sagte der Mann, indem er aufsprang und fast Haltung annahm, als er Harrys Tonfall hörte.

»Haben Sie einen Generalschlüssel, mit dem man die Tür zu seiner Wohnung öffnen kann?«, fragte Harry weiter.

»Ja, Sir, aber ich darf ihn nur im Notfall benutzen.«

»Ich kann Ihnen versichern, dass dies ein Notfall ist«, sagte Harry, der sich bereits umgedreht hatte und die Treppe hinaufstürmte, ohne auf die Antwort seines Gegenübers zu warten.

Der alte Mann folgte ihm, wenn auch nicht ganz so schnell. Sobald er Harry eingeholt hatte, öffnete er die Tür. Harry ging rasch von Zimmer zu Zimmer, doch Old Jack war nirgendwo zu sehen. Die letzte Tür war geschlossen. Harry fürchtete das Schlimmste. Leise klopfte er an. Als niemand reagierte, betrat er vorsichtig das Zimmer. Er fand niemanden, nur ein ordentlich gemachtes Bett. Er muss noch immer bei Sir Walter sein, war Harrys erster Gedanke.

Er dankte dem Hausmeister, stieg die Treppe hinab und trat hinaus auf die Straße, während er versuchte, seine Gedanken zu ordnen. Er winkte ein vorbeikommendes Taxi heran.

»Paddington Station. Ich hab's eilig.«

»Anscheinend hat es heute jeder eilig«, erwiderte der Fahrer, als sie sich in Bewegung setzten.

Zwanzig Minuten später stand Harry auf Bahnsteig sechs, doch es dauerte weitere fünfzig Minuten, bevor der nächste Zug nach Temple Meads losfuhr. Er nutzte die Zeit, um sich eine Tasse Tee und ein Sandwich – »Ich habe nur welche mit Käse, Sir« – zu besorgen, Miss Watson anzurufen und ihr mitzuteilen, dass Jack nicht in seiner Wohnung war. Sie klang, sofern das überhaupt möglich war, noch besorgter als zuvor. »Ich fahre wieder nach Bristol«, sagte Harry zu ihr. »Ich rufe Sie an, sobald ich ihn gefunden habe.«

Als der Zug aus der Hauptstadt rollte, indem er die düsteren Straßen voller Smog hinter sich ließ, und schließlich die saubere Luft des offenen Landes erreichte, begriff Harry, dass ihm nichts anderes übrig blieb, als Sir Walter direkt in seinem Büro im Hafen aufzusuchen, selbst wenn er dabei vielleicht Hugo Barrington über den Weg laufen würde. Doch der Gedanke an Old Jack drängte jede andere Überlegung in den Hintergrund.

Als der Zug Temple Meads erreicht hatte, wusste Harry, welche beiden Busse er nehmen musste; er brauchte nicht erst den Zeitungsjungen zu fragen, der in einer Ecke stand und so laut er nur konnte »*Britannien erwartet Hitlers Reaktion*« rief. Dieselbe Schlagzeile, doch diesmal mit Bristoler Akzent. Dreißig Minuten später stand Harry vor dem Hafentor.

»Kann ich Ihnen helfen?«, fragte der Wachmann, der ihn nicht erkannte.

»Ich habe einen Termin bei Sir Walter«, antwortete Harry in der Hoffnung, dass niemand daran zweifeln würde.

»Gewiss, Sir. Kennen Sie den Weg zu seinem Büro?«

»Ja, vielen Dank«, sagte Harry. Langsam ging er auf das Gebäude zu, das er noch nie zuvor betreten hatte. Erst jetzt dachte er darüber nach, was er wohl tun würde, sollte er plötzlich Hugo Barrington gegenüberstehen, bevor er Sir Walters Büro erreicht hätte.

Erleichtert stellte er fest, dass der Rolls-Royce des Vorstandsvorsitzenden an der üblichen Stelle stand, und noch erleichterter war er, als er nirgendwo einen Hinweis auf Hugo Barringtons Bugatti sah. Er wollte Barrington House gerade betreten, als er in der Ferne den Eisenbahnwaggon sah. Sollte das wirklich möglich sein? Er machte kehrt und ging auf den Schlafwagen zu, wie Old Jack sein Zuhause gerne nach einem zweiten Glas Whisky nannte.

Als Harry den Waggon erreicht hatte, klopfte er so behutsam an eine Fensterscheibe, als würde es sich um ein edles Herrenhaus handeln. Kein Butler erschien, also öffnete er die Tür und stieg ein. Er ging durch den Korridor bis zur ersten Klasse, und dort saß Old Jack auf seiner üblichen Bank.

Zum ersten Mal überhaupt sah Harry, dass Old Jack sein Victoriakreuz trug. Er warf einen Blick auf die gegenüberliegende Bank und erinnerte sich an den Tag, an dem er zum ersten Mal hier vor seinem Freund gesessen hatte. Er musste etwa fünf Jahre alt gewesen sein, und seine Füße hatten nicht bis zum

Boden gereicht. Dann dachte er an jene Nacht, in der er aus St. Bede's weggerannt war, und an den klugen alten Herrn, der ihn davon überzeugt hatte, bis zum Frühstück wieder zurück zu sein. Er erinnerte sich daran, wie Old Jack in die Kirche gekommen war, um zu hören, wie er ein Solo sang, als sich sein Stimmbruch angekündigt hatte. Old Jack hatte das als kleineren Rückschlag beiseitegewischt. Dann war da der Tag, an dem er erfahren hatte, dass er kein Stipendium für die Bristol Grammar School bekommen würde – ein größerer Rückschlag. Trotz dieser Niederlage hatte Old Jack ihm die Ingersoll-Uhr geschenkt, die er heute noch trug. Er musste jeden Penny, den er besaß, für sie bezahlt haben. In Harrys letztem Schuljahr war Old Jack aus London gekommen, um ihn in der Rolle des Romeo zu sehen, und Harry hatte ihm zum ersten Mal Emma vorgestellt. Und nie würde er die Abschlussfeier vergessen, als Jack als Beirat seiner alten Schule auf der Bühne gesessen und miterlebt hatte, wie Harry den Preis für Englisch bekommen hatte.

Und jetzt würde Harry ihm für all diese Zeichen der Freundschaft über so viele Jahre hinweg niemals danken können, und er selbst würde Old Jack nie etwas zurückgeben können. Er starrte den Mann an, den er geliebt und mit dessen Tod er nie gerechnet hatte. Als sie zusammen in der ersten Klasse saßen, ging die Sonne über seinem jungen Leben unter.

50

Harry sah zu, wie die Trage in den Krankenwagen geschoben wurde. »Ein Herzanfall«, sagte der Arzt, bevor der Krankenwagen losfuhr.

Harry musste nicht zu Sir Walter gehen und ihm mitteilen, dass Old Jack tot war, denn als er am nächsten Morgen aufwachte, saß der Vorstandsvorsitzende von Barrington's neben ihm.

»Er hat mir gesagt, dass er keinen Grund mehr hat weiterzuleben«, waren Sir Walters erste Worte. »Wir beide haben einen lieben, guten Freund verloren.«

Harrys Antwort überraschte Sir Walter. »Was werden Sie jetzt mit dem Eisenbahnwaggon machen, nachdem Old Jack nicht mehr hier ist?«

»Solange ich der Vorstandsvorsitzende bin, werde ich nicht zulassen, dass irgendjemand in seine Nähe kommt«, entgegnete Sir Walter. »Es hängen für mich zu viele persönliche Erinnerungen daran.«

»Für mich auch«, sagte Harry. »Als kleiner Junge habe ich hier mehr Zeit verbracht als bei uns zu Hause.«

»Oder in der Schule«, sagte Sir Walter mit einem schiefen Lächeln. »Ich habe dich von meinem Bürofenster aus gesehen. Ich dachte, was für ein besonderes Kind du wohl sein musst, wenn Old Jack bereit war, so viel Zeit mit dir zu verbringen.«

Harry lächelte, als er daran dachte, wie Old Jack ihm einen

Grund dafür gegeben hatte, in die Schule zu gehen und rechnen und schreiben zu lernen.

»Was wirst du jetzt machen, Harry? Wirst du wieder nach Oxford gehen und weiter studieren?«

»Nein, Sir. Ich fürchte, wir werden uns bereits im Krieg befinden, wenn …«

»… der Monat zu Ende ist, würde ich schätzen«, beendete Sir Walter Harrys Satz.

»Ich werde Oxford dann sofort verlassen und mich bei der Marine melden. Ich habe Mr. Bainbridge, meinem Supervisor im College, bereits mitgeteilt, dass dies meine Absicht ist. Er hat mir versichert, dass ich zurückkehren und meine Studien fortsetzen kann, sobald der Krieg zu Ende ist.«

»Typisch Oxford«, sagte Sir Walter. »Dort denken sie immer in langen Zeiträumen. Dann wirst du also nach Dartmouth gehen und dich zum Marineoffizier ausbilden lassen?«

»Nein, Sir. Ich habe mein ganzes Leben in der Nähe von Schiffen verbracht. Außerdem hat auch Old Jack als Gefreiter angefangen und ist nach und nach befördert worden. Warum sollte ich es nicht genauso machen?«

»Ja, warum eigentlich nicht?«, sagte Sir Walter. »Ehrlich gesagt war das auch einer der Gründe, warum er immer eine Klasse für sich war, verglichen mit dem Rest von uns, die wir mit ihm gedient haben.«

»Ich wusste überhaupt nicht, dass Sie mit ihm in einer Einheit waren.«

»O doch. Captain Tarrant und ich haben zusammen in Südafrika gedient«, antwortete Sir Walter. »Ich war einer der vierundzwanzig Männer, denen er das Leben gerettet hat, wofür er dann das Victoriakreuz verliehen bekam.«

»Das erklärt viel von dem, was ich nie verstanden habe«, sagte

Harry. Dann überraschte er Sir Walter zum zweiten Mal. »Kennen Sie irgendeinen von den anderen, Sir?«

»Frob«, sagte Sir Walter. »Aber in jenen Tagen war er Lieutenant Frobisher. Corporal Holcombe, Mr. Holcombes Vater. Und den jungen Gefreiten Deakins.«

»Deakins' Vater?«, fragte Harry.

»Ja. Wir nannten ihn Sprogg. Ein feiner junger Soldat. Er hat nie viel geredet, aber es sollte sich zeigen, dass er sehr mutig war. An jenem schrecklichen Tag hat er einen Arm verloren.«

Beide Männer schwiegen, und jeder hing seinen Gedanken an Old Jack nach, bis Sir Walter schließlich fragte: »Wenn du nicht nach Dartmouth gehst, mein Junge, dürfte ich dann fragen, wie du so ganz alleine den Krieg gewinnen willst?«

»Ich werde auf jedem Schiff anheuern, das bereit ist, mich zu nehmen, Sir, solange es sich nur auf die Suche nach den Feinden Ihrer Britischen Majestät macht.«

»Dabei kann ich dir vielleicht helfen.«

»Das ist sehr freundlich von Ihnen, Sir, aber ich möchte auf einem Kriegsschiff anheuern, keinem Passagierschiff oder Frachter.«

Wieder lächelte Sir Walter. »Das wirst du auch, mein Junge. Vergiss nicht, dass ich über jedes Schiff informiert werde, das diesen Hafen anläuft oder verlässt. Außerdem kenne ich die meisten Kapitäne. Genau genommen kenne ich sogar die meisten ihrer Väter aus der Zeit, als *die* noch Kapitäne waren. Warum gehen wir nicht hoch in mein Büro und sehen nach, welche Schiffe in den nächsten Tagen im Hafen sein werden, damit wir, was noch wichtiger ist, herausfinden können, wer bereit wäre, dich an Bord zu nehmen?«

»Das ist sehr zuvorkommend von Ihnen, Sir, aber wäre es in Ordnung, wenn ich zuerst meine Mutter besuchen würde? Es könnte sein, dass ich für längere Zeit keine Gelegenheit mehr bekommen werde, sie wiederzusehen.«

»Das ist nur gut und anständig, mein Junge«, sagte Sir Walter. »Wenn du mit deiner Mutter gesprochen hast, könntest du vielleicht heute Nachmittag in meinem Büro vorbeischauen. Bis dahin müsste ich es eigentlich geschafft haben, die Listen mit den neuesten Schiffsbewegungen durchzusehen.«

»Danke, Sir. Ich werde zurückkommen, sobald ich meiner Mutter von meinen Plänen erzählt habe.«

»Wenn du wieder im Hafen bist, dann sag dem Mann am Tor, dass du einen Termin beim Vorstandsvorsitzenden hast. Dann dürftest du keine Probleme haben, an den Sicherheitsleuten vorbeizukommen.«

»Danke, Sir«, sagte Harry und unterdrückte ein Lächeln.

»Und richte deiner Mutter meinen Gruß aus. Sie ist eine bemerkenswerte Frau.«

Harry begriff, warum Sir Walter Old Jacks bester Freund gewesen war.

Harry betrat das Grand Hotel, ein beeindruckendes viktorianisches Gebäude im Stadtzentrum, und fragte den Portier nach dem Speisesaal. Dann durchquerte er die Lobby und sah überrascht, dass vor dem Pult des Oberkellners mehrere Gäste darauf warteten, einen Tisch zugewiesen zu bekommen. Er stellte sich am Ende der Schlange an, denn er wusste, wie sehr es seiner Mutter missfallen hatte, wenn er während ihrer Arbeitszeit einfach so im Tilly's oder im Royal Hotel aufgetaucht war.

Während Harry wartete, warf er einen Blick in den Speisesaal, der voller Menschen war, die sich angeregt unterhielten und von denen niemand so aussah, als rechne er damit, dass die Lebensmittel schon bald knapp werden könnten; auch schien keiner von ihnen einen Gedanken daran zu verschwenden, sich freiwillig zu melden, sollte sich sein Land in Kürze im Krieg befinden. Durch die Schwingtüren wurden auf Silbertabletts üppige Speisen auf- und abgetragen, während ein Mann, der wie ein Koch gekleidet war, einen kleinen Servierwagen von Tisch zu Tisch schob und von einem großen Rinderbraten einzelne Scheiben abschnitt; ein zweiter Mann, der eine mächtige Soßenschüssel trug, folgte ihm auf dem Fuß.

Harry konnte seine Mutter nirgendwo sehen. Er fragte sich bereits, ob Giles ihm nicht einfach etwas erzählt hatte, das er so gerne hatte hören wollen, als sie plötzlich, drei Tabletts auf beiden Armen balancierend, durch die Schwingtüren kam. Sie stellte die Tabletts so geschickt vor ihre Gäste, dass diese kaum bemerkten, dass sie da war, und ging sogleich wieder in die Küche zurück. Einen Augenblick später war sie schon wieder da; diesmal trug sie drei Platten mit Gemüse. Als Harry den vordersten Platz in der Schlange erreicht hatte, wusste er, von wem seine grenzenlose Energie, seine uneingeschränkte Begeisterungsfähigkeit und seine Einstellung, sich mit keiner Niederlage zufriedenzugeben, herkamen. Wie sollte er nur jemals dieser bemerkenswerten Frau etwas zurückgeben für die vielen Opfer, die sie für ihn gebracht hatte?

»Es tut mir leid, dass Sie warten mussten«, sagte der Oberkellner und riss ihn aus seinen Gedanken, »aber im Augenblick kann ich Ihnen keinen Tisch anbieten. Vielleicht möchten Sie in zwanzig Minuten wiederkommen?«

Harry sagte ihm nicht, dass er eigentlich gar keinen Tisch wollte, und zwar nicht nur, weil seine Mutter eine der Kellnerinnen war, sondern auch deshalb, weil er sich auf der Speisekarte kaum etwas anderes als die Soße hätte leisten können.

»Ich komme später wieder«, sagte er und versuchte, enttäuscht zu klingen. Vielleicht in zehn Jahren, dachte er. Dann wäre seine Mutter vielleicht Oberkellnerin. Er verließ das Hotel mit einem Lächeln im Gesicht und nahm den Bus zurück zum Hafen.

Eine Sekretärin führte ihn direkt in Sir Walters Büro, wo sich der Vorstandsvorsitzende gerade über seinen Schreibtisch beugte und die Belegungspläne des Hafens, Ankunfts- und Abfahrtszeiten der Schiffe sowie diverse Seekarten studierte, die jeden Zentimeter der Tischplatte bedeckten.

»Nimm Platz, mein Junge«, sagte Sir Walter, bevor er sich sein Monokel vor das rechte Auge klemmte und Harry mit festem Blick ansah. »Ich hatte ein wenig Zeit, um über unsere Unterhaltung von heute Morgen nachzudenken«, fügte er hinzu, wobei sein Ton so ernst war wie seine Miene, »und bevor wir weitermachen, muss ich überzeugt sein, dass du die richtige Entscheidung triffst.«

»Ich bin mir absolut sicher«, sagte Harry, ohne zu zögern.

»Das mag sein, aber ich bin mir genauso sicher, dass Jack dir geraten hätte, nach Oxford zurückzugehen und zu warten, bis du einberufen wirst.«

»Gut möglich, dass er das getan hätte, Sir, aber er selbst hätte sich nicht an seinen eigenen Rat gehalten.«

»Wie gut du ihn kennst«, sagte Sir Walter. »Eigentlich hatte ich damit gerechnet, dass du das sagen würdest. Ich will dir zeigen, was ich bisher herausgefunden habe«, fuhr er fort und wandte seine Aufmerksamkeit wieder den Papieren zu, die seinen Schreibtisch bedeckten. »Die gute Nachricht ist, dass ein Schlachtschiff der Royal Navy, die HMS *Resolution*, voraussichtlich in etwa einem Monat in Bristol anlegen wird, wo sie auftanken und auf weitere Befehle warten soll.«

»In einem Monat?«, fragte Harry, der gar nicht erst versuchte, seine Enttäuschung zu verbergen.

»Geduld, mein Junge«, sagte Sir Walter. »Es gibt einen Grund dafür, warum ich die *Resolution* ausgewählt habe. Ihr Kapitän ist ein alter Freund von mir, und ich bin davon überzeugt, dass ich dich als Deckshelfer an Bord bringen kann, sofern mein anderer Plan funktioniert.«

»Aber würde der Kapitän der *Resolution* überhaupt jemanden in Betracht ziehen, der über keinerlei seemännische Erfahrung verfügt?«

»Wahrscheinlich nicht. Aber wenn alles andere klappt, wirst du bereits ein alter Seebär sein, wenn du an Bord der *Resolution* gehst.«

Harry beschloss, Sir Walter nicht mehr zu unterbrechen und einfach nur zuzuhören, denn er erinnerte sich an etwas, das Old Jack immer gepredigt hatte: *Ich glaube, dass ich nicht viel lernen kann, wenn ich selbst rede.*

»Nun«, nahm Sir Walter seine Ausführungen wieder auf, »ich habe drei Schiffe gefunden, die Bristol in den nächsten vierundzwanzig Stunden verlassen und in drei bis vier Wochen wieder zurückerwartet werden. Dir bleibt also noch genügend Zeit, dich als Deckshelfer auf der *Resolution* vorzustellen.«

Harry wollte Sir Walter eine Frage stellen, tat es aber nicht.

»Fangen wir mit dem ersten Schiff an, das ich gefunden habe. Die *Devonian* fährt mit einer Fracht von Baumwollkleidern, Kartoffeln und Raleigh-Lenton-Fahrrädern nach Kuba. Sie wird in vier Wochen mit einer Ladung Tabak, Zucker und Bananen in Bristol zurückerwartet. Das zweite Schiff, das für mich in die engere Auswahl kommt, ist die SS *Kansas Star*, ein Passagierschiff, das morgen mit dem ersten Gezeitenwechsel nach New York auslaufen wird. Die *Kansas Star* wurde von der Regierung der Vereinigten Staaten requiriert, um amerikanische Bürger nach Hause zu bringen, bevor sich Britannien im Krieg mit Deutschland wiederfindet. Das dritte Schiff ist ein leerer Öltanker, die SS *Princess Beatrice*, die in Amsterdam Ladung aufnehmen und noch vor Ende des Monats wieder in Bristol eintreffen wird. Allen drei Skippern ist vollkommen klar, dass sie so schnell wie möglich wieder in einem sicheren Hafen sein müssen, denn wenn der Krieg ausbricht, werden die Deutschen die beiden Handelsschiffe als Freiwild betrachten. Nur die *Kansas Star* wird vor den deutschen U-Booten sicher sein, die im Atlantik lauern und nur auf den Befehl warten, alles unter einer roten oder blauen Flagge zu versenken.«

»Welche Art von Besatzungsmitglied brauchen diese Schiffe?«, fragte Harry. »Man kann nicht gerade behaupten, dass ich überqualifiziert wäre.«

Wieder musterte Sir Walter seinen Tisch, bevor er aus den vielen Unterlagen ein einzelnes Blatt hervorzog. »Die *Princess Beatrice* sucht einen Deckshelfer, die *Kansas Star* braucht jemanden, der in der Küche mithilft, was üblicherweise bedeutet, dass sie einen Tellerwäscher oder Kellner suchen, während auf der *Devonian* die Position des vierten Offiziers unbesetzt ist.«

»Also kann man sie von der Liste streichen.«

»Komisch«, sagte Sir Walter, »das ist genau die Position, die ich am geeignetsten für dich halte. Die *Devonian* hat eine Besatzung von siebenunddreißig Mann und sticht nur selten ohne einen Offiziersanwärter in See, weshalb auch niemand erwartet, dass du etwas anderes als ein Anfänger bist.«

»Aber warum sollte der Kapitän mich überhaupt in Betracht ziehen?«

»Weil ich ihm gesagt habe, dass du mein Enkel bist.«

51

Harry ging die Kaimauer entlang auf die *Devonian* zu. Wegen des kleinen Koffers, den er bei sich trug, kam er sich wie ein Schuljunge an seinem ersten Unterrichtstag vor. Wie würde der Rektor sein? Würde er in einem Bett neben einem Giles oder einem Deakins schlafen? Würde er einem Old Jack begegnen? Wäre ein Fisher an Bord?

Obwohl Sir Walter angeboten hatte, ihn zu begleiten und dem Kapitän vorzustellen, hatte Harry den Eindruck, dass dies nicht gerade der beste Weg wäre, wenn er von den übrigen Besatzungsmitgliedern akzeptiert werden wollte.

Er blieb einen Augenblick stehen und betrachtete das alte Schiff, auf dem er den nächsten Monat verbringen würde, etwas genauer. Sir Walter hatte ihm gesagt, dass die *Devonian* 1913 erbaut worden war, zu einer Zeit, als die Meere noch immer von Segelschiffen dominiert wurden und ein Motorfrachter als beeindruckende moderne Errungenschaft galt. Doch jetzt, sechsundzwanzig Jahre später, konnte es nicht mehr lange dauern, bis das Schiff aufgegeben und in jenen Teil des Hafens überführt würde, wo man alte Schiffe abwrackte, um ihre Einzelteile als Schrott zu verkaufen.

Sir Walter hatte auch angedeutet, dass Kapitän Havens nur noch ein Jahr vor sich hatte, bevor er in Rente ging, und dass die Besitzer ihn wohl zur gleichen Zeit wie das Schiff vom Dienst befreien würden.

Das offizielle Besatzungsverzeichnis umfasste, wie Sir Walter bereits gesagt hatte, siebenunddreißig Mann, doch wie auf vielen Frachtschiffen war diese Zahl nicht ganz korrekt: Ein Koch und ein Küchengehilfe, die man in Hongkong an Bord genommen hatte, erschienen genauso wenig auf der Gehaltsliste wie der eine oder andere Deckshelfer auf der Flucht vor dem Gesetz, der nicht die Absicht hatte, in sein Heimatland zurückzukehren.

Langsam ging Harry die Gangway hinauf. Als er oben angekommen war, blieb er stehen, bis man ihm die Erlaubnis erteilen würde, an Bord zu kommen. Nachdem er sich so viele Jahre im Hafen herumgetrieben hatte, war er mit den Gepflogenheiten auf Schiffen durchaus vertraut. Er blickte zur Brücke auf und nahm an, dass es sich bei dem Mann, den er dort Befehle erteilen sah, um Kapitän Havens handeln musste. Sir Walter hatte ihm gesagt, dass sich die Befugnisse des sogenannten *Master Mariner* als des ranghöchsten Offiziers auf einem Frachter zwar nur auf Handelsschiffe erstreckten, er an Bord jedoch uneingeschränkt als *Captain* anzusprechen war. Kapitän Havens war knapp ein Meter achtzig groß und wirkte eher wie fünfzig als wie sechzig. Er war kräftig gebaut, hatte ein wettergegerbtes Gesicht und einen fein säuberlich gestutzten Bart. Weil er gleichzeitig eine Glatze bekam, sah er aus wie George V.

Als er Harry am oberen Ende der Gangway warten sah, gab der Kapitän dem Offizier, der neben ihm auf der Brücke stand, einen knappen Befehl, bevor er auf das Deck hinunterging.

»Ich bin Kapitän Havens«, sagte er ohne Umschweife, »und Sie müssen Harry Clifton sein.« Er schüttelte Harry herzlich die Hand. »Willkommen an Bord der *Devonian*. Man hat Sie mir wärmstens ans Herz gelegt.«

»Ich sollte Sie darauf hinweisen, Sir«, begann Harry, »dass das meine erste ...«

»Dessen bin ich mir bewusst«, sagte Havens, indem er seine Stimme senkte. »Aber Sie sollten das für sich behalten, wenn Sie nicht wollen, dass man Ihnen die Zeit an Bord zur Hölle macht. Und was auch immer Sie tun, erwähnen Sie bloß nicht, dass Sie in Oxford waren, weil die meisten dieser Männer hier« – er deutete auf die Matrosen, die an Deck ihrer Arbeit nachgingen – »glauben würden, dass das der Name eines anderen Schiffes ist. Kommen Sie mit. Ich zeige Ihnen die Unterkunft des vierten Offiziers.«

Als Harry dem Kapitän folgte, war er sich bewusst, dass Dutzende misstrauische Augenpaare jeden seiner Schritte beobachteten.

»Es gibt zwei weitere Offiziere auf meinem Schiff«, sagte der Kapitän, sobald Harry ihn eingeholt hatte. »Jim Patterson, der leitende Ingenieur, verbringt die meiste Zeit im Kesselraum. Sie werden ihn also nur zu den Mahlzeiten sehen, und selbst dann nicht immer. Er ist seit vierzehn Jahren bei mir, und ehrlich gesagt glaube ich nicht, dass diese alte Dame auch nur den halben Bristolkanal schaffen würde, vom Atlantik ganz zu schweigen, wenn er ihr da unten nicht ständig gut zureden würde. Mein dritter Offizier, Tom Bradshaw, ist auf der Brücke. Er ist erst seit drei Jahren bei mir und damit noch nicht ganz so weit, dass man ihn befördern könnte. Er bleibt gerne für sich, aber wer auch immer ihn ausgebildet hat, wusste, was er tat, denn Mr. Bradshaw ist ein verdammt guter Offizier.«

Havens folgte einer schmalen Treppe auf das tiefer gelegene Deck. »Hier ist meine Kabine«, sagte er, als die beiden den Korridor erreicht hatten, der sich an die Treppe anschloss. »Und dort ist die von Mr. Patterson.« Er blieb vor einer Tür stehen, die zu einem Besenschrank zu führen schien. »Das hier ist Ihre Kabine.« Er öffnete die Tür, doch diese bewegte sich nur ein paar Zentimeter, bevor sie gegen ein schmales Holzbett stieß. »Ich werde nicht mit reinkommen, denn darin ist kein Platz für uns beide. Ihre Kleidung liegt auf dem Bett. Kommen Sie zu mir auf die Brücke, sobald Sie sich umgezogen haben. Wir werden innerhalb der nächsten Stunde aufbrechen. Die Fahrt aus dem Hafen wird wahrscheinlich der interessanteste Teil der Reise werden, bis wir in Kuba anlegen.«

Harry schob sich durch die halb offene Tür. Er musste sie sogleich wieder hinter sich schließen, denn nur so hatte er genügend Platz, um sich umzuziehen. Er musterte die Kleider, die ordentlich gefaltet auf seiner Koje lagen: zwei dicke blaue Pullover, zwei weiße Hemden, zwei blaue Hosen, drei Paar blaue Wollsocken und ein Paar Leinenschuhe mit dicken Gummisohlen. Es war wirklich, als sei er wieder in der Schule. Alle Kleidungsstücke hatten eines gemeinsam: Sie sahen aus, als seien sie zuvor bereits von anderen Menschen getragen worden. Rasch schlüpfte er in sein Seezeug, dann packte er seinen Koffer aus.

Da es nur eine einzige Schublade gab, schob Harry den kleinen Koffer mit seiner Zivilkleidung unter das Bett – die einzige Stelle in der Kabine, wo er genügend Platz hatte. Er öffnete die Tür, schob sich zurück in den Korridor und machte sich auf die Suche nach der Treppe. Sobald er sie gefunden hatte, stieg er wieder auf Deck. Wieder folgten ihm die Blicke aus mehreren misstrauischen Augenpaaren.

»Mr. Clifton«, sagte der Kapitän, als Harry zum ersten Mal die Brücke betrat, »das ist Tom Bradshaw, der dritte Offizier, der das Schiff aus dem Hafen steuern wird, sobald die Hafenbehörde uns die Genehmigung erteilt hat. Übrigens, Mr. Bradshaw«, sagte Havens, »eine unserer Aufgaben auf dieser Reise wird darin bestehen, diesem Welpen alles beizubringen, was wir wissen, damit ihn die Besatzung der HMS *Resolution* bei unserer Rückkehr nach Bristol in einem Monat irrtümlich für einen alten Seebären hält.«

Falls Mr. Bradshaw einen Kommentar dazu abgab, gingen seine Worte im zweimaligen Aufheulen der Sirene unter, einem Geräusch, das Harry über die Jahre hinweg schon viele Male gehört hatte; es war das Zeichen dafür, dass zwei Schlepper ihre Position eingenommen hatten und darauf warteten, die *Devonian* aus dem Hafen zu eskortieren. Der Kapitän drückte etwas Tabak in seine abgewetzte Bryèrepfeife, während Mr. Bradshaw auf die Sirene mit zwei Signalen aus dem Schiffshorn antwortete, um zu bestätigen, dass die *Devonian* auslaufen konnte.

»Bereiten Sie das Ablegen vor, Mr. Bradshaw«, sagte Kapitän Havens und riss ein Streichholz an.

Mr. Bradshaw öffnete die Abdeckung eines Sprechrohrs aus Messing, das Harry erst jetzt bemerkte. »Alle Maschinen langsame Fahrt voraus, Mr. Patterson. Die Schlepper sind in Position und bereit, uns aus dem Hafen zu ziehen«, fügte er mit leichtem amerikanischem Akzent hinzu.

»Alle Maschinen langsame Fahrt voraus«, wiederholte eine Stimme aus dem Kesselraum.

Harry sah seitlich von der Brücke herab und beobachtete, wie sich jeder aus der Besatzung an die ihm zugeteilten Aufgaben machte. Vier Mann, zwei am Bug und zwei am Heck, lösten die schweren Taue von den Pollern am Kai. Zwei weitere holten die Gangway ein. »Behalten Sie den Lotsen im Auge«, sagte der Kapitän zu Harry zwischen zwei Zügen an seiner Pfeife. »Er ist dafür verantwortlich, uns aus dem Hafen und sicher in den Bristolkanal zu führen. Sobald das erledigt ist, wird Mr. Bradshaw übernehmen. Wenn Sie einigermaßen begabt sind, Mr. Clifton, wird es Ihnen vielleicht möglich sein, in etwa einem Jahr seinen

Platz einzunehmen, aber erst, wenn ich in Rente bin und Mr. Bradshaw das Kommando übernommen hat.« Da Bradshaw nicht einmal andeutungsweise lächelte, gab auch Harry keinen Kommentar dazu ab, sondern beobachtete auch weiterhin alles, was um ihn herum vor sich ging. »Niemand hat die Erlaubnis, mein Mädchen während der Nacht auszuführen«, fuhr Kapitän Havens fort, »es sei denn, ich kann sicher sein, dass er sich keine Freiheiten mit ihr erlaubt.« Wieder kam kein Lächeln von Bradshaw, aber es mochte sein, dass ihn die vorherige Bemerkung noch beschäftigte.

Harry war fasziniert von der Art, wie elegant die ganze Aktion ausgeführt wurde. Die *Devonian* löste sich von der Kaimauer und schob sich mithilfe der beiden Schlepper langsam aus dem Hafen, indem sie dem Lauf des Avon folgte, wobei sie auch unter der Hängebrücke hindurchglitt.

»Wissen Sie, wer diese Brücke gebaut hat?«, fragt der Kapitän, indem er seine Pfeife aus dem Mund nahm.

»Isambard Kingdom Brunel, Sir«, antwortete Harry.

»Und warum hat er nicht mehr erlebt, wie sie eingeweiht wurde?«

»Weil der Stadtrat kein Geld mehr hatte und er starb, bevor die Brücke fertiggestellt wurde.«

Der Kapitän runzelte die Stirn. »Das nächste Mal werden Sie behaupten, dass sie nach Ihnen benannt wurde«, sagte er und schob sich die Pfeife wieder in den Mund. Er schwieg, bis die Schlepper Barry Island erreicht hatten, wo die kleinen Boote ihr Signalhorn zweimal aufheulen ließen, die Leinen lösten und zurück in den Hafen fuhren.

Die *Devonian* mochte zwar eine alte Dame sein, doch Harry begriff rasch, dass Kapitän Havens und die Besatzung genau wussten, wie sie mit ihr umzugehen hatten.

»Übernehmen Sie, Mr. Bradshaw«, sagte der Kapitän, als ein weiteres Augenpaar auf der Brücke erschien, dessen Besitzer zwei Becher heißen Tee trug. »Auf dieser Überfahrt werden drei Offiziere auf der Brücke sein, Lu. Sorgen Sie deshalb dafür, dass auch Mr. Clifton seinen Becher Tee bekommt.« Der Chinese nickte und verschwand unter Deck.

Nachdem die Hafenlichter am Horizont verschwunden waren, wurden die Wellen immer größer, wodurch das Schiff von einer Seite zur anderen rollte. Havens und Bradshaw standen mit leicht gespreizten Beinen da, als hätte man sie an Deck festgeklebt, doch Harry musste sich immer wieder an etwas festhalten, damit er nicht stürzte. Als der Chinese mit einem dritten Becher Tee wiederkam, beschloss Harry, dem Kapitän gegenüber nicht zu erwähnen, dass das Getränk kalt war und seine Mutter immer ein Stück Zucker hinzugefügt hatte.

Gerade als Harry ein wenig Zuversicht gewonnen hatte und die Erfahrung fast schon zu genießen begann, sagte der Kapitän: »Hier gibt es nicht mehr viel, was Sie heute Nacht noch tun könnten, Mr. Clifton. Sie sollten nach unten gehen und dafür sorgen, dass Sie ein wenig Schlaf bekommen. Seien Sie zwanzig nach sieben wieder auf der Brücke. Sie werden die Frühstückswache übernehmen.« Harry wollte gerade protestieren, als zum ersten Mal ein Lächeln auf Mr. Bradshaws Gesicht erschien.

»Gute Nacht, Sir«, sagte Harry und ging die Stufen hinab auf Deck. Schwankend schob er sich auf die schmale Treppe zu, wobei er den Eindruck hatte, dass jetzt sogar noch mehr Augen auf ihn gerichtet waren, die ihn genau beobachteten. Eine Stimme sagte so laut, dass er es hören konnte: »Das muss ein Passagier sein.«

»Nein, er ist ein Offizier«, sagte eine zweite Stimme.

»Wo ist da der Unterschied?« Mehrere Männer lachten.

Sobald Harry seine Kabine erreicht hatte, zog er sich um und kletterte in seine schmale Holzkoje. Er versuchte, eine bequeme Position zu finden, ohne dass er herausfallen oder an die Wand prallen würde, während das Schiff nicht nur seitlich hin und her schwankte, sondern sich auch ständig hob und senkte. Es gab kein Waschbecken, in das er sich hätte erbrechen können, und auch kein Bullauge.

Lange lag er wach und dachte an Emma. Er fragte sich, ob sie sich immer noch in Schottland aufhielt oder inzwischen auf den Landsitz der Familie zurückgekehrt war. Oder hatte sie vielleicht sogar schon Quartier in Oxford bezogen? Würde Giles sich fragen, wo er war, oder hatte Sir Walter ihm gesagt, dass Harry inzwischen zur See fuhr und seinen Dienst auf der *Resolution* antreten würde, sobald er wieder zurück in Bristol wäre? Und würde sich seine Mutter fragen, wo er steckte? Vielleicht hätte er ihre goldene Regel brechen und sie doch bei der Arbeit stören sollen? Schließlich dachte er an Old Jack, und plötzlich fühlte er sich schuldig, als ihm klar wurde, dass er bis zum Begräbnis seines Freundes nicht wieder zurück sein würde.

Harry konnte nicht wissen, dass sein eigenes Begräbnis noch vor dem von Old Jack stattfinden sollte.

52

Harry erwachte, als vier Glasen geschlagen wurde. Er sprang auf, schlug mit dem Kopf gegen die Kabinendecke, streifte seine Kleider über, quetschte sich durch die Tür in den Korridor, stürmte die Treppe hoch und rannte über das Deck und die Stufen zur Brücke hinauf.

»Entschuldigen Sie, dass ich zu spät bin, Sir. Ich muss verschlafen haben.«

»Sie müssen mich nicht *Sir* nennen, wenn wir unter uns sind«, sagte Bradshaw. »Ich heiße Tom. Und ehrlich gesagt sind Sie mehr als eine Stunde zu früh. Der Skipper hat offensichtlich vergessen, Ihnen zu sagen, dass die Frühstückswache beginnt, wenn es sieben Glasen ist. Um vier Glasen beginnt die Sechs-Uhr-Wache. Aber wenn Sie schon mal hier sind, können Sie genauso gut das Steuer übernehmen, während ich kurz einen gewissen Ort aufsuche.«

Schockiert musste Harry feststellen, dass Bradshaw seine Bemerkung ernst gemeint hatte. »Achten Sie einfach nur darauf, dass der Kompasspfeil immer nach Süd-Südwest zeigt, dann können Sie nicht viel falsch machen«, fügte er hinzu, und diesmal war sein amerikanischer Akzent ausgeprägter.

Harry nahm das Steuer in beide Hände und starrte konzentriert auf den kleinen schwarzen Pfeil, während er versuchte, das Schiff so durch die Wellen zu steuern, dass es eine gerade Linie zog. Als er einen Blick auf ihr Kielwasser warf, sah er, dass an die

Stelle der makellosen Linie, die Bradshaw anscheinend ohne jeden Aufwand erreicht hatte, Kurven getreten waren, die eher an Mae West denken ließen. Obwohl Bradshaw nur wenige Minuten abwesend war, war Harry ausgesprochen erleichtert, als der dritte Offizier wieder auf die Brücke kam.

Bradshaw übernahm erneut das Steuer, und gleich darauf erschien die schnurgerade Linie wieder, obwohl er nur eine Hand am Steuerruder hatte.

»Vergessen Sie nicht, dass Sie es mit einer Dame zu tun haben«, sagte Bradshaw. »Man klammert sich nicht an sie, sondern streichelt sie behutsam. Wenn Ihnen das gelingt, bleibt sie genau auf Kurs. Versuchen Sie es noch einmal. Inzwischen trage ich unsere heutige Sieben-Glasen-Position auf der Karte ein.«

Als nach fünfundzwanzig Minuten ein einzelner Schlag der Schiffsglocke erklang und der Kapitän erschien, um Bradshaw auf der Brücke abzulösen, war die Linie, die Harry gezogen hatte, zwar nicht perfekt, aber wenigstens sah es nicht mehr so aus, als würde das Schiff von einem betrunkenen Matrosen gesteuert.

Beim Frühstück stellte man Harry einem Mann vor, der niemand anderes als der erste Ingenieur sein konnte.

Jim Pattersons bleichem Gesicht konnte man ansehen, dass er die meiste Zeit seines Lebens unter Deck verbracht hatte, und sein ausgeprägter Bauch deutete darauf hin, dass er die übrige Zeit dem Essen widmete. Im Gegensatz zu Bradshaw redete er pausenlos, und Harry bemerkte rasch, dass er und der Skipper alte Freunde waren.

Der Chinese erschien mit drei Tellern, die hätten sauberer sein können. Harry verzichtete auf den fettigen Schinken und die gegrillten Tomaten zugunsten einer Scheibe verbrannten Toasts und eines Apfels.

»Vielleicht sollten Sie den Rest des Vormittags damit verbringen, sich auf dem Schiff zurechtzufinden, Mr. Clifton«, schlug der Kapitän vor, nachdem die Teller abgetragen worden waren. »Sie könnten sogar bei Mr. Patterson im Maschinenraum vorbeischauen, um herauszufinden, wie viele Minuten Sie dort unten überleben würden.« Patterson brach in lautes Gelächter aus, nahm sich die beiden letzten Scheiben Toast und sagte: »Wenn Sie die hier für verbrannt halten, dann warten Sie erst mal, bis Sie fünf Minuten bei mir verbracht haben.«

Wie eine Katze, die man in einem neuen Haus alleine gelassen hat, begann Harry, überall auf Deck herumzustreifen, um sich mit seinem neuen Reich vertraut zu machen.

Er wusste, dass das Schiff 145 Meter lang und 17 Meter breit war und dass seine Höchstgeschwindigkeit fünfzehn Knoten betrug, doch er hatte keine Vorstellung davon, dass es so viele Nischen und Winkel gab, die zweifellos irgendeinem Zweck dienten, den er mit der Zeit herausfinden würde. Harry fiel ebenso auf, dass es keinen Teil des Decks gab, den der Kapitän von der Brücke aus nicht bei Bedarf genau im Auge behalten konnte, sodass ein fauler Matrose keine Chance hatte.

Harry nahm die Brücke zum Mitteldeck hinab. Achtern lagen die Unterkünfte der Offiziere, mittschiffs befand sich die Kombüse, und der vordere Teil dieses Decks bestand aus einem großen, freien Bereich, in dem überall Hängematten angebracht waren. Es fiel ihm schwer zu glauben, dass jemand tatsächlich darin Ruhe finden konnte. Doch dann bemerkte er ein halbes Dutzend Matrosen, die am Abend zuvor von der sogenannten Hundewache gekommen sein mussten und jetzt sanft im Rhythmus des Schiffes hin und her schwingend schliefen.

Eine schmale Treppe führte auf das Unterdeck, wo in großen Holzkisten die einhundertvierundvierzig Raleigh-Räder, Tausende Baumwollkleider und zwei Tonnen Kartoffeln sicher untergebracht waren. Sie würden erst wieder geöffnet werden, nachdem das Schiff in Kuba angelegt hätte.

Schließlich kletterte er eine noch schmalere Leiter hinab, die zum Maschinenraum und in das Reich von Mr. Patterson führte. Er zog eine schwere Metallluke auf und marschierte wie Shadrach, Meshach und Abednego kühn in den Feuerofen. Er stand da und sah zu, wie ein halbes Dutzend gedrungene, muskelbepackte Männer, deren Unterhemden mit schwarzem Staub beschmiert waren und über deren Rücken der Schweiß rann, Kohle in zwei klaffende Metallmäuler schaufelten, die mehr als vier Mahlzeiten am Tag verschlangen.

Wie Kapitän Havens vorhergesagt hatte, hielt Harry es nur wenige Minuten aus, bevor er schwitzend und nach Atem ringend zurück in den Korridor stolperte. Es dauerte eine gewisse Zeit, bis er sich so weit erholt hatte, dass er wieder aufs Oberdeck hinaufsteigen konnte. Dort ließ er sich auf die Knie sinken und atmete mit tiefen Zügen die frische Luft ein. Er fragte sich, wie diese Männer nur unter solchen Bedingungen überleben konnten und die drei Zwei-Stunden-Schichten pro Tag schafften, die von ihnen an allen sieben Tagen der Woche verlangt wurden.

Sobald Harry sich etwas besser fühlte, ging er zur Brücke hinauf. Er wollte zahllose Dinge wissen; sie reichten von der Frage, welcher Stern im Sternbild »Pflug« in Richtung des Polarsterns deutet, bis zu derjenigen, wie viele Seemeilen das Schiff pro Tag im Durchschnitt schaffte und wie viele Tonnen Kohle dafür notwendig waren. Der Kapitän beantwortete die Fragen gerne, ohne anscheinend ein einziges Mal am schier unstillbaren Wissensdurst seines vierten Offiziers zu verzweifeln. Während Harrys Pause bemerkte Kapitän Havens gegenüber Mr. Bradshaw, am meisten an diesem jungen Mann beeindrucke ihn, dass er keine Frage zweimal stelle.

Während der nächsten Tage lernte Harry, wie man den Kompass mit der gepunkteten Linie auf der Seekarte abglich, wie man die Windrichtung durch Beobachtung der Seemöwen bestimmte und wie man das Schiff durch ein Wellental steuerte und trotzdem den konstanten Kurs beibehielt. Am Ende der ersten Woche durfte er das Steuer übernehmen, wann immer einer der anderen Offiziere eine Pause machte, um etwas zu essen. Nachts brachte der Kapitän ihm die Namen der Sterne bei, die, wie er betonte, genauso zuverlässig wie ein Kompass waren; er gestand dem jungen Mann allerdings, dass sein Wissen auf die nördliche Hemisphäre beschränkt war, denn die *Devonian* hatte in all ihren sechsundzwanzig Jahren auf hoher See noch nie den Äquator überquert.

Nach zehn Tagen auf dem offenen Meer hoffte der Kapitän schon fast auf einen Sturm – nicht nur, weil dieser den endlosen Fragen ein Ende bereiten würde, sondern weil Havens dann herausfinden würde, ob es irgendetwas gab, das den jungen Mann aus dem Tritt bringen konnte. Jim Patterson hatte den Kapitän bereits gewarnt, dass Mr. Clifton an diesem Morgen eine Stunde lang im Kesselraum zugebracht hatte und entschlossen war, vor dem Anlegen in Kuba eine ganze Schicht zu schaffen.

»Wenigstens musst du dir da unten nicht seine endlosen Fragen anhören«, bemerkte der Kapitän.

»Diese Woche noch nicht«, erwiderte der leitende Ingenieur.

Kapitän Havens fragte sich, ob irgendwann einmal der Zeitpunkt käme, an dem *er* etwas von seinem vierten Offizier lernen würde. Am zwölften Tag der Reise war es so weit, gleich nachdem Harry seine erste Zwei-Stunden-Schicht im Kesselraum beendet hatte.

»Wussten Sie, dass Mr. Patterson Briefmarken sammelt, Sir?«, fragte Harry.

»Ja, das wusste ich«, erwiderte der Kapitän munter.

»Und dass seine Sammlung über viertausend Exemplare umfasst, einschließlich einer nicht perforierten Penny Black und einer dreieckigen südafrikanischen Kap der Guten Hoffnung?«

»Ja, das wusste ich«, wiederholte der Kapitän.

»Und dass seine Sammlung jetzt mehr wert ist als sein Haus in Mablethorpe?«

»Verdammt, in Wahrheit ist es nur ein Cottage«, sagte der Kapitän, indem er versuchte, sich gegen den jungen Mann zu behaupten, und bevor Harry die nächste Frage stellen konnte, fügte er hinzu: »Es würde mich mehr interessieren, wenn Sie ebenso viel über Tom Bradshaw herausfinden würden wie all das, was Sie meinem Chefingenieur anscheinend bereits aus der Nase gezogen haben. Denn ehrlich gesagt, Mr. Clifton, weiß ich über Sie nach zwölf Tagen mehr als über meinen dritten Offizier nach drei Jahren. Und bis heute hatte ich noch nie den Eindruck, dass Amerikaner besonders zurückhaltende Zeitgenossen sind.«

Je mehr Harry über die Bemerkung des Kapitäns nachdachte, umso klarer wurde ihm, wie wenig er über Tom wusste, obwohl er schon jetzt viele Stunden mit ihm auf der Brücke verbracht hatte. Er wusste nicht, ob dieser Mann irgendwelche Brüder oder Schwestern besaß, womit sein Vater seinen Lebensunterhalt verdiente, wo seine Eltern wohnten oder auch nur, ob er eine Freundin hatte. Tatsächlich verriet nur sein Akzent, dass er überhaupt Amerikaner war, obwohl Harry nicht wusste, aus welcher Stadt – oder auch nur aus welchem Staat – er stammte.

Sieben Glasen erklang. »Würden Sie das Steuer übernehmen, Mr. Clifton«, sagte der Kapitän, »sodass ich mit Mr. Patterson und Mr. Bradshaw zu Abend essen kann? Wenn Sie irgendetwas Auffälliges bermerken, zögern Sie nicht, mir sofort Bescheid zu geben«, fügte er hinzu, als er die Brücke verließ, »besonders wenn es größer ist als wir.«

»Aye, aye, Sir«, sagte Harry, der glücklich darüber war, die Verantwortung für das Schiff zu übernehmen, selbst wenn es nur für die nächsten vierzig Minuten war. Doch diese vierzig Minuten wurden inzwischen jeden Tag verlängert.

Als Harry ihn fragte, wie viele Tage es noch dauern würde, bis sie Kuba erreichten, bemerkte Kapitän Havens, dass der frühreife junge Mann sich bereits langweilte. Zum ersten Mal empfand er Mitgefühl für den Kapitän der HMS *Resolution*, der noch keine Ahnung hatte, worauf er sich da einließ.

Harry hatte seit Kurzem begonnen, das Steuer nach dem Abendessen zu übernehmen, sodass die anderen Offiziere ein wenig Rommé spielen konnten, bevor sie auf die Brücke zurückkamen. Und wenn der Chinese jetzt den Becher mit Harrys Tee brachte, war das Getränk dampfend heiß und enthielt auch das gewünschte Stück Zucker.

Eines Abends bemerkte Mr. Patterson gegenüber dem Kapitän, er wisse nicht, auf welche Seite er sich schlagen würde, sollte Mr. Clifton beschließen, das Schiff vor ihrer Rückkehr nach Bristol zu übernehmen.

»Hast du etwa vor, eine Meuterei anzuzetteln, Jim?«, fragte Havens, während er seinem leitenden Ingenieur noch einen Schluck Rum einschenkte.

»Nein. Aber ich muss dich warnen, Skipper, der Junge hat bereits die Schichten im Kesselraum neu organisiert. Deshalb weiß ich, auf welcher Seite meine Leute wären.«

»Dann müssen wir den Flaggoffizier anweisen«, sagte Havens und goss sich selbst ein Glas Rum ein, »der *Resolution* eine Nachricht zukommen zu lassen und sie zu warnen, mit wem sie es zu tun haben werden. Das ist das Mindeste, was wir tun können.«

»Wir haben aber keinen Flaggoffizier«, sagte Patterson.

»Dann werden wir den Jungen in Ketten legen müssen«, erwiderte der Kapitän.

»Gute Idee, Skipper. Das Problem ist nur, wir haben auch keine Ketten.«

»Sehr bedauerlich. Erinnere mich daran, dass wir ein paar besorgen, wenn wir wieder in Bristol sind.«

»Anscheinend hast du vergessen, dass Clifton uns verlässt und sich auf der *Resolution* melden wird, sobald wir in unserem Heimathafen angekommen sind«, sagte Patterson.

Der Kapitän nahm einen Schluck Rum. Dann sagte er: »Umso bedauerlicher.«

53

Wenige Minuten bevor sieben Glasen geläutet wurde, meldete sich Harry auf der Brücke, um Mr. Bradshaw abzulösen, sodass der dritte Offizier unter Deck gehen und mit dem Kapitän zu Abend essen konnte.

Mit jeder Wache bekam Harry etwas länger die Verantwortung für das Schiff übertragen, doch er beklagte sich nie, denn er genoss die Illusion, dass das Schiff für eine Stunde am Tag unter seinem Kommando stand.

Er überprüfte den Kompasspfeil und hielt den Kurs, den der Kapitän festgelegt hatte. Darüber hinaus durfte er inzwischen sogar ihre tägliche Position auf der Schiffskarte eintragen und vor dem Ende seines Dienstes den täglichen Logbucheintrag vornehmen.

Während Harry alleine auf der Brücke stand – der Vollmond schien, die See war ruhig, und vor ihm lagen noch eintausend Meilen Ozean –, kehrten seine Gedanken nach England zurück. Er fragte sich, was Emma im Augenblick wohl tat.

Emma saß in ihrem Zimmer am Somerville College und stellte ihr Radio auf den Home Service ein, sodass sie Neville Chamberlains Rede an die Nation hören konnte.

»Hier ist die BBC in London. Sie hören jetzt eine Ansprache des Premierministers.

Ich spreche zu Ihnen aus dem Kabinettssaal in Downing Street Nummer zehn. Heute Morgen hat der britische Botschafter in

Berlin der deutschen Regierung eine letzte Note überreicht, in welcher wir – für den Fall, dass wir bis elf Uhr keine Mitteilung darüber erhalten, dass Deutschland unverzüglich bereit ist, seine Soldaten aus Polen abzuziehen – erklären, dass zwischen uns der Kriegszustand herrschen würde. Ich muss Ihnen nun mitteilen, dass keine solche Erklärung bei uns eingegangen ist, weshalb sich unser Land, folgerichtigerweise, im Krieg mit Deutschland befindet.«

Da das Funkgerät der *Devonian* jedoch nicht in der Lage war, die BBC zu empfangen, erledigte jeder an Bord seine Aufgaben, als würde es sich um einen ganz normalen Tag handeln.

Harry dachte immer noch an Emma, als etwas am Bug vorbeischoss. Er war nicht sicher, was er tun sollte. Er wollte den Kapitän nur ungern während des Abendessens stören, denn er wollte sich nicht vorwerfen lassen, er würde dessen Zeit verschwenden. Harry war hellwach, als er das zweite Objekt sah, und diesmal hatte er keinen Zweifel daran, worum es sich handelte. Er beobachtete, wie der lange, schlanke, schimmernde Gegenstand direkt unter der Wasseroberfläche auf den Bug zuglitt. Instinktiv riss er das Steuerruder nach steuerbord, doch das Schiff scherte nach backbord aus. Das hatte er zwar nicht beabsichtigt, aber sein Fehler gab ihm genügend Zeit, Alarm zu schlagen, denn das Objekt schoss mehrere Meter am Bug vorbei.

Diesmal zögerte er nicht und schlug mit der flachen Hand auf den Auslöser des Schiffshorns, welches sofort einen lauten Sirenenton ausstieß. Nur wenige Augenblicke später erschien Mr. Bradshaw an Deck und rannte auf die Brücke zu, dicht gefolgt vom Kapitän, der noch damit beschäftigt war, sich seine Jacke überzustreifen.

Nach und nach kam der Rest der Besatzung aus den Tiefen

des Schiffs und hielt sich bereit, denn die Männer nahmen an, dass es sich um eine unangekündigte Brandschutzübung handelte.

»Wo liegt das Problem, Mr. Clifton?«, fragte Kapitän Havens, als er ruhig und gesammelt auf die Brücke trat.

»Ich glaube, ich habe einen Torpedo beobachtet, Sir, aber weil ich noch nie zuvor einen gesehen habe, kann ich mir nicht sicher sein.«

»Hätte es sich auch um einen Delfin handeln können, der sich über unsere Essensreste hermacht?«, fragte der Kapitän.

»Nein, Sir. Das war kein Delfin.«

»Ich habe auch noch nie einen Torpedo gesehen«, gab Havens zu, als er das Steuer übernahm. »Aus welcher Richtung ist er gekommen?«

»Nordnordwest.«

»Mr. Bradshaw«, sagte der Kapitän, »sorgen Sie dafür, dass sich jeder auf die für Notfälle vorgesehene Position begibt und die Rettungsboote vorbereitet werden. Sie sollen auf mein Kommando zu Wasser gelassen werden.«

»Aye, aye, Sir«, sagte Bradshaw, der die Stufen hinab aufs Deck eilte und sofort begann, die Arbeit der Besatzung zu organisieren.

»Mr. Clifton, halten Sie die Augen offen und sagen Sie mir sofort Bescheid, wenn Sie etwas sehen.«

Harry griff nach dem Fernglas und begann, in einem weiten Bogen den Ozean abzusuchen. Gleichzeitig rief der Kapitän mit bellender Stimme in das Sprechrohr: »Alle Maschinen volle Kraft zurück, Mr. Patterson, alle Maschinen volle Kraft zurück. Und halten Sie sich für weitere Befehle bereit.«

»Aye, aye, Sir«, erwiderte ein verblüffter erster Ingenieur, der eine solche Anweisung seit 1918 nicht mehr gehört hatte.

»Noch einer«, sagte Harry. »Nordnordost. Er kommt direkt auf uns zu.«

»Ich sehe ihn«, sagte der Kapitän. Er riss das Steuer nach links, und der Torpedo verfehlte das Schiff um höchstens ein, zwei Meter. Der Kapitän wusste, dass er diesen Trick nicht noch einmal würde anwenden können.

»Sie hatten recht, Mr. Clifton, das war kein Delfin«, sagte Havens in sachlichem Ton. Mit zusammengebissenen Zähnen fügte er hinzu: »Anscheinend befinden wir uns im Krieg. Der Feind hat Torpedos, und ich habe nichts weiter als einhundertvierundvierzig Raleigh-Fahrräder, ein paar Säcke Kartoffeln und einige Baumwollkleider.« Harry hielt weiter die Augen offen.

Der Kapitän blieb dermaßen ruhig, dass es Harry fast so vorkam, als befänden sie sich überhaupt nicht in Gefahr. »Nummer vier kommt genau auf uns zu, Sir. Wieder Nordnordost.«

Tapfer versuchte Kapitän Havens, die alte Dame noch ein weiteres Mal zu einem Ausweichmanöver zu bewegen, doch diesmal reagierte sie nicht schnell genug auf seine ungewollten Avancen, und der Torpedo bohrte sich in den Bug. Wenige Minuten später meldete Mr. Patterson, dass ein Feuer unter der Wasserlinie ausgebrochen und seine Männer nicht in der Lage waren, es mit den primitiven Schaumlöschvorrichtungen des Schiffes unter Kontrolle zu bekommen. Man musste den Kapitän nicht erst darauf hinweisen, dass er sich einer hoffnungslosen Aufgabe gegenübersah.

»Mr. Bradshaw, bereiten Sie das Verlassen des Schiffes vor. Die Besatzung soll an die Rettungsboote treten und weitere Befehle abwarten.«

»Aye, aye, Sir«, rief Bradshaw vom Deck aus zu ihm hoch.

Havens rief ins Sprechrohr: »Mr. Patterson, kommen Sie mit

Ihren Männern sofort – *und ich meine sofort* – da unten raus und melden Sie sich bei den Rettungsbooten.«

»Wir sind schon unterwegs, Skipper.«

»Noch einer«, sagte Harry. »Nordnordwest. Diesmal hat er es auf unsere Steuerbordseite abgesehen, mittschiffs.«

Wieder riss der Kapitän das Steuer herum, doch er wusste, dass er auch diesmal einen Treffer nicht würde verhindern können. Sekunden später bohrte sich der Torpedo in das Schiff, das sich zur Seite zu neigen begann.

»Schiff aufgeben!«, rief Havens über die Lautsprecheranlage. »Schiff aufgeben!«, wiederholte er mehrere Male, bis er sich an Harry wandte, der mit dem Fernglas noch immer das Meer absuchte.

»Gehen Sie zum nächsten Rettungsboot, Mr. Clifton, und zwar sofort. Es hat keinen Sinn mehr, dass noch jemand auf der Brücke bleibt.«

»Aye, aye, Sir«, sagte Harry.

»Captain«, meldete sich eine Stimme aus dem Maschinenraum. »Die Luke von Frachtraum Nummer vier klemmt. Ich stecke mit fünf meiner Männer unter Deck fest.«

»Wir sind schon unterwegs, Mr. Patterson. Wir holen Sie dort sofort raus. Planänderung, Mr. Clifton. Folgen Sie mir.« Der Kapitän stürmte die Treppe hinab, wobei seine Füße kaum die Stufen berührten. Harry hielt sich dicht hinter ihm.

»Mr. Bradshaw«, rief der Kapitän, während er den flackernden, ölgenährten Flammen auswich, die bereits das Oberdeck erreicht hatten, »schaffen Sie die Männer sofort in die Rettungsboote und verlassen Sie das Schiff.«

»Aye, aye, Sir«, erwiderte Bradshaw, der sich an der Reling festhielt.

»Ich brauche ein Ruder. Und sorgen Sie dafür, dass ein Rettungsboot für Mr. Patterson und seine Männer aus dem Kesselraum zurückbleibt.«

Bradshaw zog ein Ruder aus einem der Rettungsboote und reichte es, unterstützt von einem Matrosen, dem Kapitän. Harry und der Skipper griffen sich jeweils ein Ende des Ruders und stolperten über Deck in Richtung Frachtraum Nummer vier. Harry fragte sich verwirrt, was ein Ruder wohl gegen Torpedos ausrichten konnte, doch das war nicht der richtige Augenblick, um länger über dieses Thema nachzudenken.

Der Kapitän eilte weiter, vorbei an dem Chinesen, der auf den Knien und mit gesenktem Kopf zu seinem Gott betete.

»Ins Rettungsboot mit Ihnen, sofort, Sie dämlicher Schwachkopf«, schrie Havens. Mr. Lu erhob sich mühsam, machte jedoch keinen einzigen Schritt. Als Harry an ihm vorbeistolperte, deutete er in Richtung des dritten Offiziers, woraufhin Mr. Lu nach vorn schwankte und fast in Mr. Bradshaws Arme fiel.

Als der Kapitän die Luke über dem Frachtraum Nummer vier erreicht hatte, schob er das dünne Ende des Ruders in einen gewölbten Haken an der Luke und ließ sich mit seinem ganzen Gewicht auf das Ruder fallen. Harry folgte ihm sogleich, und gemeinsam gelang es ihnen, die massive Eisenplatte so weit aufzuhebeln, dass ein Spalt von etwa dreißig Zentimetern entstand.

»Sie ziehen die Männer raus, Clifton, während ich versuche, die Luke offen zu halten«, sagte Havens, als zwei Hände im Spalt erschienen.

Harry ließ vom Ruder ab, sank auf die Knie und kroch auf die offene Luke zu. Als er den Mann bei den Schultern packte, spülte eine Welle über ihn hinweg und in den Frachtraum. Er riss den Matrosen nach draußen und schrie ihm zu, sich sofort zu den Rettungsbooten zu begeben. Der zweite Mann war geschickter und schaffte es ohne Harrys Hilfe ins Freie, doch der dritte war so panisch, dass er, während er sich durch den Spalt schob, mit dem Kopf gegen die Luke krachte, bevor er seinen Kameraden hinterherstolpern konnte. Die nächsten beiden Männer folgten rasch nacheinander und krochen auf Händen und Knien zum letzten Rettungsboot. Harry wartete darauf, dass der Chefingenieur erscheinen würde, doch er war nirgendwo zu sehen. Das Schiff neigte sich immer weiter zur Seite, und Harry musste sich an Deck festhalten, um nicht kopfüber in den Frachtraum zu fallen.

Er sah hinab in die Dunkelheit und erkannte eine ausgestreckte Hand. Er schob den Kopf durch den Spalt und beugte sich so weit nach vorn, wie er konnte, ohne in die Tiefe zu stürzen, doch er schaffte es nicht ganz, die Finger des zweiten Offiziers zu erreichen. Mr. Patterson bemühte sich mehrmals, nach oben zu springen, doch wegen des eindringenden Wassers fiel ihm jeder Versuch schwerer. Kapitän Havens erkannte das Problem, konnte ihm jedoch nicht zu Hilfe kommen, denn wenn er das Ruder losließ, würde die Luke auf Harry herunterkrachen.

Patterson stand jetzt bis zu den Knien im Wasser und schrie: »Um Himmels willen, verschwindet in die Rettungsboote, bevor es zu spät ist!«

»Kommt nicht infrage«, sagte der Kapitän. »Mr. Clifton, gehen Sie nach unten und schieben Sie diesen Bastard nach oben. Dann können Sie selbst rausklettern.«

Harry zögerte nicht. Er schob sich mit den Füßen voraus in den Frachtraum, wobei er sich an der Kante der Öffnung festhielt. Schließlich ließ er los und stürzte in die Dunkelheit. Das schäumende, ölige, eiskalte Wasser fing seinen Sturz auf, und sobald er sein Gleichgewicht wiedergefunden hatte, stützte er sich an den Wänden ab, ließ sich noch tiefer ins Wasser sinken und sagte: »Klettern Sie auf meine Schultern, Sir. Dann sollten Sie sich oben festhalten können.«

Der Chefingenieur gehorchte der Anweisung des vierten Offiziers, doch als er sich nach oben reckte, fehlten ihm immer noch ein paar Zentimeter bis zum Erreichen des Decks. Harry nahm all seine Kraft zusammen und schob Patterson noch ein wenig weiter nach oben, bis dieser es schaffte, die Luke zu erreichen und sich mit den Fingern festzuhalten. Immer mehr Wasser strömte in den Frachtraum, als sich das Schiff weiter zur Seite neigte. Harry schob beide Hände unter die Gesäßbacken von Mr. Patterson und drückte die Arme wie ein Gewichtheber nach oben, bis der Kopf des ersten Ingenieurs über der Kante des Decks erschien.

»Gut, dich zu sehen, Jim«, grunzte der Kapitän, der sich noch immer mit seinem ganzen Gewicht gegen das Ruder stemmte.

»Das gilt auch für dich, Arnold«, erwiderte der Chefingenieur, während er sich langsam aus dem Frachtraum hievte.

Genau in diesem Augenblick traf der letzte Torpedo das sinkende Schiff. Das Ruder brach, und die Eisenluke krachte auf Patterson herab. Wie die Axt eines mittelalterlichen Scharfrichters trennte sie ihm in einer einzigen Bewegung den Kopf vom Leib und fiel dröhnend zu. Pattersons Körper stürzte in den Frachtraum zurück und landete neben Harry im Wasser.

Harry dankte Gott, dass er in der Dunkelheit, die ihn umgab, Mr. Patterson nicht sehen konnte. Wenigstens strömte von oben jetzt nicht noch mehr Wasser herein, auch wenn das bedeutete, dass es keine Fluchtmöglichkeit mehr gab.

Als die *Devonian* langsam kenterte, nahm Harry an, dass auch der Kapitän getötet worden war, denn sonst würde dieser zweifellos bereits wieder an der Luke zerren, um Harry nach draußen zu helfen. Harry sank ins Wasser und dachte, wie ironisch es war, dass er fast genauso zugrunde gehen würde wie sein Vater, der im schmalen Raum zwischen den Doppelwänden eines Schiffskiels gestorben war. In einem letzten Versuch, dem Tod doch noch zu entkommen, hielt er sich an einer der Wände des Frachtraums fest. Während er darauf wartete, dass ihm das Wasser Zentimeter für Zentimeter über die Schultern, den Hals und den Kopf stieg, blitzten unzählige Gesichter vor ihm auf. Merkwürdige Gedanken erfüllen einen, wenn man weiß, dass man nur noch wenige Augenblicke zu leben hat.

Wenigstens würde sein Tod die Probleme vieler Menschen lösen, die er liebte. Emma würde von ihrem Gelübde entbunden, für den Rest ihres Lebens jeden anderen Mann zurückweisen zu müssen. Sir Walter bräuchte sich keine Sorgen mehr über die Folgen zu machen, die sich aus dem Testament seines Vaters ergaben. Mit der Zeit würde Giles den Titel und alle weltlichen Güter seines Vaters erben. Sogar Hugo Barrington wäre es vielleicht möglich, all die bisherigen Schwierigkeiten zu überstehen, wenn er nicht mehr beweisen musste, dass er nicht Harrys Vater war. Nur seine liebe Mutter ...

Plötzlich gab es eine gewaltige Explosion. Die *Devonian* brach entzwei, und nur Sekunden später hob sich jede Hälfte wie ein scheuendes Pferd, bevor das geborstene Schiff abrupt auf den Grund des Ozeans sank.

Der Kapitän des U-Boots beobachtete durch sein Periskop, wie die *Devonian* von der Wasseroberfläche verschwand und in ihrem Kielwasser Tausende bunte Baumwollkleider und zahllose Leichen zurückließ, die, von Kartoffeln umgeben, auf den Wellen hin und her schaukelten.

54

»Können Sie mir sagen, wie Sie heißen?« Harry sah auf zur Schwester, doch es gelang ihm nicht, die Lippen zu bewegen.
»Können Sie mich hören?« Noch jemand mit einem amerikanischen Akzent.

Harry brachte ein schwaches Nicken zustande, und die Schwester lächelte. Er hörte, wie sich eine Tür öffnete, und obwohl er nicht erkennen konnte, wer die Krankenstation betreten hatte, trat die Schwester sofort beiseite; offensichtlich musste es sich also um jemand Wichtiges handeln. Obwohl er jetzt keinen der beiden sehen konnte, hörte er, was sie sprachen.

»Guten Abend, Schwester Craven«, sagte die Stimme eines älteren Mannes.

»Guten Abend, Dr. Wallace«, erwiderte die junge Frau.

»Wie geht es unseren beiden Patienten?«

»Der eine lässt definitiv Zeichen einer Besserung erkennen. Der andere ist immer noch bewusstlos.«

Also haben wenigstens zwei von uns überlebt, dachte Harry. Er wollte in lauten Jubel ausbrechen, doch obwohl sich seine Lippen bewegten, war kein Ton zu hören.

»Und wir wissen immer noch nicht, wer die beiden sind?«

»Nein, aber Kapitän Parker war vorhin hier, um nach ihnen zu sehen, und als ich ihm gezeigt habe, was von ihren Uniformen noch übrig ist, war er ziemlich sicher, dass es sich bei beiden um Offiziere handeln muss.«

Harrys Herz machte einen Sprung bei dem Gedanken, dass Kapitän Havens möglicherweise überlebt hatte. Er hörte, wie der Arzt an das andere Bett trat, konnte den Kopf jedoch nicht zur Seite drehen, um zu sehen, wer dort lag. Gleich darauf hörte er: »Armer Kerl. Ich wäre überrascht, wenn er die Nacht überlebt.«

»Da kennen Sie Kapitän Havens aber schlecht«, wollte Harry zu ihm sagen, »denn dann würden Sie ihn nicht so leicht abschreiben.«

Der Arzt trat an Harrys Bett und begann, ihn zu untersuchen. Mit einiger Mühe konnte Harry einen Mann mittleren Alters mit ernster, nachdenklicher Miene erkennen. Sobald Dr. Wallace die Untersuchung beendet hatte, machte er einen Schritt vom Bett weg und flüsterte der Schwester zu: »Bei dem hier bin ich viel zuversichtlicher, obwohl seine Chancen nach allem, was er durchgemacht hat, nicht besser als fünfzig zu fünfzig stehen. Kämpfen Sie weiter, junger Mann«, sagte er, indem er sich Harry zuwandte, obwohl er nicht sicher sein konnte, dass der Patient ihn hören würde. »Wir werden alles in unserer Macht Stehende tun, um Sie am Leben zu erhalten.« Harry wollte ihm danken, doch er brachte nur ein weiteres leichtes Nicken zustande, bevor der Arzt sich wieder abwandte. »Sind Sie mit den korrekten Abläufen vertraut«, hörte er den Arzt der Schwester zuflüstern, »wenn einer der beiden heute Nacht sterben sollte?«

»Ja, Doktor. Der Kapitän muss unverzüglich informiert werden, und der Verstorbene wird in die Leichenhalle gebracht.« Harry wollte sie fragen, wie viele seiner Kameraden sich bereits dort befanden.

»Auch mir sollten Sie dann bitte Bescheid sagen«, erwiderte Wallace. »Auch wenn ich schon zu Bett gegangen bin.«

»Natürlich, Doktor. Dürfte ich erfahren, was der Kapitän hinsichtlich der armen Kerle beschlossen hat, die bereits tot waren, als wir sie aus dem Wasser gefischt haben?«

»Da sie alle Seeleute waren, hat er Anweisung gegeben, dass sie morgen bei Tagesanbruch auf hoher See zu bestatten sind.«

»Warum so früh?«

»Er will nicht, dass die Passagiere mitbekommen, wie viele Menschen letzte Nacht ihr Leben verloren haben«, sagte der Arzt, während er sich weiter entfernte. Harry hörte, wie sich eine Tür öffnete. »Gute Nacht, Schwester.«

»Gute Nacht, Doktor«, erwiderte die Schwester, und die Tür wurde geschlossen.

Schwester Craven kam zurück und setzte sich neben Harry aufs Bett. »Es ist mir vollkommen gleichgültig, wie die Chancen stehen«, sagte sie. »Sie werden überleben.«

Harry blickte auf zu der Schwester, die fast hinter ihrer gestärkten weißen Uniform und ihrem weißen Häubchen verschwand. Doch die Überzeugung in ihren Augen war nicht zu übersehen.

Als Harry das nächste Mal aufwachte, lag der Raum in tiefer Dunkelheit; nur in einer entlegenen Ecke schimmerte ein wenig Licht, das möglicherweise aus einem anderen Zimmer kam. Sein erster Gedanke galt Kapitän Havens, der, so schien es, im Bett neben ihm um sein Leben kämpfte. Er betete darum, dass der alte Mann überleben würde, sodass sie zusammen nach England zurückkehren könnten. Der Kapitän würde in Rente gehen, und Harry würde auf irgendeinem Schiff der Royal Navy, auf dem Sir Walter ihn unterbringen könnte, seinen Dienst antreten.

Wieder dachte er an Emma und daran, dass sein Tod viele Probleme für die Barringtons gelöst hätte – Probleme, welche die Familie jedoch unter diesen Umständen weiter heimsuchen würden.

Harry hörte, wie sich die Tür öffnete und jemand auf die Krankenstation kam. Obwohl er nicht sehen konnte, um wen es sich handelte, ließ das Geräusch der Schuhe auf zwei Dinge schließen: Es handelte sich um einen Mann, und dieser Mann wusste, wohin er ging. Eine weitere Tür öffnete sich auf der gegenüberliegenden Seite des Zimmers, und das Licht wurde heller.

»Hi, Kristin«, sagte die Stimme eines Mannes.

»Hallo, Richard«, erwiderte die Schwester. »Du bist spät dran«, sagte sie. Es klang nicht verärgert, sondern neckend.

»Tut mir leid, Liebling. Alle Offiziere mussten auf der Brücke bleiben, bis die Suche nach Überlebenden eingestellt wurde.«

Die Tür schloss sich, und das Licht war wieder deutlich gedämpfter. Harry hatte keine Möglichkeit festzustellen, wie viel Zeit vergangen war – dreißig Minuten, vielleicht eine Stunde –, als sich die Tür wieder öffnete und er erneut die Stimmen hörte.

»Deine Krawatte sitzt nicht gerade«, sagte die Schwester.

»Und das darf nicht sein«, erwiderte der Mann. »Sonst könnte noch jemand herausfinden, was wir hier so treiben.« Sie lachte, als er auf die andere Tür zuging. Plötzlich blieb er stehen. »Wer sind diese beiden?«

»Mr. A und Mr. B, die einzigen Überlebenden der Rettungsaktion von gestern Nacht.«

»Ich bin Mr. C«, wollte Harry zu ihr sagen, als die beiden an sein Bett traten. Harry schloss die Augen. Sie sollten nicht wissen, dass er ihre Unterhaltung mit angehört hatte. Die Schwester fühlte seinen Puls.

»Ich glaube, Mr. B geht es stündlich besser. Du weißt, dass ich den Gedanken nicht ertragen kann, nicht wenigstens einen von ihnen zu retten.« Sie ließ Harrys Handgelenk los und trat an das andere Bett.

Harry öffnete die Augen und drehte vorsichtig den Kopf zur Seite. Er sah einen jungen Mann in einer eleganten weißen Galauniform mit goldenen Epauletten. Ohne Vorwarnung begann Schwester Craven zu schluchzen. Behutsam legte ihr der junge Mann einen Arm um die Schulter und versuchte, sie zu trösten. »Nein, nein«, wollte Harry schreien, »Kapitän Havens darf nicht sterben. Wir werden beide zurück nach England gehen.«

»Wie sehen unter diesen Umständen die Abläufe aus?«, fragte der junge Offizier, dessen Stimme jetzt recht förmlich klang.

»Ich muss unverzüglich den Kapitän informieren und dann Dr. Wallace wecken. Sobald alle Papiere unterzeichnet sind und der Verstorbene freigegeben ist, wird er in die Leichenhalle gebracht und für die morgige Seebestattung vorbereitet.«

»Nein, nein, nein«, schrie Harry, doch niemand hörte ihn.

»Ich bete zu jedem Gott, der es hören mag«, fuhr die Schwester fort, »dass Amerika nicht in diesen Krieg hineingezogen wird.«

»So weit wird es nie kommen, Liebling«, erwiderte der junge Offizier. »Roosevelt ist viel zu klug, um sich in einen weiteren europäischen Krieg verwickeln zu lassen.«

»Das haben die Politiker beim letzten Mal auch gesagt«, erinnerte ihn Kristin.

»Hey, wie kommst du nur auf solche Gedanken?« Er klang besorgt.

»Mr. A ist etwa so alt wie du«, sagte sie. »Vielleicht gab es für ihn ja zu Hause auch eine Verlobte.«

Harry begriff, dass nicht Kapitän Havens im Bett neben ihm lag, sondern Tom Bradshaw. Das war der Moment, in dem er eine Entscheidung traf.

Als Harry wieder aufwachte, konnte er Stimmen hören, die aus dem angrenzenden Zimmer kamen. Wenige Augenblicke später betraten Dr. Wallace und Schwester Craven die Krankenstation.

»Es muss herzzerreißend gewesen sein«, sagte die Schwester.

»Es war nicht unbedingt angenehm«, gestand der Arzt. »Irgendwie wurde dadurch, dass jeder von ihnen namenlos in sein Grab sank, alles nur noch schlimmer, obwohl ich mir mit dem Kapitän einig bin, dass ein Seemann genau auf diese Art bestattet werden will.«

»Irgendwelche Neuigkeiten von dem anderen Schiff?«, fragte die Schwester.

»Ja. Sie haben ein bisschen mehr geschafft als wir. Elf Tote, aber drei Überlebende. Ein Chinese und zwei Engländer.«

Harry fragte sich, ob einer der Engländer vielleicht Kapitän Havens war.

Der Arzt beugte sich über ihn und knöpfte Harrys Pyjamaoberteil auf. Mit seinem kalten Stethoskop hörte er Harrys Brust an mehreren Stellen sorgfältig ab. Dann schob die Schwester Harry ein Thermometer in den Mund.

»Seine Temperatur ist sehr schön gesunken, Doktor«, sagte sie, nachdem sie einen Blick auf die Quecksilbersäule geworfen hatte.

»Ausgezeichnet. Vielleicht sollten Sie versuchen, ihm etwas Suppe zu geben.«

»Ja, natürlich. Werden Sie meine Hilfe bei den Passagieren benötigen?«

»Nein, danke, Schwester. Ihre wichtigste Aufgabe besteht darin, dafür zu sorgen, dass dieser Mann hier überlebt. Wir sehen uns in ein paar Stunden wieder.«

Nachdem sich die Tür geschlossen hatte, kam die Schwester an Harrys Bett zurück. Sie setzte sich und lächelte. »Können Sie mich sehen?«, fragte sie. Harry nickte. »Können Sie mir sagen, wie Sie heißen?«

»Tom Bradshaw«, antwortete er.

55

»Tom«, sagte Dr. Wallace, nachdem er Harry untersucht hatte, »ich frage mich, ob Sie mir den Namen Ihres Offizierskollegen nennen können, der letzte Nacht gestorben ist. Ich würde gerne seiner Mutter schreiben. Oder seiner Frau, sofern er verheiratet war.«

»Sein Name war Harry Clifton«, sagte Harry kaum hörbar. »Er war nicht verheiratet, aber ich kenne seine Mutter ziemlich gut. Ich hatte selbst vor, ihr zu schreiben.«

»Das ist sehr nett von Ihnen«, sagte Wallace, »aber ich würde ihr trotzdem gerne einen Brief schicken. Haben Sie ihre Adresse?«

»Ja, die habe ich«, erwiderte Harry. »Aber wäre es nicht besser, wenn sie zuerst von mir hören würde anstatt von einem völlig Fremden?«

»Wenn Sie meinen«, sagte Wallace, der nicht gerade überzeugt klang.

»Ja, absolut«, sagte Harry, dessen Stimme jetzt schon etwas fester klang. »Sie können meinen Brief ja aufgeben, wenn die *Kansas Star* nach Bristol zurückkehrt, vorausgesetzt, dass der Kapitän jetzt noch nach England fahren will, nachdem wir uns im Krieg mit Deutschland befinden.«

»*Wir* befinden uns nicht im Krieg mit Deutschland«, sagte Wallace.

»Nein, natürlich nicht«, bestätigte Harry, indem er seinen

Fehler rasch korrigierte. »Und hoffen wir, dass es niemals so weit kommt.«

»Ganz meine Meinung«, sagte Wallace, »aber das wird die *Kansas Star* nicht daran hindern, die Rückreise anzutreten. Es gibt immer noch Hunderte von Amerikanern in England, die keine andere Möglichkeit haben, nach Hause zu kommen.«

»Ist das nicht ein gewisses Risiko?«, fragte Harry. »Besonders wenn man bedenkt, was wir alles durchgemacht haben.«

»Nein, ich glaube nicht«, sagte Wallace. »Das Letzte, was die Deutschen wollen, wäre, ein amerikanisches Passagierschiff zu versenken, denn das dürfte uns mit ziemlicher Sicherheit in diesen Konflikt hineinziehen. Ich würde vorschlagen, dass Sie ein wenig schlafen, Tom, denn ich hoffe, dass die Schwester morgen mit Ihnen auf dem Deck umhergehen kann. Aber nur eine Runde für den Anfang«, betonte er.

Harry schloss die Augen. Doch statt zu schlafen dachte er über die Entscheidung nach, die er getroffen hatte, und über die Auswirkungen, die dieser Entschluss auf das Leben anderer Menschen haben würde. Indem er Tom Bradshaws Identität angenommen hatte, hatte er sich etwas Luft verschafft, um über seine Zukunft nachzudenken. Sobald bekannt würde, dass Harry auf See gestorben war, wären Sir Walter und der Rest der Barrington-Familie von allen Verpflichtungen befreit, an die sie sich wahrscheinlich jetzt noch gebunden fühlten, und Emma wäre frei, ein neues Leben zu beginnen. Eine Entscheidung, die, so schien es ihm, Old Jack gutgeheißen hätte, auch wenn ihm alle Konsequenzen noch nicht ganz klar waren.

Doch auch die Wiederauferstehung von Tom Bradshaw würde zweifellos ganz eigene Probleme mit sich bringen, und er würde ständig auf der Hut sein müssen. Dabei war es nicht gerade hilfreich, dass er fast nichts über Bradshaw wusste und jedes Mal, wenn Schwester Craven ihn nach seiner Vergangenheit fragte, etwas erfinden oder das Thema wechseln musste.

Bradshaw war sehr geschickt darin gewesen, alle Fragen abzuwimmeln, die er nicht beantworten wollte, und er war eindeutig ein Einzelgänger gewesen. Seit mindestens drei, vielleicht aber sogar noch mehr Jahren hatte er keinen Fuß mehr in sein Heimatland gesetzt, weshalb seine Familie nichts von seiner unmittelbar bevorstehenden Rückkehr wissen konnte. Harry hatte vor, sofort nach der Ankunft der *Kansas Star* in New York mit dem ersten verfügbaren Schiff wieder zurück nach England zu fahren.

Seine schwierigste Aufgabe bestand darin, seiner Mutter unnötiges Leid zu ersparen, wenn sie glauben musste, ihren einzigen Sohn verloren zu haben. Dr. Wallace hatte dieses Problem teilweise gelöst, indem er versprochen hatte, Maisie bei seiner Rückkehr nach England einen Brief zukommen zu lassen. Doch Harry musste diesen Brief erst noch schreiben.

Er hatte so viele Stunden damit verbracht, den Brief im Kopf durchzugehen, dass er den Text fast auswendig konnte, als er endlich in der Lage war, seine Gedanken zu Papier zu bringen.

New York,
8. September 1939

Liebste Mutter,
ich habe alles in meiner Macht Stehende getan, um dafür zu
sorgen, dass Du diesen Brief erhältst, bevor irgendjemand Dir
mitteilen wird, dass ich auf See gestorben sei.
Wie Du am Datum dieses Briefes erkennen kannst, bin ich
nicht gestorben, als die Devonian am 4. September versenkt

wurde. Vielmehr wurde ich von einem amerikanischen Schiff aus dem Meer gefischt und bin durchaus noch am Leben. Es hat sich für mich jedoch die Möglichkeit ergeben, die Identität eines anderen anzunehmen, und das habe ich auch getan in der Hoffnung, sowohl Dich als auch die Barringtons von vielen Problemen zu befreien, deren Grund ich, wie es scheint, ohne es zu wollen, über Jahre hinweg gewesen bin.
Du darfst jedoch niemals glauben, dass meine Liebe zu Emma geringer geworden wäre; ganz im Gegenteil. Aber ich denke nicht, dass ich von ihr verlangen darf, sie möge sich für den Rest ihres Lebens an die eitle Hoffnung klammern, dass ich irgendwann in der Lage sein könnte zu beweisen, dass Arthur Clifton und nicht Hugo Barrington mein Vater ist. Dadurch kann sie eine Zukunft mit einem anderen zumindest in Erwägung ziehen. Ich beneide diesen Mann.
Ich habe vor, schon bald wieder nach England zurückzukehren. Solltest Du irgendeine Nachricht von einem gewissen Tom Bradshaw erhalten, so stammt sie von mir.
Ich werde sofort wieder Kontakt zu Dir aufnehmen, sobald ich in England bin, doch bis dahin muss ich Dich bitten, mein Geheimnis ebenso treu zu bewahren, wie Du Dein eigenes viele Jahre lang bewahrt hast.
Dein Dich liebender Sohn
Harry

Er las den Brief mehrere Male durch, bevor er ihn in einen Umschlag mit der Aufschrift »Streng privat und vertraulich« steckte. Dann adressierte er ihn an Mrs. Arthur Clifton, Still House Lane 27, Bristol. Am folgenden Morgen übergab er Dr. Wallace den Brief.

»Glauben Sie, dass Sie schon einen kurzen Spaziergang an Deck schaffen?«, fragte Kristin.

»*Sure am* – aber klar doch«, erwiderte Harry, indem er einen der neuen Ausdrücke ausprobierte, die er bei ihrem Freund gehört hatte, obwohl es ihm unnatürlich vorgekommen wäre, auch noch das Wort »*honey*« hinzuzufügen.

Während der langen Stunden, die er im Bett verbringen musste, hatte Harry Dr. Wallace genau zugehört. Sobald er alleine war, versuchte er, dessen Akzent nachzuahmen, der, wie Kristin gegenüber Richard einmal erwähnt hatte, typisch für die Ostküste war. Harry war dankbar für die vielen Sprechübungen, die er mit Dr. Paget gemacht und von denen er angenommen hatte, er würde sie nur auf der Bühne brauchen. In gewissem Sinne befand er sich ja tatsächlich auf einer Bühne. Er musste es nur noch schaffen, mit Kristins unschuldiger Neugierde in Bezug auf seine Familie und seine Vergangenheit zurechtzukommen.

Ein Roman von Horatio Alger und ein weiterer von Thornton Wilder halfen ihm dabei; es waren die einzigen beiden Bücher, die jemand in der Krankenstation zurückgelassen hatte. Indem er auf sie zurückgriff, gelang es ihm, eine fiktive Familie zu beschwören, die aus Bridgeport, Connecticut, stammte. Sie bestand aus einem Vater, der Manager einer kleinen Bank, der Connecticut Trust and Savings, war; einer Mutter, die sich als pflichtbewusste Hausfrau erwies und einst den zweiten Platz beim jährlichen Schönheitswettbewerb der Stadt errungen hatte; sowie einer älteren Schwester, Sally, die glücklich mit Jake, dem Inhaber des örtlichen Eisenwarenladens, verheiratet war. Lächelnd erinnerte er sich an eine Bemerkung Dr. Pagets, der gemeint hatte, angesichts seiner Fantasie würde Harry später eher Schriftsteller als Schauspieler werden.

Harry ließ seine Füße vorsichtig auf den Boden sinken und erhob sich mit Kristins Hilfe. Sobald er einen Morgenmantel übergestreift hatte, nahm er die Schwester beim Arm und ging mit unsicheren Schritten durch die Tür und die Treppe hinauf.

»Wann waren Sie das letzte Mal zu Hause?«, fragte Kristin, als sie zu einer langsamen Runde über das Deck aufbrachen.

Harry versuchte immer, sich an das wenige zu halten, das er tatsächlich über Bradshaw wusste; diese kargen Informationen ergänzte er mit kleinen Ausschnitten aus dem Leben seiner fiktiven Familie. »Vor etwas mehr als drei Jahren«, sagte er. »Meine Familie hat sich nie beschwert, denn alle wussten, dass ich von klein auf zur See fahren wollte.«

»Und wie kam es dann dazu, dass Sie auf einem britischen Schiff gearbeitet haben?«

Eine verdammt gute Frage, dachte Harry. Die Antwort darauf hätte er auch gerne gewusst. Er stolperte, um sich ein wenig Zeit zu verschaffen, bis er eine überzeugende Entgegnung gefunden hätte. Kristin beugte sich vor, um ihm zu helfen.

»Es geht mir gut«, sagte er, nachdem er wieder Kristins Arm genommen hatte. Dann begann er heftig zu niesen.

»Vielleicht sollten wir Sie wieder auf die Krankenstation bringen«, schlug Kristin vor. »Wir können es uns nicht leisten, dass Sie eine Erkältung bekommen. Wir sollten es einfach morgen wieder versuchen.«

»Wie Sie meinen«, sagte Harry, der erleichtert darüber war, dass sie ihm keine weiteren Fragen stellte.

Nachdem sie ihn in seine Decke gewickelt hatte wie eine Mutter, die ein kleines Kind ins Bett bringt, fiel er rasch in einen tiefen Schlaf.

Am Tag bevor die *Kansas Star* in den Hafen von New York einlaufen sollte, schaffte Harry elf Runden an Deck. Obwohl er es gegenüber niemandem zugeben konnte, war er ganz aufgeregt über die Aussicht, zum ersten Mal Amerika zu sehen.

»Werden Sie direkt nach Bridgeport reisen, nachdem wir angelegt haben?«, fragte Kristin auf seiner letzten Runde. »Oder haben Sie vor, in New York zu bleiben?«

»Darüber habe ich noch nicht allzu sehr nachgedacht«, sagte Harry, der über diese Frage sehr wohl schon lange nachgedacht hatte. »Ich vermute, es kommt darauf an, wann wir anlegen«, fügte er hinzu, indem er versuchte, ihre nächste Frage vorauszuahnen.

»Wenn es nur das ist, dann können Sie, wenn Sie möchten, in Richards Wohnung auf der Eastside übernachten. Das wäre großartig.«

»Oh, ich möchte ihm aber keine Umstände machen.«

Kristin lachte. »Wissen Sie, Tom, manchmal hören Sie sich eher wie ein Engländer als wie ein Amerikaner an.«

»Wenn man so viele Jahre auf britischen Schiffen arbeitet, färben die *limeys* wahrscheinlich auf einen ab.«

»Ist das auch der Grund, warum Sie es nie geschafft haben, mit uns über Ihr Problem zu sprechen?« Harry blieb abrupt stehen. Zu stolpern oder zu niesen würde ihn diesmal nicht retten. »Wenn Sie ein wenig offener gewesen wären, hätten wir diese Schwierigkeit gerne aus der Welt geschafft. Aber unter den gegebenen Umständen hatten wir keine andere Wahl, als Kapitän Parker zu informieren, damit er eine Entscheidung darüber treffen würde, was zu tun ist.«

Harry ließ sich auf den nächsten Liegestuhl sinken, doch als Kristin nicht versuchte, ihm zu helfen, wusste er, dass er geschlagen war. »Es ist viel komplizierter, als es aussieht«, begann er. »Aber ich kann Ihnen erklären, warum ich niemanden in diese Sache hineinziehen will.«

»Das brauchen Sie nicht«, sagte Kristin. »Der Kapitän ist uns bereits zu Hilfe gekommen. Aber er würde gerne wissen, wie Sie mit dem eigentlichen Problem umgehen wollen.«

Harry ließ den Kopf sinken. »Ich bin bereit, alle Fragen des Kapitäns zu beantworten«, sagte er. Er war fast erleichtert, dass sein Geheimnis gelüftet worden war.

»Wie wir alle wollte er wissen, wie Sie das Schiff ohne Kleider und ohne Geld zu verlassen gedenken.«

Harry lächelte. »Ich dachte, die New Yorker würden einen Morgenmantel der *Kansas Star* ziemlich flott finden.«

»Offen gesagt würden es viele New Yorker nicht einmal mitbekommen, wenn Sie im Abendkleid die Fifth Avenue entlangstolzieren würden«, erwiderte Kristin. »Und diejenigen, die es mitbekommen, würden es wahrscheinlich für die allerneueste Mode halten. Aber nur für den Fall, dass die Einwohner dieser Stadt doch nicht zu dieser Einschätzung gelangen sollten, hat Richard ein paar weiße Hemden samt einer Freizeitjacke zusammengestellt. Unglücklicherweise ist er viel größer als Sie, sonst hätte er Ihnen auch noch eine Hose zur Verfügung stellen können. Dr. Wallace hat ein Paar braune Halbschuhe, ein Paar Socken und eine Krawatte übrig. Was zwar das Problem mit der Hose noch nicht löst, aber der Kapitän hat Bermudashorts, die ihm nicht mehr passen.« Harry brach in lautes Gelächter aus. »Wir hoffen, dass wir Ihnen nicht zu nahetreten, Tom, aber wir haben unter der Besatzung auch noch eine kleine Sammlung veranstaltet«, fügte sie hinzu und reichte ihm einen dicken Umschlag. »Ich glaube, darin werden Sie mehr als genug finden, um wieder nach Connecticut zu kommen.«

»Wie soll ich Ihnen nur danken?«, sagte Harry.

»Das brauchen Sie nicht, Tom. Wir alle sind so froh, dass Sie überlebt haben. Ich wünschte nur, wir hätten Ihren Freund Harry Clifton ebenfalls retten können. Aber Sie werden sich freuen zu hören, dass Kapitän Parker Dr. Wallace gebeten hat, Ihren Brief an Harrys Mutter persönlich zu überbringen.«

56

Harry gehörte zu den Ersten, die an diesem Morgen schon zwei Stunden, bevor die *Kansas Star* in den Hafen von New York einlaufen sollte, an Deck standen. Es dauerte noch einmal vierzig Minuten, bis sich die Sonne ihm anschloss, doch bis dahin hatte er sich genau überlegt, wie er seinen ersten Tag in Amerika verbringen wollte.

Er hatte sich bereits von Dr. Wallace verabschiedet, nachdem er, nur mühsam die richtigen Worte findend, dem Arzt für alles gedankt hatte, was dieser für ihn getan hatte. Wallace versicherte ihm, dass er sogleich nach seiner Ankunft in Bristol Mrs. Clifton den Brief zustellen wolle, und er hatte nach einigem Zögern eingesehen, dass es nicht ratsam war, Mrs. Clifton einen längeren Besuch abzustatten. Denn, so hatte Harry angedeutet, ihre Nerven seien besonders schwach.

Als Kapitän Parker ihn auf der Krankenstation besucht hatte, um ihm seine Bermudashorts zu geben und ihm Glück zu wünschen, war Harry sichtlich gerührt gewesen. Nachdem der Kapitän wieder auf die Brücke zurückgekehrt war, sagte Kristin: »Es ist Zeit, ins Bett zu gehen, Tom. Sie werden all Ihre Kraft brauchen, wenn Sie morgen nach Connecticut fahren wollen.«

Tom Bradshaw wäre gerne noch ein, zwei Tage mit Richard und Kristin in Manhattan geblieben, doch Harry Clifton konnte es sich nicht leisten, seine Zeit zu verschwenden, nachdem Britannien Deutschland den Krieg erklärt hatte.

»Wenn Sie morgen früh aufwachen«, fuhr Kristin fort, »sollten Sie versuchen, vor Tagesanbruch auf das Passagierdeck zu gehen. Dann können Sie den Sonnenaufgang sehen, während wir in New York einlaufen. Ich weiß, dass Sie das schon oft gesehen haben, Tom, aber ich selbst bin immer wieder begeistert davon.«

»Ich auch«, sagte Harry.

»Und wenn Sie möchten«, fügte Kristin hinzu, »könnten Sie nach dem Anlegen vielleicht warten, bis Richard und ich unseren Dienst beendet haben, damit wir zusammen von Bord gehen können.«

In Richards Freizeitjacke und einem von dessen Hemden (beides ein wenig zu groß), den Bermudashorts des Kapitäns (ein wenig zu lang) sowie den Schuhen und Socken des Arztes (beides ein wenig zu eng) konnte Harry es kaum erwarten, endlich an Land zu gehen.

Der Zahlmeister des Schiffs hatte der New Yorker Einwanderungsbehörde bereits telegrafiert, dass sie einen zusätzlichen Passagier an Bord hatten, einen amerikanischen Bürger namens Tom Bradshaw. Das NYID seinerseits hatte telegrafisch darum gebeten, dass Mr. Bradshaw sich bei einem der Einwanderungsbeamten melden solle; die Behörde würde sich dann um alles Weitere kümmern.

Sobald Richard ihn am Grand Central abgesetzt hätte, wollte Harry nach einem kurzen Aufenthalt im Bahnhof wieder zurück zum Hafen fahren, wo er die Absicht hatte, sich unverzüglich im Gewerkschaftsbüro zu melden, um herauszufinden, welche Schiffe in Bälde nach England fuhren. Welche Stadt das Schiff anlaufen würde, war ihm gleichgültig, solange es sich nur nicht um Bristol handelte.

Wenn er ein passendes Schiff gefunden hätte, würde er jede Stelle annehmen, die man ihm anbot. Es spielte keine Rolle, ob er auf der Brücke oder im Kesselraum arbeiten, ob er Decks schrubben oder Kartoffeln schälen würde, solange er nur nach England zurückkäme. Sollte es sich herausstellen, dass keine Stellen frei wären, hatte er vor, die billigste Passage nach Hause zu buchen. Er hatte den Inhalt des dicken weißen Umschlags, den Kristin ihm gegeben hatte, bereits durchgesehen und wusste, dass er mehr als genug Geld besaß, um sich eine Koje zu leisten, die auch nicht kleiner sein konnte als der Besenschrank, in dem er auf der *Devonian* geschlafen hatte.

Harry war traurig darüber, dass er bei seiner Rückkehr nach England keinen Kontakt zu seinen alten Freunden würde aufnehmen können und vorsichtig sein musste, wenn er seine Mutter wiedersehen wollte. Doch nach dem Anlegen in seiner Heimat sollte sein einziges Ziel darin bestehen, auf einem der Kriegsschiffe Seiner Majestät zu arbeiten und sich freiwillig zum Kampf gegen die Feinde des Königs zu melden, selbst wenn dies bedeutete, dass er bei der Rückkehr jedes Kriegsschiffs in den Hafen an Bord bleiben musste wie ein Krimineller auf der Flucht.

Eine Dame riss Harry aus seinen Gedanken. Voller Bewunderung sah er zur Freiheitsstatue, die zum ersten Mal vor seinen Augen aus dem Morgennebel auftauchte. Zwar hatte er schon Fotos von Miss Liberty gesehen, doch diese hatten ihm keinen Eindruck von ihrer wahren Größe vermitteln können. Diesen bekam er erst, als sie jetzt hoch über der *Kansas Star* aufragte und Besucher, Einwanderer und Landsleute in den Vereinigten Staaten willkommen hieß.

Während das Schiff immer weiter in Richtung Hafen glitt, beugte sich Harry über die Reling und blickte nach Manhattan hinüber. Zuerst war er enttäuscht, dass die Wolkenkratzer nicht größer wirkten als einige Gebäude in Bristol. Doch nach und nach wurden die Häuser immer höher, bis sie schließlich in den Himmel aufzusteigen schienen und er mit der Hand die Augen vor der Sonne beschirmen musste, wenn er an ihnen hinaufsah.

Ein Schlepper der New Yorker Hafenbehörde tauchte vor ihnen auf und führte die *Kansas Star* sicher zu ihrem Anlegeplatz an Pier Nummer sieben. Als Harry die winkende Menge sah, war er zum ersten Mal beunruhigt, obwohl der junge Mann, der an diesem Morgen New York erreichte, viel älter war als der vierte Offizier, der Bristol erst drei Wochen zuvor verlassen hatte.

»Lächeln Sie, Tom.«

Harry drehte sich um und sah, dass Richard in eine Kodak Brownie Boxkamera blickte. Der Amerikaner musterte ein auf dem Kopf stehendes Bild von Tom vor dem Hintergrund der Skyline von Manhattan.

»Sie sind einer der Passagiere, die ich ganz sicher nicht so schnell vergessen werde«, sagte Kristin, als sie herüberkam und sich neben Harry stellte, damit Tom ein Foto von ihnen beiden machen konnte. Sie hatte ihre Schwesternuniform gegen ein modisches Kleid mit großen Punkten und weißem Gürtel getauscht; dazu trug sie weiße Schuhe.

»Das gilt für mich genauso«, erwiderte Harry, der hoffte, dass keiner der beiden bemerkte, wie aufgeregt er war.

»Es wird Zeit, an Land zu gehen«, sagte Richard und schloss die Kamera.

Die drei folgten einer breiten Treppe ins Unterdeck, wo bereits mehrere Passagiere vom Schiff strömten und ihren erleichterten Familien und besorgten Freunden in die Arme fielen. Als sie die Gangway hinabgingen und zahlreiche Passagiere und Besatzungsmitglieder ihm die Hand gaben und ihm Glück wünschten, löste sich Harrys Beklommenheit.

Sobald sie festen Boden unter den Füßen hatten, gingen Harry, Richard und Kristin in Richtung der Einwanderungsbeamten, wo sie sich in einer der vier langen Reihen anstellten. Harrys Blick huschte in alle Richtungen, und er wollte den beiden so viele Fragen stellen, doch damit hätte er nur verraten, dass er zum ersten Mal in Amerika war.

Vor allem fielen ihm die verschiedenen Hautfarben auf, die in der amerikanischen Bevölkerung verbreitet waren; es war fast, als hätte er eine Art bunten menschlichen Flickenteppich vor sich. In Bristol hatte er in seinem ganzen Leben nur einen einzigen Schwarzen gesehen, und erinnerte sich daran, wie er damals stehen geblieben war und ihn angestarrt hatte. Old Jack hatte ihm damals gesagt, dass dies zugleich unhöflich und dumm war, und hinzugefügt: »Wie würdest du dich fühlen, wenn jeder stehen bleiben und dich anstarren würde, nur weil du weiß bist?« Doch es war der Lärm, die Unruhe und die schiere Geschwindigkeit aller Dinge um ihn herum, die Harry am meisten beschäftigte; im Vergleich dazu wirkte Bristol wie ein träges Überbleibsel aus einer längst vergangenen Ära.

Er bereute bereits, dass er Richards Angebot abgelehnt hatte, in dessen Wohnung zu übernachten und vielleicht ein paar Tage in einer Stadt zu verbringen, die er schon jetzt, noch bevor er den Hafen verlassen hatte, höchst aufregend fand.

»Vielleicht sollte ich als Erster durchgehen«, sagte Richard, als sie die Spitze der Schlange erreicht hatten. »Dann könnte ich den Wagen holen und vor dem Terminal auf euch beide warten.«

»Gute Idee«, sagte Kristin.

»Der Nächste!«, rief der Einwanderungsbeamte.

Richard trat an den Tisch und reichte dem Mann seinen Pass,

der einen kurzen Blick auf das Foto warf und das Dokument dann abstempelte. »Willkommen daheim, Lieutenant Tibbet.«

»Der Nächste!«

Harry trat vor. Er war sich bewusst, dass er keinen Pass und keine anderen Ausweispapiere besaß – und dass er den Namen eines anderen führte.

»Mein Name ist Tom Bradshaw«, sagte er in einem Ton, der zuversichtlicher klang, als er sich fühlte. »Soweit ich weiß, hat der Zahlmeister der SS *Kansas Star* bereits telegrafisch eine Nachricht hinterlassen, dass ich hier an Land gehen würde.«

Der Einwanderungsbeamte musterte Harry aufmerksam. Dann griff er nach einem Blatt Papier und begann, eine lange Liste mit Namen durchzusehen. Schließlich machte er einen Haken hinter einen der Einträge, drehte sich um und nickte jemandem zu. Erst jetzt bemerkte Harry die beiden Männer, die hinter der anderen Seite der Absperrung standen. Sie trugen identische graue Anzüge und graue Hüte. Einer von ihnen lächelte ihm zu.

Der Einwanderungsbeamte drückte einen Stempel auf ein Blatt Papier, das er Harry reichte. »Willkommen daheim, Mr. Bradshaw. Ganz schön lange her.«

»*Sure has* – aber klar doch«, sagte Harry.

»Der Nächste!«

»Ich werde auf dich warten«, sagte Harry, als Kristin an den Tisch trat.

»Es dauert nur einen Moment«, versprach sie.

Harry ging durch die Absperrung und betrat zum ersten Mal die Vereinigten Staaten von Amerika.

Die beiden Männer in den grauen Anzügen traten auf ihn zu. Einer von ihnen sagte: »Guten Morgen, Sir. Sind Sie Mr. Thomas Bradshaw?«

»Ja, der bin ich«, sagte Harry.

Er hatte die Worte kaum ausgesprochen, als der andere Mann ihn packte und ihm die Arme auf den Rücken drehte, während der erste ihm Handschellen anlegte. Alles ging so schnell, dass Harry nicht einmal Zeit hatte zu protestieren.

Er blieb äußerlich ruhig, denn er hatte bereits an die Möglichkeit gedacht, dass jemand herausfinden würde, dass er nicht Tom Bradshaw, sondern ein Engländer namens Harry Clifton war. Doch er nahm an, dass er selbst unter diesen Umständen mit nichts Schlimmerem zu rechnen hatte als damit, abgeschoben und mit dem nächsten Schiff nach England zurückgebracht zu werden. Und da er ohnehin die ganze Zeit über wieder nach Hause hatte fahren wollen, leistete er keinen Widerstand.

Harry sah zwei Fahrzeuge, die am Straßenrand warteten. Das erste war ein schwarzer Polizeiwagen, dessen Hecktür von einem weiteren Mann in einem grauen Anzug aufgehalten wurde, der keine Miene verzog. Das zweite Fahrzeug war ein roter Sportwagen, auf dessen Motorhaube Richard saß und lächelte.

Als Richard sah, dass Tom in Handschellen abgeführt wurde, sprang er auf und rannte auf ihn zu. Gleichzeitig begann einer der Polizeibeamten, Harry seine Rechte vorzulesen, während der andere ihn mit festem Griff am Ellbogen gepackt hielt. »Sie haben das Recht zu schweigen. Alles, was Sie sagen, kann und wird vor Gericht gegen Sie verwendet werden. Sie haben das Recht auf einen Anwalt.«

Es dauerte nur einen Augenblick, dann ging Richard bereits neben ihm her. Er starrte die Beamten an und sagte: »Verdammt, was fällt Ihnen eigentlich ein?«

»Wenn Sie sich keinen Anwalt leisten können, wird Ihnen einer zugeteilt werden«, fuhr der erste Polizist fort, während der andere Richard ignorierte.

Richard war verblüfft darüber, wie gelassen Tom wirkte. Es hatte den Anschein, als sei er nicht überrascht, festgenommen zu werden. Doch Richard war immer noch entschlossen, alles zu tun, um seinem Freund zu helfen. Er stürmte nach vorn, stellte sich den Beamten in den Weg und sagte mit fester Stimme: »Was werfen Sie Mr. Bradshaw vor, Officer?«

Der leitende Detective blieb stehen, sah ihm in die Augen und sagte: »Mord.«

Mein Dank gilt folgenden Menschen für ihre außerordentlich
hilfreichen Ratschläge und Recherchen:

John Anstee, Simon Bainbridge, John Cleverdon,
Eleanor Dryden, George Havens, Alison Prince,
Mari Roberts, Susan Watt, David Watts und Peter Watts.

Leseprobe

Das Vermächtnis des Vaters

Lesen Sie weiter
im zweiten Band der *Clifton-Saga*

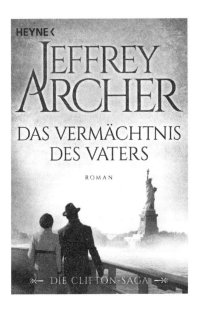

Erhältlich ab Winter 2015

HARRY CLIFTON

1939 – 1941

1

»Mein Name ist Harry Clifton.«

»Klar. Und ich bin Babe Ruth«, sagte Detective Kolowski und zündete sich eine Zigarette an.

»Nein«, sagte Harry, »Sie verstehen nicht. Das alles ist ein schrecklicher Irrtum. Ich bin Harry Clifton, ein Engländer aus Bristol. Ich habe auf demselben Schiff gearbeitet wie Tom Bradshaw.«

»Heben Sie sich das für Ihren Anwalt auf«, sagte der Detective, atmete tief aus und füllte die kleine Zelle mit einer Rauchwolke.

»Ich habe keinen Anwalt«, protestierte Harry.

»Wenn ich Ihre Probleme hätte, mein Junge, dann dürfte mir die Tatsache, dass Sefton Jelks auf meiner Seite ist, so ziemlich wie meine einzige Hoffnung vorkommen.«

»Wer ist Sefton Jelks?«

»Mag sein, dass Sie noch nie vom schlauesten Anwalt New Yorks gehört haben«, sagte der Detective und stieß eine weitere Rauchwolke aus, »aber er hat morgen früh um neun Uhr einen Termin mit Ihnen, und Jelks verlässt sein Büro nur, wenn jemand im Voraus seine Rechnung bezahlt hat.«

»Aber ...«, begann Harry, doch Kolowski schlug bereits mit der flachen Hand gegen die Zellentür.

»Wenn Jelks also morgen früh hier auftaucht«, fuhr Kolowski fort, indem er Harrys Einwurf ignorierte, »dann sollten Sie besser eine überzeugendere Geschichte auf Lager haben als die Behauptung, wir hätten den falschen Mann festgenommen. Sie haben dem Einwanderungsbeamten gesagt, dass Sie Tom Bradshaw sind, und wenn *ihm* das genügt hat, dann wird es auch dem Richter genügen.«

Die Zellentür schwang auf – aber erst nachdem der Detective eine weitere Rauchwolke ausgestoßen hatte, die Harry zum Husten brachte. Kolowski trat ohne ein weiteres Wort hinaus in den Korridor und schlug die Tür hinter sich zu. Harry legte sich auf die an der Wand befestigte Pritsche und ließ seinen Kopf auf das backsteinharte Kissen sinken. Er sah hinauf zur Decke und dachte darüber nach, wie es geschehen konnte, dass er in einer Polizeizelle am anderen Ende der Welt gelandet war und man ihn des Mordes anklagte.

Die Tür öffnete sich lange bevor das Morgenlicht durch das vergitterte Fenster in die Zelle dringen konnte. Trotz der frühen Stunde war Harry hellwach. Ein Aufseher kam herein. In den Händen hielt er ein Tablett mit dem Frühstück, das die Heilsarmee nicht einmal einem Obdachlosen angeboten hätte. Sobald der Wärter das Tablett auf den kleinen Holztisch gestellt hatte, verließ er die Zelle ebenso wortlos, wie er sie betreten hatte.

Harry warf einen kurzen Blick auf das Essen und begann dann, auf und ab zu gehen. Mit jedem Schritt wuchs seine Hoffnung, dass sich die ganze Angelegenheit sehr schnell klären ließe, wenn er Mr. Jelks erst einmal erklärt hatte, warum er sich Tom Bradshaws Namen angeeignet hatte. Zweifellos bestünde die härteste Strafe darin, dass man ihn abschieben würde, und da er ohnehin die ganze Zeit vorgehabt hatte, wieder nach England zurückzukehren und der Marine beizutreten, passte das genau zu seinem ursprünglichen Plan.

Fünf Minuten vor neun saß Harry auf der Kante der Pritsche und wartete ungeduldig darauf, dass Mr. Jelks erscheinen würde. Die massive Eisentür schwang jedoch erst zwölf Minuten nach neun auf. Harry sprang hoch, als ein Aufseher Platz machte, um einen großen, eleganten Mann mit silbergrauem Haar eintreten zu lassen. Der Mann, so schien es Harry, musste etwa im Alter seines Großvaters sein. Mr. Jelks trug einen zweireihigen, dunkelblauen Nadelstreifenanzug, ein weißes Hemd und eine gestreifte Krawatte. Sein müder Blick deutete an, dass ihn wahrscheinlich nur noch wenig überraschen konnte.

»Guten Morgen«, sagte er und deutete ein Lächeln an. »Mein Name ist Sefton Jelks. Ich bin der Seniorpartner von Jelks, Myers und Abernathy, und meine Mandanten, Mr. und Mrs. Bradshaw, haben mich gebeten, Sie in der bevorstehenden Verhandlung zu vertreten.«

Harry bot Jelks den einzigen Stuhl in seiner Zelle an, als würde es sich bei dem Anwalt um einen alten Freund handeln, der ihn auf eine Tasse Tee in seinen Räumen in Oxford besuchte. Er setzte sich wieder auf seine Pritsche und sah zu, wie der Anwalt seine Aktentasche öffnete, einen gelben Block herausnahm und ihn auf den Tisch legte.

Jelks zog einen Füllfederhalter aus der Innentasche seines Jacketts und sagte: »Vielleicht sollten wir damit anfangen, dass Sie mir sagen, wer Sie sind, denn wir beide wissen, dass es sich bei Ihnen nicht um Lieutenant Bradshaw handelt.«

Falls Harrys Geschichte den Anwalt überraschte, so ließ er es sich nicht anmerken. Mit gesenktem Kopf machte er sich zahlreiche Notizen auf seinem Block, während Harry ihm erklärte, wie es dazu hatte kommen können, dass er die letzte Nacht im Gefängnis verbracht hatte. Als Harry fertig war, nahm er an, dass seine Probleme damit zweifellos gelöst waren, da er einen so erfahrenen Anwalt auf seiner Seite hatte. Das änderte sich jedoch, als er Jelks' erste Frage hörte.

»Sie sagen, dass Sie Ihrer Mutter noch auf der *Kansas Star* einen Brief geschrieben haben, in dem Sie ihr erklären, warum Sie Tom Bradshaws Identität angenommen haben?«

»Das ist korrekt, Sir. Ich wollte meiner Mutter unnötiges Leid ersparen, doch gleichzeitig musste ich ihr begreiflich machen, warum ich eine so drastische Entscheidung getroffen hatte.«

»Ja, ich kann verstehen, wie Sie auf den Gedanken kommen konnten, dass ein Wechsel Ihrer Identität alle Ihre unmittelbaren Probleme lösen würde, und Ihnen gleichzeitig nicht bewusst war, dass Sie sich damit eine ganze Reihe noch viel größerer Schwierigkeiten einhandeln könnten«, sagte Jelks. Seine nächste Frage überraschte Harry sogar noch mehr. »Erinnern Sie sich noch an den Inhalt Ihres Briefes?«

»Ich hatte zuvor in meinem Kopf so lange an den Formulierungen gearbeitet, dass ich ihn fast wörtlich wiedergeben könnte.«

»Dann gestatten Sie mir, Ihr Gedächtnis auf die Probe zu stellen«, erwiderte Jelks, riss eine Seite aus seinem Block und schob sie zusammen mit seinem Füllfederhalter zu Harry hinüber.

Harry rief sich einen Moment lang den genauen Wortlaut in Erinnerung und schrieb den Brief dann noch einmal.

Liebste Mutter,
ich habe alles in meiner Macht Stehende getan, um dafür zu sorgen, dass Du diesen Brief erhältst, bevor irgendjemand Dir mitteilen wird, dass ich auf See gestorben sei.
Wie Du am Datum dieses Briefes erkennen kannst, bin ich nicht gestorben, als die Devonian am 4. September versenkt wurde. Vielmehr wurde ich von einem amerikanischen Schiff

aus dem Meer gefischt und bin durchaus noch am Leben. Es hat sich für mich jedoch die Möglichkeit ergeben, die Identität eines anderen anzunehmen, und das habe ich auch getan in der Hoffnung, sowohl Dich als auch die Barringtons von vielen Problemen zu befreien, deren Grund ich, wie es scheint, ohne es zu wollen, über Jahre hinweg gewesen bin.
Du darfst jedoch niemals glauben, dass meine Liebe zu Emma geringer geworden wäre; ganz im Gegenteil. Aber ich denke nicht, dass ich von ihr verlangen darf, sie möge sich für den Rest ihres Lebens an die eitle Hoffnung klammern, dass ich irgendwann in der Lage sein könnte zu beweisen, dass Arthur Clifton und nicht Hugo Barrington mein Vater ist. Dadurch kann sie eine Zukunft mit einem anderen zumindest in Erwägung ziehen. Ich beneide diesen Mann.
Ich habe vor, schon bald wieder nach England zurückzukehren. Solltest Du irgendeine Nachricht von einem gewissen Tom Bradshaw erhalten, so stammt sie von mir.
Ich werde sofort wieder Kontakt zu Dir aufnehmen, sobald ich in England bin, doch bis dahin muss ich Dich bitten, mein Geheimnis ebenso treu zu bewahren, wie Du Dein eigenes so viele Jahre lang bewahrt hast.
Dein Dich liebender Sohn
Harry

Als Jelks den Brief zu Ende gelesen hatte, überraschte er Harry ein weiteres Mal. »Haben Sie den Brief selbst aufgegeben, Mr. Clifton?«, fragte er. »Oder haben Sie jemand anderem die Verantwortung dafür übertragen?«

Zum ersten Mal wurde Harry misstrauisch, und er beschloss, nicht zu erwähnen, dass er Dr. Wallace darum gebeten hatte, den Brief an seine Mutter zu schicken, wenn er in zwei Wochen wieder in Bristol sein würde. Er fürchtete, dass Jelks Dr. Wallace dazu überreden könnte, ihm den Brief auszuhändigen. Dann würde seine Mutter unmöglich wissen können, dass er noch am Leben war.

»Ich habe den Brief sofort nach dem Anlegen aufgegeben«, sagte er.

Der alte Anwalt nahm sich Zeit, bevor er darauf einging. »Haben Sie irgendeinen Beweis, dass Sie Harry Clifton und nicht Thomas Bradshaw sind?«

»Nein, Sir, das habe ich nicht«, erwiderte Harry, ohne zu zögern. Er war sich schmerzlich bewusst, dass niemand an Bord der *Kansas Star* einen Grund hatte zu glauben, dass er *nicht* Tom Bradshaw war. Und die einzigen Menschen, die seine Geschichte bestätigen konnten, lebten dreitausend Meilen entfernt auf der anderen Seite des Ozeans – Menschen, die in Kürze erfahren würden, dass man Harry Clifton auf hoher See bestattet hatte.

»Unter diesen Umständen kann ich Ihnen vielleicht helfen, Mr. Clifton. Vorausgesetzt, Sie haben immer noch die Absicht, dass Miss Emma Barrington Sie für tot halten soll. Sollten Sie das wünschen«, sagte Jelks mit einem unsicheren Lächeln, »dann kann ich Ihnen vielleicht eine Lösung für Ihr Problem in Aussicht stellen.«

»Eine Lösung?«, sagte Harry, der zum ersten Mal Hoffnung zu schöpfen schien.

»Aber nur dann, wenn Sie sich in der Lage sehen, auch weiterhin die *Persona* von Thomas Bradshaw beizubehalten.«

Harry schwieg.

»Das Büro des Bezirksstaatsanwalts hat zugegeben, dass sich die Mordanklage gegen Bradshaw allenfalls auf Indizien stützt, und das einzig wirklich bedeutende Indiz besteht in der Tatsache, dass Bradshaw am Tag, nachdem der Mord begangen wurde, das Land verlassen hat. Weil sie sich im Klaren darüber sind, dass ihre Argumente ziemlich schwach aussehen, sind sie bereit, die Mordanklage fallen zu lassen, sofern Sie sich Ihrerseits in der Lage sehen, sich der Fahnenflucht schuldig zu bekennen, begangen während der Zeit bei den Streitkräften.«

»Aber warum sollte ich dem zustimmen?«, fragte Harry.

»Mir fallen drei gute Gründe ein«, erwiderte Jelks. »Erstens, wenn Sie das nicht tun, werden Sie wahrscheinlich sechs Jahre im Gefängnis verbringen, weil Sie unter falschen Angaben in die Vereinigten Staaten eingereist sind. Zweitens könnten Sie auf diese Weise Ihre Anonymität wahren, wodurch die Barringtons keinen Grund zur Vermutung hätten, dass Sie immer noch am Leben sind. Und drittens, die Bradshaws sind bereit, Ihnen zehntausend Dollar zu bezahlen, wenn Sie auch weiterhin die Rolle des Sohnes der Familie spielen.«

Harry begriff sofort, dass dies eine Gelegenheit war, seiner Mutter etwas zurückzugeben für all die Opfer, die sie über viele Jahre hinweg für ihn gebracht hatte. Eine so große Summe würde ihr Leben grundlegend ändern und es ihr ermöglichen, die enge, zweigeschossige Wohnung in der Still House Lane – zwei Zimmer oben, zwei Zimmer unten – ebenso hinter sich zu lassen wie das wöchentliche Anklopfen des Mannes, der die Miete einsammelte. Sie könnte sogar daran denken, ihre Stelle als Kellnerin im Grand Hotel aufzugeben und ein angenehmeres Leben zu führen, auch wenn Harry das für unwahrscheinlich hielt. Doch bevor er sich auf Jelks' Plan einlassen wollte, hatte er selbst einige Fragen.

»Warum sollten die Bradshaws eine solche Täuschung wollen, wo sie doch wissen, dass ihr Sohn auf hoher See gestorben ist?«

»Mrs. Bradshaw möchte unbedingt, dass Thomas' Name reingewaschen wird. Sie würde nie akzeptieren, dass einer ihrer Söhne den anderen umgebracht haben könnte.«

»Das ist es also, was man ihm vorwirft – dass er seinen Bruder getötet hat?«

»Ja, aber wie gesagt, es gibt nur Indizien, und sie sind alle ziemlich schwach. Vor Gericht hätten sie keinen Bestand, weshalb das Büro des Staatsanwalts auch bereit ist, die Anklage fallen zu lassen. Aber nur dann, wenn wir in der weniger schwerwiegenden Anklage der Desertion auf *schuldig* plädieren.«

»Und wie würde das Urteil aussehen, wenn ich mich darauf einlasse?«

»Der Staatsanwalt hat zugestimmt, dem Richter zu empfehlen, dass Sie zu einem Jahr verurteilt werden, also könnten Sie bei guter Führung nach sechs Monaten wieder freikommen. Eine ziemliche Verbesserung gegenüber den sechs Jahren, die Sie erwarten, wenn Sie weiter darauf bestehen, Harry Clifton zu sein.«

»Aber in dem Augenblick, in dem ich den Gerichtssaal betrete, wird es unweigerlich jemanden geben, dem auffällt, dass ich nicht Tom Bradshaw bin.«

»Unwahrscheinlich«, sagte Jelks. »Die Bradshaws stammen aus Seattle an der Westküste, und obwohl sie recht vermögend sind, besuchen sie New York nur selten. Thomas ist mit siebzehn zur Marine gegangen, und wie Sie zu Ihrem eigenen Schaden wissen, hat er in den letzten vier Jahren keinen Fuß mehr auf amerikanischen Boden gesetzt. Wenn Sie auf *schuldig* plädieren, werden Sie schon nach zwanzig Minuten wieder aus dem Gerichtssaal raus sein.«

»Aber sobald ich den Mund aufmache, wird jeder bemerken, dass ich kein Amerikaner bin.«

»Deshalb werden Sie Ihren Mund ja auch gar nicht erst aufmachen, Mr. Clifton.« Der weltgewandte Anwalt schien auf alles eine Antwort zu haben. Harry brachte den nächsten Einwand vor.

»In England erscheinen bei Mordprozessen immer jede Menge Journalisten, und vor dem Gerichtsgebäude bildet sich schon früh am Morgen eine lange Schlange, weil alle hoffen, einen Blick auf den Angeklagten werfen zu können.«

»Mr. Clifton, im Augenblick gibt es in New York vierzehn Mordprozesse, darunter die Verhandlung gegen den berüchtigten ›Scherenmörder‹. Ich bezweifle, dass auch nur ein Nachwuchsreporter diese Verhandlung zugewiesen bekommen hat.«

»Ich brauche ein wenig Zeit, um darüber nachzudenken.«

Jelks sah auf die Uhr. »Wir müssen Punkt zwölf vor Richter Atkins erscheinen, also haben Sie etwas über eine Stunde Zeit, um zu einer Entscheidung zu kommen, Mr. Clifton.« Er rief nach einem Aufseher, damit die Zellentür geöffnet wurde. »Sollten Sie sich dazu entschließen, meine Dienste nicht in Anspruch zu nehmen, wünsche ich Ihnen Glück, denn dann werden wir uns nicht wiedersehen«, fügte er hinzu, bevor er die Zelle verließ.

Harry saß am Rand der Pritsche und dachte über Sefton Jelks' Angebot nach. Obwohl er keinen Zweifel daran hatte, dass der silberhaarige Anwalt seine ganz eigenen Ziele verfolgte, klangen sechs Monate bei Weitem erträglicher als sechs Jahre. Und an wen hätte er sich schon wenden können, wenn nicht an diesen erfahrenen Mann? Harry hätte nur allzu gerne Sir Walter Barrington in dessen Büro aufgesucht und ihn um Rat gebeten.

Eine Stunde später trug Harry einen dunkelblauen Anzug, ein cremefarbenes Hemd, einen gestärkten Kragen und eine gestreifte Krawatte. So führte man ihn in Handschellen aus seiner Zelle in einen Gefangenentransporter, mit dem er in Begleitung bewaffneter Aufseher zum Gerichtsgebäude gefahren wurde.

»Niemand darf den Eindruck bekommen, dass Sie fähig wären, einen Mord zu begehen«, hatte Jelks betont, nachdem ein Schneider mit einem halben Dutzend Anzügen, mehreren Hemden und einer Auswahl an Krawatten Harry in dessen Zelle besucht hatte.

»Das bin ich ja auch nicht«, hatte Harry ihn erinnert.

Harry sah Jelks auf dem Korridor wieder. Der Anwalt bedachte ihn mit derselben Andeutung eines Lächelns wie zuvor. Dann schob er sich durch die Schwingtüren, lief den Mittelgang des Gerichtssaals hinab und hielt nicht eher inne, bevor er die beiden freien Plätze am Tisch der Verteidigung erreicht hatte.

Sobald Harry sich gesetzt hatte, wurden ihm die Handschellen abgenommen, und er sah sich in dem fast völlig leeren Raum um. Jelks hatte recht gehabt. Nur wenige Besucher interessierten sich für den Fall, und von der Presse war offensichtlich niemand darunter. Für die meisten Zuschauer musste es wie irgendein beliebiger Mord im Familienkreis wirken, bei dem der Angeklagte wahrscheinlich freigesprochen werden würde: keine Kain-und-Abel-Überschriften, keine Aussicht auf den elektrischen Stuhl in Gerichtssaal Nummer vier.

Als das erste Klingeln ertönte, das die Mittagsstunde ankündigte, öffnete sich eine Tür auf der gegenüberliegenden Seite des Saals, und Richter Atkins erschien. Langsam durchquerte er den Raum, ging die Stufen zum Podium hinauf und nahm hinter dem Richtertisch Platz. Dann nickte er in Richtung des Bezirksstaatsanwalts, als wüsste er genau, was dieser zu sagen hatte.

Ein junger Beamter erhob sich hinter dem Tisch der Staatsanwaltschaft und erklärte, dass man den Mordvorwurf fallen lassen und Thomas Bradshaw stattdessen der Desertion aus der US Navy anklagen würde. Der Richter nickte und wandte sich Mr. Jelks zu, welcher wie aufs Stichwort aufstand.

»Und wie plädiert Ihr Mandant in dieser zweiten Anklage, der Desertion?«

»Schuldig«, sagte Jelks. »Ich hoffe, Euer Ehren, dass Sie hinsichtlich dieses Vorwurfs gegenüber meinem Mandanten Milde walten lassen, denn ich brauche Sie nicht daran zu erinnern, Sir, dass dies seine erste Straftat ist und er sich vor diesem für ihn völlig untypischen Ausrutscher nie etwas hat zuschulden kommen lassen.«

Richter Atkins' Miene verdüsterte sich. »Mr. Jelks«, sagte er, »manche Menschen sind der Ansicht, die Tatsache, dass sich jemand von seinem Posten entfernt, während er sich eigentlich im Dienst für sein Land befindet, stelle ein genauso verabscheuungswürdiges Verbrechen dar wie Mord. *Ich* brauche *Sie* nicht daran zu erinnern, dass ein solches Verhalten Ihren Mandanten bis vor Kurzem noch vor ein Erschießungskommando gebracht hätte.«

Harry wurde fast übel, als er zu Jelks aufsah, der seinen Blick nicht vom Richter wandte.

»In Anbetracht dieses Umstands«, fuhr Atkins fort, »verurteile ich Lieutenant Thomas Bradshaw zu sechs Jahren Gefängnis.« Er ließ seinen Holzhammer niederkrachen und sagte: »Nächster Fall«, bevor Harry Gelegenheit hatte, dagegen zu protestieren.

»Sie haben mir gesagt...«, begann Harry, doch Jelks hatte seinem ehemaligen Mandanten bereits den Rücken zugedreht und ging davon. Harry wollte ihm gerade nacheilen, als zwei Aufseher seine Arme packten und dem verurteilten Kriminellen

Handschellen anlegten, bevor sie mit ihm durch den Gerichtssaal auf eine Tür zugingen, die dieser zuvor nicht bemerkt hatte.

Harry drehte sich um und sah, wie Sefton Jelks einem Mann mittleren Alters die Hand gab, der ihm ganz offensichtlich zu seiner Arbeit gratulierte. Wo hatte Harry dieses Gesicht zuvor schon gesehen? Dann begriff er – es musste sich um Tom Bradshaws Vater handeln.

2

Ohne weitere Formalitäten wurde Harry zunächst durch einen langen, spärlich beleuchteten Korridor und dann durch eine unmarkierte Tür nach draußen in einen kargen Hof geführt.

In der Mitte des Hofes stand ein gelber Bus, der weder eine Nummer noch einen anderen Hinweis auf sein Ziel trug. Ein muskulöser Aufseher stand mit einem Gewehr in der Hand neben der Bustür und gab Harry mit einem Nicken zu verstehen, dass er einsteigen solle. Nur für den Fall, dass er auf andere Gedanken kommen sollte, halfen ihm dabei die beiden Wachleute, die ihn aus dem Gericht geleitet hatten.

Harry setzte sich und starrte düster aus dem Fenster, während nach und nach andere verurteilte Gefangene in den Bus geführt wurden. Einige hielten die Köpfe gesenkt, andere, die diesen Weg offensichtlich nicht zum ersten Mal hinter sich brachten, kamen fast munter dahergeschlendert. Er nahm an, dass es nun nicht mehr lange dauern würde, bis der Bus losfuhr – gleichgültig, was auch immer das Ziel der Fahrt sein mochte –, doch kurz darauf sollte er seine erste, schmerzliche Lektion über das Leben eines Gefangenen lernen: Sobald man verurteilt wurde, hat es niemand mehr eilig.

Harry dachte darüber nach, einen der Wachleute zu fragen, wohin sie fahren würden, doch keiner von ihnen sah wie ein besonders hilfsbereiter Reiseführer aus. Nervös drehte er sich um, als sich jemand auf den Sitz neben ihm fallen ließ. Er wollte seinen neuen Begleiter nicht anstarren, doch da dieser sich sofort vorstellte, musterte Harry ihn etwas genauer.

»Ich bin Pat Quinn«, verkündete er mit einem leichten irischen Akzent.

»Tom Bradshaw«, sagte Harry, der seinem neuen Bekannten die Hand geschüttelt hätte, wenn beide nicht mit Handschellen gefesselt gewesen wären.

Quinn sah nicht wie ein Krimineller aus. Seine Füße berührten kaum den Boden, und er konnte nicht größer als ein Meter fünfundfünfzig sein, während die meisten anderen Gefangenen im Bus entweder groß und muskelbepackt oder einfach nur groß und übergewichtig waren. Quinn wirkte, als könne ihn der kleinste Windstoß umwerfen. Sein dünnes rotes Haar zeigte die ersten grauen Strähnen, obwohl er keinen Tag älter als vierzig sein konnte.

»Das ist das erste Mal für dich?«, sagte Quinn. Es klang halb wie eine Frage und halb wie eine Feststellung.

»Ist das so offensichtlich?«, fragte Harry.

»Es steht dir ins Gesicht geschrieben.«

»Was steht mir ins Gesicht geschrieben?«

»Dass du keine Ahnung hast, was als Nächstes passieren wird.«

»Dann ist es für *dich* eindeutig nicht das erste Mal?«

»Es ist das elfte Mal, dass ich in diesem Bus sitze. Es könnte auch schon das zwölfte Mal sein.«

Harry lachte zum ersten Mal seit vielen Tagen.

»Weswegen bist du hier?«, fragte Quinn.

»Desertion. Strafwürdiges Verlassen«, erwiderte Harry, ohne auf irgendwelche Einzelheiten einzugehen.

»So etwas habe ich ja noch nie gehört«, sagte Quinn. »Ich habe drei Ehefrauen verlassen, aber deswegen haben sie mich kein einziges Mal in den Knast geworfen.«

»Ich habe keine Ehefrau verlassen«, sagte Harry, wobei er an Emma dachte. »Ich habe unerlaubt die Royal Navy verlassen – ich meine, die Marine.«

»Wie viel hast du dafür bekommen?«

»Sechs Jahre.«

Quinn pfiff durch die beiden Zähne, die er noch hatte. »Das klingt ziemlich hart. Wer war dein Richter?«

»Atkins«, erwiderte Harry in heftigem Ton.

»Arnie Atkins? Du hast den falschen Richter bekommen. Solltest du jemals wieder vor Gericht müssen, dann sorg dafür, dass du den richtigen Richter bekommst.«

»Ich wusste nicht, dass man sich seinen Richter aussuchen kann.«

»Das kann man auch nicht«, sagte Quinn, »aber es gibt gewisse Mittel und Wege, die Schlimmsten zu vermeiden.« Harry sah sich seinen Begleiter noch genauer an als zuvor, unterbrach ihn aber nicht. »Es gibt sieben Richter in dem für uns zuständigen Bezirk, und zweien davon musst du unter allen Umständen aus dem Weg gehen. Einer der beiden ist Arnie Atkins. Sein Humor ist knapp bemessen, seine Strafen umso großzügiger.«

»Aber wie hätte ich ihm aus dem Weg gehen können?«, fragte Harry.

»Atkins hat seit elf Jahren den Vorsitz in Gerichtssaal Nummer vier, also bekomme ich einen epileptischen Anfall, wenn man mich in diese Richtung führt. Einen Anfall, der so heftig ist, dass die Wachen mich zum Gerichtsarzt bringen.«

»Du bist Epileptiker?«

»Nein«, sagte Quinn. »Du hörst nicht zu.« Er klang fast empört, und Harry verstummte. »Wenn ich denen vorspiele, dass es mir wieder besser geht, haben sie meinen Fall längst einem anderen Richter übertragen.«

Harry lachte zum zweiten Mal. »Und damit kommst du durch?«

»Nicht immer. Aber wenn ich ein paar unerfahrene Wachen zugeteilt bekomme, habe ich eine echte Chance. Obwohl es immer schwieriger wird, ständig dieselbe Nummer durchzuziehen. Diesmal allerdings war das gar nicht nötig, denn sie haben mich direkt in Gerichtssaal Nummer zwei gebracht, und der ist das Reich von Richter Regan. Er ist Ire – genau wie ich, falls du das noch nicht bemerkt hast –, und er neigt dazu, einem Landsmann eine möglichst geringe Strafe zu geben.«

»Was hast du ausgefressen?«

»Ich bin Taschendieb«, verkündete Quinn, als sei er Architekt oder Arzt. »Ich habe mich im Sommer auf Pferderennen und im Winter auf Boxveranstaltungen spezialisiert. Es ist immer leichter, wenn meine Kunden stehen«, erklärte er. »Aber in letzter Zeit habe ich kaum noch Glück, weil mich zu viele Ordner schon kennen. Deswegen musste ich in der U-Bahn und auf Busbahnhöfen arbeiten, wo man nicht viel verdient und leichter geschnappt wird.«

Es gab noch so viele Fragen, die Harry seinem neuen Tutor stellen wollte, und wie ein begeisterter Studienanwärter konzentrierte er sich auf diejenigen, die ihm bei der Zulassungsprüfung helfen würden. Ansonsten war er froh, dass Quinn sich nicht nach seinem Akzent erkundigte.

»Weißt du, wohin wir fahren?«, wollte er wissen.

»Lavenham oder Pierpoint«, antwortete Quinn. »Es kommt ganz darauf an, ob wir den Highway bei Ausfahrt zwölf oder vierzehn verlassen.«

»Warst du schon mal in einem von beiden?«

»Ich war schon in beiden, und das mehrfach«, sagte Quinn in sachlichem Ton. »Und bevor du fragst: Gäbe es einen Touristenführer für Gefängnisse, bekäme Lavenham einen Stern, und Pierpoint würde dichtgemacht.«

»Warum erkundigen wir uns nicht einfach beim Aufseher, wo wir hinfahren?«, fragte Harry, der seiner bedrückenden Unsicherheit ein Ende machen wollte.

»Weil er uns anlügen würde. Nur um uns eins auszuwischen. Wenn es Lavenham wird, gibt es nur noch das Problem, in welchen Zellenblock du kommst. Da es für dich das erste Mal ist, werden sie dich wahrscheinlich in Block A stecken, wo das Leben bedeutend leichter ist. Alte Hasen wie mich schicken sie üblicherweise in Block D, wo es keinen unter dreißig gibt und niemand wegen eines Gewaltverbrechens einsitzt, was ideal für jeden ist, der nicht weiter auffallen und einfach nur seine Zeit runterreißen will. Du solltest versuchen, Block B und Block C zu vermeiden. Die sind voller Junkies und Psychos.«

»Was muss ich tun, damit ich auch sicher in Block A lande?«

»Sag dem Beamten am Empfang, dass du ein frommer Christ bist und weder rauchst noch trinkst.«

»Ich wusste gar nicht, dass man im Gefängnis Alkohol trinken darf«, sagte Harry.

»Das darf man auch nicht, du dämlicher Schwachkopf«, sagte Quinn. »Aber wenn du die nötigen Scheine aufbringen kannst«, fügte er hinzu und rieb Daumen und Zeigefinger aneinander, »dann verwandeln sich die Wachen plötzlich in Barkeeper. Nicht einmal die Prohibition hat sie bremsen können.«

»Was ist das Wichtigste, worum ich mich gleich an meinem ersten Tag kümmern muss?«

»Sorg dafür, dass du die richtige Arbeit bekommst.«

»Welche Wahl habe ich denn?«

»Putzen, Küche, Krankenstation, Wäsche, Bibliothek, Gartenarbeit und die Kapelle.«

»Was muss ich tun, damit ich in die Bibliothek komme?«
»Sag ihnen, dass du lesen kannst.«
»Und was wirst du ihnen sagen?«, fragte Harry.
»Dass ich eine Ausbildung zum Koch gemacht habe.«
»Das muss sehr interessant gewesen sein.«
»Du hast es immer noch nicht kapiert, nicht wahr?«, sagte Quinn. »Ich habe nie eine Ausbildung zum Koch gemacht, aber so stecken sie mich immer in die Küche, und das ist die beste Arbeit in jedem Gefängnis.«
»Wie das?«
»Man kommt schon vor dem Frühstück aus seiner Zelle raus, und man geht erst nach dem Abendessen wieder in sie zurück. Es ist warm, und man kann sich das beste Essen aussuchen. Ah, wir fahren nach Lavenham«, sagte Quinn, als der Bus den Highway über Ausfahrt zwölf verließ. »Das ist gut, denn so muss ich keine dummen Fragen über Pierpoint beantworten.«
»Gibt es noch etwas, das ich über Lavenham wissen müsste?«, fragte Harry, der sich von Quinns Sarkasmus nicht aus der Ruhe bringen ließ. Er vermutete ohnehin, dass der erfahrene Gefangene einen so willigen Schüler nur allzu gerne in seine Meisterklasse aufnahm – wenn man das so nennen konnte.
»Da gibt es noch so viel, dass ich dir gar nicht alles erzählen kann«, seufzte Quinn. »Bleib nur immer dicht bei mir, nachdem wir registriert worden sind.«
»Aber werden sie dich nicht automatisch in Block D schicken?«
»Nicht wenn Mr. Mason Dienst hat«, sagte Quinn ohne weitere Erklärung.
Harry gelang es, Quinn noch ein paar Fragen zu stellen, bevor der Bus schließlich am Gefängnis vorfuhr. Er hatte den Eindruck, bei Quinn im Laufe von wenigen Stunden mehr gelernt zu haben als bei einem Dutzend Tutorien in Oxford.

»Immer dicht bei mir bleiben«, wiederholte Quinn, als die mächtigen Tore aufschwangen. Langsam rollte der Bus weiter, bis er einen Streifen unkrautbewachsenes Ödland erreicht hatte, das bisher von der Arbeit eines Gärtners völlig unberührt geblieben war. Der Bus hielt vor einem riesigen Backsteingebäude, das mehrere Reihen kleiner, schmutziger Fenster aufwies; aus einigen von ihnen wurden sie angestarrt.

Harry beobachtete, wie ein Dutzend Wachen einen Korridor bildeten, der direkt zum Eingang des Gefängnisses führte. Zwei Männer mit Gewehren traten rechts und links neben die Bustür.

»In Zweierreihen rauskommen«, befahl einer der beiden in knurrigem Ton, »jeweils fünf Minuten Pause zwischen jedem Paar. Keiner rührt sich von der Stelle, bevor ich die entsprechende Anweisung gebe.«

Harry und Quinn saßen noch eine weitere Stunde im Bus. Als man ihnen schließlich die Handschellen abnahm und sie ins Freie traten, sah Harry zu den hohen, mit Stacheldraht gekrönten Mauern hinauf, die das gesamte Gefängnis umgaben. Er dachte, dass selbst der Weltrekordhalter im Stabhochsprung nicht in der Lage gewesen wäre, aus Lavenham zu fliehen.

Harry folgte Quinn in das Gebäude, wo sie vor einem Beamten stehen blieben, der hinter einem Tisch saß. Der Mann trug eine abgewetzte blaue Uniform, bei der nicht die Knöpfe, sondern der Stoff glänzte. Er wirkte, als hätte er bereits eine lebenslange Strafe hinter sich, während er die Namensliste auf seinem Klemmbrett durchsah. Er lächelte, als er erkannte, wer der nächste Gefangene war.

»Willkommen zurück, Quinn«, sagte er. »Du wirst feststellen, dass sich nicht viel geändert hat, seit du das letzte Mal hier warst.«

Quinn grinste. »Es tut gut, Sie zu sehen, Mr. Mason. Vielleicht könnten Sie einen der Pagen bitten, mein Gepäck in mein übliches Zimmer zu bringen.«

»Treib's nicht auf die Spitze, Quinn«, erwiderte Mason, »sonst könnte ich noch in Versuchung kommen, dem neuen Arzt zu erzählen, dass du gar kein Epileptiker bist.«

»Aber Mr. Mason, ich habe ein medizinisches Attest, mit dem ich es beweisen kann.«

»Zweifellos aus derselben Quelle wie dein Abschlusszeugnis als Koch«, sagte Mason und wandte sich Harry zu. »Und wer sind Sie?«

»Das ist mein Kumpel Tom Bradshaw. Er raucht nicht, trinkt nicht, flucht nicht und spuckt nicht«, warf Quinn ein, bevor Harry antworten konnte.

»Willkommen in Lavenham, Bradshaw«, sagte Mason.

»Genau genommen Captain Bradshaw«, sagte Quinn.

»Ich war Lieutenant«, sagte Harry. »Ich war nie Captain.« Quinn wirkte enttäuscht von seinem Schützling.

»Zum ersten Mal hier?«, fragte Mason und sah sich Harry genauer an.

»Ja, Sir.«

»Ich bringe Sie in Block A unter. Nachdem Sie geduscht und Ihre Gefängniskleidung aus der Kleiderkammer entgegengenommen haben, wird Mr. Hessler Sie in Zelle Nummer dreizwei-sieben führen.« Mason warf einen Blick auf sein Klemmbrett, bevor er sich an einen jungen Beamten wandte, der hinter ihm stand und an dessen rechter Hand ein Gummiknüppel baumelte.

»Irgendeine Chance, dass ich mich meinem Freund anschließe?«, fragte Quinn, sobald Harry auf der entsprechenden Stelle des Blattes unterschrieben hatte. »Schließlich braucht Lieutenant Bradshaw einen Flügelmann.«

»Du bist der Letzte, den er braucht«, sagte Mason. Harry wollte sich gerade zu Wort melden, als der Taschendieb sich vorbeugte, eine zusammengefaltete Dollarnote aus einer seiner Socken zog und sie blitzschnell in Masons oberster Uniformtasche verschwinden ließ. »Quinn wird ebenfalls in Zelle zwei-drei-sieben untergebracht«, sagte Mason zu dem jüngeren Beamten. Falls Hessler den kleinen Geldtransfer beobachtet hatte, so äußerte er sich nicht dazu. »Folgen Sie mir«, war alles, was er sagte.

Quinn eilte Harry hinterher, bevor Mason es sich anders überlegen konnte.

Die beiden neuen Gefangenen wurden durch einen langen Korridor aus grünen Backsteinen geführt, bis Hessler vor einer kleinen Dusche stehen blieb. Dort waren zwei schmale, von benutzten Handtüchern bedeckte Holzbänke an der Wand angebracht.

»Ausziehen«, sagte Hessler. »Und duschen.«

Langsam zog Harry seinen perfekt sitzenden Anzug, sein elegantes, cremefarbenes Hemd, den steifen Kragen und die gestreifte Krawatte aus, welche er nach Ansicht von Mr. Jelks unbedingt hatte tragen sollen, um Eindruck auf den Richter zu machen. Das Problem war nur, dass er sich den falschen Richter ausgesucht hatte.

Quinn stand bereits unter der Dusche, als Harry noch damit beschäftigt war, seine Schnürsenkel zu lösen. Quinn hatte den Hahn aufgedreht, und gleichsam widerwillig tröpfelte ein wenig Wasser auf seinen bereits kahl werdenden Kopf. Dann griff er nach einem kleinen Stück Seife, das auf dem Boden lag, und begann, sich zu waschen. Harry trat unter das kalte Wasser der einzigen anderen Dusche, und einen Augenblick später reichte Quinn ihm das, was von der Seife noch übrig war.

»Erinnere mich daran, dass ich mit der Geschäftsführung über den Service sprechen will«, sagte Quinn, als er nach einem feuchten Handtuch griff, das nicht viel größer als ein Geschirrtuch war, um sich abzutrocknen.

Bevor Harry sich noch ganz eingeseift hatte, sagte Hessler, indem er kaum die Lippen voneinander löste: »Ziehen Sie sich an und folgen Sie mir.«

Wieder folgte Hessler mit schnellen Schritten dem langen Korridor, wobei ein halb angezogener, noch immer nasser Harry ihm hinterhereilte. Sie blieben erst stehen, als sie eine Tür mit der Aufschrift »Lager« erreicht hatten. Hessler klopfte heftig dagegen, und einen Augenblick später wurde sie geöffnet. Vor den dreien stand ein Beamter, der in seinem Leben schon alles gesehen zu haben schien. Er stützte die Ellbogen auf eine Theke und rauchte eine selbstgedrehte Zigarette. Als er Quinn erkannte, lächelte er.

»Ich bin nicht sicher, ob deine letzte Garnitur schon aus der Wäscherei zurück ist, Quinn«, sagte er.

»Dann brauche ich wohl von allem ein neues Exemplar, Mr. Newbold«, erwiderte Quinn, beugte sich vor und zog etwas aus seiner anderen Socke, das ebenfalls sogleich wieder verschwand. »Meine Ansprüche sind bescheiden«, fügte er hinzu. »Eine Decke, zwei Baumwollleintücher, ein Kissen, ein Kissenbezug...« Der Beamte zog jeden der genannten Artikel aus den Regalen hinter sich und stapelte sie ordentlich auf der Theke. »... zwei Hemden, drei Paar Socken, sechs Hosen, zwei Handtücher, eine Schale, ein Teller, Messer, Gabel und Löffel, ein Rasiermesser, eine Zahnbürste und eine Tube Zahnpasta – Colgate, wenn's geht.«

Niemand kommentierte die Tatsache, dass Quinns Stapel immer größer wurde. »Darf es sonst noch etwas sein?«, fragte der Beamte schließlich, als sei Quinn ein geschätzter Kunde, von dem er sich wünschte, dass er wiederkäme.

»Ja. Mein Freund Lieutenant Bradshaw braucht dasselbe, und da er ein Offizier und ein Gentleman ist, sollten Sie dafür sorgen, dass er nur das Beste bekommt.«

Zu Harrys Überraschung begann Newbold, einen zweiten Stapel zu errichten, wobei er jeden Gegenstand sorgfältig auszuwählen schien – und all das nur wegen des Gefangenen, der sich im Bus neben ihn gesetzt hatte.

»Folgen Sie mir«, sagte Hessler, nachdem Newbold seinen Auftrag ausgeführt hatte. Harry und Quinn griffen nach ihren Kleiderstapeln und eilten den Korridor entlang. Jetzt gab es mehrere Unterbrechungen auf ihrem Weg, denn immer wieder stießen sie auf weitere Beamte, die eine Gittertür vor ihnen auf- und hinter ihnen wieder zuschließen mussten, während sie sich den Zellen näherten. Als sie schließlich ihren Gebäudeflügel erreicht hatten, wurden sie vom Lärm von eintausend Gefangenen begrüßt.

Quinn sagte: »Ich sehe, dass wir im obersten Stockwerk untergebracht wurden, Mr. Hessler, aber ich möchte trotzdem auf den Aufzug verzichten, da mir ein bisschen Bewegung nur guttun kann.« Der Beamte ignorierte ihn und ging mit zügigen Schritten an den grölenden Gefangenen vorbei.

»Hast du nicht behauptet, dass das ein ruhiger Trakt ist?«, fragte Harry.

»Offensichtlich gehört Mr. Hessler nicht zu den allerbeliebtesten Beamten«, flüsterte Quinn, bevor sie Zelle 327 erreicht hatten. Hessler entriegelte die schwere Stahltür und zog sie auf, damit der junge und der alte Gefangene die Zelle betreten konnten, die während der nächsten sechs Jahre Harrys Zuhause bilden sollte.

Harry hörte, wie die Tür hinter ihm ins Schloss fiel. Er sah sich in der Zelle um und bemerkte, dass an der Innenseite der Tür kein Griff angebracht war. Zwei Kojen, eine über der anderen, ein Waschbecken aus Edelstahl, das an der Wand befestigt war, ein Holztisch, ebenfalls an der Wand befestigt, und ein Holzstuhl. Schließlich blieb sein Blick an einer Metallschale hängen, die unter der unteren Koje stand.

»Du bekommst das obere Bett«, sagte Quinn, indem er Harry aus dessen Gedanken riss. »Du bist schließlich das erste Mal hier. Wenn ich vor dir rauskomme, ziehst du nach unten um, und dein neuer Zellenkumpel liegt oben. Gefängnisetikette«, erklärte er.

Harry trat vor die beiden Kojen und machte sorgfältig sein Bett. Dann kletterte er hinauf, legte sich hin und ließ seinen Kopf auf das dünne, harte Kissen sinken. Er war sich schmerzlich bewusst, dass es einige Zeit dauern würde, bis er in der Lage wäre, eine Nacht lang durchzuschlafen. »Kann ich dir noch eine Frage stellen?«, sagte er zu Quinn.

»Ja, aber dann solltest du nicht mehr reden, bis das Licht morgen früh wieder angemacht wird.« Harry dachte an Fisher, der in seiner ersten Nacht in St. Bede's fast dieselben Worte benutzt hatte.

»Mir ist klar, dass du es geschafft hast, jede Menge Bargeld hier hereinzuschmuggeln, aber warum haben die Wachen es nicht einfach konfisziert, sobald du aus dem Bus gestiegen bist?«

»Wenn sie das tun würden«, antwortete Quinn, »würde kein Gefangener jemals wieder irgendwelches Geld mitbringen, und das ganze System würde zusammenbrechen.«

Lesen Sie weiter in

Das Vermächtnis des Vaters
Die Clifton-Saga 2
von Jeffrey Archer

ISBN 978-3-453-47135-1

Erna Weil, zum
Geburtstag 2016.
von Wiltrud Ningel